U0481014

СОВРЕМЕННАЯ РУССКАЯ ЛИТЕРАТУРА
(1953—1968)

现代俄国文学

(1953—1968)

［俄］纳乌姆·列伊德尔曼
［美］马尔克·利波维茨基 著

李志强 等 译

四川大学出版社

图书在版编目（CIP）数据

现代俄国文学：1953—1968／（俄罗斯）纳乌姆·列伊德尔曼，（美）马尔克·利波维茨基著；李志强等译. — 成都：四川大学出版社，2024.1
（四川大学当代俄罗斯研究中心学术丛书／李志强，刘亚丁主编）
ISBN 978-7-5690-6085-0

Ⅰ.①现… Ⅱ.①纳… ②马… ③李… Ⅲ.①俄罗斯文学－文学研究－1953-1968 Ⅳ.① I512.06

中国国家版本馆 CIP 数据核字（2023）第 068284 号

本书俄文原版由俄罗斯科学院出版中心（Издательский центр «Академия»）出版。
Copyright © М. ЛИПОВЕЦКИЙ 2003
四川省版权局著作权合同登记图进字 21-23-149 号

书　　名：	现代俄国文学（1953—1968）
	Xiandai Eguo Wenxue（1953—1968）
著　　者：	［俄］纳乌姆·列伊德尔曼　［美］马尔克·利波维茨基
译　　者：	李志强　等
丛 书 名：	四川大学当代俄罗斯研究中心学术丛书
丛书主编：	李志强　刘亚丁

选题策划：	张　晶　于　俊
责任编辑：	于　俊
责任校对：	张宇琛
装帧设计：	墨创文化
责任印制：	王　炜

出版发行：	四川大学出版社有限责任公司
	地址：成都市一环路南一段 24 号（610065）
	电话：（028）85408311（发行部）、85400276（总编室）
	电子邮箱：scupress@vip.163.com
	网址：https://press.scu.edu.cn
印前制作：	四川胜翔数码印务设计有限公司
印刷装订：	成都市新都华兴印务有限公司

成品尺寸：	170 mm×240 mm
印　　张：	24.5
字　　数：	468 千字

版　　次：	2024 年 1 月 第 1 版
印　　次：	2024 年 1 月 第 1 次印刷
定　　价：	108.00 元

本社图书如有印装质量问题，请联系发行部调换

版权所有 ◆ 侵权必究

扫码获取数字资源

四川大学出版社
微信公众号

译者序

写在《现代俄国文学》出版之际

《现代俄国文学》终于要付梓出版了，这本著作从翻译校对到出版，由于各种原因耗时十余年。看着这部40余万字的译稿，我感到如释重负。

该书是著名俄国文学研究专家利波维茨基父子共同撰写的一部俄国文学史。它题材新颖，将文学批评和大学文学史教材的体例融为一体，以文学流派的流变为线索对20世纪俄国文学进行研究，为我们揭示出明晰的文学史演进逻辑。同时，它又充分考虑到不同作家乃至同一作家作品的高度复杂性，揭示出古典与非古典文学体系的相互作用、宏大叙事和私人话语的复杂纠缠、不同文学主张的交织与渗透……这使其整体叙述充满张力。此外，研究20世纪俄国文学，不可能绕过社会历史语境，该著作阐发文学作品中的社会学内涵，始终将作家的复杂立场、思想与其创造的美学形式勾连起来，洞见迭出，每每能刷新我们对作品的认识。该书出版后多次再版。

翻译这部著作缘起于在黑龙江大学读博士期间的经历。当时，我的导师金亚娜教授把她手头的一套三卷本俄国文学史（再版时改为两卷本）赠送给我，阅读之后，受益匪浅，觉得有必要把它译介过来。在博士后合作导师北京外国语大学张建华教授的引荐下，我和该著作的作者之一马尔克·利波维茨基教授通过邮件相识，和他谈了想翻译该著作的想法。他欣然同意并把版权无偿授予我。利波维茨基是一位国际知名的专家，现已出版13部学术专著，在国际学术期刊上发表了百余篇论文，对俄罗斯后现代主义的研究在国际学界具有重要影响，他曾因"杰出的学术贡献"获"美国斯拉夫与东欧语言教师协会奖"，因"对俄罗斯文学的贡献"获"安德烈·别雷奖"。2012年，应利波维茨基邀请，受四川大学青优外访项目资助，我赴利波维茨基当时所在的美国科罗拉多大学博德分校访学。该校坐落于落基山山坳的美国主要技术创新基地博德市，是一所世界著名的公立研究型大学，科研实力雄厚。该校创建于1876年，建校以来，已有十余位学者获得诺贝尔奖。在博德分校访学期间，我度过了一段愉快的时光。校区环境优美，景色宜人。我旁听了一些课程，经常就翻译中产生的一些问题同利波维茨基交流，得到他不厌其烦的指导。他和罗曼诺夫教授在生活上也给予了我极大的关心：时不时请我到家里做客，谈天说地；周末约我打羽毛球，到郊外远游。访学期间，我大致完成了自己承担的翻译任务。回国后，我们几位译者分工合作，完成了初稿。在此期间，我曾邀请利波维茨基到四川大学讲学，并就翻译中遇到的新问题当面请教，以保证翻译的质量。遗憾的是本书作者之一纳乌姆·列伊德尔曼教授已于2010年去世。记得2014年我受邀去叶卡捷琳堡的乌拉尔联邦大学讲学并参加学术会议时，巧遇纳乌姆·列伊德尔曼教授的同事，当其得知我们在翻译他的专著时不胜感慨，称翻译该书也是对他的告慰。时隔多年，该书的中文版终于问世，也算是对老先生的一种回忆。

一书之成，端赖众力。众所周知，翻译一本学术著作的难度是很大的，刘亚丁、曾思艺、谢春艳、王逸群等老师的译文，为本书增色不少。本书翻译分工如下：

李志强负责前言，第一章，第二章第一、二、六、七节；

谢春艳负责第三章前四节；

曾思艺、马珺负责第二章第四节；

曾思艺、王淑凤负责第二章第五、八节；

刘亚丁负责第二章第三节；

王逸群负责第三章第五节。

初稿完成后，李志强、王逸群又对译稿进行了校订。感谢《俄罗斯文艺》的支持，译著部分章节曾在该杂志发表。感谢四川大学出版社的于俊、张晶两位老师，他们为本书出版付出了辛勤劳动。

由于译者水平有限，错漏在所难免，尚祈方家指正。

李志强

2023年10月13日

序　言

人们习惯用"20世纪俄国文学"这个概念表示始于19世纪90年代初止于20世纪90年代末整整100年时间的艺术意识史。我们不是用"现代（自20世纪50年代中期始）俄国文学"这个概念简单地表示这百年漫长的时间段，而是为了突出艺术时代重要的组成部分行将完结的周期。事实上这个周期作为历史-文学现象尚未被研究过。如果说20世纪俄国文学发展的所有先前阶段都有著作梳理，那么这些著作至少按照年代的顺序描述了文学进程，就方法论而言，它们对某些艺术思潮的诊判不乏洞见，对文学史上一批大艺术家的作用亦能给出肯定评价。与之相较，现今对20世纪**50—90年代**[1]俄国文学的研究中则充斥着文学批评和随笔式的观点。这一点已无法用"脸对着脸，面容难辨。大事远看才可见"[2] 这句名言来辩解，盖因所谈为约50年间的文学生活。这50年间世界上发生了多少跨时代的事件，俄国的命运历经了多少沧桑，这些不可能不影响人们的世界观、时代的理念、审美意识及艺术创作。从俄国社会史的角度看，20世纪50年代中期至90年代末期的这一时间段毫无疑问是非常重要的历史阶段。

本书在许多方面是将传统上不相兼容的（特别是意识形态传统的原因）几种方法整合起来的实验性尝试。

首先，本书在文学流派与思潮范畴内将对文学进程的历史描述和理论分析结合起来。

其次，本书在共同的历史类型学语境中梳理官方苏联文学、地下文学以及**侨民文学**［纳博科夫（Набоков）、阿克肖诺夫（Аксёнов）、加力奇

---

[1] 此处粗体与原著保持一致。全书同。——译者
[2] 叶赛宁：《叶赛宁抒情诗选》，顾蕴璞译，漓江出版社，2012年，第201页。——译者

1

（Галич）、多夫拉托夫（Довлатов）、萨沙·索科洛夫（Саша Соколов）等]。此外，在现存的共同文化空间中，最重要的民族文学现象影响了俄国文学的发展，而对俄罗斯与其他民族文化"对接"中产生的所谓"俄语文学"[从巴别尔（Бабель）到艾特马托夫（Айтматов）]整体而言是鲜见的艺术融合，它为苏联时代的文学进程增添了独特的色彩。

再次，本书将社会主义现实主义（包括其变体）、传统现实主义、现代主义（先锋主义、后现代主义）及蓄势待发的我们称之为后现实主义的新流派作为20世纪50—90年代文学进程中三个主要参与者，置于其历史动态和相互作用中进行研究。

从艺术意识史的角度来看，20世纪50—90年代到底是什么？是受社会重要发展阶段影响的时间段，还是完整的、相对完结的、具有自身审美坐标和重要倾向的历史文化周期？

1. 本书的方法基础与理论原则

如何研究当代文学？要知道许多东西还处于"悬浮的状态"；许多倾向仅仅在自我定位，尚无法确信它们能否获得传统的稳定性；人们对许多新名词只是在不断观察；针对这些年创作的许多新作品，批评的热潮尚未消退。

我们知道研究文学史有两种基本方法。一种被称为**描写法**：它通过描述置于年代序列的文学现象，勾勒出艺术发展变化的画面；通常用**历史-文学进程**、**历史进程**的概念来界定另一种方法，它们同样表示在文学的时间长河中揭示那些倾向和规律的发展趋势，这些倾向和规律描述所研究时代文学的本质，确定艺术发展的方向和动态。

两种方法各有优劣：第一种让人看到文学时代的全景画面，但是却容易从同样的角度描述非常重要的和无关紧要的现象；第二种能突出文学进程的"强劲线索"，根据与其关系确定作家的甚至创作个别作品的历史作用，但是这种方法容易从视野中漏掉文学生活中蕴含的未来艺术发展动力的那些"零碎"和"细节"。在本书中我们力图在后者优先的前提下，在某种程度上结合两种方法，把俄国文学史所研究的周期内文学进程中最具代表性的倾向及其内部逻辑、艺术意识的倾向与动态作为一项任务。

我们拟依据什么理论原则来探寻文学的历史发展过程中的重要倾向呢？这首先就会产生一个问题，它关涉一些影响文学进程发展、审美意识演变及艺术创作的文化本身发生变化的因素。

这些因素中居于首位的是**人的概念**：某一段时间内形成的关于人及其本质的概念体系，包括人对自身、他人、社会、国家、自然等形而上的现象（存在与死亡、上帝与永恒）的态度。正是在人的概念中折射出所有间接的因素（社会的、政治的和意识形态的）并直接影响着创作过程：主人公形象、冲突的特点、诗学。

还有一些艺术体系也被列为文学历史发展的主要因素，它们是审美地理解现实的"工具"，包括**创作方法、文体和体裁**。在某种创作方法、文体和体裁之间会产生"相互影响"，它们的相互联系成为任何艺术体系的结构基础，从最初艺术作品不可分割的完整性到诸如文学流派之类重要的历史文学构成。研究各种创作方法、文体和体裁的形成、繁荣及衰落，甚至它们之间的动态关系，可以得出其内部独具特色的艺术规律的概念，这些规律可以作为实现艺术与变化的现实之间联系的中介，并反映文学发展的进程。

为了发掘文学发展最主要的倾向，应当在宏大的历史－文学体系中对其进行合理的研究。这些体系包括：

（1）在时间坐标中描述文学进程的历时体系（文化时代—文学时代—文学发展阶段—历史－文学时期）。

（2）在艺术构成坐标中描述过程的共时体系（艺术文化类型—文学流派—文学潮流—艺术流派—体裁和风格倾向）。

共时体系与历时体系之间具有某种相关性。确切地讲，在研究历史－文学时期时，通常是在较短的时间内，适合集中分析最富活力的体裁和风格倾向，而研究涵盖文学发展的所有阶段甚至时代，或者是时代之间的过渡阶段，更宜在文学流派及其思潮的坐标内进行。**文学流派**作为一种由某种创作方法和体裁风格类型（家族）根据"相互影响"构成的宏大的历史－文学体系，同艺术发展的整个时代相适应，并表现出时代的美学特征。因此，一方面，文学流派的概念基于分析与审美感悟原则（创作方法）相关的个别作品的体裁与风格特色，并通过研究作家在这些特色中表现出来的创作个性形成。另一方面，在流派（潮流，艺术流派）的范畴内，无论是单独的作品，还是作家的创作追寻都呈现在宏大的历史语境中：它们与确定文学时代面貌的重要的艺术发展思潮协调一致，或者至少同它们处于对话的关系，直至最尖锐的论战，这也是确定文学进程内部逻辑特征的一种方法。

现代文学涵盖了几乎半个世纪，因此我们将在宏大的历史－文学体系（流派、潮流和艺术流派）坐标中予以考量。这丝毫不意味着忽视作家创作个性的历史作用。众所周知，大艺术家的创作一般不囿于某种单一的倾向，十分复杂的"合金"现象并不鲜见，但为了把握这些"合金"的成分及其合成的秘密，思索大师追寻开拓的历史作用，有必要将其置于宏大的历史－文化坐标中予以考量。因此，本书建构在概述和专论结合的基础上：概述性章节通过分析不同作家的系列作品以呈现文学进程的基本潮流，而专论章节则献给最杰出的作家及其作品，分析他们如何以自身的艺术世界丰富了俄国文化，如何确定了20世纪艺术意识发展的水平和趋势。

2. 20世纪俄国文学中宇宙与混沌的世界形象

在俄国文学史上，20世纪是一个十分独特的时代。在时间长河中将其较为明确地划分出来是由全球精神危机造成的，后者终结了从启蒙时期延续下来的整个文化时代（新时期或者现代）。19世纪最后十年发生的思想震荡导致艺术意识出现了巨大的变化：衍生出新的文化类型，它与以前的文化时代中（新时期）占统治地位的那种类型相对立。我们将把以前的文化时代中形成的文化类型称为**古典型**，而把新的文化类型称为**非古典型**（通行的术语为**现代型**）。古典与非古典文化类型之间的区别何在？

每一部文学作品都试图建立一个完整的且普遍的世界形象，从这个意义上讲，文学作品的艺术世界总是神话化的。众所周知，任何神话结构都建立在克服混沌和确立世界（或者宇宙）秩序的基础之上。古典类型的艺术神话，从魔幻童话到（至少在俄罗斯文学中）托尔斯泰及其追随者的现实主义，均以在人、社会和自然之间建立自己和谐的艺术模式为目标。不同的时代，人们提出了对文学的神话创作这种类型的不同阐释：神秘主义的、理性主义的、心理的、社会的、政治的，但在古典类型的文学中总是有宇宙的艺术形象在场，它将作品作为一个艺术整体，将某种必然的局部情节、感受、行为转化成存在和人的生命意义的集中体现。宇宙的这一形象总是包含许多直观可感的形象，它们起初是世界秩序和生命无限的象征：天与地、光明、自然界循环、星星的形象，爱与家、母亲与孩子等形象。事实上，新时期（古典主义、浪漫主义、现实主义）每一个重要的艺术流派，甚至包括"方法"类型的过渡产物（例如启蒙现实主义、感伤主义）都建立过自己关于现实即宇宙的神话模式，这个模式体现于许多独具个性的艺术变体中，这些变体既表现为具体的文学文本，又表现为个别作者的艺术世界。

产生于19世纪末并被命名为现代派的新文化类型，首先源于对全世界和谐的现实性和可能性，而非某种具体的宇宙模式的巨大失望和怀疑。这种世界观最明确地形成于叔本华和尼采的哲学思想中，而在文学中则是陀思妥耶夫斯基的"复调小说"。正是现代主义，随后是先锋主义和后现代主义走向了艺术的神话创作新类型，这种神话创作无意用宇宙克服混沌，而是倾向于将混沌诗意化并将其理解为人类存在的普适且无法逾越的形式。

谈到文学语境中的混沌，我们把这个概念视为对构建世界艺术形象最普遍的模式之一——隐喻，它来自艺术意识最早的形式。尽管不同的时期有较为独特的对立形式——自然与文化、边缘与中心、魔性与神性、无个性与有个性、荒谬与理智、陈规与创造等——"混沌与宇宙"的对立却是任何审美活动的基础。[1] 但在古典时代的艺术中，混沌的世界形象似乎被剔出了艺术作品：在创作的过程中艺术家克服存在的混沌，把"滤筛过"的和谐的艺术体现、"转化的"混沌交由读者评判。当然，混沌形象的因素在任何艺术世界中都会出现，但它们屈从于作品和谐概念的内部逻辑，失去了独立的意义。从这个意义上讲，在19世纪的长篇小说中，甚至包括内部对古典艺术体系进行最为积极改造的陀思妥耶夫斯基的长篇小说中，所有的混沌形象都必然由作者的和谐观决定。正是这种决定性在现代主义和先锋主义中急剧减弱。

在现代主义中，与混沌的关系首先被理解为艺术的基础并被作为艺术的中心内容呈现出来。由这种世界观（象征主义、阿克梅派、表现主义、超现实主义、后现代主义等）产生的创作战略的不同变体形成了现代主义和先锋主义艺术的不同流派。它们的共同之处在于激进地拒绝在"客观的"现实中（历史的、社会的、自然的）寻找和谐。

但是，拒绝在物质的、可感的世界寻找和谐希望的同时，现代主义却不曾拒绝对和谐的渴望：早期的现代主义者将自己的激情表现在反和谐的混沌的世界形象中，他们宣称应该透过表面的、虚假的东西探究其他精神的、"最现实的现实"。正如伊·王－巴阿克所言，"先锋派建构世界形象异常重要而又普遍的冲突性"表现在对作品所有子系统的去层级化（言语的、时空的、性格学的），表现在减弱或完全消除原因和论据的联系，以及体裁的危机和摇摆中。[2] 这样一来，传统的建立宇宙世界形象的艺术假定性体系就将发生动摇。

---

[1] 关于混沌与宇宙作为最普适的世界模式详参列伊德尔曼（Н. Л. Лейдерман）：《作为世界元模式的宇宙与混沌：论艺术意识的古典和现代主义特征》，载于《20世纪俄国文学：流派与思潮》，1996年第3辑，第4～12页。

[2] 伊·王－巴阿克（Й. Ван Баак）：《先锋主义世界形象和冲突建构》，载于《俄国文学》，1987年第21辑第1卷，第6页。另见霍尔特胡津（Т. Хольтхузен）：《俄国先锋主义文学的世界模式》，载于《文学问题》，1992年第3期，第150～161页。

同时，几个世纪以来被圣洁化的价值中心开始偏移，就像在早期现代主义中，古典文化的最高价值——和谐的理念和存在的意义——不是被悼亡，而是被损毁，被冷嘲热讽地予以否定。

作为一种文化类型，现代主义对 20 世纪的艺术进程产生了极大的影响。它检验了精神价值的所有体系，驳斥了僵化的概念和规则，强有力地推动了艺术意识的革新。现代主义浪漫地推动日常存在的经验主义实践，让人的精神世界具有自身价值的最高社会现实的地位，这也正是其巨大斩获。现代主义对 20 世纪艺术发展的影响是广泛而多方面的，它在几乎整个一百年间吸引着众多艺术家。

但是在 20 世纪艺术中，宇宙的宏观形象这一具有某种存在的普遍客观真理、人类存在的最高意义的审美标准，保留了其启发作用。至于俄国，可以说**这里受到现实主义流派**这一古典类型体系极大的影响。仅举出伊·布宁（И. Бунин）的散文、米·布尔加科夫（М. Булгаков）的《白卫军》（«Белая Гвардия»）、伊·什梅廖夫（И. Шмелёв）的《上帝的节日》（«Лето Господне»）、马·高尔基（М. Горький）的《克里姆·萨姆金的一生》（«Жизнь Клима Самгина»）、米·肖洛霍夫（М. Шолохов）的《静静的顿河》（«Тихий Дон»）、康·费定（К. Федин）的《城与年》（«Города и годы»）和《兄弟们》（«Братья»）、阿·托尔斯泰（А. Толстой）的《苦难的历程》（«Хождение по мукам»）和《彼得大帝》（«Пётр Первый»），马·阿尔达诺夫（М. Алданов）的长篇历史小说就足以说明这一点。我们即使回想一下 20 世纪 20 年代的"散文诗"、亚·格林（А. Грин）的幻境小说和康·帕乌斯多夫斯基（К. Паустовский）的短篇小说，米·斯威特洛夫（М. Светлов）、艾·巴格里茨基（Э. Багрицкий）、巴·瓦西里耶夫（П. Васильев）的长诗也会发现，**浪漫主义传统**并未被忘记。在 20 世纪俄国文学中，**启蒙传统**仍然发挥着效用，它同古典主义［如尼·扎博罗茨基（Н. Заболоцкий）］继《栏目》（«Столбцы»）之后的长诗、米·普里什文（М. Пришвин）的哲理散文、米·左琴科（М. Зощенко）的《太阳升起之前》

(«Перед восходом солнца»)颇有渊源。①

就 20 世纪整体而言,历史-文学体系很大的分散性及多变性具有典型性。在这方面,希冀形成流派却未能在历史-文学体系中定型的艺术思潮同已经形成的相对完整的文学流派共同发挥作用。这些艺术思潮或转化为某种倾向,准确地讲,转化为推动其后许多文学潮流和流派探索的艺术倾向(阿克梅派),或者在很短的时间内交织成类似文学流派的体系,再分散成用创作的能量充满其他文学思潮和潮流的一束束线条(自然主义、表现主义)。②

20 世纪文学进程还有一个典型的特点,就是出现了次生艺术体系,新旧"方法"结构直观的对话结合是其结构原则。一般而言,这是借助前缀"新"来表示的体系。这一结构原则在**新浪漫主义**中表现得最明确:例如,在青年高尔基的故事传说中,浪漫主义的二元世界被呈现在按照性格与环境相互作用原则建构的现实主义世界"框架"中;在伊·巴别尔(И. Бабель)的《敖德萨故事》(«Одесские рассказы»)中,浪漫主义的原型(品德高尚的强盗们的传说)被"低俗的"表现手法(莫尔达万卡的强盗世界)改写;而在叶·施瓦尔茨(Е. Шварц)的剧作中,社会政治的怪诞世界与通过其表现出来的童话原型进行了对比。当代研究者甚至谈到**新感伤主义**,并将其定位于 20 世纪 30 年代末的俄国文学〔亚·阿菲诺格诺夫(А. Афиногенов)、康·帕乌斯托夫斯基(К. Паустовский)、卢·弗拉耶尔曼等(Р. Фраерман)等〕③。事实也是如此,尽管新感伤主义是 20 世纪文学进程中一条非主流线索,却是一条生命力很强的线索,时不时用一些重要的作品宣示自己的存在。

---

① 一系列探讨社会主义现实主义类型学的作品都分析过这个现象。当处在苏联文学中社会主义现实主义是官方认可的创作方法的条件下,研究者们有时不得不把苏联文学中发现的其他艺术思潮"伪装起来",冠以术语"社会主义现实主义流派的风格思潮"。例如,科明娜(Р. В. Комина)曾把启蒙传统归入"哲学分析风格"(参见科明娜:《当代苏联文学:艺术倾向与风格多样性》,莫斯科,1978 年,第 96~124 页)。格伊(Н. К. Гей)把这一传统纳入他称为"假定—结构"的思潮中(格伊:《创作方法的财富与创作潮流》,载于《文学流派与潮流》,莫斯科,1975 年)。

② 米罗维多夫(В. А. Миловидов)的《自然主义诗学》(特维尔,1996 年)中对自然主义持类似观点。写于不同时期且在方法论层面上迥异的研究证明了经历过 20 世纪第一个十年繁荣的表现主义对其后十年艺术发展的影响:埃利亚舍维奇(А. Эльяшевич):《抒情风格,表现主义,怪诞:论社会主义现实主义文学中的风格潮流》,列宁格勒,1975 年;斯科罗斯别洛娃(Е. Б. Скороспелова):《20 世纪上半叶俄苏散文中的思想-风格潮流》,莫斯科,1959 年,第 49~77 页;戈卢布科夫(М. М. Голубков):《失去的抉择:苏联文学二元观的形成(20—30 年代)》,莫斯科,1992 年,第 177~197 页;别斯托娃(Н. В. Пестова):《德国表现主义抒情诗:他者的轮廓》,叶卡捷琳堡,1999 年。

③ 戈尔德施泰因(А. Гольдштейн)的文章《社会主义朴素的魅力:30 年代苏联文学中的新感伤主义》(载于《新文学评论》,1993 年第 4 期)中首先提到了苏联文学中的新感伤主义现象。亦可参见其专著:《告别那耳喀索斯:试论追荐亡灵的古典修辞学》,莫斯科,1997 年,第 153~174 页。

所有这些流派与意向存在于共同的文化空间，编织着一幅浓墨重彩、五颜六色的世纪艺术图景。

这首先说明 20 世纪艺术的争论之广泛，我们可以称之为关于本质的争论。大家都在寻找人类存在的本原、基础、架构：因为每种"方法"类型的模式都是解释世界的艺术结构。人们寻找却未找到，确认又推翻，试图创造新的神话因子却又诉诸旧的，被认为过时的世界模式。即使是在几个大艺术家的创作实践中也可以看到不同的"方法"结构共存，从历史上较新的方法"返回"到"旧"的方法。例如，高尔基在 19 世纪 90 年代的散文中同时创作了新浪漫主义、自然主义和"理智主义"（米哈伊洛夫斯基称之为"英雄反讽式"）的作品，列·安德烈耶夫在表现主义小说《红笑》（«Красный смех»，1905）和表现主义剧作《人的一生》（«Жизнь человека»，1906）、《安那太马》（«Анатэма»，1909）之后向现实主义作品回归［《我们生活的时代》（«Дни нашей жизни»，1908）、《萨什卡·日古廖夫》（«Саша Жигулёв»，1911）］，安娜·阿赫马托娃《没有主人公的长诗》（«Поэма без героя»，1942）中象征主义"记忆"的复苏。

总之，20 世纪的艺术进程有自己的主轴和结构中心，即古典与非古典艺术体系的相互作用。这种相互作用具有复杂而又动态的特征：既有包括滑稽化和讽拟体的论辩式的相互排斥，也有不由自主的相互渗透，还有目的明确的综合。古典和现代派结构的转换、重铸、融合，是 20 世纪俄文学进程最典型的特点。

还是在 1907 年，安德烈·别雷（Андрей Белый）就曾谈到现实主义与象征主义良性相互渗透的可能性。别雷认为，契诃夫的创作是这种相互渗透的典型："其中可以发现象征主义和现实主义这两股相反的潮流，它们相互交织。"① 1910 年尼古拉·别尔加耶夫（Николай Бердяев）指出："安德烈·别雷本人的《银鸽》（«Серебряный голубь»）中象征主义和现实主义独特地结合在一起。"② 当时马克西米里昂·沃洛申（Максимилиан Волошин）宣称："我们的安德烈·别雷、库兹明（Кузьмин）、列米佐夫（Ремизов）、阿列克谢·托尔斯泰（Алексей Толстой）的长篇和中篇小说中已经开始新现实主义（неореализм）之路……新的现实主义并非同象征主义对立……与其说它是一

---

① 安·别雷：《安·巴·契诃夫（1907）》，载于《短篇集·文选》，莫斯科，1911 年，第 395 页。

② 尼·别尔加耶夫：《俄罗斯的诱惑：论安·别雷〈银鸽〉》，载于《俄罗斯思想》，1910 年第 1 期，第 104 页。

种反力，不如说是一种综合，它是对该原则的最终定论，而不是否定。"①

所有这些倾向说明艺术意识出现不足之处和审美缺陷，或者说现有发展线索存在某种不足，甚至说明艺术探索并没有给出最终答案，其每一个阶段都处于"不确定的状态"，时不时滑向危机。

在本书中我们将要考察这些过程。

3. 现阶段的前提和先决条件

20世纪整个三分之一的时间里，现代主义都曾觊觎文学进程的主导地位：象征主义尚未谢幕，阿克梅派就已登场；印象主义的痕迹尚未抹去，表现主义已积聚起了力量，随后闪现出转化为超现实主义的达达主义，形成了在"奥贝里乌"的创作中得到淋漓尽致表现的荒诞派美学。所有这些艺术体系或意向均提出了审美地模拟现实的不同途径，但是关注人的个性的世界模式类型则还是混沌一片。

从这个角度尚无法看出1917年10月俄国社会史上的巨大转折点就是历史-文学进程的分界线。在卫国战争年代，以及紧随其后的10年间大量作品问世，其作者正是力图用现代主义的语言来表达自己对国家生活中革命性转折的感受：想想宣称自己是左翼艺术阵线的未来主义的创作实验，成员中多是昔日"新农民诗人"的意象派就足够了，当然还有极其政治化的无产阶级诗人，使尽浑身解数试图掌握现代主义的"技术"以表达革命激情。看来，我们面临的是全球性的趋势：在社会革命的初始阶段会产生政治的革命精神与现代主义者审美激进主义的同盟，这也是先锋主义流派代表们的特点。②

如果按照文学进程来进行文学分期，那么白银时代末期正好处于20世纪二三十年代之交，正是那个时候出现了现代主义文化深刻危机的明显征兆。

看来，诸如叶夫盖尼·扎米亚金、鲍里斯·帕斯捷尔纳克、尼古拉·扎博罗茨基等大师意识到先锋主义原则的自我发展会到达危险的"界限"，从而促使他们比较坚决地与现代主义决裂。这发生在20世纪30年代初（稍晚那些诸如维亚切斯拉夫·伊万诺夫和阿列克谢·列米佐夫，绘画方面的卡吉米尔·马列维奇和弗拉基米尔·塔特林等现代主义导师都经历了进化）。20世纪30年

---

① 引自米·沃洛申：《创作的欢歌》，列宁格勒，1988年，第61页。
② 格罗姆施托卡（И. Голомшток）的专著《极权主义的艺术》（莫斯科，1994年，第12~113页）详尽分析了俄国布尔什维克、德国纳粹掌权后的政治体制与艺术先锋派之间的相互关系，认为起初二者如兄弟般友好。

现代俄国文学(1953—1968)

代具有混沌策略的艺术倾向受到严厉的批评：饱受对现实存在启示录式说教之苦的社会意识渴望清晰明了与平衡镇定。① 与"混沌学"不同，"宇宙学"将艺术策略定位于寻找人类世界的协调机制，确定存在的常量，并为此积蓄了力量。②

于是，20世纪30年代初很快出现了走出现代主义危机的三条道路：社会主义现实主义、后现代主义和后现实主义。从历史上看，三种几乎同时产生的倾向在不同时期都达到了成熟。我们简短地描述一下其基本特征。③

（1）**社会主义现实主义**。上述倾向中最早形成文学流派的是社会主义现实主义，在俄罗斯文学中它占据了30多年的统治地位。其后几十年间所有的文学进程都不同程度地回应过社会主义现实主义：或对其进行完善，或标榜自己，或与其论战，或对其毁谤。

当然，如果没有肥沃的土壤，指令性神话题材成分根本无法在艺术意识中永久扎根。如今一切明了，社会主义现实主义的方法并非形成于党的政权的指令，而是另有原因：政权巧妙地利用了厌倦灾难，不确定性和不可预见性的社会对秩序，对某种浅显易懂地解释世界和提振精神的神话的需求，想方设法支持产生的文艺倾向，并给予其国家艺术的地位。④

社会主义现实主义在很大程度上是由20世纪"大众的反叛"等倾向催生的。大众要求艺术使用他们易懂的语言，不需要现代派的复杂表达。因此，社会主义现实主义方法的结构再次模拟宇宙：它按照国家的类型建构，动力是阶

---

① 最典型的实例是维克托·什克洛夫斯基（В. Шкловский）对时代潮流的非凡嗅觉。1932年，他在《文学报》上发表了一篇副标题为《巴洛克的终结》的文章，其中研究了最近发表的作品：尤·奥廖沙的《桑特旅伴的秘密笔记》（«Секретные записки попутчика Занда»）、奥·曼德尔斯塔姆的《亚美尼亚游记》（«Путешествиев Армению»）、尤·梯尼亚诺夫的《蜡人》（«Восковая персона»）、伊·巴别尔的《养老院的末日》（«Конец богадельни»）。批评家指责这些作品的作者，认为他们精心布局的诗学视域具有间接性和次生性："奥廖沙羡慕的是文选，是出版社的目录"；"《蜡人》中的人们在酒馆里不喝酒，反而大谈酒的种类，还不断重复着一些稀奇古怪的名字……"；"那样的文化是公式化的，简略的，巴洛克式的，"什克洛夫斯基认为。他断言："今日之世界简单得多。似乎不需要煽情。应该选取简单的事物或者说把所有的事物简单化……巴洛克的时代过去了。"（什克洛夫斯基：《论虽同路却对此一无所知的人们：巴洛克的终结》，载于《文学报》，1932年7月17日，第4页）

② 这是一个涵盖所有艺术的总趋势。例如，20世纪20年代末公认的俄国艺术先锋派领袖们的创作发生了变化：《第三国际纪念碑》的创作者弗·塔特林（В. Татлин）"封闭在彩色静物画和裸体画室内画架的框框里。从20年代末马列维奇（Малевич）也开始回到有具体人物形象的写生"……参见А. 莫罗佐夫（А. Морозов）：《20世纪俄国艺术史的未来，艺术学问题》，第8卷，第36~37页。

③ 《20世纪：文学进程的规律》的第1卷《新艺术策略》（叶卡捷琳堡，2003年）中的相关章节对三种倾向中每一种都做了详尽分析：其起源、创作方法的确定，文学流派的形成及其发展。

④ 关于社会主义现实主义标准符合"人民的愿望和期待"，参见多布连科（Е. А. Добренко）：《苏联读者的模式：苏联文学继承的社会及审美前提》，圣彼得堡，1997年。

级对立和意识形态划界,其内部有正面主人公,他是审美理念的最直观体现,他用普遍化概括的力量证明,这个宇宙的发展展示了"光明未来"到来的必然性。

社会主义现实主义模式的根基本身存在缺陷。首先,它将人性归结为社会功能,而审美理念的视域囿于纯粹的社会价值世界,将大众中个人的失去个性提升到英雄的自我牺牲精神层面。社会主义现实主义缺失全世界的形而上的视域,在这个视域中艺术自古以来就确定着真正的人,即崇高的存在标准。其次,社会主义现实主义的美学纲领将艺术意识返回到范式主义,事实上阻止了某种艺术之外(非符号化的)现实抵制预设好的意识形态方针。在"解冻"初期创作并非法传播的讽刺论文《什么是社会主义现实主义》(«Что такое социалистический реализм»,1957)中,安德烈·西尼亚夫斯基(Андрей Синявский)写道:"我们的要求是'在革命的发展中真实地描写生活'(摘自苏联作协章程,作者注),号召描写理想状态的真理,对现实进行理想的阐释,把应要发生的事写成现实的事,此外没有任何其他意义。因为'革命的发展'我们指的是必然迈向共产主义,迈向我们的理想,在改造理想时我们所面临的现实。我们服从马克思主义的逻辑,把生活描写成我们喜闻乐见的样子,描写成它应该成为的样子。因此,社会主义现实主义大概被称为社会主义古典主义才有意义。"①

社会主义现实主义规则扩散的后果就是苏联官方文学审美品质明显下滑。客观的研究者们直接将 20 世纪 30 年代称为停滞期,而在卫国战争氛围下短暂活跃的艺术意识甚至加速萎靡:死气沉沉的"日丹诺夫时代"开始了②。不管怎么说,社会主义现实主义仍是生命力非常顽强的现象。看来,正如当代研究

---

① 阿布拉姆·捷尔茨(Абрам Терц):《隐喻的价值,或西尼亚夫斯基和丹尼埃尔的罪与罚》,莫斯科,1989 年,第 450 页。
② 参见司徒卢威(G. V. Struve):《文学的停滞:1932—1941 年》第 6 卷《日丹诺夫时代》,《俄国文学史》,慕尼黑,1957 年。

者所言，社会主义现实主义这一现象并非那么简单、狭隘。①

西尼亚夫斯基在自己的论文中指出，社会主义现实主义模式明显似是而非："这不是古典主义，也不是现实主义。这是一种不是很现实的，完全非现实主义的半古典主义的半艺术。"他补充道："社会主义现实主义在不完全的现实主义和不完全的古典主义之间的位置上原地踏步。"② 的确，社会主义现实主义理论的所有术语姑且不论其范式的、新古典主义的本质，一开始完全是现实主义的：谈典型性格，却要求主人公符合社会主义现实主义的刻板公式；谈典型环境，事实上却将其简化成同人物社会"职位"相称的环境；谈生活的真实，可是当这一真实与政治教条背离时，就会毫不留情地予以诋毁。

但比术语的伪装更为本质的却是另外的东西：社会主义现实主义模式结构原则的某种双义性，它最明显地体现在这种文学流派的元体裁中。卡·克拉克曾证明童话模式是社会主义现实主义作品的主要结构属性。③ 有别于此，我们认为，社会主义现实主义元体裁具有更加复杂的构成，那就是"史诗性"（与其他成分一样，童话性也包含其中）与"小说化"的融合④，二者既有共同

---

① 20 世纪 80 年代中期起关于社会主义现实主义的观点已有一些进步。起初是铺天盖地地对社会主义现实主义概念的否定。有人认为，这充其量不过是理论的杜撰（参见 1988 年 5 月《文学报》组织的关于"我们是否应拒绝社会主义现实主义"的讨论）。随后大家开始赞同"社会主义现实主义"这个概念表示苏联时代俄罗斯文学史上非常现实的现象，但这个现象本身被界定为艺术意识模式中极权主义意识形态的次生印记。多布连科的专著《政权的隐喻：斯大林时期文学的历史阐释》（慕尼黑，1993 年）对社会主义现实主义这一概念进行了最为丰富的解释。俄罗斯科学院斯拉夫学与巴尔干学研究所出版的专题文集《熟悉的陌生者：作为历史文化问题的社会主义现实主义》（莫斯科，1995 年）中呈现出对社会主义现实主义的各种各样的观点。其中收录有尼古拉延科（В. В. Николаенко）的《作为多神教的社会主义现实主义：谈社会主义现实主义的神话学问题》和科兹洛娃（Н. М. Козлова）的《作为一种大众文化现象的社会主义现实主义》。首次尝试用分析的方法研究社会主义现实主义现象的还要早些，如米金（Г. Митин）的《从现实走向神话：杂谈社会主义现实主义的起源和功能化》（载于《文学问题》，1990 年第 4 期）。而在 20 世纪 90 年代末，谢尔久琴科（В. Сердюченко）已勇于对社会主义现实主义的特有作品给予非常高的评价：长篇小说《母亲》、格拉特科夫的《水泥》、法捷耶夫的《毁灭》、尼·奥斯特洛夫斯基的《钢铁是怎样炼成的》（参见谢尔久琴科：《论一段历史》，载于《文学问题》，1998 年 1～2 月，第 41～57 页）。2000 年，由古特尔（Х. Гюнтер）和多布连科担任主编的一部很有价值的作品《社会主义现实主义的规则》（圣彼得堡，2000 年）问世了。

② 阿布拉姆·捷尔茨：《隐喻的价值，或西尼亚夫斯基和丹尼埃尔的罪与罚》，莫斯科，1989 年，第 457～458 页。

③ 参见克拉克·卡特琳娜（Clark Katerina）：《苏联小说：一部仪式史》，芝加哥、伦敦，1980 年。

④ 在这个意义上巴赫金如是解释史诗与长篇小说。"史诗世界不仅是作为遥远过去的现实事件彻底完结，而且就其涵义与价值而言，也是彻底完结的：既不能改变它，也不能对其重新理解和重新评价。"按照巴赫金的说法，"小说化"同"参与到与未完成的现实相连接的领域之中"，同"其未完成的现时"相关。引自巴赫金：《文学与美学问题》，莫斯科，1975 年，第 480～481 页。

点，又有分叉线。社会主义现实主义内部出现不同指向的秘密即在于此：一方面，指向生硬的范式主义；另一方面，指向自由的小说化。这也是对试图"结合无法结合之物的解释：必然倒向图示化、寓喻化的正面主人公与典型人物的心理研究，高级语体、矫揉造作与散文似的日常生活描写，崇高的理想与生活的逼真"①。西尼亚夫斯基在这些特点中发现了社会主义现实主义作品中作者创作前后并非一致，事实上这根本不是什么不一致，而恰好是试图前后一致地实现社会主义现实主义模式结构本身的妥协性，亦即融合"史诗性"与"小说化"的倾向。

社会主义现实主义文体的主要特点——目标定位于民间文化、民间创作中的形式——也具有此类矛盾：一方面它也会导致审美标准的降低、"大众文化"的繁荣；但另一方面，它为社会广大群体开辟了艺术通途。②

或许，亚·特瓦尔多夫斯基（А. Твардовский）的两部长诗《春草国》（«Страна Муравия»，1936）和《瓦西里·焦尔金》（«ВасилийТёркин»，1942—1945）称得上是社会主义现实主义模式矛盾性最典型的例证。

在童话原型起绝对主导作用的第一部长诗中，客观现实为满足范式概念而变形，它将未完成的现代性变成苏联集体农庄"童话般现实"的史诗传说。第二部长诗中童话因素服从长篇小说认识未完成的、正在形成的现代性的目标，而"完成的"童话主人公在长篇小说的复杂性和动态中被揭示出来（详尽的分析参见本书第2章第8节）。

《瓦西里·焦尔金》几乎是唯一一部艺术上完善的社会主义现实主义杰作。这种方法艺术结构的范式性和预设性使艺术世界自我发展机制本身发生变形，束缚着作家创作个性，造成作品单调乏味和僵化不堪。20世纪30年代苏联文学的这些合法尝试即为很好的例证：出现了一大批必然有批判"破坏者"内容的所谓生产小说，简直是一窝蜂地出版了根据安·马卡连柯（А. Макаренко）《教育诗》（«Педагогические поэмы»）和尼·奥斯特洛夫斯基（Н. Островский）《钢铁是怎样炼成的》（«Как закалялась сталь»）的形象和样式炮制的教育小说，报纸上整版连篇累牍地写满了关于斯大林同志《伟大的朋友和领袖》《人类的导师》的长诗，而屏幕上一部接一部播放关于"社会主义新事物"［《伏尔加—伏尔加》（«Волга－Волга»）、《光明的道路》

---

① 《隐喻的价值，或西尼亚夫斯基和丹尼埃尔的罪与罚》，莫斯科，1989年，第457页。
② 格列尔（Л. Геллер）提出其他更概括的社会主义现实主义文化学结构。参见格列尔：《作为一种文化模式的社会主义现实主义》，载于《语言：世界的尺度，20世纪俄国文学论集》，莫斯科，1994年。

现代俄国文学(1953—1968)

(《Светлый путь»)、《大马戏团》(《Цирк»)、《拖拉机手》(《Трактористы»)等]的童话电影。

(2) 总的说来，**后现代主义**是先锋主义路线最直接的延续，因为正是后现代主义将先锋主义对人类所有价值的怀疑态度引向绝对：完全漠视或者毫不区分高级与低级、神圣与庸俗、现代与古代、喜剧与悲剧。术语"后现代主义"首先出现于1934年。① 许多研究者认为，这个文学现象本身在战前就已产生，詹·乔伊斯的《芬尼根守夜人》(1939)和博尔赫斯写于20世纪30年代的短篇小说被称为后现代主义的第一批杰作。而俄罗斯正是在20世纪二三十年代创作出在许多方面预见到并准备接受后现代主义文化哲学的作品：奥·曼德尔斯塔姆的《埃及邮票》(《Египетская марка», 1928)、康·瓦吉诺夫(К. Вагинов)的《斯维斯托诺夫的劳作与日子》(《Труды и дни Свистонова», 1929)、丹·哈尔姆斯(Д. Хармс)的《断片》(《Случаи», 1933—1939)。而在1955年，俄罗斯作家弗·纳博科夫已经创作出世界后现代主义的经典《洛丽塔》(《Лолтиа», 虽然最初是用英语写就)。后现代主义相当完整的历史－文学体系（文学流派）的明确形成，无论在西方还是在俄罗斯（事实上是独立的）都已经是20世纪60—80年代了。

后现代主义坚称客观（非符号化的）现实是虚假的。后现代主义模式的结构原则暴露出通常被称为客观现实的虚假性。后现代主义中现实世界被其他具有幻象（没有原本的复制品，没有参照的形象）特点的文化符号所取代。最终在后现代主义的作品中世界作为一个文本呈现（同古典体系中文本被作为一个世界呈现相反）。

后现代主义产生于幻象成为时代象征的历史情境和精神氛围中，这首先表现为被极权主义、法西斯等使尽伎俩强加给社会意识的一种假象。希特勒的死亡集中营、苏联的古拉格、第二次世界大战几千万牺牲的人们、广岛——当受到20世纪30—40年代人类陷入这些堕落的深渊的震撼，当这些幻象的欺骗和惨无人道的本质被暴露出来时，后现代主义变得成熟起来。在这种背景下，后现代主义作为谎言和欺骗时代的"真理"，作为任何一种"方法的"模式，具备了权威性，并神化了自己的世界形象，将幻象性抬升为人类存在本身的普遍性质（对后现代主义美学较为详尽的分析参见本书第3章第2节）。

---

① 见出版于马德里的费德里科·德·奥尼斯的《西班牙语诗选》。参见史内德曼(N. N. Shneidman)：《俄国文学1988—1994年：一个时代的终结》，多伦多、布法罗、伦敦，1995年，第171页。

14

（**3**）有别于社会主义现实主义与先锋主义倾向，在**后现实主义**的艺术策略中形成了另一种宇宙神话。作为一种完整艺术体系的后现实主义最初出现于20世纪30年代，出现于安·普拉东诺夫（А. Платонов）的巅峰之作［《切文古尔》（«Чевенгур»）、《基坑》（«Котлован»）、《岩浆海》（«Ювенильное море»）］，奥·曼德尔斯塔姆后期抒情诗［《新诗》（«Новые стихи»）、《沃罗涅什集》（«Воронежские тетради»）］，安·阿赫马托娃（А. Ахматова）的《安魂曲》（«Реквием»）及米·布尔加科夫（М. Булгаков）的《大师与玛格丽特》（«Мастер и Маргарита»）中。这些杰作中已初显新创作方法形成的良好前景，它能在平等对话的基础上抹掉古典与现代世界观之间的矛盾①。作为一种艺术模式的后现实主义目的论可以用一个公式简单表示：在存在主义的混沌内部寻找人类存在的意义，但不是同混沌妥协，而是与其斗争，对人而言，这一斗争是悲剧性的，但同其精神本质相符。不过，后现实主义最初出色的尝试在很长时间里都处于被禁的状态，从20世纪30年代初直至20世纪60年代同现代主义"交叉"的任何艺术实验都不可能，至少不可能出现在合法的出版物中（本书第3章第4节将对20世纪80—90年代文学史上后现实主义及其发展的前提进行详尽分析）。20世纪50年代，甚至60年代，后现实主义现象［鲍·帕斯捷尔纳克（Б. Пастернак）的长篇小说《日瓦戈医生》（«Доктор Живаго»）、瓦·沙拉莫夫（В. Шаламов）的《科雷马故事》（«Колымские рассказы»）］在一定时期内（直至80年代后期）被深深遮蔽于广大读者，但对社会主义现实主义而言却是非常强大的反题。②

同"苏维埃人"的庸俗概念及作为国家艺术的社会主义现实主义官方学说斗争：有时是公开的、坚定不移的，有时是隐蔽的、模糊微弱的，使得苏联时期俄罗斯文学的人道主义传统保存下来，尽可能保持创作水平，并找到艺术开拓的力量，一旦社会氛围好转，它就能迅速从停滞转向运动，从下滑转向上升。

---

① 此处仅谈到后现实主义的俄罗斯分支。毫无疑问，乔伊斯的《尤利西斯》（在英国初版于1922年，旋即被禁直至1938年）是这种方法的欧洲轨迹的开端。似乎两部同时完成于1943年的伟大的长篇小说：赫尔曼·黑塞的《玻璃球游戏》和托马斯·曼的《约瑟夫和他的兄弟》是这一发展轨迹下一个重要的阶段。欧洲的后现实主义特点及其发展史值得将其作为专门研究的课题。

② 按照秋帕（В. И. Тюпа）的观点，20世纪文学进程最主要的令人信服的线索可以通过以下艺术性模式确定：社会主义现实主义、先锋主义和新传统主义（参见秋帕：《后现代主义：20世纪俄罗斯诗歌理论概述》，萨马拉，1998年）。在秋帕称之为"新传统主义"的艺术性模式与我们早前在1992—1993年的刊物上用后现实主义这个术语表示的艺术策略之间存在某种同源性。

目 录

第一章 世纪中叶："初步结果" ……………………………………（3）

第一节 战后10年：文化语境 ………………………………（3）

第二节 戴着社会主义现实主义的面具：列昂尼德·列昂诺夫的
《俄罗斯森林》（1950—1953） …………………………（9）

第三节 新艺术策略的形成：鲍里斯·帕斯捷尔纳克的
《日瓦戈医生》（1946—1955） …………………………（24）

第四节 彼岸之声：弗拉基米尔·纳博科夫的《洛丽塔》 ………（46）

第二章 戴着人性面具的社会主义现实主义 ……………………（59）

第一节 "解冻"的文化氛围 …………………………………（59）

第二节 "生活的真实"：从纪实到自然主义（谢·斯米尔诺夫、
瓦·奥维奇金、亚·亚申、弗·田德里亚科夫）………（66）

第三节 社会主义现实主义人的概念的更新：米哈伊尔·肖洛霍夫的
短篇小说《一个人的遭遇》 ………………………………（74）

第四节 "60年代诗人们"抒情诗的"爆炸"与诗歌
（叶·叶甫图申科、罗·罗日杰斯特文斯基、
安·沃兹涅先斯基）…………………………………（84）

第五节 布拉特·奥库扎瓦的短歌 …………………………（101）

第六节 20世纪60年代散文与戏剧中的抒情倾向 ……………（109）

第七节 社会主义现实主义体裁的转型 ………………………（147）

第八节 亚历山大·特瓦尔多夫斯基 …………………………（178）

1

第三章 在社会主义现实主义之外 ……………………………………（216）

- 第一节 亚历山大·索尔仁尼琴 …………………………………（216）
- 第二节 瓦尔拉姆·沙拉莫夫 ……………………………………（272）
- 第三节 经典现实主义传统 ………………………………………（291）
- 第四节 阿布拉姆·捷尔茨和尼古拉·阿尔扎克的"幻想现实主义"
  ……………………………………………………………………（321）
- 第五节 新先锋派 …………………………………………………（338）

推荐书目 ……………………………………………………………（369）

"解冻"文学（1953—1968）

第一章 世纪中叶："初步结果"

第一节 战后10年：文化语境

伟大的卫国战争不可能不对社会意识产生影响。但这个影响并不是单一的。一方面，发生了鲍里斯·帕斯捷尔纳克借长篇小说《日瓦戈医生》中人物之口指出的情况："战争爆发时，它的现实恐怖、现实危险和现实的死亡威胁同没有人性的谎言统治相比，确是一种幸福，让人感到轻松，因为它们限制了空话的魔力。"另一方面，在欢呼雀跃的氛围下，残酷战争之后的胜利被许多人理解为领袖智慧和苏维埃制度优越性的证明。

这些方向各异的思想倾向各自反映在艺术进程中。1945年5月后，战争时代文学形成的惯性力量迅速强大起来。在纪念战争胜利20周年时，《文学问题》杂志曾做过一次调查，作家们更多将**艾曼努伊尔·卡扎凯维奇**（Эммануил Казакевич）的《**星**》（«Звезда», 1946）和维克托·涅克拉索夫（Виктор Некрасов）的《在斯大林格勒的战壕里》（«В окопах Сталинграда», 1946）称为对艺术意识产生过最重要影响的作品。事实上，这些作品引领着两种强大的艺术倾向。

1

第一种倾向延续着战争年代繁荣的**英雄－浪漫主义路线**。但卡扎凯维奇在《星》[随后在小说《草原上的两个人》（«Двое в степи»）]中用哲学激情丰富了这条路线,用永恒之光照亮了战争的冲突。星辰的形象(星星、地球)、神圣的形象(白马、黑马)、"玩神秘游戏"("绿色幽灵般"的侦察员)营造了一种氛围:将对战争的理解上升到启示录的高度,而战士的生命蒙上了异于社会主义现实主义的神秘光环。① 但浪漫主义倾向总是具有理想化的趋势,于是这种转向迅速在战后的社会主义现实主义中获得认可。

维·涅克拉索夫的中篇小说《在斯大林格勒的战壕里》属于**心理自然主义**[安尼斯基(Л. Аннинский)的术语]的纲领性作品,这一潮流产生于战争年代前线一代诗人[谢·古德金科(С. Гудзенко)、米·卢科宁(М. Луконин)、米·杜金(М. Дудин)、维·图什诺娃(В. Тушнова)、谢·奥尔洛夫(С. Орлов)、叶·维诺库罗夫(Е. Винокуров)、康·汪什金(К. Ваншекин)等]的抒情诗中。

心理自然主义驳斥崇高的假定性浪漫主义诗学,驳斥大肆渲染战争,描写战争期间的琐碎日常(这并不会减少人们的恐惧,却可以使人得到内心的安宁),这打破了通常用以确定人的优点的意识形态的刻板公式("政治成熟"、"思想坚定"、相信斯大林同志等)。涅克拉索夫小说中迥异的标准取代了这些公式:"他最好把我这个伤员从战场上拖下来,行吗?""我要和他一起去侦察吗?"总的来说,这部中篇小说描写了伟大的卫国战争中决定性战役之一的斯大林格勒保卫战,其中的冲突获得了道德特征并被移置于苏联社会内部:移置于用"正确的语句"逃避所有义务的夸夸其谈者与不说漂亮话却为这片土地抛洒热血的默默无语者的矛盾中,移置于准备强迫数十名战士正面进攻的官方人士与捍卫自己做人的尊严和信任的权利的活生生的人的矛盾中。

卡扎凯维奇与涅克拉索夫小说代表的两种倾向自身带有强大的审美冲击力:当时一批优秀的作品紧随其后,如薇·潘诺娃(В. Панова)的《旅伴》(«Спутники»)和《克鲁日里哈》(«Кружилиха»)、亚·特瓦尔多夫斯基的长诗《路旁人家》(«Дом у дороги»)、米·伊萨克夫斯基的《敌人烧毁了故乡的农舍》(«Враги сожгли родную хату»)、鲍·波列伏依的《一个真正的人的故事》(«Повесть о настоящем человеке»)。但是这些倾向却无法发展下去。主要的原因在于战后不久官方即要求对艺术进行无形的意识形态监控。对于国家体制而言,前线归来的人们带回的自由思想的危险性甚于饥荒和经济崩溃。

---

① 《文学报》上刊载的评论讨论《草原上的两个人》,其中部分原因是小说中听到"庄严的圣经,玄奥的启示对如此遥远的苏联文学的回应"。见马里亚莫夫(А. Марьянов):《白马与黑马》,载于《文学报》,1948 年 7 月 10 日。

第一章　世纪中叶："初步结果"

难以置信的事实是，国家一片废墟，严重的歉收重创了当时国家的主要粮仓乌克兰，而联共中央（布）却接二连三地通过关于《星》与《列宁格勒》等杂志及关于剧院剧目、关于歌剧《伟大的友谊》、关于电影《大生活》的决定，抨击音乐中的形式主义。于是被格列勃·司徒卢威（Г. Струве）命名的"日丹诺夫主义的时期"（以当时党内主要思想家的姓命名）开始了。阿赫马托娃与左琴科受到侮辱性诽谤，因为当局看到他们代表着古老的俄罗斯文化。所有偏离社会主义现实主义轨道的作品被贴上了意识形态标签：艾曼·卡扎凯维奇的中篇小说《草原上的两个人》被列入"思想错误和艺术上有缺陷的作品"，而一篇评论安·普拉东诺夫的杰作《归来》（«Возвращение»）的文章将其称为"安·普拉东诺夫恶意诽谤之作"。打着"同向西方奴颜媚骨作斗争"的口号激起沙文主义情绪，寻找可以转嫁群众愤怒的新的"内部敌人"：这回他们变成了"无爱国心的世界主义者"，其后果是这次运动滑向了反犹太主义的轨道。所有这些都被纳入"冷战"和在"热战"边缘平衡的框架内。

在这种氛围下，人们大肆倡导夸张的浪漫主义、虚伪的史诗性和伪宏大叙事的倾向。根据社会主义现实主义导师彼·巴甫连科（П. Павленко）、米·契阿乌列里（М. Чиаурели）、尼·维尔塔（Н. Вирта）、阿·别尔文采夫（А. Первенцев）的剧本拍摄的电影《柏林的陷落》（«Падение Берлина»）、《斯大林格勒保卫战》（«Сталинградская битва»）、《第三次打击》（«Третий удар»）被官方捧得很高。**生产小说**的力量又开始壮大，这种体裁最典型的特点被奉为金科玉律：人首先从工作功能上予以考量［如在弗·科切托夫（В. Кочетов）长篇小说《茹尔宾一家》（«Журбины»）中，全家被塑造成善于制造船舶并使其下水的生产集体模式］，宏大史诗或田园童话基调成为装点战后现实的审美伪装［仅举几部20世纪40年代描写集体农庄的小说足矣：谢·巴巴耶夫斯基（С. Бабаевский）的《金星英雄》（«Кавалер Золотой звезды»）、加·尼古拉耶娃（Г. Николаева）的《收获》（«Жатва»）、格·梅登斯基（Г. Медынский）的《玛利亚》（«Марья»）］。**全景式**小说逐渐兴起，这种体裁中的人物通常会陷入千变万化的政治事件，甚至诸如群众歌曲之类的大众体裁在那些年代也明显倾向于礼拜似的庄严风格。

所有这一切证明社会主义现实主义的惯性占了上风。20世纪30年代末形成的艺术生活中的停滞现象因卫国战争期间人们精神高涨受到冲击，如今又重新席卷文学。新书不少，但艺术水准却极低。当文学成为意识形态教条的插图时，当官方推广无冲突论（它建立在沿着建设共产主义道路胜利前进的社会中，没有对抗性矛盾存在的意识形态纲领基础上），并抛出"我们需要节日文学!"的口号时，艺术不可能达到高水准。尼·什帕诺夫（Н. Шпанов）的《挑衅者》（«Поджигатели», 1949）和《阴谋家》（«Заговорщики», 1952）等诸如此类的"间谍史诗"成为当时极其典型的现象，它是表现包括情节、人物、审美评价等在内的总体目标的一种极端形式，它取代了卫国战争后人们期待的宏大史诗。①

2

20世纪40年代末50年代初是苏联文学史上最不光彩的一段时期，苏联文学还从未下滑到如此差的程度，甚至当局也察觉到了这一点。于是，他们试图用某种方式激励文学生活。1952年4月，苏共意识形态喉舌《真理报》刊登了一篇名为《克服戏剧的落后状况》的文章，批评了无冲突论；苏共十九大中央委员会（1952年10月）总结报告中宣称："我们需要苏维埃式的果戈理和谢德林，他们的讽刺像火一样把生活中一切反面的、腐朽的和垂死的东西，一切阻碍进步的东西都烧毁了。"②但是批评只能在允许的范围内进行，不能破坏"根本"，而且只能在给定的学说框架内进行（不偏离社会主义现实主义的原则，塑造正面主人公、共产主义建设者形象，同资产阶级意识形态斗争等）。因此，所有这些号召根本无法活跃文学气氛，反而变成了流行的口号，并给一系列笑话提供了素材。

艺术水准持续下滑。形势变得让人无法容忍，以至于20世30年代末任苏联作协总书记的亚历山大·法捷耶夫（Александр Фадеев）决定亲自过问这个问题。1953年春，在一封致当时与他共同担任作协领导职务的阿·苏尔科夫（А. Сурков）的信中，他忧心忡忡地指出."就思想艺术品质，特别是就创作技巧而言，近三四年来苏联文学不仅没有提高，反而是在可怕地下滑。哪怕作为相对的典型能够推出的作品都少之又少。"③米·肖洛霍夫更加严厉地批评了当时的文学。在出席1954年12月举行的苏联作协第二次代表大会时，他讲道："毋庸置疑，在过去的20年里，我们多民族的苏联文学的成就确实很大，不少天才作家步入文学的殿堂。但在这种情况下，一股单调乏味的、平庸

---

① 对战后头十年文学中这些倾向的评价参见多布联科（Е. Добренко）的文章：《关键词：斯大林时代晚期的文学》，载于《新世界》，1990年第2期。

② 马林科夫（Г. М. Маленков）：《党的十九大联共（布）中央委员会总结报告》，载于《真理报》，1952年10月6日。

③ 亚历山大·法捷耶夫《亚·法捷耶夫论文学》，莫斯科，1982年，第329页。

文学的灰色潜流成为我们的灾难,近几年它从杂志上流出,而且充斥书市。是时候挡住这股浊流,共同努力建造一座抵御它的可靠堤坝了。否则我们将面临失去读者尊重的危险,这种尊重是靠多年来严肃的文学家们的大量作品获得的。"①

3

不过,战后第一个十年文学进程的情景并非完全处于停滞的状态。停滞首先波及了占主导地位、且被官方认定占主要地位的社会主义现实主义流派:这是创作方法本身不足造成的后果。某些其他艺术倾向:其中有些被排斥到文学生活的边缘或驱逐至地下状态,还是保持了顽强的生命力和自我发展的能力,虽然它们有时采用的形式无法不打上存在的反常条件的印记。

譬如,康斯坦丁·帕乌斯托夫斯基(Константин Паустовский)的两部作品:回忆录小说《遥远的岁月》(«Далёкие годы»,1945)和作者冠以"一本谈作家创作的书"之副标题的《金蔷薇》(«Золотая роза»,1953—1955),精心保存了浪漫主义充满激情及敏锐地领悟生活的精神,其中充满高度的文化修养气息,帕乌斯托夫斯基散文的表现形式本身就是真正的文学性的典范:字斟句酌的态度、精炼的描写、细腻的抒情表现力。

杰出的作家、哲学家米哈伊尔·普里什文(М. Пришвин)的创作道路终结于20世纪40年代和50年代之交。在1946年开始创作的自然哲学小册子《大地的眼睛》(«Глаза земли»)中,普里什文相信早期所选的认识人与世界关系的范围要比社会主义现实主义狭隘的社会定位宽泛得多:即便在普里什文最简洁的小册子里,人也处于同周围大自然直接的关系中,动情地感受着大地的美景,并在其中揭示存在本身的伟大意义。"日记中的'我'应该与艺术作品中一样,也就是说,照着永恒之镜,总是看到一副当代胜利者的姿态",普里什文在构思的一本书的前言中写道。②

显而易见,帕乌斯托夫斯基与普里什文的艺术原则与占主导地位的文学标准不合拍,尽管二者还不具有公开对抗的性质。但是官方人士对待他们,就算不是警惕却也是冷淡的。毕竟,无论是帕乌斯托夫斯基,抑或普里什文都未进入苏联文学承认的领军人物"名录",但在严肃的读者眼中,他们正是伟大的

---

① 转引自《第二次全苏作家代表大会速记报告》,莫斯科,1956年,第374页。
② 米·普里什文:《文集》(8卷本),第7卷,莫斯科,1984年,第84页。

现代俄国文学（1953—1968）

俄罗斯古典文学传统的保持者，也正是他们确立了文学艺术不公开的"标准"。

不仅战后十年，甚至延续四分之一世纪的整个历史－文学阶段，其客观的艺术总结并非由社会主义现实主义小说或史诗给出，而是完全由其他作品给出的。那个时期在文学的总趋势显得越来越单调乏味时，两位艺术家却创作了自己的注定要在俄国文学史上起重大作用的恢宏作品。他们创作长篇小说时比邻而居，都在别列捷尔京诺作家村，而且事实上还在同一时段（20世纪40年末50年代初）。其后，他们作品的文学命运却惊人地相异：一位获国家文学最高奖——列宁文学奖，作者的名字遮蔽了那些必然将共产主义与沙文主义教条集于一身的文学保守派们；另一位获得了诺贝尔奖，但其作品却长期不准在国内出版，作者也成为对抗意识形态操纵文学的象征。不过，他们在历史文学语境中的相近却是不容置疑的事实，文学进程的研究者不应忽视这一点。

这是就列昂尼德·列昂诺夫（Леонид Леонов）的《俄罗斯森林》（«Русскийлес»，1950—1953）与鲍里斯·帕斯捷尔纳克的《日瓦戈医生》（1946—1955）而言的。

第二节 戴着社会主义现实主义的面具：
列昂尼德·列昂诺夫的《俄罗斯森林》（1950—1953）

《俄罗斯森林》命运坎坷。作品于1953年底在《旗》杂志（第10至12期）发表，问世之初就在评论界引起争议。但小说却在1957年获得列宁文学奖（继获奖者数目众多、价值却不大的斯大林奖叫停后首次恢复的官方文学奖），从那时起它就被官方文艺学骄傲地视为社会主义现实主义的典范。[①] 这一点多年来阻碍着人们对《俄罗斯森林》的正确理解，它被误读了：有人认为作品肯定了审美地把握现实的社会主义现实主义原则的说服力；有些人则发现，小说证明了符合社会主义现实主义艺术观的既定目标同国家意识形态的一致性。的确，《俄罗斯森林》给各种解读提供了依据。

解读哲理小说的童话"钥匙"

在长篇小说《俄罗斯森林》的空间里充溢着含义隽永的独白、意识形态的争论及哲学思想的辩论，甚至不时点评当时文学的妙论。起初，似乎是为谈话起个头——一位交谈者带着无法掩饰的嘲讽"举了一系列当代著名小说和戏剧的例子，这些作品头头是道地尽讲些铺设排水沟及消除铁路列车晚点的问题"，然后不断讽刺揶揄，似乎他对此赞同："虽然我本人赞同，比如说，戏剧演出应当经得起感觉尚未缺失的观众的检验，艺术内容无需承载过多教育功能……但要知道文学是社会思维的一种形式，我们根本不可能让私人操纵它，即便他们是天才……即使这有损作品形式的价值。没关系，即便它稍差些，但对大家而言会更具时代精神，更容易理解！"[②]

看来，那样的文学让《俄罗斯森林》的作者感到厌恶，不管怎么说，有一点很明确，他在创作自己的长篇小说《俄罗斯森林》时，十分清楚社会主义现实主义美学的缺陷。的确，《俄罗斯森林》文笔精雕细琢，结构高度复

[①] 在这方面以下专著最具代表性。罗巴诺夫（М. Лобанов）：《列·列昂诺夫的长篇小说〈俄罗斯森林〉》，莫斯科，1958年；弗拉索夫（Ф. Х. Власов）：《生活的诗歌》，莫斯科，1961年，第94～227页；科瓦廖夫（В. А. Ковалёв）：《列昂尼德·列昂诺夫的创作》，列宁格勒，1962年；叶尔绍夫（Л. Ф. Ершов）：《俄苏小说》，列宁格勒，1967年，第217～228页。

[②] 列·列昂诺夫：《文集》（10卷本），第8卷，莫斯科，1982年。以下引文均出自此版本。

杂，同社会主义现实主义散文的总体水平和特点相差极大。后来，当有了创作《俄罗斯森林》的经验之后，列昂诺夫如是解释自己小说建构的秘密："构思结构时，我尽量让素材在其内部生成能起补充作用的人物。我在小说中创造着似乎发挥特殊思想的'第二结构'。'第二结构'就是应当让读者漫游作品，使其寻觅到有用的、对他而言有趣的价值。"[1]《俄罗斯森林》最主要的结构层次到底是什么？它们之间又有什么相互关系呢？

　　第一个层面：哲学争论的情节。的确，列昂诺夫的长篇小说是一部思想小说，但是对于社会主义现实主义文学而言，思想争论的范围却异常广泛：关于俄罗斯森林命运的争论转变为关于人的创造潜力及其在自然界大循环中的地位、关于人们对待历史经验的态度以及关于历史的意义及世界文明命运的激烈辩论。

　　不过在《俄罗斯森林》中，这一考验智力的哲学层面被用于同另一个表现手法相异的童话层面进行对比，后者用童话原型进行诉诸观念的情感表达。众所周知，这个层面是社会主义现实主义元体裁结构中最重要的组成部分。正如克拉克所证实的那样，童话原型的现实化符合社会主义现实主义方法的范式特征：童话依据的是关于世界及道德法则的古老观念"固化"的规则，结构上符合社会主义现实主义模式——把对现实、艺术决定的预定目标及听天由命的乐观主义审美态度简单化，同时用民主性和艺术符号的大众性将其遮蔽。一般而言，社会主义现实主义小说中童话原型戴着艺术世界自我发展的面具，隐藏于结构之中。列昂诺夫直观地将"童话武器"展示出来，表现出其最丰富的语义潜力并对其最大限度地予以利用。

　　《俄罗斯森林》具有哲理小说体裁的固有特征，此书序言如同音乐的序曲，确定了哲学争论的主要焦点，引入贯穿全文主题思想功能的形象，而主题思想同时也确定了叙述的整体情感基调及描写的总体色调。

　　在《俄罗斯森林》的序言中，童话母题起着主导作用：不是一个母题，而是几个！所有母题同小说女主人公波利亚·维赫罗娃的感情状态紧密相关。她刚从林间小镇来到首都。夏日的欢快，杨絮仿如"神奇的轻飘飘的雪花"，莫斯科节日的面貌，"永葆历史活力"的"红场穹顶"，人们的微笑，他们处处"奇妙的改造"：十八岁的女孩似乎觉得自己"在巨大而又奇妙的童话世界里迷失了方向"，"生活对她而言就是童话中奇妙的升降梯"。这个母题的总体

---

[1] 斯塔尔采娃（А. М. Старцева）：《列·列昂诺夫长篇小说的结构特色》，载于《苏联文学问题》，1959 年第 8 期，第 389 页。

基调就是青春的活力和纯洁，兴奋地接受世界，期待幸福，一句话，"请投入生活"。

序言之后童话并未消失。它通过以下手段彰显自己的存在：对无人称叙事的直接注释（"他的童话行将结束"，"被遗忘的俄罗斯传说片段"）；童话般的形象——主题（小金块、草茎、活水与死水，黑暗的力量）；奇妙的形象——象征的更替（泉水，永恒的加琳娜）；中心象征形象的修辞色彩——俄罗斯森林的形象及其神秘地形（直到天涯海角）、神奇的原住民及传奇的保护者，这个形象对人友善，善良而又体贴，是生命奇迹形象生动的体现，"存在永远欢乐"的表现。

《俄罗斯森林》艺术世界建构的最重要特点在于童话、奇幻的因素和理性、逻辑的因素相互交织。作品中史诗存在的层面被物化为童话的（更准确些，是童话史诗的）形式，而理性的层面（哲学学说、社会预测与历史概念）也披上了民俗史诗的外衣，在人物或无人称叙事者的叙述中包含史诗故事，或神奇乌托邦，或社会神话，甚至残酷的创世反乌托邦的特征。

哲学辩论的逻辑与历史事件的情节

中心人物伊万·马特维伊奇·维赫罗夫与其"不共戴天的朋友"亚历山大·雅科夫列维奇·格拉齐昂斯基的两次课程和演说的对话交锋在《俄罗斯森林》中的各种哲学争论中居于中心位置。

格拉齐昂斯基教授的课（第3章）具有引出哲学争论主题的作用。虽然亚历山大·雅科夫列维奇的演说环境并不十分适宜：在防空洞地下室内，且事实上只有波利亚一个听众。叙事者用嘲讽的评论向读者指出演说的纲要性，"仅仅因为听众不多才没展开"。

格拉齐昂斯基"地下室演说"的感召力何在？教授本人有预见性地用规避风险的语句给出判断，说他的思考可能会让人觉得"甚至在某种程度上有些庸俗，或许，还流露出应受指责的悲观主义情绪"。悲观主义情绪到底体现在何处？要知道亚历山大·雅科夫列维奇·格拉齐昂斯基在波利亚面前阐发的是从20世纪30年代直至50年代中期具有官方意识形态学说特点的思想，首先是现代战争不可避免的论点，其次是在向社会主义迈进的过程中阶级矛盾激化的假设。教授没有进行任何篡改，他只是有逻辑地阐发所有政治常识小组学习的国家思想而已。当展开第一个论点时，格拉齐昂斯基论证道：既然战争不可避免，那么战争之间的间隙很短，由于技术进步，战争的破坏力会越来越大，因此等待着我们地球的将是不可避免的自我摧毁及"局部的硝烟四起"。在阐发第二个关于社会主义社会内部阶级矛盾激化的论点时，亚历山大·雅科夫列维奇·格拉齐昂斯基关切地提醒所谓"通常打着学术思想旗号误入歧途的危险性……人民事业的规模越宏大，观念上失之毫厘、谬以千里的危险性就越大"。

格拉齐昂斯基将十分重要的意识形态学说引入了逻辑困境。他信誓旦旦地证明，这些学说的实现只会导致国内政治镇压变本加厉，甚至会在全球范围内造成灾难。童话般的共产主义未来却显出可怕的反乌托邦轮廓。对于20世纪50年代初而言，从迄今似乎颠扑不破的公理中得出的那种逻辑反指确是完全出乎意料——看来，作者因此未（抑或不想）在小说中点明——这可需要不小的勇气。

伊万·马特维伊奇·维赫罗夫的课（第7章）反对格拉齐昂斯基"地下室课程"中宣称的观念并与之展开论战。维赫罗夫用"物质充满荆棘的发展之路：从阿米巴到自豪的会思考的人"的观点同人类退化及所有生物不可避免自我毁灭的悲观主义预言对比，用尊重自己民族的过去的观点同高傲地蔑视积累的经验对比。与格拉齐昂斯基阴郁的反乌托邦说相反，维赫罗夫谦虚地声称自己将"俄罗斯生活中森林作用概述"的课程讲成了明快的罗斯史诗故事：他审视着"斯拉夫民族漫长的童年"，缅怀祖先斯维亚托斯拉夫，讲述着金帐汗国的活动，大篇幅描述了罗斯人在自己土地上的经济活动史。在维赫罗夫的故事课中，俄罗斯森林起着史诗中心形象的作用：它是大自然永恒法则与保护生命奇迹远离死亡的核心道德准则的体现。俄罗斯森林作为存在意义的载体，是最权威的一级，维赫罗夫捍卫着自己关于人的使命的观点（"既不当大自然的无耻掠夺者，也不当大自然的草茎，而是充当支配世界的伟大力量"）及进步的观念：试图使自然屈从于某种抽象的空想时，不对其施暴，而是"窥探使自然现象成为生动、统一的有机体的神秘联系，以便在大自然趋向完美时为其助力，因为大自然盲目地获取完美时，通常以大肆浪费、无数的实验和残酷的淘汰为代价"。

通过维赫罗夫与格拉齐昂斯基课程的间接冲突，多维、"多层"的哲学争论开始交叉。其他人物——经验丰富的党员瓦列里·克拉伊诺夫（Валерий Крайнов）和年轻的共青团员瓦利亚·切尔涅佐娃（Варя Чернецова）、历史学者莫尔西亨（Морщихин）与铁路火车司机季托夫（Титов）等——也加入进来。关于森林利用原则的辩论虽然并非不重要，但毕竟是表层冲突。此处有一个实用主义的问题：如何协调社会经济需求与自然生态潜力的关系？不过在小说的哲学氛围下，这个问题转化为其他的，即社会哲学（历史理论）层面的问题：人是否有权将自身的规则强加给自然并使其自然进程屈从于自身的需求？这已经是整个20世纪最尖锐的问题：革命的任意性问题。列昂诺夫的小说在苏联（合法的）文学中几乎是首先质疑改造生命的革命准则本身的合法与合理性的。同时，生命发展的革命观和进化观之间的全面冲突具有本体论深度：列昂诺夫断言，革命唯意志论哲学是不相信生命能量自给自足、对存在奇迹盲目无知的结果，最终在这种哲学背后隐藏着对生命意义的错误否定和对死亡的恐惧，而遵循万物之间"神秘联系"的哲学是相信生命及热爱存在奇迹本身的体现。

这种本体冲突的重要性表现在小说事件的时间流中，冲突同时与维赫罗夫和格拉齐昂斯基多年来争论森林利用的缘由联系了起来。事情发生于1916年，第一次世界大战期间，维赫罗夫大学同班萨沙·格拉齐昂斯基和叶菲姆·切列基洛夫意外造访林区时。正是在那时，格拉齐昂斯基首次批判维赫罗夫"田园诗式的拟人说"，他提醒说，许多世纪以来，森林是"俄罗斯国家经济毫不反弹的弹簧"，还号召不要"在被斧头武装起来、被伟大的思想激发起来的砍伐森林之路上制造障碍"。于是在一泓泉水边出现了充满象征意义的一幕。在列昂诺夫小说的象征形象层级中，泉水是生命开始的体现，是其永恒无限的源泉。格拉齐昂斯基一个不经意的破坏的动作（突然，他向前做了一个击剑冲刺的动作，把木棍刺进泉水中，兴奋地在泉眼黑黢黢的砂石中搅了两下）显示出其对生命的敌视及面对生命无穷的力量时一种非理性的恐惧。就连平素温文尔雅的维赫罗夫都大喊起来："我杀了你！"并折断了格拉齐昂斯基的"武器"。切列基洛夫下了个悲观的论断，即形形色色的人们在地球上奔忙是徒劳的，因为"反正你都要死"。他还提出一个完全无解的问题："你说：活着是为了什么？"老同学聚会到此为止。对维赫罗夫而言，提出这种问题本身就是一种亵渎，他回答道："当太阳被赐予人们时，你却问为什么需要它是不礼貌的。"

如果说其后维赫罗夫与格拉齐昂斯基多年冲突的外部主线表现为关于森林利用原则的公开争论，那么每个论敌精神活动的指向完全相反则是这个冲突内部深层次的一面：维赫罗夫穷其一生都在写作保护森林或者说保护生命之书，而他在序言中满怀敬意提到的格拉齐昂斯基花费很长时间完成的"那本重要著作"，原来是一本"供研究自杀的专著使用的学术资料全辑"。

从这些第一手资料中得出的两种历史理论概念的对立——人类活动符合自然规律的概念和随意对自然施暴的概念——均体现在《俄罗斯森林》的时空

体系中。小说有两个历史层面：第一个层面是作为重要时段突出的：1892、1916、1929、1936 和 1941 年，与伊万·马特维伊奇·维赫罗夫的命运及其为俄罗斯森林而进行的斗争息息相关；第二个层面则集中在卫国战争第一年的事件上。

小说重点描写卫国战争第一年，即战争最悲惨的时期。但叙事者将"大战"第一年具有世界意义，标志着流血冲突新阶段的所有转折性事件巧妙地转到历经多年（几乎半个世纪）的俄罗斯森林斗争史上，转到两种对立的本体论和历史理论概念之间的某种"小战"层面。

两个独立的历史情节本身具有同步性，尽管时间范围有别，历史情节还是形成了具有共同开端（第 2～4 章）、高潮（第 10 章）、结局（第 13～15 章）的统一脉络，并以序言（第 1 章）与尾声（第 17 章）前后贯之。这种情节结构的建构使得小说中的哲学争论具有了划时代的意义：俄罗斯的命运，不仅俄罗斯，全人类的命运也有赖于这一争论的解决。此外，作者将"大""小"战争的情节、半个世纪的俄罗斯历史和与纳粹分子作战一年的事件"结合"起来，揭示出他在两种哲学的对立与世界大战之间发现的隐含联系；同时也揭示出历史纵恣哲学，用暴力改变生命自然进程的哲学与法西斯主义的内在相似性，战后苏联人民记忆犹新，法西斯主义反人类、野蛮残暴的本质毋庸置疑。正如在《俄罗斯森林》中所证实的那样，既然对自然规律施加暴力的哲学与革命极端主义的意识形态相关，并且在政治教育中形成公理，那么从两种历史情节的并置中就可以得出经得起考验的结论。

不过列昂诺夫谨慎地避免自己受到政治谋反的指责。为了预防因危及国家体制的意识形态"基础"而可能受到的攻击，亦即为了预防偏离了遵循官方意识形态学说的社会主义现实主义方法，他使用了社会主义现实主义艺术中广泛流行的方法，变成极端主义思想的宣扬者。他认为格拉齐昂斯基这个形象具有社会主义现实主义模式中传统的破坏分子功能。只不过亚历山大·雅科夫列维奇·格拉齐昂斯基破坏活动的特点在于他发明的"拟态"法，其实质就是"把敌人的方法极端荒诞化，然后从内部将其引爆"。其实，教授的"地下室课程"中革命极端主义思想转变为全面的反乌托邦思想，本身就是某种直观显示其"技艺"的"拟态"范例。其后，亚历山大·雅科夫列维奇所说的一切都带有"拟态"的印记，这就意味着他针对苏联规章的所有刻薄言辞成为极其准确地命中体制痛处的讽刺之箭，作者均可将其归咎于"敌人的阴谋"。当格拉齐昂斯基直接用当时最严苛的政治责难控诉维赫罗夫试图保护森林免遭超标准砍伐，"破坏社会主义建设"时，他是真诚的社会主义幻想家和乌托邦理想的狂热践行者。透过这种本质和风格都相当典型的责难，叙事者看到了敌人的图谋：玩弄社会主义理想，挑唆社会采取会导致重大灾难的行动，贴上政治标签，毁谤反对毁灭理想的最坚强战士。

小说青年主人公观点的嬗变

列昂诺夫遵循哲理小说中思想斗争是情节推动力的内部规律，将维赫罗夫与格拉齐昂斯基各自捍卫的哲学纲领之间的斗争与青年主人公波丽娅和她的朋友们的精神面貌形成之间的联系作为《俄罗斯森林》情节构成的中心线索。

芬克分析《俄罗斯森林》时表达了准确的思想："维赫罗夫与格拉齐昂斯基的对决首先是争取未来的斗争，因此不仅森林而且波丽娅（青春，未来一代！）也是这场斗争的中心。两个对手为争取波丽娅进行非常紧张的战斗，甚至他们都没想到这一点……"① 的确，维赫罗夫与格拉齐昂斯基在争论中并未妄图说服对方，他们的立场没有改变，但每次都向青年发出呼吁。故每个人以课程的形式阐述自己的信念并非偶然——无论是面对防空洞中形单影只的波丽娅·维赫罗娃还是林学院的大批学生听众。但是，芬克认为维赫罗夫与格拉齐昂斯基"甚至没想到"他们在进行争取青年人心灵的斗争，这一观点有待商榷。

有两个典型的情节直接预示了高潮时刻林学院会议的到来。第一个预兆是亚历山大·雅科夫列维奇平常写的一篇胡说八道的短文，其中最后几行"尖锐地提出要保护青年免受维赫罗夫的有害影响，而这种影响正在起作用"。因此，试图将维赫罗夫缚柱受辱与其说是批驳其"林业思想"，不如说是在青年面前损害其信誉，剥夺其对新一代的影响。第二个预兆：维赫罗夫与切列基洛夫在其别墅的激烈交锋，谈话以公开决裂告终。这个场景的结尾处这样写道："伊万·马特维耶维奇走得上衣都冒出了雾气，走到车站时，不知为什么乘客纷纷给他让出了售票口的位置，而他也俨然一副替他们顶住了重大战役的样子，没有拒绝这一荣誉。"可见维赫罗夫非常清楚他在为谁进行"森林战役"。

但是这场战役打得非常艰难，首先是因为他们为之战斗的那些人最初的立场——小说青年主人公的立场——是矛盾的。波丽娅和她的朋友们：谢廖沙、罗季昂、瓦利娅及诸如游击队侦察员瓦洛佳·安库季诺夫或火车司机的助手格尔卡·拉夫佐夫，或者是来自什哈诺夫站、曾"羞辱过希特勒"的绝望的小

---

① 芬克（Л. А. Финк）：《列昂尼德·列昂诺夫的鉴戒》，莫斯科，1973 年，第 236 页。

现代俄国文学（1953—1968）

男孩等次要人物代表了整整一代人："20世纪中叶的青年人"。他们是俄罗斯历史上特殊的一代：十月革命之后出生，可谓从襁褓中就已学会了苏维埃政权的那一套概念体系，苏维埃的思维方式以一种非常纯洁、未掺杂其他杂质的形式（诸如"旧世界有害的影响"）存在于他们的意识当中。叙事者略带讽刺地调侃道："随着苏联社会的巩固，孩子们内心对过去的生活方式产生了一种无意识的厌恶……往事在他们的想象中类似于一座巨大的古墓，里面填满了腐烂的骨头和积累的宝藏。"虽然叙事者用从官方那里听来的软绵绵的套话包住了自己的锋芒，并将其稍事伪装，但在描写谢廖沙如何受教育时，这种伪装只会增加讽刺效果："教育意义不足的童话当时被认为是有害的胡编乱造"；"人们反复告诉他，这是为他建造的铁路枢纽和水利枢纽"；"世界的全部智慧对谢廖沙而言是现成的，三段论式的"，最终还出现了一段类似总结的话："饱受旧社会辛酸苦难的老一代人，一方面总是想方设法使接班人免于屈辱的冻馁之苦，另一方面总是希望第二代永远摆脱前人的精神道德缺陷。为此，他们常常对前人故作轻蔑，对人类从前不甚成熟的思想和历史上的种种不幸抱着既宽容又嘲弄的态度，并且这样教育孩子……"①

这就是青年主人公观点中的混乱之处，叙事者美其名曰"豪放的左派观点"：他们鄙夷祖国的历史知识，甚至想尽快摆脱命运这个概念（"……这是弱者才说的一个有害的词，软弱是它的全部含义……因此没有命运，只有钢铁般的意志和必然性，"波丽娅自信地宣称）。同《俄罗斯森林》一书中呈现的无限复杂的世界相比，这种思维方式就显得肤浅。不如说是由社会的粉饰或政治的狭隘所造成的。它说明这种思维方式对存在本身的认识极其简单，对生命现象本身的态度极其轻率。在作家看来，这才是最危险的地方。

作者对谢尔盖、波丽娅及其同龄人抽象乐观主义的反讽态度表现在他们表达自信的未来观时使用的特殊"新语言"②中。在这种"新语言"中，苏维埃最流行的宣传口号之一"向前进，到达光明美好的顶峰！"成为统一的形式。列昂诺夫只是把修饰语更加具体化：既然顶峰是光明美好的，那就意味着它是由冰层覆盖或白雪皑皑的，问题是在那种地球冰箱中能有生命吗？列昂诺夫把这个问题留给读者去思考。《俄罗斯森林》中的青年主人公就不无炫耀地使用了一系列源自"光明美好的顶峰"的转喻："但是所有的人都在向前，向

---

① 译文引自列昂诺夫：《俄罗斯森林》，姜长斌译，黑龙江人民出版社，1984年，第445页。——译者

② 乔治·奥威尔小说《1948》中一种虚构的语言。——译者

前，无论如何都要到达冰峰""火风的高度"①"纯净无暇"等。毫无疑问，这些转喻具有内在的对话性：在年轻主人公口中它们充满浪漫主义激情，但当小说的共同联想空间意指森林、泉水、草茎等生机勃勃、温和亲切的形象时，它们就显得辞藻华丽、了无生气。②

对格拉齐昂斯基而言，那种语言只不过是"拟态"的形式：在他从脸上摘下面具的罕见时刻，从他嘴里说出"纯净世界的理想"简直就是绝妙的讽刺。但对波丽娅和她的朋友而言，"纯净世界"的说法是光明纯洁的未来的神奇童话的象征，对此他们是真诚向往的。

亚历山大·雅科夫列维奇·格拉齐昂斯基非常清楚，在这个"纯净世界"背后，可怕的社会和自然的反乌托邦依稀可见，但他还是全力支持波丽娅和她的同龄人相信美好未来的童话。这就是起初格拉齐昂斯基与小说青年主人公立场相符的基础。格拉齐昂斯基激进的言辞、豪情万丈的煽动性口号对正奔向"冰峰"的孩子们很有诱惑力。

讲述俄罗斯森林童话的维赫罗夫关心美丽而又脆弱的自然，经常大声疾呼保存和保护滋养和养育罗斯人的一切事物，有老派的习气和艺术品位——可在急于爬上冰峰的青年浪漫主义者眼中，他是个守旧、荒唐的保守分子。此外，在小说的对立体系中有一点非常重要，即与格拉齐昂斯基的言语相对，维赫罗夫的言语具有些古语的特点，他似乎还用俗语词汇和韵调为其增色。格拉齐昂斯基以庇护的口吻数落伊万·马特维伊奇："那边在打仗，你却在这帮少不更事的青年人面前穷扯什么树精、隐修士……还用你那古俄语的黑话说。"平常温顺的维赫罗夫立即予以回击："这种黑话是我的祖先的语言……那你让我用什么莫名其妙的贼话讲？"

可见，与生父和养父的思想相比，波丽娅·维赫罗娃和谢尔盖·维赫罗夫最初的观念更接近格拉齐昂斯基暗示的想法。此外，波丽娅起初对伊万·马特

---

① 列昂诺夫借助"火""风""高度"等词荒谬的搭配嘲讽苏联浪漫主义化的口号。——译者
② 《俄罗斯森林》的第一批评论者之一马克·谢格罗夫（Марк Щеглов）对这些"冰的"隐喻的评论颇具代表性："但有时列·列昂诺夫笔下主人公的理想显得夸大其词，令人郁闷。诸如波丽娅·维赫罗娃和瓦利娅·切尔涅佐娃等年轻的姑娘们谈到人类的过去、历史和人在地球上生活的目的时，她们使用的是多么冰冷无情、残酷无义的词汇和形象！……列·列昂诺夫将自己'从熟识、温暖的洼地来的'女主人公塑造得冰清玉洁、直爽开朗，却显得寒气袭人（或许，他觉得一切平凡之物和朴素的人性大抵如此）。"（马克·谢格罗夫：《列昂尼德·列昂诺夫的〈俄罗斯森林〉》，载于《文学评论》，1971年，第137~138页）但是马克·谢格罗夫这位"解冻"初期最敏锐的批评家之一，从读者的角度精准反思波丽娅和他的同龄人话中提到的"冰的""纯净的"等修饰语和具有寓意的"直率开朗""单纯朴实"等词，却将作者和主人公的立场等同，并未觉察出作者的反讽。可见，从文体绝对严肃庄重的角度接受社会主义现实主义小说的惯性仍在起作用。

现代俄国文学（1953—1968）

维伊奇的态度是极端负面的："我恨我的父亲。"她因落后分子父亲生出一种无罪的罪孽感。此处列昂诺夫使用了社会主义现实主义文学中相当典型的为社会出身负罪的主题，除了波丽娅为自己"政治上后进的"父亲感到羞愧，谢廖沙·维赫罗夫也因自己是富农的儿子而备受煎熬，就连波丽娅的妈妈叶莲娜·伊万诺夫娜本人也一生都背负着家族的十字架：尽管她出身于一个没落贵族的家庭。作家对这一主题的极度渲染使人感到那些意识形态教条的荒谬至极，按照这种教条，宣称所有人无论种族、民族和信仰一律平等的国家事实上肯定了新的种族主义：按照社会标准歧视（杰米德·佐洛图欣的故事作为一条副线贯穿整部小说，他是谢廖沙的父亲，殷实的户主，被苏联政权从老家赶出来，被希特勒分子任命为村长，但救了波丽娅并在绞刑架上毅然受死，这是对教条式的社会阶级定义最直观的驳斥）。不过，为父辈实际的或臆造的错误产生的负罪主题在小说中只是次级的主题，它对主要冲突——父亲与他的孩子们在世界观上划清界限——起着心理辅助作用。

描写青年主人公克服格拉齐昂斯基之流影响的困难过程是小说的中心情节线索之一。这个克服过程发生在卫国战争的熔炉中，他们所做的每种尝试：无论是罗季昂·季霍杜莫夫同赠给他这个退却的红军战士一束野外鲜花的农村小姑娘的碰面，抑或谢廖沙·维赫罗夫亲眼看到的填满普通居民死尸的恐怖水井，还是波丽娅在医院救治重伤员的工作及其与法西斯分子基泽尔的对决，所有这些都是主人公精神成熟的标志。在整个国家面临大灾难的年代，他们中的每一个人都感觉到自己是人民的一分子，是家乡大自然的一棵草。在小说史诗场景体系中，下列"联系"并非偶然。比如波丽娅刚从基泽尔避弹所脱逃到农村的土窑，她看到"屋子中间一位年逾古稀的老太太正在按照生活中亘古不变的规律做事：用破旧的木盆给小姑娘洗澡。她洗得不紧不慢，庄严凝重，仿如在进行着任何战争都不敢干扰的宗教仪式"。

迎接波丽娅的"面色绯红，眼力很好的"交通员和波丽娅牺牲的朋友一样，也叫瓦利娅瓦留什卡，这同样并非偶然。"换在其他时间，波丽娅肯定会对这一巧合惊叹一阵，"叙事者指出。但现在，她感觉到自己同俄罗斯森林——自己的土壤、家园和栖身之处、自己的监护人和护卫者——的神秘联系后，她已经感受到周围万物的存在，内心已相信其规律。

在这一本质是哲学思考的基础上，父亲与女儿开始接近，维赫罗夫一家逐渐恢复了总体和谐。波丽娅远离"豪放的左派观点"的典型语体标志是她的言语开始倾向于其父伊万·马特维伊奇使用的民间方言。而维赫罗夫一家达到精神团结的独特情节标志是主人公们的不期而遇（例如，在莫斯科郊外白雪皑皑的广阔空间波丽娅与谢廖沙相见）以及终场的圆满谢幕：波丽娅、谢廖沙、罗季昂出现在母亲家的屋檐下，"伊万·马特维伊奇激动地咳嗽着，跨过了门槛……"

于是两代人的联系恢复起来了，这个事件本身就体现出了生命最主要的规律：大自然和人类有机而又自然发展的规律，所有生物的继承性规律，人们亲缘关系的拯救规律，感恩缅怀先辈和前驱事业的规律，维赫罗夫为这些规律不被忽视而斗争。《俄罗斯森林》的青年主人公们满腔热情地掌握了生命这一规律的本质与重大意义，克服了左派激进主义和青年唯意志论的幼稚，否定了格拉齐昂斯基作风，认清了他的"拟态"，并以自己的方式与它清算（例如，波丽娅把墨水瓶扔向教授细皮嫩肉的脸）。

"拟态"的传染性：主人公的虚假和作者的戏谑

然而列昂尼德·列昂诺夫的经验证明，乌托邦极端主义不那么容易被根除：它不仅向虚构主人公的意识渗透，而且向作者本人的思维渗透，它被本能地表现出来，甚至表现在人物形象联想这一"微观层面"上。例如，小说人物这样理解"一个叫卡佳的女孩"的故事：它重复着圣经中犹滴①的功勋："我亲爱的，你意志坚定！……女房客轻轻叹了口气。这一代不知不觉成长起来了：你一下令，他们就会像风一样飞走！"叙事者这样描写谢廖沙·维赫罗夫心理成熟时刻的到来："最终，他哭了起来，仅剩的一点愉快无忧的孩子气也随着眼泪一道流走了。当一块不成型的金属定型，获得生命的强度和使命时，锻造或锻炼时必然经历剧烈却又有益的痛楚。"这些奇谈怪论的总体基调严肃而崇高激昂。要知道所有这些"钢铁般的"修饰语、锻造冲压的隐喻，"如风行走"均来自产生了"火风高度""冰峰"等词的"新语言"：不经意间反映出那种激进的乌托邦意识固有的对人们内心柔弱温和本质的漠视，以及对人的生命意义残酷的实用主义理解。

虽然这并不排除作者本人不相信"生命奇迹"与人类行为之间的联合哲学战胜革命极端主义和唯意志论的因素，为了在读者心目中巩固这一胜利，作者甚至不惜使用某些流行的社会主义现实主义大众文化的情节手法。

第一种手法：诉诸某种最高级别的权威（古希腊时代是 deus ex machina，即从天而降之神，而在社会主义现实主义中是党和国家的领导）。在维赫罗夫

---

① 犹滴的故事见《圣经》中的《犹滴传》。——译者

现代俄国文学（1953—1968）

与格拉齐昂斯基斗争的"尖峰时刻"（在林学院的辩论），冲突是通过以下方式解决的："临近夜里人们才知道，上面要走了会议速记稿。不过，第二天晚上要在维赫罗夫的教研室重新选举，无记名投票的选票也准备停当了。已经有传言说失宠的维赫罗夫会被贬到阿尔泰某个林区，还传说会让切列基洛夫坐他的位子，虽然按照大家的看法，切列基洛夫也就勉强能干个殡葬管理局的总务主任……在选举中前者刚一获得多数票，后者被从林学学术委员会开除的通知便随之而来。"对苏联大众读者而言，这个神奇的"刚一"是某个最高级别的符号，它仿如从天而降之神，干预并恢复公平。

列昂诺夫使用的第二个肯定主人公正确性的"大众文化"手法是职务的升迁：结尾处伊万·马特维伊奇似乎已开始准备"人生最后一步"。返乡告别时，几封电报追上了他："第一封征求他对任命他担任林学院院长的意见，其余两封要求他立即返回莫斯科参加预备会，从字里行间可以看出，这是俄罗斯森林史上最重要的会议。"

的确，这些情节手法非常简单，在异常敏锐的读者眼中它们能赋予完美结局以自我揭露的特点。但是，《俄罗斯森林》结构本身的某些本质特点证明，列昂诺夫想方设法在捍卫自己的观点，并为此补充安装了"加强肋"。

这样一来，作者用侦探小说的复杂情节充实了小说的哲学冲突。准确些讲，他将侦探小说的特点赋予人物间冲突关系所构成的整个体系。小说情节刚一展开，波丽娅·维赫罗娃就在进行调查，想搞清楚在利用森林的争论中谁是对的：格拉齐昂斯基教授还是她的父亲。在防空洞第一次交谈时，她就得到亚历山大·雅科夫列维奇的赞许："您的刑侦工作可以干得很出色。"而在结尾的第17章中，叙事者直接这样说明自己女主人公的行为："整个这段时间，波丽娅似乎在调查维赫罗夫案件。"事实上，莫尔西亨对地下组织"青年俄罗斯"的研究也转变成侦讯，而他与格拉齐昂斯基的谈话非常像审问，审问时历史学家莫尔西亨采用了专业侦查员的技巧。

当然，维赫罗夫与格拉齐昂斯基学术争论的整个过程都带有侦探小说的特点：再说提出指控完全不是纯理论的，而是政治上的，亚历山大·雅科夫列维奇经常将他所称的维赫罗夫学术迷途与"旧世界"的影响联系起来，甚至不惜暗示伊万·马特维伊奇似乎从一个有钱的靠山处收了"30个小银币"。但是叙事者本身在这个重要的侦查中起着主要作用。一方面，小说开头他就讲述伊万·维赫罗夫的故事（第2章），其中所有对主人公的污蔑都提前登场。另一方面，他用亚历山大·格拉齐昂斯基堕落的故事结束了两位学者多年的斗争：他同宪兵厅有联系（第16章）。这个故事是完全独立的一部小说，讽刺犀利。

但其中有许多情节牵强附会，结构显得矫揉造作，让人无法容忍：比如"爱玛夫人"这个半上流社会妇女的故事。故事中，萨沙·格拉齐昂斯基把她当作宪兵上校强德维茨基的夫人；刺杀斯托雷平，似乎是为了宪兵能"让牺牲者（萨沙·格拉齐昂斯基——作者注）恶毒的消遣行径得以逼真呈现"；最后，"强德维茨基的人"恰好在新年，即 1942 年的夜晚来到亚历山大·雅科夫列维奇的住宅。所有这些引起某些研究者的推测：列昂诺夫这个非常敏锐的散文大师，是否故意堆砌一些荒谬的情节？因为他知道，格拉齐昂斯基的习气并非旧有的同社会主义格格不入的现象，而是彻头彻尾的苏维埃产物，不过谈这个问题时却只能用伊索式语言，对于敏锐的读者而言，老套的背叛情节是一个信号。

　　有些证据支撑这一推测。首先小说中有以下论断："当然，在拙劣的小说里还可以看到一些手持电筒的神秘人物，他们牙齿里藏着微型胶卷，上面印有城市排水系统的图纸。不这么写，那么今天就没有办法炮制富有教育意义的宏大题材了，不过……从评论文章看，这种文学方法也正在遭到禁止。"[①]

　　作者借格拉齐昂斯基之口将这个论断连同其他某些"文艺学似的雄辩演说"一并道出，但批评的本意并未由此改变。也就是说，尽管充分意识到类似艺术手段的缺陷，列昂诺夫还是按照社会主义现实主义大众文化的标准构建侦探小说的情节。这又当如何理解呢？

　　一方面，这是对大众读者品位的让步。他们在 20 世纪 50 年代初蜂拥在图书馆，排队借阅什帕诺夫的《纵火者》（«Поджигатели»）和《阴谋家》（«Заговорщики»），几乎每天都在收音机里听到揭露不时出现的"蜕化变质分子"和"世界主义者"的消息，报纸上报道的所有人民民主国家对"世界帝国主义出卖灵魂的走狗"的诉讼程序几乎每个月都连篇累牍地砸向他们，等等。另一方面，《俄罗斯森林》中甚至最可爱的人物都具有一种不轻信的态度。前面我们已述及波丽娅、谢廖沙和叶莲娜·伊万诺夫娜因社会出身而遭受的痛苦经历，他们将阶级种族主义视为理所当然，并且以一种负罪感折磨着自己。但在列昂诺夫笔下，这种沉重的自责却几乎是主人公们道德纯洁及自我苛求的表现。

　　当伊万·马特维伊奇·维赫罗夫拒绝格拉齐昂斯基同澳大利亚某位林学家会面的建议时（让人捉摸不透，为了让来自友好强国的客人不见怪，他暗示

[①] 此处译文引自列昂诺夫：《俄罗斯森林》，姜长斌译，黑龙江人民出版社，1984 年，第 124 页。——译者

现代俄国文学（1953—1968）

了特洛伊木马和达那厄人礼物的危险经验），当他"冷冰冰地"抓住格拉齐昂斯基关于"圣经时代来临"的话题不放时，当他和经验丰富的地下工作者瓦列里·克拉伊诺夫一起开始怀疑"著名的太平洋森林专家"对亚历山大·雅科夫列维奇奇怪的新年访问时，他本人在列昂诺夫笔下仍是完全正面的形象。这不是多疑，而是警惕：参加对话的人们自己解释说，有警惕性是社会主义现实主义主人公主要的美德之一。列昂诺夫把这一美德赋予了所有自己钟爱的主人公。要知道挑拨大师亚历山大·雅科夫列维奇·格拉齐昂斯基正是善于运用自己对手的这种心理进行表演。

因此甚至可以假设，《俄罗斯森林》中刻意夸大社会主义现实主义的陈词滥调是伊索式文体的一种特殊表现形式，同时不能不看到，列昂诺夫在布局《俄罗斯森林》的情节结构时，完全没有拒绝社会主义现实主义艺术中的审美符号体系，他只是将其调转了180度，予以"逆向"使用。格拉齐昂斯基指责维赫罗夫所犯的那种罪行（收取"旧世界的"施舍），事实上却是为暗探局当走狗的格拉齐昂斯基所犯的。当最终格拉齐昂斯基走出暗探局时，他针对维赫罗夫所说的恶毒之语"一口毒水"，又被转用于他本人。亚历山大·雅科夫列维奇"过于吹捧的乐观主义"转化为毫无希望的悲观主义，相反，维赫罗夫表现的保守主义则展现了其生机勃勃的一面。简言之，被怀疑敌视苏维埃制度的人成了其最主要的拥护者，而披着"护林人良心"、社会主义理想的保卫者外衣的人反而成了宪兵的奸细、"敌人的士兵"。

总之，所有审美评价都显示出社会主义现实主义的标准。"逆向"手法仅仅突出了范式的主导思想，并用怪诞的情节突变将其稍事伪装。

可见，列昂尼德·列昂诺夫的长篇小说《俄罗斯森林》独具特色并且是50年代初最典型的现象。大艺术家同苏联国家意识形态的教条和社会主义现实主义的审美标准进行论战。考虑到政治环境，他在斗争中巧妙地运用"拟态"手法，揭穿了小说中的大恶棍格拉齐昂斯基。列昂诺夫将庸俗社会主义的理念引向"荒诞的极致"，借反讽之力从内部引爆社会主义现实主义的教条，而他本人却隐遁于社会主义现实主义正统艺术家的面具之下。但是在讽刺社会主义现实主义教条与概念化形象时，作家还是不由自主地沾染了其习气。为了用阶级斗争和革命唯意志论的乌托邦理想代替建立和谐世界的社会主义现实主义神话，列昂诺夫渴望证实自己关于世界统一的诗学神话，它建立在原初人与自然统一的史诗概念之上，在那里个体的人只有意识到自己是人民与自然的一部分，是他们的"一滴血"和"一根草"，才会拥有存在的幸福。可是这位浪漫主义者终究还是无法抛开社会主义现实主义的范式，不仅如此，他努力使用社会主义现实主义诗学特有的范式和威权手法将自己的观念植根于小说的艺术世界及读者的意识当中，同时又借助反讽的力量批驳这些手法。而在思想分歧的残酷抉择背后，在揭露手法的"逆向"使用背后（按照"原本如此"的原则），在叙事者声音不容置疑的权威性背后，在由社会主义现实主义必用词汇组成的共同风格的惯性背后，使用"冰峰""冷酷的恩赐"和"永远的痛"等词语的社会反乌托邦结构依然若隐若现。《俄罗斯森林》讲述了俄罗斯森林温柔可爱世界的美好童话——永远流淌的清泉、永生的加琳娜和大圆面包童谣——与这个凶险残忍的世界的反常相似。

现代俄国文学（1953—1968）

第三节 新艺术策略的形成：
鲍里斯·帕斯捷尔纳克的《日瓦戈医生》（1946—1955）

1946年秋天，鲍里斯·帕斯捷尔纳克告知一位与其经常通信的人："我已经告诉过你，我开始写一部大部头的散文体长篇小说。确切地讲，这是我第一部真正的作品。我想在小说中描绘45年来俄罗斯的历史形象，同时，就像在狄更斯或陀思妥耶夫斯基的典范作品中，用所有沉重、悲痛并仔细设计的情节来描绘它，这部作品将代表我对艺术，对《圣经》，对历史中人的命运及许多其他问题的看法。小说暂时叫《男孩与女孩们》。"[1] 于是，最终版本定名为《日瓦戈医生》的长篇小说投入创作了。

这部作品悲剧性的出版经历众所周知，它同本土的读者隔离了30年。就连小说的阅读体验也是充满戏剧性的：《日瓦戈医生》在首批读者和听众那里引起了完全不同的反响：从最热情洋溢的评价（艾·格尔施泰因："在这本书之后迄今为止所有作品都显得老套"[2]），到极具侮辱性的评定（弗·纳博科夫："……一部拙劣的土里土气的小说"[3]），对期盼已久的小说在家乡出版一事的意见也远非一致[4]。

历史情节本身与"传记"情节，与人们的命运，首先是小说中心主人公尤里·安德烈耶维奇·日瓦戈命运的相互关系是产生误解的肇因之一。尽管帕斯捷尔纳克的小说非常突出地呈现了20世纪三分之一的时间里俄罗斯的现实全景，但是历史本身的问题却并非小说的叙事者及其主人公关注的焦点：为什么会爆发第一次世界大战，虽然他们曾参与其中并为之抛洒热血；十月革命为什么会成功，虽然它毫无例外地打乱了所有人物的生活；新经济政策时期又是

---

[1] 《帕斯捷尔纳克致弗列伊金别尔克（Фрейденберг）, 1946年10月13日》，载于《鲍里斯·帕斯捷尔纳克通信集》，莫斯科，1990年，第224页。弗列伊金别尔克是著名的古希腊文学研究者，帕斯捷尔纳克的表姐，是精神层面上同其最亲近的人之一。

[2] 见艾·格尔施泰因1947年4月5日阅读帕斯捷尔纳克小说几章后写给安·阿赫马托娃的感想。转引自艾·格尔施泰因：《论帕斯捷尔纳克与阿赫马托娃》，载于《文学评论》，1990年第2期，第101页。

[3] 见弗·纳博科夫1959年7月14日致格列勃·司徒卢威教授的信。转引自《纳博科夫书信集》，载于《文学报》，1990年5月2日，第7页。

[4] 参见《各抒己见：鲍里斯·帕斯捷尔纳克的〈日瓦戈医生〉：资料与论文集》，莫斯科，1990年。

如何过去的——可以用一句话来对几乎涵盖了10年之久的这个时期稍加概括："他（尤里·日瓦戈——作者注）在新经济政策初期来到莫斯科，这是苏维埃最具歧义、最虚假的一段时期。他瘦得不成人形，满面毛发，像个野人……"

小说《日瓦戈医生》中，历史和社会心理小说传统中固有的、常见的社会历史与人们生命之间关系的概念成为论战的对象，在同其公开的（用宣言和主人公对话的语言）或隐蔽的（用描述事件的语言）争论中，人们寻找和认识其他关系，以及在人的命运中的确起着一定作用的其他价值取向。

幼稚的极端主义和"生命的奇迹"

贯穿小说的一个母题同其最初的书名《男孩与女孩们》相关。的确，男孩们出现在最初的场景中，如尤拉·日瓦戈（Юра Живаго）、米沙·戈尔东（Миша Гордон）、尼卡·杜多罗夫（Ника Дудоров）、帕图利亚·安季波夫（Патуля Антипов）。随之而来的是少年认知世界的主题：极其敏感天真、直率单纯、脆弱以及极度偏执地对待同理想不符的事物。"少年时代应该经历各种单纯的躁动，但是他们做得过火，头昏脑涨。他们是一帮可怕的怪人和孩子，"小说中爱高谈阔论的主人公之一尼古拉·尼古拉耶维奇·韦杰尼亚平（Николай Николаевич Веденяпин）如是说。

随后"男孩与女孩们"的主题，确切地说，少年极端主义的主题转变成"臆想地"对待生活的主题，按照抽象的刻板公式将生活模式化的主题。拉拉（Лара）和帕沙·安季波夫婚姻的故事即是如此：婚姻并非因情感而是因某种道德高尚的计划使然（他们试图使对方变得崇高，由此将所有的事物复杂化），婚姻以心理的不和谐而悲剧般决裂收尾。在同样的系列主题中，戈尔东严肃深沉，时刻关注自己国家因孤立无援所遭受的苦难，而杜多罗夫则惶恐不安地试图紧跟事件进程和里程碑似的剧变。他们的故事起着辅助作用。

"男孩与女孩们"主题发展的下一个阶段就这样被确定下来："男孩子们长大了，而且都立马去当了兵"。随着事件全景逐渐展开，这一主题染上了时代的色彩，包含第一次世界大战、三次革命和国内战争：所有这些拿生命、国家和人民的命运所做的实验都打着崇高、纯洁、理想的旗号。但是就生命的内在本质和共存的内部规律而言，这些实验本身又带着虚伪和臆造的印记。帕斯捷尔纳克把所有这一切同游戏结合起来：长大的男孩儿们继续游戏。其中，作家如是描写二月革命后最初几个月里人们的狂热行为："每天，一些新职务如雨后春笋般不断出现。大家都选他们担任这些职务……他们在城里的自治机关

现代俄国文学（1953—1968）

担任职务，还在部队和医务所驻扎的几个小地方当过政委，对这些职务的变换，他们觉得就像在户外玩捉人游戏一样好玩……"到了国内战争年代，主人公们有时还这样描述正在发生的事件："这像是一场打仗游戏，不是真正的战争，因为他们和我们一样，都是俄国人，只不过他们挺蠢。"斯特列尼科夫如是评价不久前进行的军事行动。

但是用游戏的方式改变生活却让大家趋之若鹜：人们开始觉得他们事实上可以掌控生活，就像在文本中一样安排它，分清角色。小说中不少长大的男孩狂热地饰演着这些臆造的角色。所有这些混乱和装腔作势充其量不过是"人生游戏"（尤里·日瓦戈给自己那些年的笔记冠以这样的标题）。但成年人的游戏会导致非常严重的后果。第一个后果就是"话语霸权，首先是帝王似的话语，随后是革命的话语"，还有贬斥个人意见、为了达到抽象团结与片面理解的平等而无视人的独创性等。

"人生游戏"的另一个后果是那些自诩为历史导演的"革命独裁者"带来的流血与死亡。第一批牺牲品始终是男孩子们，无论他们是替红军作战的"航海学校高年级学生"，抑或是行进在白军散兵线上许多"首都上流社会非战斗阶层的男孩和少年"。他们全部充当着羔羊的角色，被以实现某种臆造的改造世界的方案的名义献祭。在他们周围，近处和远处，还有很多其他牺牲品。他们在这些残酷的游戏中迷失自我，装腔作势，患上精神疾病，就像游击队员潘菲尔·帕雷赫，发疯后用斧头结束了全家人的生命……

孩子们改造世界的幼稚方案变成了现实的实验，并最终形成了既同精神生活又同人的自身存在相悖的恐怖现实。这就是"男孩与女孩们"主题的结局，在生活中运用"儿童哲学"的后果和与历史做游戏的结果。

鲍·帕斯捷尔纳克断言，变为革命时代流行病的"人生游戏"是反自然的。它即使吸引参与者，也无法取代正常的、原本的生活。怪不得作者比较了尤里和同伴参加初期的革命活动与玩抓人的游戏后紧接着写道："他们更想甩开这些捉人游戏，回家去做自己的日常事。"而最主要的是人们真正的日常琐事远比所有这些革命游戏重要得多。

来看看小说中如何描写十月革命。这一事件的重要意义毋庸置疑，难怪一贯喜欢高谈阔论的尼古拉·尼古拉耶维奇首先对此发表了评论。他兴奋不已："应该看到这一事件，这就是历史。这种事一生也就一次。"而同翻转俄罗斯的世纪大事平行的却是绝对的私事："这两天萨什卡感冒了。"尤里·安德烈耶维奇满脑子想的都是孩子生病，他的生命安全，如何搞到牛奶、矿泉水或者给孩子灌苏打水这些事。的确，他来到城里，读了紧急发行的关于苏维埃政权

第一章 世纪中叶："初步结果"

建立的报道后感到震撼。稍晚回到家后，他也对布尔什维克的坚决果断感到兴奋（"多么漂亮的手术啊！一下子就把发臭多年的毒疮精准地切掉了"）。但是在这两个场景之间还嵌入了第三幕。尤里·日瓦戈满脑子琢磨着报纸上的信息，往家走着。"一路上是另外一番景象，那些天意义非同寻常的日常琐事吸引着他的注意力。"琐事就是一堆有哨兵把守的木板和原木，而尤里·安德烈耶维奇则抽个冷子把沉重的木墩拖回来。尤里·安德烈耶维奇锯开木墩，劈成小段来生炉火。

公认的历史现象与私人生活事实之间类似的相互关系在小说《日瓦戈医生》中史诗般的共存极具特色。社会历史和就其而言典型的超越个人范围与标准的意义同样被去神秘化。但是崇高的史诗意义具有人的日常存在的特点，这种日常存在全是些琐碎杂事，既耗神费力却又无法舍弃，因为没有它们就不可能有生活。

小说《日瓦戈医生》中人的生命同"人生游戏"相对立，如同天然之对立于人工。小说中大自然的形象是所有真正的、活生生的非臆造之物的自然属性的诗学象征。小说中的风景描写表现力惊人。其中充满着类似人类的生命，鸟儿在上面啄食浆果的花楸树与给婴儿喂奶的乳母相比，而又这样描写春汛破堤："奇迹开始显露。水从移动的雪面下哗哗地流溢出来。"帕斯捷尔纳克笔下俗语"哗哗"和神秘"奇迹"的那种联系非常重要。的确，小说中的自然是物化的奇迹：瀑布变成"某种被赋予生命和意识的东西，变成童话中的龙或当地的游蛇"，稠李的气味使人联想起"奇妙无比、春意盎然、黑白相间、世所罕有、肥瘦适中之物，那种仿如五月暴雪的感觉"。但这种奇妙是事物本身固有的、自然的：生命的奇迹即在于此。因此，小说中的自然与僵化的空话和革命造成的毁灭性混乱形成反差。譬如，在描写二月革命后那段时间车站的"混乱"时有这样一个对比："到处人群嘈杂。到处都有开花的椴树"——这股"暗香从旁边飘来，从高处飘来"。

帕斯捷尔纳克笔下的大自然弥补着人的不足，将人们在世纪混乱中自我丧失掉的意义与和谐注入心灵。非常重要的一点是，叙述者以艺术家的眼光观察周围的世界，用音乐家的耳朵来聆听：

> 昏黑的傍晚景色很像一幅炭笔画。已经落到屋后的太阳，忽然像用手指点着一样，从街角照出路上所有带红颜色的东西：龙骑兵的红顶皮帽，倒下的大幅红旗和那洒在雪地上一条条、一点点的血迹。
>
> ……凛冽澄澈的空间把圆形的、仿佛经过车床加工的光滑的声音轻轻

现代俄国文学（1953—1968）

地散向四方。枪声和炮声砰砰响，仿佛要把远方炸成一堆废墟。①

这种描写方法的语义显而易见。被文化这一精神价值宝库的光芒照耀的自然并非毫无意义的自然现象，而完全是充满灵性的实体——其中"也许蕴含着我们竭力寻找的生命的转化和奥秘"，其美不胜收和坚不可摧是生命的道德表白。

尔热夫斯基指出，《日瓦戈医生》中大自然形象的另一个特点也很重要："风景的形象拼贴和风景中的形象，如天空、太阳、森林、空气有时形成了隐约可见的辅助景观，创作中再现的形象似乎从其现实轮廓的边缘向某个'局外'延伸。"② 的确如此：

> 窗外看不见道路，也看不到墓地和菜园。风雪在院子里咆哮，空中扬起一片雪尘。可以这样想象，仿佛是暴风雪发现了尤拉，并且也意识到自己可怕的力量，于是就尽情地欣赏给这孩子造成的印象。风在呼啸、哀嚎，想尽一切办法引起尤拉的注意。仿佛是一匹白色的织锦，从天上接连不断地旋转着飘落下来，如一件件尸衣覆盖在大地上。这时，存在的只有一个无可匹敌的暴风雪世界。
>
> ……周围的一切有如一块神奇的酵母在不停地发酵、胀大、升起。对生活的深切感受犹如一阵轻风，掀起广阔的浪潮向前滚去，它漫无目的，沿着田野和城镇，穿越墙垣和篱栅，透过树木和人体，让路上的一切都感受到它的颤抖。
>
> ……雷雨使整个充满烟草雾气的房间有了清新的气息。突然，生活的所有组成部分，水和空气、欢乐的愿望、大地和天空，都像电的激发一样让人可以感觉得到了。
>
> ……周围的一切都具有罕见的独一无二的特征，包括空气。冬天的夜晚，像一位同情一切的证人，充满前所未有的同情。仿佛至今从未有过这样的黄昏，而今天头一次，为了安慰陷入孤独的人，天空才变黑了似的。环绕着山峦，背对着地平线的树林，仿佛不仅作为这一地带的景致生长在

---

① 译文引自蓝英年、张秉衡译：《日瓦戈医生》，外国文学出版社，1987年，第50、72页。有改动。——译者

② 列·尔热夫斯基（Л. Ржевский）：《鲍·列·帕斯捷尔纳克的小说〈日瓦戈医生〉的语言与文体》，载于《纪念鲍里斯·列昂尼多维奇·帕斯捷尔纳克文集》，慕尼黑，1969年，第155页。

那里，而是为了表示同情才从地里长出来安置在山峦上的。①

尔热夫斯基称之为"局外延伸"的概念，确切地说应该叫"景物的玄妙"。在帕斯捷尔纳克笔下，"生命的奇迹"通过这种方式获得了审美上可感知的表现：其实，奇迹就在于大自然被赋予灵性。因此，能量无限的大自然并未同人疏远，相反，它同人的心灵保持隐秘的联系，拥抱心灵，使其摆脱孤独的苦闷，同存在统一起来。

所以，小说字里行间始终在争论着历史问题：即便按照最善意的蓝图，是否可能"改造世界"？即便打着最美好的理想的旗帜，是否可以对生命的自然进程施加暴力？将当下的生活理解为仅仅是"光明未来"的前提，是否有意义？争论中活生生的大自然形象几乎就是对幼稚的教条主义最有力的驳斥。尤里·日瓦戈总结历史本质的思想以这种类比的形式表现并非偶然：

> 他又想到，对历史，即所谓历史的进程，他与习以为常的看法完全不同。在他看来，历史有如植物王国的生活。冬天，雪下的阔叶树林赤裸的枝条干瘪可怜，仿佛老年人赘疣上的汗毛。春天，几天之间树林便完全改观了，高耸入云，可以在枝叶茂密的密林中迷路或躲藏。这种变化是运动的结果，但植物的运动比动物运动急剧得多，因为动物不像植物生长得那样快，而我们永远不能窥视植物的生长。树林不能移动，我们不能罩住它，窥伺位置的移动。我们见到它的时候它永远是静止不动的。而在这种静止不动中，我们却遇到永远生长、永远变化而又察觉不到的社会生活，人类的历史。
>
> ……谁也不能创造历史，它看不见，就像谁也看不见青草生长一样。②

历史与植物王国之间的类比通过形象的描绘令人信服，它用生动的图景推翻了历史理论抽象的思辨。但是类比并未替换小说分析——类比只是一种符号，是思索人生活的历史到底是什么、人在其中又起何作用时的某种方向。

---

① 译文引自蓝英年、张秉衡译：《日瓦戈医生》，外国文学出版社，1987年，第5、193、253、617页。有改动。——译者

② 译文引自蓝英年、张秉衡译：《日瓦戈医生》，外国文学出版社，1987年，第619、620页。有改动。——译者

现代俄国文学（1953—1968）

"尤里·日瓦戈与耶稣基督"的相似性

在小说《日瓦戈医生》中，社会历史本身被视为存在的实体，而具体的历史事件（1905年和1917年的革命，两次世界大战），就其规模以及无论生于何时都会遇到的类似地震或疫病流行等灾难而言，则被视为自然的、全球性的或者甚至说是全宇宙的事件。所有症结在于当人与混乱或存在的纷扰发生冲突时如何坚守，在灾难中如何守护心灵，如何战胜死亡——在帕斯捷尔纳克看来，这一系列问题构成历史本身和人的历史活动的本质。"什么是历史？——尼古拉·尼古拉耶维奇·韦杰尼亚平最初布道时问道（辞掉神职后，他仍坚信自己的布道使命，小说中他起着这样的作用）——历史就是几个世纪以来为了彻底解开死亡之谜并在未来克服它而探索出的规则。"

这一思路对帕斯捷尔纳克而言并非偶然，其实，它是从其全部创作经历中自然得出的结果。在帕斯捷尔纳克的诗歌世界中，从一开始就存在两种不变的最高价值。一个是作为奇迹的生命本身，人降临在世间是一种巨大的幸福，一种存在的幸福，目睹这种美并参与其中的幸福。"于是，我们一时不朽起来，／被纳入松林的长寿行列，／无论是病痛，还是瘟疫，／或者是死亡，我们都可解脱。"① 这首诗写于1941年。帕斯捷尔纳克另一个公理似的价值是作为创造成果的人、作为个体，亦即作为一种独特的精神现象，整个自然界独一无二的生物，能够从自己的肉体存在中获取道德意义。帕斯捷尔纳克始终在生命的奇迹与个性现象相互交织的关系中寻找永生的秘密。但在他创作早期，生命从未被历史剧变弄得如此疲惫不堪，受到亵渎，而人就像在小说《日瓦戈医生》中一样，处在导致其失去人性的思想、行为、诱惑和威胁的重压之下。

但是……在尼古拉·尼古拉耶维奇·韦杰尼亚平起初的那个布道词中宣称的始终是这些思想："任何随波逐流都是平庸的避难所。""应当相信永生——这一略微强化的生命形式的别称。应当保持对永生的信念，应当信仰基督！"小说中这些思想被赋予道德准则的意义。而人又能否在自己繁杂、受制于各种环境、忙碌奔波、充满恐惧的生活中保持这一信念？

尼古拉父亲的布道前奏中提到耶稣基督也绝非偶然。在小说《日瓦戈医生》的价值取向体系中，耶稣基督这个神人、圣子和人子，精神的栖身之处

---

① 译文引自顾蕴璞等译：《帕斯捷尔纳克诗全集》（中卷），上海译文出版社，2014年，第679页。——译者

第一章 世纪中叶:"初步结果"

和活生生的躯体,是人身上个体因素及其道德本质的象征,在人类历史上第一个实现了永生的思想。当然,这是帕斯捷尔纳克的,而不是圣经的耶稣基督。[1] 如果说在基督教的思想中精神与世俗基本对立,那么在帕斯捷尔纳克的"基督教"中精神与世俗则水乳交融:他的精神是世俗的升华,是在短暂与表象中表现出的永恒与神奇。在这个层面上帕斯捷尔纳克接近弗·索洛维约夫和尼·别尔加耶夫的宗教哲学。[2] 但是帕斯捷尔纳克的哲学是艺术哲学,它将世界接受理解为一种审美价值,基督在诗人的艺术层级中首先是具体化的审美理想:人的理想。帕斯捷尔纳克将其作为人最权威的永恒的原型,与自己笔下的人物,首先是小说的主人公尤里·日瓦戈的行为和思想进行对比。

在最初对小说的评论中就已有人指出尤里·日瓦戈形象与耶稣基督的某种相似性。但应该说不只是这些形象具有相似性,而是尤里·日瓦戈的全部故事,他的命运中的所有情节与圣经中耶稣基督的故事,与新约的情节具有相似性。小说中这一相似性起着结构轴心的作用。

由此可见,无论如何都不能将小说《日瓦戈医生》理解为某种讽喻,其中的表面描述仅仅起外在作用,表现了某种神秘的含义。[3] 因为尤里·日瓦戈与耶稣基督命运的相似并非直接显现,它被"模糊化了",是相对的,否则,在我们面前呈现的将仅仅是初始原型的简单复制,而不是现代的化身,不是含义的增加。但是这一相似性无论如何都不能被忽视——它明确清楚,作者借用一系列"信号"帮助读者理解它。

第一个"信号":情节的年代标志。小说中与写作时间非常接近的俄罗斯现实(1900年至1929年,尾声甚至到1943年),同其社会历史现实——革命、战争、新经济政策、"古拉格"——不是按照苏联日历,而是按照东正教历标记。开始——尤拉,在坟丘上痛苦的十岁男孩:"正值圣母艳蒙日前夕"。

---

[1] 难怪正统教会对小说《日瓦戈医生》的评价大相径庭。参见弗·维·阿格诺索夫(В. В. Агеносов):《20世纪文学中使用圣经主题的神学者:米·布尔加科夫(М. Булгаков)、鲍·帕斯捷尔纳克(Б. Пастернак)、钦·艾特马托夫(Ч. Айтматов)、弗·田德里亚科夫(В. Тендряков)的长篇小说》,第7辑《文艺学》,载于《文摘杂志》,1994年第1期,第110页。

[2] 参见尼·别尔加耶夫关于神人的论述:"基督教不仅是对上帝的信仰,而且是对人的信仰,对人身上具有神性的信仰。上帝与人之间具有可比性,因此仅有上帝可能对人启示。""神人的思想意味着克服人文主义中人的自足性,同时肯定人,肯定其最高的尊严,人的神性。"(尼·别尔加耶夫:《俄罗斯思想》,载于《哲学问题》,1990年第2期,第110~111页)

[3] 将小说《日瓦戈医生》视为《启示录》的某种讽喻是厚重的专著研究的基调。参见 M. F. 若兰德、P. 若兰德(M. F. Rowland, P. Rowland):《帕斯捷尔纳克的〈日瓦戈医生〉》,迪卡尔布,1967年。另参见别尔特涅斯(E. Бертнес):《鲍·帕斯捷尔纳克的小说〈日瓦戈医生〉中的基督主题》,载于《18—20世纪俄罗斯文学中的福音书文本》,彼得罗扎沃茨克,1994年。

现代俄国文学（1953—1968）

1903年夏天，尤拉在农村："适逢喀山圣母节，收割正忙"。卫国战争年代："冬天即将过去，受难周，大斋节结束""按教会的时间计算法是7点钟，而按通用的计算法是夜里1点……"等等。顺便提一句，弗·纳博科夫注意到了《日瓦戈医生》的这一叙述特性并对其冷嘲热讽。[①] 可事实上，小说的作者为什么按照早已被忘却且被国家无神论拒斥的教会日历编排情节的年代顺序呢？

帕斯捷尔纳克个人的表白可以作为答案，尽管可能仅是一个侧面："如果说首先吸引我的是不同韵脚的抑扬诗格，那么尽管只是意愿，我还是开始写世界范围的长篇小说。"[②] 就是这个世界范围，整整两千年新纪元的时间跨度，使小说的情节标志按照东正教教历确定下来。在这个时间跨度内，生活在20世纪的人的命运完全可以同刚开始基督教纪年就诞生的人的命运相提并论。果真如此的话，那么按照艺术逻辑，其精神相似性就有依据，相应的诗学，使《圣经》记忆形式现代化的诗学就能表现出其精神相似性。这一记忆既表现在叙述话语的特征中，也表现在"怪异"的情节变化中，还表现在典型人物体系的建构中，当然这首先表现在主人公尤里·日瓦戈命运的情节和形象诗学中。

研究者注意到"小说中充斥着教会－斯拉夫语词汇、古旧和文学书面用语和形式，有时似乎更倾向于用它们取代其现代同义词"[③]。在无人称叙述者的言语中，在人物的言辞中使用《圣经》、教会历法的频率相当之高，一系列场景中主人公都忙于诠释福音书文本，有时叙述话语明显是在模仿《圣经》文体（可参看尤里·日瓦戈最后一次婚姻的故事的例子："打水的这个星期天后，医生同马琳娜之间产生了友谊……"等等）[④]。

小说的情节中可以发现母题（如"蜡烛燃烧着……"的母题）和形象（被杀死并复活的少年、永生的弗列里小姐）的"旋转"。总之，梦谶、神秘

[①] 在1959年纳博科夫致司徒卢威的一封信中谈到小说《日瓦戈医生》时，其中有一段："令人腻味的宗教精神怎么会让您这位虔诚的东正教信徒不恶心呢？'冬季的雪异常多，在圣帕夫努季节严寒突然降临了。'（凭记忆引用）载于《文学报》，1990年5月2日，第7页。

[②] 《1958年7月1日致维亚·弗·伊万诺夫的信》，载于《帕斯捷尔纳克选集》（5本本），第5卷，莫斯科，第565页。

[③] 列·尔热夫斯基（Л. Ржевский）：《鲍·列·帕斯捷尔纳克的小说〈日瓦戈医生〉的语言与风格》，载于《纪念鲍里斯·列昂尼多维奇·帕斯捷尔纳克文集》，慕尼黑，1969年，第119页。

[④] 1958年10月31日在莫斯科作家悲痛的纪念大会上，有人指责帕斯捷尔纳克，认为其小说中"有大量引用的福音书和圣诗的文字。……我只是奇怪，他怎会饱读狭隘的教会文献，"一位有教养的迫害者承认。（引自《各抒己见：鲍里斯·帕斯捷尔纳克的〈日瓦戈医生〉》，莫斯科，1990年，第71页）

的使命和预兆、命中注定相遇的作用至关重要。

在尤里·日瓦戈的形象诗学及其自身命运的情节中，作家显然借助了《圣经》传统。这一形象的建构同19、20世纪文学艺术中占统治地位的原则大相径庭。

尤里·日瓦戈的命运初始就已给定。在小说开篇埋葬尤里·日瓦戈母亲的场景中，头几行就已经出现悲剧命中注定的母题：

> 他们走着，不停地走，一面唱着《永志不忘》，歌声休止的时候，人们的脚步、马蹄和微风仿佛接替着唱起这支哀悼的歌。行人给送葬的队伍让开了路，数着花圈，画着十字。一些好奇的人便加入行列，打听："给谁送殡啊？"回答："日瓦戈。""原来是他，那就清楚了。""不是他，是他的女人。""反正一样，都是上天的安排。""丧事办得真阔气。"①

似乎不经意间匆忙交谈的这几段话具有某种双重语义色彩（给日瓦戈送殡？），其中预先注定了类似耶稣基督的那种命运：减轻痛苦，给予关爱，背负尘世苦难的十字架，代他人受苦，壮年去世。②（的确，耶稣基督被钉在十字架上，而尤里·日瓦戈死于心脏病突发，但是这一母题同人子由于内心充满人类的痛苦而死的母题吻合。）尤里·安德烈耶维奇·日瓦戈之死适逢8月末，而"8月6日按旧历是耶稣变容日"。

尤里·日瓦戈的性格本身亦已给定。值得注意的是，作者对主人公的外貌只标记了唯一的一个细节（长着翘鼻子的面庞），但对其精神品质的描述却着墨甚多且给予直接评价。初始他就天赋异禀：对生活极度敏感，崇拜宗教，有时就像《使徒传》中那样昏厥、"发呆"地痴迷于祈祷——男孩在杜布良卡附近散步正是在这种状态中结束，尽管开始还兴高采烈地说"这儿真是个迷人的地方"。

作者也指出自己笔下主人公具有罕见的用语言表达思想的天赋："尤拉仔细斟酌，运笔如飞"。在他的感觉与语言中有某种魔力。这一点早在尤拉少年时代就已现端倪。有这样一个场景：十岁的尤拉为去世的母亲祈祷，却来不及为父亲祈祷。"他想，如果下次再替父亲祈祷，也没什么不好。——他会等

---

① 译文引自蓝英年、张秉衡译：《日瓦戈医生》，外国文学出版社，1987年，第3页。——译者
② 有别于福音书中耶稣33岁被钉在十字架上的说法，尤里·日瓦戈死于39岁，这符合世俗的说法。参见勒南（Э. Ренан）：《耶稣·基督的一生》。

着。他受得了,尤拉迷迷糊糊地想着。他已经完全记不得父亲了。"而在下一小节讲述了一名喝醉的西伯利亚百万富翁从火车上跳了下去。随后真相大白,这是尤拉的父亲。没有得到儿子祈祷的父亲注定要消失。

叙述者指出,作为个体的主人公通过学习古训和文化而变得成熟:"在中学、大学度过的整整十二年里,尤拉都在研究古代和神学,传说和诗人,历史与大自然,仿佛是在研究自己的家族史和族谱。"其结果就是"现在无论是生抑或是死,他已无所畏惧。世上的一切,所有事物都是他词典中的词汇。他觉得自己是个顶天立地的人……"因此尤拉从少年时起自觉承担起布道者的使命,更确切些讲:人们期待他如此,更是请他传道。于是应垂死的安娜·伊万诺夫娜之情,大学生尤拉即兴讲了整整一课"复活"……

但是尤里·日瓦戈与耶稣基督的相似性简直让人难以置信。因为尤里·日瓦戈的"弥赛亚"与世俗密不可分。确切地说是相反!尤里·日瓦戈埋头于日常琐事,为家务,有起码的生活资料及栖身之处劳神。不过这些日常琐事丝毫没有被他视为负担,他并未觉得这是偏离主业的繁杂之事。在新生儿的尖叫声中辨别出自家孩子的声音,娴熟地操纵炉子的风门以保持温度,储备冬天的土豆、胡萝卜、大萝卜及其他食品——这些对尤里·日瓦戈而言不是琐碎小事,而是某种极其重要的、非常有价值的事。有价值不是指庸俗的物质层面,而是指精神的、心灵的层面——这一切都是对亲近之人的爱的积极体现,同时这也是在参与生活,参与存在的伟大进程。

作者接受的类似世界观间接地反映在小说的诗学中。它具有帕斯捷尔纳克称之为"细节的表现力"[①] 的特征。的确,详细描写战时共产主义时期的口粮(黄米粥和青鱼头汤),或者,就算是对桦树劈柴质量合理的评价("桦木徒有其表,当劈柴不经烧,何况是新砍下来的,没法用来生炉子"[②]) 都赋予每个生活细节有价值的亦即存在主义的意义。就小说中描写客体的修辞手法而言,带有"家务色彩"的日常口语词汇起着非常重要的作用[③]。这样一来,帕斯捷

[①] 鲍·帕斯捷尔纳克:《帕斯捷尔纳克文集》(5卷本),第5卷,第385页。

[②] 译文引自蓝英年、张秉衡译:《日瓦戈医生》,外国文学出版社,1987年,第274页。——译者

[③] 列·尔热夫斯基(Л. Ржевский):《鲍·列·帕斯捷尔纳克的小说〈日瓦戈医生〉的语言与文体》,载于《纪念鲍里斯·列昂尼多维奇·帕斯捷尔纳克文集》,慕尼黑,1969年,第123页。

尔纳克就形成了"朴实无华的文风"①,但事实上,在另一种修辞层的衬托下——极具假定性,书面语化,甚至有些古语化(确切地说,它的对立面)——"朴实无华的文风"比张扬更具审美力,因此显得语义更加饱满。这种"朴实无华的文风"配以"生活的语言,天空的语言,大地的语言"之声(见帕斯捷尔纳克致弗列伊金别尔克的信),朴实无华地,亦即自然有机地将日常现象转化为存在现象,将瞬间转化为永恒。

因此起初尤里·日瓦戈将革命理解为给生活施加的有机肥料——"憋了太久的一口气",理解为有望改变的"意外的、令人困惑的自由"。但他也是第一批对十月革命感到失望的人之一,这首先是因为他看到了改造世界的思想的幼稚及其带给生活本质的危险:

> 改造生活!人们可以这样议论,也许还是有阅历的人,可他们从未真正认识生活,感觉到它的精神、它的心灵。对他们来说,这种存在是未经他们改良的一团粗糙的材料,需要他们动手加工。可生活从来都不是材料,不是物质。它本身,如果您想知道的话,就是不断更新,永远自我改造的元素。……用暴力会一无所获。应该以善易善。人生下来的目的就是生活,而不是为生活做准备。②

在尤里·日瓦戈的这些宣言中浓缩着一整套公开反对幼稚的极端主义的哲学。

但是帕斯捷尔纳克的主人公并未仅仅用说教、特别的行为反对改造世界这一傲慢而又具破坏性的思想——他用诗歌天赋的力量创造着自己的艺术世界。

按照帕斯捷尔纳克的理解,诗歌创作是神圣的事业(在他那里,"用语言表现的世界形象,/创作,创造奇迹"处于同一个层面上)。当艺术家处于"世界思想和诗歌的状态"时,创作行为本身在小说中被描写为某种神圣的行为。而诗人被等同于奇迹的创造者、上帝的使者。因此,在尤里·日瓦戈的意识中,由勃洛克联想到"俄国生活各个方面的圣诞节现象",因此他用"写俄

---

① 帕斯捷尔纳克在尤里·日瓦戈本人的一次思考中解释了"朴实无华的文风"这一概念:"他一生都在幻想写出独创的作品来,文字既流畅又含蓄,形式既新颖又通俗;他一生都幻想形成一种淡雅朴实的风格,读者和听众遇到他的作品时,自己也不知道怎么就领悟了它们,掌握了它们的内容。他一生都追求朴实无华的文风,常常由于发觉自己离这种理想尚远而惶恐不安。"(译文引自蓝英年、张秉衡译:《日瓦戈医生》,外国文学出版社,1987年,第602页——译者)

② 译文引自蓝英年、张秉衡译:《日瓦戈医生》,外国文学出版社,1987年,第469页。略有改动。——译者

现代俄国文学（1953—1968）

罗斯人对星象家的崇拜"、写基督诞生的诗歌取代写勃洛克的文章。

但是，帕斯捷尔纳克将诗人与神子本身相提并论，却既未给他们附加改造世界的愿望，也未赋予他们创造另一种现实的能力。尤里·日瓦戈把天才理解为"生命的恩赐"，而"艺术，包括悲剧艺术，是讲述存在幸福的故事"。诗人们创造的奇迹在于他们使生命永恒——一切逝去的，一切现存的，一切带有生命脆弱的奇迹印记之物，他们都在自己的艺术世界中予以体现。这种方式才能让记忆持久。他们，诗人，正是这样战胜死亡[①]。

"人生具有象征性，因为它非常重要"，这是尼古拉·尼古拉耶维奇·韦杰尼亚平当时的看法，它成为诗人尤里·日瓦戈的创作纲领。他深感人生兹事体大，在其中（而不是在之上或之后），在其本质中寻找象征内容——深层广阔的精神含义。如果说自然将其灵性蕴藏于内，那么诗人则用艺术的形式揭示出来，将世界之美昭示世人，没有他们，这种美就会遮蔽于人。他们使人意识到生活是一种美、一种奇迹，也就是说，应该寻找尘世存在的意义。这就是日瓦戈医生从事的神圣的事业，这就是将他与救世主相提并论的原因。

因为这些——诗意的生活，永恒的创作灵感，它甚至在繁杂的生活琐事中展示不辜负人类存在的美与奇迹，尤里·日瓦戈获得了世上最珍贵的奖励——爱情。对于尤里和拉拉而言，爱情是存在奇迹的最高体现："享受共同塑造的景象，他们自身属于整幅画面的感觉，属于全部景象的美感，属于整个宇宙的感觉。"[②]

在小说《日瓦戈医生》中，爱情同诗歌等量齐观，因为它也是一种顿悟，也是一种创造——赐予新生命并以此从虚无的混沌中挖掘拯救人的本质。作家描写分娩后的冬妮亚正是循着这样的语义线索："冬妮娅躺在产房中间，仿佛刚刚停泊在海湾里的一艘货船，货物已经卸下，正从死亡之海渡向生命之洋，并携带不知来自何方的鲜活的精灵。它把一个精灵送上岸便抛锚休息了。"[③]

[①] 这是帕斯捷尔纳克以前提出的思想。最初他在报告《象征主义与永生》（1913）中提出这一思想。20世纪50年代帕斯捷尔纳克仍然清楚地记得报告的内容，并在自己的回忆录《人与事》（1956—1957）中如是阐述："在报告中我推测，每个行将就木的个人都会留下部分永恒的、世代相传的个性特征，它存在于生命之中并参与人类存在的历史。报告的主要目的是提出一个假设：也许，这极其主观的全人类的一隅，或者说精神的分离部分是自古以来的活动范围和艺术的主要内容。此外，尽管艺术家和所有的人一样注定要死亡，但他所体验的存在的幸福感却是永存的，甚至因有些接近他原初感受的个体形式，可能过几个世纪为他人通过其作品所体验。"［《帕斯捷尔纳克文集》（5卷本），第4卷，第320页］

[②] 译文引自蓝英年、谷羽译：《日瓦戈医生》，北京十月文艺出版社，2015年，第534页。——译者

[③] 译文引自蓝英年、谷羽译《日瓦戈医生》，北京十月文艺出版社，2015年，108页。——译者

此处整个联想结构可同"卡戎之舟"的神话原型作对比：如果说卡戎将死者的灵魂送到哈得斯处，那么母亲则将初生者的灵魂送至大地。"我总觉得，每次受孕都是贞洁的，在这条与母性有关的教义中，表达出母性的共同观念"①，尤里·日瓦戈说道。

小说中的女性——冬妮亚、拉拉、马琳娜——在某种意义上是统一的形象：爱情、感恩与赐予的形象。她们每一个形象身上的三个位格——情人、妻子和母亲——都自然和谐地融为一体。在尤里·日瓦戈生命的某一个时期，她们中的每一个形象都使得他的存在变得完整并充满与世界共存的巨大幸福。

用爱情考验人，此处非常明确地揭示出作为个体之人的道德基础。在爱情的情节中作者让两个主要的对立体：日瓦戈和斯特列尼科夫（以前的帕图利亚·安季波夫）发生冲突绝非偶然。② 他们是两个个体，在他们每个人身上，个体的自我意识都起着重要作用。从本质上讲他们两个都是诗人，但尤里·日瓦戈是在生活本身中寻找诗意，而斯特列尼科夫妄图改造生活，使其成为诗歌。③ 在爱情的情节中自然与暴力的对抗转变为斯特列尼科夫毁掉自己、毁掉拉拉的生活、毁掉家庭以证明自己独立的权利。爱笑、爱交际的帕图利亚·安季波夫变成"可鄙的抑郁者"，然后变成残忍的指挥官斯特列尼科夫，而民间所称的斯特列尼科夫的全部故事及其可怕的结局——同所有人隔离，仿如疲于奔命的狼，自杀——所有这一切都是傲慢地企图将钢铁般意志强加于活生生的生命之上，将自我确定为世界统治者和命运主宰者角色的结果。

但在更广义的层面上，在日瓦戈与斯特列尼科夫的对照中有两种个体被加以比较：对其中一种个体而言，自我的思想、对自身个体因素价值的意识是自我肯定的主要动力。通常，实现这种自我肯定不惜任何代价。在斯特列尼科夫

---

① 译文引自蓝英年、张秉衡译：《日瓦戈医生》，外国文学出版社，1987 年，第 393 页。——译者

② 美国斯拉夫学家别杰阿（Д. Бerea）在"日瓦戈—斯特列尼科夫"的对立中发现其与福音书中"基督—反基督"对立相似。前者"应许以现实的起点与终点为基础的神正论的时空阐释"，后者"无法忘记和原谅过去犯下的罪孽"（因此他总是掉进"折中"的陷阱），以惩罚与报复回应历史的不公（大卫·别杰阿：《当代俄罗斯小说中的福音书特点》，普林斯顿，1989 年，第 232 页）。

③ 克里普斯（M. Кренс）对两位主人公姓氏的论断非常有趣："小说中斯特列尼科夫毫无疑问是日瓦戈的对立面。成为指挥官并用暴力改造社会的数学家斯特列尼科夫同日瓦戈医生对立。如果说后者救治人，那么前者则是在摧残他们（这一对立包含在他们的姓氏本身中：前者的使命是射击，后者的使命是恢复，给予生命）。小说名为《日瓦戈医生》而非《尤里·日瓦戈》并非偶然，也就是说标题强调的正是尘世之人救治生命、使其复活的基督教使命。日瓦戈接近基督正在于此，亦即在于理解自己作为人的使命，自己在尘世的使命，而不是每天完成各种指令。"引自克里普斯：《浪漫主义者布尔加科夫与帕斯捷尔纳克》，特纳夫莱，1984 年，第 31 页。

现代俄国文学（1953—1968）

身上，帕斯捷尔纳克捕捉到时代的心理悖论：那些挖空心思成为革命领导者的人们，"有权的人们"，那些打着众生平等的口号引领群众的人们，事实上患了自我肯定的狂妄症，血流成河是其狂热地自我吹嘘付出的代价。但是还有另一种个体，他们对自"我"的极度敏感使其对其他个体的尊严持尊重的态度，承认他们拥有实现自我精神使命的同等权利。对这些人而言，自我实现就在于通过自我心灵的努力产生的行为，它促使其他人上升到个体的存在。这就是尤里·日瓦戈之路。① 在自己的诗歌中他如是定义：

> 生命原本只是一瞬间，
> 我们要融化为一点点，
> 混合在所有人的心田，
> 也是对所有人的奉献。②

日瓦戈就这样度过了自己短暂而又琐屑不断、大难频仍的一生。在尘世大限将近之际，他甚至邋里邋遢，不修边幅。他似乎匆匆忙忙死去——在拥挤的电车上窒息，直接从车厢里掉了出来。③ 而生活依旧按照自己的轨迹行进，永生的弗列里小姐"十次超过了电车，但丝毫不知道自己超过了日瓦戈，而且比他活得长"。似乎散文文本中不适宜的韵律特征强调着这一场景，而它在这个纷乱破碎的世界中又显得如此普通。

---

① 这种观点同当时意识形态的陈规大相径庭，那时关注的焦点都集中在个性因素，稍微关注一下个人自然会引起对"个人主义"的责难。甚至有些大师或严肃的思想家有时也会按照这个模式指责帕斯捷尔纳克的小说。比如，瓦西里·格罗斯曼在一封私人信件中提出："这个帕斯捷尔纳克的基督教说教远离基督教。基督教仅是他肯定特别的、天才的日瓦戈的个人工具。漠视自我之外世间一切的天才多么贫乏；不为人们悲痛，不为他们感到欢欣，不怜惜他们，不爱他们，只爱自己，为'灵魂的自我审视'孤芳自赏的天才多么贫乏。这真是我们文学的悲哀！"（《1958年5月29日致谢·利普金的信》，载于《文学问题》，1997年第1~2期，第271页）格罗斯曼是具有社会激情和社会历史情怀的古典现实主义的信徒，个人与社会群体关系的另类认识对他而言格格不入。

② 译文引自蓝英年、张秉衡译：《日瓦戈医生》，外国文学出版社，1987年，第720页。——译者

③ 惊人的巧合：俄侨最天才的诗人之一，鲍里斯·波普拉夫斯基笔下有这样的诗句："电车上的哈姆雷特梦想着寻找自由，带着极度忧郁的微笑跌落在车轮下。"（鲍·波普拉夫斯基：《文集》（2卷本），第1卷，伯克利，1980年，第70页）这首诗于20世纪30年代初写于某处，此时小说《日瓦戈医生》似乎问世。我们发现，波普拉夫斯基在哈姆雷特肉体的消亡中（电车轮下）看到其"寻找自由"梦想的实现。而摔倒在地甚至处于死亡状态是为了重建与消逝的原型之间的相似性。见布罗茨基："……在褪色的线条之间/我摔倒在沥青路上。……我将看到两条生命/在遥远的河对面/用面颊依偎着/冷漠的祖国。"

对主人公之死刻意贬低的描写在情节结束之后的尾声中被转换成对其赞誉有加。日瓦戈之死恰好在 1929 年（"伟大的转折"之年，的确，使几百万人的命运发生转折），作者紧接着指出并用 20 世纪 50 年代所未见的坦率描述了其后国家的极度动荡（虚假、失败的集体化运动，"叶若夫时期史无前例的残酷"，战争带来的现实恐惧），此后，不管怎样，尤里·日瓦戈的诗保留了下来，被他忠实的"利未·马太"叶夫格拉夫·日瓦戈悉心收集保存下来。这是永恒思想明显的物化。在表现处事态度、世界观的诗中，小说的主人公保留了自己的精神，这一精神又重新融入生活。

"尤里·日瓦戈的福音书"

从某种意义上讲，小说《日瓦戈医生》是一部讲述主人公创作自己的诗集，"将整整一生的片段与篇章标记在页边上"的书。而从另一个角度讲，这部诗集是人子故事的抒情概述，它以精细简约的形式勾画出与耶稣故事直接相关的主人公一生的主线。

在《尤里·日瓦戈的诗作》中，两个抒情情节相互渗透。第一个是生活奇迹的情节，第二个是人的命运预先注定的情节。两个情节平行发展，当挥之不去的忧伤感在一首诗中流露（土地崩裂摇撼震荡：它们要为上帝安葬。——3，《复活节前七日》），但在另一首中被陶醉于生活的奇迹打断时（惹人怜的黄口鸟儿也无法抗拒，婉转啼鸣出自那弱小的胸膛。这一切唤醒的只是不安与叹赏，充满在深远而迷人的林海茫茫。——4，《白夜》①），二者有时会处在对话的矛盾中。

第一个情节中呈现出一幅色彩斑斓、浓墨重彩的日常平凡的生活画面。平凡的生活显得神奇，日常的生活显得欢乐。诗人甚至让自己的读者大吃一惊，故意将与美的传统的标准概念对立之物变成具有崇高审美意义的载体。

> 早春的农事正繁忙，
> 渐渐操劳在牧羊女健壮手上。
> ……
> 马厩牛栏门扉四开，

---

① 译文引自蓝英年、张秉衡译：《日瓦戈医生》，外国文学出版社，1987 年，第 709 页。——译者

现代俄国文学（1953—1968）

> 鸽群在雪地上争食颗颗燕麦。
> 作祟的兴奋莫责怪，
> 这都是那股新熟的粪香带来。
>
> （2，《三月》）①

此处，在这不拘一格的生活奇迹中，同样不拘一格的爱情奇迹，无拘无束的肉体之爱得以实现：

> 像那丛林一样枝秃叶光，
> 你也仿效着卸去了衣裳，
> 就这样投入拥抱的臂膀，
> 只是一件绸衫遮在身上。
>
> （12，《秋》）②

但是从诗集第二部分——描写抒情主人公自身死亡和葬礼梦谶的诗歌《八月》（14）——开始，在诗集充满情感的世界里，命运预先注定的主题被极度深化，始于耶稣诞生（18，《圣诞夜的星》），终于基督来到耶路撒冷（22，《受难之日》）及被捕（25，《客西马尼的林园》）的新约圣经情节主线愈加清晰。

一个人的命运不知不觉转化为永生的耶稣的命运。共同的精神状态将他们连接在一起：崇拜"生活奇迹"，为了肯定及保存作为伦理化存在的存在现象满怀奉献精神。帕斯捷尔纳克在解释自己的创作意图时写道："这不是对死亡的恐惧，而是意识到最好的意愿和成就、最好的保证都无济于事，因此不要再幼稚，走正确的道路，即使有些事情注定要落空，也要让它毫无瑕疵，不能让它因你之过无法实现。"③ 这表现出一种悲剧世界观，它现实而又崇高：对生于这个世界的所有人都享有生活的伟大奇迹并注定遭受生活的巨大苦难、对无论何时何地出生的每一个人都注定背负命运沉重的十字架有清醒的认识。在个

---

① 译文引自蓝英年、张秉衡译：《日瓦戈医生》，外国文学出版社，1987 年，第 705 页。——译者

② 译文引自蓝英年、张秉衡译：《日瓦戈医生》，外国文学出版社，1987 年，第 722 页。——译者

③ 帕斯捷尔纳克：《1948 年 11 月 30 日致奥·米·弗列伊金别尔克的信》，载于《帕斯捷尔纳克文集》（5 卷本），第 5 卷，第 474 页。

第一章 世纪中叶:"初步结果"

性存在的条件最匮乏的情况下,灾难空前的 20 世纪几乎是对整个人类历史上人作为个体的痛苦考验。而帕斯捷尔纳克小说中尤里·日瓦戈与耶稣命运之间的相似成为揭示人同自己的时间、同死亡抗争的道德本质的最重要方法。小说《日瓦戈医生》中"听起来没有丝毫傲气的人"——不是先验的圣灵的躯壳,而是被置于与耶稣基督同等位置的最活跃、最感性的人。鲍里斯·帕斯捷尔纳克肯定"被个体化的"人的尘世生活、其快乐与深重的苦难、其存在的悲剧,同成为人类善、苦难和不朽的象征的那种命运同样可贵。

从客观的角度看,列昂尼德·列昂诺夫的《俄罗斯森林》与鲍里斯·帕斯捷尔纳克的《日瓦戈医生》之间无疑存在联系[1],且并非细节之间的联系,而是本质联系。无论这两位艺术大师的创作个性多么迥异,在各自的小说中他们都与同一个对手——革命极端主义进行论战,二者在共同的基础上对其予以拒斥:在革命的暴力中看清了这种行为反对生活中最本质的东西,是对人的心灵的摧残。《俄罗斯森林》与《日瓦戈医生》的母题与形象之间有不少相互呼应之处。"男孩和女孩们"形象相互呼应,他们均被改造世界的革命浪漫情怀所感染。一对主要的对立者相互呼应:日瓦戈和斯特列尼科夫同维赫罗夫与格拉齐昂斯基一样,在对待生活的永恒规律上最终分道扬镳——前者承认这些规律支配人,后者妄图支配它们。两位作者都指出由革命极端主义之风刮来的道

---

[1] 帕斯捷尔纳克与列昂诺夫的创作关系史完全无人研究。在远未收齐诗人书信遗产的帕斯捷尔纳克文集中,有几封帕斯捷尔纳克非正式地谈到列昂诺夫,从中可以看出他们之间虽有分歧,但有一段时间关系亲密。如 1936 年在参加关于"形式主义"的讨论时,帕斯捷尔纳克说道:"曾冲动地为其他人,为皮利尼亚克,为列昂诺夫辩护。"(《帕斯捷尔纳克文集》(5 卷本),第 5 卷,第 357 页)在卫国战争年代,帕斯捷尔纳克与列昂诺夫在领导奇斯托波尔作协时积极合作:"此处我们五个人,我、费定、阿谢耶夫、特列尼约夫和列昂诺夫在一起,这一现实给我们减轻了不少生存压力。"(同上,第 413 页)。从发表的信件中还可以发现,帕斯捷尔纳克高度评价列昂诺夫的创作才能,同时也谴责他的让步主义。在告知奇斯托波尔举行的文学会议情况时,他特别指出:"在这些会议上列昂诺夫的发言卓尔不群,引人注目。"(同上,第 409 页)在给叶·弗·帕斯捷尔纳克的信中,帕斯捷尔纳克谈到像费定、特列尼约夫等一些年高德劭的作家,按照"国防戏剧"的订购写作却遭遇失败时,他特别附带谈了列昂诺夫(看来,是指他的剧本《侵略》):"只有列昂诺夫才华横溢,方能写出完美光辉的谎言,整个开端让人入迷,仅仅到了结尾才令人失望不已。"(同上,第 419 页)有理由认为,列昂诺夫也并非对帕斯捷尔纳克及其命运漠不关心。其中,科·伊·楚科夫斯基 1946 年 9 月 5 日日记中的记录证实了这一点:"今天列昂诺夫来过。他说:'为什么帕斯捷尔纳克不让我们,他的朋友们,替他打抱不平?为什么他尽唠叨些扯淡的事?'"(《文学问题》,1990 年第 2 期,第 127 页)刚好 9 月初,确切地说是在联共中央(布)关于《星》和《列宁格勒》的决议在报纸上发表 20 天后,法捷耶夫在作协主席团执委会上就对帕斯捷尔纳克提出了当时非常可怕的指责,说他不承认"我们的意识形态"(关于这些事件参见叶·鲍·帕斯捷尔纳克:《鲍·帕斯捷尔纳克生平资料》,莫斯科,1989 年,第 585 页)。看来,列昂诺夫因此提出通过某种方式为帕斯捷尔纳克打抱不平。

德瘟疫：帕斯捷尔纳克——"好说空话的习气""一整套歪门邪道"；列昂诺夫——"拟态"。

最终，在《日瓦戈医生》和《俄罗斯森林》中，两位作者用同一个概念"生活的奇迹"来对抗革命的改造世界的幼稚学说。两部小说的象征形象意义相同：它被作为原初的本体范畴，人生存的坚固基础及精神价值所有层面的历史印记呈现出来。而且每部小说中"生活的奇迹"以最明显的形式表现在大自然的画面中，这首先表现为森林的多种形象。

下面谈到的则是《俄罗斯森林》和《日瓦戈医生》的作者之间的分歧。

在小说《俄罗斯森林》中，自然规律表现在最高的审美及伦理层面。列昂诺夫笔下人民与民族的概念丝毫不矫揉造作，因而小说中出现"人的森林"的形象也就顺理成章了。列昂诺夫喜爱的主人公崇拜"生活的奇迹"，在同自然、人民、民族的融合中看到自己的幸福。在那样的共同体中，人的自我价值的问题，他的"个性"并未被完全否定，它根本就未被提出，且不成其为问题：克服人与人之间的隔阂，在人与自然共存的土壤上重建人类共同体等问题被置于冲突的核心。由此可看出贯穿于列昂诺夫整部小说的人民与民族共同性的基调。在这片土壤上形成了《俄罗斯森林》的审美观与社会主义现实主义普遍的意识形态方针的一致空间。

小说《日瓦戈医生》的主人公并未仅仅停留在自然层面。他同作为生物的其他人的共同自然性转变为与其他个体的共同精神性。在帕斯捷尔纳克笔下，由大自然孕育出的精神世界高于作为人类存在历史印记的自然界，这一精神世界被耶稣这个首先从自然存在的环境中提炼出的道德规律形象照亮，正是遵循这些道德规律，人始成为个体。

在这个价值层面上，"人民"和"民族"的概念没有起绝对精神的作用，确切地说它们具有过渡性质。因为任何社会都由人组成，而如果他们的自然属性未转化为人的属性，那么无论是阶级、民族，抑或是人民都会变成乌合之众，变成尽显自然本性的可怕群体。个体的标准是人们联合的最广泛和最坚实的基础——它将个别人以及整个民族联合成人类，使他们在成为神子的精神使命中平等。①

正是这些概念差异影响了《日瓦戈医生》和《俄罗斯森林》在历史－文学进程中的作用。尽管列昂诺夫运用"拟态"的手段动摇了社会主义现实主义关于世界革命发展福音的神话，但始终未摆脱社会主义现实主义社会崇拜的模式。帕斯捷尔纳克却公开拒斥社会主义现实主义神话并在迥异的美学基础上创建自己的艺术世界。

研究者指出，帕斯捷尔纳克的长篇小说与文学传统存在既近又远的联系。此处既有同布尔加科夫小说《大使与玛格丽特》之间的呼应②，亦有同较为久远，主要是同中断的传统的联系：20世纪20年代的表现主义散文、20世纪初的后象征主义小说的尝试。③ 不过，我们认为，《日瓦戈医生》在最高的层面上同更为久远的传统相关联：基督教美学和宗教艺术文学的传统。这一美学植根于福音书故事、圣徒传、"幻象"和启示。而在始于讲述圣格拉埃尔的骑士小说的世俗文学中，这种文化如同某种"潮流"，时而加强，时而减弱。这股"潮流"在托尔斯泰和陀思妥耶夫斯基的作品中相当明显，但作为艺术体系的主要成分却出现在某些"二流"作家的创作中，如尼·列斯科夫、巴·梅尔尼科夫－佩切尔斯基，20世纪有阿·列米佐夫、鲍·扎伊采夫、伊·什梅廖夫。《日瓦戈医生》的反常写法可以用同俄罗斯文学中并不十分明显的线索之间的联系来解释：明显感觉其植根于民族传统，而且写法独特，有着惊世骇俗的创新。

帕斯捷尔纳克本人在大历史－文学坐标中如是定位自己的小说："我不是社会主义现实主义者，但我是现实主义者。"这句话是小说写完之后的1958年

---

① 著名的俄罗斯哲学家费·斯捷蓬（Ф. Степун）如此阐释小说《日瓦戈医生》中"个人"和"人民"这两个概念之间的关系："'在那种新的存在方式与被称为天国的新交流形式中'，其中——这是帕斯捷尔纳克的主要思想——没有人民（从多神教的意义上讲），只有个人。帕斯捷尔纳克觉得每个封闭的事实未被注入意义时毫无意义。帕斯捷尔纳克认为基督教衍生的'个人神秘剧'是理解事实的意义。个人并不总是独立的个体，它也可能是人民，但'不是普通人民，而是经过转化、发生变化的人民'。'万事万物——日瓦戈医生感叹道——均变动不居，而非恪守窠臼。'"（费·斯捷蓬：《鲍·列·帕斯捷尔纳克》（1959），载于《文学评论》，1990年第2期，第70～71页）

② 马·丘达科娃（М. Чудакова）在《帕斯捷尔纳克与布尔加科夫：两个文学周期之交》（《文学评论》，1990年，第5期）一文中指出了这种联系。

③ "《日瓦戈医生》的创作形式同19、20世纪传统的俄罗斯甚至欧洲小说迥然不同。很多未读过象征主义作品（如别雷的《彼得堡》）的外国读者，其中也包括一部分俄罗斯读者，发现帕斯捷尔纳克塑造的形象非常模糊，难以捕捉佐证了这种情况，"斯捷蓬写道。（《文学评论》，1990年第2期，第69页）但象征主义散文（首先是安德烈·别雷的作品）的影响却疑问重重：它同《日瓦戈医生》作者倾向"朴实无华的文体"的意图基本相悖。比较关于安德烈·别雷的两种意见——《安全保护证》（1929）中的赞许，特写《人与事》（1956）中的批评，可以明显看出帕斯捷尔纳克对其态度的转变。

所言。① 而在1947年积极创作时，帕斯捷尔纳克谈到试图"写一部我所理解的现实主义散文"②。此处值得注意的是"我所理解的"。事实上，小说《日瓦戈医生》同形成于19世纪、延续到20世纪的那种现实主义小说相去甚远。情节变动中忽视因果论据的梳理，塑造典型时的反心理主义，拒绝现实主义散文中客观化叙事的（"小说语言"）创作手法——所有这一切都给瓦·沙拉莫夫等人提出的论断提供了非常有力的支撑："《日瓦戈医生》是最后一部俄罗斯长篇小说。《日瓦戈医生》是对古典小说的颠覆，是对托尔斯泰写作规则的颠覆。《日瓦戈医生》是按照托尔斯泰的写作方法进行创作的，但被写成了一部独白小说，没有'典型'以及19世纪小说的其他特征。"③

不过，《日瓦戈医生》未必就是按照托尔斯泰的"写作方法"创作的。帕斯捷尔纳克本人指出了其他方向。这些提示我们既可以在小说文本中（首先在叙述者无论如何都无法忽视的尤里·日瓦戈的写作笔记中）找到，也可以在诗人的书信遗产中觅得。的确，作者认为将尤里·日瓦戈的笔记纳入小说文本是必须的："象征主义者勃洛克、维尔哈伦、惠特曼似乎把那些看上去互不相容的事物与概念任意罗列在一起，他们的这种做法并不是一种文体的奇思。这是一组新的印象结构，源于生活，塑造于自然。"日瓦戈称之为符合人声鼎沸、烦琐奔忙的当代城市的"都市主义语言"，他进而认为，"墙外那日日夜夜熙熙攘攘的街道……和当代精神紧密相连"，就像戏剧的序曲。

这个论断阐明了帕斯捷尔纳克艺术战略的一个基本原则：将世界的混乱状态理解为毋庸置疑的重要的客观存在，它不应该被忽视，相反应在艺术的再现中保留人和它产生现实联系时的感觉。但是，从另一个角度来看，帕斯捷尔纳克并不倾向于为混乱辩护，他试图找到道德的人性的意义，这些意义使他的内心悄无声息地发生了变化。带着这个目的，诗人去寻找原型，他认为借此能在个性中发现共性，在瞬间中捕捉永恒。这不是自发的决定，而是帕斯捷尔纳克清楚地反省之后的创作原则。早在《安全保证书》中，年轻的帕斯捷尔纳克就记下了他的意大利之行：

> 比如，我明白了《圣经》不是一本内容一成不变的书，它倒是一本人类历史的记事簿，这正是一切永存的东西的特点。它之所以有生命力不

---

① 《时代周刊》，1958年1月16日。

② 利·丘可夫斯卡娅（Л. Чуковская）：《日记选（1947年4月5日）》，载于《文学评论》，1990年第2期，第91页。

③ 瓦·沙拉莫夫（В. Шаламов）：《论散文》，载于《左岸》，1989年，第545页。

是由于它是必读的，而是由于逝去的世纪向它回顾时，它所用的比拟都经受得住检验。我明白了文化史是形象的方程式链条，其中依次排列着一对对未知数和已知数的组合，而整个链条中的已知数——常数，是置于传统脚下的传说，其未知数是常新的，是文化长河中的现实因素。①

在这段论述中帕斯捷尔纳克解释了他找到的艺术再现现实原则的关键：混乱多变、正在形成和分裂的当代与稳定而又活跃、不断更新且自身带有文化记忆的世纪原型之间的对话渗透原则。正如我们所见，在小说《日瓦戈医生》的艺术世界结构中，在20世纪前三分之一时段内俄罗斯现实的形象与讲述耶稣生平事迹的圣经神话形象紧密相连中，这个基本原则被具体化了。

由此得出帕斯捷尔纳克创作方法的其他本质特征。在当代与神话相互联系基础之上产生的世界的统一模式具有超历史的特点，但这不是拒绝历史主义，而是克服社会学历史主义的局限并将其提升至另一种尺度的历史主义，其中人的生命被呈现在人类命运的坐标上、全人类文明（全人类文化）的体系内。在那种艺术的连续区中，人的形象逐渐跳出典型化的框架，后者受具体历史环境的影响，终结着心灵的秘密。小说《日瓦戈医生》的众多形象实现着"从个人典型向原型典型的"转向②，这并不会使人脱离生机勃勃的当代，相反会让人全面深入了解典型，在其杂乱与烦躁中发现力图克服黑暗与遗忘并追求永恒的心灵悲壮而伟大的劳作。

---

① 鲍·帕斯捷尔纳克：《选集》（5卷本），第4卷，第208页。译文引自乌兰汉等译：《人与事》，生活·读书·新知三联书店，1992年，第119页。——译者
② 此语引自兰格鲍姆（Р. Лангбаум，R. Langbaum）："……继尼采、弗雷泽和弗洛伊德这些伟大的神话和无意识的研究者之后，文学后辈的作用在于完成从个体典型向原型的转向。……心理学的兴趣正在转向神话。"（兰格鲍姆：《现代精神：论19、20世纪文学的连续性》，纽约，1970，第176~177页）

| 现代俄国文学（1953—1968）

第四节
彼岸之声：弗拉基米尔·纳博科夫的《洛丽塔》

把弗·弗·纳博科夫（1899—1977）侨居美国时期用英语写就的《洛丽塔》同诸如《俄罗斯森林》《日瓦戈医生》等小说相比，可能让人觉得荒诞不经。列昂诺夫和帕斯捷尔纳克的小说是总结20世纪俄罗斯历史的痛苦经验的广阔画面，纳博科夫的小说是在美国展开且聚焦于成年男性对一位12岁女孩的爱情故事，此种情节显然远离宏大的历史叙事。

此外，在美国版《洛丽塔》（1958）的后记中，他坚决将自己的创作与被他调侃地称为"宏大思想的文学"对立起来，并将巴尔扎克、高尔基、托马斯·曼归入其中。在俄文版《洛丽塔》（1965）补遗中，他又将描写"虚假的顿河哥萨克或者……带有粗俗的神秘主义欲望的抒情医生、小市民用语以及来自恰尔斯卡亚的女巫师"的苏联小说补充到这个名单中。[①] 从这些冷嘲热讽的短评中一眼就能看出这是针对《静静的顿河》和《日瓦戈医生》的。不知道纳博科夫如何评论《俄罗斯森林》，不过他未必会对这部小说更宽容。

但是却不能忽视另一种情况。事实上，《洛丽塔》（1953年完成，1955年首次出版）与《俄罗斯森林》和《日瓦戈医生》的创作处于同一时段。就出版的复杂性和戏剧性而言，《洛丽塔》的境遇丝毫不逊于《日瓦戈医生》。正如纳博科夫的传记作者博伊特所言："如同苏维埃政权虽不情愿却帮助宣传了《日瓦戈医生》一样，西方政府促成了《洛丽塔》的成功。"[②] 他指的是那些有趣的事实，诸如讨论由纳博科夫将《日瓦戈医生》译成英文的可能性时，帕斯捷尔纳克拒绝这一想法（他的借口是纳博科夫"过于嫉妒"他的命途多舛）；1958年在世界畅销书《洛丽塔》与《日瓦戈医生》长时间的竞争后，以及在纳博科夫的朋友，美国著名批评家威尔逊发表了一篇热情洋溢的论《日瓦戈医生》的文章后，二人决裂了。

很典型的是，《洛丽塔》是纳博科夫美国小说中唯一一本由他本人全文翻译，确切些讲，改写成俄语的书。不过，他做这个工作倒完全不指望小说在国内出版。他本人在1956年俄文第一版的补遗中写道："出《洛丽塔》俄文本，

[①] 《弗拉基米尔·纳博科夫：赞成与反对》，彼得堡，1997年，第93页。
[②] 博伊特（B. Boyd）：《弗拉基米尔·纳博科夫：美国时期》，普林斯顿，1991年，第373页。

我的目的很简单：我想我最好的英文书，或者说得谦虚点，我最好的英文书之一能准确地翻成我的母语。"① 不过这不仅是"爱书之人的怪癖"，而且是一种明确的审美姿态，显示出纳博科夫将自己的小说置于俄罗斯文学语境中的愿望。创作于同一年，即1959年的帕斯捷尔纳克的诗作《诺贝尔奖》和纳博科夫的诗作《我做了一件多么愚蠢的事》（纳博科夫的文本无疑是对帕斯捷尔纳克的回应）之间明显的韵律、句法和语义的呼应，这一非同寻常的事实表明，在纳博科夫本人看来，《洛丽塔》已迅速地与《日瓦戈医生》进行了激烈交锋。② 在帕斯捷尔纳克笔下：

> 我到底干了什么坏事？
> 我，是凶手和恶棍？
> 在我美丽的土地上，
> 我让全世界哭泣

纳博科夫笔下则是：

> 我做了一件多么蠢的事，
> 我是诲淫者和恶棍，
> 我让整个世界幻想着
> 我那可怜的姑娘。③

但是，从《俄罗斯森林》《日瓦戈医生》和《洛丽塔》基本相近的哲学冲突中可以找到可资比较的主要依据。如果说前两部小说可以被理解为幼稚的乌托邦思想侵入存在的有机秩序的结果，那么纳博科夫则将这种冲突引向原型的源头：欧洲的唯美主义者亨伯特·亨伯特与美国半大孩子的关系史可以被解读为文化与自然永恒冲突的隐喻，确切些讲，是用意志力抑或创造力试图改变

---

① 《弗拉基米尔·纳博科夫：赞成与反对》，第93页。
② 详见约翰逊（D. Barton Johnson）：《帕斯捷尔纳克的日瓦戈与纳博科夫的洛丽塔》，载于《纳博科夫研究者》，1985年第14卷，第20～23页；休斯（Robert P. Hughes）：《纳博科夫解读帕斯捷尔纳克》，载于《鲍里斯·帕斯捷尔纳克和他的时代：第二届国际帕斯捷尔纳克研讨会论文选》（拉扎尔·弗莱什曼编），伯克利，1989年，第154、155、67页。
③ 这首诗的结尾指明《洛丽塔》针对俄语语境："段末多么有趣，/不顾校对和时代，/俄罗斯树枝的阴影将摆动在，/我手写的大理石碑上。"

事物自然秩序的隐喻。纳博科夫不仅将这种状况转换成现代主义的范畴语言，而且可以说是精心构思扩展开来。在他笔下，欧洲现代主义（和浪漫主义）所有传统的合理继承者是生活服从抽象方案这一思想的载体。亨伯特无论如何都不会追求政治的或者社会乌托邦的目标——他的方案纯粹是审美的，并且只针对洛丽塔："改造生活"具有明显的小范围的特点。

明显针对反思欧洲和俄罗斯经验，包括现代主义（类似于《俄罗斯森林》修正社会主义现实主义意识形态，而《日瓦戈医生》以自己的方式总结了俄罗斯现实主义传统）的实验会使纳博科夫得出哪些结论呢？[①]

《洛丽塔》的浪漫主义和现代主义符号

纳博科夫这部最著名的、描写丑闻的书的主人公不仅是一个活生生的人，而且还遵从纯粹的审美规律。更能说明问题的是，纳博科夫给予主人公亨伯特作者—叙述者地位的所有特权。亨伯特本人以日记的形式讲述了"一个白人鳏夫的自白"——自己与12岁的多洛蕾丝·黑兹的爱情故事。此外，主人公充当作家的角色，还讲述了如何在生活中试图实现自己的艺术规划。从这个意义上讲，《洛丽塔》直接延续了纳博科夫的已成为俄罗斯现代主义经典的《斩首之邀》《天赋》等小说的路线：这也是针对扩展到生活空间的创作过程本身的叙事。

由两种对立的审美世界感知的符号相互交织与辩论产生的内部对话是亨伯特自白的本质特征之一。其中一些符号为亨伯特独有，而且是其个性的、哲学的、审美的自我认同的基础。就此而言，这是浪漫主义文化的代码。

这一代码的标记俯拾皆是。它们表现在职业文艺学家亨伯特·亨伯特与浪漫主义经典作家埃德加·坡和普罗斯佩·梅里美时常进行的联想游戏中。[②] 在拉

[①] 当然，《洛丽塔》和纳博科夫战后的创作总体上常被解读为连接欧洲现代主义和新美学——20世纪60至80年代世界文化中独领风骚的后现代主义的天桥［这一观点在科丘列（М. Котюрье）、梅达里奇（М. Медарич）、麦克海拉（Б. Макхела）的著作中得到发展］。参见莫里斯（Couturier Maurice）：《后现代主义视域中的纳博科夫》，载于《评论》，1993年第4期（春季），第14卷，第247～260页；马格德琳娜（Medaric Magdalena）：《纳博科夫与20世纪小说》，载于《俄罗斯文学》，第29卷，第79～100页（转引自论文集《弗拉基米尔·纳博科夫：赞成与反对》，彼得堡，1997年，第454～475页）；布莱恩（McHale Brian）：《后现代主义小说》，纽约、伦敦，1987年。

[②] 阿佩尔（А. Аппель）的注释和普罗菲尔（К. Профферр）的《阅读〈洛丽塔〉的钥匙》中首先详尽地研究了这些联系，诸如其参阅卢梭、陀思妥耶夫斯基、兰波、乔伊斯、普鲁斯特作品的脚注。

姆斯代尔学校里,多洛蕾丝班上枯燥的名单居然表现出崇高的浪漫主义的诗情画意。难怪亨伯特·亨伯特称之为抒情作品:多洛蕾丝同学的名字引起许多有针对性的浪漫主义遐想:安吉尔·格雷斯、拜伦·玛格丽特、汉密尔顿·罗斯、坎贝尔·爱丽丝、卡迈因·罗斯、麦克里斯特尔、麦克费特、范塔西亚·斯特拉、肯尼斯·奈特……还有涉及莎士比亚主题的臆编之名:米兰达(《暴风雨》)、安东尼(《安东尼和克里奥佩特拉》)、米兰达·维奥拉(《第十二夜》)。时不时还会出现浪漫主义文学童话情节的痕迹。开始是蓝胡子的童话——出现在亨伯特·亨伯特两个妻子的故事中,而且直接发出涉及这个主题的游戏的信号:一会儿夏洛特用干练的口吻询问亨伯特桌子上锁住的箱子——为什么要锁住它,它"难看死了"(为此随后撬开它,导致自己的死亡),一会儿亨伯特·亨伯特忧郁地嘀咕:"可怜的蓝胡子。这些残忍的兄弟。"[1] 还有其他的例子:"我不记得是否提到过我刚去过的那家吃早饭的酒吧(奶品店)的名字?它叫'冷漠王后'。我不无忧郁地笑了笑,对洛丽塔说:'你是我的冷漠公主。'她并未明白这个卑劣的笑话。"以及亨伯特·亨伯特讲他丢掉洛丽塔的小城的一段话,小城叫艾尔费恩斯通,"它精致却又令人恐惧",操俄语的亨伯特补充道。以及典型的(不是唯一的)对卡雷尔的新浪漫主义童话的借鉴:亨伯特·亨伯特发现"奇境中的爱丽丝般长发飘飘的早熟女孩(幸福同辈的小美女)"。

  不过,《洛丽塔》中浪漫主义文化代码与19世纪并没有必然的联系。确切地讲,它应是一种浪漫主义的意识,一种浪漫主义的精神装置(从卢梭到普鲁斯特),而且在20世纪现代派的文化中得到新的体现。亨伯特专注研究波德莱尔和兰波这两位欧洲现代主义之父并非偶然,其中不乏专业的研究——他著有20世纪法国诗歌史。在著名的《关于一本题名〈洛丽塔〉的书》这篇后记中(它是小说的组成部分,与约翰·累教授的序言映衬对照),纳博科夫不无气愤地回应了关于《洛丽塔》是"一部写浪漫主义风流韵事的小说"(批评家约翰·霍兰德之语)的评论。首先,因为浪漫主义代码——这仅是组织亨伯特独白的一个方面。其次,因为此处并未涉及浪漫主义小说,而是涉及浪漫主义的世界视像,其变体成为现代派所有文化的基础,其中包括纳博科夫本

---

[1] 所有引文均引自纳博科夫:《洛丽塔》,莫斯科,1989年。

人大部分俄语小说的基础。①

但最主要的是,亨伯特对早熟少女病态的欲望,究其本质而言,是现代派时期富有特色的浪漫主义的极端表现。这一点我们可以先从童年母题在纳博科夫的美学中的意味来看:例如,维·耶罗费耶夫断言,纳博科夫的童年母题本身隐含着天堂、美好却失去了的伊甸园的原型。② 从这个意义上讲,很有趣的是,《洛丽塔》事实上是在《彼岸》完成后旋即写就的,后者中童年的诗歌达到了最高度的浓缩。由此可知,何以对亨伯特而言,童年时期对"安娜贝尔·李"的爱的记忆如此重要,正是女孩(而不是妇女)、早熟少女成为他的理想。在亨伯特看来,早熟少女同住在"令人痴迷的小岛上"的其他美女的区别就在于此。主人公并非受性欲驱使,从本质上讲,是受摆脱时间流、回归永恒童年的伊甸园的浪漫主义愿望支配。"啊,让我待在长满绿苔的公园,待在我长满苔藓的花园吧。让她们(早熟少女)一直围在我身边玩耍,永远不长大,"亨伯特在小说一开始感慨道,随后这个主题贯穿始终。于是,在第一次,对洛丽塔本人而言还是秘密的同亨伯特"约会"之前,她手里拿着"好看的、普通的伊甸园红苹果"出现了。这次约会时,正如亨伯特所记录,"真实的洛丽塔被顺利排除出去"。小说中出现的既同浪漫主义又同现代主义传统有联系的白日梦情节明显同这一主题直接相关:这是虚构梦、童话梦、幸福梦,这是摆脱现实影响的诗意手法。

诗意与鄙俗(poshlost):密不可分却又无法融合

按照纳博科夫的文体逻辑,小说中同亨伯特的"文学"代码相对的不是"生活的"代码,它也是"文学的",确切地讲,是一连串的文学代码。这些代码是鄙俗的——伪浪漫主义的,粗俗的,属于大众文化的范畴。《洛丽塔》

---

① 关于亨伯特的方案与俄国象征主义的艺术观念之间的遥相呼应参见兰普顿(Д. Рэмптон)、亚历山德罗夫(В. Александров)的作品[大卫·兰普顿(David Rampton):《弗拉基米尔·纳博科夫小说的批判研究》,剑桥,1984年,第101~102页;弗拉基米尔·亚历山德罗夫(Vladimir Alexandrov):《纳博科夫的彼岸世界》,普林斯顿,1994年,第160~185页]。例如,那具有讽刺意味的作者自我引用证明了《洛丽塔》和纳博科夫本人的现代主义小说的辩论:亨伯特·亨伯特的语句"他刚才说,夏洛特,你被撞死了。但客厅哪有什么夏洛特"不能不让人联想到《卢仁的防守》的结尾("但是哪有什么亚历山大·伊万诺维奇")。就纳博科夫艺术辩论的方法而言,用刻板的庸俗女子及其歇斯底里的荒唐之死替换浪漫主义天才及其自杀非常典型。

② 参见维·耶罗费耶夫(В. В. Ерофеев):《弗·纳博科夫的俄语元小说,或寻找失乐园》,载于《文学问题》,1988年第10期。

的作者引用《篝火旁的女学生》（女作者也起了个有符号意义的名字——谢丽·霍尔姆斯）和《你的家园——这是你》这两本书，极其细致地转述并说明面向青年和"年轻主妇"的杂志纯属胡说；他模仿"小卡尔曼"的流行小调，复制西部片的场景，沉浸于伪造偶像和发放有趣指南的旅游亚文化的氛围。在描写自己与夏洛特的家庭生活时，亨伯特还不忘强调，"两者是一致的，因为同样的材料（收音机播的闹剧、心理分析和廉价的小说）影响着它们，从这些材料中我提炼出自己的主要人物，而她——自己的语言和文体"。在夏洛特写给亨伯特的信中可以清楚地感受到妇女小说的感伤语气，而且亨伯特本人在自白中，尤其是在第一部，不止一次感叹道："……我把整个新英国置于流行小说家的笔下！"在一系列粗俗的符号中，弗洛伊德主义占有特殊的荣耀地位（众所周知，纳博科夫一贯对他冷嘲热讽）：从描写亨伯特游历精神病诊所及他哄骗精神病医师，其中包括非常知名的教授，"他引以为荣的是能够让患者相信他是自己受孕的见证者"，到描写手枪，亨伯特如是说道："……把手枪的包布褪掉，沉溺于扣紧扳机的快感——我一直是维也纳萨满的忠实信徒。"亨·亨对弗洛伊德主义的不满完全可以理解：心理分析讽拟地改变着浪漫主义感知世界的结构——如果亨伯特用高雅的诗意替换"低级的"，那么心理分析正相反，在任何诗意背后都可以窥视出性的情节。

当然，亨伯特在这个粗俗的空间里有自己的中心、自己的偶像（"我的偶像"——他的回忆录即以此为名）——克莱尔·奎尔迪，广受欢迎的戏剧家，他的肖像在"骆驼"牌香烟广告上挂得到处都是，也出现在洛丽塔的卧室里。他就这样从亨伯特那里夺走了洛丽塔。

但是，在浪漫主义—现代主义代码与大众崇拜代码完全对立的情况下，纳博科夫基本打破了诗意与粗俗之间业已形成的对立。确切地讲，亨伯特试图建立这种对立，但创作者却常常（罔顾叙述者的意愿）表现这些意图的无效性。《洛丽塔》的艺术光学是二维的，几乎每一个形象、每一个情节进展都能发现自己的反面，因为它可以同时在现代主义高雅艺术的符号系统和大众崇拜的语境中阅读。

所有同洛丽塔本人相关的代码特别密集地交织在一起。其实，在亨伯特看来，早熟少女的主要秘密即在这二重性中：

> 早熟少女，可以说，所有早熟少女的二重本性让我发疯：这是在洛丽塔身上温顺梦想的童真与杂志画面上翘鼻子美女具有的有点可怕的粗俗的混合体。……此外，我还感觉到透过麝香和劣质香水味，臭味与死亡显现

现代俄国文学（1953—1968）

出的无以言表、天真无邪的温顺，我的上帝，我的上帝……

这就是为什么一开始亨伯特和奎尔迪——诗人与俗人——就作为对立体围绕洛丽塔进行着不易察觉的争斗。这就是为什么在亨伯特的代码中洛丽塔崇高的初吻却原来是"模仿骗人的爱情故事中的假象"。甚至情欲的占有也完全非亨伯特所预期，不是他诱惑洛丽塔，而是洛丽塔诱惑他："对他而言，纯粹机械的性行为是成人未知的少年秘密世界不可分割的一部分……洛丽塔操纵着我的生命，似乎这是和我毫不相关的没有感觉的器具。当然，她想用小流氓的架势吓倒我……"在纳博科夫本人承认其所喜爱的一个小说场景中，当洛丽塔"好像在慢镜头"或梦中接近亨伯特准备的礼物时，浪漫主义的视角不知不觉换成公式化的做作："……她悄然拥入等待着她的怀抱，精神焕发，全身酥软，用一种温柔、神秘、挑逗、淡然而又朦胧的目光抚慰着我——完全就是个庸俗不堪的小荡妇。因为这就是早熟少女模仿的对象——而我们呻吟着死去。"浪漫主义的梦境转化为少年的活动，变成这个半懂事的"弃女"。这就是为什么亨伯特未能成功利用洛丽塔的梦：相对粗俗地紧跟大众崇拜的现实而言，正如情节进展所表明的，这个传统的浪漫主义时空体不具有预期的自主。因此，洛丽塔班上诗意的名单变成洛丽塔本人讲述"低级"趣味的清单也就丝毫不足为奇：例如，"莎士比亚的"双胞胎安东尼和维奥拉·米兰达多年来一直睡一张床，而运动员肯尼斯·奈特（骑士！）"总是在各种适宜或不适宜的场合裸露自己的下体"。旅店浪漫的名称"着魔猎人的港湾"还直接同亨伯特的"着魔"相关——追求早熟少女，它以类似的形式作为舒适的象征首次出现在夏洛特的摘录中，随后成为寻找的目的地，亨伯特在此同洛丽塔度过了初夜，他并不知道在此同创作剧本《着魔的猎人》的奎尔迪有交集。其后洛丽塔将参加这部伪现代主义粗劣之作在学校的演出，并由此同奎尔迪接近，直到最终同他一道逃走……这种跌宕起伏是《洛丽塔》的诗学规律。

不仅如此，亨伯特本人也毫无疑问受到这一规律的支配。甚至他的外表，一看就有浪漫主义使命的印记（作者有趣的外表——假凯尔特人似的，招人喜欢的猴头猴脑，阳刚中夹杂着一点孩子气——让所有年龄段和阶层的妇女对他的举止着迷不已），其后不仅引起浪漫主义的，而且完全是庸俗的联想，例如"黄色小说中的黑发美男子"，或者"先生，我还是头一回看到穿丝质家常外套的男人——当然，只有电影里才能见到"。其实，亨伯特剧中行为完全可以放在犯罪爱情故事的标准体系中解读：诱惑者—被诱惑者，幸福的对手—同他逃跑，报复掠夺者……当亨伯特放荡地即兴唱出一首流行小调时，就已预料到自己的结局:"不错,我掏出一把小手枪,将子弹射入情人的额头。"的确,亨伯特的子弹并非射向"情人",而是射向对手,但重要的是手势。而亨伯特和奎尔迪的打斗就像是对好莱坞动作片的讽拟:"……成年读者在此处大概会想起童年时看过的西部牛仔片中的'必备'场面。再怎么说,我们的打斗既没有力能击牛的徒手搏斗,也没有家具乱飞的场景。……这是两个文学家之间悄无声息、没有章法的扭打:一位因吸毒弄垮了身体,另一位则饱受心脏神经机能病之苦,而且还是个酒鬼。"高潮时刻亨伯特向可憎的对手宣读诗体判决的方式是否取自于感伤主义的女性小说?

最终,亨伯特与奎尔迪之间的对立绝对无法抵消他们内部深层的相似。无怪乎小说中第一次提到奎尔迪时就已暗示了亨伯特的命运走向——正是可以这样解读奎尔迪,这位《小女神》《喜欢闪电的女士》《黑暗年代》《奇怪的蘑菇》《父爱》的作者。纳博科夫在俄文自译本中用 Г. Г. 和 К. К. (英文本中是 C. Q.)接近的发言强调了这种相似。奎尔迪公开对亨伯特讲到这种相似:"我和您在所有方面都可说是风雅之人——无论是性趣,无韵诗,还是百发百中的枪法。"

现代主义意识的危机

亨伯特叙述中高雅的现代主义与"低俗的"大众文化母题的对话式相互渗透对纳博科夫的创作而言,具有意想不到的艺术语义。就其本质而言,高雅的现代主义代码与粗俗的伪文化代码之间并没有不可逾越的界限。确切地讲,纳博科夫在完全有意识地摧毁先前的确无法跨过的障碍,而妄图像文学作品般建构自己生活的亨伯特绝非例外。大家都这样生活着,亨伯特的特殊性仅在于他倾向于埃德加·坡和波德莱尔,而非大众文化的模式。

纳博科夫在《洛丽塔》中转向打破高雅、精英文化和低级、大众文化二律背反规律的后现代主义文化形象[1968年,美国作家和批评家莱斯利·费德勒(Лесли Фидлер)在自己发表在《花花公子》上的具有挑衅意味的著名宣言《跨过界限,填平沟壑》中宣称,大众和精英艺术的综合是后现代主义发展的纲领]。纳博科夫发现,现代世界中高雅和低俗文化起着同样的作用,正因如此二者才能彼此交融。这个作用是什么呢?文化(任何文化)——正如纳博科夫小说中得出的结论——不是逗乐,不是教训,不是脱离生活,也就是说,它当然也起着这样或那样的作用,但这不是它的主要任务,而是附带的任务。关键在于,文化力图完全取代和遮蔽现实。相对而言,人们是按照

现代俄国文学（1953—1968）

"文学"或"电影"的方式生活，因为按照"生活本身"的方式生活是极其可怕的。

在美国出版的《洛丽塔》第一版前言中，纳博科夫列举了小说中的几个场景，他指出："这就是本书的神经系统。这就是它的隐秘之处，是不易察觉的坐标……"纳博科夫究竟强调的是些什么场景呢？这或者表现为高雅文化代码不知不觉转化为其低俗的对等物：夏洛特用现实的"防水布"打破了遐想着摆脱新娶的妻子和继女单独相处的亨伯特的浪漫主义方案，装饰同性恋者阁楼的柴可夫斯基、尼任斯基和普鲁斯特的照片，埃尔菲恩斯通医院，在这里亨伯特真正的痛苦和温情与奎尔迪和洛丽塔之间上演的滑稽剧伎俩交织在一起。或者，最重要的是透过文化表层突然发现赤裸裸的生活。譬如，"理发店"（写这一段花费了……"纳博科夫"一个月的时间）的场景：

> 在卡斯比姆，一个上了岁数的理发师给我马马虎虎地理了个发。他唠唠叨叨地说着他的一个打棒球的儿子，每遇到爆发音，唾沫就喷在我的脖子上，而且每隔一会儿就在我的围单上擦擦他的眼镜，或者停下他手直打战的理发活儿，拿出一些褪色的简报，当时我根本没注意，因此当他指着放在一些陈年的灰色洗发剂瓶子中间的一个镜框里的照片时，我才大吃一惊地意识到那个留着八字须的年轻棒球手已经死了三十年。[①]

字里行间我们可以发现这些情景："面色苍白、怀着孩子、无法救治的多莉·希勒以及她死于格雷斯塔（'灰色之星'，书中的首府），或者是小城传来的教堂的钟声"——"我所听到的是正在嬉戏玩耍的孩子们悦耳动听的声音，随后我明白了那令人心酸、绝望的事并不是洛丽塔不在我的身边，而是她的声音不在那片和声里面。"[②] 所有这些场景都显露出生命的存在意义，而这个意义几乎总是等同于死亡或无法挽回的损失。文化，文化定型从根本上为人抵挡着生命那种无望的本质。这恰好也是洛丽塔自己的感受：亨伯特最痛苦的一段回忆就和她"异常平静严肃地"告诉女友的一段话相关："你知道吗，死最可怕之处在于你得全靠自己。"

当亨伯特明白自己计划的诗意——回到童年，回到令人痴迷的小岛——已荡然无存时，他回忆起这段场景。洛丽塔用定型的文化藩篱将亨伯特挡在自己

[①] 译文引自纳博科夫：《洛丽塔》，主万译，上海译文出版社，2007年，第339~340页。——译者
[②] 译文引自纳博科夫：《洛丽塔》，主万译，上海译文出版社，2007年，第492页。——译者

的隐秘世界之外，而亨伯特意识到这一点已为时太晚："而且，很有可能，在那极为幼稚的少年印记背后，她心中还有一个花园，一道曙光，一座宫殿的大门——朦胧可爱的区域，而我这个衣衫褴褛、老在痛苦地抽搐的人却被禁止进入这片区域……"此外，正是亨伯特这个对描写童年的诗歌顶礼膜拜之人，在现实中却剥夺了洛丽塔的童年，无情地践踏着她的生命。这种状况甚至未纳入文化代码的范畴——不过，它从洛丽塔的面部表情流露出来，"是一种难以描述的完全无助的表情，以至于似乎已经变成了一种安闲的空虚茫然的表情——正因如此不公和绝望的感觉才达到了极限"；它表现在——"在她每天夜里的哭泣中——每天，每天夜里"，当亨伯特刚假装睡着时；它表现在——多莉和亨伯特最后会面时未及说出的判断中："看来，她没词儿了。我暗地里却为她填补好了［……他（奎尔迪）伤了我的心，你却毁了我一辈子］"。至于洛丽塔"分娩时死去，诞下一个女性死婴"（正如小约翰·雷在前言中所述）这件事是已经发生的存在悲剧的逻辑结果：童年甚至无法回到新的载体——洛丽塔自己女儿的命运中（12月25日，没过的圣诞节，这个日子给死亡以特殊的多义性）。

亨伯特和洛丽塔的故事被烧焦的房屋形象所环绕并非偶然。开始亨伯特到黑兹家是因为他想住的麦库家"刚刚被烧得精光"。小说结尾这个形象出现在洛丽塔讲奎尔迪牧场的故事中，她从那里跑出来，而牧场"烧得精光，什么都没剩下，只留下一堆黑色的垃圾。这让她觉得太奇观了，太奇怪了……"此处亨伯特强调的是母题的呼应，他补充道："麦库也有相似的名字，屋子也烧了。"

废墟、一堆黑色的垃圾——这就是有针对性地用文化的标准代替现实后留下的东西，至于是高标准还是低标准，都已不重要了。没有出路：存在层面的生活让人无法忍受，文化定型的不易察觉的表层具有破坏性，而内部则具有毁灭性。最终亨伯特将明白这一点。难怪他同魔鬼，或者麦克费特（亨伯特如此称呼自己的对手）明显会输的决斗贯穿整部小说。失去洛丽塔后，难怪亨伯特切身感觉到他的生命力"最旺盛的时刻，忽然哗啦一下子打开一扇侧门，一股呼啸的黑暗时光奔腾而来，带着迅猛的疾风盖没了孤独的大难临头的呼喊"[①]。亨伯特最终惩罚奎尔迪时，实际上也是在自杀：因为他杀的是自己的同貌人，因为他在监狱里必会死亡。这样一来，亨伯特暴露了对多莉、对自己的行为的灾难性本质。

[①] 译文引自纳博科夫：《洛丽塔》，主万译，上海译文出版社，2007年，第403页。——译者

现代俄国文学（1953—1968）

而且甚至《洛丽塔》的创作过程也让人绝望。的确，我们还未开始读《一个白人鳏夫的自白》，通过约翰·雷教授就已知道所有人都死了：亨伯特本人、奎尔迪、洛丽塔以及她的女儿。文字之外——死亡，而叙述者无形的永生却表现在纳博科夫诸如《塞巴斯蒂安·奈特的真实生活》《庶出的标志》等长篇小说中。究竟什么会保留下来？

总之，对于纳博科夫而言，粗俗的世界（大众文化）与混沌的世界同义，但在《洛丽塔》中，这一世界形象同文化形象紧密相关，具有多声部和多义性。正如我们所见，"高雅文化"的代码也是如此。由于这种融合，现代主义固有的文化的分层模式被打破。相对于死亡，存在的毁灭——最终，相对于混沌而言，反义的文化体系才变得平等。但是亨伯特本人不可能成为这一对话的主体：把自己的生活视为现代主义文本的愿望将主人公/叙述者引入生活灾难性（自我）毁灭的过程中——本质上是混乱的过程。借助位于冲突的文化代码交叉点的亨伯特的意识，无人称和隐形的作者/创作者与存在的混沌进行着对话：那种完整的、外在的因素，通过艺术文本的所有组成——从献词（"献给我的妻子"）到后记和俄文版补遗——总体上实现着自我。就此而言，这个对话并非无果。

其结果就是爱的感觉，它产生于亨伯特和洛丽塔生命的废墟之上，产生于以死亡将二人分割开来的那个很短的间隙（他俩在一个半月中相继逝去）。亨伯特所写的一切，是他临死前对爱的解释：

> 我坚持要让世上的人都知道我是多么爱我的洛丽塔，这个洛丽塔，脸色苍白、受到玷污、怀着别人孩子的洛丽塔，但仍然是那灰色的眼睛，仍然是乌黑的睫毛，仍然是赤褐和杏黄色的皮肤，仍然是卡尔曼西塔，仍然是我的洛丽塔……即使她的乳头肿胀、爆裂，即使她那娇嫩、可爱、毛茸茸的柔软的私处受到玷污和折磨——就连那时，只要看到你那苍白、可爱的脸，只要听到你那年轻嘶哑的声音，我仍会充满柔情地对你痴迷眷恋，我的洛丽塔。[①]

这就是"无声的爱的爆发"（纳博科夫的自传《彼岸》中的用语）：这种爱情中没有点滴的和谐，只有痛苦，只有绝望；此处"一股呼啸的黑暗的时光"和"孤独的大难临头的呼喊"交织在一起。可为什么那时一些内行的读

[①] 译文引自纳博科夫：《洛丽塔》，主万译，上海译文出版社，2007年，第444页。——译者

第一章　世纪中叶："初步结果"

者（金兹堡的意见足具代表性）称《洛丽塔》是俄罗斯文学中描写爱情最细腻甚至最感伤的一本书？创作者和叙述者完全赞同的爱情的最终感受是，它混合着粗俗和高雅的诗歌、道德犯罪和私刑、幸福和恐惧——《洛丽塔》文本中的一切。这种爱情，尽管极其短暂脆弱，最终还是无法毁掉的，因为它体现在创作者（而非叙述者）在场的文本中。文本，书面上的字母——这就是纳博科夫的《洛丽塔》生命最后的栖息之地。

20 世纪中叶的小说在许多方面预示了俄罗斯文学此后发展之路。正如我们所见，列昂诺夫和帕斯捷尔纳克按照不同的方式描述着真正的生活力量，它能对抗革命对生活施加的暴力，以及在国家历史上和人民心灵中引起灾难性突变的乌托邦的侵蚀。列昂诺夫将自然与民族传统和人民经验等同起来形成超越个人价值的谱系，以此为目标的既有"农村散文"的创作者，亦有从社会主义现实主义艺术性范式内部（"带有人性的社会主义现实主义"）与官方意识形态进行意识形态论战的作者。帕斯捷尔纳克将人的理念视为基督教文明的最高财富，将人的存在视为实现永恒的存在意义和唯一对抗历史噩梦的核心层面，它奠定了 20 世纪八九十年代作家创作中革新现实主义传统的各种版本的基础。下文中我们将把他们称为后现实主义作家。

至于纳博科夫，在《洛丽塔》中事实上去掉了对《俄罗斯森林》和《日瓦戈医生》而言关键的、幼稚的方案与生活的自然进程之间的对立。纳博科夫的"自然性"更多的是一种原始的但也不乏虚幻、虚假的文化符号的投射。如果说帕斯捷尔纳克通过体现"生活的奇迹"来展示崇高的诗语文化（粗俗对他而言就是革命的"人间游戏"的同义语），那么纳博科夫则在双方都无力对抗现实乱象丛生的存在这个层面上将诗意与粗俗等同起来。纳博科夫将责任由主人公转到作者身上，因为他找到了对抗混沌的唯一抉择。别尔别洛娃（Н. Бербелова）曾根据《洛丽塔》划分出两种类型的当代作家："一类'取消了净化'，另一类——纳博科夫属于此类——却在复兴它。一类寻找着虚无，另一类存在于混沌之中，存在于……愿望的力量，渴望、贪婪将他们引向恐惧和斗争，而恐惧和斗争又将他们带入净化。勇气、脉息和苦难是他们的特点，于是我们看到他们在充满误解和偶然的世界中的大无畏精神；但世界不可能不存在，因此更应该负责任地、更忙碌地，甚至更快乐地生活在这个世界上。"[①]

[①]《弗拉基米尔·纳博科夫：赞成与反对》（Владимир Набоков: Pro et Contra），第 302 页。

现代俄国文学（1953—1968）

文化的逆喻形象，与混沌对话的策略——它产生了互不相容的意义和范畴的冲突性调和，以及纳博科夫文体的高超技巧——所有这些经验都为20世纪60至90年代的俄罗斯（也不仅仅是俄罗斯的！）后现代主义奠定了基础。

第二章　戴着人性面具的社会主义现实主义

第一节　"解冻"的文化氛围

20世纪50年代中期，苏联的国家历史上一段崭新的、持续很久的时期开始了。这个时期结束于20世纪80、90年代之交苏联解体之时。历时40年之久的这个时期包含几个发展阶段或时期。相对而言，可以划分为以下几个时期："解冻"或20世纪60年代，"停滞时期"或70年代，"后苏联时期"，20世纪80年代中期到世纪末的十年。在这40年间，毫无疑问，艺术尽管受到政治和意识形态进程的影响，却始终渐次发展，即或被迫受阻停滞，却没有明显的倒退——从这个意义上讲，始于50年代中期的整整40年是一个相对完整的历史 - 文学阶段。

肇始期名为"解冻"——得名于伊·爱伦堡发表于1954年的同名小说。正如每一个文化 - 历史周期，它并没有严格的年代界限，但是有一些事件起着"解冻"时期分界线标志的作用：开始的标志是赫鲁晓夫在苏联共产党第二十次全国代表大会上所做的秘密报告（1956年2月），结束的标志是"布拉格之春"（1968年8月）。

1

不过这一段相对短暂的时间毕竟是俄罗斯文化史上最重要的时期之一。在这一时期内，社会意识经历了非常艰难的转折：从建立在相信苏维埃制度根基

现代俄国文学（1953—1968）

牢不可破及希望"恢复党和国家生活的列宁主义准则"基础上的欣喜，到对在集权主义制度下能否建成"戴着有人性面具的社会主义"的深度怀疑及随之而来的绝望。但是自由最初的微光、民主脆弱的嫩芽却成为唤醒理智、推动社会活动的动力，成为迅猛的创作高潮的动力。巴别尔、普拉东诺夫、布尔加科夫、茨维塔耶娃、曼德尔施塔姆、奥廖沙的作品开始回归文化意识，官方所禁的哲学家与诗人的书也随着解禁的大潮变得唾手可得。"铁幕"稍一拉开，苏联人民就能了解意大利新现实主义的电影，阅读海明威（Хемингуэй）、福克纳（Фолкнер）、加缪（Камю）、萨特（Сартр）、贝克特（Беккет）、尤奈斯库（Ионеско）、伯尔（Бёлль）等人的作品。近三十年的禁令之后，艺术上的先锋主义开始涌向观众和读者，并随之产生了一批追随者。时代精神本身就是"解冻的"。奥列格·叶夫列莫夫回忆道："我同敢于发表自己意见的那一代人一起步入艺术的殿堂。创办《同时代人》时，我们感到适得其所——不仅是在集体内部，而且在外部也是如此。也就是说，某种社会氛围帮助我这一代获得发声的权利。人们从我们这里期盼着什么，现在我明白了——他们直接把我们往前推，而且要求我们一起坚持住。于是每个人内心、身体、胳膊肘、神经都感到：我不是一个人！"[①]

这种氛围有助于在几乎所有艺术领域中产生重要的作品：电影方面有安·塔尔科夫斯基（А. Тарковский）的《伊万的童年》（«Иваново Детство»）和《安德烈·鲁布廖夫》（«Андрей Рублёв»），米·卡拉托佐夫（М. Калатозов）的《雁南飞》（«Летят журавли»）、格·丘赫来（Г. Чухрай）的《士兵之歌》（«Баллада о солдате»）、格·科津采夫（Г. Козинцев）的《哈姆雷特》（«Гамлет»），以及伊·塔兰金（И. Таланкин）、格·达涅利亚（Г. Данелия）、雅·谢格列（Я. Сегель）、列·库里加诺夫（Л. Кулиджанов）、艾·梁赞诺夫（Э. Рязанов）的电影；戏剧方面叶夫列莫夫的《同时代人》（«Современник»）和柳比莫娃的《塔干卡》（«Таганка»）问世，阿·埃夫罗斯（А. Эфрос）改编自维·罗佐夫（В. Розов）的剧本在列宁共青团剧院演出，导演格·托夫斯托诺戈夫（Г. Товстоногов）的剧作在列宁格勒大剧院演出；造型艺术方面有艾·涅伊兹维斯特内（Э. Неизвестный）的雕塑，彼·奥索夫斯基（П. Осовский）和维·尼康诺夫（В. Никонов）的"现实主义"，以奥·拉宾（О. Рабин）为

[①] 奥·叶夫列莫夫（О. Евремов）、娜·克雷莫娃（Н. Крымова）：《艺术的经验教训》，载于《文学报》，1978年8月30日。

首的"里阿诺佐沃"派,米·舍米亚金(М. Шемякин)、亚·兹维廖夫(А. Зверёв)、奥·采尔科夫(О. Целков)的先锋派艺术;音乐方面有德·德·肖斯塔科维奇(Д. Д. Шостокович)后期的交响曲,阿·施尼特科(А. Шнитке)、艾·杰尼索夫(Э. Денисов)、索·古巴伊杜琳娜(С. Губайдулина)的音乐。

活跃文化生活的过程风起云涌,但步履维艰,矛盾重重。政府不甘心丧失对文艺创作的管控,但不能不顾及时代的客观趋势,何况也应该营造一种民主化的氛围(不论国内,还是在国际社会舆论面前)。为讨好创作的知识分子,某些方面审查的减弱和领导人与文学艺术活动家的重要会见相互交替。尽管阻碍重重,但有亚·特瓦尔多夫斯基所赋予批评倾向的《新世界》杂志还是被允许存在①,作为对立一方,以公开的斯大林主义者弗·科切托夫(В. Кочетов)为首的《十月》也受到支持。州一级的出版社被创建,各首府和外省均创办了新的文学杂志,《文学莫斯科》集刊遭禁②,卡卢加出版的《塔鲁萨杂志》(《Тарусские страницы》,1961)受到严厉斥责。③ 因帕斯捷尔纳克的长篇小说《日瓦戈医生》获诺贝尔奖,"沙巴什"被酝酿,索尔仁尼琴的

---

① 塔·亚·斯尼基列娃(Т. А. Снигирева)的专著《亚·特·特瓦尔多夫斯基:诗人与他的时代》(1997)详细分析了编辑亚·特·特瓦尔多夫斯基作为一位文学运动领袖在"解冻"年代的作用。另参见弗·亚·拉克申(В. Я. Лакшин)的回忆录《赫鲁晓夫时期的〈新世界〉》(1991)1954—1964年日记及附录。

② 《文学莫斯科》集刊的倡导者是艾曼·卡扎凯维奇(Эм. Казакевич)、康·帕乌斯托夫斯基(К. Паустовский)、文·卡维林(В. Каверин)、维·鲁德内(В. Рудный)和玛·阿里格尔(М. Алигер),只成功出版了两辑(1956年和1957年)。其中,艾曼·卡扎凯维奇的小说《广场上的房子》(《Дом на площади》)、维·罗佐夫(В. Розов)的剧作《永生的人》(《Вечно живые》)、鲍·帕斯捷尔纳克的《翻译莎士比亚悲剧札记》(《Заметки к переводам шекспирских трагедий》)、米·普里什文(М. Пришвин)的日记就刊载于此。但是当局的怒火倾泻到了在其中发现"虚无主义"和抹黑苏联现实的文艺作品上(如亚·亚申(А. Яшин)的《杠杆》(《Рычаги》)、弗·田德里亚科夫(В. Тендряков)的特写《一模一样的骑士》(《Рыцарь тютельки в тютельку》)等],亚·科隆(А. Крон)也因为在《作家札记》(《Заметки писателя》)中批评领导文学受到处罚。甚至伊·爱伦堡准备出版的马琳娜·茨维塔耶娃的诗歌集也招致了不满。

③ 《塔鲁萨杂志》也是在康·帕乌斯托夫斯基的积极参与下创办的。文集中收录了处于苏联文学官方路线边缘的作者的作品:有马·茨维塔耶娃诗歌大型专辑,也有尼·扎博罗茨基(Н. Заболоцкий)、阿·施泰因别尔克(А. Штейнберг)、纳·科尔扎文(Н. Коржавин)、大·萨莫伊洛夫(Д. Самойлов)、鲍·斯卢茨基(Б. Слуцкий)的专辑,年轻作家尤·卡扎科夫(Ю. Казаков)的散文和尤·特里丰诺夫(Ю. Трифонов)的短篇小说,布·奥古扎瓦(Б. Окуджава)的《祝你健康,同学!》(《Будь здоров, школяр!》)、鲍·巴尔特尔(Б. Балтер)的中篇小说《一城三少年》[《Трое из одного города》,随后被冠以《再见,男孩们》(《До свидания, мальчики》)之名出版]。关于集刊创办史及其命运参见米尔施坦因(И. Мильштейн):《卡卢加事件》(《Калужский инцидент》),载于《星火》,1989年第14期,第22~25页。

现代俄国文学（1953—1968）

《伊万·杰尼索维奇的一天》获准发表。苏联首次举办了巴勃罗·毕加索作品展览，却又想方设法破坏陈列苏联现代先锋派作品的推土机展览。由赫鲁晓夫本人提议，在《消息报》上刊载了特瓦尔多夫斯基讽刺辛辣的长诗《焦尔金游地府》，却又加快了对"诽谤者"西尼亚夫斯基（Синявский）、丹尼埃尔（Даниэль）以及"不劳而食者"布罗茨基（Бродский）的审判程序。但这一次，作家界近40年来首次没有说"一致赞成"，也没有集体缄默——开始抗议，法庭上辩护方证人不断演讲，作家集体上书中央委员会。由此出现了地下的《时事简讯》（«Хроника текущих событий»），私下出版物(Самиздат)和侨民出版物(Тамиздат)开始积蓄力量。①

一切新事物都在困难重重的情况下披荆斩棘，任何异常的艺术现象都被贴上了意识形态的标签，但是，有别于20世纪60年代中期倒退的政治进程，艺术发展已无法阻挡。"一丝自由"居然提神振气。

2

这在停滞年代就已现端倪。于是"解冻"就这样开始了。其最初征兆正出现在文艺界。1953年末，年高德劭的伊利亚·爱伦堡（《谈作家的工作》，载于《旗》，1953年第10期）和不太知名的文学家弗拉基米尔·波缅兰采夫（《论文学中的真诚性》，载于《新世界》，1953年第12期）的文章给社会生活掀起了波澜。随后，康·帕乌斯托夫斯基和奥·别尔戈里茨在苏联作协第二次代表大会前讨论时的发言引起关注，大会本身也是一次意义非凡的事件（1954年12月）。作家在文章和发言中似乎谈的是极其行业化的问题，但引起了激烈的辩论，这一辩论很快将创作界（也不仅仅是创作界）分为两个阵营：一派希望改变并随后被称为"60年代派"，另一派则希冀一切照旧并被称为"守旧派"。当爱伦堡宣称："作家的位置不在车队里，比起参谋部文书，他更应像一位侦察员。他不是在抄写，不是在叙述，而是在发现"②；当卡维林在作家大会的讲台上分享类似某种幻想的梦想："……我心目中的文学不是落后于生活，而是引领着它"③；而奥尔加·别尔戈里茨坚持抒情诗人"自我表现"的权利时，那么在大家熟知的列宁的文章《党的组织和党的文学》的基本原

---

① 参见《世纪的私下出版物》[安·斯特列梁内（А. Стреляный）编，明斯克、莫斯科，1998年]一书中论及的20世纪60至80年代的私下出版物集。
② 《旗》，1953年第10期。
③ 《1954年12月15至26日苏联作家协会第二次代表大会速记稿》，第170页。

则的背景下，这些毫无恶意的公理的提出不仅被视为对从上强加于艺术家的意识形态处方的抗议，而且被视为对自由思想的强烈诉求。

弗拉基米尔·波缅兰采夫发表《论文学中的真诚性》一文时，谨慎地用"装腔作势"一词表示不真诚，但是那些支持及准备训斥他的人则将文章理解为反抗作者所展示的、已成为苏联文学中流行病的谎言与虚假。而波缅兰采夫呼吁的不回避"矛盾和难题"及其关于"应该揭示我们生活中的负面因素"[①]的论调则被守旧者诠释为"有害的市侩虚无主义"。

事实上，爱伦堡、波缅兰采夫和别尔戈里茨对社会主义现实主义美学灌输的艺术家应成为宣传者和鼓动者的观念提出异议，他们呼吁恢复经典现实主义中艺术家独立自主的现实研究者的传统地位。这一立场得到其他作家的支持。于是，康·帕乌斯托夫斯基援引饱含浪漫主义激情的作品，表达了对具体地、历史地描写现实的必要性的疑虑。随后，在大会上的一系列发言中已然首先从理论层面提出了"社会主义现实主义风格多样化"的问题，正如一些发言者（如萨·乌尔共、亚·法捷耶夫）断言，社会主义现实主义不仅允许以逼真的，而且允许以假定的形式描写生活。一方面，这是艺术家自身试图撼动社会主义现实主义标准范式，给予其某种弹性；另一方面，这也是文学政治家们担心一系列优秀作品及其创作者跳出社会主义现实主义遮蔽而采取的一种策略。所有这些对"苏维埃艺术的主要方法"的指责背后都隐藏着对作为这种方法基础的无个性苏维埃人的纲领的不满。康斯坦丁·西蒙诺夫在自己论散文的长篇补充报告中最终坚决指出："社会利益高于个人利益同建设共产主义的人们的很高的思想素质，同他们劳动的创造性品质联系在一起——这就是生活的现实真实。但'高于'一词，众所周知，意思是'占据优势'，而并非排挤、替换，不是为了社会忘却个人。与此同时，在我们许多散文作品中，忘却个人却通过不同的形式表现出来！或以取缔的形式，沉默的形式，或通过浮皮潦草的描写。为了表现社会利益高于个人利益，作品中频繁地描写被选为正面主人公品质的忘我奉献、自甘贫困。"[②] 他出言谨慎，说话时盯着马克思主义美学的

[①] 弗·波缅兰采夫（В. Поменранцев）：《论文学中的真诚性》，载于《解冻1953—1956：俄苏文学作品》，莫斯科，1989年，第48页。

[②] 《苏联作协第二次全国代表大会速记稿》，第102~103页。其后康·西蒙诺夫迈出了更勇敢的几步。他在苏联高校文学研讨会（莫斯科大学，1956年10月）上的发言引起了极大的共鸣，发言中他激烈地批判了联共（布）中央关于《星》和《列宁格勒》两杂志的决议。而在发表于由他担任编辑的《新世界》杂志上的《文学札记》中，他论证了长篇小说《青年近卫军》的第2版（法捷耶夫因未充分评价党在地下运动中的领导作用，被迫进行了修改）逊于第1版。

原理，还得用半官方的教条的"新话"来讲，不过毕竟发出了声音。

3

"解冻"年代精神氛围的矛盾性在艺术意识的特征中有所变化。研究者注意到其中两种似乎不兼容的倾向的组合。一方面，这是一种启蒙的激情："随后，正如通常发生在转折时期那样，提出了消灭文盲的任务——包括社会的、意识形态的、美学的、道德的、心理的，甚至还有日常生活的。同'精细的方式'相比，人们绝对青睐'粗放的方式'。文化从巨石下、从孤零零的小屋里走上了大街，不可避免会失去水准和质量，它在全国传开，颠覆了似乎是颠扑不破的概念，触碰了禁区，唤醒了休眠的理性……诗人、艺术家开始接受自己是……'中学里针对成人的教师'（鲍·斯卢茨基），他们被号召哪怕是教点政治和文学的基本常识。"① 另一方面，这是一种"伊索式语言"，它预先在某种程度上掩饰思想的针对性，以便绕过警惕的审查并涌向读者。这种倾向促进了对精妙的艺术进程的研究及语言的复杂化，促进了恢复与假定的、"陌生化的"形式传统的联系，最终不仅促进了创作文化，而且促进了读者文化的完善。② 启蒙思想试图达到的开智式的直接明了与"伊索式语言"精妙伪装的类似组合，为各种艺术共生创造了土壤。

或许，列宁的形象占据何种位置是"解冻"年代艺术意识矛盾性最典型的标志。人们满怀真诚和灵感塑造了这个形象：为这个形象设计出一个新苏联的英雄神话，他能够体现毫无瑕疵的、毫不歪曲的社会主义理想。奥·别尔戈里茨的《白天的星星》和叶·德拉伯金娜的回忆录《黑面包干》中"我们的列宁"平易近人、天真童趣的身影，艾·卡扎凯维奇的中篇小说《蓝色笔记本》和亚·施泰因的戏剧《暴风雨之间》中自省深沉、内心紧张、精神痛苦的列宁，尼·包戈廷的《悲壮的颂歌》中敏锐仁爱、为国家的未来殚精竭虑的列宁。似乎，还没有一位大诗人没有写列宁的诗"应景"。这并非出于形势的考虑，而是将取自最无可指摘的"材料"的现代典范模式化的真诚愿望。如今，在"解冻"初期，这个典范首先显得自然、"大众化"，其主要的精神品质就表现为人道关怀、忍受痛苦和怜悯他人。

---

① 谢·丘普利宁（С. Чупринин）：《解冻：极度期待的时期》，载于《解冻1953—1956：俄苏文学作品》，莫斯科，1989年，第14页。

② 洛谢夫（Л. В. Лосев）最早写到了"解冻"时期文学中"伊索式语言"的作用。参见洛谢夫（L. Losev）：《论审查制度的善行：俄罗斯文学中的伊索式语言》，慕尼黑，1984年。

第二章 戴着人性面具的社会主义现实主义

> 我们变得更为用心,更严格地
> 用巨大的梦想检视生活。
> 时光流逝,一切都更加明朗,
> 列宁的形象特征愈加珍贵。
>
> 在我们当前的全部回忆中
> 闪露出来的,仿佛纯净的泉水,
> 并不华美,全无矫饰,
> 那是人性的朴素。
> ……
> 他每天都在人民中间,
> 与人争论,爱开玩笑。
> 他不仅与人们亲密无间——
> 而是用心去了解每一个人。①

这几行诗句摘自亚历山大·亚申的《与列宁在一起》。在描写列宁的诗歌作品中这几句不是最好的也不是最差的——对于那个时代而言,它们具有典型性(确切地讲,"公式化")的特点。这样列宁成为"戴着人性面具的社会主义现实主义"的人格化理想。②

将解冻初期文艺意识中提到的进程归纳一下,可以说,起初根本谈不上激进地替换官方文艺范式,改革的思想也并未出界。理论的分歧仅仅触及社会主义现实主义的内部潜力和方法手段。文艺探索本身局限于社会主义现实主义美学可接受的逼真地再现生活的条框之内。但是,已触及了教条,产生了碰撞。

---

① 王逸群译。
② 关于电影艺术中的相关进程参见叶·马尔格利特(E. Марголит):《列宁——解冻时代电影的主人公》,载于《电影艺术》,2000年第5期,第84~94页。

第二节 "生活的真实":从纪实到自然主义
(谢·斯米尔诺夫、瓦·奥维奇金、
亚·亚申、弗·田德里亚科夫)

"生活真实"问题是造成作家之间分化的争论主题。这一说法具有最基本的审美范式的意义。它既被"左派"使用,也为"右派"所用,但充斥着不同的内容。对于那些渴望改变的人而言,"生活的真实"被与毫不畏惧、毫不妥协的批判性研究现实的激情联系在一起。而对他们的论敌而言,"生活的真实"意味着预知的真实("我们的,党的真实"),艺术家应以此校验自己对现实的感受,并将此作为现成的样板评价自己的作品。

关于"生活真实"的争论贯穿整个"解冻"时期。诸如谢·巴巴耶夫斯基的多卷本《金星英雄》等作品不久前还被吹捧为社会主义现实主义的最高成就,但在作协第二次代表大会上却因"粉饰现实""虚假的宏大叙事""无冲突论"受到批判,由此揭开了争论的序幕。与之相对,捍卫者则指责那些勇于剖析当代现实的作者"过分强调生活的负面因素","病态地"试图"仅用阴暗的色调观察周围的一切"。正是在这个关键时刻展开了对弗·杜金采夫的长篇小说《不是单靠面包》、丹·格拉宁的短篇小说《个人意见》、列·佐林的剧作《客人》的批判。

最初,描写"生活真实"的激情同直接、非间接的研究现实联系起来。一般说来,类似的倾向对于任何一个转折时期都具有典型性:其背后隐含着人们摆脱文艺僵化的陈词滥调和刻板教条,用"肉眼""从文学之外"看生活,描写其"本来面目"的渴望。不过,在"解冻"初期,这些倾向具有极其鲜明的特点。

此中有社会原因——首先是苏共二十大之后出现的氛围,在大会的发言中大家与其说是听到了发言的内容,不如说是非常有听的欲望。那些日子里,艾·卡扎凯维奇在自己的日记中写道:"正如众所期待的那样,党的代表大会成为重要的里程碑。最主要是说了真话。这必将产生,也不可能不产生伟大的结果。现在,真实是医治社会症结的唯一良医……真实而且只有真实。"[①]

[①] 艾曼·卡扎凯维奇(Эм. Казакевич):《日记与书信选》,载于《文学问题》,1963年第6期,第165页。

仅仅过了两年,卡扎凯维奇这位《文学莫斯科》集刊的组织者,就将体会到真实如何被驱赶进坚硬的框框中去。不过目前都寄希望于真实的净化力量。无怪乎"解冻"就是以政论作品的突起为标志的。

那个年代的"标志人物"是政论家谢尔盖·斯米尔诺夫和瓦连京·奥维奇金。

谢尔盖·斯米尔诺夫(1915—1976)因对布列斯特保卫战的侦察特写而出名。斯米尔诺夫克服了来自那些不想公布1941年惨败真相的人们的阻力,在自己每一次的广播节目,随后是电视节目中都努力粉碎英明的斯大林"积极防御"战略的官方神话。他讲述了经历1941年6月22日战斗的人们:他们全部被围后仍英勇作战,后被俘,而战后他们中的大部分人还背负着叛徒的罪名。

斯米尔诺夫的发言在先前的禁区里打开了一个缺口——紧随其后出现了一批以前法西斯死亡集中营囚犯的回忆录和回忆文集,稍后,经历过"古拉格"的人们的回忆录也开始冲破藩篱。这些书里生活本身的素材(悲剧事件、非理性的恐怖场景和极度的痛苦)中的紧张情绪有时会产生巨大的审美冲击效果。不过在20世纪60年代初,官方的讲坛上开始给描写俘虏的回忆录作者贴上"诚实的俘虏的回忆录"这一鄙视性标签以示侮辱,而"古拉格"主题则干脆不准触及。但是斯米尔诺夫创作的作品《**布列斯特要塞**》(**1957**)却奠定了政论作品中独特的"侦察体裁"的开端,随后,在20世纪七八十年代,它促使亚·阿达莫维奇、丹·格拉宁和斯·阿列克谢耶维奇创作出饱含切肤之痛的文献式作品。

1953—1956年间,**瓦连京·奥维奇金**(**1904—1968**)的名字家喻户晓:赫鲁晓夫在中央委员会农业问题全体会议上引用了他的话,波缅兰采夫在自己那篇著名的文章中把他作为几乎唯一真诚的例子,在第二次作家大会上他的发言是比苏尔科夫的主题报告更重要的事件。

"奥维奇金现象"成为苏联文学史上非常典型的现象。它的秘密就在于让奥维奇金的名字红遍全国的《区里的日常生活》一书。《区里的日常生活》由三个描写现代农村生活的特写汇集而成。俄罗斯中部地带是很早建立集体农庄制度且在不久前发生过战争的地方。在奥维奇金之前,不少人都写过战后的村庄生活。但是如果想知道什么是"粉饰现实",那就找不到比描写集体农庄的长篇小说、特写和电影再好的例子了。战胜一切困难的极度热情、在集体农庄田野里热火朝天劳动的节日般场面、欢庆的语气——伊·培利耶夫(И. Пырьев)的电影《幸福的生活》(«Кубанские казаки»,亦译为《库班的哥萨克》）是这一倾向的集中体现，其主人公在赛马场赛马和业余文娱演出间隙还在收割"我们的庄稼，庄稼，高产的庄稼"。

在这种背景下出现了瓦连京·奥维奇金的特写。取代节日的是日常生活，取代欢庆的是忧虑，取代现成答案的是一连串的问题。而且问题都特别实际——经济和组织方面的：

> 为什么拼命干活儿，和国家清算干净的集体农庄还要承担那些"不会算账和干活马虎"的农庄的债务？
> 为什么一模一样的条件，有的农庄强，有的农庄弱？
> 拖拉机手多打粮食不划算的劳动组织是什么劳动组织？
> 为什么集体农庄成员在自己的土地上感觉不到自己是主人？
> 还有：为什么我们的面粉业下滑成这样？为什么竟然从气候条件迥异的库班把番茄和西瓜种子运到中部？

诸如此类，不一而足。严格地讲，所有这些问题与文学艺术的关系相去甚远。但是，把它们揉在一起，就产生了触目惊心的效果——显然，问题不在于琐屑细小，不在于局部的不足，而在于击溃苏联农村的整体错误。愚蠢、有害和危险的事并非发生在破坏分子活动和政治集团斗争的世界里，而就在身边，在奥维奇金特写的读者的生活中。因此蠢事一下子就能分辨出来——原来，《区里的日常生活》中讲的事大家都知道，却没意识到，没去仔细思考。

奥维奇金第一个直言不讳：发生在农村的事情集中体现了社会主义思想，即平等的土地主人凭兴趣劳动的思想。

不仅如此，奥维奇金试图厘清农业区发展滞后的原因时，发现了整个国家系统运转机制的图景：官员们拥有无上权力，他们的关注点首先在于任何汇报（开垦秋耕地或收柳枝）都要正面——他们的声誉和仕途均系于此；佯装工作热火朝天的机关工作人员派系林立，地里的劳动者缺乏主人翁意识。奥维奇金塑造的区委书记鲍尔佐夫的形象成为具有典型概括意义的名字——在这个喜欢炫耀"只要我不睡，全区都不能睡"的区级领导身上，可以看到普遍的现象，可以看到领导机关的领导风格。尽管奥维奇金给鲍尔佐夫和"鲍尔佐夫习气"贴上了一个经过审查的意识形态标签——"蜕化"（违背某种党的思想标准），其实，他恰好指明了标准——统治导致直接的精神危机。

瓦连京·奥维奇金提出的济世良方甚至按20世纪50年代的标准看都是极其陈腐的：应当教育干部，"苏共的工作者应该成为人类灵魂的工程师"，"不

第二章 戴着人性面具的社会主义现实主义

能让……傻瓜染指农业"。简而言之，一切问题的症结都在干部：现代的、民主的、富有同情心的马尔登诺夫被委派代替鲍尔佐夫的职位，而在奥维奇金看来，这才是预防万恶的法宝。而对马尔登诺夫本人而言，只有一个内在的问题："陡山累死瘦马"。奥维奇金丝毫未跳出苏联式思维的窠臼，在集体农庄－国营农庄之外，他没有提出任何其他的思路（《区里的日常生活》中道洛霍夫的故事很能说明问题，他给了大尉卡尔梅科夫一枪，因为后者建议用以下方式恢复被战争破坏的经济："把你们那里杂草丛生的土地分给愿开垦多少就开垦多少的主人"。作者的好感完全在道洛霍夫一边，而对卡尔梅科夫的态度也十分明确："据说，他父亲是富农"）。

但是，奥维奇金这本小书的效应远比他的激情重要。首先，从《区里的日常生活》开始，所谓的问题特写，即一种最激进、最有战斗力的体裁，恢复了权利。紧随奥维奇金之后，列·伊万诺夫（Л. Иванов）、叶·多罗什（Е. Дорош）、伊·温尼琴科（И. Винниченко）、格·拉多夫（Г. Радов）、尤·切尔尼琴科（Ю. Черниченко）也走上了这条道路——在"解冻"年代，他们描写西伯利亚深处的生活，古老的俄罗斯文化家园消亡，主席团、俄罗斯小麦命运的特写成为社会生活事件。这样一来，政论文学中的"奥维奇金派"就形成了。其次，《区里的日常生活》的意义并未囿于政论方面。奥维奇金的小书成了政论与小说之间一座独特的"浮桥"。

一方面，可以这样解释：《区里的日常生活》不是纪实性的而是小说化的问题特写——其中既有构建的情节线索，亦有虚构的人物体系。[①] 奥维奇金的小说化服务于一个任务——赋予政论思想直观性，但是直观性的影响更为宽泛，并产生了某种现实的形象，其中不仅隐含着意识形态的，甚至还有审美的意义。但另一方面，审美意义并非因其小说化而产生，确切地讲，恰与其相反，产生于可以称之为"绝对性效应"的基础之上。

甚至《区里的日常生活》中使用的干瘪贫乏的报刊语言，即便从来不会为小说化增色，此刻也具有了特殊的审美价值——它给人以真实报道事件的印象，此处还谈不上文体优美的问题，事实胜于雄辩！在描写人物（这不是典型，确切地讲是社会特征）时，在说教式线性情节的结构中，显而易见的公式化转变为突出最典型之事，聚焦最本质之物。

[①] 文艺学中通行的特写体裁应是其中一切事实既有纪实性，亦不应有丝毫虚构的概念。与之辩论时，瓦·奥维奇金承认："的确，我出版的、大家阅读知晓的书里丝毫没有特写——也就是说里面没有一样东西具备来自现实保留原型的真名，指出准确的地址以及其他特写所必须的标志。"（瓦·奥维奇金：《页边札记》，莫斯科，1973 年，第 9 页）

于是，某种文艺体裁逐渐成熟起来——仿佛是纪实的，而事实上也是以虚构为基础，但是产生真实感、非文学性的虚构。体裁是严格的、简约的——定位于研究现代生活的灾难与弊病的问题范围本身如是要求。这种体裁最接近自然主义的传统。自然主义体裁这种变体的自然产生，证明了经典现实主义策略的现实性：它具有研究热情，首先把世界看做社会现象，寻找影响人的环境中人的性格的秘密。

不过，那些比奥维奇金走得更远的作家已经完成了从纪实向自然主义传统的转向。类似于《区里的日常生活》的政论书籍的审美效应一般不会太持久。当作品中提出的问题不再具有轰动效应时，引起读者净化的炙热情感随之也就会降温。这样一来，人们的兴趣就转移到典型和环境上，情节冲突转变为不是解决政论问题，而是研究人与环境之间的相互关系。

"解冻"初期这种倾向就开始积聚力量，并对文学进程产生了重大影响。这股潮流中最早的行动已经成为文学事件。

亚历山大·亚申（**1913—1968**，Александр Яшин）的短篇小说《杠杆》（«Рычаги»）在集刊《文学莫斯科》第二辑上问世。小说人物同《区里的日常生活》中的一样，依旧是那些社会类型，他们是集体农庄党组织的成员：集体农庄主席、大田生产队长、乡村女教师、仓库保管员、党小组组长。他们也同奥维奇金的主人公一样感到愤怒：上面发来的各种指示缚住了集体农庄庄员的手脚；区委不相信地方上的同志："我们区里的领导完全疏于同人民交流"；当出工不足、农庄里没有牛时，他们还在撒谎说什么福利的增长。但是所有这些都是他们在会议开始之前谈论的——谈论得"推心置腹，不假思索"，谈论时用的是生动的日常用语，掷地有声，直截了当。但是会议一开始，一切就都发生了惊人的变化："所有人的面孔都显得聚精会神，紧张凝重，枯燥乏味"，"所有世俗的、自然的东西都消失了，事件转移到另一个世界"——同样的人开始机械地重复他们刚才还愤愤不已的、同样的最官僚主义的公式（"我们大家是集体农庄里党的杠杆"等等），他们全体一致通过了决议，而就在不久前他们还在完全合理地抨击其毫无意义。

亚历山大·亚申在自己人物的两套话语中，从生动的民间话语转到官僚主义的刻板话语体系中，第一个刻画出事实上可怕的大众心理现象——口是心非。它损害着人民自身的意识，尤其是被称为最先进的那一部分人的意识。而且人们并不认为口是心非是什么不正常的现象。他们早已习惯非官方的真实，涉及和现实没有任何共同之处的官方真实。此外，当他们似乎服从条件反射，从现实世界转到虚幻世界，参加党的会议就像参加某种活动仪式，仪式上每个人饰演着自己的角色、完成着排演好的动作。对这种荒诞的解释很简单,事实上是非理性的:"应该那样。彼得·库兹米奇如今履行着自己的职责。无论在区里,还是在我们这儿都一样。上梁不正下梁歪……所有发言者都在争论中同意了这一点。否则就不行。"

亚·亚申在《杠杆》中"模式化"的东西已无法归入不足或疏忽之列。所谓的"党的真实"与普通人民的真实原属不同的世界。难怪这篇篇幅不长的小说会招致带有"组织结论"的最严厉的批判[1]。

但是如果说《杠杆》给予"奥维奇金的"政论性向自然主义心理主义转型时某种"点状"的特征,那么**弗拉基米尔·田德里亚科夫**(1923—1984)的创作道路则反映了在"奥维奇金派"土壤上成长起来的自然主义一脉进化过程本身。田德里亚科夫的早期短篇小说模仿特写——选词严格,用词谨慎,吝于描述,现场报道式暴露冲突。所有冲突直接同人们日常生活的,首先是生产中的社会环境联系在一起。但同奥维奇金不同,田德里亚科夫感兴趣的不是社会环境本身,他关注的仅仅是作为人存在其中的环境条件。田德里亚科夫很早就发现了植根于苏联管理体系及劳动关系领域(它被认为是社会主义法律活动的主要领域)的规则与制度对人内心的分化作用。

田德里亚科夫的短篇小说《**路上的坎坷**》(«Ухабы»,1956)风靡一时。这篇作品中已经表现出作家创作风格的典型特征——他在进行某种心理实验,重现要求人们做出选择并采取决定的激烈的戏剧场景。《路上的坎坷》中最初的场景是这样的:被雨水冲毁的道路上一辆客运车侧翻,其中一名乘客重伤,乘客中拖拉机站站长科尼亚热夫较为镇定,组织大家并亲自为伤员抬担架,但当大家要求他调拨一台拖拉机送人到医院时,科尼亚热夫却毫不作为。原来有两种道德。一种是私人的,有个性的:"我做了需要我个人做的所有事情"。第二种是国家的,无个性的:"我无论如何都不能不按用途支配国家财产"。科尼亚热夫并非例外,村委会主席和片警也用类似的腔调夸夸其谈。因此,这就涉及一个现象:被认定的国家财富同个人财富背道而驰。

在一系列其他作品中,田德里亚科夫继续研究人们内心的变化,人们在日常生活和工作中接触的不是理论的,而是"现实的社会主义"环境。如果说

---

[1] 在这种情况下,亚历山大·亚申本人的行为很能说明问题。维尼阿明·卡维林在自己的回忆录中引用了 1967 年亚申在帕乌斯托夫斯基纪念会上的发言:"他非常感谢帕乌斯托夫斯基在《文学莫斯科》第二辑刊印了一部短篇小说(当然,他指的是《杠杆》)……紧接着我就既失去了印数,也没有了稿费及其他东西。我一生都为此感谢他。他唤醒了我作为人的良心。我要给他深深地鞠一躬,因为他改变了我的生活。"(维·卡维林:《结局》,莫斯科,1989 年,第 415 页)

作者在短篇小说《伊万·丘普罗夫的堕落》(«Падение Ивана Чупрова», 1953) 中以反面的色调刻画了自己的主人公：一位勤勉、善于投机的集体农庄主席，他在连年亏损的情况下钻营各种非法勾当，自己也变得越来越堕落；那么《蜉蝣命短》(«Подёнка—век короткий», 1965) 中纵火烧猪圈以掩盖谎报指标的女主人公娜斯佳·斯洛耶金娜，则首先作为一个现存造假制度的牺牲品被呈现出来：在这个制度下大家都热衷于胡吹乱编的首创性、浮夸的纪录、虚假的成就。最终，田德里亚科夫在长篇小说《逝世》(«Кончина», 1968) 中塑造了整个集体农庄社会深刻而又令人生畏的形象——一个卑琐的庄稼汉叶夫拉姆比·雷科夫获得了几乎不受限制的权力后变成了残酷无耻的农庄主人。他身边打手爪牙成群，有自己一套打击异见的手段，压制和损害他人的尊严。在田德里亚科夫笔下，这种反自然的制度促成了一种特殊的心态——奴颜媚骨与厚颜无耻、奴性的顺从与对主人几近狂热迷信的混合。这种心态深深植入人们内心，并且在象征体系的人死后仍然长久留在他们心中："叶夫拉姆比·雷科夫虽去世了，可叶夫拉姆比·雷科夫还活着。他活在尊其为'衣食父母'的娘儿们心中，活在帕什卡·若洛夫心中，会计斯列戈夫对他还有一丝念想……雷科夫已经习惯，作者警告道，人们不会那么轻易迅速地放弃自己的习惯，只有经历痛苦，只有经过斗争才能做到。"

事实上田德里亚科夫塑造了一系列艺术形象，他们身上集中了由"苏联的生活方式"衍生的心理、精神的疾病和失常。同"奥维奇金派"早期的特写作家不同（他们忐忑不安地谈"蜕化"，认为它是违反社会主义准则的后果，是破坏和歪曲这些准则的后果），田德里亚科夫揭示出这些失常对于事实上形成于苏俄的社会主义而言，实属正常。

依此逻辑，稍晚些的20世纪六七十年代之交，田德里亚科夫创作了几部针对集体化初期的短篇小说。每部小说的中心——本质上荒诞的冲突：拆毁华丽的馆舍，剥夺勤勉的富农东家的生产资料（《两匹枣红马》，«Пара гнедых»）；村里的小傻妞称自己为斯大林的新娘，她歇斯底里的嚎叫让庸人们感到极端恐惧（《帕拉尼娅》，«Параня»）；在一个富裕、盛产粮食的国度里成千上万的人被当作富农剥夺了生产资料，驱离栖身之处，忍饥挨饿，濒于死亡（《喂狗的粮食》，«Хлеб для собаки»）。仿佛又回到"奥维奇金派"的传统，田德里亚科夫试图用纪实的手法证明社会的荒诞：首先，使用的是主人公——叙事者，一个男孩的证据，所有这一切都发生在他眼前；其次，使用的是独特的"纪实性对白"（作者自己如是称呼），有些地方使用的是统计数据，有些地方则引用官方文献，使得看似不可思议的荒诞不仅事实上可信，而且具有合乎规律的现象的分量。

由此，作家确信，他在鲜活的现实生活中揭露的人性准则，甚至健全的思想与"胜利的社会主义"规则之间矛盾突出，这并非在其实施过程中歪曲思想造成的，这些矛盾在沿着新道路迈出最初的脚步时就出现了。也就是说，它们一开始就埋在了思想本身中。类似的结论对于官方意识形态而言是完全不可接受的，因此，1969—1971年间创作的《两匹枣红马》和其他短篇小说只有在20年后方才问世。

但是，自然主义散文已不足以囊括20世纪六七十年代田德里亚科夫创作的全部范围（他那时还对寓言类情节跌宕的理性散文进行了诸多尝试），它与自己的"奥维奇金"版本相去甚远，同直接与"自然派"和"心理特写"时期早期现实主义传统相关的新潮流接近（参见本书第三章第三节）。

现代俄国文学（1953—1968）

第三节 社会主义现实主义人的概念的更新：米哈伊尔·肖洛霍夫的短篇小说《一个人的遭遇》

《一个人的遭遇》于1956与1957年之交（报纸发表的时间12月31日—1月1日是有象征意义的）发表在《真理报》上，然后由其时人气颇高的电影演员谢尔盖·卢基扬诺夫在当年主要的大众传媒全苏广播电台朗诵，这部短篇小说当时感动了成千上万的人。战争结束11年了，但人们的伤痕还在作痛，还在盼望亲人从前线归来（有时确实盼到了，是从北方的集中营归来的）。人们谈论被俘虏的人时总是小心翼翼。这是那些人中的一个，像所有类似的人一样，这个司机兄弟经历了"非人的痛苦"。这就是人们从《一个人的遭遇》中得到的最初印象，尽管有点简单化，有点"天真"，但毕竟是第一印象[①]。

肖洛霍夫的这部短篇小说在批评界被拔高为社会主义现实主义的经典，批评家们按照官方乐观主义的要求，将小说的结尾提升为必不可少的"人的巨大的幸福"。不足为怪的是，20世纪90年代出现了完全不同的评价。在这样的背景下，拉萨丁（Ст. Рассадин）的观点非常典型，他认为"《一个人的遭遇》完全是一篇民间版画式的短篇小说，它的语言完全不是肖洛霍夫的，打磨得棱角分明，连同'男人的吝啬的眼泪'在内"[②]。

如果抛开所有这些本质上属于文艺学内部的极端观点（要么经典化，要么彻底否定），那么就应尝试回答这样的问题：肖洛霍夫的这篇小说最初是靠什么"抓住"读者的，其中潜藏着什么令人震惊的创新因素？

"我们的文学从安德烈·索科洛夫开始向普通的苏维埃人回归。"这就是浮于表面，但很多人却抓住不放的答案。但是"普通苏维埃人"（其意义是人民的代表，大众意识的表达者）甚至在20世纪四五十年代之交享有广泛声誉的社会主义现实主义的"典范"中也有崇高的地位。比如在轰动一时的电影《攻克柏林》中普通士兵安德烈·伊凡诺夫是头号主人公，他将红旗插上了德国国会大厦，并且斯大林本人慈父般地接见了他。还有世代相传的造船工人伊

[①] "知道吧，你读的时候，你会觉得，作家好像是在我们当中一样，遭受了生活的无情的折磨。"三次从希特勒的集中营逃出的领航员伊凡诺夫（В. А. Иванов）这样描述自己读肖洛霍夫这部短篇小说的印象（引自列别杰夫《小战争中的战士——奥斯维辛集中营囚徒笔记》，第3版，莫斯科，1961年，第102页）。

[②] 《文学报》，1989年6月21日第2版。

利亚·茹尔宾的宣传画，上面一个工人挥动榔头要砸碎束缚地球的锁链。还有《库班哥萨克》等许多其他的"甜得令人发腻"的战后社会主义现实主义作品的主人公。当然，安德烈·索科洛夫是某种别样的"普通苏维埃人"，他并不是按照意识形态的模子铸造出来的，他既栩栩如生，又熟悉亲切。但是这同样不能解释肖洛霍夫这部作品的根本性创作意义。要理解"解冻"初期所形成的崭新的艺术意识，理解作为这种意识的最重要指针的《一个人的遭遇》，关键点并不在这里。

1

《一个人的遭遇》的结构原则基本上属于"小说体裁的俄罗斯地方抄本"①。"故事中的故事"对肖洛霍夫本人来说并不新颖，他在《学会仇恨》（1942）中已经使用过了。众所周知，"故事中的故事"的主观性结构是空间和时间、感情和评价二者"视点"的结合。在这部作品中，对"视点"尽可能多的结合的光谱是丰富多彩的。

安德烈·索科洛夫的自白是《一个人的遭遇》的主要部分。自白艺术世界的地平线、描写层面的厚度和宽度、事件的全面变化，都是由主人公即叙述者的眼界决定的。安德烈·索科洛夫的自白所坦露的世界反映了共在，平常的、普通的人用生命与意志参与了这种共在，同时又表达了他自己对世界的理解，对世界的态度。自白的艺术世界中的语义是如何表达的？且让我们深入到作品中去。

这是"世纪同龄人"自白的空间和时间。它以达到象征意味的丰满性而感动人心。在两个时间层面的各种规模的有机融合中，折射出一刻也不曾脱离群体的主人公自由意识。在这里也可以发现作者表达了个人与历史具有同等价值的观念。

安德烈·索科洛夫自白的艺术空间达到了最大限度的压缩。在他的讲述中可以发现10个各具特色的微型小说，它们可以这样命名：①战前生活；②告别家庭；③被俘；④在教堂；⑤逃跑未果；⑥同米勒较量；⑦解放；⑧家庭被毁；⑨儿子牺牲；⑩遇到瓦尼亚。正因为是微型小说，所以每一个都是内部统一的、自我完备的。所以其中的每一部都有自己的冲突，很容易发现发端、高

---

① 拉林（Б. Ларин）：《肖洛霍夫的短篇小说——形式分析尝试》，载于《涅瓦》，1959年第9期，第199页。

潮和结局，也会有序幕和尾声。在微型小说的内部偶尔可以遇到伦理情节延缓和抒情插笔。通常每个微型小说会以这样的总结性句子结束："我精疲力竭，但我还是走了……因为逃跑被关了一个月禁闭，但我还没有死……我活了过来！……"

因此，在《一个人的遭遇》中，情节片段和场景、事件、行为活动非常之多，足够描绘一个宏大的史诗画面。但是在肖洛霍夫的短篇小说中，由于描写和谐地分布于"戏剧"层面和"叙述"层面（维诺格拉多夫的术语），叙述达到了最大程度的紧凑化。同样，叙述又是由"讲述"的语境，讲述者即主人公的心理状态所渲染、烘托的。

安德烈·索科洛夫自白的情节"高潮"具有什么样的逻辑？在其中有什么样的生活规律可循？

在第一个微型小说中没有任何戏剧性情节。这之中有其意义。俄罗斯历史中的最高意义上的戏剧性片段都被提及了：国内战争、饥馑、由于崩溃而外逃、第一个五年计划——但只是提及而已，没有任何老一套的意识形态标签和政治评价，这只是生存的特定条件，仅此而已。当主人公自豪地回忆自己的妻子时（"对我来说，天下没有比她更漂亮更称心的人了，过去没有，将来也不可能有"），回忆起可爱、聪明的孩子，回忆起称心的工作时（"汽车吸引了我"），回忆起家庭的富足时（"……孩子们吃的是牛奶粥，有房子住，有衣服穿，有鞋穿，可以说心满意足了"），叙述就详尽多了。这普普通通的世俗价值也就是安德烈·索科洛夫战前的主要道德收获。安德烈没有任何其他追求，不论是政治的还是意识形态的，不论是种族的还是宗教的，在肖洛霍夫的这篇小说中完全没有诸如此类的追求。就是这些古已有之的、温暖人心的、全人类的、世代相传的概念（妻子、孩子、家、工作）成了安德烈·索科洛夫日后生活的精神支柱，因此，他作为完全成熟、内心沉稳、英雄般完美的典型，经受着卫国战争启示录般的考验。

其他微型小说的戏剧性同第一个微型小说的庄严的安宁形成了对比。小说后来的事件将会成为对安德烈命运转折后精神支撑的检验。就这样肖洛霍夫在结构上强调了所有冲突线索的哲学本质。

肖洛霍夫将"在教堂"这个微型小说置于自白情节发展的关键位置并非偶然，这个微型小说似乎是专门为比较"信仰的象征"而写的。《在教堂中》是一个铺陈得最舒展的微型小说。在这里戏剧性场景不止一个，而是三个，在这些场景中生活对不同的价值体系作了直接的甚至是残酷的验证。生活将"祈祷者"的宗教禁忌变成悲惨的闹剧，也揭示出阔嘴大脸的克雷日涅夫所秉持的"自己的性命要紧"哲学的卑鄙和残酷。与这种价值观相对比,其中耸立着由共同痛苦转向共同行动的积极的善的哲学。并非偶然的是,"就是当了俘虏,就是在黑暗中,还是在干着自己伟大的事业"的军医的高尚行为被置于微型小说的开端,而结尾则是安德烈同样高尚的掐死叛徒克雷日涅夫的行为。因此在最主要的体验——被俘的痛苦与失去亲人的哀痛中,安德烈将普通道德规范视为信仰的唯一准则,并对此深信不疑。

在索科洛夫自白的中间是表现他与希特勒匪帮直接冲突的微型小说。如果说在《学会仇恨》中维克多·格拉西莫夫坚决将希特勒匪帮从人类中除名("我们不是在跟人打交道,而是在跟嗜血成性魔鬼搏斗"),那么安德烈·索科洛夫则以某种庄严安宁的态度同他们打交道。这种安宁源于他所受到的尊重人的天性的教育。安德烈在同希特勒匪帮残忍野蛮的行为的斗争中之所以表现出看似天真的惊奇以及对人性堕落、法西斯主义腐朽的价值观念崩溃的惊诧,原因就在于此。

安德烈同法西斯匪帮的冲突是人民世代积累的健康道德同非道德世界的斗争。这场斗争的高潮恰好是在戏剧性的描写中展开的。从这个角度来看,第六个微型小说《同米勒较量》是最有表现力的。安德烈·索科洛夫胜利的实质在于,他迫使米勒本人在俄罗斯士兵作为人的尊严面前投降,而且也在于他凭借自己高傲的行为在那个瞬间甚至也唤起了米勒和他的酒友们的某种人的情愫——"也哈哈大笑""他们显得温和些了"。第三个微型小说的结尾是这样的:安德烈压抑着屈辱把自己的绑腿布递给黑头发的冲锋枪手时,他"嚎起来","其余的几个都哈哈大笑,接着他们就平静地走开了"。

在法西斯俘虏营中的生死折磨并不是对安德烈·索科洛夫的道德根基的全部考验。妻女惨死、儿子在战争最后一天牺牲的噩耗,甚至他人的孩子瓦纽沙的失怙,都是考验。如果说在同希特勒匪帮的斗争中他保持了人的尊严、同邪恶势力斗争的勇气,那么在对自己和他人痛苦的体验中他却表现出挥之不去的敏感,以及将温暖和关怀献给他人的强烈冲动。

庄严沉重的情节的道德分量之所以得以加强,有赖于安德烈对自己的内在审判的反复回旋:"当时推她那一下,我就是到死,到生命的最后一刻也不能原谅自己呀!"这是使人超脱世俗生活的良心的声音。

与此相联系的是安德烈·索科洛夫自白中的情节结构的本质特征。实际上在每个微型小说的情节高潮都会出现主人公对自己、他人的行为、事件和生活进程的痛彻肺腑的反应:"直到现在想起来,心还像被一把钝刀割着似的";"一想起那种不是人受的苦难……你的心就不是在胸膛里,而是在嗓子里跳,你就会喘不过气来";"我的心仿佛让什么人用老虎钳子夹住了";"我的心停止了跳动"。因此在自白的结尾出现了心脏抽搐的男人的悲苦形象,他把世上的灾难揽在自己肩上,揣着一颗因爱人们、捍卫生活而操碎的心(唯有如此,心的形象总是与泪的形象相随相伴)。自白的这种"心性"将情节和所有被描写的因素都集中在主人公同环境斗争的最重要关头。

在对构成安德烈·索科洛夫的自白的微型小说进行总体观察的时候,我们发现在它们之中都有一种冲突在展开,而在不同的冲突中却重复着同一矛盾。这种原则对不是由一个事件,而是由若干事件构成的小说而言是富有特色的。Б. А. 格利弗佐夫(Б. А. Грифцов)在谈及这样的小说时写道:"如果遇到几个高潮的话,那么它们的性质是相同的。"[①]

但是小说类似的情节建构意味着什么呢?无论如何它并不意味着世界图景的贫乏。比如在《一个人的遭遇》中,这种图景含义隽永,令人难忘。格利弗佐夫所谓的"相同性质"是特殊的、小说本身固有的浓缩化方法,是核心环节的产出物。按照作者的意图,借助这个核心环节可以确定总体的生活意义。在冲突的同一性中可以发现并确定冲撞的全面性和普遍性。构成安德烈·索科洛夫自白的微型小说,证实了由人民千百年生活经验培育的人性与"违背普通道德规范"的东西之间的斗争就是历史的意义,是历史的"发动机"。只有那种将这有机的人性融化到自己血肉中的人,那种把这有机的人性"心化"的人,才能够把以自己心灵的力量、凭自己心力的耗费同戕害人性的噩梦相抗衡,捍卫生命、捍卫人存在本身的意义和真理,这就是米哈伊尔·肖洛霍夫通过情景"重复"所确立的真理,这就是作者通过情节运动逻辑所宣示的生活规律。

2

作家将这种生活规律的丰富性和全面性既置于安德烈·索科洛夫的自白所构成的艺术世界中,也置于围绕着主人公的其他"相面"中加以校验。

《一个人的遭遇》中主人公自白的艺术空间的重要特征是,它不是"单相面的",不是平面的,而是具有以特殊的形式构成的深度。每个微型小说都有积极的背景,它成了各种对比、类比和对中心主人公命运和斗争的反衬。在安

[①] 参见 Б. А. 格利弗佐夫《小说理论》,莫斯科,1927年,第63页。

德烈同米勒的较量中提到斯大林格勒战役①，索科洛夫的精神胜利不仅在于他驳斥了攻陷列宁格勒的谎言，而且也是伟大的卫国战争中这次具有转折意义的战役的思想和"美学"的投影。在这个场景的内部还有一对平行线：一边是卫队长办公室的洁净舒适、摆满食物的桌子、胡吃海喝的俘虏营军官，一边是水泥地面的俘虏营中兄弟般均分面包和咸肉。

在一系列微型小说中，敌人和"自己人"的对立成为"背景"：残酷的押送队长"一句话不说，就举起冲锋枪，拿枪柄用力朝我头上打了一下"，"自己人""一把抱住了我，把我推到队伍中间，扶着我走了半个小时"；"托德"②的胖军官厌恶安德烈，而我方的上校却亲切地对他说："谢谢你，战士。"阿纳托利的"同志们，朋友们"和"没有孩子"、真心收养瓦尼亚的夫妇同安德烈一起分担着他的痛苦。

我们可以看到，背景和"前景"一样，是这样构成的：人性的和非人性的，自然的和扭曲的力量两极分化。叙述概念核心的正义性因而得到确立，同时范围也越发得到扩展：安德烈·索科洛夫所进行的反抗，是苏联人民在伟大的卫国战争中所展开的同恶势力斗争的一部分，背景把视线引向了战争已经结束的茫茫远方。从那里又重新回到中心：空间背景将安德烈·索科洛夫的命运和性格情景化，在背景的衬托下他成了全体人民的代表、全民理想的承担者。

《一个人的遭遇》中主人公的自白世界都染上了特别的情感色彩。不管安德烈的命运如何悲苦，在每个微型小说中都会有情绪的宣泄。每个微型小说中的微笑都是意义丰富的。对希特勒匪帮的工程师上校军官的肖像描写是夸张嘲讽的，"屁股大得像个胖婆娘"。看到瓦尼亚伸开手脚睡觉的样子则又欣慰地微笑。牺牲了的阿纳托利挂在嘴角的微笑，让人联想到不复存在的生活的欢愉。

安德烈自白中的喜剧性情节，如裹脚布的插曲、教徒的故事、米勒骂娘的片段，都是同民间的笑文化相联系的。当笼罩世界的悲剧色彩与各种微笑交相映衬时，情感色彩的两极化不仅将描写浓缩化，而且庄严地扩展了描写，将民间诗意的情感赋予辩证统一的世界、丰富多彩的存在、茁壮顽强的生命。

艺术世界中倾向于民间诗意传统的情感色彩同安德烈·索科洛夫自白中的语调言语结构联系紧密。安德烈·索科洛夫的言语的基本面是由夹杂着职业语

---

① 参见雅基缅科（Л. Якименко）《米·亚·肖洛霍夫的创作》，第3版，莫斯科，1977年，第611页。

② 第二次世界大战时德军修道路和防御工事的机构。——译者

现代俄国文学（1953—1968）

言、士兵的口头禅等言语手段的俗语构成的，这些言语手段将主人公的历史和社会面貌具体化。但是在主人公的语言中起引导作用的是另一个言语层面，即民间文学的层面。在安德烈的语言中，固定的、公式化的搭配（"朋友同志""伤心的泪""穿心的悲痛""最后的道路"）和其他民间文学的特征不多，但恰恰是在当代日常语言的背景中，它们具有特殊的审美表现力，并且开始"演奏旋律"。主人公自白的内在统一性因这"旋律"而得到巩固。在民间文学层面那些属于结构的因素（引子、楔子、重复和框架等），在很大程度上具有"定调"、音叉的性质。在《一个人的遭遇》中，肖洛霍夫正是在这个意义上使用它们的。

安德烈·索科洛夫的自白是由楔子引导的。在楔子中就引入了对这部小说而言非常典型的情感因素：主人公即讲述者的序言（"咳，老兄，我在那边可吃够苦啦"）和作者即叙述者对主人公感兴趣的内心缘由（"你们可曾看见过那种仿佛沉浸在极度悲痛中、充满了绝望的忧郁、叫人不忍多看的眼睛吗？"）。这一切都充满民间哭歌的因素："生活，你究竟为什么要那样折磨我？为什么要那样惩罚我？不论黑夜，不论白天，我都得不到解答，永远得不到！"就这样确定了整个自白的调子。

安德烈的冥思苦想也保留着这种调子。因此，主人公大量的抒情插叙（关于俘虏的）类似结构完整的哭歌：有引子，人与自然的对比，句法上的头语重复："打你，就因为你是俄国人……""打你，因为你眼睛看得不对……""打你，只是为了有朝一日把你打死……"主人公的其他抒情插叙，如关于生命的易逝、关于战士的责任、关于孩子的记忆等等，或者具有谚语、熟语的性质，或者是民间史诗中非常典型的夸张和比喻。值得注意的是，这些具有概括性质的插叙分布均匀，调节着自白的进程。最后，肖洛霍夫还将民间文学的精神灌注到最紧张的、结构上居于中心的微型小说《安德烈与米勒的较量》中：三次重复、勇对"恶人"等等。

在涵盖了人民中的一个人的遭遇，其中又折射出人民的历史的自白中，民间文学的结构—风格因素是完全必要的"连接"。仅靠小说的语调—言语手段是不够的。在安德烈的自白中，这些民间文学的"框架"和"连接"是最强有力的联想背景的轮廓。

这里已经涉及直接联想了。在安德烈的抒情插叙中浓缩集中了来自人民的个人生活经验的智慧，这种经验的普遍意义通过表达的"民间文学性"得以突出。不仅是抒情插叙，而且主人公的整个声音都处于民间诗学规范的语体框架内。透过《一个人的遭遇》的主人公的自白，可以看见最古老的体裁——

哭歌的结构和旋律。安德烈·索科洛夫自白的时间节点完全断裂成这种民间体裁的现实记忆,这样一来,一个普通苏联人,卫国战争的伟大战士,"世纪同龄人"的命运就具有了俄罗斯传奇般的、漫长的历史的广度,同俄罗斯人民的命运、同他世世代代的斗争和痛苦联系在了一起。

"哭歌"("赞歌"也是如此)是一种综合题材,其中的共在和人们对它的感受是不可分割的统一体。个人在这里是不会被突出的,而"歌手"(领唱)仅仅是一种功能角色,受委托来表达用"大家的话"来表达共同意见[1]。在安德烈·索科洛夫的言辞中,在他咏唱的民间哭歌的旋律中,新近的历史转变成民间传说,而安德烈本人则成了歌手,成了"共同"经验的承担者。古老的体裁传统就这样被借用。但安德烈·索科洛夫的自白继承并革新了这一传统。在肖洛霍夫的短篇小说中,全民的生活就被史诗般地集中在人民中的一个当代人的命运中,并在他的心灵中得到了抒情体悟。抒情史诗的传统在对自我及生活态度有明确意识的个体世界中得到了丰富。

叙述框架在短篇小说《一个人的遭遇》中发挥了重要的作用。肖洛霍夫把早已成为"永恒"象征的一些形象纳入框架,那就是春天的形象、道路的形象和父子二位一体的形象。所有这些形象,当它们具体"附着于"一定的情景和一定的时间、空间时,就升华出了最高的哲学意义。顿河上游的春天,布康诺夫镇、莫霍夫斯基村及流淌着叶蓝卡河的那些地方的春天,这不仅仅是未来行动的"布景",这还是"战后的第一个春天"。春天的形象包含了伟大的胜利、孕育复兴希望的主题。最终,这是生命复苏的永恒的行动。有这样的细节:"刚从积雪解放出来的土地的永远新鲜而又难以捉摸的香气",还有"春天繁盛、万物复苏的"广袤的世界——所有这一切把局部风景转化为象征存在的普遍规律的形象。

"泥泞难行的道路的主题吸收了越来越新的色调、新的内容、普遍的哲学意义",雅基缅科写道。[2] 安德烈和瓦尼亚的形象也扩展至哲学象征层面。因此,如果说开始时安德烈和瓦尼亚的形象是直接在日常生活中描写的——一个男人和一个小孩"吃力地朝码头蹒跚走去"(观察是局部的,描述是中性的),那么在结尾的时候这个二位一体的形象充满了激越的情致,具有包罗万象的意义,升华为居于"自然"和"宇宙"层面的世界历史事件:"两个失去亲人的

---

[1] 参见维谢洛夫斯基(А. Н. Веселовский):《历史诗学》,列宁格勒,1940年,第260~261、398页。

[2] 雅基缅科:《米·亚·肖洛霍夫的创作》,第3版,莫斯科,1977年,第606页。

现代俄国文学（1953—1968）

人，两粒被空前强烈的战争风暴抛到异乡的砂……前面又有什么等着他们呢？"

就此产生了史诗性的画面：父亲和儿子走在艰辛的生活道路上，日新月异的生活永无止境，慈父永远牵着儿子粉红色的小手……在这个框架中打开了整部短篇小说世界形象的无限天地，它将主人公自白世界的民族、历史、社会道德的天地容纳其中，并以人类存在的共同规律来验证它们。

总而言之，肖洛霍夫在这部短篇小说中最大限度地利用了小说传统体裁结构的内容潜力，在丰富其源自古代抒情史诗记忆的语义的基础上，"建构出"内部完整的、宏大的世界形象。就其原初意义而言，这一形象具有抒情史诗性，因为裹挟时代所有风暴、无限辽阔的存在被浓缩为人民中的一个普通人的命运，并通过他的思想、情感和行动精心构建起来。

在这个世界形象中，整个历史被展示为保护人民恒久的道德理想的力量同压制"一般道德规范"的力量之间的搏斗。在这个世界形象中揭橥了普通人的伟大建构力量，他们用自己的力量从事着历史性的工作，而历史道路的转折和坎坷在他们的心中留下无法抚平的伤痕。普通人、士兵、父亲，是全人类数千年积累的精神瑰宝的捍卫者和保护者，他们凭借自己的经验和悲剧性命运确信，这些精神瑰宝充满生机与活力。

肖洛霍夫在《一个人的遭遇》中创造的这种体裁统一的类型被称为"宏大叙事短篇小说"。这种体裁变体成为20世纪50年代下半期"时代的形式"，在索尔仁尼琴的《马特辽娜的家》、扎克鲁特金的《人之母》、卡扎凯维奇的《光天化日》[①]中可发现其特征。

肖洛霍夫的这部短篇小说发表后，"普通苏维埃人"获得了理论公式的地位，成了苏联文学发展的一个新阶段的标志。应该公正地指出，这个公式在"解冻"初期广泛使用，尽管模棱两可，具有一定的妥协性，但它毕竟同已经流行了四分之一世纪的、官方的、没有个性和精神空虚的社会主义现实主义美学中的"真正的人"进行了论争。在"普通苏维埃人"中，可以看到与《幸

[①] "解冻"时期"宏大叙事短篇小说"源自于20世纪初的"神话小说"，如扎米亚京的《互不相让的人》、皮利尼亚克的《完整一生》等。

福》①、《金星英雄》②、《第三次打击》③和《挑衅者》④,以及诸如此类的社会主义现实主义"杰作"的宏大庄严的主人公相反的形象。"普通苏维埃人"凭借其特地强调的平凡性恢复了同读者的民主关系,他身上那种每个当时的人都熟知的身边琐事般的喜怒哀乐引起了尊敬与同情,而这些感情却是社会主义现实主义准则曾经拒斥的东西。

"普通苏维埃人"作为"解冻"时期艺术中美学理想载体的出现(在埃·卡扎凯维奇的短篇小说《光天化日》、格·丘赫莱的电影《士兵之歌》、维·罗佐夫的早期剧本和钦·艾特玛托夫的早期中篇小说等作品中),只是被解释为丰富了社会主义现实主义的调色板,扩大了其主人公的圈子。历史表明,事实上将"普通苏维埃人"聚焦于美学研究本身蕴含着急剧变化的巨大潜力。

首先,肖洛霍夫的短篇小说和接踵而至的电影、戏剧和中篇小说的创新之处与其说在于向"普通人"回归,不如说向"普通"的、永恒的人类价值回归。当然,这些价值过去、现在永远是真正艺术的实质、灵魂和本质。如果说几十年间社会学教条将我们的文学与这一实质隔离,政治论战和刑法条文把我们的文学吓破了胆,那也是无可奈何之事。因此在"解冻"年代里许多全人类精神价值似乎又被重新认识。其实,回归本原并不是一个艺术家的顿悟,它是一面时代的旗帜。

---

① 彼·安·巴甫连科的长篇小说《幸福》1948年获斯大林奖。——译者
② 谢·彼·巴巴耶夫斯基的长篇小说《金星英雄》的上下册分别获得1950年、1951年的斯大林奖。——译者
③ 阿·阿·别尔文采夫的电影剧本《第三次打击》1949年获斯大林奖。——译者
④ 尼·什帕诺夫的长篇小说《挑衅者》于1950年出版。——译者

现代俄国文学（1953—1968）

第四节 "60 年代诗人们"抒情诗的"爆炸"与诗歌（叶·叶甫图申科、罗·罗日杰斯特文斯基、安·沃兹涅先斯基）

一般来说，崭新的文学历史阶段往往都以抒情类作品的活跃拉开序幕。随着时代的进步和更迭，抒情诗成为"时代的形式"。在此阶段，任何事物都没有定型，而抒情诗却以其格外敏锐的嗅觉捕捉到这些变化和进步，用主观印象和灵感填补了刚刚开始的生活进程的不完满。此时，时代的主观进程尚未揭示变化的本质与意义，而抒情诗却对这些给予了激情洋溢且"充满真挚情感"的评价。历史转折时期的抒情诗中所彰显的激情成为即将到来的文学周期的情感的音叉。抒情诗能量的这种"喷涌"曾发生在 19 世纪末 20 世纪初文化纪元的转折时刻，还有革命年代，以及 1941—1942 年那段悲惨的岁月，那时由于情感的炽热而开始了一段新的、最为紧张的文学－历史时期，即卫国战争时期。

然而，抒情诗在以上任何一个被称为转折时期的极度扩张，都比不上在"解冻"初期的那 5～8 年。抒情意识对散文和戏剧产生了巨大影响，更不用说诗歌。"莫斯科的一切都被诗歌浸染，完完全全被韵脚贯穿"，这是安娜·阿赫玛托娃写于 1963 年的一首诗中的诗句。但一切早在十年前就开始了。1953 年，一组爱情诗登上了《文学报》5 月第一期的头版，成为文学（而且不仅仅是文学）生活中的轰动事件，这标志着抒情诗开始夺回自己的阵地。1958 年 7 月 29 日，莫斯科的马雅可夫斯基纪念碑揭幕大会在最后演变成了诗人发言的群众大会，而且完全出乎意料的是，这个群众大会得以继续——人们开始从人群中走出来朗诵自己的诗歌。随后，那些想读诗和想听诗的人们以"纪念马雅可夫斯基"的名义定期集会，但类似的情况在国内其它城市并未发生。诗歌类书籍的发行量前所未有地呈现几十、几百倍的增长。综合技术博物馆已经容纳不下那些希望来听诗歌朗诵的人，诗歌晚会就转移到了卢日尼基和各大体育馆。

这一切都表明，人们既有激情洋溢的精神生活，也有更为强烈的表达需求，更有对精神生活、思想、观点和情感的浓厚兴趣。抒情诗发展的高潮囊括了诗歌创作的所有年代。对于阿赫玛托娃、帕斯捷尔纳克、扎博洛茨基来说，在这段时期，他们成功完成了早在 20 世纪 30 年代就已开始的、以找寻"空前的质朴"与了解生活深度间联系为目标的漫长的创作进化期。对于白银时代的直接继承者塔尔可夫斯基、彼得罗夫兄弟、利普金来说，他们因自己的创作信念与半官方刊物不相容而被迫转向翻译。现在，他们诗歌创作的活跃时代到来了。对于在社会主义现实主义美学观影响下成长起来的"30年代的新人"特瓦尔多夫斯基、马尔丁诺夫、斯麦利亚科夫来说，这是他们重新审视自己的创作信念和重新进行创作的痛苦的年代。

最后，"解冻"的开始以新的"第四代"诗人的诞生为标志。当然这个"第四代"也并非属于同一类型。这里有构成"纵横小组"的成员（萨普戈尔、霍林、涅克拉索夫、萨图诺夫斯基），有保持独立天地的列宁格勒诗人团体（赖恩、布罗茨基、库什涅尔、博贝舍夫、奈曼、戈尔博夫斯基）。然而，在那个年代的文化领域里，同代人不可能把他们置于首位来加以接受。新的前卫诗歌基本上都停留在手抄本层面，人们无精打采、习以为常地像看待那些按照社会主义现实主义原则"加工"的诗歌一样，对待那些与半官方刊物有联系的所有诗歌，而对那些伟大的诗人，即白银时代文化最后的那些积极守护者，人们只是把他们当作"珍品"来接受，满怀敬意而非简单地阅读其作品。①

对于新一代诗人来说，最有影响力的人物是**鲍里斯·斯卢茨基**（Борис Слуцкий，1919—1986）。他的诗歌《科隆的坟墓》（«Кёльнская яма»）、《海洋中的马群》（«Лошади в океане»）、《澡堂》（«Баня»）在当时所有的人都耳熟能详。一方面，他是那一代诗人、文史哲专家中杰出人才的代表，这些人从30年代末就开始提前尝试着摧毁那种充斥战前苏联抒情诗的平铺直叙诗歌。另一方面，在斯卢茨基之后出现了前线一代的诗歌创作经验，他们探寻到了一种完全固定的诗歌流派特征——"心理自然主义"（安宁斯基术语）。所有的前线一代诗人（Поэты-фронтовики）中，只有斯卢茨基坚定地继续着自己那些文史哲专家朋友们（如科甘，牺牲于前线的库里奇茨基等）开创的工作，即把诗语文化与"心理自然主义"美学联系起来。

世界观有伤体面的粗俗，与此同类的处于非诗歌化边缘的诗歌语言的散文化，都引起了传统派的反感［奥斯特洛夫（С. Островский）针对斯卢茨基的第一本诗集作出了如此评价："天花板上的门"］，同时也引起了本身正在寻找新的表达方式的诗人们对他的极大兴趣，这些诗人想使自己的表达剥下那种

---

① 戈列勃·戈尔博夫斯基后期公开承认："阿赫玛托娃的那些克制的、激情洋溢的知识分子的、有教养的、得体的诗给我一种透明纯洁的印象，与我并非格格不入，但是却似乎有一种谦恭的高傲。我，作为一个战后的少年，只想要某种更为简单、发出浓浓气味、隐含罪孽、热情奔放的诗歌……"（戈尔博夫斯基：《科马罗夫的梦想》，第3卷，莫斯科，1992年，第145页）

现代俄国文学（1953—1968）

油画、石印画般的美丽外表，而更接近残酷的现实。"正是斯卢茨基，几乎以一己之力改变了战后俄罗斯诗歌的性质。他的诗是官僚主义、军人俚语、俗语和口号的集中反映，他同样灵活地使用半谐韵、扬抑格以及具有视觉效果的韵脚、不稳定的节奏和民歌的结尾形式……他的语气是坚定的、悲痛的和勇敢的，他以幸存者的口吻平静地讲述，让人很好地了解幸存者是怎样活下来的。"30 年之后，布罗茨基如此评价斯卢茨基的意义。[1] 不过，斯卢茨基在整个职业诗人圈内也具有相当大的影响力。

可在"解冻"初期最受欢迎的诗却是一些其他诗人——**叶甫盖尼·叶甫图申科（Евгений Евтушенко）、罗伯特·罗日杰斯特文斯基（Роберт Рождественский）、安德烈·沃兹涅先斯基（Андрей Вознесенский）**——的诗。他们中有些人成为"60 年代诗人们"团体的领袖人物。"团体"这个词并不十分恰当，因为它不仅没有任何组织机构，而且从民族角度来说团体里的人也各具血缘：德米特罗·巴弗雷奇科（Дмитро Павлычко）来自乌克兰，欧扎思·苏列伊敏诺夫（Олжас Сулейменов）来自哈萨克斯坦，鲍里斯·马里叶夫（Борис Марьев）是乌拉尔人，彼得·维根（Пётр Вергин）来自罗斯托夫，还有很多来自各个城市的年轻诗人。这个团体整个就是一个多民族的大联合。"60 年代诗人们"的诗歌成为一种强有力的、颇具权威的艺术潮流，这股潮流清晰地反映了一种观念与风格的特征。

"1956 年的孩子们……"

正是"60 年代诗人们"激发了最强烈的创作热情，为了听到他们的诗歌，音乐厅和体育馆人山人海。这些"60 年代诗人们"重新让几百万人爱上了诗歌，为他们打开了通向祖国和世界诗歌杰作的巨大宝库之门。

但那时是"解冻"初期，人们渴望听到他们那些并不总是完美的，往往还是未成熟的、粗糙的诗歌。这意味着，这些诗人说出了同代人的迫切需要，或者说，他们讲到了听众与读者的心坎儿里。

作为一种历史-文学现象，这些"60 年代诗人们"诗歌的本质究竟是什么呢？在处女作发表 30 年之后，叶甫盖尼·叶甫图申科在总括现代诗歌族系之后确定了"60 年代诗人们"的特征："1953 年即党的二十大之后的历史性转折肯定了在所有加盟共和国出现的新的诗歌一代，他们由于年龄的原因没有

---

[1] 转引自鲍卢金（В. Полухин）：《现代人眼中的布罗茨基》，圣彼得堡，1998 年，第 63 页。

被过去悲剧性的错误污染,但是却把责任放到了自己年轻的肩上,他们不仅是为了捍卫我们在保卫多民族国家中获得的不能忘却的胜利,同时还为了那些悲剧。这一代人从年轻时起就提出了关于我们社会道德必须改革的问题。"[1]

但是在"解冻"初期,年轻诗人呼吁的这个"改革"并未妄图推翻苏联社会公认的准则。一位参加"在灯塔上"集会的亲历者证实说:"但是我完全不记得,有谁站在反革命立场或保守立场发言,有谁质疑十月革命和俄罗斯共产主义的必要性。"[2] 因为"60年代诗人们"带给同时代人的新思想是相对的,他们嘴里说的概念和价值观并未脱离社会主义思想(还是那种乌托邦式的、书本上的观点),但是却赞成同时代人的思维方式。最重要的是,他们没有脱离现有的诗歌传统。"60年代诗人们"与自己最近的先驱者——前线一代诗人一脉相连,并高度评价他们大胆的观点、严酷的真实、感情的表露。"60年代诗人们"中的德米特里·苏哈列夫(Дмитрий Сухарев)如此描写他们:"这是那场战争的诗人,/1941年的儿女们;/写作清晰而富有见识。/我们紧随这些诗人:/烧伤智慧——/1956年的孩子们。"对于他们中的一些人来说,最为重要的是与白银时代经典作品的直接或间接的联系(沃兹涅先斯基对帕斯捷尔纳克的学习,阿赫玛杜琳娜诗歌中对阿赫玛托娃与茨维塔耶娃的崇拜),与叶赛宁以及20世纪20年代共青团诗歌的联系。但对于"60年代诗人们"来说,最强烈的创作动力来源于马雅可夫斯基:他们从这位被官方标本化的并且被贴上"国家诗人"标签之人的遗产中汲取了在很大程度上与他们的世界观相似之物——公民意识,这种公民意识赋予个体以全体的意义,同时又将全体感受为个体。[3]

"60年代诗人们"最敏锐地接受了"解冻"并反映这方面的内容。他们能在诗中首先发现公民的行为准则,痛苦地感受到所谓的"个人崇拜罪"公开的真相,毫不妥协地拒斥保护自己政权的旧势力的企图。他们经常通过公开演讲的方式表达自己的政论激情,偶尔运用易懂的讽喻。如罗日杰斯特文斯基的诗《早晨》就建构在夜与晨两个具有鲜明对比的讽喻意象上,夜劝告人们:"人啊!你们这是怎么了?/要知道你们全都从属于我/某些人对此也感觉到

---

[1] 叶·叶甫图申科:《伊万·德拉奇50周年纪念》,载于《文学报》,1986年10月15日,第7页。伊万·德拉奇是20世纪60年代乌克兰最著名的诗人之一。

[2] 奥西波夫(В. Осипов)语,转引自《解冻1953—1956》,第404~405页。

[3] "60年代诗人们"最近的前辈诗人之一纳乌穆·科尔扎文(Наум Коржавин)在自己的回忆录中以整章的篇幅就马雅可夫斯基对苏联年轻一代的影响进行了论述,见纳乌穆·科尔扎文《在红色时代的诱惑中》,载于《新世界》,1993年第11~12期,第76~77页。

现代俄国文学（1953—1968）

了……/走开吧，不要与我的真理争论，/哪怕走得慢，但只要小心。/我故意以黑暗现身，/是为了你们不因良心而难过，/为了你们看不到斑斑脏迹，/为了你们不责备自己……"而早晨回答："为你那些谄媚者留下你自己吧！/可别带着这样的劝告爬到我们这里！/人最终会死亡，/如果他把自己的疾病隐瞒！"当然，此类朗诵诗歌的质量不太高，但当时是"解冻"初期，他们获得了极大的情感力量并引起了"捍卫者"的愤怒①。

"60年代诗人们"完全接受了"解冻"，希望通过"解冻"尽快摆脱各种弊端，因为他们只是将弊端理解为对美好思想的扭曲和变形。诗人本身所处的年龄阶段的心境——青春的欢乐、朝气蓬勃的感情、置身崇高时期的希望、对光明未来的浪漫主义信念，正好与时代的心境合拍。高涨的情绪是真挚而有力的。证明这一点的与其说是直接的宣言（虽然宣言在占有一席之地："这里的交谈无需绕弯子……/这里可以不受任何惩罚地嘲笑/嘲笑皇帝的新衣"），不如说是下意识地表达出欢乐的心情，愉快的肌肉游戏，对新鲜和新奇的渴望的诗学。这种状态首先通过转喻的诗学方法表达出来。

在这方面，安德烈·沃兹涅先斯基早期的隐喻独具特色。产生于科学技术革命与现代的知识与概念被引入他们的联想空间：火箭、航空港、图-104客机、反物质世界、塑料、同位素、"垮掉的一代"、摇滚乐等等。但这些丝毫不应当看作外部现实的直接折射。此外，沃兹涅先斯基的形象中与科技革命特征相关联的既有俄罗斯的古老传说，也有伟大的艺术成就，还有对全球事件的回应。沃兹涅先斯基认为："我理解的隐喻不是用来作为艺术的奖章，而是作为诗人的微观世界。每一个大艺术家的隐喻中都蕴含着其诗歌的核心与基因。"② 并且他说："我的自画像，霓虹灯的罩子，天空大门的信徒——/航空港！"就在这种根本无法比拟的概念出乎意料的比拟中，在这种概念的捆绑中，他甚至还靠声律的回文诗首先表达出抒情主人公的自我感受——对新事物的贪婪，渴求其他的发现，渴求迄今人所未知的知识，寻找信仰的新象征。沃兹涅先斯基以自己的隐喻把人的精神存在引入本国与世界文化的坐标中，引入

---

① 关于诗歌《早晨》，批评家索洛维约夫曾经写道："诗歌具有讽喻的特点，但这些讽喻的涵义十分明显。如果信任作者，那么'黎明'即刻就会到来，而就在不久前我们的生活中还被持续的'黑夜'所笼罩，这个'黑夜'以可怕的形式存在，让人们听命于它的独裁并迫使人们为它服务——只为它一个而不能为其他的任何事物与任何人服务。"（索洛维约夫：《真正的勇敢与虚假的勇敢》，载于《文学报》，1957年5月14日）此外，这篇文章在半官方批评中成为一种非常流行的体裁样本，即在批评分析的外表下进行政治告密。

② 沃兹涅先斯基、奥格涅夫：《关于诗歌的对话》，载于《青春》，1973年第9期，第76页。

第二章　戴着人性面具的社会主义现实主义

充斥着宇宙和基本粒子构成的微观世界的现代思想的演变中，引入整个地球的大范围中。同时这一宏伟的世界也被沃兹涅先斯基的主人公毫不虔诚地，而且毫不拘礼地以自己的方式加以接受，有时甚至是用下层的黑话表达出来（"他过了爪哇，在苏门答腊兜圈儿！"）。这是《抛物线故事诗》中提及艺术家高更时所说的，并且当诗人大胆地将地球比作西瓜时："就这样快乐而本真，／就像大门边的西瓜——／地球／来回晃动／在经度与纬度／编制的网兜里！"（《卖西瓜》）这种类似的狎昵就成了充满年轻人激情和确信自己力量的标志。

所有这些都让人感觉到一种新的对现实世界的态度。但这要求回归到对诗歌文化的尊敬，激活诗歌形式具有的语义潜力。

在同夜的力量进行对抗中，"60年代诗人们"在那些最为乌托邦似的观念中寻找支撑点，这些观念传统上与"革命""十月""共产主义"这些概念联系在一起。对于他们来说，这些概念已经成为神话，失去了鲜活的内涵，被一些标志所替换——布琼尼军帽、红旗、革命歌曲中的词句，所有这些在他们的诗歌中都成为道德纯洁的标志、自我牺牲的标志、自由与公正的标志。

叶甫图申科号召："同志们，／应当让语言回归／它们那原初的意义"（《庆祝五一》），并且发誓："我不会出卖革命！"（《与革命谈话》）罗日杰斯特文斯基对自己的名字感到骄傲，因为他的名字是为了纪念卫国战争时的英雄罗伯特·埃赫而起的（《关于我名字的诗》）。布拉特·奥库扎瓦（Булат Окуджава）写于1957年的《感伤进行曲》用以下诗行结束：

> 如果突然某个时刻我没能制止，
> 某场新的大战把地球震动，
> 我终将阵亡在那，在祖国的边疆，
> 钢盔满是尘土的政委将默默向我鞠躬。

"60年代诗人们"早期的诗歌中还常有社会主义现实主义诗歌中一种惯有的公认的模式——自我牺牲和利他主义的主题，即成为一种"材料"，成为通往光明未来的"序幕"："啊，我们那一代！／我们只是阶梯，而不是开端。／我们只是进入序曲的序曲，／是进入新开端的开端！"（叶甫图申科）然而，一些新的不常见的主题开始在他们的诗歌中占据主导地位，它们引领着诗学，并最终确定了"60年代诗人们"的抒情风貌。

抒情主人公的立场

在"解冻"后期,叶甫图申科进行了一个独特的"中期总结",他写道:

> 于是用我嘶哑的声音
> 剧变的时代呐喊起来,
> 时代就是我,
> 我就是时代,
> 谁先是谁,
> 这并非问题的要害。

(《舞台》,1966)

在这些诗行中,通过生理细节与大量隐喻的比较,声音嘶哑的少年与经历巨变的时代被并列,反映出"60年代诗人们"所肯定的人与时代之间的关系,那是一种平等的关系。"60年代诗人们"实质上重建了个人与社会、个人命运与历史之间关系的最初的、理想的内涵,这种内涵已经被社会主义理想预先确定。在这个问题上他们之间出奇地一致。罗伯特·罗日杰斯特文斯基作品的主人公如此责备自己:"我自己曾经是一分子!努力!……/我要把一生献给它!/我松开自己/就像松开弹簧"(《分子们》,1962)。叶甫图申科和沃兹涅先斯基诗中的主人公更是挑衅地宣布,自己无愧于"人民"和"俄罗斯"此类被神化的字眼。

> 让我们来读叶甫图申科的诗行:
> 我不是工业和农业的行家,
> 但我毕竟也是人民中的一员,
> 因此我请求,
> 为了让工人与农庄社员
> 相互了解,
> 我如何忧心忡忡,
> 痛苦不堪,
> 呼吸苦难。

(《人们认为我的生活是灰色的》,1957—1961)

第二章　戴着人性面具的社会主义现实主义

再看沃兹涅先斯基的长诗《隆瑞莫》(1963) 中的诗行：

俄罗斯，我的爱人，
不要用这个来玩俏皮。
你的所有伤痛——刺穿了我的心房。
俄罗斯，
我是你的毛细血管，
当我痛苦时——
你也痛苦，俄罗斯。

同时，"60年代诗人们"同时代、历史、人性等宏大的现象和范畴建立了某种隐秘的、家常的联系。比如在叶甫图申科那里，诗歌被比作灰姑娘，她"每天朝霞微露，/就刷洗时代的脏衣……/并且双膝跪地，/拿着抹布，爬着/把历史的地板擦洗"（《灰姑娘》）。这种形象的联想，如此过激的"反应"，具有公开的故意让人震惊的特性，果然引起了与之相应的反应。[①]

更反常的是，"60年代诗人们"诗歌中抒情主人公的形象被赋予强烈的日常生活色彩（"穿着非冬天的大衣，戴着棕红色的小帽""我游荡在拥挤的首都"）。主人公的来历也是直接表明的："我从哪里来？我从冬天的西伯利亚的某个小站而来"；"经历战争的孩子们"终生保留着撤退的记忆，在"苦难的40年代"，领定量配给面包的饥饿队伍随处可见，"孩子们甚至像大人一样拉着渡船"。但主人公本身却给人带来一种完全新颖的、最紧张的戏剧效果——他自幼就接受乌托邦式的乐观主义精神教育，这种精神不允许怀疑国家正在大步前进的道路的正确性，他经历了摆脱谎言、"夸张的狂喜"的痛苦过程。但是他们是在洞彻抒情诗本身反映的人之真理后，具体说就是揭示出自己笔下抒情主人公内在精神生活的戏剧性之后，才揭示出时代的真理。

20世纪50年代初，奥莉佳·别尔戈利茨（Ольга Берггольц）坚持的"表现自我"遭到了格里巴乔夫和其他半官方文学家的批评。在"60年代诗人们"的抒情诗中，这种"表现自我"转变成一种自白——对读者特别坦率，

[①] 与长诗《隆瑞莫》中引用的诗节相联系，关于标点符号产生了几乎令人难以置信的争论。诗人瓦西里·费多洛夫（Василий Фёдоров）认为，沃兹涅先斯基的标点符号不正确，按照费多洛夫的观点，应当这样标注："当你痛苦时，我也痛苦，俄罗斯"。的确，"我"与"俄罗斯"的从属关系完全符合传统规范。但沃兹涅先斯基诗句中讲的是人（毛细血管）和整个俄罗斯（整个身体）彼此的病理关系，在这个意义上它们是一样的。

特别信任。与爱人之间的关系、与朋友们的口角、偶然的委屈，所有这些都被抒情主人公表现出来。

　　首先，主人公进行了严厉的自我分析。实际上，主人公的精神生活相当沉闷，这首先是因为他难以与自我和解。让我们来看一下叶甫图申科早期的一首诗歌："不知为何，我常常发现，/有人显然在幸灾乐祸，/我在漫无目的地放纵幻想，/我的生活乱得没法说。/在那毫不可怕的/半是愿望半是感觉中/某种东西使我愁眉深锁：/难道我就不能一露峥嵘？/难道我就不会心想事成？"（1953）这种"缺乏自我陶醉"的主题在后来的诗歌中也有体现，如《这就是发生在我身上的》（1957）、《空虚》（1960）、《永远会有一只女人的手》（1961）等等。主人公的这种自我鞭挞对于社会主义现实主义流派的抒情诗而言，也是异乎寻常的。

　　在被苏联诗歌接受的纯洁主义背景下，叶甫图申科笔下抒情主人公的直率已经成了一种挑衅。诚然，直率有时的确会转变为一种类似疯狂的（自我欣赏、自我鞭挞）袒露——在所有诚实的人民面前，向世界撕碎自己胸前的衬衣，忏悔自己的过失。但反常之处就表现为严厉的自我剖析这一行为本身，精神上极度痛苦这一状态本身，最终表现在矛盾性和不稳定性上，叶甫图申科作品的主人公找寻的是自我肯定的根基：

　　　　我本身就繁杂不一——
　　　　我既累得臭死，又无所事事。
　　　　我既是弄潮儿——
　　　　又极不合时宜。
　　　　我最爱吹毛求疵，惹人嫌弃，
　　　　既羞羞怯怯，又厚颜无耻，
　　　　既穷凶极恶，又一团和气。
　　　　我是那么喜欢，
　　　　把一切交织在一起！
　　　　我身上掺杂着如此多五花八门的东西——
　　　　从东
　　　　到西，
　　　　从嫉妒
　　　　到狂喜！
　　　　我知道——你们会对我说：

"整一性在哪里？"
哦，在这个大杂烩中有着巨大的意义！

(《序曲》，1955)

  性格的矛盾性，实际上具有自己的价值——至少在这种矛盾性中表现出人的非标准性，人最基本的未完成性，他——不像其他人，但这样——非常好！
  怀疑、不安、怜悯，这些痛苦使叶甫图申科作品的主人公感到疲惫，这些痛苦迫使他寻找答案，解决这些令人痛苦的问题：我是谁？是真实的，还是一种假象？我是不负众望，还是有负希望？

然而如果如此多的事物与我多有因果，
那么显而易见，站在这里，
我也会意味着什么？
如果我什么都不意味，
那么究竟为什么
我痛苦不堪，泪眼婆娑？

(《我不明白，我这里发生了什么？……》，1956)

  同笛卡儿的哲学定义"我思故我在"相区别的是，叶甫图申科作品的主人公对自我的肯定是按照另一种定义：我痛苦故我在！
  最后，主人公在忏悔倾诉中感到了一种独有的愉悦——在"他人"面前能轻松地、坦率地表达，也有了倾诉自己内心的可能。因此，叶甫图申科式自白的另一个基本特点至关重要：他作品的主人公要求关注的是自己的精神生活，渴望对自己的关心，追求的是来自"他人"的反应。

请关心我
深深切切，满怀偏袒。
当我孤独寂寞，
请不要站在一旁。
……
不要以空洞的关切
琐碎地摸清我的底牌，
请爱我的一切——

现代俄国文学（1953—1968）

我的"现在"，我的"将来"。

(1956)

在这些诗行中，丝毫没有表现出作者的自我中心主义。这里抒情诗的规则起着作用——抒情主人公的话语和感受中投射出读者，即诗歌潜在的另一主人公的影子。这就是叶甫图申科作品抒情主人公宣扬的他个人对心灵呼应的渴望，它隐藏于我们每个人内心。这是他的倾诉："受了侮辱，我觉得无助，羞愧不已。"——他也从中感到慰藉，因为他感到了"参与者的呼吸"。这是主人公的恳求："春夜请你思念我，/夏夜请你思念我，/秋夜请你思念我/冬夜请你思念我。"（《恳求》，1960）抒情主人公身处困境时从他人的心灵回应中为自己找寻支撑。如果需要，他在从他人对自己的关心中得到自我肯定，最终他确信，他的痛苦与忧愁值得注意、关心和回应，具有社会意义。

叶甫图申科用这种反常的，甚至是令人吃惊的，但在最高程度上完全符合抒情意识的方式，肯定了一个人的自我价值并要求对他的精神生活给予关注和同情。

叶甫图申科式自白与第一个特点"相对应的"另一个基本特性在于，他的抒情主人公追求对自我的关注，同时向他人敞开心扉。"我渴求人群，"他承认。进入其世界的有"糖果厂的穆西卡"、"电梯司机玛莎"、"我们机务段的纳斯佳·卡尔波娃"、"飞毛腿"中的"维尔卡、薇洛奇卡"，写出了所有人的乞求与渴望的"瓦夏叔叔"，长着一双大脚的"奥廖娜奶奶"……这些都是最普通的苏联人，在"解冻"时期艺术转向了他们的日常生活。叶甫图申科作品的主人公同情他们，同时又欣赏他们：他们每一个人都具有自身的价值，而且在每一个人身上都体现出俄罗斯的特点。"普通人"与俄罗斯形象的这种二位一体通过诗歌发声：简单的韵律、不时变化的韵脚、歌曲的旋律和令人感到沉重的语调（此系列中最好的诗应该是《白色的雪花飘飞》）。

在刻画"普通人"外貌时，叶甫图申科突出强调那些互不相容的细节和材料的对接："沿着大道穿过细雨帘，/在勉强快跑的劣马上/坐着的收银员姑娘/一把黑色转轮手枪挎在腰间"；"穿着靴子和浅蓝色汗衫的村姑哈哈大笑"……可见，这些人的命运很悲苦，他们不得不生存在一种反常的环境中。同时，他们内心却隐藏着巨大的精神财富，只是应当学会洞彻这种财富。比如，诗歌《在商店里》（1956）开头对流行的进行曲"共青团员们心儿不平静"进行间接的讽刺性模仿，塑造出普普通通的俄罗斯妇女的形象，她们一个一个默默地排队进入商店购买家庭必需品。诗歌以象征性的细节结尾："我悄然无言，暗自伤悲，/望着她们那拎着提兜的双手，/——它们虔诚而又疲惫"。对叶甫图申科来说，这是一种最基本的联想过程，即从大家认为的低俗中看到高尚，从平常中发现不平常。

"世界上不存在没有意义的人"，这是叶甫图申科抒情主体世界观的基本原则。他热爱这些人，热爱他们的生活，他们的不幸成为他内心感受的源泉。由此也可以看出其公民激情的高涨，而且这也是"60年代诗人们"诗歌的一个共同特征。在这方面，他们仿佛并未偏离社会主义现实主义抒情诗轧平的轨道。实际上他们大大拓宽了公民感受的范围，以至于如果读者仅仅关注叶甫图申科一人的诗歌，那么就会毫不费力地在这些诗中感觉到一种敏感的反思，这种反思实际上是对发生在20世纪50至90年代具有重要地位的国内外大事件的反应。而他的某些诗也成了社会生活中的重大事件，引起了具有各种政治色彩的代表们的强烈反应。类似的诗歌有《娘子谷》（1961）、《斯大林的追随者》（1962）、《坦克开进布拉格》（写于1968年8月23日事件后的第三天）。

但主要的是，"60年代诗人们"的公民抒情诗中所表现出的迥然相异的狂热情感。这首先表现为一种真实直率，满怀激情的同情，带着这种同情，他们与某些人的命运、整个国家的生活、全世界的灾难产生了共鸣。深入角色的程度是如此之高，使得抒情主人公有时与自己同情的对象合为一体并转化成了他。比如，安·沃兹涅先斯基的纲领性诗歌《戈雅》（1957）全诗就是作为这种转化的一环来构建的，在这种转化中，富于艺术表现力的形象占据中心位置："我——是喉咙，/被绞死的妇女的喉咙，/她的身躯，就像那钟，/鸣响在空旷的广场上空……"事实上，叶甫图申科的诗歌《娘子谷》中强烈的感情效果不仅是被尖锐的问题——在国内"牢不可破的民族友谊"背景下禁止谈论的反犹太主义问题——本身激发出来的，而且还随着情节的变化得到升华。诗人用这种情节的变化使犹太民族几个世纪的苦难历史变得"生动"起来：

> 我现在觉得——
> 我是一个犹太人。
> 我在古老的埃及游荡。
> 我被钉在十字架上死亡，
> 直到而今我身上还有钉子印。
> ……
> 我觉得德雷福斯——

就是我。
……
我觉得——
我是比亚韦斯托克的小男孩。
鲜血流淌，洒满地板。
……
我徒劳地央求那些刽子手。
……
我觉得——
我是安妮·弗兰克，
纯净透明，
如同四月里的嫩枝。
……
娘子谷上野草直响。
树木严厉地盯着我，
就像法官一样。
这里的一切都在无声地呐喊，
于是，我摘下帽子，
我觉得，
我的头发在慢慢变白。
而且我自己，
如同连续不断的无声呐喊，
回荡在成千上万被埋葬的死者的上空。
我——
是在这里被枪杀的每一个老人。
我——
是在这里被枪杀的每一个儿童。

　　这当然是政论风格，但这也是真正的高水平的抒情诗，因为每一个历史事件叶甫图申科作品的主人公都实实在在地感受过，他设想自己就置身于自己笔下主人公的情境，是血腥的罪恶行径的牺牲品。

　　"60年代诗人们"大大拓宽了公民感受的范围，并赋予主人公深刻的个性，他们力求把苏联公民抒情诗中的传统的社会热情转变为一种人文主义的、全人类的热情。罗日杰斯特文斯基的《安魂曲》(1962)和叶甫图申科的《布拉茨克水力发电站》(1965)这些长诗成为所有这些努力的最高典范。但罗日杰斯特文斯基将全部热情转向一种高涨的激情,而抒情因素则融合在共同的、"群蜂嗡嗡般"的声音和情感中了。

叶甫图申科努力将自白与说教、人类心灵历史与人类历史融合成一体,他在长诗《布拉茨克水力发电站》中构建了一个非常庞大的结构。这里有一种展开了的寓意——埃及金字塔(奴隶制的象征)与布拉茨克发电站(光明与自由的象征)进行的争论。前者肯定"人是天生的奴隶,/人任何时候都不会改变",而后者用一系列不同时期反奴隶制斗争中的历史故事回应,从斯捷潘·拉辛开始,到20世纪结束——革命、国内战争、柯雷马与沃尔库塔。接着出现的是一系列现代人,布拉茨克水电站的建设者的短篇自白——来自大格里亚兹农村的纽什卡、在希特勒集中营失去亲人的灯光调度员伊泽·克拉梅尔、水利工程师卡尔泽夫。所有这些不同的材料被一条主线,即作者的反省连接起来。作者忏悔自己的恶习,首先是自己的肤浅("略知皮毛并不意味着神启"),并且揭露了一些新的、秘密的、奸诈的奴隶制形式("所有事物的背后都有秘密,/藏在鸟鸣声里,狗吠声里,/藏在微小的真理里,/藏在巨大的谎言里……"),通过这些进行说教、教诲、感召。事实上,叶甫图申科把自己抒情诗的所有基本主题都集中、结合、浓缩在《布拉茨克水力发电站》中。长诗的各个章节通过一个大的艺术链连接在一起(比如"斯捷潘·拉辛的极刑""革命的基本准则"),但没有实现有机的综合——长诗中忏悔与说教并存,但未融成一体,人类精神世界与人类世界没有形成完整的统一。[①]显然,诗人宣称的美好的统一的思想("没有更纯洁更高尚的命运,——/献出整个生命,而不考虑荣名,/让地球上所有人都有权利/自己对自己说:'我们不是奴隶'")缺乏统一的坚实根基,也不能称为新思想,因为它已经以那种形态存在并引导着,但没有引向自由的王国,也没有逃脱"古拉格"的影响。

[①] 阿·德·西尼亚夫斯基(А. Д. Синявский)对叶甫图申科的长诗这样评论:"叶甫图申科确诊了我们的通病——肤浅,提出了战胜疾病的坚定的打算,不过他最终写出了自己最肤浅的作品。……作总结时,长诗《布拉茨克水力发电站》跨越了几千公里,几十甚至上百年,给人一种模糊、冗长的印象(简单地说,读下去令人生厌),犯了'刚跨出半米',就想快速把所有事情都讲完的毛病。长诗的个别片段与素描很有意思,总体上给人的印象却是作者不想拘泥于细节,把精力耗在细节上,如今把大量文字倾注在'总结'上,这些'总结'只具有表面上的重大意义,而总体上却显得肤浅。"(阿·德·西尼亚夫斯基:《保护金字塔》,载于《界》,1967年第63期,第125、127~128页)

现代俄国文学（1953—1968）

"舞台诗歌"的危机

长诗《布拉茨克水力发电站》这种结构复杂而庞大的现象本身，正是"解冻"即将结束时"60年代诗人们"的诗歌开始陷入危机的一个证明。危机的征兆多种多样，既表现为疲劳、精疲力竭的主题（罗日杰斯特文斯基："焦虑，焦虑，／每一小时——都在焦虑中！"），以及对宁静与安谧的渴求（沃兹涅先斯基："我想要宁静，宁静……"），也表现为意识到秘藏于内心的计划与想法没有实现（沃兹涅先斯基："为两部没有诞生的长诗哭泣"），而更重要的是他们已经明白，寻找与广大世界和他人心灵的联系失败了：没有回应！这种戏剧感贯穿于1963年叶甫图申科发表在《俄罗斯北方》上的整个一系列诗歌中。无论抒情主人公如何劝服自己，他就是"一艘邮船"，"按时做完了自己的事情"，但是他还是不得不痛苦地证实：

> 我的声音在大厅中轰鸣，像警钟，
> 强有力的轰鸣使广场震动，
> 可要传到这个小木屋并把它唤醒，
> 却有些体力不支，再无余勇。

（《长时间的喊叫》）

当他写"公民们，请听我说……"时，表达出的是痛苦与绝望："公民们不想听他说。／他们只想喝茶，吃饭／跳舞，而其他的——则是闲扯！"

危机到来的原因在哪里呢？也许，就在所定义的公民抒情诗固有的特殊矛盾之中。须知，同其他同时代的作家们相比，"60年代诗人们"更持之以恒地以公民抒情诗这一艺术形式完成"解冻"文学应该完成的一个最普遍的任务——教育人，启发自己的读者和听众，尽力拓展他们的视野，并帮助他们认清这个时代。然而，说教功能对诗学却是一种桎梏，因为它要求线索图表般清晰，浓墨重彩，它追求获得形象的最低限度的语义可变性。而这样做的后果就是"60年代诗人们"抒情诗的审美视域变得狭窄了。叶甫图申科痛苦地承认："我学会了狠揍、痛打。／但忘记了温柔地轻轻抚摸。"（《舞台》，1966）不过，在"60年代诗人们"的"舞台诗歌"中也有自己的优点，他们"加工出了甚至可以说是荒诞的艺术：在舞台上说话就像坐在自家饭桌旁一样，甚至低声细语"①。所以,"60年代诗人们"为了加强政论表现力,磨炼出运用格言警句以及尖锐有力句子的艺术,获得高度评价的是重点词汇,即那些标志性的词、标签式的词、具有象征意义的词。但是,事实上,句子和词汇的政论色彩的加强对于诗人来说成为一种严峻的考验,因为他们很快就暴露出了"肤浅的"思想、"生硬的"观点,使那些矫揉造作的词变成了一种自我讽刺。比如叶甫图申科本人就故意使用了一些佶屈聱牙的构词样式,如"魔鬼性"(осатаненность)、"联合性"(соединенность)、"我抢不走的"(моя неотребимая)、"嫉妒鬼"(завидинка)、"倔强鬼"(настыринка)、"不低头的家伙"(несгибинка)等等,无意中创造了一种"佶屈思维"的形象,这种思维并不完全符合教益使命本身的要求。

但是,在其激情唤起信任时,"60年代诗人们"公民抒情诗的"疏漏"并不明显和逆耳。不过,接近60年代中期的时候,走恢复神话般的"列宁标准"之路进行革新的愿望破灭了,并且更清楚的是,政治体系无法成为人道体系。对于"60年代诗人们"来说,这是最沉重的道德上的震撼:"情感的死去和视野的缺失带来的是空虚,"叶甫图申科1960年如此写道,他似乎提前预感到了这种情境。到了20世纪60年代中期,"视野的缺失"已经显而易见。与此同时,读者也不再相信那些大话与号召。

从此时起,"60年代诗人们"作为一个完整的艺术潮流已经不存在了。其带头人也纷纷转向其他领域。同其他"60年代诗人们"相比,罗日杰斯特文斯基更多地关注演说,向社会主义现实主义模式发展。这一点在20世纪70年代他为定期电视节目《纪实银幕》所配的押韵政论作品中表现得尤为明显。但与此同时,罗日杰斯特文斯基在诗歌《迟到的》中,却略微流露出了一种与存在主义的感受相连的哲学感伤。这从诗人死后发表的作品中可以明显地感受到。②

在沃兹涅先斯基的创作中,信仰的危机升华成主题的危机,即对科技革命时代的陶醉变成对毫无节制的技术进步导致丧失个性的后果的恐惧:"如果人类大肆破坏,所有的进步都会起反作用,"他在长诗《奥扎》(1964)中这样

---

① 马克多诺夫:《成就与前夕:论1930—1970年俄苏抒情诗诗学》,列宁格勒,1985年,第250页。后来的研究者证实:"诗歌语调的那种舞台般的低语是众所周知的,也是早就有的。这让我们想起阿赫玛托娃的一些诗歌,还有茨维塔耶娃的很多诗。但叶甫图申科的抒情能力没有达到这些诗人的水平,不过他和沃兹涅先斯基以及其他的'舞台诗人'开创了从舞台的低语向大声疾呼或正好相反的新的转变方式。"

② 参见《罗伯特·罗日杰斯特文斯基的后期诗作》(《Последние стихи Роберта Рождественского》),莫斯科,1994年。

宣告。后来，诗人具有危机感的世界观在"生态"母题中得到体现（如长诗《冰-69》和组诗《请放开鸟儿》）。

相较于同时代的其他同行，叶甫图申科更多地保持了对"60年代诗人们"的激情的信念。因此，这让他处于一种含混的状态中。他继续对时代进行敏锐的回应：如苏姆盖特大屠杀、改革的期望、车臣，所有这些都在他的诗歌中有所反映。但在"解冻"的错觉消失后，他那种"60年代诗人们"的热情与昂扬，他的那种说教般的自负就让人觉得有一种不自然的幼稚了。

第二章 戴着人性面具的社会主义现实主义

第五节　布拉特·奥库扎瓦的短歌

布拉特·奥库扎瓦（1924—1997）在"60 年代诗人们"中占有特殊地位。从生平经历看，他应属于前线一代，他 18 岁就上了前线。因此，战争永远留在他的记忆中。奥库扎瓦早期描写战争的诗歌颇多。和他那些最亲近的前辈，如前线诗人古德泽科、杜京、奥尔洛夫及其他一些诗人一样，年轻的奥库扎瓦首先将战争理解为人类心灵的一种悲剧体验。但是年轻的奥库扎瓦给前线一代抒情诗中充满严格的心理戏剧性的倾向增添了自己的独特格调。他的抒情主人公——一个把战壕当作学习课桌的小男孩，也许比过去的士兵更能强烈地感受到"战争的严寒"，体验到战争的残酷（"时代让人远离善"），但是他竭尽全力来抵抗人性的堕落："请魔鬼带走我吧，我一定会满脸微笑，/地狱中也是短兵相接的喧嚣"。奥库扎瓦从战争中领悟到了人类生命脆弱到令人颤抖的情感，领悟到人对救赎、善这种本性的永不枯竭的需求，正是这些东西在支撑着人类并赋予其希望。这一点使奥库扎瓦与"60 年代诗人们"比较接近，并使他的诗歌在其中占有独特的地位。

奥库扎瓦的伦理观点一直都与人道思想紧密相连，只是他在这种人道思想中增加了一种令人压抑的、亲切而令人感动的声音。奥库扎瓦人道思想的来源是对孤独个人的同情，其意义就是力求帮助人摆脱孤独。作为人类生存主要灾难的某种普遍标志，孤独的形象时常出现在奥库扎瓦的诗歌世界里，既包括一闪即逝的心理状态，也包括存在主义世界观。与其他"60 年代诗人们"不同——他们多在大量的对世人热情洋溢的号召、说教和自白中表达社会激情，而奥库扎瓦则往往在一首简朴的短歌中表现自己的社会激情。这首短歌唱的是一辆午夜的无轨电车，"沿着林荫大道转圈，/收容所有在夜中遭难的人/却遇难，失事"。激情减退了，诗歌并非建构在抒情主体的感受上，也不采用抒情主体的声音，而代之以与整体不可分割的统一的形象——无轨电车，它就像一艘"航行在莫斯科"的战舰，它的乘客就像水兵，莫斯科好似一条河①，只是在救命战舰上的其他孤独的灵魂不允许悲剧性的冲突，大家都得使心灵平静下

---

① "这样做是不知不觉的，并且是持续的：莫斯科的无轨电车，失去了生活中有点粗鲁的真实、沉重，轻盈地沿着街道河流行驶，像一艘善意的救生艇，"帕佩尔内在文章《在七大洋的桌子旁》（«За столом семи морей»）中写道。参见帕佩尔内：《完整的话：文章与回忆》（«Единое слово: Статьи и воспоминания»），莫斯科，1983 年，第 221 页。

来:"就连太阳穴,鸟啄般的疼痛,/也慢慢减轻,慢慢停息。"这首诗写于1957年。就像弹簧一样,诗歌把艺术的处世态度与极大的哲学潜能压缩在一起,并未渴求其宏大意义,也完全没有想在完结的形式中清晰表达,精心塑造。

但是,奥库扎瓦的审美原则已经十分清晰地确定下来。他的美学体系的核心即理想这一概念从来没有明示过,它总是被生活中的普通词汇"希望"所代替,但是也并未只限于此。人没有希望无法生活,灵魂没有理想、没有对远大目标的追求、没有光明与明灯就不能生存,对于奥库扎瓦来说这就是成为公理的真理。

"我要向某人祈祷,"1959年写成的一首诗的开头这样写道,这首诗在某种意义上可以认为是奥库扎瓦的美学信条。这在很大程度上表明诗人在寻找一种理想,在用某种"素材"创建这个理想。诗中的主人公卑微地把自己与一只普通的蚂蚁联系在一起,实际上也是在体验一种对崇高的需求,它也"突然想双膝跪下恳求,/相信自己的痴迷"。但蚂蚁寻找的膜拜对象就在旁边,在自己熟悉的世界里,在对它来说亲近、易懂、熟悉的价值域中:"因此,蚂蚁给自己创造了一个女神,/按自己的形象和精神"。而接下来联想层面发生了变化——首先卑微的隐喻消失了,取而代之的则是一目了然、亲切可爱和极其普通的日常细节,借助这些细节创造出一个女神形象:"她穿着轻便的大衣""她的靴子已经旧了""粗糙的小手"。而且,在结尾处"普通蚂蚁"及其女神的形象借助地道的生活化的论据(人物以及被其抛弃的影子)扩大了内涵,并且提升到一个极高的精神高度:

> 他们的影子在门槛处摇晃,
> 他们在进行一种默默无言的交谈。
> 他们美丽、聪慧,像神一样,
> 又像地球上的居民一样忧伤。

奥库扎瓦是所有"60年代诗人们"中唯一一个建构了属于自己的、独特的主题和形象的诗人,他建造了自己独特的艺术世界,在这个世界中他精心布置了自己的主人公和他们的女神。阿尔巴特大街成了他的主题和形象——"那条高傲的、孤独的,/曲折的、短短的走廊/从'布拉格'餐厅到'斯摩梁克'"。阿尔巴特大街在"60年代诗人们"的文化中含义丰富,它和红场、克里姆林宫等官方中心不同,它是首都非官方的核心,非正式的中心。正如人们

第二章　戴着人性面具的社会主义现实主义

所说的那样,那里有一种沸腾的、真正的、鲜活的生活,生活中体现着各种各样的忙碌、娱乐和不安。奥库扎瓦尽力强调阿尔巴特的真实性,描写首都这个角落所有的局部细节,包括胡同、死胡同、邻街和广场的名称。但阿尔巴特的真实首先体现在它日常的普通细节中,甚至是丑陋中。阿尔巴特的庭院"是按照永恒的平淡无奇规律建造的",诗人提醒人们,阿尔巴特的步行者们是"平凡的人",而它的孩子们自称"阿尔巴特的营养不良的儿女"。

但正是这个阿尔巴特,这个日复一日到处浸润着日常琐事的非官方的地方,成了奥库扎瓦伦理世界的中心。阿尔巴特把艺术家们的视线吸引到这里:"写生画家,请把你们的画笔/浸入阿尔巴特庭院的忙碌,浸入它的霞光。"因为这个世界饶有趣味,像戏剧一样火热亮丽,多姿多彩。这里生存着一个不合标准的社会群体。在这个群体里,所有那些偶像都没有高下之分,一律平等,如"共青团女神","两个发辫和严厉的目光",还有像小流氓的列尼卡·卡拉廖夫。在这个群体中,发挥管理作用的不是官方规则,而是未曾形成文字的道德规范,这些规范形成于阿尔巴特狭窄的筒子楼里、庭院的邻里间——这是一种彼此心灵坦诚、富有诚挚的同情心的关系。在这里,"如果哪个朋友觉得不顺,并总是觉得不走运",那么你就会发现,有人"会向他伸出……可以信任的双手———一切都会被拯救"。在这里,怪人裁缝会以一种无法想象的热心对我的旧短大衣进行改造,只是为了"让我穿着这件大衣,活着的时候显得幸福"。只有在这里能够产生这样的召唤:"请不要锁上您的门,/就让门敞着吧。"如此,作为这个群体主要的伦理尺度的兄弟情谊般的精神得以确立。这个伦理道德尺度把人们连接在一起,靠的不是意识形态的标准,而是那种脚下的实实在在,是大地上、庭院里、街道中的标准;并非阶级关系,而是生活在一个楼梯间里的邻里关系使人们亲近,隔着墙壁也能一声不差地听到的呼吸声使人们精神上更为接近。因此,阿尔巴特的小院子,"那种具有人类精神的院子",是温暖的家庭炉灶,加固了人与人之间的关系,并且温暖了他们的心灵:"与它在一起,我更有力量、更加善良。/还需要什么呢?我一无所求。/我煨着它那些温暖的石头/烤着冻僵的双手。"(《阿尔巴特的小院子》)阿尔巴特的兄弟情谊,或者可以这样说,"阿尔巴特精神"在奥库扎瓦精神价值坐标的等级中占有最高地位:"啊!阿尔巴特,我的阿尔巴特,你是我的宗教""啊!阿尔巴特,我的阿尔巴特,你是我的祖国"(《阿尔巴特短歌》)。

奥库扎瓦的抒情主体承载着对普通的、不引人注目的阿尔巴特世界神圣的、激动不已的态度。他与自己庭院里的祖国血肉相连——他是它的弹唱诗人,是要求不高的短歌的完成者,这类短歌在阿尔巴特小庭院里的小板凳上创造出来，并且轻松愉悦地为一群人诉说般诵唱。实际上，这是一种"角色化的形象"，其艺术功能十分重要。不同于"60年代诗人们"的抒情主人公似乎只是从表面上打开了"普通人"的世界，同情他们并赞赏他们的那种默默忘我的牺牲精神，奥库扎瓦的歌手说唱的不是"普通人"，而是以"普通人"的名义，用他们的眼睛看待世界并以他们的声音诉说。

奥库扎瓦在很大程度上找到了一种"角色"交谈的独特方式——在被称作"大众文化"的最普遍的艺术形式中——他拥有了自己的诗歌话语风格。他创造了独特的抒情体裁，即模拟城市浪漫曲的短歌体裁，一种最普及的"大众文化"体裁。奥库扎瓦尽力引领读者进入"庭院次文化"的氛围，有时甚至借用创作歌词的"业余"特点，这类歌词中节奏有时有所不足，也有源自城市浪漫曲修辞的丰富的标准用语以及刻板的语调。

奥库扎瓦满心愉悦地塑造了"阿尔巴特"精神气质与语言风格的形象。比如，在短歌《从窗户飘出烤焦的面包片的味道》（1958）中，从第一行开始，就已经响起阿尔巴特勋章获得者的声音，他有自己的行事标准，用十分富有表现力的方式讲述由于一个本地美女而产生的兴奋之情："她穿着一件浸满油渍的上衣，/让人觉得她真是不可思议。"从他的话语中可以听到阿尔巴特式的彬彬有礼以及温文尔雅的语句，让她变得更美丽动人的愿望："啊，娜佳，亲爱的娜佳，我情愿花二十戈比/进入你心灵的任何角落。"（1957）而诗歌《万卡·莫洛佐夫》模仿哀歌以保护阿尔巴特谣言指摘的那个人，因为他"爱上了一个女杂技演员"。但保护的言语用的却是那种庭院谣言中的语言，谣言让人信服，与其说是靠事实，不如说是靠十分夸张的表达："她在钢丝绳上行走，/舞动白色的小脚，/以自己长满老茧的手/恐惧把莫洛佐夫抓牢。"

作者的讥笑在这里显而易见，但是讥笑中没有任何傲慢。这不是讽刺，而是幽默，温暖的、由衷的幽默，在这样的幽默里对主人公的忠厚朴实报以微笑，与对他们的世界、对他们与众不同的文化的关注联系在一起。这种文化确实是一种有趣现象，这是"阿尔巴特的次文化"，因为在文化规范、僵硬的伦理与美学这些陈词滥调的背景下让人看到了某种奇特的东西，在自己的粗糙生硬和天真幼稚里显现出某种真正的、鲜活的东西。而且，按照这种民主的、"底层的"文化（经常被轻蔑地冠以"小市民的"文化之名）规则生活的主人公们，不仅值得人们对他们报以微笑，并且值得尊重和同情。

这就是独特的、奥库扎瓦的"普通苏联人"主题的转变，"60年代诗人"诗歌中的民主激情是独特的，甚至可以说是平实的，具有"乡土味的"本质。奥库扎瓦的抒情主体表现出的对阿尔巴特的热爱就是把它作为"普通人"的生活方式的集中体现。对这种热爱的表达是各种各样的，不仅有幽默，还有忧愁以及克制的激情。的确，那种高级颂歌式形象（类似"在斯摩棱斯克站岗"的"哨兵们的爱"）的纯洁激情对于奥库扎瓦而言并不典型，因为这种激情不在阿尔巴特世界的"基调"之中，而且从其弹唱诗人内心深处的情感这一角度来说，这种激情显得过于高昂了。如此，将那些上前线的人冠以家庭式的称呼"我们的小男孩""我们的小姑娘"，更能彰显其本性。

这是一种独特的浪漫主义的观点，从源头上看最接近苏联诗歌的斯维特洛夫一支，它略显羞涩，排斥高级语体的词句，语气亲切。但是，奥库扎瓦进入了浪漫主义模式的深处，他将其感伤主义源头带入生活。这绝非偶然，而是按照植根于都市浪漫曲体裁，植根于一般的"大众文化"形式的逻辑产生的。"大众文化"形式是感伤主义世界观记忆的最坚定守护者。奥库扎瓦感觉到这些几乎被忘却的甚至被傲慢地排斥的"不合时宜的""过时的"情感的价值和优点。奥库扎瓦使这些情感在自己的诗学中具有了现实意义。他借助童话做到了这一点：他用童话的光照亮了自己的时代，自己的阿尔巴特。童话的准则首次被审美地阐释的古老民间创作体裁转变成奥库扎瓦经过锤炼的文学童话的诗歌，一种感伤主义标志性体裁的诗歌。文学童话中的某些形象和母题、童话的创作特征及其与传统童话原型的联想，所有这些都环绕着奥库扎瓦的阿尔巴特世界，并且成为其主要的美学标准。

奥库扎瓦的诗学观在很大程度上体现在把"底层的"阿尔巴特的日常现实生活转变为神奇的童话形象。[①] 比如在诗歌《鞋匠》中就有这样的比喻："而他那黑色锤子，像燕子/展开两片尾翅飞翔"，而本来很平常的普通工作——洗衣，看上去就像某个童话事件："在深深的洗衣桶底/连续那么多年不辞疲惫/洗衣女工苦苦寻觅/没有掩埋、没有深藏的宝贝！"

就连阿尔巴特的世界本身也被奥库扎瓦改变成一个童话世界，"午夜整个庭院银光闪闪，/有个男孩抱着吉他/坐在这个阿尔巴特庭院"。这个世界里有着童话般的人物，就像"纸做的小士兵"，但那里更多的是一些音乐家和他们手中被人格化的乐器——"在鼓手胡同里住着一群鼓手"，"快乐的鼓手在那

[①] 对将日常生活中的真实转变为童话故事的特点，马克多诺夫进行了饶有趣味的研究。就《鼓手胡同之歌》研究者写道："画面、交谈、执着的曲调，似乎是日常的写生素描和微小的抒情故事的元素，所有这些全都汇入一个童话般的、不知能指的事件。……因此，带有意域的象征意义变得如此宽广，以至于象征意义在其中渐渐模糊起来；留下的只是被具体细节和声音形象两个明确体系所牢牢固定并巩固的，有着童话胡同与童话鼓手的童话国度的画面。但在这个国度内部一切都很自然，就像在真正的生活中。"（阿·弗·马克多诺夫：《成就与前夕》，第 266~267 页）

里行走",那里"响起有轨电车的隆隆声,还有人潮汹涌",而"朝着希夫采夫·弗拉若克走过来一把手摇风琴——/一个滑稽的、退伍的、只有一条腿的士兵"……总之,阿尔巴特是"一个藏在院落里的天堂,/这里所有的人都是平等的:/无论孩子们,还是流浪者"。

可以说,这个世界是由阿尔巴特的浪漫主义者——那些小男孩和小女孩、诗人和音乐家——用想象和对周围世界的理解建构的。但其实这是一个成年人的童话世界,他们珍视童年的记忆,确切地说是那种透明的、毫无杂质的生活感觉,这种感觉是童年和少年固有的。童话的光环使阿尔巴特的日常生活变得更崇高,更美丽多彩,这种美好的感觉使人感到温暖,但同时它又赋予这个世界某种戏剧性的、不真实的"另一个现实"——幻想的现实。这个幻想很美,但也脆弱。

虽然这是一个透过阿尔巴特的表面日常现象洞悉一切的美丽童话所创建的脆弱的现实,但较之于其他那些"60年代诗人们"渴望的社会政治现实,它却为诗歌独立性打下了更为坚固的基础。在"解冻"衰落的年代,当许多"60年代诗人们"经历急剧的创作与精神危机时,奥库扎瓦并没有沮丧。他那诗歌中的现实已经高于"社会水平",他的诗中占绝对优势的是另一些既不是政治的,也不是意识形态的标准。① 可以用一个概念涵盖这些标准,即真诚。因此,在1967年,代替"解冻"的希望的是"在所有别人的盛宴中/有太多不可靠的真相",奥库扎瓦找到了拯救的公式,他早在十年前就与那辆午夜无轨电车的乘客们开始寻找这个公式了:"朋友们,让我们抓住彼此的手/为了不陷入孤独中!"

这个公式简单、非正式,似乎专门为十分亲密的小圈子而定。但对于相当多的人而言,它既是道德反抗的准则,也是在漫长20年"成熟的停滞"期间希望的信号。而对于奥库扎瓦来说,这个公式是一个分水岭,从此,他开始了一个新的创作时期。

阿尔巴特作为源泉和沃土,连续不断地给奥库扎瓦的诗歌提供营养。但是童话的联想之流把它带到阿尔巴特"小区"之外,带进浪漫主义存在的广袤空间和时间中。俄罗斯贵族十二月党人、近卫军军官和骠骑兵、"60年代"平民知识分子、登陆营的士兵、瓦洛佳·维索茨基(Володя Высоцкий)和季诺

---

① 丘达科娃很好地界定了奥库扎瓦创作策略的实质:"不与扎根于各个领域的意识形态争论,在我们看来,他用诗学战胜了意识形态。"(丘达科娃:《只有我,神秘的歌者……》,载于《文学评论》,1998年第3期,第12页)

维·戈尔德（Зиновий Гердт）代替阿尔巴特小院和胡同的国王与女神，走进奥库扎瓦的诗歌。奥库扎瓦的角色主人公的形象失去了社会类型的具体性，诗人开始更倾向于原型，这个原型本身具有所谓的"永恒形象"的特征，在这种情况下，角色主人公是浪漫主义精神的形象。20世纪七八十年代，奥库扎瓦抒情诗中"角色化"的主人公与阿尔巴特的孩子们具有相同的精神气质，他们满怀情感地接受世界。但是，当他们被提升到原型的高度，就会突出其保守守旧的一面——举止彬彬有礼（"我们的动作是谦恭的/决定是从容的/思想是纯洁的"），讲话文绉绉的（"女王陛下"），行为举止具有骑士风度。主人公的这种行为策略完全符合奥库扎瓦焕然一新的审美策略。在献给尤里·特里丰诺夫的诗歌中，奥库扎瓦宣布了这一策略（也许，是在与后者讲求实际的美学进行论争？）：

让我们大声呼喊，彼此赞美，
不要害怕华丽的语言，
（……）
让我们坦诚地悲痛和哭泣，
（……）
让我们在生活中，方方面面彼此迁就，
因为生命如此短暂。

20世纪七八十年代，奥库扎瓦的诗歌故意转向古代风格。他以浪漫主义手法创作了各种各样的模拟之作，甚至还有一些描绘古代生活场景的图案式、挂毯式的速写（《战斗的场面》《远方的路之歌》）。诗人自己最喜欢的歌谣也往往多是模仿古代风格，其中一些甚至被直接命名为"古老的学生之歌""古老的士兵之歌"。而在其他一些诗歌中也可以明显看出古老的浪漫曲特征（《路上的歌》《还有一支浪漫曲》）。奥库扎瓦认为这种高雅的体裁比"自己创立的"城市浪漫曲好。

在奥库扎瓦的诗歌世界中，一些音乐的"符号"形象保留了自己的位置，这些形象在同阿尔巴特的前辈的比较中也变得更加高尚。这里，"莫扎特用古老的小提琴在演奏"，"外地来的音乐家同小号亲吻"。这些形象保留了甚至是加强了那些温柔的、令人压抑的曲调。在"阿尔巴特"的诗歌中，音乐主题充满了这种曲调。但现在，这些形象的语义光环早已既不受时间也不受环境的限制了。奥库扎瓦似乎放宽了自己的世界界限，使浪漫主义武库中那些固定的、富有象征性的形象人格化：在《路上的歌》中，这是两个多情的"永恒的、浪漫的女友——爱情与离别"，而在电影《沙漠的白太阳》中的著名歌曲中，则有那些被"角色"主体以亲昵的语调稍微包装了的"离别女士""异国女士""成功女士"和"胜利女士"。

所有这一切都具有自己的含义。奥库扎瓦20世纪七八十年代诗歌中主人公怀旧和细腻的情感，及其诗学故意采用的古老风格，不仅仅是对"怀旧"浪漫主义价值观的一种捍卫，也是这些价值观得以持续的有力证明。奥库扎瓦将"阿尔巴特世界"的界限扩展到把抒情主体情绪状态人格化的形象，将精神文化的无限空间带入了美学领域——不是抽象的精神文化，而是有内在体系的文化，这种文化可以使个体具有个性。在这里，在精神的空间里——在心灵敏感、待人温和、品行端正和富有文化修养的原野里——每一个个体都能获得希望，"忍受痛苦"，并且"不陷入孤独"。

成熟的布拉特·奥库扎瓦就这样寻找着解决人类存在的那些折磨人的问题的方法，也正是这些问题引导他的诗歌在"解冻"初期走向生活。

第六节 20世纪60年代散文与戏剧中的抒情倾向

伴随着"解冻"的开始,作为文艺话语中高涨的主体性表现的抒情风格扩展到散文和戏剧。对时间的敏锐感、个人被唤起的积极性被巧妙地重铸到文艺文本的结构层面——将情绪、意志力融入词汇,使文本"人性化",逐渐用鲜活的人的声音话语替换掉无个性主体,鲜活的人不会也不愿意把自己对所见、所写之物的态度隐藏于中性语句之中。

6.1 抒情情节剧 [阿·阿尔布卓夫（А. Арбузов）、维·罗佐夫（В. Розов）、亚·沃洛金（А. Володин）]

戏剧中抒情风格的出现表现为情节剧体裁的活跃,它是最大众化的戏剧体裁之一。情节剧在战前已活跃起来（亚·阿菲诺格诺夫的《玛申卡》、阿·阿尔布卓夫的《塔尼娅》、列·列昂诺夫的《普通人》),但在战争的悲剧氛围下却无所适从。"解冻"一开始,它就高调地显示自己的存在。那时,一批杰出的年轻戏剧家走上文坛：维·罗佐夫（В. Розов）、列·佐林（Л. Зорин）、亚·沃洛金（А. Володин）、萨·阿廖克申（С. Алекшин）、爱·拉津斯基（Э. Радзинский）、米·罗欣（М. Рощни),经验丰富的情节剧大师**阿列克谢·阿尔布卓夫（1908—1986）**创作活跃。在他们的剧作中,人们的日常生活被搬上舞台。在日常生活中显露出细腻委婉的诗意,生活烦恼被搬上舞台则体现出强烈的戏剧性。这种生活一眼就能认出来——重现了苏联家庭、公寓或工厂"宿舍"的日常生活,听到的是生动的语言。总而言之,一种情感氛围逐渐形成,尽显不拘形式的旨趣,也可以说是家常性旨趣。它不仅充斥于舞台之上、人物之间,而且还散布于舞台与观众之间。在这种氛围中什么都可以统统道出,人们不掩饰自己的感情,并用情节剧的夸张将其表达出来,亦哭亦笑,亦粗亦柔。

20世纪五六十年代维克托·罗佐夫（1913—2004）和亚历山大·沃洛金（1919—2001）的剧作最受欢迎。他们之间差异很大,但在主要的方面却很接近——他们发现了新的、最高层面的现实冲突。无论是罗佐夫的男孩儿们,还是沃洛金的为生活所累的倒霉蛋都在公认的标准与个体的自我之间进行着戏剧性的选择,他们竭力保护自己的独立性,以免受公众（社会）舆论所强加的标准的束缚。这种冲突具有独特的尖锐性。

　　罗佐夫笔下冲突的戏剧性甚至随着场景的激化而加剧："罗佐夫的男孩儿们"积极对抗标准，寻找着迥异的坐标体系。剧作《祝你成功！》（«В Добрый час!»，1954）中的主人公安德烈如是解释自己为何不想走老路（随便上个大学，只要混一个高等教育文凭就行）：

　　　　我是这么想的：每个人都应该有自己的点……最主要的是找到这个点。这不，你感觉到自己的点，它吸引着你，其他人也是这样。可我不懂：它在哪里？但是某个地方有我的位置。它只属于我。属于我！我就是想找着它。

　　但奇怪的是，"解冻"时期情节剧的主人公们拒绝业已形成的、引导人用各种手段沿着社会阶梯往上爬的坐标层级体系同时，自己也沦为（社会标准上的）"普通人"。这必将产生众多新的矛盾冲突。

　　亚·沃洛金剧作《五个晚上》（1959）中的主人公伊里因，如果按通行的标准来看，没有出息。中学时，由于有化学天分，人送绰号"阿拉伯树胶化学家"，随后在大学里也是最好的学生之一，三年级时由于其"直言不讳"被开除。他尝试过各种职业，到处瞎忙活——总之，忙碌不休，一事无成，一无所获。曾陪他上前线的塔玛拉，也没有达到什么明显的事业巅峰——战时不得不参加护士培训班，然后收养失去父母的侄儿，如今她是"红三角"的技师。他们两人心灵深处都觉得自己的生活不顺，因此害怕那些日子过得顺风顺水的人的宽容怜悯，于是就用表示成就和幸福标准的套话和概念防护、掩盖自己的内心。"工作有趣，重要""当然，我是党员。共产党员可以向党委多提些要求。总之，我的生活充实，没什么抱怨的"——这些就是塔玛拉用以遮掩的防卫套话。"……我是工程师。如果你想知道是什么级别——是总工程师，"伊里因如是介绍自己。这种争强好胜的背后隐藏着敏感的自尊心。事实上，无论是塔玛拉抑或伊里因，对级别根本不感兴趣，但是他们知道，在社会舆论中，级别起着极其重要的作用。他们"模仿"规则，试图在标准以内进行对话。不过，他们还是无法忍受。经历长时间的离别而尚未熄灭的爱情之火冲破社会地位与等级的藩篱，让两位主人公抛开了面子。各种讲成绩的套话都抛在脑后，谈仕途变得毫无意义，这些都被饱受苦难的人们同病相怜的哀伤温情所取代。而且这种结局没有违背任何道德，相反，认可彼此尊严的同时，每一位主人公都保持了自己的尊严，并获得了自己的幸福。

第二章　戴着人性面具的社会主义现实主义

戏剧话语高涨的主体性是情节剧极其"普通的"主人公独立性的明证。在罗佐夫或沃洛金，拉津斯基或佐林的剧作中，人物的语言强调的是个性化、非标准，掷地有声。这是要表明观点的一种态度，这是自己的观点，这是个人的意见，但是用"世俗的"语言，日常的方言土语，几乎是自然言语表达出来。在这些语句、对白、言辞的背后观众听到的是鲜活的声音，而在这鲜活的声音中闪现出"普通人"的不平凡之处。换言之，他的才能时而表现在幽默感中，时而表现在高度敏感的心灵中，抑或表现在戏剧对话中善于大胆遣词造句方面。

罗佐夫和沃洛金剧作的抒情激情［同列·佐林的《华沙曲》(«Варшавская мелодия»)，或阿·阿尔布佐夫的《伊尔库茨克的故事》(《Иркутская история》)，或艾·拉津斯基的《关于爱情写了104页》(«Сто четыре страниц про любовь»)一样］直接体现在渲染人物之间关系的总的感情基调中。这一基调形成于完全对立的两个范畴的独特融合——同情与幽默，眼泪与微笑，讽刺与激昂。

且以罗佐夫在剧作《寻找快乐》(«В поисках радости»)中如何编排高潮的一幕为例。奥列格不小心把墨水洒到了列娜奇卡新买的书桌上，后者为了报复，把他盛着小鱼的鱼缸扔到了窗外。于是奥列格从墙上摘下父亲的军刀开始砍家具。此处的常见物品，如新家具、列娜奇卡钟爱的"破烂儿"、小鱼（"它们可都是活的！"——奥列格喊道）和父亲的军刀具有象征意义。这种形象—象征的相互对立通过一组色调——既有辛辣的讽刺，亦有令人哀伤的怜惜，还有高昂的激情——为舞台增色。

总体而言，不同范畴的这种搭配对经典抒情剧来说是典型的。但正是在"解冻"时期的抒情剧中，这种搭配带来了非同寻常的朴素与清新。或许这是因为人们渴望鲜活的、非公式化的交流。人的天性经过多年压抑之后，人们又感受到作为一个家庭成员、一个个体所谓普通的亦即正常自然的存在价值。

情节剧新类型的产生要求有新型的导演并恢复剧院文化。于是出现了阿纳托利·埃夫罗斯（Анатолий Эфрос），他在莫斯科列宁共青团剧院成功导演了罗佐夫的戏剧。随后在奥列格·叶夫列莫夫（Олег Евремов）的领导下，"同时代人"实验剧团成立并很快获得观众青睐。当日常存在的真实转变为人感受和情感的真实时，叶夫列莫夫在作品中最完整地体现了以日常自然主义与抒情心理主义相互作用为基础的焕然一新的表演。

6.2 抒情日记 [弗·索洛乌欣（В. Солоухин）、奥·别尔戈里茨（О. Берггольц）、尤·斯穆尔（Ю. Смуул）]

但是，戏剧最终未成为"解冻"大树的最大分支。在那些年里，甚至有人试图贬低其作用，人们预测，剧院迟早将被蓄势待发的电视取代。这种忧郁的假设未必能成真，但事实就是事实，在抒情意识的影响下，最重大、最根本的变化并未发生在戏剧领域，而发生在诗歌和散文领域。一般说来，抒情因素的扩展促进诗歌的发展丝毫不足为奇，"解冻"之初，抒情倾向扩展至散文却显新奇，众所周知，传统上散文有形成史诗意识的因素。"解冻"时期的散文中抒情意识的有力影响衍生了新的体裁和文体形式，甚至形成了完整的文艺流派。

诗人创作的抒情日记成为20世纪50年代下半期散文中典型现象之一，这其中有某种规律性。弗拉基米尔·索洛乌欣的《弗拉基米尔的乡间土道》（«Владимирские проселки», 1957）、奥尔加·别尔戈里茨的《白天的星星》（«Дневные звезды», 1959）、爱沙尼亚人尤汗·斯穆尔的《冰原之书》（«Ледовая книга», 1959）几乎同时问世。

职业文学家、声誉正隆的诗人，生活经验丰富，又是僵化的文艺陈词旧规的书面文化代表者，他们不约而同选择了抒情日记这种体裁作为跃出小说文学规则的标志，与生活面对面直接接触，体会其"原汁原味"的形式。日记作者们感觉到，文学肤浅的陈规陋习开始阻碍他们立体完整地观察周围的生活：

> 我的思绪在爱沙尼亚的城市、道路、乡村和海峡间徘徊。我的脑海中闪现着由五光十色的碎片拼成的马赛克：有人，他们的劳动，他们的欢歌笑语，有南爱沙尼亚冈峦起伏、湖泊密布的景色，有北爱沙尼亚多石的平原，还有寒冷的、银灰色的海峡。由岛屿与小岛上秋季森林中明亮的色调——

尤·斯穆尔在自己的《冰原之书》如是写道。他又随即补充道：

> 也许，假如我意识中生成的图景没有被一整套滥用的诗语词汇遮蔽，我看所有这一切会更明晰些。在这些词汇中经常找不到对应该憎恨之物的憎恨，对应该爱之物的爱……

第二章　戴着人性面具的社会主义现实主义

　　这些作品强调的是自传性。其中的传记性描写不仅是生活的要素，还是抒情日记特殊的文体标志，营造出一种真实的、非官方的、与读者直接交流的氛围。在这种氛围中自白与说教本能地同台共鸣。而在20世纪50年代的抒情日记中，言语意向的这两种形式紧密相连，自白不经意间变为说教。此时说教固有的劝导意味因抒情日记的形式本身的作用而变得不明显，这种形式要求主体话语轻松直率，要求自由不依附于任何形式的情节任务。事实上，由对所见之物按时间顺序排列的印象链所引起的联想流似乎未受时空桎梏，而是自由流动，并且带着自身的情节性和戏剧性，创造着某种秘密的情节。

　　每一本抒情日记都是一本发现之书，并且情节本身就是主人公在熟悉的、似乎洞彻的世界中展开的发现之旅。20世纪50年代所有抒情日记的主人公轻描淡写地完成着所谓不经意间的最初的奇特发现——发现自己个人的、私人的经历同跌宕起伏的国家历程、大历史范围内发生的事件有着不可分割的联系。他们的身体进行着空间的旅行，而心灵进行着时间的旅行。他们讲述自己的同时，也在讲述时间，讲述自己同所处时代的关系。

　　在某种程度上，抒情主人公检验自己先前关于现实、国家及其历史的概念的过程——总而言之，重新审视苏联人意识中生成的精神价值体系的过程，永远是抒情叙事的内生动力。譬如，《弗拉基米尔的乡间土道》的主人公在莫斯科郊外的弗拉基米尔农村附近发现了一个几乎被遗忘的巨大的俄罗斯历史大陆，但实际上，这是一个熟悉的地方，在这里他重建了与祖先的精神联系。

　　《白天的星星》中的女主人公回想起自己同整个国家共同经历过的灾难——对她本人而言，记忆尤为深刻的是列宁格勒被围困的悲惨岁月。她揭示困难时期支撑她的神圣力量时，明显打破了现有的官方价值体系，将自己最喜爱的诗人莱蒙托夫、自己的父亲及一个普通的彼得堡医生同列宁并列。

　　《冰原之书》的主人公在南极沿岸探险时获得了访问其他国家、参观博物馆、同西方作家交流的机会，在这之后他发现西方大师的创作中，甚至先锋派的艺术中（我们在20世纪50年代只刊登对其指责的意见）具有毋庸置疑的审美优势。与此同时，他非常慎重地、颇有保留地对社会主义现实主义文化教条提出异议。虽然他似乎未使用"摄影现实主义"这一刻薄的术语，但事实上他却恰好在指责现代苏联绘画的描述性："这些作品中既无昨天，亦无明天。他们的描述完全可以把我们从任何形式的思考中从解放出来。……缺乏问题，作品无法产生问题，这就是贫乏的特征。"在此语境下，作者对《战争与和平》在美国改编成电影感到兴奋，以及悉心观察阿兰·雷诺兹和卢阿·德·迈斯特尔的抽象主义画作就具有论战甚至反抗的意义。

事实上，20世纪50年代末创作的所有抒情日记都变成了主人公排斥现实正统、僵化、习以为常的概念的自白，它们说明主人公贴近现实，这个现实比脱离实际的陈词滥调和陈规陋习更丰富、复杂，更富戏剧性。

6.3 "同情者"的视角（巴·尼林、钦·艾特马托夫）

叙事话语被主人公即叙述者的形象主体化的作品是"解冻"时期抒情在散文中扩展的另一种形式。在当时按照类似方式构建的作品中，巴维尔·尼林的中篇小说《冷酷》（«Жесокость»）和钦吉斯·艾特马托夫的中篇小说《查密莉雅》（«Джамилия»）名气最大。

这些作品中人格化的叙述者取代了无个性、全知全能的创造者，后者在社会主义现实主义叙事文学中具有至高无上的作用。总之，这种类型的叙述者（主人公－观察者）在最流行的作品中（其中包括屠格涅夫的《猎人日记》、柯南·道尔写夏洛特·福尔摩斯的短篇小说以及伊·巴别尔《骑兵军》中的大多数小说）广为人知。言语的这种主体功能传统上如此。一方面，叙述者同情节和中心人物的命运保持着一定距离，同时赋予其叙事的客观具体性，他用同冲突的主要参与者共存于艺术世界这一事实本身、本人在场的例证，博得读者对艺术描写真实性的信任；另一方面，主人公－观察者又成为主体化的"棱镜"，读者可以透过它看世界。

在艾特马托夫和尼林的中篇小说中，这一叙事形式的语义潜力被挖掘得淋漓尽致。首先，主人公－观察者此处以年幼时和成年时两个年龄段的身份出现。主人公－观察者这种"双重的"历史观点兼有直接观察的可信性、反应的情绪性和经验的分析性。主人公童年时清纯犀利的观点是真诚的保障，而成年主人公经过岁月磨砺后睿智的观点则是真实的保障。

主人公－讲述者的两条视线相交，聚焦于他者，讲述者的兴趣转向他者，这种观点充满真挚的同情。而这正是《冷酷》与《查密莉雅》选择的叙述形式语义中的关键。这些小说的抒情基调是同情他者——同恶进行不平等斗争的人。

这些小说的核心冲突是现实生活与僵化教条之间、真实与谎言之间的道德冲突，并且其中每部小说的冲突都是由于在僵化的教条与谎言后面有几股最强大的力量支持而严重激化，这些力量在社会意识中具有不容置疑的权威性。

譬如，钦·艾特马托夫《查密莉雅》（**1958**）的主人公——彼此相爱的已婚妇女查密莉雅和无亲无故的丹尼亚尔——反对僵化的教条。这些教条不断被有威望的族人充实，且在几个世纪的传统中被奉为准则。此外，查密莉雅这一行为恰巧发生在其夫萨特克在前线作战时,从而加剧了冲突。崇高纯洁的爱情与所有这些规则、法律、禁令相对立。事实上,这是人通过爱情的自我实现成为个体的一种愿望。而在这一对恋人对抗几个世纪以来的法律时最高法官却是主人公-观察者——少年的小叔子——"小兄弟"。

除了主人公-观察者人称叙事背后隐含着传统上那种话语固有的直接观察的真实(在场的效果),《查密莉雅》中"小兄弟"的这些观察本身就具有孩子般的敏锐,显示出激动敏感的情绪。比如,他观察丹尼亚尔如何扛一袋沉重的粮食:"我吓呆了,我全身心感受到他肩上粮袋的沉重,还有他伤腿上难以忍受的剧痛。这不,他的身子又晃了一下,还摇了摇头。我的眼前乱晃,发黑,大地从我的脚下滑走。"少年-叙述者加剧的激动敏感性正是小说心理情节平行线——查密莉雅和男孩的感情——的论据。男孩在自白中说出的感受与查密莉雅未言说的感受相近。在高潮时刻,当查密莉雅和男孩第一次入迷地听着丹尼亚尔唱歌时,就有了双重发现:查密莉雅内心产生了对丹尼亚尔的爱意,而男孩第一次感到自己作为画家的诞生。这些同时产生的感情平行线并非凭空产生,因为它们本质、本性相近,成年的主人公-叙事者逐渐意识到这一点:"那时我只是看到了这一切,但并非全部理解。即或现在,我也经常问自己:也许,爱情,就是类似于画家、诗人迸发的那种灵感?"

此外,格·加切夫(Г. Гачев)在自己详尽研究小说《查密莉雅》的著作中揭示了两条心理情节平行线中蕴藏的深刻含义:

> 可见,《查密莉雅》中的叙事由情节中的情节构成:丹尼亚尔和查密莉雅戏剧性的爱情史(事件情节)是一种材料,在另一个情节中对其进行剖析——后者戏剧性丝毫不差,但完全是另一种性质:这是一部意识史——它在少年身上产生,并通过问题、怀疑、困惑等经历苦难的历程。我们发现,起初他懵懂地活着;后来,看到查密莉雅和丹尼亚尔的行为不符合村里的规矩,他感到惊奇,开始思考。他面前出现了两个不同的世界,他开始比较它们,并用一个世界来透视另一个。他时而从一个角度,时而从另一个角度接近它。在这个过程中,思维、话语的形式逐渐完善起来。最终他形成自我意识:明白自己是什么,生活中自己的使命何为。[①]

[①] 格·加切夫:《爱情,人,时代:论钦吉斯·艾特马托夫的中篇小说〈查密莉雅〉》,莫斯科,1966 年,第 84~85 页。

现代俄国文学（1953—1968）

年轻时的艾特马托夫频繁使用主人公－观察者的叙事手法（《我的包着红头巾的小白杨》中的记者，《第一位老师》中的画家）。这种语义形式在中篇小说《查密莉雅》中异常饱满，他的其他作品（甚至以后的作品）没有一部能出其右。

在巴·尼林的中篇小说《冷酷》中，叙事同样由具有两种历史身份的主人公－观察者展开：20世纪20年代早期的小伙子——共青团员的面孔和阅历丰富、20世纪50年代下半期读者同时代人的面孔。而且叙事由睿智的主人公展开，他用一种值得信任的语气讲故事，直接面向读者，他的故事内部有一个20世纪20年代小伙子的接受区。讲述人也没忘记提示事件时间和叙事时间之间的历史距离：

> 我甚至不想浓墨重彩渲染它，以免有人会寻思，似乎过了这么多年，如今我又想着和他们算老账。不，我就是想着在自己能力范围之内准确地描写真实情况：
> 我现在知道了，这曾经是我们最初的嗜好……
> 甚至直到现在我都没弄明白，他怎么能泰然忍受我们对他肆无忌惮的态度；
> 无论是我们，瓦西卡·查理岑，也许，甚至这位外来的讲师当时都无法想象，在历史长河中，共产主义之光闪烁之前，我们的各族人民经历过多少各种各样闻所未闻的困难和痛苦啊。

从表面上看，主人公－观察者与主要人物文卡·马雷舍夫（Венька Малышев）之间的关系重复着侦探体裁的惯用公式：经验丰富的侦探和年轻的助手，后者通常扮演着某种"弱智"的角色，在其幼稚的论断和刻板的决定对比下，主要人物的行为方显卓尔不群。但是在尼林的中篇小说中，这两位主人公的对话鲜有围绕侦探的情节——匪徒拉扎尔·巴乌京的抓捕和逃逸，追踪"全原始森林之王科斯佳·沃龙佐夫"及其匪帮的毁灭。因为侦探情节和具体化于其中的社会政治冲突起着次要作用，准确地讲，为展开主要冲突起陪衬作用。而在《冷酷》（如同在艾特马托夫的《查密莉雅》）中，道德心理冲突起着首要作用，因为文卡·马雷舍夫斗争的主要敌人竟然是谎言、无耻和残忍。在尼林的小说中，如同《查密莉雅》，对主人公而言最权威的政权，或似乎是打着政府的名义肯定谎言、无耻和残忍，从而使得这一冲突具有特殊的戏剧性。

第二章　戴着人性面具的社会主义现实主义

争论的焦点在于，对于共产党员而言，道德标准是否重要？革命的原则性与同情心是否兼容？是否可以"为了政治利益严厉惩罚一个人，以达到以此为例教育千万人的目的"？是否可以为了树立苏维埃政权的权威而撒谎和欺骗？事实上，这是关于革命的理想以及应在什么基础上建设社会主义社会的论争。

这些论争被作者置于苏维埃政权甫建、十月革命后的时期，在"解冻"伊始时具有极大的意义。当时，提出类似问题已经是对那种特殊的道德的挑战，这种道德在"如果需要撒谎就撒谎，如果需要杀人就杀人""如果敌人不投降，就消灭他""同情侮辱人""今天不给我们唱赞歌的人，就是我们的敌人"等公式中僵化不堪。而对于大多数人而言，这些公式是毋庸置疑的。

尼林笔下的主人公——观察者，一个年轻的共青团员，起初根据"革命道德"的标准，并从这个角度出发，对自己偶像文卡·马雷舍夫的行事多有不解。譬如，他不懂为什么文卡同情被打死的15岁祖博克，这个匪首克洛奇科夫的副官。他不懂为什么文卡同被捕的拉扎尔·巴乌京费那么多周折。年轻讲述者的逻辑从革命的角度看简单明了："反正他完了，如果他和匪徒有关系"（这是讲祖博克）；"也就是说，既然他把苏维埃政权和高尔察克相提并论，他就是一个真正的反革命"（这是讲巴乌京）。文卡则从完全不同的角度评判是非。他同情祖博克，是因为"克留奇科夫能把他变成匪徒，而我们原本可以把他变成一个好小伙子的"。他关注巴乌京则是因为他独具一格、性格坚强、思想健康——可见，他还不是个坏人。

这些道理印入年轻助手的心里。在自我评价时，他承认文卡技高一筹："我和他读了同样的书。我们的生活经验和岁数几乎相同。但我还是认为他比我老成，比我更聪明、更有经验，主要是比我更有原则性。"而马雷舍夫真正严重的冲突发生在与州报记者乌泽尔科夫和刑侦处长之间。作者将他们中每一个人都设定为苏联时期蓄势待发、极度危险且势力强大的潮流的化身：乌泽尔科夫喜欢巧言惑众，用马克思主义的词句四处炫耀，而处长是一个苏联的官僚，对他而言最主要的是制造幸福和成绩的假象。主人公-讲述者处于观察者的位置，但是这个观察者并不冷漠，他成为对立双方论据的表现者，对争论的戏剧性波折积极回应。文卡在与乌泽尔科夫或约瑟夫·格鲁勃奇科或处长本人辩论时所说的所有话语（常常用格言表达思想："而我相信眼泪""我认为，撒谎，就意味着永远心虚……"），都铭记于主人公-观察者的心中，日积月累，逐渐形成他自己的道德观。主人公-讲述者不仅将文卡的死视为对践踏他们的忠诚信仰的反抗和绝不妥协的形式，他不仅认同文卡遵循的道德准则

(其中主要的一点是"我们为现在和过去的回答负责"),而且,在日后经验丰富后,他发现文卡的道德论的不足之处并将其改进:"不,不对。如果我们想成为真正的共产党员,就应当为我们身后之事负责。"

不过,总的来看,高尚的宣言还是无法改变世界:主人公-讲述者的回忆情节是悲剧性的——它以文卡·马雷舍夫的葬礼场景告终,讲述者的结语凄凉苦涩,因为乌泽尔科夫们和处长们胜利了:

> 此后过了很多年。我曾讲过的那遥远时光中的很多事都淡忘了。
> 大概,我甚至忘掉了某些重要的细节。
> 但让我记忆最深的就是在墓地上,好事的公民们,我们成为第一批共青团员时的县城中的市侩如何一个个向我们后脑勺吹气,葬礼后乌泽尔科夫和我们的处长走路时又是如何精神抖擞。
> 每次当我回想起这些时,就会再次感受到那个阴沉凄凉的日子。时至今日,我内心悲伤,愤怒和怜悯的感觉都未曾减弱。

文卡·马雷舍夫和他的志同道合者高尚的道德准则究竟为什么没有取得胜利?这个问题的答案可以在各种不同的——政治的、社会的、经济的——层面去寻找。但在艺术中就有直接的答案——说服的方法并非最盛气凌人,但艺术论证要在审美上最令人信服:语体色彩、语调系统有时会"道出"逻辑所无法理解之处。

对尼林小说中叙事主体结构的考察进行总结时,应当指出,叙事者与他钟爱的主人公言语的语体色彩不仅仅是率真的,不仅仅是可信的,它单纯,甚至有些许天真。当主人公-观察者提及文卡现在的眼神"仍流露出童真"时,当文卡承认"比如说,我就相信一切奇迹",随后又补充说"我是一个非常轻信的人"时,所有这些同文卡和他的"编年史作者"理解革命的思想相吻合。以下即为主人公-讲述者一段典型的告白:

> 在某些人看来有些奇怪,但我记得:每次演讲者讲社会主义的共青团会议之后,我和文卡都惶恐不安。我们觉得,在社会主义制度下,我们恐怕难免会成为最落后的分子。那么,我们到底该做什么?我们甚至都没从普通的学校毕业。而在社会主义制度下所有人都将成为文化人。所有人都应当成为文化人。

出自《冷酷》主人公之口的类似天真的甚至有些幼稚的告白，死记硬背的革命公式，对革命口号僵化的解释并不少，这表明了十月一代的年轻浪漫主义者的思想倾向。在他们的文学样貌中，革命理想作为美妙的乌托邦展现在读者面前。但是《冷酷》的主人公本身却极度严肃地看待这些乌托邦。青年时代对理想的渴望和单纯的信任，将现实与理想最大限度等同起来（"文卡，你可是把一切都理想化，"马雷舍夫的同事们指出）——这就是形成年轻的革命浪漫主义者们独特思维方式的心理及情感土壤。而他们，这些男孩们，则成了革命的"材料"——第一批忠于革命的战士和第一批忠于它的牺牲品。文卡·马雷舍夫及其志同道合者的美好理想在与现实——为了自我肯定，无耻地蔑视道德标准而产生的体制——发生冲突时显露出其乌托邦性和脆弱性。

对于"解冻"初期而言，巴维尔·尼林的中篇小说"道出"的，讲述十月革命及其浪漫者信众命运的观念是全新的，不过它的第一批读者却并未完全意识到。

6.4 "自白散文"（阿·格拉季林、阿·库兹涅佐夫、瓦·阿克肖诺夫等）

在"解冻"年代的文学进程中，发表于1955年创刊的《青春》杂志上的散文占有特殊地位。杂志主编，年高德劭的瓦连京·卡塔耶夫（Валентин Катаев）提出了新杂志的宗旨：在这里，年轻人写年轻人的事，而且为年轻人而写。的确，这本杂志给整整一批杰出的年轻散文家提供了生活指南，其中包括阿纳托利·格拉季林（Анатолий Гладилин）、阿纳托利·库兹涅佐夫（Анатолий Кузнецов）、瓦西里·阿克肖诺夫（Василий Аксёнов）、弗拉基米尔·克拉科夫斯基（Владимир Краковский）、伊利亚·施杰姆列尔（Илья Штемлер）、尤里昂·谢苗诺夫（Юлиан Семёнов）、阿纳托利·普里斯塔弗金（Анатолий Приставкин）、艾丽基·斯塔夫斯基（Элигий Ставский）、伊戈尔·叶菲莫夫（Игорь Ефимов）、弗拉基米尔·奥尔洛夫（Владимир Орлов）。后来，这批作者的命运各异，但在当时的20世纪五六十年代他们的创作却具有完全确定的艺术潮流的特点——有自己的主人公、自己的一系列问题、自己的文体及体裁定式。这股潮流通常被称为"自白散文"。

现代俄国文学（1953—1968）

"反思的主人公"现象

其实，一切都得从主人公说起。社会主义现实主义美学认为苏维埃人是始终如一的、内部完善的个人，同身处的美好现实处于完全和谐的状态之中。《青春》的作者们不管这种强加之词，依然把反思的年轻主人公引入文学。

在他们的作品中，年轻的同时代人被刻画成失去生活目标，质疑从小背熟的但与周围的现实激烈冲突的真理的人物。在第一批"自白"小说中，昨日的中学生起着这样的作用，他们在生活中迈出了独立自主的第一步。

"是谁发明了'成熟'这个词？是谁想起给一帮中学毕业的幼稚的孩子们颁发成熟证书①？好像就凭一张纸就能在一天之内让生活变样！我十年级毕业了，但在生活中从来没感觉到如此失落，如此无助，像个狗崽子一样。"**阿·库兹涅佐夫**的中篇小说《**传说的继续**》（**«Продолжение легенды»，1957**）即以此为开端。

任何时代，独立生活都具有危机性，懵懂时期总是具有诸如否定论和极端主义等心理极端性的特征。这就是为什么发表在《青春》杂志上的小说中的苏联中学生与他们的同龄人，即20世纪五六十年代进入世界文学的"少男少女"有不少共同之处：美国人杰罗姆·塞林格的中篇小说《麦田里的守望者》中的霍尔顿·考尔菲德、杰克·凯鲁亚克的长篇小说和英国人约翰·奥斯本的剧作中的"愤怒的青年"、波兰人耶·斯塔文斯基中篇小说《企鹅》中的主人公和德国人乌·普伦茨多夫中篇小说《少年维特的新烦恼》中的新维特。也许，这几十年的世界文化有一个共同之处——危机意识。西方后现代主义时期的开端与20世纪五六十年代相关，而60年代末则以席卷欧美的"大学生革命"和诸如披头士、嬉皮士之类的叛逆青年运动为标志，这些都绝非偶然。

但是在"解冻"时期苏联文学中，反思青年的现象是由特殊的、非同寻常的原因引起的，同时期其他民族的文化对此并不了解。某些批评家所称的社会学原因（1953年开始高校已无法接收所有的中学毕业生，因而首次提出响应"拿着毕业证去生产"的号召）虽然也可以算作创作戏剧场景的理由（比如在"自白散文"滥觞，**阿·格拉季林**的《**维克托·波德古尔斯基时代纪事**》中），但毕竟不能用以解释其主人公体验的深刻的精神危机。

"青春"散文主人公内心失谐的真正始因是苏联社会自我意识的断裂，这

---

① 此处指毕业证书。

第二章 戴着人性面具的社会主义现实主义

种断裂发生在"解冻"初期,被灌输了40年的意识形态神话发生动摇的时候。这种断裂最强烈地影响了年青一代道德上的自我感觉,那一代人从小就接受这些神话,带着一种孩子般的轻信和兴奋对此深信不疑,没有也不知道任何其他信仰。

这的确是主要的始因,如果说《青春》的年轻作者在文本中提到过这些,那么也是低调地、附带地提及(在公开性允许的范围之内),但是主人公紧张的心理状态有时已达到极致,暴露出危机的力度与深度,因为这是信仰的危机。年轻作者们选择的叙述形式本身,如《一个年轻人的札记》(库兹涅佐夫《传说的继续》的副标题)、《信》(弗·克拉科夫斯基的《萨沙·布宁的信》)、日记或日记的简化形式(阿·格拉季林的《纪事》中)、主人公们内心独白的交替(瓦·阿克肖诺夫的《带星星的火车票》)等等,是"瞬间"记录危机性状态,以及年轻主人公对世界和自身失谐直接、真实的"新文学"反思方法。

"自白散文"的冲突源头是世界完全不是学校和书本里描绘的那样。"为什么培养我们过轻松的生活?"《传说的继续》的主人公托利亚这样指责自己的老师们。"我想过有激情的生活!"**瓦·阿克肖诺夫中篇小说《同事们》**(**«Коллеги»,1960**)中三个主人公之一的阿列克谢·马克西莫夫宣称。但这美好的浪漫主义目标与"同事们"刚从医学院毕业后立即遇到的残酷丑陋的现实形成了冲突。萨沙·泽列宁被派到按古法治病的农村,而马克西莫夫只有放弃畅游大海大洋的理想,转而在港口从事墨守成规的卫生检疫工作。两位主人公被迫与各个层面的恶发生冲突:泽列宁对抗匪徒布格罗夫赤裸裸的敲诈,而马克西莫夫揭穿狡猾的小偷亚尔丘克的伎俩——他偷了不少财物,却推说是"耗子"干的。所有"自白散文"的主人公无一例外经受着妥协的诱惑——庸俗,厚颜无耻,见风使舵,以及所有在那些年代可以用"市侩习气"一词代表的东西。

至于说到我们的美好现实中有什么,无论在中学还是大学都没教过孩子。他们对先前知识的怀疑态度由此而来,他们对现在自己听到的浮泛长篇的不信任感由此而来。他们用一种"危机的目光"看世界,他们拒斥声名狼藉的现成的济世良方和学校的真理,希望找到可以信仰的真正的、真实的价值。

这就是"自白散文"的年轻主人公道德追寻的方向。《青春》散文中的典型冲突即与此相关。首先是父与子的问题现实化。《青春》的作者们通过不同的情节变化对其进行阐释。年轻主人公对僵化、浮泛的长篇大论的疑惑使得保守的批评界怀疑他们对父辈怀有虚无主义的态度。譬如,在一篇评论**弗·克拉**

现代俄国文学（1953—1968）

科夫斯基（В. Краковский）的中篇小说《萨沙·布宁的信》（«Письмо Саши Бунина», 1962）的文章中可以读到如下字句："19 岁的工人试图用自己的智慧研究存在的问题，他不仅觉得不需要老一辈的'精髓'，而且内心常常抵触他们定下的陈规和虚礼。……萨沙满意地谈到自己的父亲：'他从来不往我的脑子里塞自己的意见'。作者有效地保证了萨沙的意识不受'唱高调的人'的影响。"① 不过批评家的担心是徒劳的。"自白散文"并未跨线，仍停留在意识形态可靠的框架之内：子辈没有质疑自己父辈的功绩。对萨沙·布宁而言，父亲的壮举就是他结束童年和开启自我意识进程的转折点。父亲"在温度达到二氧化碳呈液态时冲进减压室"，从而避免了工厂发生爆炸。对于尤·谢苗诺夫（Ю. Семёнов）的中篇小说《执行公务》（«При исполнении служебных обязанностей», 1962）的主人公巴维尔·博加乔夫而言，忠诚于因被宣布为人民的敌人以致妻离友散的父亲，成为他一生的信条。同父亲一样，他成为一名极地飞行员，不仅继承了父亲的事业，而且一直遵循他的道德准则。

总之，在"自白散文"的坐标体系中，父辈的主题一般体现在完全确定的语义形象中——卫国战争的参加者、"个人崇拜"的受害者、前线战士。这些形象相当程式化，由一些"符号化的"细节组成（如果是国内战争的参加者，就会唱"我们的机车，向前飞"，这是《传说的继续》中的扎哈尔·扎哈雷奇的形象；如果是前线战士，也就意味着是无腿的，装着假肢，这是《同事们》中的叶戈罗夫的形象），但他们的权威性对于年轻的主人公而言却是毋庸置疑的。在阿克肖诺夫第一部中篇小说开头，如果安着假腿的前线战士给"同事们"提出诙谐奇怪的问题"你们要胡折腾到什么时候？"，也就意味着应该回答他，而且要严肃地回答。中篇小说《同事们》的全部情节事实上都围绕这一问题寻找答案。当泽列宁阻止武装匪徒，而卡尔波夫和马克西莫夫为挽救萨沙的生命做最复杂的外科手术时，结尾的冲突以情节的完美落幕收场。于是，久经沙场的前线战士对年轻一代的疑云也随之消散。

但是，随着"自白散文"的发展，其冲突也在升级。父与子的不信任感加剧。在阿克肖诺夫的下一部中篇小说《带星星的火车票》（1961）中，那些同样是"符号"形象代表的老一辈，在主人公之一维克托的眼中显得非常滑稽可笑——他们是一群"老马"，整天念叨些没有个性的、演戏般的说辞。

---

① 米·罗巴诺夫（М. Лобанов）：《读一部小中篇》（«Читая маленькую повесть»），载于《文学俄罗斯》，1963 年 10 月 6 日。

"真是可耻的文件!"阿利克的祖父,"享受特别养老金的退休职员"带着"14年的激情"郑重地说(看来,作者担心审查没在此处写17年)。尤尔卡的父亲,一名"老战士"(这是替代"前线战士"的委婉语),鲁莽地说:"我们揍他们揍少了,同志们!"而"我们的爸爸",他是副教授,"思路开阔:真让人奇怪,在共同的精神成长背景下……"父辈代表的语言风格表现出他们思维的僵化、观点的陈旧及刻板。

而"带星星的男孩们"的反抗,首先是反抗千篇一律的东西,拒绝屈从于发霉的规则,这是捍卫成为自己、自己掌握自己命运的权利。"见鬼去吧!"吉姆卡绝望地喊道:"我们还没生下来,之后的一切就已安排好,我们的未来就已经决定。扯淡!我宁可当流浪汉,四处碰壁,也比一辈子当小孩,看别人脸色行事好。"

风格的反抗

但是"带星星的男孩们"的反抗表现在哪些方面呢?其反抗性又如何体现呢?

他们以风格反抗——行为风格、服饰风格、言语风格。这种风格的标准超越常规,异乎常人,违反、背离各种标准和规范。"而你一边走,你的心里一边在沸腾。于是你为了要向什么人证明什么事似的,开始做出各种各样的把戏。"① 这就是《带星星的火车票》中吉姆卡的自我感觉。戴眼镜、留胡子、穿长到脚腕儿的紧身裤,模仿海明威笔下主人公外加雷马克的三位伙伴,这些都源自"各种各样的把戏"。对于仅凭听收音机里播放的"海边的鹦鹉"之类的歌曲来了解新时尚的外省读者而言,"带星星的男孩"的那些"把戏"有时起作用。的确,吉姆卡要求:"让我尝尝自己壮实野性的味道。让我站在黑暗的大海上的驾驶舱里听听交响乐。哪怕是水珠飞溅到我脸上……"尽管矫揉造作,对海明威的模仿一览无遗,但所有这些诉求都非常严肃。

而在语言风格方面,"自白散文"的主人公的确出人意料且极其大胆。他们的言语诗学说出更多话语,其语义域比单词本身蕴含更多的能量。

"自白散文"的主人公拒斥通行的文学语言标准,他们畅游于青年人的黑

---

① 译文引自阿克肖诺夫:《带星星的火车票》,王士燮译,人民文学出版社,2006 年,第 187 页。——译者

话之中。他们满嘴都是"抛媚眼"和"鸡"① 这类词。这种黑话不是被选者的语言，而是被选的语言，选择它是为了不落俗套。孩子们用自己的黑话区别于普通大众，或者在某种程度上强调自己的与众不同，强调自己和那些用贫乏单调、平淡无奇的语言阐明思想的人格格不入。当然，这种自我认同的方式也带有某种幼稚的痕迹。不过它却可以逗乐，让自己和他人快乐，这完全符合青年人的性情。如果《带星星的火车票》中新出现的主人公中有谁说出"我应该告诉您，您非常上相"，这就说明他是"自己人"，他知道他们圈子里通行的语言游戏的条件。如果说尤尔卡以前全用黑话表达自己的思想（"我吃早饭时猛砍了一顿"或者"一切都爽呆了"），在他喜欢的女孩的影响下，他突然改用"文化人"的语言："'一部狗屁剧'，他说。琳达踩了他一脚，他马上更正：'这部剧没什么感觉'"，那么这也是一个标志："这样下去好人也会死掉，"吉姆卡指出。

当然，所有这些都是调侃，是言语游戏，是主人公的游戏，也是作者的游戏。作者珍视这些：有时其人物笨拙地表达他们想成为自己，以及不屈从于平淡无奇的语言和公众意见的愿望，作者赋予人物叙事功能：用他们的眼睛看世界，并用他们年轻、活泼、揶揄的语气表达出来。因为当各种言语套话失效时，黑话方起作用，让这些套话失效的用意就是撕下其枯燥的一本正经的伪装，它们僵化、范式化、缺乏色彩与品位。

研究者注意到"自白散文"在始于"解冻"年代的文艺进程中的重要作用：它动摇了以前苏联文学中形成的文体模式，击穿了独白文体的铠甲，成为复兴偏重于口头、民间文学形式的鲜活的对话语言文化的重要阶段。② 但是"自白散文"的主人公的风格反抗又具有完全确定的思想倾向。在"自白散文"中，首先表现在阿克肖诺夫笔下，主人公的年轻人黑话与成为官方标记、官僚主义思维、意识形态狭隘性符号的苏联新语言对立。他们从内心不接受这种新语言。"有那么一次会。主席做了个报告。听着他唠叨'在推广的基础上''承担义务'之类的话，我就想吐。我也不知道为什么，可所有这些话到

---

① 指妓女。——译者

② 加·安·别拉娅（Г. А. Белая）的著作中详尽地研究了20世纪五六十年代文体"自白散文"的作用。参见加·安·别拉娅：《20年代苏联散文文体发展规律》，莫斯科，1977年；《作为克服"中性"文体的新文体形式的产生》，载于《苏联文学文体的多样性：类型学问题》，莫斯科，1978年。亦可参考叶·弗·波沙什科娃（Е. В. Посашкова）：《批评视野下五六十年代之交的青年"自白散文"》，载于《苏联文学中方法、文体和体裁的相互作用问题》，斯维尔德洛夫斯克，1990年。波沙什科娃在著作中不仅反驳了以前带有意识形态教条烙印的批评意见，而且深入阐释了"自白散文"文体形式的丰富内容。

了我这就像撞到墙上一样被弹开。他们那么讲话时，我都弄不明白他们要讲什么。"这是《带星星的火车票》中吉姆卡的反应。

无论如何都不能低估风格反抗的语义潜力，它一边对抗着语言风格，一边反抗着思维方式。"带星星的男孩们"具有与官僚主义规范对抗的精神，面对意识形态恐怖的镇静，以及没有经历过崇拜苏联神话化偶像的意识自由。在这些方面，他们同"解冻"前的几代相比，有着明显的优势。

也正是在《带星星的火车票》中，年轻的主人公，昔日的中学生首次作为经历生活教训的学生角色出现，不仅如此，连他们自己都不知道还扮演着影响其他人物生活态度的角色。阿克肖诺夫将杰尼索夫两兄弟置于小说的中心：哥哥维克托，一个认真的年轻学者，按当时所有的标准来看都堪称典范，而弟弟吉姆卡则是反抗者，时常用自己随心所欲的行为让周围的人瞠目结舌。

兄弟之间时常进行直接或间接的对话。这种对话的发展同传统的刻板模式相悖。

"以前都用各种正面的榜样教育我，后来，我自己也成了吉姆卡的榜样。可吉姆卡根本瞧不起我这个榜样。"哥哥指出。他并没有因弟弟的任性而生气，正相反，他感到吉姆卡身上有某种他明显缺乏的东西。他目光转向吉姆卡说：

……我看着你们所有这些人，心想：你们得了病，这一点不言而喻。你们得了所有时代青年人常患的病。但你们身上也有某些特殊之处，有些东西甚至我们也没有，尽管我们相差也就十岁左右。……这是一种好的特点，我身上也有，但我得为它进行自我斗争，甚至不惜以生命为代价，而这在你身上很自然。你不会有其他的想法。

维克托始终没有说出"带星星的男孩"的这种特点，虽然可以用普希金的用语"独立自主"来表示——内心自由，无拘无束，不屈从于通行的陈规。不过，维克托经过痛苦的动摇之后采取的行动——为了验证推翻已完成论文观点的新思想，他拒绝参加一切就绪的论文答辩，甚至反对导师本人——本质上同弟弟的反抗类似。他也由此获得了内心的自由。同样，哥哥超越了陈规，精神上同弟弟接近。难怪吉姆卡在维克托死后"执行公务"时，也同哥哥一样，感受着自己莫斯科庭院上空的星空：

我仰卧着,望着维克托曾仰望过的一小块天空。我忽然发现,这一小块长方形的天空大小很像检票器打了孔的火车票。真想知道,维克托是否注意到这些?

社会主义现实主义套话的局限性和体裁的危机

"带星星的火车票"从哥哥那里转给了弟弟。这当然缓和了"解冻"一代和"解冻前"一代之间激烈的冲突。在崇高的追求全新世界观的基础上,"带星星的火车票"将两兄弟团结在一起,它标志着他们对天空、空间的浪漫情怀。但是不管希望如何,《带星星的火车票》并未指出目标路线和目的地。"票有了,但去哪儿呢?"阿克肖诺夫的小说以这个问题收尾,这对于"自白散文"的主人公而言,的确是不幸的。

他们并未找到什么新答案。他们的前途在同社会主义现实主义处方完全一致的情况下,纯情节化地找到了出路,但问题却并不在于此:反抗者在工地上、工厂的实验室里、渔场里找到了自己的位置,发现自己同普通劳动人民心灵相通,同生产集体在共同的劳动热情中融为一体,最终按照惯例建立了自己个人的劳动功勋,成为彻底成熟的标志。

最不幸的是,"自白散文"的主人公在寻找精神危机的出路时,并未找到新的精神上的答案。在与同他们理想的概念相异的东西发生冲突时,除了报纸上流行的浮泛大论,他们自己未提出任何创见。不过语言出卖了他们。假如他们提出克服平淡的日常生活的方案,这种反抗的言语风格,这一连串怪异的语词,调侃的语言又如何处置呢?

第一部"自白小说",阿·格拉季林的《维克托·波德古尔斯基时代纪事》中也可以看到类似的文体失效。维克托无意中见证了共青团小组长阿列亚和不想参加团会的16岁小伙子米海耶夫之间的争吵,他突然参与进来:"摘掉团徽。你凭什么戴它?你算什么共青团员!还要跪着求他:'乖乖,去开会吧。'也不知是谁把这种人吸收进来的。"米海耶夫吓坏了。随后,一切就和《鼓动员手册》一模一样。米海耶夫发着牢骚:"在那里真无聊。除了讲话还是讲话!"而维克托说:

——这是另外一回事。但是在那里什么都取决于你。你可以提点什么有趣的。

——冬天就要来了,就是滑雪板……

第二章 戴着人性面具的社会主义现实主义

——好啊！那我们就预定个滑雪远足，准备搞个滑雪越野。诸如此类等等。

从这个情节开始，"愁容骑士"①（维克托如是称呼自己）开始步入正常的轨道，并沿着苏联文学中正面主人公早已走遍的楼梯上行：被选入编委会、纳入委员会，"所有会议上大家都夸他是最积极的共青团员之一"。

类似的情节还出现在稍后的"自白小说"中。甚至在"自白散文"最具反抗性的作品，阿克肖诺夫的《带星星的火车票》中，正是那个吉姆卡·杰尼索夫，对官僚主义话语具有特异反应的反抗者和怀疑论者，十分严肃地接受了为获得共产主义劳动队称号举办竞赛的思想，并用这一思想教育自己的渔民同志：

应该考虑一下，你脑袋里装的是什么玩意儿，而我们装的尽是些什么玩意儿呢？各种各样乌七八糟的东西。就拿我们的惰性来说吧。这真是天知道怎么回事。社长建议我们为争取共产主义劳动队的称号展开竞赛，我们举了手就算完事了。我们大家制定了共同游览的计划。可我们仍然像从前一样骂娘，船员在舱里吐得满地是痰，大喝烧酒，我最生气的就是有人可以随随便便举起手来，而根本不考虑他们赞成的是什么。②

的确，和《维克托·波德古尔斯基时代纪事》甚至《同事们》不同，这些正确的思想在主人公的生活中勉强获得肯定，且并非没有回归朴素健全的理性：质疑强制集体参观的益处，却不排斥在一个和谐的团体中把酒言欢。但是不管怎样，当吉姆卡用铁棒砸塌旧墙或用黑话骂人时，他就显得比共产主义建设者道德准则宣传者的角色更引人注目。

"自白散文"中主人公语言回归于平淡的"官话"，这是其意识向官僚主义浮泛之谈、意识形态陈规的回归，而他们的反抗正是始于对这些东西的反感。这也是《青春》散文的年轻主人公无法捅穿墙壁、无法从自己"巴塞罗那"式狭窄的长方形空间冲向星空的最明显证据。难怪批评界将仅限于院井的一小块星空的形象诠释为"一小块"自由的可悲象征，它最终也未成为通

---

① 指西班牙作家塞万提斯小说中的主人公堂·吉诃德。——译者
② 译文引自阿克肖诺夫：《带星星的火车票》，王士燮译，人民文学出版社，2006年，第182～183页。——译者

向生活的无限空间的"带星星的火车票"。①

批评界列举了"自白散文"中概念局限的各种原因,有外部的("解冻"的改造不彻底和20世纪60年代中期前政治寒流袭来),也有内部的(似乎因为"青年"文体涵盖的是非常狭窄的现实层面,故潜力有限)。"自白散文"危机的所有主要原因并非都处于另一个层面——文艺意识范畴。事实上,不仅"自白散文"的主人公,甚至其创作者本身都带有他们生长受教育的社会思维方式的印记。他们的意识还被苏联意识(尽管有些向"社会主义人道主义"让步)和社会主义现实主义(尽管戴着"人性面具")的襁褓紧紧裹着。

"自白散文"在发展中已有一种不可思议的趋势:作者的视角越深入现代年轻人的生活,越陷入迷惘的现实,它就显得越复杂和混乱,就越难向社会主义现实主义刻板公式妥协。"解冻"时期最敏感的批评家之一阿·尼·马卡罗夫比较了阿克肖诺夫仅时隔一年发表的两部小说后指出:"《同事们》中作者的立场更稳定和明确些,在《带星星的火车票》中它不确定且显得谨慎。……相当一大部分青年人的面貌这一具有重大社会意义的问题被提出,但作者的评价却不清楚。小说结尾的问题不仅大多数读者,甚至批评界也认为不值得关注。"② 在历史的远景中,作者的立场(其背后总有先验存在的规则的影响)从"确定"到"不确定"是符合规律的,对自身而言是有发展成效的。但是它说明,进入生活的一代与现实之间公开的矛盾无法在"自白散文"持续关注的社会主义现实主义呆板公式的框架内解决。

60年代中期之前"自白散文"的危机变得明显,出现了一系列征兆。首先,由其发掘的文体开始出现被"封存"的苗头。黑话游戏开始具有独立存在的特点;模仿海明威的短碎句子,本应暗示克制的沉默背后隐含着无穷的潜台词,也成为摆设,"他没什么可沉默的",批评家伊·佐洛图斯基如是评价"自白散文"中的新型人物。变得矫揉造作的"自白性"遇到对其贬损的讽刺。就这样,1965年维亚·舒加耶夫的中篇小说《我跑回来》问世了,小说中长发碧眼的奥西普将自白变成了一种舒适的寄生方式——干坏事或是骗人——对自己的缺点忏悔、坦白,这样不仅能逃避惩罚,甚至还能博得同情。最终,在20世纪60年代中期,"自白散文"的先驱们创作出了一批意义重大

---

① 波沙什科娃·叶·弗亚如是诠释。参见波沙什科娃:《批评视野下五六十年代之交的青年"自白散文"》,载于《苏联文学中方法、文体和体裁的相互作用问题》,斯维尔德洛夫斯克,1990年,第97页。

② 马卡罗夫:《瓦西里·阿克肖诺夫的主旨与形象》,载于《几代人与命运:文集》,莫斯科,1967年,第331~332页。

的作品：阿·格拉季林的《一伙人的故事》（1965）和阿·库兹涅佐夫的《星火》（1969）。其中从前的"星星男孩"陷入比以往更严重的精神危机——改造世界的理想没有实现，陡坡累死瘦马，"星星男孩"这一代本身也分裂成出卖与被出卖两部分。

随着"解冻"的结束，年轻的"自白散文"衰落了，它没有作为现行传统保存下来。20世纪70年代，它转型为"校园小说"的新版本（阿·阿列克辛、伏·克拉皮文、阿·里汉诺夫、弗·热列兹尼科夫等）。但是，其最重要的发现却融入了产生新文艺潮流土壤的基本化学成分。"自白散文"影响了读者审美概念的发展、新冲突的发掘以及散文的文体探索。若不考虑"自白散文"的文体经验，它与社会主义现实主义陈规所做的愉快且具有揭露性的游戏，20世纪六七十年代之交俄罗斯后现代主义的产生就无法解释。

6.5 前线抒情小说（格·巴克兰诺夫、尤·邦达列夫、康·沃罗比约夫等）

文学一代前线作家

散文中还有一种抒情倾向形成于"解冻"初期。但是它却与另外的文学一代联系在一起，那一代的青春经受了战火的考验。在俄罗斯历史上，这是完全特殊的，也许是最具悲剧性的一代。每一百名1923—1924年出生的男孩，战后得以生还的仅有3名。但是那些幸运地从战场上回来的人，自身积累了丰富的精神体验，似乎要弥补整整一代人的悲剧性损失。

"在漫长的四年战争中，当我们无时不感觉到身后死亡沉重的呼吸时，当我们默默地走过新添的坟茔，注视着木板上用化学铅笔写就的铭文时，我们并未失去以前的青春世界，但我们长大了20岁，似乎，这些年的日子充实丰富，历历在目，足够两代人的生命体验。"战争结束20年后尤里·邦达列夫如是写道。[①] 前线一代代表人物的这种精神体验升华为巨大的创作能量，极大影响了战后俄国文化。他们中产生了一批杰出的电影导演和演员、作曲家和音乐家、画家和雕塑家：艾·涅伊兹维斯特内（Э. Неизвестный）、格·丘赫莱伊（Г. Чухрай）、因·斯莫克图诺夫斯基（И. Смоктуновский）、谢·邦达尔丘克（С. Бондарчук）、鲍·涅明斯基（Б. Неменский）、瓦·西杜尔（В. Сидур）……在那些经历过战争，且在自己的创作中终其一生都忠于其记忆的

---

① 尤·邦达列夫（Ю. Бондарев）：《我这一代》，载于《共青团真理报》，1965年5月1日。

现代俄国文学（1953—1968）

人中，诗人与作家特别多。

但如果说前线一代诗人［如谢·古德坚柯（С. Гудзенко）、尤·德鲁尼娜（Ю. Друнина）、米·卢科宁（М. Луконин）、谢·奥尔洛夫（С. Орлов）、米·杜金（М. Дудин）、维·图什诺娃（В. Тушнова）、康·万申金（К. Ваншенкин）、叶·维诺库罗夫（Е. Винокуров）］在战争年代或战后初期写出了自己最好的诗作，那么作家则需要时间自我定位，因为散文需要与事件有一定距离以便分析。

各种因素促进了前线作家创作探索的统一。其中首要的因素是纪念同一代人的紧迫责任感。在尤里·邦达列夫转赠给国家文学博物馆的《最后的炮轰》一书上写着这样的题词："在这些小说中我想讲述战场上的同时代人，讲述我所了解的他们。1962年4月13日。"而诗人康斯坦京·万申金（Константин Ващенкин）在出席"作家与战争"研讨会时讲道：作家对社会的责任"我首先理解为……对同时代的责任，从字面上理解就是对同时代人们的责任"①。还有其他并存的因素，比如机缘巧合。格里高利·巴克兰诺夫（Григорий Бакланов）、尤里·邦达列夫（Юрий Бондарев）和鲍里斯·巴尔捷尔（Борис Балтер）战后曾有幸在文学研究院的散文进修班学习，求教于细腻的心理描写大师康·格·帕乌斯托夫斯基。甚至在自我肯定时期，前线作家都保护自己的同志免受守旧批评的攻击，积极保持创作联系。对尤里·邦达列夫中篇小说《最后的炮轰》最好的评论出自格里高利·巴克兰诺夫笔下。② 邦达列夫第一个支持来自维尔纽斯的知名度不高的作家康斯坦京·沃罗比约夫（Константин Воробьёв），并高度评价其短篇和中篇小说。③ 而当沃罗比约夫的新小说《阵亡在莫斯科城下》（«Убиты под Москвой»）遭到严厉的批评和斥责时，年轻的比尔姆作家维克托·阿斯塔菲耶夫（Виктор Астафьев）成为首先出面力挺他的人之一。④ 白俄罗斯散文家瓦西里·贝科夫（Василий Быков）则心怀感激地提到了邦达列夫和巴克兰诺夫最初的战争小说对他的巨大影响。前线一代散文家之间创作上相互联系的事例不胜枚举。

由于阅历相似，20世纪50年代步入文学界的前线作家对现代的观点及理

---

① 《文学问题》，1970年第12期，第147页。
② 参见格·巴克兰诺夫（Г. Бакланов）：《尤里·邦达列夫的新小说》，载于《新世界》，1959年第7期。
③ 参见尤·邦达列夫（Ю. Бондарев）：《一位新作家》，载于《文学报》，1960年8月13日。
④ 参见维·阿斯塔菲耶夫（В. Астафьев）：《猛烈而有力！》，载于《文学俄罗斯》，1965年2月5日。维·阿斯塔菲耶夫与康·沃罗比约夫之间多年的通信具有极大的文学意义，部分收录于《康·沃罗比约夫文集》第3卷（莫斯科，1993年）。

解接近，创作上逐渐形成了某种相互联系，这一点不仅通过战争主题的共同性及令作者激动的问题，而且通过诗学领域的平行探索表现出来。于是在五六十年代之交，他们的一大批作品形成了被称为"中尉散文"的完整文艺潮流。

"中尉散文"内部形成的某种稳定的体裁-文体共性起着作为历史-文学体系的潮流结构核心的作用，是"中尉散文"具有稳固的内部统一性的明证。而且如果说众多文艺潮流中，建构世界形象、建构相近体裁类型（我们称之为潮流的元体裁）的结构原则是体裁架构，那么"中尉散文"在形成的过程中，具有完全确定的文体基调的全新体裁模式则是其结构核心。我们称这种体裁模式（或者更确切些说"体裁变体"）为前线抒情小说。在结构及表现力层面，前线抒情小说形成并发展出了新的审美语义。

前线抒情小说发展迅猛，生机勃勃。1957—1964 年，尤·邦达列夫的《营请求火力支援》（1957）、《最后的炮击》（1959），格·巴克兰诺夫的《主攻方向偏南》（1957）、《一寸土》（1959），尤·冈察洛夫的《我的同龄人的故事》（1957），鲍·巴尔捷尔的《再见，哥儿们》（1961），瓦·贝科夫的《鹤唳》（1961）、《第三颗信号弹》（1962）、《前线一页》（1963），维·阿斯塔菲耶夫的《陨星雨》（1961），瓦·罗斯利亚科夫的《我们中间的一个》（1962），康·沃罗比约夫的《阵亡在莫斯科城下》（1963）相继问世。这些作品引起了极大反响，从激烈的排斥到热情洋溢的赞同。它们很快成为文学进程中不可分割的元素。其原因就在于这种现象的规律性特征：从历史的横向维度来看，"中尉散文"与和它同时代的"自白散文"（人物类型、抒情要素）具有相似性，而从历史的纵向维度来看，它又同"心理自然主义"倾向具有继承关系，维克托·涅克拉索夫（Виктор Некрасов）的中篇小说《在斯大林格勒的战壕里》（«В окопах Сталинграда»）是这种倾向最明显的表现。[①]

但是，展开辩论是促使前线一代散文贴近生活的主要创作动机，因为这些辩论反对意识形态的思维定式，使"战争主题"变得寡然无味、谎话连篇；积极反对占统治地位的伪浪漫主义的陈词滥调和刻板公式，将战争流血的真实变成了场面宏大的戏剧概念。但是为了形成自己历尽艰辛、深思熟虑的观点，前线作家不得不深入研究其他诗学。

[①] 在这些年代中，甚至维克托·涅克拉索夫本人也成为文学进程的积极参与者。他写战争的新小说《辛卡》《第二夜》又让保守的批评界紧张不已：前者透视了"自伤"士兵惶恐不安的内心世界，后者则反对对投诚敌人的犬儒主义态度。

现代俄国文学（1953—1968）

青年眼中的战争

前线抒情小说的中心人物要么是曾经的大学生，要么是昔日的中学生。邦达列夫中篇小说《营请求火力支援》的主人公鲍里斯·叶尔马科夫，一个勇猛的营长，似乎是行伍出身，有时会突然郁闷地想把所有勋章和称号拿去换哪怕是一堂高等数学课。而巴克兰诺夫的中篇小说《主攻方向偏南》中的萨什科·别里琴科还没忘记自己在历史系死记硬背胡夫与胡夫金字塔。别里琴科过去还上过两年大学，邦达列夫的《最后的炮击》中的大尉诺维科夫则仅仅上了一年矿业学院。"往事一小行就写完了"，剩下的都是战争。他们虽然穿上了军大衣，还是孩子气十足：就像《呼喊》(«Крик»)中被初吻冲昏头脑的谢廖沙·沃隆诺夫那样心直口快且幼稚可笑；或者相反，像"这个半大小孩"大尉诺维科夫那样露出严厉又唯恐多愁善感的一面。

对他们而言，在步入生活的复杂时期却赶上了战争。对他们而言，在这个年龄段，认识世界"成人化"、残酷本质的苦难历程被戏剧般地复杂化了，悲剧般地激化了。因为在战场上，鲜血成为善与恶、真实与谎言的标准，最珍贵之物，人的生命成为错误的代价。在巴克兰诺夫和邦达列夫、康·沃罗比约夫和阿斯塔菲耶夫的作品中，战场上，更确切些讲，在前线战壕中，战斗中人的成长史是所有叙事的意义核心。

前线小说的作者们寻找着毫不掩饰地直接描写枪林弹雨下、战事正酣时、痛苦呻吟与腥风血雨中前线战士的心路历程的方法，寻找着描写他们如何感受自身及身边之事，他们的世界观如何形成，他们如何发现真相，"余生"吸取什么教训的方法。这种创作目标造成了小说的整个艺术结构向抒情"极"靠拢的局面。

抒情"极"的力量对艺术世界主体结构的影响非常明显。被称为抒情主人公的人物在其中占据中心地位，以突出他无论在思想评价层面还是在组织结构层面都是作者观点的唯一载体。作者与自己的主人公融为一体。因此，抒情心理小说一般以第一人称叙事、主人公叙事为主。如格·巴克兰诺夫的《一寸土》中的中尉莫托维洛夫，瓦·贝科夫的《第三颗信号弹》中的列兵罗兹尼亚克，康·沃罗比约夫的《呼喊》中的谢尔盖·沃隆诺夫，维·阿斯塔菲耶夫的《陨星雨》，瓦·罗斯利亚科夫、叶·亚尔马加耶夫等的小说亦如是。甚至在康·沃罗比约夫的《阵亡在莫斯科城下》中，主人公典型化、叙事以第三人称进行的情况下，视角也未发生变化：主人公本人仍是意识主体，叙事者的言语范围并未脱离主人公的言语范围，仅仅是客观体现着主人公的反思。

将年轻的前线战士选定为中心人物并将话语集中于其意识范围，决定了前线抒情散文的整体结构和表达手法，包括一系列问题和冲突，情节和时空体，形象性和表现力。

青年人的观点总是富有新意的，因为他们视觉和听觉极其敏锐，如白纸般单纯。青年人的观点总是易于激动的，因为宽广的"成人"世界初次展现。青年人的观点总是充满渴望，渴望得到幸福，渴望安排生活。在邦达列夫、巴克兰诺夫及其同龄的志同道合者的小说中，战争被富有新意、容易激动的青年人接受。这就造成了描写层面本身的戏剧性反常，这也成为自然主义诗学和抒情诗学的复杂"熔合"。

年轻的前线战士用纯洁、未涉世事的目光看待战争，而且是从非常近的距离，仿佛是从望远镜的镜头观看。故而前线小说中战争的形象通过将最小化的详情和最大化的细节拼贴在一起来呈现。可以说作者诉诸自然主义诗学完全在情理之中。为此他们遭到严厉谴责，甚至被指责追随西方样板，被贴上"雷马克主义"的标签。[①] 的确，在"解冻"年代，苏联初次出版的雷马克作品非常流行，不过前线抒情小说与其说与它有起源关系，毋宁说具有类型学关系。就起源而言，前线抒情小说的自然主义诗学与中篇小说《在斯大林格勒的战壕里》联系在一起，确切地讲，是同涅克拉索夫小说字里行间表现出来并被作者本人完全意识到的艺术意向联系在一起，作者借主人公中尉科尔任采夫之口发表了以下评论：

> 有一些细节让人铭记终生。当然还不只是铭记。它们琐碎，似乎无关宏旨，却不知怎么渗入、深入你的记忆，开始发芽，变得重大且意义深远。它们含英咀华，而且似乎正在成为象征。
>
> 我记得一位阵亡的战士。他张开双臂躺着，嘴边还黏着烟头，还冒着烟的小烟头。这是我在战前战后见过的最可怕的一幕。比被摧毁的城市、豁开的肚子、断手断腿更可怕。张开的双臂和嘴上的烟头。一分钟之前还有生命、思想和愿望。现在却是——死亡。

其实，此处保留了自然主义诗学的审美特色，突显出其更大的语义潜力。但是维·涅克拉索夫最终并未在实践中实现自己的理论宣言，因为就中篇小说

[①] 参见巴·托别尔（П. Топер）：《战场上的人》，载于《文学问题》，1961年第4期。

《在斯大林格勒的战壕中》文本的笔法而言，自然主义诗学并未起主导作用。不过前线小说的作者们践行了维·涅克拉索夫的宣言。此外，他们力图最大限度地"挤出"自然主义诗学的艺术涵义。

在他们的小说中自然主义的形象性是获取真实的最重要方法。他们坚信，没有残酷、痛苦、讨厌的细节，就无法产生同痛苦的真实程度，同前线人英雄主义的真正价值等同的概念。巴克兰诺夫小说《一寸土》中的大尉巴宾，一名久经沙场的前线战士，说他想把勋章发给每个曾在步兵部队服役的人，只是因为他们在自己的战壕生活中历尽艰辛：

> 就在这个春天。白天战壕里的雪水齐膝深。他们可是人啊！你看——一个接一个爬到胸墙后面晒太阳。枪声一响！他们像青蛙一样跳进泥泞中。而夜晚这里都冻成冰。这就是步兵！这就是战争，看看它让谁尝到了滋味！如果是白天，我们就在这里抽会儿烟，甚至会在战壕里解手。完毕后就用工兵铲连土一起铲起扔到胸墙外，以免风往这边吹。

巴宾现在用本名称呼事物。但是可以说，这是自然主义形象性发展的初始阶段，前线散文走得更远——从称呼到自然主义式地描写事物与现象，尤其是描写自古以来被认为是恐怖的事——人的毁灭。还是在《一寸土》中，有这样一个场景：两个步兵，看上去刚入伍不久，在开阔地上走着，"好像这世界上既没有德国人，也没有战争似的"，结果被炮火击中：

> 我们马上听到呻吟。那么凄惨，好像不是大人，而是小孩在呻吟。我们小心地伸出头去。一个步兵脸朝下一动不动地趴着，乱蜷着的手压在身下，肩膀埋在土里。他的腰以上部位都是完整的。而下面——黑乎乎一片，血肉模糊，还有靴子和裹腿。他地上的影子也变短了，就和他并排在一起。

这就是战争残酷、痛苦、恐怖的真相，所有战争的真相，甚至是最正义、最伟大的卫国战争的真相。但是这种真相对习惯于完全异样的、程式化的浪漫主义诗学的读者而言却是始料不及的。在这种诗学中，一般而言，描写的层面被表现的层面所取代。这在评论界招致极大的反感，他们指责前线作家过于直白地描写卫国战争。

事实上，自然主义的形象性并非前线散文作者的最终目的，它充当着其文体系统两极中的一极。而另一极，抒情表现力，则源于青年人对生命的渴望和主人公的新鲜感。因此，在前线抒情小说的诗学中，自然主义和抒情的形象的对立具有重要的意义。

有时，一对对立的自然主义与抒情的形象彼此相距甚远，但它们之间的相互关系却显而易见。例如，《一寸土》第三章这样描写莫托维洛夫和瓦辛从据点渡到右岸：

我们冒着瓢泼大雨横渡德涅斯特河，雨水如夏天般暖和。我们晒了几天太阳的军服散发着雨水的味道。现在雨水洗刷着我们身上的盐分和汗水。被浸透的木板船散发着气味，河水的味道更浓。这些味道让我们感到身心愉悦，因为我们全力划船划得肌肉酸痛，因为冲刷着汗水的盐雨在我们脸上流淌。

而在第九章中，我方大撤退时返回只勉强守住的岸边据点的画面则完全是另一种场景：

一片沉默中，我第一个走了出来。舒米林跟在我后面。我和他默默地走到岸边，默默地进船里坐下，默默地滑向对岸。船到河中央时，不知什么剧烈地撞击着船，发出沉闷的响声。我撑住双桨，看着水中。黑黢黢的水面近处浮动着一张惨白的人脸。死者的军服裹在身上，打着裹腿，脚蹬红军的靴子。水浪把他推到船舷边，又拖走……

自然主义的造型艺术和抒情表现力并置在一起，是世界不可思议的矛盾状态的审美表达。在这里，前线、美妙与恐怖并存。在这里，每一刻都面临死亡的威胁，因此在现实的客观存在中每一刻都显得更有价值。在这里人们不得不憎恨和杀戮，但是在这里他们也有爱，也会渴望做父亲。

前线抒情小说异常尖锐的冲突表现为年轻的主人公处在基本上是反自然的情境中，当生命受到威胁时才发现了生命的奇迹。巴克兰诺夫的《一寸土》开始这样描写：

据点的生活从夜里开始。我们从掩体和防空洞中爬出来，伸个懒腰。揉揉咯吱咯吱响的关节。我们挺直身子在地上走着，就像人们在战前那样行走，就像他们在战后那样行走。我们躺在地上，用胸腔深呼吸着。露珠

现代俄国文学（1953—1968）

已经落了下来，夜里的空气中散发着潮湿的青草香味。大概，也只有在战争中青草才能散发出和平的气息。

中尉莫托维洛夫在前线产生了一种对生命的强烈敏锐的感受，这种感受一刻也未曾离开他。在另一处我们读到：

这是怎样的夜晚啊！温暖、漆黑、幽静的南方之夜。头顶的星星数不胜数！……我曾经读到过，我们的银河系中大约有1亿颗星星。与此类似，低头看看弹坑，星星从底部望着你，于是就用饭盒把水和星星一起舀起。

此处描写颇具诗意，而在主人公全部反思之后却是个性形成的极自然的、本质上深刻的心理过程——一切存在都是无价之宝的意识的觉醒。但比损失更令人悲痛和无助的是朋友、爱人的逝去，伤者的残废、痛苦……让巴克兰诺夫中篇小说《主攻方向偏南》的主人公大尉别里琴科更恐惧的是一个断了一条腿的匈牙利姑娘，她的未来被永久地毁掉了。还是在这部作品中：头上蒙着帆布的年轻小伙，他们再也站不起来了，不能成为丈夫，不能抱自己的孩子了，"已经永远不会有这些孩子了"①。前线小说中爱情主题成为浓缩生与死对立的特殊手段：在这里，战壕中年轻的战士初次感受到爱情的快乐，而屈指可数的时刻过后，就会被无法弥补的损失所带来的伤痛感所取代。《一寸土》《最后的炮轰》《呼喊》也通过类似的方式勾勒出情节轨迹。如果说在情节事件初期，巴克兰诺夫的中尉莫托维洛夫看着夜空，带着某种孩童般的天真提出了一个问题："可能，真理就是群星中某一颗的生命？"那么，在经历了血腥的战斗之后，经历了自己的老朋友大尉巴宾牺牲之后，莫托维洛夫带着痛苦的体会理解世界："我们高地前方一颗黄色的星星整晚上闪闪发光，我注视着它。大概，它叫什么天狼星、猎户星之类的名字……对我而言，这都是些不相关的名字，我不想知道它们……"

---

① 在格·巴克兰诺夫的战争小说中这个主题非常重要。例如，中尉莫托维洛夫的一段内心独白中有这样的思想："今天打死我们的子弹，正在射向远古时代，射杀还未出生的生命……"随后，这一主题出现在鲍里斯·瓦西里耶夫的中篇小说《这里的黎明静悄悄……》（1968）中。准尉瓦斯科夫抱着被刀杀死的索尼娅·古尔维奇，思考着伴随这个姑娘——将来的母亲，能让"人类繁衍生息的"母亲——的去世，生命遭受的无尽损失。

冲突的道德倾向:"右"岸与"左"岸

但是生与死的悲剧对立在前线小说中并不占据中心位置,其审美功能不同——围绕主要冲突营造最沉重的心理氛围。在邦达列夫、巴克兰诺夫及其志同道合者的小说中展开的冲突却显得陌生而新奇。值得一提的是,在绝大多数写卫国战争的作品中,苏维埃人与希特勒分子之间的冲突曾占据主要位置,但是冲突却总是具有意识形态和政治的色彩。而在前线抒情小说中希特勒分子处于情节范围之外,他们作为环境的客观条件出现在艺术世界中。在前线作家的小说中,内部冲突在同一条战线上的人之间占据主要位置。这种冲突的转移在写于20世纪40年代的个别作品,如西蒙诺夫的《日日夜夜》(1943)和涅克拉索夫的《在斯大林格勒的战壕里》(1947)中可以看到。但是在这些作品中,内部冲突在某种程度上也带有意识形态的特点:忠诚地履行自己军人天职的人们同获得授权的官老爷和官僚发生冲突(西蒙诺夫笔下的巴勃琴科少校,涅克拉索夫笔下的阿勃罗西莫夫),后者送别人去赴死,却认为只有自己才是国家福祉的保护者。

在前线抒情小说中,道德冲突居于首位,良心概念成为人与人主要的分界线。为什么尚未痊愈的马克列措夫从医院偷跑出来上前线,而曾被他脱掉靴子的肥头大耳的卫生员却"整场战争都在医疗卫生营战斗"(巴克兰诺夫《一寸土》中的冲突)?为什么当时一些人去流血牺牲,另一些人却把缴获的破烂往自己背包里塞(邦达列夫《最后的炮轰》中的冲突)?为什么如公牛般强壮的列什卡·扎多罗日内受了点微不足道的伤就去后方,而脆弱的姑娘,卫生指导员柳霞却返回火线,回到列什卡留下的炮兵班(瓦·贝科夫《第三颗信号弹》中的冲突)?这些对立组成了前线小说的全部冲突域。

在巴克兰诺夫的中篇小说《一寸土》中有一个"德涅斯特河右岸和左岸的"形象:右岸是先头部队坚守的据点,遭到狂轰滥炸,子弹横飞,空气中弥漫着血腥味;而左岸是后方,这里安全、安静得多,牺牲的概率也小得多。"右岸与左岸"是人们道德分化的某种概括公式。既有躲在别人身后于心不安,从而总是待在右岸的人,也有想方设法躲在左岸的人。不过他们之间的对立却是无法调和的。"战场上我们之间始终横着一条德涅斯特河,"中尉莫托维洛夫说道。而贝科夫的《第三颗信号弹》这样结尾:罗兹尼亚克最终用信号枪中的两颗子弹击退了冲上来的德国人,最后一刻,第三颗信号弹击中了自己人列什卡·扎多罗日内,"自己的"自私自利者比公开的敌人好不到哪里去。

现代俄国文学（1953—1968）

　　为什么前线抒情小说的作者坚决地在自己的人物之间进行道德划分？经历过前线生活的人们，将良知与无良视为关键的社会问题。战争让他们懂得，一些有良知的人总是为另一些无良者付出代价，一些诚实的人肯定会因另一些人的谎言受到损失，一些怯懦地保护自己的人总是打击另一些可能不很勇敢却很正派的人。这些真相被前线小说中的很多情节冲突证实。随便举一个例子，就说巴克兰诺夫的《一寸土》吧。战前暂时平静时，莫托维洛夫派通信兵梅津采夫铺设与营部的通信线。后者害怕了，在某个地方坐了一会儿，但报告说线铺好了。战斗打响后，通信中断，莫托维洛夫被迫派和他同在一个观察点的老兵舒米林，三个孩子的父亲，沿线检查。舒米林受了致命伤，他死亡的场景是小说中最具悲剧性的一幕：

　　　　一双发了热病似的毫无生机的眼睛急切地看着我：
　　　　"帮帮我，中尉同志！老婆死了，我收到了信……我不能死……有三个小孩……你要帮帮我！……"
　　　　他拼命想站起来，似乎害怕死亡会战胜躺着的人。
　　　　"我马上给你包扎！躺着！"
　　　　可我发现，他已经无可救药了。胳膊、肋骨都断了。就连皮靴筒也被炸成碎片。他正在因失血过多死去。看来，炮弹就在他身边爆炸。他怎么能活到现在？就凭着一种他不能死的意识让他坚持着。

　　这一幕骇人的场景是诚实的人为其他人的不诚实行为付出代价的最令人信服的体现。但是第三者，中尉莫托维洛夫从这个经验中吸取教训。他的道德准则并非现成的，而是来自让他顿悟的血淋淋的战火洗礼。

　　比如说，他发现揭穿胆小鬼和自私自利者并不容易。因为我们自己生产的自私自利者善于用爱国的空话和英勇的姿态伪装自己。枚举一例。根据上级的命令，梅津采夫将团乐队20公斤重的电台换成了轻便的圆号。如今，他骑在一匹膘肥体壮的马上，说话显得很有分量："我扛过枪，我懂。"莫托维洛夫看着他，心想："舒米林老头却不在人世了。"但是你无法抓住梅津采夫之流，他们狡猾异常，总是用必要证明、官方套话向每一位前线战士高呼，用神圣的概念来保护自己。小说（杂志版本）中，参谋长波卡基洛"温和，有文化，是个聪明人"，他这样评价梅津采夫之流："不知怎么，我们总是不好意思高声说出最宝贵的东西，他们却是拍着胸膛慷慨激昂地喊出来。他们活得舒服，没有任何道德概念。怎么，您没遇到过那些已是第四年吼叫着要为祖国洒热血

第二章　戴着人性面具的社会主义现实主义

的人?"[1]

因此,邦达列夫和巴克兰诺夫,康·沃罗比约夫和贝科夫笔下的前线战士和主人公对豪言壮语都有一种异常的厌恶感,因为巧言惑众者已玷污了它们。《最后的炮轰》中大尉诺维科夫甚至严词打断自己的指挥官古力科少校的话,他喜欢重申"尽人皆知的套话":"少校同志,我不喜欢听那些尽人皆知的高谈阔论……经常重复就没有意义了。"但诺维科夫本人及其同龄人却不折不扣地对待"尽人皆知的套话",为领会这些套话付出了生命的代价。还是这个诺维科夫,继续同古力科的谈话时说道:"只有在战争中我才发现,才明白了什么是俄罗斯。"而巴克兰诺夫小说中的中尉莫托维洛夫也仅是在同战友坚守德涅斯特河左岸每一寸都浸润着鲜血的小据点时,才理解了他在学校里曾轻松道出的"我们绝不把我们的一寸土地交给敌人"这句话的真谛。换句话讲,前线抒情小说的主人公们并不拒斥崇高的概念,他们这些卫国战争的参加者珍惜的是公民的价值。他们想从喜欢在意识形态上搬弄是非的、厚颜无耻的人那里将其夺回。他们把这些价值贴近自己的个人经验,在身边发现它们:"这就是俄罗斯,"诺维科夫看着累得酣睡的小通信兵严肃地轻声说道。

事实上,前线一代的散文家们将社会主义现实主义价值体系进行了彻底的重置,把道德标准摆在了第一位。年轻的前线战士在战壕中的主要道德发现是善的伟大力量。

善,作为处世的最高精神准则,作为行为(无论是普通士兵的行动还是大首长的决定)的主要标准出现在前线小说中。在此背景下,作者并未回避善这一问题的极端复杂性,在战争状态中尤其突出其复杂性。例如,在尤·邦达列夫的小说《营请求火力支援》中,大尉叶尔马科夫对自己的指挥官,师长伊维尔泽夫进行了严厉的道德清算,后者在情况发生变化时没有进行火力支援,抛弃了自己派到第聂伯河右岸的两个营。伊维尔泽夫本人对那些被他置于必死境地的人们也备受良心折磨。但是牺牲两个营,他能实现筹划的战役——把军队运过去,拿下第聂伯罗夫市。因此,作者将道德问题变成一个开放的问题,他不觉得只有一种解决方法。而在邦达列夫下一部小说《最后的炮轰》中,当诺维科夫大尉(性格同叶尔马科夫非常相似)开枪射击自己的朋友,被德军抓获的奥夫钦尼科夫中尉,却"无法相信自己在做什么"时,当他

---

[1]　这个社会类型首先也是在维克托·涅克拉索夫的中篇小说《在斯大林格勒的战壕里》中定型。小说中有这样一个人物:军需官卡鲁斯基,他在向伏尔加河撤退的时候,不知把自己军官肩章上的方花丢在了哪里,但为以防不测准备了三套便装,而且还为自己的伪装准备了一整套说辞:"应该保护好自己,我们对祖国还有用。"

"克服内心的怜悯感",在枪林弹雨下拖着离开前线的士兵列梅什科夫时,他已无法找到"但哪里有纯粹的善?"这一问题的答案。作者用奥夫钦尼科夫当俘虏时的行为和列梅什科夫的变化替诺维科夫的冷酷辩护(后来,在邦达列夫的长篇小说《热的血》和《岸》中描写了类似诺维科夫的主人公们的严苛招致的道德损失,并展现了心肠软的中尉们无私的同情心中巨大的道德力量,这可以视为类似决定并非唯一的间接证明)。

但在前线抒情小说的艺术世界中,作为善良之善,在战壕的日常生活中,在枪林弹雨的日子里,在战斗中,疾呼、呻吟、谩骂、鲜血与身处死亡境地中的士兵之间暗含着的人性温暖之善,则是一种绝对的价值。

这种善良在前线的兄弟情谊中得到集中体现,这种情谊将人们结成一个共同的家庭。在前线,正是这种亲密的感情把人们团结起来:正是这种情感促使诺维科夫大尉冒死冲向射击阵地上被截断的炮兵(《最后的炮轰》),正是这种情感让米什卡·潘琴科在战场上寻找自己不知死伤的中尉(《一寸土》):"这一夜,所有人中只有他不信我死了。他谁也没告诉,就爬着去找我。只有兄弟才会这样做。可是兄弟是血亲。你又是我的什么人?我们在战场上结缘。如果我们能活下来,这是无法忘怀的。"这是莫托维洛夫中尉在战场上内心的主要收获之一。

"战壕真实"诗学

在共同参与感受战斗事件的过程中,前线小说的主人公吸取了善良的教训,结成了前线的兄弟情谊。随着体裁文化的形成,小说情节变得愈加沉重,达到戏剧化的极限,越来越多以悲剧结尾。叙事情感的紧张加剧也是因为作者力图在时间与空间中严格限制情节事件:事件的时间——一次战斗,一两个昼夜,空间——战壕,营,炮手班,"1.5平方公里"的据点。这不单纯是想创造逼真的艺术效果——包括进入中心人物视野的空间范围与规模(也意味着时间的),而首先是要遵从创作的最高任务:选择前线年轻战士内心改变的地点与时间——当不再孩子气,大写的人、道德的人诞生的时候。

因此,许多前线抒情小说故意忽视了主人公参与事件的客观历史意义。仅仅考虑其道德内涵——年轻的前线战士内心状态的转折意义。前线小说的主人公建立功勋并牺牲在无名高地、陌生村镇、次要方位。从这个意义上讲,格·巴克兰诺夫的第一部战争小说的书名《主攻方向偏南》就具有代表性,而且冲突的选择也具典型性:事件发生在1945年冬天的巴拉通湖附近,当时

第二章　戴着人性面具的社会主义现实主义

苏联的士兵已全线反击，德国法西斯军队成功进行了最后一次反击。小说中有这样一个场景：中尉博加乔夫和中士拉特涅尔留下掩护全营撤退。他们清楚，在异乡，战争接近尾声时，他们却将牺牲，于是博加乔夫中尉说："大卫，大概，最近的新闻里这时正在说我们方面军，'乌克兰第三方面军方向没有任何实质性变化'。"但正是这由博加乔夫与拉特涅尔立下的普通的，确切地讲，不引人注目的功劳，却对情报局的官方战报提出异议，将名字绕口的异域城市谢克什费赫尔瓦尔附近无名高地上的小战役提到历史现象的高度。①

事实上，前线一代的散文家们首先将人的维度赋予卫国战争本身，因为在他们那里，人的生命是衡量事物的主要标准，其中包括胜利的标准。后来，在瓦西里·贝科夫的中篇小说《活到黎明》（1972）和《采石场》（1986）中这一主题得到进一步深化。

事实上，正是前线小说这种道德的、"以人为中心"的基调招致了激烈的批评：拙劣的自然主义，"低估军队中社会组织的作用"，"非英雄化"，贬低苏联解放者的伟大功勋，视野狭隘地看待具有世界意义的事件等等指责混杂在一起。②

此外，这些指责带有政治色彩，但从审美的角度看，它们都被贴上了一个标签："战壕真实"。他们就用这些诸如恫吓之类的标签侮辱巴克兰诺夫、邦达列夫、贝科夫、沃罗比约夫笔下的几乎每一个新事物。尤里·邦达列夫在回应对自己的批评时说道：

---

① 此外，博加乔夫中尉的话毫无疑问参考了雷马克的著名长篇小说《西线无战事》。从题词可以看出，这部长篇小说献给被战争毁灭的一代人，以及成为战争牺牲品，甚至在炮火中劫后余生的人们。对于前线小说的作者们而言，在卫国战争中他们同代人中的小伙子们的牺牲绝非毫无意义。

② "扼杀真相的现实主义"，这是叶尔金（А. Елкин）对尤·邦达列夫的中篇小说《营请求火力支援》的评论题目（《共青团真理报》，1958 年 4 月 25 日）。"战争不需要这些"，这是卡金诺夫的评论题目（《红星报》，1958 年 1 月 19 日）。"……缺乏我们通常所说的集体的理想生活，"一位"军事爱国主义"批评家史杰林如是评论《一寸土》（史杰林：《战争与人》，载于《苏维埃性格：文学批评文集》，莫斯科，1963 年，第 48 页）。"莫非血淋淋的战争散文对他们毫无意义？"另一位擅长军事题材的批评家对《一寸土》的主人公横加指责（科兹洛夫：《永远伟大》，载于《莫斯科》，1960 年第 1 期，第 214 页）。"这都是些什么？！——批评家布罗夫曼质问《战死在莫斯科城下》的作者——满是悲观的苦难和伤残严重的躯体，断臂和被摧残的生命。"（《莫斯科》，1964 年第 1 期）关于"战壕真实"的辩论成为文化生活的重要现象，它扣人心弦，历时长久。维克托·涅克拉索夫在辩论中用《"伟大"与平凡的话语》一文表达了自己的看法（《电影艺术》，1959 年第 5 期），文章从"心理自然主义"的角度痛批了亚·杜甫仁科（А. Довженко）的史诗电影《海之诗》。诗人雷利斯基、编剧卡普列尔、批评家纳扎连科和艾里阿舍维奇加入了他们的争论。特里丰诺夫和萨尔诺夫站在涅克拉索夫一边，萨尔诺夫在《地球仪与两俄里缩为一英寸的地图》（《文学报》，1959 年第 85 期）一文中谈到艺术地阐释战争的不同尺度的审美平等。

现代俄国文学（1953—1968）

"战壕真实"于我而言，首先是一种最高的真实性……战壕真实是士兵与军官之间相互关系的细节的最公开体现，没有这些，战争仅仅就像标着打击方向箭头和环形防御圈的巨幅地图。对我而言战壕真实是性格的细部，须知作家笔下要有观察战壕中士兵用干草擦勺子的时间和地点，要有观察在攻占高地这一战斗最激烈的时刻，战士解开裹脚布在脚下抽打的时间和地点……所有这一切都属于英雄主义的范畴：从最微小的细部（在前线，司务长没把伙食运上来）到最主要的问题（生、死、诚、真）。战壕中，战士与军官的内心微观世界被尽可能呈现出来，这一微观世界将一切纳入其中。[①]

"战壕真实"诗学目标定位于用艺术文本再现士兵与军官的内心微观世界，而且这个微观世界应包含战争的广阔宏观世界。它专注于经历内心转变的主人公的内心生活和状态，这一方面是由前线抒情小说时空体的局限性造成的，另一方面又使其能为艺术世界的表现手法填充巨大的能量。以上指出了前线抒情小说中物象世界中，由主人公（意识主体）性格和状态决定的突出特性。由此看到其中细部与细节[②]的巨大作用，它们成为理解性格奥秘，传达主人公情感状态，塑造心理氛围的普遍工具。详情与细节通过主人公意识进入抒情小说的叙事话语，并在自己身上打上状态及情感紧张的印记。

譬如，在瓦·贝科夫的小说《第三颗信号弹》中有这样一句格言："一个人的背包是他内心世界的反映"。的确，在整理被打死的中士热尔地的背包时（"方格毛巾，包脚布，反坦克炮条令，一双皮鞋掌，又长又宽的套袖，摩托车手手套，底部还有一个神奇的小漆盖盒子"），罗兹尼亚克逐渐发现了自己指挥官的性格，有战士的认真、指挥官的勤勉、农民的爱存钱，还有点荒唐，似乎与这些并不相容的贪心、小气巧妙地搭配在了一起。

前线小说的细节经常承载的美学功能使其具有象征意义（一寸土，第三颗信号弹，右岸与左岸，鹤唳，无名高地，一块浸血的面包）。它们结合在一起，使微观世界变得极度"浓缩"、紧密，充满深刻的审美涵义。

但同时，细节与细部又具有其他的对立功能，它们成为抒情主人公内省的

[①]《苏联作协理事会军事艺术文学委员会和俄联邦作协莫斯科分会理事会联合中委会纪念胜利日速记稿》，第2卷，1965年4月28—29日，第116~119页。

[②] 这些概念用于以下意义："细部在众多中发挥作用。细节倾向于单一。……细节具有精细性。细部具有粗放性。"（多彬：《主人公·情节·细节》，莫斯科，1962年，第369页）我们补充一点，细节总是一种提喻，也就是区别于整体的部分，集中体现了整体的审美本质。

第二章　戴着人性面具的社会主义现实主义

动力，引起用诸如抒情插叙及插入片段等形式表现的各种联想。

许多联想都偏向主人公的过去。在这方面有萨什卡·别里琴科（《主攻方向偏南》）回忆德国坦克如何在他眼前驱赶、碾压我们躺着休息的炮兵。诺维科夫大尉（《最后的炮轰》）一生都记得斯摩棱斯克路上枪杀数千名苏军战俘的情景。罗兹尼亚克（《第三颗信号弹》）永远都不会忘记活人身上令人恐惧的辙痕，他们被法西斯分子用来给自己的坦克铺路。这些联想窥视主人公"前史"，解释卫国战争对其个性特点的影响，同时，首先是为其形象服务。

小说《第三颗信号弹》结尾，历经战火、全班阵亡、柳霞牺牲、枪毙列什卡之后，罗兹尼亚克思忖：

到底要在几条战线作战？和敌人，和周围的各种混蛋，最终，还有自己。还要取得多少场真正意义上的胜利？光有决心和良好的愿望是不够的，还需要多少力量啊！我故乡的土地，我善良的人们，赐予我这个力量吧！我现在迫切需要它，以后这种力量无处可求。

此处内心独白作为一种自我分析的形式转变为对故乡土地和善良的人们的吁求。这种吁求已然超出主人公内心生活的范围，它与人民和故乡联系起来。而这也构成了前线小说主人公道德形成的新阶段。同时，这些联想已经突破了时空体的局部限制。

前线小说的主人公反思战壕里寸土之上发生的事时，开始将其同过去和未来以及全世界的生命联系起来。但是这些联想远非都能说明理由。当它们同主人公的内心状态紧密相连时，其介入就会给主人公的性格补充新特征，突破文艺事件的框架。例如，莫托维洛夫中尉遐想未来，战争的记忆会经常触痛前线战士的心灵（可以忘掉一切，经年不回忆过去，可是有一天夜里，当一辆熄了前灯的载重汽车在草原上飞驰而过时，带着飞尘中青草、汽油的味道，夹杂着断断续续的歌声，以及扑面而来的风，你会马上感到：你的前线青春飞逝而过）；他的焦虑：战后人们是否会保持前线兄弟般的感情（他们中的每一个是否永远都会感到，人们在危难时并未抛弃他这个战斗中的伤兵？）；他对未来的儿子的希望（我想战后有个儿子，这样我就能把这个心爱的、亲切的家伙放在膝上，手放在他头上，把一切都讲给他听）。

但是莫托维洛夫一系列内心独白自身仍带有意识形态任务的印记。这是应该讲给苏联士兵的"普遍道理"："从最初有意识的日子开始，我们中就没人只为自己活着。我从来没见过印度的苦力、中国的人力车。我仅仅是从书本上

现代俄国文学（1953—1968）

了解到这些，但是我觉得他们比我更痛苦。我们的童年沐浴着革命的阳光，它号召我们思考全人类，为全人类而活着……"莫托维洛夫向澳大利亚同龄人发出呼吁的内心独白更具宣言性。一方面，类似的独白表明主人公意识的某种"狭隘性"（它完全符合前线年轻战士的共青团思维），另一方面，此处也可以看到作者屈从于苏联文学中关于卫国战争的通行"游戏规则"。不过，在叙事话语中弥漫的鲜活、自然、极度个人化的词语背景下，这些由标准的官方意识形态因素构成的独白显得像是"战壕"与宏大世界之间虚假做作的联系，而这也暴露出充满独白的思想本身的抽象性。

前线抒情小说的创作中除了属于主人公意识的直接联想，针对读者意识及其想象的隐含联想也起着本质的作用。围绕直接描绘的空间与时间，这两种联想形成了宽广的超文本域（作品本身的内部世界），营造了某种丰富的幻象，冲开了"战壕世界"的视界。

在战争年代小说中，作者－叙述者用自己的抒情插叙（如瓦·格罗斯曼的《人民是不朽的》、亚·别克的《沃洛科拉姆斯克公路》）扩大了艺术世界的范围，将线索伸向了"镜头之外"的事件层。与此不同，前线抒情小说中这一功能在相当大的程度上被赋予了读者。读者的"共同参与"转变成"共同创作"：他应当不仅仅将词语转化为概念，而是应当缜密思考，用个人经验与知识弥补未尽之意。

前线一代作家自身也对诉诸读者经验众说纷纭。[①] 但毋庸置疑，仅同抒情诗相比，读者的活跃符合信赖前线一代散文家通过论战确立个体自我意识的普遍热情，并促使读者更深入虚构世界，体会类似于主人公的感受。

不过，读者联想的自主性当然是虚拟的，因为这些联想是通过作者缜密设置的"信号"组织起来、调整就绪的。诸如"内务人民委员会特种部队""四一年秋天""渡过第聂伯河"之类的文学公式对经历过战争的读者而言有丰富的含义。他们非常清楚"亨克尔""惩戒营"代表着什么，他们明白穿着人造革靴和高筒皮靴的人有什么区别，他们分得非常清楚，45毫米口径炮能打什么，以及喀秋莎齐射之后会是什么情形……前线抒情小说中类似需要读者思考

[①] 维·涅克拉索夫在一篇阐述几分"心理自然主义"的美学原则，名为《"伟大的"和"普通的"词汇》的论战文章中写道："当作者提供与其主人公'共同感受'的可能性时，当作者能让我自己有所思考时，我总是感谢他。"（《电影艺术》，1959年第5期，第59页）格·巴克兰诺夫更绝对："艺术作品的主要优势之一就是作者的生活经验与读者的生活经验在某种程度上一致。那时读者就会更有兴趣，更需要作品，于是，读者就会信任地、同情地跟在作者之后。否则，读者就会变得漠不关心，仿如那是他不太感兴趣的别人的生活。"（《新世界》，1959年第7期，第250页）

的详情与细节不胜枚举，它们在不打破主体叙事话语有机构成的同时，将读者的经验融入艺术世界，扩展了艺术事件的范围，把战壕中开掘的真理与对人类世界普遍规律有价值的理解结合起来。

体裁的"界限"及其进化

　　但是矛盾使前线抒情小说产生分裂。一方面，通过反思性主体，人物形象得以最大限度地丰满，体裁内部发展的逻辑将世界更加紧密地聚焦于主人公周围，20世纪60年代初前线一代散文家的某些作品以"小小说"的形式面向读者并非偶然（如维·阿斯塔菲耶夫的《星陨》、康·沃罗比约夫的《呼喊》）。但另一方面，在体裁的动态发展中可以看到充满史诗性和描写客观化的倾向。这些倾向多由作者自身的内部需求所致，因为他们最终受社会主义现实主义思维定式主导。据此，史诗的宏大性成为更高级艺术品质的标志，更不用说在描写卫国战争的文学中。前线一代散文家试图在不违反话语主体性的情况下，加强叙述的客观性。例如，在20世纪60年代的一系列小说（鲍·巴尔杰尔的《再见，哥们儿》，瓦·罗斯利亚科夫的《我们中间的一个》，瓦·贝科夫的《死者不知痛》）中，抒情主人公的形象一分为二，在两个层面呈现出来：战时的年轻战士和生活阅历丰富的长者。如果说前者是直观感受，那么后者已经在修正时间。某些小说选择前线场景本身在很大程度上就已经确定了其与战争史上重大事件的联系。例如，在尤·邦达列夫的小说《最后的炮轰》中，战争即将结束之际，诺维科夫的一个连却阵亡在波兰和捷克斯洛伐克交界处的卡斯诺。不过正是因为他们不惜牺牲生命驻守在那里，才成功切断了德国法西斯军队通往捷克斯洛伐克的道路，没让他们拖延战争。通过特别粗放的手段、通过拓宽事件的时空界限的方式强化前线小说艺术世界的史诗构成，这种尝试导致情感张力的减弱，造成描述化和细碎化。

　　以下不同的倾向成为前线抒情小说中上述过程的行为后果。一些作者沿着"粗放"的路径，用小说的形式，试图在作品中混搭心理冲突与历史纪实性（格·巴克兰诺夫的《1941年7月》、尤·邦达列夫的《热的雪》）。邦达列夫继续挖掘长篇小说的潜力（《岸》《选择》），而巴克兰诺夫经历了长时间的创作危机之后，最终以自己20世纪80年代非虚构的短篇小说重回主体写作的形式。其他人则相反，更加强了叙述和描写的"精细化"。比如，瓦西里·贝科夫就走了一条深化道德冲突的路子，他创造了一种新的史诗戏剧式小说形式，主人公在"生与死"的环境下选择道德立场的戏剧居于中心位置（这部分参见本书第三章第二节)。而康斯坦丁·沃罗比约夫走的则是深入自己主人公内心世界的路子：从意识到潜意识，认识到人已处在生存极限时的内心体验，此处沃罗比约夫的创作开始倾向于超现实主义的形象性（1966年发表在外省杂志《乌拉尔》上的短篇小说《穿毡靴的德国人》即属此列）。

"后解冻"时期鲍里斯·瓦西里耶夫（《这里的黎明静悄悄……》）和维亚切斯拉夫·康德拉季耶夫（《萨什卡》《谢利扎罗夫大道》《养伤假》）继承了前线抒情小说的传统。但是这一文学潮流的倡导者却并未回归。昔日的志同道合者成为意识形态的对立者（尤·邦达列夫成为多集电影《解放》的编剧，重弹了40年代社会主义现实主义史诗电影的老调），其他没有妥协的人为此付出了饱受审查刁难后出版自己作品的痛苦"拼挤"的代价。[1]

---

[1] 譬如，瓦西里·贝科夫被迫按照编辑部的要求换掉中篇小说《陷阱》的悲剧结局，而《死者不知痛》和《克鲁格良桥》由于作者不愿牺牲自己的创作方案，遭到了严厉的批评。维·阿斯塔菲耶夫的小说《牧童与牧女》在《我们的同时代人》杂志编辑部"躺了"几年，维·康德拉季耶夫为发表自己的中篇小说《萨什卡》等了大约9年，后来在康·西蒙诺夫积极干预后才得以"拼挤"发表。

第七节　社会主义现实主义体裁的转型

在"解冻"年代，社会主义现实主义体裁的体系出现了明显的进步。这个体系基本形成于20世纪30年代，且相当层级化。其中，"生产小说""意识形态小说"和"教育小说"占据中心位置。将这些体裁置于社会主义现实主义流派的中心并非偶然：一方面，其中每一种体裁就起源而言，符合社会主义现实主义方法的主导范式；另一方面，这仍然是一些结构上倾向于建立现象之间普遍联系的长篇小说。这些长篇小说非常清晰地显现出世界模式化的普遍结构原则（元体裁），它建立在社会主义现实主义流派体裁所有体系的基础之上。这种结构主导是经常争论的"史诗性"与"小说化"之间矛盾的统一："史诗性"倾向于范式封闭和完成性，而"小说化"则倾向于开放和未完成性。20世纪四五十年代之交，在文学被施以最残酷的暴力，使其屈从于社会主义现实主义教条之时，"史诗完结性"倾向明显加强。最新的"生产小说"的作者们试图将未完成的现代性转变为"国家传说"并对其美化，这成为此种倾向近乎荒唐的表现。例如，在谢·巴巴耶夫斯基（С. Бабаевский）的长篇小说《金星英雄》（«Кавалер Золотой звезды»）最后一部中，中心主人公谢尔盖·图塔里诺夫来到剧院，观看根据描写自己的小说改编的戏剧演出。而在弗·柯切托夫的长篇小说《茹尔滨一家》（«Журбины»）中，为纪念工人世家的领导者命名的"马特维·茹尔滨"号轮船下水成为最关键的一幕。

如同任何新的文艺周期开始的时候一样，"解冻"初期，长篇小说这种体裁不受欢迎。那些最终问世的长篇小说并没有什么大的艺术价值，但它们自身却带有文学进程典型倾向的印记，其中的某些作品不仅在艺术生活，甚至在社会生活中都起过重要的作用。

这一时期问世的长篇小说，一般而言，倾向于传统的社会主义现实主义模式，最常见的是"生产小说"类型。丹·格拉宁的《探索者》（«Искатели»，1954）、《迎着雷电》（«Иду на грозу»，1962），加·尼古拉耶娃（Г. Николаева）的《征途中的战斗》（«Битва в пути»，1957），威·卡维林（В. Каверин）的《探索与期望》（«Поиски и надежды»，1957），弗·波波夫（В. Попов）的《钢铁沸腾了》（«Закипела сталь»，1956），弗·柯切托夫的《叶尔绍夫兄弟》（«Братья Ершовы»，1958），瓦·奥切列金（В. Очеретин）的《火怪》（«Саламандра»，1959）即属此类。对于社会主义现实主义史的研究者而言，这些小说会引起他们极大的兴趣。一方面，正统派保留艺术陈规的意图清晰可见，其中苏联的意识形态教条，尤其是领导阶级的教条，劳动是"光荣、荣耀、勇敢和英勇的事业"，生产是社会所有精神生活的核心，社会主义制度的完善等等教条已然僵化。另一方面，在最符合"社会主义现实主义"的艺术现象中，开始出现动摇严格的世界范式模式的进步，出现对社会主义现实主义模式的拆解。

进步显得畏畏缩缩，畏首畏尾，但总归还是在进步。有的冲突以前同克服外部阻力（《破坏分子》）相关联，现已向生产集体内部发展，在创造者与形式主义者之间，在感到有必要革新的人们与那些紧抱昔日辉煌、做事华而不实的人们之间激化起来（加·尼古拉耶娃的《征途中的战斗》）。冲突的审美视域在拓宽：一方面，"生产冲突"的背后开始让人感到"解冻"，国家处在历史关头（《征途中的战斗》）的沉重氛围；另一方面，"生产冲突"开始从小说冲突的中心发生位移，转换为道德和心理冲突诱因的角色（丹·格拉宁的《迎着雷电》）。

在"解冻"初期问世的所有"生产小说"中，弗拉基米尔·杜金采夫的长篇小说《不是单靠面包》（1956）引起了最大的社会反响。这并非偶然，因为在这部小说中，这位年轻的作家首次公开挑战社会主义现实主义的教条。

7.1 弗拉基米尔·杜金采夫《不是单靠面包》（1956）

弗拉基米尔·杜金采夫（1918—1998）涉足文坛之前有前线和报社工作的经历。后来，他在解释写作长篇小说的初衷时谈道："我记得卫国战争初期的日子。我躺在战壕里，而我的上方空战正酣。德军战机正在击落远大于它的我方飞机。那一时刻我的内心开始骤变，因为在此之前我一直听说我们的飞机飞得最好、飞得最快。"战后，他在《共青团真理报》工作时，亲眼看到在社会福利和思想统一的言辞背后国家发生了什么，这些令人发指的事实给他日后的小说提供了最丰富的素材。不过杜金采夫是一个具有苏维埃思维的人，对他而言，国家的幸福是最高价值，他的美学观基本上同社会主义现实主义原则一致：他把文学首先看成进行社会分析的工具和社会论坛。[1] 具有讽刺意味的

---

[1] 杜金采夫的美学观相当保守。他丝毫不能容忍与传统的现实主义模式不相称的艺术现象。比如，他因此对卡塔耶夫的"莫韦"散文和特里丰诺夫的城市小说给予了极其负面的评价。参见他在《生活的伟大意义》一文中对小说《另一种生活》的评价（《文学评论》，1976年第4期）。

第二章　戴着人性面具的社会主义现实主义

是，这位作家的长篇小说成为用社会主义现实主义准则集中审查的客体。

刊有长篇小说《不是单靠面包》的《新世界》（1956年第8～10期）小册子一出，许多权威作家就发言支持。"杜金采夫的书是建设新社会的艰难事业中人民无比需要的残酷真相，"康·巴乌斯托夫斯基在苏联作协莫斯科分会小说讨论会上说道。① 瓦·奥维奇金、谢·米哈尔科夫（С. Михалков）、维·杰特林斯卡娅（В. Кетлинская）、尼·阿塔洛夫（Н. Атаров）和康·西蒙诺夫（时任《新世界》主编，他为小说出版做了很多工作）都对小说给出了很高的评价。

但是刚过一个月，还是在那家登载好评的《文学报》上就出现了指责杜金采夫的小说"远未全部坚持现实主义立场"，反面主人公"具有不属于他的大众性特点"，中心主人公，一个单身发明家洛帕特京的命运"无论如何都不能称为典型的'小人物'的命运"，"强大社会集体"的展现从"艺术上讲是没有说服力的"等批评。② 这是攻击的信号。

人们结成广泛的战线攻击杜金采夫和他的小说。年高德劭的社会主义现实主义理论家尼·沙莫塔（Н. Шамота）、亚·蒂姆什茨（А. Дымшиц）、米·赫拉普琴科（М. Храпченко）出面指责小说《不是单靠面包》。1957年1月至3月举行的每一次共和国作家会议上都免不了对他的批评。甚至在1957年3月举行的莫斯科作家组织例行全会上，罔顾10月的会上已谈及此事，还是把杜金采夫的小说归入另一类作品之列："这些作品的作者没找到自己的正确立场，没考虑到艺术的概括力，不会用完美的现实主义解决面临的思想创作任务。"③ 值得注意的是，在全会上康斯坦京·西蒙诺夫也对此表示赞同："小说中的生活描写是片面的"，这样他就同"自己提起来的人"划清了界线。

所有针对小说《不是单靠面包》的批评意见区别不大，但是他们的声音却越来越具有控诉性和威胁性。苏共中央第一书记本人给辩论画上了句号："杜金采夫的书中有正确的、写得很好的篇幅，但总的感觉是作者并不关心消灭他所见到的我们生活中的不足之处，他对此故意浓墨重彩，幸灾乐祸。"④

---

① 《讨论新书》，载于《文学报》，1956年10月27日。沃洛京娜的文章讲述了围绕小说论战的历史：《解冻之初：围绕小说〈不是单靠面包〉的争论》，载于《20世纪俄罗斯文学：流派与思潮》（«Русская литература 20 века: Направления и течения»），叶卡捷琳堡，1996年，第3版。

② 普拉东诺夫：《现实的人们与文学图景》（«Реальные герои и литературные схемы»），载于《文学报》，1956年11月24日。

③ 《文学报》，1957年3月19日。

④ 赫鲁晓夫（Н. Хрущёв）：《为文学艺术与人民生活的紧密联系而奋斗》（«За тесную связь литературы и искусства с жизнью народа»），载于《文学报》，1957年8月28日。

从此,小说《不是单靠面包》遭到官方多年的冷遇。

杜金采夫的小说无法归入文学经典之列,但成为文化史上的"标志"现象。[1]

初看起来,《不是单靠面包》具有"生产小说"的所有特征:小说中有主人公-创新者,有为了完善社会主义生产进行的斗争,有对抗"保守派"的情节。许多研究者注意到作品与生产体裁传统的这种联系,但是小说不仅与传统有联系,而且在很多方面与其争鸣。

如果说工人的板棚、横梁和帐篷通常充斥着社会主义现实主义生产小说的空间(《时间啊,前进!》《索溪》《第二天》),那么弗·杜金采夫在《不是单靠面包》中呈现的则是典型的"社会主义城市"模式。按照某种不成文的法规,这里的一切都界限分明,均按社会地位分配:穆支革内有一条布满土屋的东方大街,它"更像是长满茅草的荒地",还有自己的中央大街,当然,它叫"斯大林大街","有很多窗户"的石头房子里住着"企业的领导层",而厂长德罗兹多夫的房子"供他一人使用,而且他的两套房子连成一套"。奇迹主题的引入也着重强调了德罗兹多夫之流的特殊社会地位。这个主题总是出现在"生产小说"的结构中,但它素来与宏大的巨型工厂的形象,同群众的劳动热情,同创纪录的生产成就相关。杜金采夫的小说中奇迹的形象出现在非生产的日常生活语境中,实际上作者对其进行了讽刺性模拟:对于穆支革处于半饥饿状态的孩子们,战后初期的一代人而言,奇迹就是德雷兹多夫扔到雪里的橘子皮。

杜金采夫小说的结构基本上类似卡·克拉克(К. Кларк)的经典专著中所分析的典型的"生产小说",它定位于史诗性原型,而且首先定位于神奇故事的原型。小说情节的基础是故事的构架,并且包含弗·雅·普罗普在《故事形态学》中列举的基本功能。小说中有三个情节圈,其中每一个都由固定的结构要素构成:一是主人公与对手的冲突(厂长德雷兹多夫、工艺师乌柳平、阿福季耶夫院士充当对手的角色)及主人公暂时失利,二是遇到"馈赠者"和"帮手"(思扬诺夫一家、瓦莲金娜·巴甫洛夫娜、阿拉霍夫斯基、布斯科、娜佳、部长的"女秘书"),三是新的"战役"及主人公"过渡性的"胜利,它是转向新"攻势"的前提。

---

[1] 沃洛京娜(Е. Н. Володина)的副博士学位论文《杜金采夫的小说:类型学与体裁的进化》(«Романы Владимира Дудинцева: типология и эволюция жанра»),1998 年在国立乌拉尔师范大学答辩) 对小说《不是单靠面包》进行了详尽的分析。征得作者同意,我们借用了她的研究结论。

第二章　戴着人性面具的社会主义现实主义

主人公-探寻者从一个艺术空间到另一个艺术空间的"位移"功能同样将情节圈"连接起来"。但是形成传统生产情节的游走故事主题使杜金采夫能在小说中呈现广阔的社会生活全景，探究社会关系动态。这种情节结构能提供囊括事件的特殊范围，展示不同社会"层面"的断面：外省—州中心—首都。三个艺术空间中都官僚主义横行，表面幸福与社会不公仍"大行其道"。在这种背景下，洛帕特京多年来在官僚主义地狱的无尽轮回中追求无果的故事就显得完全自然，甚至合乎逻辑。

但如果说故事中的决定性战役标志着善对恶毫不妥协的最终胜利，那么小说《不是单靠面包》中洛帕特京事实上失败了：他被指控犯有"泄露国家机密罪"，法院判决他八年劳改。杜金采夫基本偏离了故事的情节布局，因而打破了社会主义现实主义的一个重要准则：冲突得到圆满解决。而幸福的结局（在无私的"帮手"的努力下，洛帕特京很快获释，加利茨基造出第一台机器，随后得到部长的首肯并投入批量生产）则显得虚假做作，不合逻辑，破坏了作品的艺术完整性。[①] 故事结尾有序的世界同作品整体的焦虑基调明显矛盾。具有象征性的是，结尾强化了道路的主题意义，完整的情节由此断开。

杜金采夫的长篇小说《不是单靠面包》中的人物体系同样与弗·雅·普罗普列举的神奇故事的人物体系类似。正如上文指出的，此处有"主人公（英雄）-探索者"洛帕特京，"对手"德罗兹多夫，"蛇妖"阿福季耶夫，"中了魔法的公主"娜佳，主人公的"帮手"思扬诺夫一家，女教师瓦莲金娜·巴甫洛夫娜，克列霍夫，加利茨基和巴基因，"虚伪的主人公"布斯科。类似的人物体系亦存在于社会主义现实主义标准的"生产小说"中。但是，杜金采夫笔下的社会主义现实主义"生产小说"的标准人物在鲜活的现代性语境下发生变形、革新。于是，作家通过德罗兹多夫的形象表明，一个"生产队长"，曾几何时还是第一个五年计划的传奇英雄，如何蜕变成上级指派的人物。经典生产小说中的单身怪人要么是敌人、破坏者，要么是"改造的"客体，在杜金采夫笔下则表现为具有自我价值的个体。不过，他们却是完全根据社会主义现实主义标准打造的，无私地坚持着对公共利益的个人看法。劳动集体在"生产小说"中始终是最高真理和公正的载体，当表现出自身的惰性、畏缩性和顺从领导的意志后，就不再是社会的现实力量。这种质变导致生产小

---

① 杜金采夫在《新世界》杂志编辑部的压力下写出这种妥协结尾的说法出现在批评界并非偶然。参见斯维尔斯基（Г. Свирский）：《断头台上：道德冲突文学（1946—1976）》[«На Лобном месте：Литература нравственного сопротивления（1946 - 1976）»]，伦敦，1979 年，第 174～175 页。

说冲突的标准事实上已经改变:"生产队长"领导的集体为了共同利益反对不理解共同利益、不接受进步思想的"单干户"的斗争,在小说《不是单靠面包》中已被替国家心痛的"单干户"与死守个人利益、操心个人地位的"委派官员"之间全新的冲突所取代。

另外,小说《不是单靠面包》的人物体系中出现了"小说化"的倾向,虽然这种倾向在许多方面尚在简化,且以某种过渡的、模棱两可的形式表现出来。例如,德罗兹多夫的形象没有公式化和以往的条框化:作者仅是在小说中勾勒出人物的"符号"参数(木工—厂长—副部长),但未描写完全由上级任命的苏共党员的成长过程。不过在这个人物身上可以感觉到某种活力,对外部(意识形态的、政治的)情况的细微变化做出灵活、本能反应的能力。这种活力赋予反面人物某种魅力,使其摆脱故事单义性的束缚。

在洛帕特京这个形象身上,故事理想化的原则与"生产小说"描写创新者的传统完全结合在一起:主人公性格中的精神价值崇拜、崇高的浪漫主义世界观、大公无私和准备接受任何考验,与狂热忠诚于信念、有意识拒斥人的许多自然需求结合在一起("为了事业需要生活",一天洛帕特京暗下决心)。在这方面他同描写第一个五年计划的长篇小说中的主人公完全相似:达莎·丘玛洛娃(《水泥》)、指挥员伊森科(《时间,前进!》)、乌瓦季耶夫(《索溪》)。但有时"发自内心的声音提醒德米特里·阿列克谢耶维奇,需要生活……除去集中思考某种铸铁般的压力的习惯,应该过一个拥有一切的普通人的生活"。洛帕特京的焦虑和疑问对于完美无缺的"生产小说"主人公而言并不典型,也成为小说人物开放性的体现。

小说《不是单靠面包》的主体结构也相互矛盾。在很多方面它同符合范式的史诗体裁的规律都有一比,后者在小说话语中首先通过占主导的无人称叙述者的声音体现出来。"专横"语体典型的无人称叙述者的活力在杜金采夫笔下表现为激烈的论战性、尖锐的评价性、宣言性和说教性。[①] 但在这种情况下,独白性开始受到对话的小说词语的"侵蚀"。无人称叙述者的语域就语体而言往往是不同类的:带来新视角、不同观点的其他声音常常以非直接引语或分散的杂语形式闯入其中,主人公的语域似乎经常"驱离"、排挤前者。同样,在这片语域中可以识别出几种进入假想对话的声音。此外,小说中还有很

[①] 参见别拉娅(Г. А. Белая):《20 年代苏联小说语体发展的规律》(«Закономерности стилевого развития советской прозы двадцатых годов»),莫斯科,1977 年,第 151~238 页。的确,看来是出于应付检查的考虑,研究者用"权威语体"这个术语替换了巴赫金的术语"专横语体"。

多思想争论、辩论、语言交锋，它们是叙事结构"对话化"直接、非间接的形式。在对话舞台上，同作为"外部观察者"的作者立场相关的客观描写形式得以实现。人物的分支体系本身就是一种言语乐队，在很多方面破坏了作品的独白基础，将小说的复调性引入其中。

这样一来，弗·杜金采夫脱离社会主义现实主义规范的同时，也在逐渐克服范式因素。小说《不是单靠面包》的体裁结构中"生产小说"的传统模式开始向社会心理小说模式转移。杜金采夫用以校准现实生活的道德理想完全变成社会主义现实主义式的——视社会利益高于一切的人与应当珍视对其忠诚的社会之间史诗般和谐的理想。但是作家研究的社会现实与这一理想基本上相矛盾，故事的简单化和必然的乐观化在此受到生活进程本身及社会冲突逻辑的驳斥。这就是为什么在作为小说《不是单靠面包》基础的元体裁结构中会用"小说化"排挤范式－史诗原型。同时，弗·杜金采夫事实上不仅仅对体裁，还对社会主义现实主义规范小说的形式中僵化的意识形态进行了修正。

尽管杜金采夫是第一个明显从社会主义现实主义外衣中"脱身"且受到公众指摘的作家，但是摆脱社会主义现实主义模式的坚硬框架却是一个渐进的过程。

7.2 康斯坦京·西蒙诺夫的《生者与死者》三部曲（1960—1970）

对于20世纪50年代的苏联社会思潮而言，"人民和历史"的问题有完全具体的了解客体，这个客体就是伟大的卫国战争。对它的记忆让人心痛不已，而且留下许多"空白点"，其中每个"空白点"都关涉着失踪却未被忘记的千万人的命运，他们受到污蔑、欺骗和侮辱。因此作家以卫国战争的事件为素材，具有历史研究的性质。[①] 使用最具悲剧性的、（战争）开始阶段的历史素材尤为敏感。不过，对战争初期的事件进行分析，研究悲剧性失败的原因的最初尝试还是受到了最严厉的谴责。

康斯坦丁·西蒙诺夫那时是苏联作协领导中最有影响力的人之一。1957年他发表了两部中篇小说《潘捷列耶夫》（«Пантелеев»）、《还有一天》（«Ещё один день»，1941年克里米亚和敖德萨保卫战的场景构成其事件基

---

① 《文学报》的记者因康·西蒙诺夫创作战争小说而采访他时，对作家办公室内大量的历史资料感到吃惊，他得到的答案是："我就是历史学家……谁也无法替我做完这项工作，我们每个写战争的人都是历史学家。"（引自佐洛图斯基（И. Золотусский）：《每一天都漫长》，载于《文学报》，1966年5月21日）

础），其中首次出现对战前镇压感到恐惧，无法忍受战争的道德重负的指挥员形象；当他遭遇正面进攻时，首次提出诸如此类的问题："为什么我们害怕报告失败比失败本身更甚，害怕为损失担责比损失本身更甚？""在哈哈镜中""不准歪曲历史真相"，首批评论的标题如是，而在《文学报》上可以读到这些："西蒙诺夫的小说《潘捷列耶夫》《还有一天》中有整整一长列佩带各种军章的白痴和懦夫。"这些小说被列入"侮辱正在和曾在军队中服役的人们"的有害作品"黑名单"。①

不过时间飞速前进，尽管阻力重重，社会意识还是通过将领们（安·伊·叶廖缅科、尼·基·波别尔、伊·弗·秋列涅夫）首批发表的回忆录和类似于谢·谢·斯米尔诺夫《布列斯特要塞》等探索作品掌握了战争的信息，并逐渐摆脱了原有印象。不管怎么说，当1959—1960年《旗》杂志开始发表康斯坦丁·西蒙诺夫的长篇小说《生者与死者》时，社会反应已经基本上是善意的了。②

长篇小说《生者与死者》是创新的史诗传统的首次巨大成功。西蒙诺夫非常清楚自己忠实于这种传统。他说："我对写没有事件的小说不感兴趣。对许多人的生活而言，推而广之，对人民和国家的生活而言本质的事件，关涉所有人物以及早晚确定他们命运的事件吸引着我。"③ 因此西蒙诺夫成为史诗性纪事体长篇小说新变体的首创者之一，丝毫不令人意外。

第一部：战争与人民的自我意识

纪事体长篇小说《生者与死者》的事件限定于1941年。小说问世于五六十年代之交，这被解释为既是研究任务，又是艺术家面对几百万人的道德义务，他们是卫国战争中默默无闻的第一批牺牲者和第一批英雄。同时，《生者与死者》的作者试图达到最大程度的逼真，避免战争场景之间特别小说化的情节关联。小说的每一章都围绕一个情节。单章之间没有外部联系。但是小说家用每章内部明确的组织及结构和意义的完整性弥补了这种外部的松散。

---

① 《从党的原则性立场看》，载于《文学报》，1957年8月8日。

② 的确，稍晚出现了一些对小说给予极端负面评价的文章：托卡列夫（Токарев К.）：《战场返思》，载于《青年近卫军》，1960年第3期；库兹米切夫（Кузьмичев И.）：《当代战争小说札记》，载于《十月》，1965年第3期。不过他们马上遭到公开反击。参见库兹涅佐夫（Кузнецов М.）：《无知？不是，更糟！》，载于《文学报》，1960年3月23日；沃伦诺夫（Воронов В.）：《"北极狐"背上的建构》，载于《文学报》，1965年3月25日。

③ 佐洛图斯基（Золотусский И.）：《每一天都漫长》，载于《文学报》，1966年5月21日。

第二章 戴着人性面具的社会主义现实主义

以第一章为例。奔赴前线的指导员辛佐夫路上遇到形形色色的人，成为各种场景的见证者。如石油基地的主任用枪抵着少校工兵，他不相信对方奉命来爆破设施。如大门洞开，空荡荡的坦克学校，不知道人和坦克都到哪儿去了，留下的机组人员什么也不知道。如一个身着便装的人，看来，"找自己的征兵点找得怒火中烧"，对那些同样"被痛苦折磨得疯狂"的人们大喊："为什么要给你们证件？你们把我当成什么？希特勒？你们都在抓希特勒！还不是抓不着！"而过一会儿被拦的和拦他的人都将被炸弹炸死。同辛佐夫一道漂泊的炮兵大尉第一次负责管理两门火炮，他"幸福得大喊大叫"，一窜就没影了。被炸得失去理智的年轻红军战士嚎叫道："救命！法西斯分子包围了我们！救命！"两个挺守纪律的炮兵专业学校的男孩，就像"被直接从巢里扔到路上的雏鸦"，迎着战火寻找自己的部队。难民潮向东方移动，应征入伍者向西方行进……

这一章中的每一个片段都记录着时代环境和人们状态的某个层面：惊慌失措和奋不顾身，六神无主的人们陷于绝望和对自己职责的忠诚，疑虑重重和大家在共同的痛苦中团结一致的情感。"穿插"主人公伊万·辛佐夫的感想将这种场景变换连接在一起：

> 他的双眼看到的一切，似乎在说明：不，我们无法扭转！但是他的内心对此却无法认同，它相信的是另外的东西！尽管他的确相信自己的眼睛，他内心的信念强于所见的事实。没有这种信念他无法熬过那段日子，如同几百万军人与文职人员一样，他不知不觉怀揣着这种信念参加了四年的战争。

长篇小说《生者与死者》共19章，其中至少15章是结构完整的叙事，分散的、杂乱的事件、相遇、人物汇聚成个别"独立的"统一体。每一章的艺术世界与每一章在相对独立的情况下得出的主题思想表现为小说所有艺术活动和所有艺术概念的某个部分。那么这些内部封闭的部分之间又有何联系呢？

卫国战争初期，侵略者遭遇的抵抗越来越强，反映这一时期的广阔全景在《生者与死者》中逐章展开。但在西蒙诺夫笔下，历史事件的连贯性仅构成史诗性过程的"表皮"，其内部进程则发生在人民的自我意识当中。小说《生者与死者》中的所有人物（包括主要的、次要的、偶然出现的，超过120人）汇聚成宏伟的集体形象——人民。西蒙诺夫给自己布置的主要创作任务就是从心理学层面揭示这个形象。

现代俄国文学（1953—1968）

在西蒙诺夫笔下，所有这些编织成纪事体长篇小说的事件内容的、颇引人注意的历史事实并不具有自我价值的意义，它们进入小说仅仅是作为引起人们内心反应的心理动因。11月7日红场上的阅兵式让参加者心潮澎湃：谢尔皮林、克里莫维奇、辛佐夫和他的同志们。描写这次阅兵式的第15章因而也就成为全书的高潮，这一天，尽管莫斯科城下的局势令人沮丧，但主人公却产生了坚定的胜利预感。

至于纪事情节中的虚构冲突，可以说作者故意创作出它们以体验和表现集体感。如，低速飞行的图式轰炸机坠毁的悲惨一幕（第二章）成为史诗性过程的重要因素。不同的人们经历着这一坠毁事件，共同洒下的泪水拉近了他们的距离，使他们汇聚在一起。

研究人民意识及其运动的任务要求小说家诉诸反映群众感情和心绪的艺术形式。《生者与死者》中就有对历史纪事而言典型的群众性场面，不过这些场面极其宏大，囊括了上百万人的活动。就以1941年6月对明斯克公路的描写为例："那些日子里，谁没走过这条路，拐进林子里，狂轰滥炸中在路边的沟渠里好好躺下休息，然后再站起来，又用自己疲惫的双脚去丈量它！……"或者"那令人恐惧的莫斯科的一天"，当"成千上万的人们害怕德国人，在这一天动身逃离莫斯科时，源源不断的人流挤满了街道和广场，朝车站飞奔，沿着公路逃向东方"。

但是小说中其他塑造人民整体形象的方法并非无关紧要，而是异常重要。这首先表现为集体谈话的场景。"谈话就像从没拧紧的水龙头上滴滴答答滴落的水"，夜间被战争逼到奥尔尚水塔旁的人们发出断断续续的声音。只能通过声音辨别出人来——"沉厚的低音""非常高亢的男高音""恶狠狠的声音"，他的"冷冰冰、恶毒的声音""齐声斥责"。人们情感迥异，众说纷纭，从痛苦的认定（我们可是也猜过，也想过，实际上却是一团糟）到自信（我们是俄国人，套马虽然费时，但会疾驰如电），所有这些都塑造出战争初期群众意识的形态。小说的下半部分，读者成为士兵谈话的听众：此处的争论既涉及应如何对待俘虏，也涉及苏联情报局战报中的真相与瞒报。叙述者甚至抓住机会讲述人们天真地寄希望于严寒的事，讲述人们相信传闻的事，据说"德国飞机的润滑油不耐寒，会结冰……"

西蒙诺夫甚至找到了一种可以称之为人们内心状态全景式呈现的方法：描写不同的人在相同环境中的感受与思考（这种全景式呈现的例子有中流弹阵亡的奥尔洛夫将军尸身旁的一幕："而马里宁、利亚博琴科、卡拉乌洛夫和辛佐夫并排站在雪橇旁，各自寻思着"）。

第二章 戴着人性面具的社会主义现实主义

在所有这些场景中，小说家试图捕捉大众心理，洞鉴思维特点并确定人民整体的自我意识水平。

长篇小说《生者与死者》十分典型的是，作者在塑造单个的人物形象时，直接强调他们心理的"代表性"特点。比如，不止一次这样谈到辛佐夫："他不是胆小鬼，只不过同几百万其他人一样，对发生的一切还没做好准备"；"他和其他许多天生就胆大的人们一样，在前线附近路上的混乱与恐慌中遭遇并饱受战争初期之苦。如今，一种特殊的力量吸引着他向前进，到那曾经战斗过的地方去"。作者强调主人公具有代表性的心理，是一种传达社会情绪、社会情感动态的手段（但这种手段应用于小说的人物，特别是主人公时，会导致艺术上的损失。《生者与死者》中辛佐夫的形象令人不满的原因，首先应该在其性格的"众多"典型化现象中去寻找）。

甚至在纪事型小说中，无人称叙述者的评论通常充当"鸟瞰"外部历史事件全景的手段，在《生者与死者》中作者也用到了评述个别人和人民整体的精神状态的手法。比如，第14章中在讲述"整个莫斯科战线"战事的引言之后，叙述者转到讲述保卫莫斯科的人们的自我感觉，将其与"弹簧的自我感觉"相比较。西蒙诺夫的评论并非独断式的，这符合主人公的状态，且情感上与其接近，通常在主人公无法客观地评价这种或那种现象，无法意识到其历史意义时进入纪事世界。作者为此运用弱化的、解释型的修辞公式，弥补着他们的无知："他不知道""他们中谁也不知道""他们不知道，也不可能知道"等等。这个公式也服务于长篇小说《生者与死者》的总构思，因为无知与知晓是长篇小说《生者与死者》内部心理情节中开端与终结的两个边缘阶段。

开端是社会意识的一种状态："战争的第一天出其不意降临和几百万其他家庭相似的辛佐夫一家。似乎，大家早就期待着战争，最终一刻它就像白雪一样洒落在人们头上。显而易见，提前充分准备去面对那样一场巨大的灾难毫无可能。"结尾处则是另外的、相反的东西：甚至在莫斯科城下的胜利之后，1941年漫长的几个月之间，第一次同士兵们迈向东方而不是西方时，辛佐夫逐渐抛开了所有的幻想："他努力让自己适应这折磨人的思想，似乎他经受了众多的考验，而前方还有一整场战争。"在这两级之间则是社会情绪的动态：恐惧与信仰，信心的产生，初期胜利的喜悦，培养坚韧与团结，用战争的所有苦难考验人们的心理素质，胜利预感的产生。从无意的彷徨到力图亲眼看到真相，从无知到知晓，从惊慌失措和情感混乱到内心目标坚定和专心致志。而更主要的是，从开头指望领袖智慧这种外部力量的落后历史自我意识，到严厉和严苛的历史责任感。其实，在卫国战争初期的半年内，我们经历了人民意识快速变化的关键时刻。

不过，从无知到知晓，小说《生者与死者》中的人民尚未意识到1941年历史灾难爆发的肇因。小说主人公的意识中存在某种让他们的思想一碰即止的障碍，这个障碍同"解冻"初期被称之为"个人崇拜"的东西相关：以近乎宗教的态度将领袖视为制度的象征和理想的化身，盲目信仰其智慧和力量，在其惩戒之手前莫名其妙地恐惧。

丢失大片国土、大量的人力损失、被包围和俘虏时极度的痛苦、被怀疑时的屈辱感，以及许多其他小说主人公目睹和经历过的事情，不由得使他们产生一些痛苦不堪的疑问：为什么会发生1941年的悲剧？谁之罪？

小说中三个不同的人提出这些问题。独腿的比留柯夫在森林哨所里指责道："等你到我们的人那里汇报时，请替我这样转达：也许，你们有库图佐夫一样撤退到莫斯科的计划，但也要考虑考虑老百姓。"而莫斯科老工人佐西马·伊万诺维奇·波普科夫始终在询问一名团长："为什么斯大林同志没从你们这里了解这些情况，哪怕是一周之内，或三天之内？你们的良心究竟在哪里？为什么没有向斯大林同志报告？"谢尔皮林也问了来自总参的伊万·阿列克谢耶维奇将军同样的问题："告诉我，就连我们都不知道，这是怎么回事？如果是已经知道了，那为什么你们不报告？如果是他不听，为什么你们不坚持？"来自不同阶层的三个人的询问，不过却没有一个答案："问些轻松点的问题！"伊万·阿列克谢耶维奇用拳头敲着桌子，目光中流露出愤怒和悲伤。

在西蒙诺夫看来，与其说在于寻找答案困难，抑或答案本身未必简单，不如说小说的主人公们，同时代的人们害怕想到答案。他们担心失去信仰！

当辛佐夫听到6月3日斯大林的讲话时，这个障碍首次出现在他面前：

"我的朋友们……，"辛佐夫低声重复着斯大林的话，他突然明白了，斯大林在他的记忆中所做的一切大事甚至是宏伟的事业中，缺少的恰恰是今天所说的这些话："兄弟姐妹们！我的朋友们！"准确些讲，缺少的是这些话背后隐含的感情。

莫非只有像战争这样的悲剧才能引出这些话和感情来关注生命？

令人懊丧和痛苦的念头！辛佐夫吓得赶紧丢掉它，就像丢掉卑鄙可耻的念头一样。尽管它既不卑鄙，也不可耻，它不过是让人不适而已。

"尽管"的话语来自从作者现实生活的高度展开叙事的无人称纪事者，而

第二章　戴着人性面具的社会主义现实主义

对伊万·辛佐夫而言，怀疑领袖让他惊恐不已，他怕动摇或丧失对最珍贵的价值的信仰，丧失掉对他和这个国家中与他相似的人做过的以及还要做的事情的意义的信仰。于是他"惊恐地丢掉"那些怀疑——没有它们，他的内心还平静些，似乎还能减轻痛苦。

其他人物也使用类似的方法让自己心理平衡。例如，谢尔皮林的妻子瓦莲金娜·叶果罗夫娜同样忍受着丈夫被捕的痛苦以及可怕的杳无音信的四年，却始终"深信所有过去、现在的坏事，都与此无关"。

因此，如果说寻求真相能动摇信仰，那么人们宁愿选择信仰。当"大众"想保持内心平衡和避免毁灭性的怀疑时，准备融入"群体"，"和大家一样"，"和几百万人一样"思考和感受的愿望就来自他们意识中一系列的解救反射。这就是小说《生者与死者》中大众意识的主要心理特征。一方面，这是卫国战争年代，也可能是在整个斯大林主义年代苏联社会的思潮特性。[①] 另一方面，在西蒙诺夫看来，这是对国家遭受诸多灾难的解释。因为小说《生者与死者》中"个人崇拜"现象首先是作为一种不完善、落后的社会意识现象，作为人民为其经历磨难的悲剧性错误被揭露出来的。

1941 年的纪事在小说《生者与死者》中成为人民意识的历史。在这一基础上，不仅苏联人民在伟大的卫国战争中战胜纳粹分子的原因得以解释，而且更宽泛些讲，通过发展人民的自我意识来实现历史公平的直接必然性思想得以证实。小说《生者与死者》标志着社会主义现实主义中"人"的概念进化的某个阶段，此处的"人"作为人民的一部分，履行着自己的历史使命。但是，人与社会史诗般的共存在纪事长篇小说中表现得极其简单，即按照"和大家一样"的原则。西蒙诺夫关于 1941 年的纪事使人坚信，当人民一致汇聚在自我历史责任感中时（和大家一样，和几百万人一样），他们就能战胜敌人，拯救自己的祖国免于毁灭。不过，全体人民能否从无知走向知晓，从知晓走向意识？能否为了严酷但明智的真理，具备有意识的历史行动方向，拒斥盲目而令人快慰的信仰的诱惑？纪事体小说对此存疑。

[①] 康·西蒙诺夫就文本中出现斯大林一事向自己文集的读者解释道："20 世纪同'个人崇拜'这一概念相关的悲剧性特征之一就是真实的斯大林与人们心目中的斯大林之间的矛盾。没有必要弱化如今已牢牢根植于我们意识中的这一悲剧性矛盾。我深信，在描写我们社会史的书中将讲述不同时代我们生活方方面面的所有真相，其中包括关于斯大林的所有真相。这对于我们社会的正常发展是必需的，毫无疑问，这将得以实现。但我并不认为，我们，作家们，在这种情况下应当做出一副当时，在这些年代已预知一切的样子。"（康·西蒙诺夫：《文集》（6 卷本），第 1 卷，莫斯科，1966 年，卷首语第 6~7 页）

159

第二部：战争与人性

不过，纪事体长篇小说的体裁性质本身使得小说中个体、个人的因素被共同的因素挤占，被大众的因素吞没。但是三部曲的第二部长篇小说《军人不是天生的》（1964）和1941年的纪事紧密相关，发展了《生者与死者》的中心思想，同时已具有全新的特征。

《军人不是天生的》开头几页就显露出作品的纪事结构。小说事件的开端是1943年新年之夜，小说的结尾是1943年2月的几天。这些时间节点上的客观历史内容是具有历史意义的斯大林格勒战役的开始与结束。但《军人不是天生的》却是一种特殊纪事体。此处不是以月来计算，而是以周、天甚至小时来计算。这里的事件不仅像在《生者与死者》中那样，在一个方向、一个历史区域展开，而且从国家的一个地区移向另一个地区：顿河前线、莫斯科、塔什干，又回到斯大林格勒城下和莫斯科。小说事件发生的一个半月内"容纳"了军队的日常生活和塔什干工厂工人的英雄主义，法西斯集中营的恐惧和地下斗争的华章，克里姆林宫生活的瞬间和前线百事——战斗、冲锋，死亡与胜利。

《军人不是天生的》是极其"浓缩"的纪事，浓缩到已经不是原本的纪事了。

我们曾提及，主人公的内心感受着纪事体长篇小说《生者与死者》的所有事件。这种落在小说《军人不是天生的》的主人公身上的沉重负担，毫无疑问会让他们的大脑加速运转，加倍表现出人的典型特质。如果说纪事体长篇小说倾向于用最适宜的方式阐释环境对典型人物的影响，那么在《军人不是天生的》中典型人物与环境则成为平等的力量。

颇为典型的是，这部长篇小说中实际上没有作者的评论。这可以如是解释：从1941年12月到1943年1月（两部长篇小说的事件之间），谢尔皮林、辛佐夫、塔尼亚·奥夫相尼科娃和其他的小说主人公以及所有的人民一起经历了痛苦的考验。他们饱受痛苦却保持了自己的道德完整和生活激情，因此如今他们知道之前（在《生者与死者》中）需要作者的评论。

这些主人公能解决史诗性长篇小说中的复杂问题。在小说《军人不是天生的》的艺术世界中，主人公的精神生活居于最重要的位置并非偶然。形形色色的客观现象与其说本身在小说中就有一席之地，毋宁说它们是人物思想和感受的动机。除了小说的中心主人公，中校阿尔杰米耶夫、铁匠苏沃洛夫、来

第二章　戴着人性面具的社会主义现实主义

自最高统帅部的伊万·阿列克谢耶维奇将军,以及还很青涩的副官雷鲍奇金都具有这些重要的和次要的、博大的和浅陋的、高尚的和卑劣的思想。最后,小说还试图阐述斯大林思想的发展过程。

主人公精神生活的紧张,常态和发展总是典型人物叙事资源的标志,是由艺术家开启的人与世界之间联系的规律性和客观性的见证。正是在小说《军人不是天生的》中呈现出谢尔皮林将军内涵丰富的高大形象,这一事实也证明了作品的史诗力量。

西蒙诺夫似乎是用反史诗的方式表现主人公的"接地气",执着于个人的关注与烦恼。但他们的个人感受本质上却具有史诗性:因为他们密切感受着卫国战争的进程,感受着国家的命运。

> 当我看到德军战机将从上面向我军战机俯冲,跟在后面还不射击时,我的后背感觉到,似乎它马上就要射进我的肩胛骨里。果真如此时,我会感觉打到我背上,整整一分钟我会绝望地躺在地上,我觉得被打死了,再也站不起来了……我甚至无法给自己解释这种感情。这是一种和我们中间被打死的人共同的感情,这是一种负罪感、羞愧感、伤痛感,一种失败时的暴怒和我们成功时的欢欣感!

这就是伊万·辛佐夫的感情,他称为对祖国的感情。

小说《军人不是天生的》的矛盾悖论就在于此:对祖国的感情,即三部曲第一部的主人公痛苦寻找的历史责任感本身,起初就靠小说所有主人公的行为推动着向前发展。谢尔皮林和巴丘克,辛佐夫和柳辛,列瓦绍夫和巴斯特留科夫,马里宁和卡普斯金,茨维特科夫和巴拉班诺夫,所有这些人都秉持着对祖国的责任感,带着为其谋福祉的理想生活和行动。但究竟为什么他们之间又矛盾重重,为什么他们会做出不同的,有时又相互排斥的决定?

原来,历史责任的意识并非全部。还存在一种责任标准,用它来检验主人公观点的客观公正,以及就祖国福祉而言,他们的主观决定和行为的客观意义。西蒙诺夫笔下的人性就充当着这一标准。

检验人性暴露出的缺陷,如集团军司令员巴丘克之流的观点,他认为不需要保护人和考虑胜利的代价。还有工厂厂长卡普斯金,他命令在老人们,前线战士的父辈们疲于奔命劳动的车间里悬挂"第一机修车间的废品制造者——杀死我们前线战士的凶手"的标语。他们为追求物的利益而舍弃人,他们没考虑到任何历史活动中人的意义。

在西蒙诺夫的长篇小说中，人性被视为历史合理性的最高标准。这就是为什么绝对服从命令的团长茨维特科夫，守旧可笑的库兹米奇将军，有点干瘦的厂党小组长马里宁在表现心灵关照、人文关怀之处，在捍卫自己与他人的尊严之处具有活力和吸引力的原因。

谢尔皮林将军这个形象身上道德与历史因素的统一得到最充分的论证。他是整部小说唯一一个能理解时代的主要矛盾和预见其解决之路的主人公。不过，也正是他，谢尔皮林自身同时具有最高的道德正义感，他甚至在诸如战争之类惨无人道的场合仍然不失人性，不踏上藐视他者的生命、个人尊严的"麻木不仁之路"。人性在谢尔皮林的性格中是一种精神状态、道德标准和世界观准则。谢尔皮林性格完整的根源就在于对无可比拟的个人与所有人价值的认识，为了这一价值个人可以献出自己无价的生命。

将西蒙诺夫的主人公划分开来的不是事业，而是对利益、对事业目的的态度。这就使得它们之间的斗争复杂化。但是斗争的同时还给出某种结果。与谢尔皮林和扎哈罗夫等人打交道的巴丘克"不知不觉就变好了"，巴拉班诺夫在严厉指责谢尔皮林之后，感到"良心受到强烈谴责"，而二流子卡普斯金则有点粗鲁地"承认喜欢"马里宁，这一切都是从真正的人道主义的观点看待历史行为的目的与任务时取得的艰难胜利。

不过，西蒙诺夫在遵循历史主义现实主义原则的同时，也指出影响谢尔皮林和他的同志们树立理想的障碍。

小说家认为由"个人崇拜"的概念统摄的一套思想、准则和倾向是其中一种障碍。这些思想能够腐化巴丘克和卡普斯金总体上健康的本性，这些倾向有利于巴斯特留科夫之类的野心家和官僚。西蒙诺夫展示具体历史环境的全部复杂性的同时，也提醒人们，在战争年代，对全民而言，权威具有极大的动员力。

西蒙诺夫小说的主人公之间的冲突被纳入诸如卫国战争等全世界对抗的范围。战争以特殊的力量考验着西蒙诺夫笔下进行人性化思考的主人公的"能力极限"。大家谈到的那个会保护人的谢尔皮林，清醒地知道这些话的偏颇之处：

> 但"保护人"是什么意思？你可不是把他们排成队带离前线，到那个没有射击、没有轰炸、打不死他们的地方。保护人，仅仅意味着使人们面对必然的危险时不把他们置于无谓的危险之中。

第二章 戴着人性面具的社会主义现实主义

我们回想一下谢尔皮林如何慈父般地试图保护塔尼亚和辛佐夫远离死亡。谈到塔尼亚时他说:"希望你长寿,尽可能长寿。"他对辛佐夫说:"尽可能保护自己……"

最终,战争,这不仅是一种直接的史诗性事件,而且是一种悲剧性氛围,其中的社会主义思想太重,人道主义理想的矛盾异常清晰可见。在这种思想心态中,并不排斥对人的爱,并不排斥每个人都独一无二、都是无价之宝这一观点,但如果共同的福祉需要,则要求牺牲人的生命(在这个意义上辛佐夫的独白具有代表性:"……无论是三百人,还是单个的人内心都不会感到自己无限渺小")。

可以肯定,西蒙诺夫小说的冲突绝非囿于战争这一事件,作品的意义也不能仅归结于反映和分析历史的往事。西蒙诺夫运用卫国战争和那个年代社会生活的素材,试图理解那个时代最重要的历史、哲学和道德冲突,解决人道主义的主要问题:人与世界,公民与国家。总的来说,这是一系列的综合问题,构成了史诗小说的语义域。

但是,西蒙诺夫提出这些史诗性的问题之后,还没有就此给出完全史诗性的答案。

被称为史诗小说的宏大叙事小说,其结构特点是所有心理的、道德的、社会的和哲学的冲突在某种具有全民意义的历史成就中终结。

小说《军人不是天生的》中的历史活动结束了:小说以鲍留斯集团的毁灭收尾。但是在这一历史活动的框架内,主要的冲突尚未解决,因此史诗性的事件并未实现,也未在世界中找到和谐。

这就是小说《军人不是天生的》体裁结构的特殊矛盾。它证明作者无法从生活的自我发展中成功找到他所提出问题的答案。但是如果生活本身还不能提供答案,那么作者应当从审美理想的角度给出艺术的处理方式。这是艺术的基本规律之一,违反这一规律就无法达到作品的艺术完整性。

而在《军人不是天生的》中,冲突与生活材料之间的矛盾被"弥合"。为此西蒙诺夫不得不使用一些方法,它们有些违反普遍的、长篇小说中通行的艺术世界客观化自我发展的史诗性原则。这些"弥合的方法"究竟是什么呢?

小说《军人不是天生的》中艺术世界的那种理智主义可以说是其中一种方法。主人公的行为具有环境设定的限度。但主人公的思想却没有阻碍,它渐次发展,最完满地表现出典型人物的心理本质,在主人公思想具有的倾向性中奠定了历史的前景。在小说结尾处,谢尔皮林清楚地知道自己在现实中的能力极限,不过他仍然是幸福的,他幸福是因为在自己的事业中,在自己的历史地域他还能"凿出自己的真理"。

值得注意的是，小说主人公通过纯理智的形式思考杰出人物的历史意义和伟大标准的最终道德结论，具体则是通过引用列夫·托尔斯泰思想的方式得出："伟大似乎可以排除善恶的标准……没有朴素、善良和真实的地方就没有伟大。"当过去类似的情况如今被用以代替客观地解决问题时，这也可以说是一种艺术结论的假定形式。

如果说《生者与死者》中有时夸大了描写真实性的艺术意义，那么在《军人不是天生的》中现实主义假定性的作用陡增。由此，可能性和必然性规律证明正确的形象和情景的某种概念便易于理解。如果说《生者与死者》中主人公的典型化有时按照"和大家一样""和很多人一样"的原则实现，那么在《军人不是天生的》中，西蒙诺夫描写自己主人公不完全普通的生活道路时，则运用现实主义假定性的各种手段，在他们的性格中汇集了时代精神的最重要特征，使其成为时代典型。按说现实主义假定性作用的强化是小说家内心自由，对艺术世界自我发展的逻辑信任有加的标志。但是在小说《军人不是天生的》中，有时使用艺术假定性手法时会带有其他思想审美的目的：促进艺术世界的发展，对艺术家在生活的自我发展中找不到答案的冲突提供客观的解答。

例如，接近小说结尾时，西蒙诺夫为什么非要执着地"构建"辛佐夫和塔尼亚的家庭幸福？这些主人公的接近应该是对小说中思考的历史矛盾给予的艺术解答。让我们回想一下类似的例子：皮埃尔·别祖霍夫在这个世界中找到了自我，同娜塔莎·罗斯托娃获得了家庭幸福，而格里高利·麦列霍夫在东逃西窜中耗尽了自己的精力，失去了阿克西妮亚。但西蒙诺夫的主人公辛佐夫和塔尼亚内部的完整还不意味着他们与生命之间的和谐：同"无处控诉"的恶的斗争还远未完结，因为它依靠的是体制的力量。这就是为什么小说中辛佐夫与塔尼亚的爱情故事看上去像是"故意安排的"，而这种安排削弱了艺术世界的自然性。不过，毕竟在结尾处，西蒙诺夫似乎突然醒悟，锯短了自己主人公家庭"小木屋"的木桩。小说以等待逼近塔尼亚和辛佐夫的新灾难和危险冲突的到来结束。

小说中心主人公谢尔皮林将军性格的特殊性也带有作品艺术结构矛盾性的印记。一方面，谢尔皮林具有最富"史诗性的"性格。谢尔皮林性格的史诗性以特殊的力量体现在其命运的悲剧性中：时代的所有戏剧性矛盾给他带来无法挽回的个人灾难、痛苦和损失。另一方面，在证明其史诗性性格的论据中存在历史偶然性的因素。谢尔皮林本应是位普通长者。他本应是位职业军人，不仅应该现身于科雷马河（当时非常典型），而且应被归入罕有的幸运者之列，变化莫测的命运使其归队；他本应成长为著名的统帅，对他而言正在完成的事业没有秘密可言。正是得益于这些偶然性因素，主人公知晓复杂的历史真相才获得艺术上的证明。

与小说其他主人公不同，谢尔皮林所掌握知识的某种特殊性也反映出战争年代社会自我意识的局限和"受压制"。不过也只有高明的主人公才能在不违反长篇小说艺术世界史诗性自我发展的同时，不借助作者的暗示来给出同时代的评价，而很久后这种评价将成为社会思想的财富。这就是为什么谢尔皮林将军这个形象自身带有史诗性事件形式上的完结与艺术冲突未完成性之间矛盾的印记，同时他也参与了这种矛盾的结构"弥合"。

在小说《军人不是天生的》中，历史浸润着"人的意义"，但人却尚未完全使历史"人性化"。《军人不是天生的》的成功与缺陷证明，类似矛盾的产生不仅仅是作者的失策，也不仅仅是"艺术思想普遍状况"的结果，而是"世界状况"。作者试图"驱策"时代，将长篇史诗小说在现实中的答案产生之前导向结果，确无裨益。长篇小说三部曲的最后一部《最后一个夏天》（1971）的致命艺术缺陷恰好可以用这些来解释，其中各种情节和其他的牵强附会远比《军人不是天生的》中要多。

历史中"人的维度"

尽管西蒙诺夫反驳了最正统的社会主义现实主义教条，可还是停留在社会主义现实主义框架之内。不过，他认为推动历史进程的主要力量是人民自我意识的形成，而非个别人的力量。同时，正如克拉克指出，还在这种潮流的早期经典作品中，人民群众由"自发"转型为"自觉"，就已是社会主义现实主义情节的基础（富尔曼诺夫的《恰巴耶夫》、绥拉菲莫维奇的《铁流》、格拉特科夫的《水泥》）。于是，西蒙诺夫从"日丹诺夫似的"最阴暗的社会主义现实主义文本转向更倾向于民主价值的社会主义现实主义。

"解冻"的影响在于，西蒙诺夫将个人作为历史责任感的单个载体提到历史全景的首位，并将人性理解为历史财富的最高标准。但是当所有严厉批评苏维埃国家、苏维埃意识形态、苏维埃人民的意图均被认定为敌人的教唆行为时，这些重要论点就被西蒙诺夫用军事对抗的情节予以有意识的限制。有代表性的是，第一部大部分情节发展都同辛佐夫的磨难相关，他试图找回丢失的党证——社会主义现实主义忠诚于国家及其政治制度的象征。更具代表性的是，辛佐夫加入莫斯科民兵时，已经不再关心自己的党证了："就让一切照旧吧"。

西蒙诺夫的历史价值体系是完全社会主义现实主义的：主要是保护祖国、国家和政治制度。在与社会主义现实主义意识形态保持充分一致的情况下，西蒙诺夫强调从人民或个人走向历史的强劲路线（找到历史责任，有意识地参与历史活动，准备建立"功勋"等等）。

但是《生者与死者》作为长篇史诗小说的一种形式，在某种程度上"动摇了"社会主义现实主义人民和历史的概念，当它立足于社会主义现实主义意识形态限制性障碍时，却在尽可能排除它们的干扰。它是这方面的典范，具有代表性。

《生者与死者》三部曲标志着社会主义现实主义文学中史诗性冲突的新转变：着重强调理解人民、个人和历史进程之间关系最深刻的戏剧性。在西蒙诺夫的长篇小说中，历史以人的生命、自由和幸福进行检验。社会主义现实主义美学中如此重要的冲突的转变，说明了"解冻"年代形成的个人与历史概念的精神和意义。而在20世纪60年代下半叶至70年代初出现的其他史诗性场景中［谢·扎雷金的《盐谷》（«Солёная падь»），伊·梅列日的两部曲《沼泽地上的人们》（«Люди на болоте»）、《大雷雨的气息》（«Дыхание грозы»），阿·努尔别伊索夫的长篇小说《血与汗》（«Кровь и пот»），安·罗马绍夫的中篇小说《丢番图方程》（«Диофантовы уравнения»），尤·达维多夫的长篇小说］，这种倾向得到巩固和发展。

当人民与历史的史诗概念冲破这些障碍后，和西蒙诺夫同样以前是《红星报》前线记者的瓦西里·格罗斯曼迈出了下一步。

7.3 瓦西里·格罗斯曼（Василий Гроссман）的长篇小说
《生存与命运》（«Жизнь и судьба», 1961）

瓦·格罗斯曼20世纪30—50年代的创作

瓦西里（约瑟夫）·格罗斯曼的嬗变以其戏剧性让人叹为观止：30年间，他走过了从对革命富于幻想的顶礼膜拜到对革命和由它衍生的极权主义怪物的深刻批判之路。

他的短篇小说处女作《在别尔基切夫城》（«В городе Бердичеве», 1934）荣登《文学报》！这段时间，格罗斯曼在斯大林诺的矿井当化学工程师，并在当地医学院的无机化学教研室做高级研究员。短篇小说赢得巴别尔（"全新的视角展现我们犹太人的首都"）和布尔加科夫（"……莫非有益的作品真能发

第二章　戴着人性面具的社会主义现实主义

表?")的赞许。① 谢·利普金证实，"山隘"派的批评家们欣喜地欢迎作家："在格罗斯曼处女作短篇小说中，没有那个年代浮夸浪漫主义的瓦维洛娃这个形象吸引他们。"②

但是，这篇小说的基调却是与对于苏联卫国战争文学而言十分传统的浪漫主义唱反调：在小说中表现为英勇的政委瓦维洛娃与亲切但又囿于"庸俗视界"的犹太人之间的对比。瓦维洛娃本可以成为一位好母亲，但她却有更崇高的使命：为全人类的光明未来而战斗。为了这个使命，她不假思索抛下自己的儿子，奔向战场。③

格罗斯曼在中篇小说《四天》（«Четыре дня»，1935）中更加强调了革命者与"市侩"的反差。书中三个政委为躲避波兰人藏身于医生家中。尽管医生冒着生命危险把老熟人和他的同伙藏在自己家里，尽管其中一位政委是契卡的头儿，而且没少枪毙"监狱里的无辜者"，但作者所有的谴责还是落在医生头上：市侩，俗人，小市民，政委们从他家逃跑时没有一句感谢的话，就像逃出监狱一样。

对于第一代苏联人而言，类似的意识非常典型，格罗斯曼毫无疑问属于这一代。这一代人怀着青年时代纯真的激情接受革命，以为共同事业和伟大未来而牺牲的浪漫主义精神接受极权主义意识形态。写革命与人民所需的真诚愿望，也就意味着按照社会主义现实主义的样板创作，它显现于格罗斯曼的早期"生产小说"《格留卡乌弗》（«Глюкауф»，1934），以及他 1937—1940 年创作

---

① 参见谢·利普金（С. Липкин）：《格罗斯曼的斯大林格勒》（«Сталинград Василия Гроссмана»），安阿伯（Ann Arbor）：阿尔迪斯出版社（Ardis），1986 年，第 10 页。
② 同上，第 13 页。
③ 后来，亚·阿斯科尔托夫（А. Аскольдов）的同名电影《政委》（«Комиссар»）就以这部小说为底本。电影摄于 20 世纪 60 年代，但是几乎束之高阁 20 年，而且差点被毁掉。阿斯科尔托夫的电影中铺陈的是失去母性甚至人性的女政委瓦维洛娃恢复人性的故事。在一个犹太人家庭中，瓦维洛娃政委还远未体会到母性，体会到母亲为自己和他人的孩子而担惊受怕的情感。难怪叶菲姆·马加扎尼克（Ефим Магазанник）和他的妻子玛利亚［Мария，小说中她叫贝依拉（Бэйла），但导演故意强调了宗教联想意义］成为电影的中心人物：他们身处国内战争的噩梦中，开着苦涩的玩笑，保持着瓦维洛娃早已忘怀的对普通和永恒价值的信念。瓦维洛娃临上前线时，把自己的新生儿留给玛利亚，按照电影的逻辑，不是为了抽象的革命理想，而是为了保护这些人们，他们的和自己的孩子，以及最后这几天对她而言所有重要的东西。格罗斯曼的短篇小说可以如是阐释。但是电影导演恰恰聚焦于格罗斯曼宁愿遮蔽的那些主题。

现代俄国文学（1953—1968）

的典型的"历史革命长篇小说"《斯捷潘·科尔丘根》（«Степан Кольчугин»）中。①

战争期间，格罗斯曼同爱伦堡、西蒙诺夫一起成为《红星报》最受欢迎的特写记者。斯大林格勒特写集与中篇小说《人民是不朽的》（«Народ бессмертен», 1942）给他带来了特别的声誉。让人错愕的是，这部中篇小说竟是格罗斯曼在犹太传统特写集和《为了正义的事业》（«За правое дело»）、《生存与命运》两部曲中驳斥的那种美学的典范。《人民是不朽的》是社会主义现实主义叙事文学的范例。就夸张程度而言，几乎可说是民间叙事文学的范例。小说的中心主人公，伊格纳齐耶夫（Игнатьев）是同法西斯作战的全体苏联人民的化身。难怪在高潮片段中他同另一个化身战斗，不过那已是法西斯的化身，"士兵自信的偶像，罪恶的战争之神"的化身："仿佛古代的决斗重现了，数十双眼睛盯着这两个相遇在被战斗摧毁的土地上的人。图里亚克·伊格纳齐耶夫扬起手，俄罗斯士兵的打击可怕而又简单"，这就是这部接近于壮士歌的小说文体的典型例证。

与此同时，格罗斯曼是最早写犹太人大屠杀的作家之一。他的特写《没有犹太人的乌克兰》（«Украина без евреев»）、《特雷布林卡地狱》（«Треблинский ад»），短篇小说《老教师》（«Старый учитель»）预示着《生存与命运》的悲剧美学。这些作品同苏联官方（尽管是非公开的）谈纳粹罪行，但讳言犹太人死亡的政策相悖。毋庸置言，格罗斯曼不仅仅为犹太人的悲剧感到痛心（他的母亲就死于基辅的犹太人聚居区），他觉得自己有道德上的义务讲述并深思灾难的原因。格罗斯曼可能确信这一想法与苏联意识形态水火不相容。1948 年与"世界主义作斗争"进行得如火如荼时，他和爱伦堡所编，讲述在乌克兰、白俄罗斯和波兰，纳粹分子消灭犹太人的《黑书》（«Чёрная книга»）曾"四处散播"。②

---

① 阿·格·鲍恰洛夫（А. Г. Бочаров）引用了一位小说读者的有趣评论："阅读小说时你会感到似曾读过，但那已经是很久远的事了。有这种感觉是因为读者已经看过电影《马克西姆的青春时代》，读过《钢铁是怎样炼成的》这本书，读者甚至非常熟悉高尔基《母亲》中的巴维尔。"（引文参见鲍恰洛夫·阿·格：《瓦西里·格罗斯曼》，莫斯科，1971 年，第 58 页）还有另一种传说，是斯大林本人从推荐参选斯大林奖的名单中划掉了这部长篇小说。"斯大林称小说是孟什维克的，"谢·利普金在自己的回忆录中写道。[谢·利普金：《瓦西里·格罗斯曼的斯大林格勒》，安阿伯（Ann Arbor）：阿尔迪斯出版社（Ardis），1986 年，第 16 页]

② 根据保存下来的手稿，1980 年全书首次出版于耶路撒冷。参见《黑书·关于在苏联的临时占领区和 1941—1945 年战时波兰消灭营中德国法西斯侵略者大规模残忍屠杀犹太人》，耶路撒冷，1980 年。

第二章　戴着人性面具的社会主义现实主义

1952 年，1943 年开始创作的描写斯大林格勒战役的长篇小说出版时，格罗斯曼与苏联意识形态标准的矛盾更加明显。后来，出于"过审"的考虑，小说就以官方引用莫洛托夫的话为题：《为了正义的事业》。如今，关于这部长篇小说有不同的观点。叶·艾特金把它同布宾诺夫（М. Бубенов）的《白桦树》（«Белая Берёза»）、西蒙诺夫的《日日夜夜》并称为"斯大林时代普通的长篇小说"。[①] 谢·利普金对其进行了反驳：

> 首先，格罗斯曼不是一位走运的苏联作家。战时一段短暂的时间内文学需要他……而长篇小说《为了正义的事业》之路却是多舛、恐怖、漫长的。当我和瓦西里·谢苗诺维奇隐藏在我位于伊里因斯基的别墅时，每天夜里的疾风、窗响、阒无人迹的街道上的脚步声都吓得他惊慌失措："他们来了。"而《为了正义的事业》本身以及其中的普通人、农民、工人、受苦受难的妇女的现实主义肖像，苏联日常生活的苦涩真相，对希特勒、斯大林格勒的火灾、菲力亚斯金营的覆灭、别廖兹金少校和妻子相遇的天才描写——不，这不是一部普通的苏联小说……莫非普通的苏联小说会遭受如此沉重的打击？它差一点毁掉《为了正义的事业》和作者本人。[②]

说到"沉重的打击"，利普金指的是米·布宾诺夫 1953 年 2 月 13 日发表在《真理报》上的《论瓦·格罗斯曼的〈为了正义的事业〉》（"О романе В. Гроссмана «За правое дело»"）一文。布宾诺夫主要指责格罗斯曼"把一系列小人物、无足轻重的人物推到首位"，也就是说，没有塑造类似于小说《人民是不朽的》中伊格纳齐耶夫那样值得传颂的形象。让告发者特别愤怒的是这样一个事实："无论是在后方，还是在军中，格罗斯曼根本没有把党表现为胜利的组织者。他仅仅用一些宣言表现共产党组织作用的宏大主题……它们没有用艺术形象着重强调。"这类文章的出现意味着迫害作家运动的开始。恰是斯大林之死使格罗斯曼免遭迫害。[③]

如今长篇小说《为了正义的事业》的批评家们不可避免地从《生存与命

[①] 叶·格·艾特金（Е. Г. Эткинд）：《二十年之后》（«Двадцать лет спустя»），载于瓦·格罗斯曼：《生存与命运》，洛桑，1980 年。

[②] 谢·利普金：《瓦西里·格罗斯曼的斯大林格勒》，第 27 页。

[③] 这一点参见安·别尔泽尔（А. Берзер）《瓦西里·格罗斯曼的〈生存与命运〉》（莫斯科，1990 年）一书中的详细回忆。

运》及中篇小说《一切都在流动》（«Всё течёт»）的角度理解它。从这个视角可以看到，格罗斯曼在《生存与命运》中全面展开的诸多思想在长篇小说《为了正义的事业》中已经产生。①

在我们看来，长篇小说《为了正义的事业》中的确包含《生存与命运》中的反极权主义哲学意蕴。德国知识分子伦茨谈论道：

> 我在工厂上班……机床上方悬挂着大幅标语：Du bist nichts, dein Volk ist alles（你微不足道，你的人民是一切）。有时我会思考这个问题。为什么我微不足道？难道我不是人民吗？那你呢？我们的时代喜欢普遍的公式，它们表面上的意义深刻，让人入迷。可这不过是无稽之谈。人民！我们提出这一概念，是为了告诉人们，人民无比睿智，但只有元首知道人民想要什么：他想要的是贫困、盖世太保和征服性战争。

切佩仁（Чепыжен）院士也有如是思考：在困难的日子里，社会上一切最肮脏和丑恶的东西都甚嚣尘上。显而易见，切佩仁说的是法西斯主义，但读者很容易把这些思想外推到苏联体制上。② 有趣的是，此处着重强调的恰好就是思想，而非人物和情境：《为了正义的事业》同随后的《生存与命运》，都是意识形态小说，无论是法西斯主义还是共产主义，其中的人物和情境是探究20世纪历史灾难原因的证据和检验。比如，格罗斯曼之所以需要集体农庄成员瓦维洛夫、少校别廖兹金、在保卫斯大林格勒火车站的战斗中牺牲的战士，以及小说许多其他人物细致的现实主义肖像，是要突出在全体人民的胜利中个人和普通个体的意义："在表明人的存在是多么脆弱无力的斯大林格勒中，人的个体的价值表现得淋漓尽致"。这种观念随后成为《生存与命运》艺术意识形态的基础。

在长篇小说《为了正义的事业》中，格罗斯曼尚囿于伪托尔斯泰的，事实上却是极度社会主义现实主义的艺术建构，用以表现"主要规律"，或"生存的主要规则"："在这些日子里，要优先考虑某种比个人利益和忧虑更重要和强大的因素：在决定人民命运的关键时刻，紧要的事项自然而然很容易就占

---

① 美国研究者埃利斯·弗兰克（Ellis Frank）在《瓦西里·格罗斯曼：俄罗斯异教徒的起源和发展》（*Vasiliy Grossman: The Genesis and Evolution of a Russian Heretic*，1994）一书中认为甚至在《斯捷潘·科尔丘根》中就已有反极权主义思想。

② 与格罗斯曼同时代的批评家也发现了这些危险的思想。参见尼·列辛斯基（Н. Лещинский）：《再论切佩仁和什特鲁姆的"哲学"》，载于《星》，1953年第5期，第186~187页。

了上风。"这主要归因于在可怕的历史威胁、武装入侵时显现出的人民与国家的团结。①

但是作家的创作追寻和苏联制度史之间独特的共鸣也很重要：布宾诺夫攻击格罗斯曼就是"反世界主义"的组成部分，准确地讲，是 50 年代展开的排犹运动的组成部分。作家在思考伟大的卫国战争中犹太人悲剧肇因的同时，自己也扮演了完全类似的，尽管很幸运，未及"最终解决犹太问题"的意识形态进程的牺牲品角色。生活本身提供给格罗斯曼法西斯主义与极权主义相似这一可怕思想无可辩驳的证据。

由长篇小说《为了正义的事业》开始的两部曲中第二部的命运更富悲剧性。长篇小说《生存与命运》完成于 1961 年，事实上与《生者与死者》的出版是同一时期，却由于《旗》杂志编委会（由瓦·科热夫尼科夫领导）的揭发被克格勃查封，格罗斯曼曾准备将自己的小说交给这家杂志发表。②

长篇小说中的自由哲学

社会主义现实主义准则（其中也包括西蒙诺夫的《生者与死者》）始终将人与历史、人与苏维埃国家的关系视为使人情操高尚且富有创造性的关键（投身于历史进程中新人的模式）。格罗斯曼首次开始研究历史对个体的人和全体人民的负面影响。而且，他首次提出人民共同参与"历史犯罪"的责任问题。

在这种背景下，不言而喻，为什么马克思的公式"自由是对必然性的认识"根本无法使格罗斯曼满意。"正如恩格斯所想，自由不是对必然性的认识。自由与必然性正相反，自由是对必然性的克服，"格罗斯曼在中篇小说《一切都在流动》中写道。

与此同时，作家构建小说时，让多条（起码 15 条）平行发展的情节线索中的每一个中心人物都必须经历哪怕是一次自由的瞬间。物理学家什特鲁姆感

---

① 难怪在与格罗斯曼的谈话中，苏斯洛夫（М. А. Суслов）将《为了正义的事业》《生存与命运》作为"对我们有益的"小说与"政治上有害的"小说进行对比（《瓦西里·格罗斯曼的〈生存与命运〉：从不同的观点看》，莫斯科，1991 年，第 86~87 页）。

② 《旗》杂志编委会讨论小说的速记稿（给克格勃的报告就以此为基础），格罗斯曼试图保护自己的小说免遭厄运而写给赫鲁晓夫的信，以及写信后与当时苏共中央主管意识形态的书记苏斯洛夫的谈话记录（后者拒绝返还给格罗斯曼手稿），这些都刊载于文集《瓦西里·格罗斯曼的〈生存与命运〉：从不同的观点看》（莫斯科，1991 年，第 44~89 页）。

现代俄国文学（1953—1968）

到自由的幸福是在和几个不熟的知识分子大胆交谈之后，他突然意外想到解决最难的科学任务的方法，什特鲁姆产生这一思想"仅仅是一种痛苦的自由感决定了他和交谈者的言辞"的瞬间。什特鲁姆还体会到一个自由的瞬间："他沉浸在一种轻松和纯洁的情感中……已经没有什么力量能让他否定其正确性"。

政委克雷莫夫的生命中也有那样的瞬间，当他来到斯大林格勒时，他感觉自己不知是到了党外世界还是回到了革命初期的氛围。身陷囹圄时，他没理会地狱般环境的铁定逻辑，他突然懂了，冉妮亚不可能出卖他，这一刻他是自由的。"上帝啊，上帝啊，他哭了……"

从集中营返回前线的达林斯基（Даренский）中校也感到自由，当他和不太熟的上校鲍瓦（Бова）在一次意外的谈话中敞开心扉时，他感受到"一种无法言传的妙处：一种无畏无惧、畅所欲言的幸福，敢于争论特别让人头痛的问题的幸福"。随后他承认："您知道吗，我的生命当中无论发生什么事，对这次夜间谈话永远都不会后悔……"

当军医索菲亚·奥西波夫娜·列文彤（Софья Осиповна Левинтон）站在法西斯毒气室大门前的队列里，手里握着男孩大卫的小手时，她没有回应医生出列的命令："她默默地对抗着这个令她憎恶的力量……那时她感到精神振奋"。在那一瞬间她也感到自由。

坦克军军长诺维科夫，是一位事业心正旺的年轻上校，当他将坦克部队的决定性进攻推迟8分钟，从而导致自己未来的仕途再无指望时，他感到自由，"比起不假思索让人送死的权利，他更倾向于让人送死时深思熟虑的权利"。

克雷莫夫的前妻叶夫根尼娅·尼古拉耶夫娜·沙波什尼科娃（Евгения Николаевна Шапошникова）感受到最痛苦的自由，是在得知克雷莫夫被捕，她和诺维科夫分手并决定同自己的前夫分担可怕命运的时刻。

共产主义者阿巴尔丘克感到自由，是在同自己的政治导师马加尔谈话后直接向刑事犯的权力发出挑战时。

叶尔绍夫少校是"富农的"儿子和德国战俘营地下抵抗组织的领导，他感到自由，是因为他明白："在这里，履历表上的情况没用了，他就是力量，其他人会跟着他走。"

甚至身陷斯大林格勒包围圈中的德国人也感到自由。正如格罗斯曼所写，他们经历了"人身上自由的解放，亦即人的人性化"。老将军身上演员的外衣掉落下来。士兵们看到圣诞节的枞树时惊讶而又感动，顿觉自己"从德国的、国家的变成人性的"。巴赫中尉一生中首次"不是听别人的话，而是用心理解了爱的含义"。

同时，整场斯大林格勒战役作为《生存与命运》中所有事件的历史转折点，是唤醒人民自由意识进程的高潮。难怪格罗斯曼如此尽心描写斯大林格勒人民的战时日常生活。这里的每个人都懂，"这里的人们已经不看大叔有几头牛。他们只看一样：有没有头脑。有，就好。这里没有冒牌货"。难怪党内声名显赫的领袖涅乌多布诺夫在这里也感到束手无策："……国家愤怒的威力让几百万人俯首颤抖，但在这里，在前线，当德国人往上冲时，这种威力却一文不值。"难怪"6·1"号楼及其"管理员"格列科夫（Греков）会成为格罗斯曼创作的斯大林格勒战役全景的意义中心。这栋嵌入德军阵地、远离我军阵地的楼房，它的保护者和住房的相互关系、情感和思想方式，本质上注定要死亡，按照弗·卡尔金的准确诠释，它已转变为不二之选。① 在这里，每一个普通人都变得不普通：因为每一个人都自由地畅所欲言。在这里，一种自然平等的情感支配着人们。在这里，格列科夫当头儿不是按照军衔，不是根据任命，而是凭借个人的权威。他比所有的人更清楚："不能把人当绵羊一样管……革命就是为了没有人管人。列宁说过：'以前他们粗暴地管理你们，而我将用聪明的办法管理。'"

所有这些人类自由的表现形式都缺少自觉性。毕竟什特鲁姆非常清楚，如何更理智：尽管对他的科研工作而言，他最好去参加学术委员会，发言悔过："大家都这么做"。可他没去，他不能去。达林斯基知道和鲍瓦谈话要冒的风险：他不是道听途说才知道监狱里稀菜汤的事，但他也没辙。真让人诧异，为什么"6·1"号楼的保卫者们会用"政委同志，谈谈集体农庄，战后怎样清理它们"之类的问题刺激到他们这里来的政委检查员克雷莫夫？为什么格列科夫要同正统的克雷莫夫乱谈"普遍强迫劳动"的问题，莫非为了万一（几乎不可能）活着从前哨楼里出来，在苏军战士队列前脑门儿上挨一枪？

对格罗斯曼而言，自由往往不是自觉的，但的确是人存在的绝对的、不可

---

① 参见弗·卡尔金（В. Кардин）：《时代的宠儿与弃儿》，载于《瓦西里·格罗斯曼的〈生存与命运〉：从不同的观点看》，第243页。具有代表性的是格罗斯曼小说中"6·1"号楼的形象意义在《旗》编委会难忘的小说讨论会上已被敏锐地看出："其中，'6·1'号楼是那种'没有官气的'民主的体现（想来就令人心痛，这栋楼的原型是斯大林格勒珍贵而神圣的'巴甫洛夫楼'）"（柳·伊·斯科里诺，第63页）；"似乎为了普遍自由斗争的'6·1'号楼给我们替换了英雄的巴甫洛夫楼"（维·克·潘柯夫，第58页）；"格罗斯曼亵渎地描写保卫'巴甫洛夫楼'的人们，在这些场景中宣传自己资产阶级民主自由和自由的人们的理想"（鲍·列·苏奇科夫，第65页）；"作者否定苏联关系体系，试图把作为自己理想的斯大林格勒'6·1'号楼驻军的生活同其对立起来，那栋楼的保卫者们，没有政委和集体农庄庄员，似乎是为了普遍的自由而战"（瓦·科热夫尼科夫，第67页）。

或缺的必然性。格罗斯曼此处明确无疑："生命就是自由，因此死亡是自由的逐渐毁灭……当人在无限的时间中永远是独一无二的世界时，生命才会幸福。自由，才会拥有最高的意义。"

而像克雷莫夫这样的人，会用急不可耐、心思缜密的背叛换取自由的瞬间。

顺便提一句，伊康尼科夫（Иконников）在笔记中所称"愚蠢的善良"的人道自发体现和人的真正自由行为的本质区别即在于此。一位妇女递给一个罪有应得的德国俘虏一块面包，这样的"愚蠢的善良"引起公愤，保护同一个德国人免受侮辱的达林斯基的行为：一般而言，所有这些都是人内心瞬间的、无私的活动。言辞、思想、行为中表现出的自由，在那样的条件下从来都要受到惩罚，迈向自由的步伐永远具有真正决定命运的意义。

但如果说克雷莫夫和阿巴尔丘克忽视自由，将自己陷于从制度的奴仆转型为制度的牺牲品的境地，那么究竟为什么什特鲁姆，聪明、诚实、天才的什特鲁姆，尽管短暂地走过些弯路，却从制度的牺牲品变成它的奴仆？要知道他可是把自由置于一切之上的人。问题就在于此。他恰好被外部自由收买了。斯大林打电话之后，他就不知道什么是阻碍了，琐碎的问题都用"飞毯"方式解决。"我真的自由了，他感到惊奇。"这种自由使什特鲁姆内心疏远制度的牺牲品，甚至几乎对以前迫害自己的人抱有好感。继续喜爱工作的自由对他的束缚超过对铁丝网的恐惧。他内心已经准备同国家和解，只要它不妨碍他生命中的事业。这就是他同意在污蔑1937年受难者的卑鄙信件里签上自己名字的原因。这是一种堕落，它失去了最重要的东西——内心的自由："他成为强者后，失去了内心的自由。"

何况格罗斯曼小说中的自由永远是对体制直接公开（特别是考虑到众多"情报人员"）的挑战。这是对全面镇压和消灭逻辑、对在自"我"深处自我保护本能的抗议。为暴力开脱的道路上不可能有自由，它不可能同"屈从反应"联系在一起。罪过是自由的反面，"因为人的自由意志，总是同制约因素一道，表现在处于贫困、饥饿、集中营和死亡威胁之下的人的每一步中……命运引导着人，但人前进，是因为他想前进，他也可以按自己的意志不想前进"。

"按自己的意志不想前进"，也就是说，永远都存在自由的选择，甚至如果这是生死之间的选择。而一个人如果听从自己良心的呼声，觉得不能成为卑劣行为和犯罪的共谋，他就会选择死亡：冲破无情命运的坚强意志，服从生命的最高律令。

第二章　戴着人性面具的社会主义现实主义

是什么给予人内心保持追求自由的力量："不放弃做人的权利"？愚蠢的善良？自发的人道主义？但这些只是精神自由的必要前提。文化？修养？超级谨慎的索科洛夫有文化，克雷莫夫有修养。思想的力量和勇气，抑或只是人的坚忍不拔？但是维克托·巴甫洛维奇·什特鲁姆具有这些品质，此外还具有对文化的深入领会以及对他人痛苦坦诚相待的受伤心灵，可是他在放弃，而且他无法保证不同超暴力的体系妥协。

没有对人内心自由的保证，而且也不可能有！要获得真正的自由，需要付出精神高度持续紧张，不断与"世纪猎狼犬"进行不平等的单打独斗的代价。难道就没有办法？没有希望？

难怪在什特鲁姆违背道德的时刻，他的同事索科洛夫表现出意想不到的坚韧：不久前什特鲁姆的坚强，如今成为他的道德准则、良心责任。也就是说，这并非徒然？也就是说，还有意义？

在世代的联系中，在文化的记忆中，在日常的生活经验中，能给予人力量的只有一样：人类永恒存在的、颠扑不灭的规律，它每日每时都在重现。不言而喻，为什么在格罗斯曼的小说中永恒母亲的形象贯穿始终，有为自己的托利亚哀伤的柳德米拉·尼古拉耶夫娜·沙波什尼科娃；有安娜·谢苗诺夫娜·什特鲁姆，她把和自己一起关在犹太人区铁丝网内的犹太人看作自己的孩子；有老处女索菲娅·奥西波夫娜·列文彤，在毒气室门前，当她遭受着和别人的孩子达维吉克（他的确成了她的亲人）同样的命运时，感受到了母亲般的幸福。不言而喻，为什么在格列科夫的家中，一对年轻人之间产生了爱情。在泥泞中，在生离死别时，达夫尼斯和赫洛亚的故事重现。不言而喻，为什么在小说的最后几页出现一个小孩，而年轻、美丽却不幸的妇女请求睿智崇高的亚历山德拉·弗拉基米罗夫娜·沙波什尼科娃老人允许自己给她洗脚。所有这些都是古代传统尊崇的未来与过去的象征，它们积极活跃地交织在一起。不言而喻，为什么正是在亚历山德拉·弗拉基米罗夫娜的内心独白中，对与命运单打独斗的意义，对为了自由人的主要权利，良心的权利艰苦斗争的结果等未点明的问题给出直接、令人失望的答案：

> 这就是她，一位老太婆，为生者的生命担心不已，而且将生者与死者等同视之……她站在那里，扪心自问：为什么她爱着的人们前途渺茫？为什么在他们的生命中有那么多错误？她没发现，在这迷惘、渺茫、痛苦和混乱中就有答案，有条理，有希望。她没发现，她自己知道，心里明白她和她的亲人们经历的生活的意义，尽管她和他们中的任何人都说不出等待

他们的是什么。尽管他们知道，在可怕的时代，人已不是自己幸福的铸造者，世界命运有权饶恕和处决人，使其获得荣誉，陷入贫困，变为集中营的尘埃，但是世界命运，历史的厄运，国家愤怒的厄运无权改变那些真正的人……他们像人一样活着，像人一样死去，而那些牺牲的人们也死得其所，他们对一切永恒、痛苦的人性的胜利即在于此。

这也就是格罗斯曼所说的自由。

和史诗的意识形态论战

格罗斯曼和西蒙诺夫及其他"解冻"时期的作者不同，他提出应视历史为一股逆生命、逆存在的基本要素而动的悲剧力量。格罗斯曼在摆脱社会主义现实主义意识形态学说的同时，得出一种独特的历史观，它将俄罗斯的历史之路视为两种倾向，即争取自由意志和强化非自由手段统治的惯性之间的斗争之路（格罗斯曼在1963年出版的最后一部中篇小说《一切都在流动》中以政论的形式对这一观点进行了最详细的阐释）。此外，格罗斯曼艺术地揭示了其内部、心理和思维的机制，历史的强制和镇压通过它们方得以实现：这是国家的神化（任何国家，不止苏联），这是"永远正确的"人民的神话，这是"人群中的个人"和国家机器意图的一致。格罗斯曼发现，个人与历史的关系总是带有戏剧性的，且通常是悲剧性的。在格罗斯曼看来，个人总是面临选择：或者在历史"必然性"的压力下投降，或者捍卫自己的人性和自由，并为此冒生命的危险。

甚至在"解冻"最自由的时期，格罗斯曼的长篇小说仍受到社会主义现实主义文化的排斥，但它却成为"戴着人性面具的社会主义现实主义"的最高点。这些小说证明，社会主义现实主义美学拟定的形式对解决并随后推翻极权主义的意识形态和哲学也是有效的（索尔仁尼琴和格罗斯曼同时在这条道路上探索）。但格罗斯曼同社会主义现实主义论争时，同样也在彻底地重新认识史诗传统的最重要公理。

社会主义现实主义学说立足于"史诗"模式，而托尔斯泰的长篇小说《战争与和平》在伟大的卫国战争年代也成为最重要的"党的宣传"手段之一。格罗斯曼尽管在有意识地回顾托尔斯泰的史诗，但他还是提出一种同托尔斯泰相反的史诗共存方案：格罗斯曼笔下的人们并非在他们融于历史的"群"流中，而是当他们有意识地将自己隔开，甚至同"群"、大众、人民对立时，才感觉自己是永恒生命的粒子。在格罗斯曼笔下，只有捍卫自己的自由、同历史"必然性"争论的个体才能享有生命的参与感，因为"生命就是自由"。

格罗斯曼也在重新认识人民的范畴：人民无论是对史诗的，还是对社会主义现实主义的传统而言都是神圣的。对于作家格罗斯曼而言，"平民的民主主义，民粹主义"总是具有典型性（西·马尔基什，Ш. Маркиш）。但是，客观上小说《生存与命运》中人民的形象分裂成两个不平等的部分：一部分是诸如叶尔绍夫、格列科夫、"6·1"号楼的"住户"的少数派，他们在反对暴力的战争中坚定而有意识地捍卫自己的自由，不管暴力来自何方；另一部分是数量众多的人民群众，他们愉快、驯顺。说来奇怪，格罗斯曼恰恰是把人民的"少数派"称为"人民"，对他而言，这些人物更接近什特鲁姆或达林斯基类型的知识分子。

最终，提出问题的激情甚至被格罗斯曼扩展到了诸如反对外来侵略的战争等对史诗和社会主义现实主义而言的绝对范畴。格罗斯曼强调，战争真正的内容是反对体系的"超暴力"，争取个人自由。他用自己主人公的悲惨命运证明了这一命题：格列科夫，如果他能活着从"6·1"号楼出来，也会因克雷莫夫告密而被枪毙；叶尔绍夫，他的牺牲是因党务人员奥西波夫害怕"富农的儿子"会影响集中营的地下工作者；诺维科夫上校，他去莫斯科是为了对"擅自"延迟历史性战役时间负责。

20世纪60年代的文化尚未准备好回答格罗斯曼在《生存与命运》中提出的问题。甚至还没出版，格罗斯曼的长篇小说就同时终结和动摇了苏联文学的史诗传统。延续这一传统，就意味着对隐藏于人民和他们意识中的、个人与历史的冲突中的、"单个的人"对抗国家机器的悲剧中的矛盾视而不见。

现代俄国文学（1953—1968）

第八节 亚历山大·特瓦尔多夫斯基

亚历山大·特瓦尔多夫斯基（1910—1971）是苏联时期俄罗斯文学家中最著名、最具悲剧个性的一位。在最黑暗的十年，特瓦尔多夫斯基逐渐成长为第一流的人才，并且始终占据着官方"名流"的地位，他还是社会主义现实主义经典作品的创作者。即便在"解冻"的年代，他也一直是公认的反对制度的精神领袖，他不仅是当时几乎唯一的民主思想的公开宣传阵地——《新世界》杂志的主编，而且创作了很多长诗和抒情诗，这些诗被同时代人视为勇敢反抗的作品[1]。

特瓦尔多夫斯基的才华得到了有各种创作倾向的作家的高度评价。"他是20世纪伟大的诗人之一，"康斯坦丁·西蒙诺夫如此评价。"他是一位有巨大能量的诗人"，这是尤里·特里丰诺夫对他的印象。"大诗人"，这是纳乌姆·科尔扎文（Наум Коржавин）对他的评价。"文学收藏家，最高的、最权威的评论家，一代权威人物"，这是费多尔·阿勃拉莫夫的意见。"特瓦尔多夫斯基的个性对周围人的影响是巨大且显而易见。他的魅力来源于他希望活得真实，并且不隐藏这一愿望。在那个年代，大多数人都隐藏了这一点，不知道真理在哪里，而到处都是谎言，"谢尔盖·扎雷金如此写道。但特瓦尔多夫斯基自己是否知道"真理何在"？这个怀疑在扎雷金那里变成了有点模糊的形态："迄今为止我无法回答这个问题：也许，迷惘也是伟大的，甚至是高尚的？"[2] 就特瓦尔多夫斯基而言这是最关键的问题。

当人们试图解释决定特瓦尔多夫斯基创作命运戏剧性的矛盾实质时，通常会谈到他内心"俄罗斯"与"苏联"、"民间乡土性"与"国家性"之间的斗争。[3] 我们提出另一种假设：也许，特瓦尔多夫斯基现象的秘密在于，就构成苏联诗人这一概念的理想意义而言，他是一个真正的、地地道道的苏联诗人？特瓦尔多夫斯基一生的戏剧性、思想波动、精神痛苦与创作危机等特点是

---

[1] 由于其整体复杂性，对特瓦尔多夫斯基创作道路的研究刚刚开始。最初的研究没有触及诗人的精神悲剧与创作痛苦，如 С. Л. 斯特拉什诺夫的博士学位论文《特瓦尔多夫斯基的创作演化（从诗歌体裁的角度看）》（莫斯科，1993 年）以及 Т. А. 斯尼基列娃的学术著作《特瓦尔多夫斯基·诗人和他的时代》（叶卡捷琳堡，1997 年）。索尔仁尼琴在他的回忆录《牛犊顶橡树》中对作为思想家与社会活动家的特瓦尔多夫斯基的矛盾提出了自己的看法。

[2] С. 扎雷京：《关于特瓦尔多夫斯基》，载于《新世界》，1990 年第 6 期，第 190 页。

[3] 同上。

"苏联诗人"现象本身内在矛盾的实质反映吗?

20世纪30年代特瓦尔多夫斯基的抒情诗：民间美学与朴实无华的风格

特瓦尔多夫斯基的生平与苏联诗人成长的模式惊人地相似，这是社会主义现实主义模式的一种"投射"。他是农民的儿子，出身底层，来自劳动阶级。15岁时，他离开家乡斯摩棱斯克的扎果利耶，一如他自己所承认的，这是为了扯断内心与旧世界的联系。在思想层面，他同乡村铁匠的父亲决裂，因为他父亲一生都在幻想努力成为一个殷实的雇主，以致后来成了知名的诗人、人民代表和大奖获得者之后，特瓦尔多夫斯基每次见到自己的登记卡片上写着"富农出身"都会惶惶不安（他曾给赫鲁晓夫本人讲过）。与这些"程序化"的举动和行为相比，他却完成了某种与社会主义现实主义"投射"相反的作品。30年代末期，在与父亲一家示威性地断绝关系还不到十年时，他乘车去往"荒凉的、奇怪的，/我们/必然路经的小小农庄"旅行，创作了出色的、充满忧伤的"扎果利耶组诗"。战后初期，正是特瓦尔多夫斯基在自己的特写集《祖国和他乡》中塑造了"小世界，小小世界"这个形象，并赋予这一形象某种源头的意义，人们终生都能从中获得一种道德的力量；而包括童年、家乡的大自然、一年四季和甚至梦想着出一本"要书"的回忆，都被诗人称为"精神的黄金储备"[①]。父亲破产后被发配到乌拉尔伐木，让诗人很长一段时间都追悔莫及、痛苦不堪，这也构成了诗人精神生活中最痛苦的情节之一。

不，特瓦尔多夫斯基并非一个天真的理想主义者。他是重要的社会活动家、人民代表、苏联作协领导人之一、大型杂志的主编。他既能审时度势，也熟悉政治和文学的"规则"，如果需要的话，他也会以其人之道反击那些政治煽动家们，尽管他自己总是盛赞"鲜活、真实的话语的激情"，并且非常痛心地接受那些他称之为"速记记录"的谈话。简而言之，在长诗《焦尔金游地府》中，作者在给自己戏谑的自我鉴定中有许多真实的生平："据说，我不反对精神/从小我就是精神的学生。/并且按照精神的指示——/去听，/甚至去闻——/这绝不多余。"

但是，对于特瓦尔多夫斯基来说有一点是很神圣的，即从走上独立道路开始，他就接受了1917年10月隆重宣布的那些理想，并且虔诚地信仰它们。甚

[①] 特瓦尔多夫斯基：《工作日记（1953—1960）》，载于《旗》，1989年第7期，第146页。

至在1965年，当他与政府之间的关系非常紧张的时候，他预先通知在巴黎迎接他的记者们："请不要忘记，共产主义是我的宗教。"（把常用的词"学说"换成了在这种语境下不常用的词"宗教"，表现出特瓦尔多夫斯基对这一"学说"能否实现的疑虑，但对"共产主义"价值的信仰仍然不变。）但是，在诗人的意识中，对美好的抽象学说怀有的这种虔诚的信仰，将微不足道的成就视为国家制度和历史道路选择的正确性的证明，时常与根深蒂固的农民思维发生冲突，因为祖国土地上触目惊心的贫穷与落后现状萦绕着它们。① 一个当时在巴黎听过诗人讲话的人所发表的看法更真实一些："特瓦尔多夫斯基是一个坚定的共产主义者，但是他发现了蜕化的一切丑恶的形式，并为**此痛心疾首**。"②甚至在60年代末期，特瓦尔多夫斯基为了捍卫他主编的《新世界》杂志的立场，几乎公开对抗政府。他认为，那些人歪曲了马克思主义原理，他自己坚信的是某种"纯粹的马克思列宁主义"。他对共产主义思想非常忠诚，却一直到死都未能找到折磨自己的问题的答案。

特瓦尔多夫斯基深思熟虑的审美原则同其心理特点和创作天赋有机统一，在很多方面与社会主义现实主义的基本准则保持一致，这些基本准则往往用"社会性""现代感""人民性"等概念表示。但是，如果对于那些被特瓦尔多夫斯基称为"纯粹的意识形态吸血鬼"来说③，这些词是具有蛊惑性的伪装，在伪装后面隐藏的是政治企图，那么对于特瓦尔多夫斯基本人来说，这却不是空话，因为在很大程度上，他赋予这些词以严肃的意义并且对它们充满责任心。

特瓦尔多夫斯基的文章《米哈伊尔·伊萨科夫斯基的诗歌》在一定程度上让我们对其审美原则有了整体概念。该文是作者历经20年（1949—1969）精心锤炼而成的。从创作是"社会使命"的思想出发，他确定了作者与读者之间关系的特点、作品美学完美的标准，以及他所熟悉的诗学的基本原则。

"对于一位诗人来说，最大的幸福莫过于广大群众能读他的诗，并且诗人也能找到通往群众内心诗歌言语的坦途，"特瓦尔多夫斯基认为，这就是艺术家们理应葆有的初心，而这也意味着，对他来说在同读者的关系上完全不存在

---

① 他是歌颂集体农庄体制的《春草国》的作者。1954年他在自己的工作日记中写道："这场自上而下的革命过了四分之一世纪，而直到现在事情还没有按照自身规律进行，需要在上级的各种'刺激'下进行，甚至带有官方都承认的'被废弃'的特点。"（《旗》，1989年第7期，第144页）
② 《文学问题》，1989年第9期，第231页。
③ 特瓦尔多夫斯基的这一说法针对的是文学官僚和苏尔科夫、柯切托夫、索夫罗诺夫之流的保护者们。参见特瓦尔多夫斯基：《工作日记（1953—1960）》，载于《旗》，1989年第7期，第186页。

第二章　戴着人性面具的社会主义现实主义

某种精英原则，并且因此带有最民主的特征。由此，特瓦尔多夫斯基对艺术现象的社会意义提出了自己的标准："可以认为，使那些通常不读诗歌的人都读诗歌，是获得社会意义的重要诗歌现象的第一个标识。"的确，提出如此与众不同的标准，特瓦尔多夫斯基没有忘记，有时"语义双关的诗歌精品"会令读者兴致盎然，并且"有时诗歌里面真正高大的形象不能立刻获得广泛的认可"。但是，他认为，没有前者，有关诗歌现象方面的谈论"更多带有文学内部的、专业的特点，无法影响到大多数社会阶层的兴趣和情绪"。特瓦尔多夫斯基本人据理力争，坚信那些"从书本走向大众"的诗歌的特有价值。[①]

面向广大读者群，力求把"通常不读诗的"人们也吸引进读者群，这是特瓦尔多夫斯基有意偏重而确定的诗学任务，其实质反映出一种朴实无华的观念。特瓦尔多夫斯基在自己的文章中举了不少例子。比如，伊萨科夫斯基的诗歌就遵循朴实无华的原则："人们已经听习惯的、报刊宣传的日常生活语言在这里已经与一种热情的语言联成一体，就像在和自己的母亲、心爱的妻子和姐妹说话一样"；"我们的诗歌在伊萨科夫斯基之前不用这种现实主义的、清晰的、生气勃勃的语言来讲述乡村生活的痛苦和穷困"；"伊萨科夫斯基用满怀痛苦的讽刺和清晰、容易记住的诗节表现诗歌完全触及不到的普通阶层"；"伊萨科夫斯基突然用有些粗鲁的、民间的表述打断最抒情的语调"；"传统的歌曲手法，甚至是仿写的手法都要与反映尖锐的现代问题的悲剧性内容联系在一起"……这些例子足以让人明白，十分熟练的手法完全可以达到朴实无华的效果（错觉）。但是这些手法并不突出，无法激起审美兴趣，其别具一格之处在于风格变得难以察觉（往往通过暗示，比如通过节奏、旋律、原始主题和形象）。但是，在这种情况下，词汇便成为概念和观念的载体，句子则是思想的结晶。此处联想关系的形成主要不是在一个词的内部（像在任一比喻中一样），而是在词与词之间，更确切地说就是在概念，在词背后的那些概念上形成；在这里抒情的表现力通常不是直接地，而是间接地，通过描写表现出

[①] 这种说法来自特瓦尔多夫斯基的文章《诗歌与人民》(1947)。从书本走向大众的作品，特瓦尔多夫斯基认为，除了《海燕之歌》，还有杰米扬·别德内（但又保留性地声明，"对他的诗歌可以提出许多质疑"）和马雅可夫斯基的诗歌，Н. 阿谢耶夫的诗歌《布琼尼的骑兵》(«Конница Буденного»)，Э. 巴格里茨基的《关于阿巴纳斯的沉思》(«Дума про Опанаса»)，А. 扎罗夫的《手风琴》(«Гармонь»)，М. 斯维特罗夫的《格林纳达》(«Гренада»)，М. 戈洛德内的《铁矿》(«Железняк»)，С. 阿雷莫夫的《远东组诗》(«Дальневосточная»)，К. 西蒙诺夫的一些诗歌，别列杰夫-库马奇创作的《神圣的战争》(«Священная война»)。伊萨科夫斯基在这些诗人中"独占鳌头"。特瓦尔多夫斯基认为，就是这些文本确立了"苏联诗歌作品"的特点[《特瓦尔多夫斯基文集》(6卷本)，第5卷，莫斯科，1978年，第310~312页]。

来，将诗歌世界的形象"外化"，此处句子的诗学特性，如话语的格言化、反常化、节律的完整性，简而言之，可以称为修辞修饰的手法，获得了最高价值。

在谈及伊萨科夫斯基时，特瓦尔多夫斯基明确确定了他本人熟悉的一些诗学原则，并且捍卫这些原则的美学意义。

"朴实无华的诗学"从根源上来说与俄罗斯许多世纪以来合唱抒情诗的传统有关。在这片土壤上产生了柯尔佐夫（Кольцов）、尼基京（Никитин）以及一些苏里科夫文学小组的诗人（поэты-суриковцы）的诗歌。然而，如果说在19世纪，这个传统只具有边缘化的特点，那么在苏联时期它却成为一个强大的艺术潮流，滋养了一大批诗人，如С. 叶赛宁（С. Есенин）、П. 瓦西里耶夫（П. Васильев）、М. 伊萨科夫斯基（М. Исаковский）、В. 波科夫（В. Боков）、М. 马杜索夫斯基（М. Матусовский）、С. 阿雷莫夫（С. Алымов）、Н. 特里亚普金（Н. Тряпкин）。在这片土壤上产生了一些艺术流派，如新农民诗人（1919—1920）、"悄声细语派"（1960—1970）的创作。合唱抒情诗能作为创作者诗歌起源的基础这一现象本身还有待研究，但是显而易见，合唱抒情诗在俄罗斯人民生活中的出现及其功能一方面与民众意识中深层的原型，与宗教神话本体论相关，另一方面与人民的日常生活和鲜活的美学意识相关，它的作用被视为一种大众文化的基础。

秉持合唱抒情诗传统的诗人们提炼出的"朴实无华的诗学"，在真正的艺术和"大众文化"之间的界限的确十分模糊。以这种风格写成的诗，有时显得"简简单单"［顺便说说，И. 谢尔文斯基（И. Сельвинский）和С. 基尔萨诺夫（С. Кирсанов）如此评论特瓦尔多夫斯基的诗歌］，不过它们就风格而言也应该显得"简简单单"。而实际上"朴实无华的诗学"是一种特别的风格体系，它为了解决艺术任务而采用大众文化内部形成的形式，使其词义现代化并具有现实意义，为在其中发现新的语义手段而将其变形。因此，"朴实无华的诗学"相当复杂。一方面，它向号称来自底层的读者敞开了诗歌文本，并用他们的语言，即特别大众化的、最日常的语言和他们交谈；另一方面，这种风格能把读者带入诗歌广阔的空间，并引领读者理解隐藏在熟悉的语言和现象中的它们所指的深邃含义。

特瓦尔多夫斯基初涉诗坛，就是在这经久不变、流传甚广，因其与大众文化相近而不受尊重的传统中进行创作探索。

合唱抒情诗的实质自古以来就是为了表达集体感受。这种情况不仅可以解释特瓦尔多夫斯基的很多创作手法，而且还提供了理解其作品中抒情主体性格特点的一把钥匙：他总是作为"集体""人群""大众"中每一个独立的成员特有的情感与心境的代表出现。但是他的"我"并非"我们"的化身，合唱的每一个参加者唱的是共同的歌词，但又把它当作自己特有的，这便体现出了个人的主观性。但是合唱抒情诗产生的过程本身（所有抒情作品的完成就是文本产生的活动的复制）显露出言语的每一个主体感受与其他合唱参与者感受的和谐一致。

"朴实无华的诗学"是特瓦尔多夫斯基所遵循的最主要的美学原则，即人民性原则的最合适的体现形式。诗人坚信，人民，也就是大众化的基层群众，直接创造世俗福利，是基础中的基础。诗人认为自己最高的义务就是对人民的艺术理解，对他们的生活、他们的命运、他们的精神的艺术理解。因此，特瓦尔多夫斯基作品中的主要人物都来自人民。这种角色的本质就是他是民众精神的代表，更确切地说就是"普通苏联人"意识的表达者（而且还在这种表达获得美学准则的特征之前）。但是特瓦尔多夫斯基的发现在于，正是在他的诗中"普通苏联人"进行着自我认同：认识自己，确定自己与世界的关系，并在内心对这种关系予以抒情性认同。

社会主义现实主义经典的两极：
《春草国》和《瓦西里·焦尔金》

在特瓦尔多夫斯基的诗歌中，个人（личность）这个美学概念变化很大，但是这种变化一直处在"普通苏联人"概念的范畴内。特瓦尔多夫斯基的抒情主人公与其他抒情主体处于同等位置，这就隐含着不小的风险，尤其表现为对主人公理想化的诱惑，以及对抹掉作者观点与主人公感受之间距离的觊觎。特瓦尔多夫斯基成长道路上的不同阶段都没有回避这些风险。

在特瓦尔多夫斯基20年代末至30年代的诗歌中，个人与大众、集体、人民的融合与联合的激情毫无疑问居于首位。合唱抒情诗体裁是表达这种激情最适合的形式。青年特瓦尔多夫斯基的许多诗作都指向俄罗斯合唱抒情诗这种古老体裁的记忆。比如在诗歌《女友们》《相逢》《你的美不会老去》中有颂歌的特征，而诗歌《卡捷琳娜》《你带着一种美来到丈夫家》则带有哀歌的语调。年轻的特瓦尔多夫斯基经常使用友好的寄语体裁，但他还是将其转换成合唱的"音区"，因为这些寄语常常不是针对某一个具体的人，而是写给某个"类型"的收件人（"我的同志，我的默默无闻的朋友"），抒情主人公本人在这里并非从自我的角度，而是以"集体的"名义诉说（"而我们站着——你的城市就在山下，/它的颤抖传到我们的脚下")。在这方面，诗人使合唱抒情诗这种古老的体裁现代化。所有这些诗都旨在探索统一性，并且寻找的向量只有一个，即从"我"到"我们"，从个人到集体，特瓦尔多夫斯基的抒情主体把自己的声音融入人民的集体合唱，并从中找到幸福。按照他的理解，效法他人，与他人相似就是一种美德。甚至在情歌体裁中，特瓦尔多夫斯基的"角色化的"女主人公也违背准则，唱道："我亲爱的，不要骄傲：/这世上不是只有你一个……/瞧，有那么多同样的人，/亲爱的，有很多那样的人。/还好，我的爱人，/你也是他们中的一个。"

青年特瓦尔多夫斯基笔下抒情主人公的乐观精神毋庸置疑，所以颂歌变为庄严的进行曲，甚至能赋予安魂弥撒以生机勃勃的特征。比如，诗歌《伊乌什卡》从痛苦的确认开始："修炉匠伊乌什卡死了，/他曾是一个硬朗的老人"，以朝气蓬勃的景象结尾："寒冷的早晨/在快乐的庭院上空/一团团烟雾袅袅上升。/白雪更明亮刺目地闪着银光，/炉火熊熊烧得正旺，/生活正在按应有的样子前行"。合唱的哀歌中这类仪式般的诗句语义的翻转在很大程度上是社会主义现实主义模式的特点：在这个模式中，死亡要么简单到被忽视，要么就奇迹般复活、更新、替代。在社会主义现实主义艺术中，民间故事原型的宗教神话潜力被释放出来，古老艺术形式的意义被简化，并在这个基础上产生了"大众文化"，这只是其中一例。在狭义的实用意义中，这样的原型语义的简化打开了一条对童话般"美好未来"盲目的信仰之路，毕竟艺术材料方面已经没有阻力。

不能说，年轻的诗人对农业集体化开始后人民遭遇的众多不幸熟视无睹。有时在他的诗中出现了非常远离社会主义现实主义田园诗的主题，如诗歌《兄弟们》（1933）就以痛苦的提问结束："你究竟怎么了，兄弟？/你过得怎样，兄弟？/你到底在何方，兄弟？/在那个白海运河吗？"而诗歌《你带着一种美来到丈夫家》结尾流放的场景让人难忘："和他一起，一个忧郁的老人，/你平静地坐在车上，到他们遣送你们的地方去，/他是那些在判决上签字的邻居们，/沉默无言的，毫无意义的敌人。"

但是社会主义现实主义学说一直主宰着年轻的特瓦尔多夫斯基的艺术思维：他依据抽象的原则模拟世界，将应有之物描写为已有之物，也就是从字面上神化当时的社会现实。他的长诗《春草国》（1936）就是这样产生的。此诗讲述了一位个体农民尼基塔·摩尔古诺克去寻找"古老的摩拉维亚国"[①]，那

[①] 指春草园。——译者

第二章 戴着人性面具的社会主义现实主义

里有"宽阔无边的土地——／四周都是自己的土地／种下一个小浆果，／它也是你的"，但是没有找到。经历所有的磨难后，他还是决定去集体农庄①。主人公的旅行充满了奇遇，插入了大量和主线或对立或相似的片段。所有这一切给人一种长篇体裁结构不紧凑的印象，产生一种艺术世界有机地自我发展的错觉。某些研究者认为《春草国》是小说类型的长诗并非偶然②，但是斯特拉什诺夫反驳道："长篇小说的萌芽，哪怕是乌托邦小说，在长诗中间就已被乌托邦本身压制下去了。而且为了确认乌托邦——已经是作为体裁，而不是主题——特瓦尔多夫斯基不吝惜一切方式：他运用'反乌托邦'的元素，也采用宣传鼓动的手法。"③ 所有这些，的确都存在于《春草国》中。但更需要明确的是，所有这些结构上不同种类的元素都服从于共同的体裁主导，即神奇故事的结构。无论情节的构成（得不偿失的远方旅行），还是人物体系（赠予者、坏人、假英雄、拯救者——"斯大林同志……骑着乌黑的马"），还是基于古老俄罗斯故事的联想背景，最富音调、旋律感的话语结构（歌曲的调式、大量的楔子、谚语、俗语），所有这一切营造出一个童话般的浓郁氛围，这个氛围吸收着"小说的萌芽"。神奇故事遵循奇迹诗学和异常严格规范的逻辑，这种逻辑导向必然的幸福结局。在神奇故事大众化的"外壳"下，产生了长篇小说自由开放、未完成的错觉。

在《春草国》中，俄罗斯农村的悲剧现实被置于故事原型的刚性结构中，而这种悲剧现实却转变成讲述身在集体农庄天堂的人民期盼幸福的史诗故事。特瓦尔多夫斯基在《春草国》中确定的结构原则（文学体裁与童话故事或者其他的民间叙事体裁的混用），成为一种"标准模式"，更确切地说，成为社会主义现实主义流派的元体裁，给一大批将残酷的现实变形为"童话故事"的长篇小说、中篇小说、电影剧本奠定了基础。

但也是他，亚历山大·特瓦尔多夫斯基，在战争年代创作了一部作品，他早期不为人所知的社会主义现实主义模式的语义手段在这部作品中得到了最充分的运用，这就是长诗《瓦西里·焦尔金》（1941—1945）。

据悉，这首长诗甚至得到了伊·阿·布宁热情洋溢的回应，而他一向对所

---

① 顺便提一下，特瓦尔多夫斯基的作品中出现过一个摩尔古诺克，只是不叫尼基塔，而叫菲利普。一首诗中讲道，因为偷集体农庄的东西，人们抓住了他（诗歌《小偷》，1931 年）。

② 参见列米佐娃（Н. А. Ремизова）：《1936—1964 年间特瓦尔多夫斯基长诗中的作者》，语文学副博士学位论文，沃罗日涅，1971 年；贝科夫（П. П. Быков）：《1926—1936 年俄苏长诗的体裁变异》，语文学副博士学位论文，莫斯科，1977 年。

③ 斯特拉什诺夫（С. Л. Страшнов）：《特瓦尔多夫斯基的创作演化（从诗歌体裁的角度看）》，语文学博士学位论文，莫斯科，1993 年，第 120 页。

有苏联的东西都持尖锐的否定态度①。长诗《瓦西里·焦尔金》中的民间史诗模式具有重要的结构形成作用，这一点毋庸置疑②。

首先，瓦西里·焦尔金，这一中心人物就属于诙谐逗乐的一类。大家公认，这个人物类型从来源上讲，与俄罗斯民间创作中主要形象之一的流浪艺人形象相关，也与古代日常生活故事中机智的士兵形象有关，还与乐观善良的好汉形象有关，这种好汉火烧不着水淹不死，是个豪爽、有本事的人，而且还是一个什么都会的能工巧匠。瓦西里·焦尔金表现为一种审美理想的载体，作者确立了一种社会主义现实主义图景的典范，也就是把一个鲜活的当代人变为一个史诗故事中的英雄，但为了达到这一目的，作者诉诸民间叙事文学的原型。因此，焦尔金与德国士兵的决斗不由让人联想到佩列斯维特（Пересвет）与切鲁别伊（Челубей）在库利科沃原野上的决斗（见《决斗》章："好像在古代的战场上/胸对着胸，一如盾对着盾——/两人代替成千上万的人决斗/好像决斗能决定战争的输赢"）。而焦尔金与死神的对话（见《死神与战士》章）将英雄的命运带入一种非常神秘的宗教仪式氛围，其中人与死神"辩论"这种传统的民间创作和中世纪体裁为大家熟知。除了将民间创作体裁的记忆现实化，特瓦尔多夫斯基还采用了一种创新的社会主义现实主义艺术方法，即赋予理想的载体史诗性宏伟形象：把生前的焦尔金塑造成一个士兵传说中的英雄和让人仿效的对象（《焦尔金遇见焦尔金》："依照条令，每个连/都将配有自己的焦尔金"）。

但正是在长诗《瓦西里·焦尔金》中，与现实保持距离的民间叙事文学原则与长篇小说力求理解未完成的、正在形成的现实性的宗旨有机地融为一体。

就瓦西里·焦尔金形象本身的结构而言，史诗般的宏大叙事与长篇小说的"日常化叙事"交织在一起。有意思的是，特瓦尔多夫斯基在苏芬战争时期发

---

① 他从巴黎写信给捷列绍夫（Н. Д. Телешов）："我刚刚读完特瓦尔多夫斯基的书（指《瓦西里·焦尔金》），激动不已，因此我请求你，如果你与他熟悉，有机会见面时请转告他，我（作为读者，你是知道的，我苛刻、爱挑剔）对他的才华赞叹不已。这是一本鲜见的书：多么自由随意，一切描述得多么准确，多么非同寻常的民众和士兵的语言，没有缺陷，没有完全虚假的、低俗的文学套话。也许，他将成为只有一本书的作家，以后开始重复创作，写得越来越差，即使这样我们也会因为'焦尔金'而原谅他。"（布宁：《给捷列绍夫的一封信 1947 年 11 月 10 日》，载于《文学遗产》，第 84 卷，莫斯科，1973 年，第 637 页）

② 维霍德采夫（П. С. Выходцев）的专著《亚历山大·特瓦尔多夫斯基》（莫斯科，1958 年）详细分析了长诗《瓦西里·焦尔金》中的民间创作成分。参见维霍德采夫：《特瓦尔多夫斯基与民间艺术文化》，载于《特瓦尔多夫斯基的创作：研究与材料》，列宁格勒，1989 年，第 5~42 页。

表在《红军报》上的诗体小品文中，焦尔金被写成一个壮士的形象（勇士、宽肩、魁梧），强调他的"非比寻常"。在长诗中却相反："焦尔金究竟是个什么样的人？/老实说：/他就是一个普通青年，/他就是凡人一个"。

随着卫国战争从痛苦的退却到胜利的史诗情节的发展，焦尔金的性格在长篇小说的错综复杂和动态变化中展现出来，打破了童话故事完成性这一藩篱。[1] 焦尔金的插科打诨背后呈现的是紧张的心理变化的戏剧性——当他心乱如麻时，他拿"萨班图"开涮；在撤退的日子里人们需要支持时，他又承担起指导员的使命："战士们跟在我们后边/离开已经沦陷的地方/我反反复复地/做着政治宣传：/——不要悲观。"（《战斗前夕》）他因战争带来的损失而痛苦不已，但他又用忧郁的玩笑加以掩饰："有个战士丢了烟荷包，/到处寻找——找不到，找不到……/失去了家庭。哎，也只能算了。/不，你就这样丢了，烟荷包！……/失去了家园，失去了农舍。/好，还要加上——烟荷包……/失去家乡/失去了世上的一切——/还有烟荷包。"（《关于失去》）只有当战争转入中期，胜利在远方闪现时，焦尔金才摘下插科打诨的面具流下了眼泪：

> 可是全排爱戴的焦尔金
> 在玩笑中却没有插嘴。
> 他抽着烟，满脸和气，
> 思绪正展翅高飞。
> 留在他身后的路
> 比面前长了多少倍！
> …… ……
> 痛苦的年代已经逝去，
> 一去不再返回。
> 瓦西里·焦尔金，你怎么了？
> 你好像在流泪？……
> ——啊，真对不起。

（《第聂伯河上》）

---

[1] 叶尔莫拉耶夫（Н. Л. Ермолаев）在《作为人民之书的特瓦尔多夫斯基的长诗〈瓦西里·焦尔金〉的艺术特色》（伊万诺沃，1989年）这部著作中令人信服地揭示了长诗《瓦西里·焦尔金》的长篇小说视角。

长篇小说的复杂性通过焦尔金这个形象逐渐展开，作者的形象也"增加了"这一复杂性。特瓦尔多夫斯基赋予浪漫主义长诗典型的作者与主人公间平行的结构原则极度的现实性。[①] 浪漫主义长诗中传统的作者置身于长诗情节之外，同主人公感同身受。与此不同，特瓦尔多夫斯基作品中的作者在战争的道路上时常伴随着主人公。他不仅经常作为评论者而且作为与焦尔金命运相似的共同主人公进入故事叙述中，也就是说，他们的感情与思想相互补充（《作者的话》）。而在《关于自己》一章中，作者直接承认：

我会告诉你，不必隐瞒——
这本书中有许多
本该由主人公说出的话，
我却亲自说了。
还有，如果没发现，请多注意，
焦尔金，我的英雄，
有时也代我说过。

由于主人公与现实性之间的紧密联系，主人公性格天生的灵活性（对于新事物持开放态度，不止步于宏大叙事的完成性），所有焦尔金表达的充满激情的感情与思想都显得很亲切，没有口号感。相反，当焦尔金说"我们为世上的一切负责——/为俄罗斯，为人民/并为世上的一切"，这些真理凭借主人公的个人经验显得极其生动，也因其真实感受而显得亲切感人。所以，这些真理也可以被认为是我们共同的发现。

长诗《瓦西里·焦尔金》的成功让我们有理由设想，社会主义现实主义模式可以使民间诗歌的叙事性与小说化有机融合。这种模式只有在像卫国战争这样最极端的历史情境中，当国家、人民和民族文化的存亡悬于一线，当的确进行的"殊死的战斗不是为了荣誉，/为的是地球上的生命"时，才具有创造性的效果。因为只有在这种情境中才能消除个人与群体之间的矛盾，在解决这个矛盾的过程中通常会呈现出社会主义现实主义理念的反人性，因为这个理念要求个人要为了群体完全自觉地放弃个人利益。特瓦尔多夫斯基以自己笔下主

[①] 曼（Ю. В. Манн）在专著《俄罗斯浪漫主义诗学》（莫斯科，1976年，第161页）中写道："浪漫主义长诗的结构原则体现于作者与中心人物感受的共同性和平行性，却并不表现为他们难以区别的情节和叙事。当行为本身脱离作者的存在时，献词或者结语的目标又阐明了这种共性。"

人公的特有形象"消解"了这个矛盾,这个主人公是人民精神的代表,是这种精神的人格化体现:焦尔金形象的吊诡之处在于(根据马克多诺夫的个人观点),"他既是一个独立的个体,又是一个独特的群体,他是既具有共性,也具有多面性的个体"①。但是这种融合的基本条件要求处于这样一种情景中,即长诗《瓦西里·焦尔金》中的冲突带有超越个人利益的特点,即提升到卫国战争的高度,当一个国家的所有人联合成人民,以拯救自己祖国为目标而团结一致的人民,那么也就意味着拯救个体自身的价值:拯救自己的家庭、房子,自己最珍贵的东西免遭奴役与毁灭。

从英雄赞歌到谐谑诗:《焦尔金游地府》

对特瓦尔多夫斯基来说,战后十年是其创作经历中非常困难的转折时期。有两部作品可以说是特瓦尔多夫斯基创作摇摆幅度很大的两个极端。第一部作品是长诗《路旁人家》(«Дом у дороги», 1946),作者将其称为抒情纪事诗:诗歌实际上就是一个被战争拆散的普通俄罗斯家庭悲惨命运的纪事,是极具"合唱"抒情风格的纪事,其中既有作者的声音("这是一首歌,发自我内心的歌,/生存、激动、痛苦"),也有民间歌曲的回声,更是主人公阿纽塔和安德烈·西夫佐夫心理状态的间接表达。与其说长诗遭遇冷落,毋宁说更多地遭到了来自官方的批评(尽管获得了斯大林奖),理由是,在胜利的雄壮号角的大背景下,悲怆的基调显得不合时宜。第二部作品是官方颂歌《苏联作家们给斯大林同志的一句话》(«Слово советских писателей товарищу Сталину», 1949),这是特瓦尔多夫斯基和伊萨科夫斯基、格里巴乔夫(Грибачёв)在领袖70周岁时一起创作的。而在这两极之间则是大量极其矛盾的抒情作品,这些诗中引人注目的是"帝国和外省、生硬和热诚、抽象和苦难、官方和内心的对立"②。

1953—1956年发生的事使特瓦尔多夫斯基受到极大震动。"在关于个人崇拜的报告发表之后的那段可怕的岁月,头脑无法容纳一切,"党的二十大刚一结束,他就在1956年2月16日的工作日记上这样记录。但是更早一些,在1955年8月,诗人就有这样的记录:"我用某人的最高智慧将令人痛苦的烦心

---

① 马克多诺夫(А. Македонов):《关于特瓦尔多夫斯基》,载于《特瓦尔多夫斯基诗歌·长诗》,莫斯科,1971年,第15页。

② 斯特拉什诺夫:《〈苏联文学的基本方法〉和特瓦尔多夫斯基的战后诗歌》,载于《20世纪俄罗斯文学:流派与潮流》,第4版,叶卡捷琳堡,1998年,第166页。

事从心中驱除。可能需要这样。显而易见，很多事不是靠我们的脑子能想明白的。于是我用另一种方式来思考，我自己好像处在世上所有善的对立面……想不通。'罪恶'就是摆脱思考的必然性，让自己具有人的见解与判断。"[1] 这段笔记记录了苛刻的自我剖析的过程，其实质就是诗人在痛苦地清除一个"普通苏联人"的心理综合征：盲目信仰领导层的最高智慧，一味服从，拒绝个人思想，贬低个人的尊严。最重要的是，特瓦尔多夫斯基极其严肃地评价这样一种心理综合征，认为它是以丧失精神独立为代价来保持心理平衡的一种形式。"你是不自由的！"（《站住，我说，给所有人带来麻烦……》）他引用自己的诗歌责怪自己。

这些思想和感受上的混乱都与已开始的"解冻"进程有关，并且最直接地反映在特瓦尔多夫斯基的作品中。在他的内心，对抽象观念和农民正确思想的信仰，"普通人"的妄自菲薄和自尊心不断地斗争。在高度紧张地思考之后，他比同时代作家更多地准备去突破意识形态教条。对此，已是《新世界》杂志主编的特瓦尔多夫斯基本人在1954年3月将谐谑体长诗《焦尔金游地府》初稿发排就是一个证明。

在这首长诗中，焦不金所进入的阴曹地府好像苏联国家机器的缩影。这里一切都被官僚机构清查、登记，接受过于警惕的严格检查。这里有"阴间的要塞司令——一位已故的将军"，有"登记处"，有"审查处"，有"医务卫生检查处"，还有凶恶的"特别部"，它由最高领导本人来管理，他是"所有人命运的主宰"，"他生前就在克里姆林宫/自己给自己修建好了墓穴"。在这里，所有一切都像人世间一样，这里也有许多"机关"，有"系统"，有"关系网"。这里工作着"永恒改革/事务委员会"。这里所有机关都热火朝天地忙碌着阴间的种种事务。"在阴曹地府/阴间支部正在开会"，它们从事的那些事，只是为了"把你挖得更深，/为了彻底照透你，不修理大脑，也要治疗疝气，/让你热得大汗淋漓，/然后按照游戏规则，/再来惩罚你"。这里有自己的学者们，"阴曹地府的副博士/或死尸科学的博士"在高谈阔论，他们行为的结果就是"一千页的死人"。在这里也有享受特权的"阴间部门"和自己的工作人员，这里也有"两个世界，两种制度"。当然啰，"我们在阴间的那个世界/是最好也是最先进的"。

其实，特瓦尔多夫斯基在自己的长诗中充分运用了宏大而具体的隐喻——他将死气沉沉的苏联官僚制度描写成一潭死水。通过瓦西里·焦尔金自己在

---

[1] 《旗》，1989年第7期，第172页。

第二章　戴着人性面具的社会主义现实主义

"地府"无数级机关间游历的情节，作者尖锐同时也快乐地揭露了现存的习以为常的秩序的毫无意义与荒谬。长诗的许多诗行后来都成了格言警句："写出你的自传来，／既要简洁，又要详尽"；"这里一切都得清晰明了，／死得究竟对还是不对／"；"这是个人的私事，而秩序却是公共的"；"在阴间没有地方可以申冤，我们对一切都很满意"；"只是没有人的喧闹——／到处都是永恒的休息"；"总而言之，为了压缩／先得扩大"。

长诗《焦尔金游地府》按照谐谑诗规则创造的对苏联国家机构的讽刺模式，同其"源起"的记忆——长诗《瓦西里·焦尔金》相比，显得更加荒谬与可怕，后者有着战无不胜的正确思想、求实的态度和睿智的幽默。但在当时，谐谑诗的形式却在"源起"长诗所代表的正面原则的框架内保持了讽刺基调：恶有对立面，《一个战士的书》中沸腾生活背景下，死气沉沉的苏联官僚机构显得不合时宜。这种荒诞或者是用焦尔金快乐而睿智的格言警句表达出来（"死亡——／是遥遥无期，／生命——／是弹指之间"），或者是用作者的话直接加以表达（"我对自己的话负责，——／我不会白白占着那岗位，／在这个世界，／一俄里外我就能嗅出死的气味"）。

在长诗快到结尾处，作者言道："我们该从童话故事转入现实生活。"如果赋予这个短句丰富的内涵，那么可以说，长诗《焦尔金游地府》已成为特瓦尔多夫斯基从社会主义现实主义"童话"严格的坐标网转向鲜活的、不规范的现实之路的一个重要路标①。

但是长诗《焦尔金游地府》在1954年并未出版。长诗在交付印刷时被审查中止，这也是特瓦尔多夫斯基离任《新世界》主编一职的根本原因。在杂志社的成员——共产党员们被专门召集到老广场进行座谈时，当时负责意识形态的苏共中央书记 П. Н. 波斯佩洛夫（П. Н. Поспелов）称《焦尔金游地府》"是一部诽谤苏联社会现实的书"，"是一部诋毁的东西"。过了大约十年，第二版的《焦尔金游地府》才问世（在得到赫鲁晓夫的赞许之后），但招来的

---

① Ф. 阿勃拉莫夫（Ф. Абрамов）敏锐的见解值得关注，他发现两部写焦尔金的长诗之间存在深刻的联系，这种联系表现出诗人特瓦尔多夫斯基意识的戏剧性特征："在焦尔金身上出现双重人格，难道是偶然的吗？我们在把生命交给自己国家的同时，难道没有发誓诅咒过国家的丑陋吗？这一点在特瓦尔多夫斯基的个性中表现得更明显，更可怕，更具有悲剧性。"（《特瓦尔多夫斯基的创作：研究与材料》，列宁格勒，1989年，第253～254页）

几乎仍然全是与此前相同的非议①。对于特瓦尔多夫斯基本人来说，《焦尔金游地府》的创作工作和那个他本人同国家最高意识形态机构都参与其中的大辩论，以及由此引发的内心反思都成为精神进化，成为将他的认识从那一套意识形态教条中解放出来的重要阶段。

另外，要战胜固有的、早已被接受的意识形态神话和审美教条，对特瓦尔多夫斯基来说是一个心力交瘁的艰难过程。这一过程作者用更显而易见的方式反映在长诗《山外青山天外天》的创作中，这首诗的创作花费了长达十年时间。

打破社会主义现实主义的范式：
长诗《山外青山天外天》的创作

特瓦尔多夫斯基的《山外青山天外天》的构思始于40年代末的一次国内旅行。从1951年起，诗人就不断地在期刊上以《旅途日记》为副标题发表长诗的各个独立章节。旅途日记是那个时代十分流行的创作体裁。长诗用大量的旅途随笔勾画出一幅蒸蒸日上的国家繁荣景象，作者的抒情基调表面上是田园诗似的，而实际上却有夸大之嫌②（关于几乎所有"共产主义建筑工地"是通过犯人苦役劳动所创造的价值才得以建成，而且大多数都是被带刺的铁丝网包围的"区域"，却只字未提）。

根据最初的版本来看，长诗《山外青山天外天》是沿着普通颂诗的轨迹开始的。从莫斯科出发向东，到达西伯利亚建设工地，这一旅行常见的情节应

---

① 参见斯塔利科夫（Д. Стариков）：《焦尔金反对焦尔金》，载于《十月》，1963年第10期。苏联人民演员契尔科夫（Б. Чирков）在文章《宝石》（《真理报》，1965年7月20日）中直截了当地认为，特瓦尔多夫斯基"让焦尔金恢复平时的状态，使他走出我们的现实"。有经验的职业评论家为了批评使用了更加灵活的方式，他们认为，莫斯科讽刺剧院改编的《焦尔金游地府》（1965年，导演В. 波鲁切克）的错误在于，在舞台表演中长诗被歪曲了："焦尔金在戏剧的办公桌中迷失了自己，他将拖拉作风视为理所当然，将恶视为不可避免。"（Ю. 雷巴科夫：《季度总结》，载于《戏剧》，1966年第10期）"的确，与长诗相比，戏剧中对意义和思想的强调最终滑向了在邪恶面前悲观的恐惧。"（Д. 奥尔洛夫：《愤怒中打量……：对讽刺剧院，它的总导演和一次工会会议的一些看法》，载于《劳动》，1966年6月26日）

② 类似这种旅行日记的风格还远不是最坏的范例："苏联人民不仅经历了伟大的卫国战争，成为战争的胜利者，而且还能够迅速地坚强起来，并且着手实现人类历史上最伟大的改造自然计划，也就是重新以大跃进的方式战胜时间，从而走上通向共产主义的最短路程。这就是为什么横越干枯的烧焦的草原，我们仿佛已经看到周围是倒映到水渠中的鲜花盛开的花园，听到第聂伯河水朝气蓬勃的哗哗声，我们不仅相信，而且还坚信，在很短的时间内这一切将成为现实。"（В. 卡塔耶夫：《南方游记（1951）》（10卷文集），第3卷，莫斯科，1984年，第430~431页）

第二章　戴着人性面具的社会主义现实主义

该是为展现国家现代生活的波澜壮阔的全景服务的。贯穿前面几章的总基调是全民大团结的欢乐气氛。为了让联系的思想具有普遍性，特瓦尔多夫斯基不仅努力在宏大的历史范围内挖掘它们，也在琐细、日常、瞬间中认识它们。这样，甚至乘客的车厢都会使人联想到"几家合住的套房/那里所有的住户几乎都是亲戚"。而一对大学毕业后被分配到西伯利亚的新婚夫妇则被作者动人地描写为"手拉着手——孩子般可爱——/在顶边的窗户旁/站在世界的中间——/他和她，/夫与妻"。作者认为首先与读者进行友好沟通是自己主要的职业目标（"期望那一次幸福相遇/和你或者和其他什么人"）。所有这些田园牧歌式的短剧和安逸闲适的全景画，欢乐的和弦与甜美的乐章都是团结一致的激情的表现，诗人视其为苏联社会最高、最珍贵的成就。

"到达前心灵充满着/狂喜与忧伤的暖流，"作者坦诚相告。应当公正地指出，在最初的六章（写于1951—1952年）中几乎没有忧伤的影子，欢乐与欣喜的基调主宰着整个诗篇。"普通苏联人"的神话化意识形成于50年代初，这既有客观原因（卫国战争胜利），也有最强大的官方日常宣传的作用。这种意识以特有的方式反映在作者用真情实感织就的虚假的色彩斑斓的图画中，它让人们无法客观地评价周围发生的一切，也反映在我们一切都自以为是的自负中。

但是"解冻"这一变化破坏了作家原初的情绪。《旅途日记》的创作停滞下来，特瓦尔多夫斯基甚至一度考虑放弃这项工作。1955年9月6日，他在自己的工作笔记中写道：

> 近些日子，一切都格外平静，有一种和（以前的）想法调和的自由感，《山外青山天外天》不能再写了。根本的原因在于：它在……之前开始创作。问题并不在于作品完成的时间拖长了，而是已经不能再沿着原路走下去了……此处的症结在于，我已经不能像1953年之前那样盲目相信现有的幸福生活。那时只是从信仰的观点看，甚至是从批评家与"编辑"的信仰。而此时却无论如何都写不下去。①

创作过程有所突破是在《童年的朋友》这一章构思形成之后。毫无疑问，这一构思——将与一个从科雷马集中营回来的人相遇写入旅途日记中——的产生是时代的召唤：在苏共二十大之后，特瓦尔多夫斯基无法对大规模镇压这一

---

① 《旗》，1989年第7期，第174页。引文中的斜体为作者所加。

现代俄国文学（1953—1968）

悲剧主题保持沉默（不过这一悲剧主题早就在构思，在《兄弟》这首诗中就已现端倪[①]）。

这一章的写作持续了很长时间，在1955—1956年间，写作进行得痛苦而艰难。"主题是可怕的，已经开始，不可能再放手了。反正大家都生活在家人的尸体掩埋在地板下的房间里，于是，我们决定不谈这些，好好活着，不再杀死家庭成员。主题是多层次的，也是多角度的，广泛且涉及众多，当代、战争、农村、过去、革命等等。也许，又会产生一个念头：它不是一下子能解决的，而需要循序渐进。"1956年秋，特瓦尔多夫斯基在自己的工作日记中如是记载。那时，尽管外界质疑，长诗这一章已基本写完——"但是——不！不管怎么说，都应该努力把它写得尽善尽美，而不是急于求成。而如果没有这一点，任何《山外青山天外天》都不可能在我笔下呈现。"[②]

最大的困难是寻找解决矛盾冲突的办法，是克服美好圆满结局的惯性作用力（"这下好了，你坐着，我沉默不语，而现在，你自由自在，我们还不曾变老，我们将一起生活、工作"[③]），事实上是寻找谁之罪这一问题的答案，谁在上百万像我朋友这类人的悲剧中有罪，甚至还更尖锐些——发生的这一切中有没有我的罪恶（哪怕是在一定程度上）？

特瓦尔多夫斯基选择了忏悔的方式，他将整个情节用于作者忏悔般的自我分析：作者"从自己"的角度描写所有事件，苛刻地，可以说是自我折磨地记录自己与朋友相遇又与其分离的几乎所有感受。这一章的内容被鲜明地分成两部分：第一部分直接描写在火车站的偶然相遇，第二部分（一如特瓦尔多夫斯基自己所说，是"回忆性的"）是主人公"事后"对这次相遇的反思。而这并非偶然为之。

第一次认出好友既兴奋，也"略带羞涩和胆怯"。相遇是在多年的分别之后（按作者所指，准确地说是在"十七年"之后，同时代读者根据年表推算出是1937—1954年），而他们的交谈并不和谐。是什么在干扰朋友畅叙旧情呢，是因为他们来自不同的"远方"。一个，不用说，是命运的宠儿，是著名的诗人，"常去克里姆林宫"；另一个呢，则从科雷马来。这一点可以从人物肖像的细节描写得到证明——"官僚的牙齿黯淡无光"，如同戏谑性的语言："虽然没有押送还不习惯/但是不管怎样——我是乘客/名副其实的乘客：有卧

[①] 1955年4月22日的笔记。见《旗》，1989年第7期，第168页。

[②] 《旗》，1989年第7期，第175页。

[③] 同上。

铺，有车票……"就连对苦闷未来的预测也因熟悉的老歌的碰撞而减弱（"妻子在为自己找寻另一个人，/而母亲……/假如她还活着……"）。

作者记录了痛苦心理的详情细节：两个老朋友开始甚至因这次短暂的相遇而感到痛苦，并迫不及待地期待列车启程的信号灯："我们站着，似乎所有问题都涌到眼前。/这次相会无论怎样都很短暂，/但是依旧没有厌倦。/我们又能做什么，在汽笛鸣响前？/我们俩一起等待它，/等待这汽笛鸣响，/允许我们/给予我们/放过对方……"

但是，在月台分别之后，抒情主人公被唤醒的记忆却又开始紧张地工作，这次相遇触动太深。在这首诗的草稿中保留了两个朋友之间一段有代表性的对话：

> 我和你在同一年
> 学完同一学科，品学兼优，
> 你知道，我是人民的敌人，
> 因为我是你的第一位朋友。
>
> 是的，你是我的莫逆之交——
> 假如要在哪儿寻找过错，
> 那么在国家的任何法庭前，
> 我并非没有罪过。
>
> 你知道，你和我一样也有过错，
> 但是你究竟如何能够在这世间生活，
> 请告诉我，朋友？——我活得很艰难。
>
> 我现在已无须旧事重提，
> 再去回忆往昔的苦痛，
> 告诉我，有什么仅仅只是可怕——
> 没有，要是能那样，那就只是小小的不幸……
>
> 不，用普通语言表达这些，
> 我暂时还无能为力——
> 我还有些害怕那理性，

现代俄国文学（1953—1968）

> 如通常所说——给予的权利！①

在这里，通过科雷马朋友之口，特瓦尔科夫斯基提出了一个最痛苦的问题，这一问题是当时历史情境中任何一个正派人必然面对的：如果知道你的亲人将会和你一起失踪，知道他们的生活中发生了极不公平的事，知道在你的国家存在着血腥和邪恶，你会怎样生活呢？难道仅仅是睡觉、吃饭、上班、生育、繁衍？

然而，抒情主人公现在还不能给出答案，他只是诚实地放弃了最容易的、表面上的答案（"仅仅只是可怕"）。他感觉到原因隐藏得很深，但与其说理性不能突破它，不如说理性感到"可怕"。可以做的只是猜测为什么可怕。显然，抒情主人公的意识中本身就有某种对保持内心平衡而言非常重要的禁忌与神话因素，它们要求服从以人民名义制造的不公正，赞同那个被国家的权威人士和共产主义神圣化了的东西。

但是，特瓦尔多夫斯基没有遵循情节设置上的这个转变。他选择了一种方式，一种总的来说平淡无奇、但在平淡无奇中却显示意义的方式，因为它客观上符合抒情主人公的精神气质。就这样，在和朋友告别后他开始说服自己和读者，使自己和读者相信，不管怎样，尽管命运（个人的"远方"）差距很大，但他们与朋友间的精神联系任何时候都没有中断："我和朋友都站在那垛墙的后面/体验一切。吃着面包……"；"他在世上到处跟随着我/参与世上一切事情。/我们每个人都有一张券，/像平等的客人，常常出入克里姆林宫"。

在这些话语中有不少演讲似空谈，这很容易被某些对虚假更敏感的人们所发觉②。显然，就连特瓦尔多夫斯基本人也感觉到，抒情主人公真实的内心不允许他满足于自我安慰，反正良心痛苦不可能让他平静，他也承认自己在对待朋友的感情中有过错："他是清醒的痛苦者，/这使我许多年都在痛苦中煎熬。"在朋友面前他自我辩解，与其说是为了自己，倒不如说是为了这个时代。抒情主人公列举的论据对苏联的社会思潮来说具有典型性：朋友身上发生的事，当然是巨大的灾难，是可怕的悲剧，但是这也发生在整个国家身上。诗

---

① 1955 年 4 月 22 日的日记。见《旗》，1989 年第 7 期，第 167 页。
② "新谎言代替旧谎言，"安娜·阿赫马托娃对《童年的朋友》这一章所写的内容如此评价（丘科夫斯卡娅：《安娜·阿赫马托娃札记》，第 2 卷，圣彼得堡，哈尔科夫，1996 年，第 144 页）。索尔仁尼琴在《古拉格群岛》中把长诗《山外青山天外天》中主人公说的这些称为演讲公式，是"酒足饭饱的闲汉的废话"。

第二章　戴着人性面具的社会主义现实主义

歌的主人公暂时还无法想象：

> 将自己无声的苦难
> 归咎于国家？
> 国家在这件事上并无过错！
> ……
> 将自己残酷的命运
> 归咎于人民？
> 人民和这件事又有多少关系！

而"人民""国家"这样的概念起初在特瓦尔多夫斯基的坐标体系中占据着神话偶像的地位：它们是神圣的，不容批评。这就是它们，那些抒情主人公的"理性害怕"染指的禁忌。

然而，无论抒情主人公怎样说服自己和自己的朋友，心灵的痛苦都无法平复，个人罪过的伤痛，也可以说是没有明显罪过的错误，道德上不允许的错误，《童年的朋友》这一章的结局就是这样。童年朋友这一形象象征着人民所遭受的灾难，"我"自己无法还清的债务，以及"我"的（即使是模模糊糊的、下意识的），但是却让人民无比痛心的罪过的不断提醒，这一形象贯穿到长诗结束就理所当然了。作者在访问伊尔库茨克市亚历山大中央监狱时回忆起自己的朋友："自己那令人忧郁的遗产，/西伯利亚，你就这样深埋于大地。/我回忆起你，我童年的伙伴，/那些岁月中淡忘的往事……"（第八章，《写在旅途结束时》）作者对朋友提出的请求就像是对最了解内情的对话者提出，并由此开始事实上最悲惨的，结束长诗情节的一章《事情曾经就这样》。该章涉及"个人崇拜"的话题："我的童年放牧时代的朋友/和苦难少年岁月的朋友，/对于自己成熟的记忆，/我们都无处开溜。"[①]

[①] 在长诗《山外青山天外天》中，还有关于一个朋友的主题。亚历山大·法捷耶夫显然是这个朋友的原型。在第十二章《在安加拉河上》作者对他说："我是多么需要你，/我永远离去了的朋友……"这是对他及其命运的叹息："啊，多么痛苦，多么不公正/你那满头白发，/年轻而坚定的头颅……"法捷耶夫也没闲着，当了苏联作家协会的总书记后，他签署逮捕令并以这种方式参与了肮脏的事情。很多同时代人把 1956 年 5 月 13 日他的自杀与他在从科雷马返回的人们面前良心的痛苦相联系，法捷耶夫或多或少地参与了对这些人的逮捕。因此，长诗的抒情主人公就处于自己的两个朋友之间，在历史的悲剧中他们的角色是完全对立的。对于特瓦尔多夫斯基的立场来说这也是十分具有典型性的。

现代俄国文学（1953—1968）

《童年的朋友》这一章成了长诗情节高潮的、转折的部分①。从这一章来看，前面各章就可以从其他角度理解。诗人现在明显感到大唱欢乐吹捧的颂歌极不妥当，或者温和地说，是不合时宜。但是痛苦和内心自我拷问的主题基调也在颂歌情节的外围中表现出来，并在作者的思想意识中占据很大分量。特瓦尔多夫斯基似乎在第九章《童年的朋友》发表之后才写第八章《扪心自问》，这一章成为长诗在《童年的朋友》一章前的最后章节。在第八章，诗人断然将旅行抒情的叙事情节转到抒情忏悔的轨道上。现在，抒情主人公，作者眼前出现的一切都变成他的个人生活史，甚至不是历史，而是自己道路上的中间总结。

评论自己的个人道路时，作者没有骄傲，但也没有诉苦以求同情：

> 不，生活没有亏待我，
> 也没用自己的善良欺骗我，
> 给我的一切绰绰有余，
> 前途一片光明，满园春色。

但是与前面几章中快乐的画面不同，现在作者回忆起了苏联时期国家发生的可怕灾难。他并没有描写它们，而只是进行了暗示："无需回避三零年／四一年，还有其他年份……"但是这些隐约的暗示对同时代的读者来说已经足够了。而如果没有书刊审查机关的刻意隐瞒，没有那种被社会主义现实主义学说强迫接受的淘汰，那么在此就出现了最重要的一致：抒情主人公意识到自己与国家之间的固有血脉关系，意识到在祖国的所有遥远的时空中已发生和正在发生的一切都与自己的命运休戚相关。而且，更重要的是，团结一致的能量正由抒情主人公向国家传递，作者把能量吸纳到自己身上，在自己的内心中将它融合，一切与它相关的都成为自己生活体验的内容。

主人公内心世界所发生的转变体现在抒情主体性的加强上。话语的特点被重新构建：在旅行者的感受中，国家的史诗般画面转变为体验着自己与国家的关系，与其历史和命运关系的心灵的画面。特瓦尔多夫斯基这部长诗开始接近抒情长诗的类型，这也成为50年代后半期一种流行的"时代形式"（В. 卢科夫斯基的《世纪中叶》，В. 费奥多罗夫的《被出售的金星》，Я. 斯麦里亚科

---

① 特瓦尔多夫斯基正是将此章发表在《文学莫斯科》（1956）丛刊上，它是"解冻"时期的首批出版物之一。

夫的《严肃的爱》）。然而，《山外青山天外天》却与它们有本质区别。在特瓦尔多夫斯基的长诗中更多的是抒情、坦率和激情：作者选择的旅行日记体真正成为抒情日志的形式更早一些，作者作为长诗的主人公记录自己的心声。正是这一点极大地增强了长诗中心理的戏剧性：早在长诗情节中间，在和朋友相遇后，那个英勇的决定——战胜自己、战胜个人的怯懦对抒情主人公来说成为自我反省最主要的中间环节：

继续向前，我将更加艰难，
但我任何时候都已不再惧怕。

在《童年的朋友》一章创作后，作者进入了对自己与国家及其历史具有相互关系的一个审视阶段。一方面，他敏锐地感觉到，他生活的那个时代国家所发生的灾难就是个人的创伤。另一方面，在与祖国和家乡公开的深层次的切身联系中，他首先意识到，自己对于在国内发生的、目之所及的所有罪恶、黑暗和残酷事件都有责任感，因此作者对于自我的评判愈发苛责严酷。一方面是用传统的社会主义现实主义精神自责，就像在第六章（《文学谈话》）中，主人公将所有因怯懦以及所谓的"内部编辑"的自我审查产生的错误归咎为精神懒散。另一方面则是谴责自己无意识的背叛行为，谴责自己用沉默向违法行为妥协，向制度的错误行为妥协。

《事情曾经就这样》这一章成为抒情情节中的交合点并非偶然。这一章主要是对斯大林"个人崇拜"的反思。第三个版本已迥异于前两个版本[①]。将其进行对照会发现，首先令人格外关注的便是对斯大林及其事业评价的改变，这只是这种变化的一个例证。在记录簿上的版本是这样的："就让那些逝去岁月的记忆／为我们刻画艰难时期／所具有的特征，／那些严厉、专横的正义。"而最终版本则是另一回事："的确可能，东方之子，／他到最后表现出／自己严厉与残忍的特性／不公正／也公正"。

但是，最重要的是抒情主人公对斯大林的个人理解已转变为反省，他不可能不意识到他和其他人一起体验过对斯大林的那种崇高感情："我们称呼他——我们是否变得说假话？——／称呼他为祖国大家庭的父亲。／在这里无论是缩减，还是添加——／都是这地球上存在过的曾经"；"我们相信这意志／无

[①] 这一章的最初两稿刊印在《新世界》杂志 1953 年第 6 期、1954 年第 3 期上，而第三个版本与读者见面是在党中央机关报《真理报》1960 年 4 月 29 日的版面上。

论怎样也不比自己少";"他率领我们参加战斗,/并知道未来的日子多美好,/我们大家理应赢得的胜利,/他却认为是我们的功劳……"现在,抒情主人公已具有丰富的、崭新的、痛苦的认识,按另一种方式弄清全体人民的领袖的行为,并唤醒记忆中那早已存在的,但不知什么原因没有被我们的认识记录下来的意识。还有,在斯大林时代,"我们自己直接到达伏尔加,/城市统统被抛到后面","瞬间就会变得凶恶,蔑视法律,/他能够在整个民族身上/倾泻自己的雷霆之怒"。可以说,这种选择性记忆不仅仅是盲目或者怯懦的结果,这多半是一种心理保护的反射作用,它乐于对符合预期的东西做出反应,并且避免打破心理安宁,动摇对个人偶像的信念。但是,现在特瓦尔多夫斯基的主人公并没有为解救自己的心理现象辩护。不仅如此,他还责备自己和自己的诗人同行,说他们自己促进了斯大林"个人崇拜"现象的产生——在自己的诗行中歌颂他,并赋予他万能的神性:

> 不就是我们,光荣主旋律的歌手们,
> 单纯幼稚地通告了和平,
> 长诗中的那些内容
> 正是他本人借我们的口传送。
>
> 不就是所有那些人,在气氛庄重的大厅里,
> 不让他张嘴说话,
> 既然已经站起来,那就高喊:
> 乌拉!他又将正确伟大。

"光荣主旋律的歌手们",这只是一个例证,是对斯大林奉若神明的一种特有的称呼。总之,特瓦尔多夫斯基确定,"个人崇拜"在极大程度上是大众意识的产物:"话题涉及人民,而人民/难道不是人民自己创造的偶像吗?"这句格言警句般的说法出现在谴责与宽容并存的语境中。这对于特瓦尔多夫斯基的伦理原则而言极富特色:假如人民表现出软弱,那么就无人可指责。此处的逻辑是,不可能所有人都有罪。但是与《童年的朋友》那一章相比较,作者立场上的进步是显而易见的:那时他的意识还无法接受哪怕仅仅认为整个民族可能在某些方面有过错的观念。

但是,从自身出发,抒情主人公没有放弃自己对祖国的历史责任感。"我活着,我存在——是为了世上的一切/我要用脑袋来承担责任"。他的先行者

第二章　戴着人性面具的社会主义现实主义

瓦西里·焦尔金也曾说过类似的话："现在我们的责任是——/为了俄罗斯，为了人民，也为了世上的一切。"相近，但不完全相同。焦尔金的"我们"淡化了所有人身上的责任，但是卫国战争的悲惨状况要求每一个公民都要对整个国家负责。长诗《山外青山天外天》的主人公生活在一个相对安全、和平的时期，但是他的灵魂会因对悲惨年代的回忆而惶惶不安。对曾经发生的一切的责任，他不能与任何人分担，而只能将责任扛到自己的肩上。

以长诗的抒情主人公为代表，"一个普通的苏联人"将自己一个普通群众塑造成一个具有强烈而浓厚的个人历史责任感的人。为此他准备付出最大的代价。尽管《事情曾经是这样》这一章和最后一章《到达新的远方》都起着尾声的作用，但作者并未站在反思和感受"崇拜"的过程中达到的悲剧高度：圆满结局时惯性目标发挥着作用，结局中必须有"光明的未来"和充满激情的尾声（"道路很艰难/但是时代的风——/它正吹着我们的帆"）。

很明显，长诗这样的结尾让鲍里斯·斯卢兹基有理由得出这样的结论：在长诗《山外青山天外天》中特瓦尔多夫斯基回到了"自己的主线——现实主义神话，现代童话故事的主线"①。但是我们通过分析可以肯定，长诗《山外青山天外天》是最显而易见的证明，它见证了特瓦尔多夫斯基挣脱社会主义现实主义标准框框约束的那段痛苦的历程，尽管暂时诗人还没能完全突破常规的模式。这不是因为艺术的萎靡，而是诗人自身对世界的认识：因为他还不能拒绝那些信仰的象征，它们是个人和艺术家成长的基础。

他在《事情曾经是这样》中的个人思考足以证明这一点。1960 年发表的这一章，以及后来发表的全诗引起了读者极其矛盾的反应。正如特瓦尔多夫斯基在自己的工作笔记中记录的："低劣的写作分成互相排斥的两条线：一是多么敢于贬低，二是多么敢于颂扬、辩解。用一只眼睛阅读恰好：这只眼看到的只有这一点，那只眼读到的只有那一点……我第一次受到我以前不熟悉的思潮的影响，那强烈的谴责、愤怒、鄙视和揭露出卖灵魂等等。"② 似乎为回应自己的指责者，特瓦尔多夫斯基写道："对我而言，对我们这一代而言，除了话语中谈及的，没有另一个斯大林。在这方面，出于小小私心的考虑，我一个字都没写过。"③ 无论他的那些作品是作为具有独特表现形式的、反映时代心理描写的文献而存在，还是作为甚至是大多数生长在苏联政权时代的那一代人确

---

① 斯鲁茨基（Б. Слуцкий）：《谈谈他人与自己》（«О других и о себе»），载于《星火》，第 42 页。

② 1960 年 6 月 5 日笔记。见《旗》，1989 年第 9 期，第 185 页。

③ 《旗》，1989 年第 9 期，第 185 页。

定自我意识的样板而存在，特瓦尔多夫斯基的自我辩解都异常珍贵。但是，假如我们回忆起"十月党人"领袖科切托夫和持不同政见者的领袖索尔仁尼琴都属于这一辈人，那么特瓦尔多夫斯基的观念就会在更客观的世界中呈现出来：他断然和科切托夫一类的斯大林主义者分道扬镳，他那揭露的激情与索尔仁尼琴近似，但没有后者那种对待苏联政治体制彻底的激进主义态度。对我们来说，特瓦尔多夫斯基政治立场的重要性首先表现为作品的作者立场，因为转变为集体中的抒情主人公的忏悔后，它已成为作者的某种思维方式，也就是对时代、对令他痛苦不堪的问题的主观态度的客观表达，这对于那个年代不得不提出令人痛苦的问题的"普通苏联人"来说极其典型：我究竟在多大程度上参与了我们制度下的血腥暴行、大规模的恐怖活动以及思想奴役？假如都没搞明白所发生的事或者不知道那一切是以什么方式发生的，我是否有责任？连那些抒情主人公摸索到的模棱两可的答案也带着谴责，却又以恭敬的语气说出（《父亲的意志坚忍不拔》《在令人生畏的父亲的追悼会上》等等），那些尝试着证明无罪的解释中，勇敢与怯懦并存，它们能够在广大读者心中引起共鸣绝非偶然。像长诗《山外青山天外天》中的主人公一样，他们所有人那时还没有彻底从三四十年代，他们的青少年时代接受的那种神话中挣脱。此外，特瓦尔多夫斯基作为作者，在诗中并未凌驾于抒情主人公的自我意识之上。他们原本就是十分一致的[①]。

长诗《因为记忆》

然而，在长诗《山外青山天外天》之后新的创作危机来临了。1961至1964年的四年时间内，诗人总共只写了八首诗。可以推测，特瓦尔多夫斯基创作上例行的"自我审查"不能不受到60年代初文学中出现的那些新现象的影响，这些新现象使习以为常的意识形态的和审美准则受到极大震动。比如，诗人自己在工作日记中曾指出他阅读格罗斯曼的小说《生存与命运》手稿之后的深刻印象："这是那一类作品，阅读它们时你会一天天感觉到，在你内心有什么东西，你身边发生着严重的事情，你会感到这是你意识发展中的某一阶

[①] 长诗完成之后，特瓦尔多夫斯基对自己感到不满，虽然他也为自己辩白："首先，也许直接触动的仅仅是文学之外的东西，但是，也许最终有些没有完成，就是完成了也不见得能问世。最好不要再碰以前碰过的东西。"（1960年6月5日的日记。见《旗》，1989年第9期，第185页）当时，自我辩护很典型，在整体道德脆弱的情况下，它并未失去合理和高尚的意义。

第二章　戴着人性面具的社会主义现实主义

段，离开它你已经无法（完全独立地）思考其他事，包括自己的事情。"[①] 特瓦尔多夫斯基用心阅读着索尔仁尼琴作品的每一行，毫无疑问，索尔仁尼琴现象也促使人们换一个角度看待现实[②]。简而言之，所有这些因素，社会的、意识形态的、创作的，综合到一起，首先最难以克服的是极权主义体系中的保守性，它日益变得与宣传的美好理想明显水火不容，进步的假象造成了诗人新的创作危机，同时也促使他走出危机。于是，亚历山大·特瓦尔多夫斯基新的、最后的创作阶段开始了。这一创作阶段开始的标志是发表在 1965 年 1 月《新世界》上的组诗《回忆母亲》。随后，该组诗与其他同类型的富有哲学激情的诗歌一起被收入《近年抒情诗抄》（1969）一书[③]。也正是在此期间，长诗《因为记忆》创作完成。

长诗《因为记忆》（1968—1969）以最直接的方式与长诗《山外青山天外天》联系在一起。在这首诗中，对以前无法更早、更坚定地表达出来的东西，作者如今能深思熟虑、清楚说明，并摆脱意识形态神话和审美教条。作者用一种开放的形式来做到这一点。在此形式中，抒情的冥思与政论的抨击密不可分[④]。在长诗《因为记忆》中没有像在《山外青山天外天》中表现的那样，将抒情情节"附着"在客观的故事情节中（《山外青山天外天》的情节都是路途印象）。在这里，抒情的因素毫无疑问占主导地位，构成长诗的三个章节通过体验着自己与时代关系的主人公的思想动态和炙热感情连接起来。

在第一章（《起飞前》），作者回忆起自己的少年时代，那怀着五彩斑斓的希望的少年时代（"我们反复声明，那些储藏／对我们真是不值一钱，／而自己等待的只是幸福，／年龄教会了我们这一点"）。事实上，在这一章里，社会主义现实主义标准必备的乐观主义思想被驳斥，因为生活使作家增长了智慧，他

[①] 1960 年 10 月 6 日笔记。见《旗》，1989 年第 9 期，第 201 页。

[②] 特瓦尔多夫斯基坚信，《伊凡·杰尼索维奇的一天》是整个苏联文学发展过程中一个转折性的路标，并坚定地断言，许多大艺术家都受到了索尔仁尼琴的影响（参见特瓦尔多夫斯基：《值此周年之际》，载于《新世界》，1965 年第 1 期）。因此可以看出，特瓦尔多夫斯基建议索尔仁尼琴读自己的最后一部长诗《因为记忆》不是偶然的："7月他赠给我排字版，并恳请我写写自己的印象。"（索尔仁尼琴：《牛犊顶橡树》，载于《新世界》，1991 年第 7 期，第 110 页）

[③] 特瓦尔多夫斯基这本书的重要性已经表现在最初的反响中。参见 B. 拉克申：《特瓦尔多夫斯基的新抒情诗》，载于《诗歌的节日》，莫斯科，1971 年；Я. 斯麦里亚科夫：《广大公民的抒情诗》，载于《新世界》，1972 年第 6 期。

[④] Т. А. 斯尼吉列娃的专著《特瓦尔多夫斯基·诗人和他的时代》（叶卡捷琳堡，1997 年，第 114～120 页）中对长诗《因为记忆》有独特的分析。值得注意的是，研究者着重强调的是长诗的"紧张的对话法"，并且指出它存在于对特瓦尔多夫斯基而言全新的思想观念中，通过两个修辞层面的"他者语言"区内的冲突表现出来：一个层面几乎总是充满讽拟的意识形态公式和标签，而另一个层面则是对民间诗歌和文学特征的记忆恢复，它直接指向经时代检验的精神伦理潜能（第 116 页）。

知道是什么样的"暴风雪舞"和"圆圈歌舞"盘旋在家乡的上空。

在第一章中提及的少年时代的主题成为父亲和儿子这一主题的来源，该主题在第二章（《儿子不对父亲负责》）中占据中心位置。长诗《山外青山天外天》中成熟的主题"对一切负责"在这一章中得到了直接的延续和发展，它好像被人格化，成为儿子对自己父亲负责的充满戏剧性的主题。在和那些未点其名、但完全可以识别的反对者（他们千方百计致力于恢复"解冻"前的秩序）进行辩论时，特瓦尔多夫斯基从各个意义层面反常地改变着斯大林著名的说法"儿子不为父亲负责"。这种说法被当成救生圈，这是慈悲而公正的领袖抛给那些因亲属是"人民的敌人"而沾上污点、被社会抛弃的不幸者的。但是长诗的主人公高傲地拒绝这样的施舍，他不想用背叛父亲的代价来获得平安的权利。完全对立的选择在他看来更为合理："突然那个儿子（而不是小儿子！）/得到这样的权利，/就能够为父亲负起责任吗？"事实上，他准备为自己父亲负责。负责，就意味着保护和替父亲辩护。于是，儿子以捍卫父亲作为人的尊严为责任。他艺术地实现着这一点，塑造了一个有雕塑感的、栩栩如生的、伟大的农民劳动者形象。光是对父亲的手的有力描写就足以说明问题：

> 那血管和筋脉的交结处，
> 在手指蜷曲的骨头里……
> ……
> 那双手，凭自己的意志——
> 无论是伸直，还是握紧拳头：
> 成片的老茧——
> 整个儿
> 就是真正的大拳头①！

而接下来，按照联想链展开的抒情逻辑，对亲生父亲的责任这一主题变为对"所有人的父亲"负责的主题。在这一语境中"承担责任"这一概念含有另一种语义，它意味着"承担过错""为所制造的恶付出代价"。现在特瓦尔多夫斯基的主人公不再给自己和那些虽未参与制度暴行但缄默在场的人寻找任何辩解的理由。难以消除的道德上的痛苦变成一种惩罚："十年的审判在延

---

① 俄文"кулак"既有"拳头"之意，也有"富农"的含义，此处一语双关，满手老茧、手骨蜷曲的农民居然会是富农，带有强烈的反讽意味。——译者

长，/还不能看到结果。"这是一个无形的、秘密的良心法庭，特瓦尔多夫斯基认为经历了那些岁月的任何一个正派人都要对自身进行审判。

而第三章（《关于记忆》）直接将之前的章节与结尾天衣无缝地连成一体。因为"十年法庭"也是一个记忆的法庭。拒绝记忆，禁止记忆，这是拒绝审判、拒绝忏悔和赎罪。这就是特瓦尔多夫斯基为何因为当权者扼杀"解冻"的秘密指令而愤怒的原因。"遗忘，命令无声地遗忘，/试图在遗忘中消解/活生生的往事。为了那波浪/和波浪形成统一的整体。往事——遗忘！"长诗的主人公断然拒绝了统治者的意识形态，就这一次，不仅仅拒绝接受他们的摆布，而且准备坚持自己的立场，哪怕孤身一人（"而我——不是那些黄口小儿——/我无权为自己推迟/交付一切"）。这是诗人在用睿智的责备警告那些拥有无限权力的庞大国家机器："谁热衷于隐瞒过去，/他就未必能同未来和睦相处。"

长诗《因为记忆》继承并发展了《山外青山天外天》的主题线索，保持了《山外青山天外天》的基调和激情所形成的风格：还是抒情政论基调，只是其充满感情的主导思想发生了实质性的变化，在其中起主导作用的是民众抗议的激情，向统治制度发出公开挑战的激情。这首诗在诗人生前无法发表并非偶然，只是到"改革"年代它才得以问世。

"我要自己去调查清楚"：《近年抒情诗抄》一书的主人公

从开始，确切地说，从预感到"解冻"开始，特瓦尔多夫斯基的抒情世界观的视野极度扩大。诗人在一如既往地关注社会问题的同时，开始越来越深地深入哲学思索，探究那些"最新出现的"问题。这在**《近年抒情诗抄》**一书中可以得到证实，此书收录了特瓦尔多夫斯基1950—1960年间所写的诗。《近年抒情诗抄》最本质的特点是其哲学和社会层面不断相互校正。这种相互校正使这本诗选成为一个完整的艺术有机体，一本真正的诗集。

如果尝试用一句套话来揭示《近年抒情诗抄》的内容的话，那么，大概可以这样说，这是一个"普通苏联人"对自己的精神本原所进行的详尽、充实、公正而且毫不留情的深刻剖析。

书中的中心形象就是抒情诗的主人公。这一形象常有自传性的元素，突出地表现在以下几个方面：自我鉴定（"我是以文字为生的，/这是我全部基础的基础"），大量提及职业方面的问题（"不必耗费太多劳动，/技巧和勇气，/就能在纸上水到渠成，/拼凑出一些押韵的诗句"），对文学界同行的直接呼吁

现代俄国文学（1953—1968）

(《致我的批评者们》《致笔友们》)，承认自己作为作者的焦虑（"随手在眼前//展开报纸，/在第三页/没有我的诗"）。但是，自传性之所以重要并不是因为它是阅历可信的证据，而是因为这些阅历的承载者是诗人。《近年抒情诗抄》正是诗人的自白。五六十年代特瓦尔多夫斯基抒情诗中的诗人就像古希腊的说唱家、古代西欧凯尔特的弹唱诗人、古代罗斯的民间歌手[①]，是一个正在完成特殊精神使命的人。如果在以往的年代，特瓦尔多夫斯基笔下的诗人会不无自豪地称自己为"人民公仆"（这一称号完全符合艺术创作者这一社会主义现实主义观念），那么现在使用"人民公仆"这一称呼就带有一定的讽刺意味："罪恶的人类，你想要什么，/与你自己，人民公仆，/自然界和天气却毫不相关。"在特瓦尔多夫斯基的《近年抒情诗抄》中，诗人逐渐恢复自己原初的、"本体论"的地位——"思想的权威"，"世纪真理的喉舌"的角色。

《近年抒情诗抄》中的主人公已经在地球上生活了很久，完全有理由把自己的道德信念传给人们，他以一种不容妥协的直率，用精心琢磨过的格言警句来表达，这种形式本身就是一种身心饱尝痛苦、思想"久经锻炼"的标志。

特瓦尔多夫斯基诗歌中的抒情主人公（而长诗中作者本人就是诗歌话语的直接创造者）以往总是努力倾听别人的声音，现在，他希望别人能听听他的声音。他以往总是努力帮助普通人表达自己的思想和感情（在他三四十年代间的抒情诗中有大量的"角色性人物"），现在他希望自己的思想和感情能成为普通人的财富。从他迈入文学的殿堂开始，他就认为自己的职责是"记录"大众的意识和全民的感受，于是情不自禁地在某种"折中思维"的层面讲述自己对周围世界的认识。现在他叙述的是自己以精神痛苦为代价、认真思索后获得的经验，也可以说，这是对生活专业娴熟而又富有诗意的感受与分析。

但更重要的是，他感受着现今所发生的一切与过去那种一脉相承的关系。他在第一位宇航员，"宇宙侦察兵"身上看到了与卫国战争中飞行员相似的身影："同样在那里，在要动身完成任务时，小伙子向着自己的宇宙开始起跑。"（这里"侦察兵"和"宇宙"被恰当而准确地调换了位置）同样，在祖父种的小树上，他看到崇高的哲学意义："它们默默地使我们/一代一代连接有根。"还有，他认为自己在大地上的生活始于前辈的事业，并为后代们未来的成就所延续：

[①] 此处俄文原文是"боян"（鲍扬），是《伊戈尔远征记》中古代罗斯的民间歌手。——译者

第二章　戴着人性面具的社会主义现实主义

　　我们被承诺联结在一起，
　　我们共同见证奇迹：
　　我们能辨明彼此的声音，
　　还能在永恒中互通信息。

　　　　　　（《死神，你是个傻瓜；你威胁人们……》）

　　从以上诗句中可以看出，特瓦尔多夫斯基的主人公用永恒的标准来衡量与《近年抒情诗抄》紧密相关的自己的生活。永恒的主题早在1951年就第一次出现在诗歌《我清楚地记得我的祖父是怎样离世》中。这里抒情诗的主人公不是把亲人的死亡看作简单的逝世，而看作和自己一同逝去："每次，当我失去一个人，/岁月的逼迫使我心力日益衰退，/于是我的某个部分死去了，/我与他们中的任何一个都仿佛是天生一对。"这首诗可以认为是哲学元情节的，确切地说，在内容上是存在主义元情节的开端，这种元情节在《近年抒情诗抄》一书中逐渐发力。

　　而这一贯穿全程的元情节的高潮是由四首诗组成的组诗《纪念母亲》(1965)[1]。第一首诗（《我们同母亲告别……》）表现的是已经意识到无法弥补的损失的主题，主人公为自己没有对母亲尽责而感到深深内疚。在第二首诗（《在一群人把他们带去的国度里》）中，与此时此景直接相关的是主人公思念母亲的诸多回忆："她多么不想死去，——/墓地是多么可憎"，在那个被流放的国度"她在梦中看见/家什并不那么齐全的庭院，/还有家乡茂密的白桦树下/插着十字架的那个小小山岗"。虽然诗歌以悲剧性地指出无论肉体还是精神都已消失作为结尾（"而那些茂密的白桦树——它们早已/在这个世上不复存在。再没有什么可以梦见"），但是这个有关回忆的回忆原来只是一条线索，这条线索是弥补对母亲亏欠的某种方式——通过爱保存她心灵的经验。与此同时，儿子内心深处对自己审判的心理主题并未消失，不仅如此，在第三首诗（《在一群人把他们带去的国度里》）中，这一主题甚至得到加强，抒情诗主人公发觉自己有一个可耻的愿望，他希望尽快结束这悲伤的过程，希望掘墓人能"一阵猛劲——毫不喘息"，以"救人般的技巧"快速完成这一切："要知道，你本人都准备帮忙，/只为了一切——能更快结束"。但是在最后的第四首诗中（"母亲，你从哪保留下/这首古老的歌"），"关于回忆的回忆"主题已经

---

[1] 将《近年抒情诗抄》这一系列组诗全部编入选集的重要文化意义在最初对它的评论中被提及。参见叶列梅耶夫：《与时代的谈话》，载于《西伯利亚星火》，1969年第3期，第171~173页。

现代俄国文学（1953—1968）

占主要地位。母亲那悲伤的、满怀对家乡忧思的歌曲以充满忧郁的叠句形式表现出来，是向"冥河摆渡者"的请求，这已不是抒情诗主人公简单的复述，在这里主人公已经融入歌曲，采用隐喻的形式（"最后一次摆渡"）将生命不容改变的运动进程定格，延续并发展了悲剧性的主题（"冥河摆渡者，年轻的小伙"在抒情诗主人公的冥思中变成了乡下人卡戎的样子："冥河摆渡者，头发花白的老头"）。母亲的歌成了儿子的歌。这样，他完成了延续母亲灵魂生命的感恩之举。

贯穿《近年抒情诗抄》一书的存在主义元情节有自己的发展进程。这一进程的表现是伤感主题的深化。如果最初抒情诗主人公四次毫不费力地以令人振作的抑扬格形式来摆脱死神的话（"你是个傻瓜，死神，/你用无底的虚空威胁人们，/而我们早已约定，/将在你的势力范围之外生存"，1955），那么稍后，其存在主义的感觉开始变得复杂，成为对话的形式。典型的例子是一首写于1957年"含有两个部分相同内容"的与众不同的诗：在第一部分中，仍旧充斥着那种十分典型的社会主义现实主义思维方式的胜利者语调："我百分之百地相信，/生命无论怎样疾奔如飞，/它也不会就那么昙花一现，/它完完全全听我支配。"在诗歌的第二部分，语调似乎并未变化，但给其确定了十分严格（如果不称之为"生硬"的话）的原则："我不知道，如果/精力总不衰竭，/岁月可以倒流，我该多么/热爱周围这鲜活的世界。"抒情诗主人公终于明白，正是由于他"像所有人一样，必须退休了"，在他"永远无忧无虑的"内心深处才开始认为"生活的那种历尽艰辛的甜蜜，/那种信念和意志，激情和力量，/这些都值得经受苦难和笑傲黑色死亡"。

存在主义元情节的下一个发展阶段体现在五六十年代的诗中，表现为对生与死、改革与守旧、存在的欢乐及离世的痛苦等辩证关系的深刻思考。例如，在诗歌《新居》（1955—1959）中，作者借"角色型的主人公"，一位老人之口提出了痛苦的问题：

> 房子——像个房子样，有台阶，有屋檐。
> 一切不是用一天，而是数年建成。
> 这一切对我来说就是生命的新居。
> 就这些——是的。而我何时能住进其中？

度过了漫长的、苦难的一生的人终究要遵循勇敢的遗训，其生命的里程碑（革命、土改、集体化、战争）在其讲述中凸显出来："你哪怕是明天就要离开人世，/现在也要好好活着！"

《新居》是特瓦尔多夫斯基晚期作品中极为少见的、角色化的抒情诗。但是，在其他许多诗中，抒情诗主人公是意识主体，其存在主义的思考同样是以这种语调来表达的。一方面，他对存在的领悟更加敏锐，对此似乎只要抛出一个矛盾修饰法就足够了："死亡之前生命是多么珍贵"（《感受到这种工作的热情》，1965），或者是老年的忧伤："在我活着的日子，/当我已是风烛残年，/我很想，/坐在温暖的小树墩上/晒晒太阳"（1967），或者是令人感到沉重的情思："这秋日的世界如此清新又如此亮丽，/我的每一次呼吸都感到如此甜蜜"（1968）。而另一方面，他承认存在的规律是客观的，他正视这些规律，对它们的严厉无所畏惧，严格要求自己在这些规律面前保持清醒的睿智，男子汉的无畏："你不高兴吗？/我们的生命太短暂？/你可有别的什么方案？"（《祖父种的树》，1965），类似的主题在早期的《山间小路》（1960）和晚期的《这个世上所有的生命都很短暂》（1965）中都有体现。可以说，对待繁荣与衰败、生命与死亡的永恒循环的这种叙事的客观态度，是特瓦尔多夫斯基晚期抒情诗主人公的个人收获，已汇入自古以来人民智慧的宝库："你好，任何一个时刻，/请按照顺序流逝吧"（《茶树伊万就要开花》，1967），这是诗人最后一首诗歌的结尾。

但是叙事的客观性都不同程度地带有自己命运的痕迹，残酷地受制于厄运的痕迹，特瓦尔多夫斯基对此进行了明确而且非常典型的修正。在特瓦尔多夫斯基抒情诗主人公的存在主义思索中有两个对话式的相关因素非常重要。第一个因素是他坚决反对对于永恒的任何类型的幻想，摒弃令人快慰的任何类型的乌托邦。我们可以读读诗歌《叶子燃尽了》（1966）。这首诗表现了"美好的秋天"的景象，自然会引起欣赏美景的主人公关于同样美好晚年的田园诗般的幻想：

  啊，美好的秋天。
  同样美好的晚年：
  它完全是为了
  让人觉得意外、提前；
  于是一切结束了，
  就像丰收的今年；
  为了让小小的病痛
  宣告晚年的降临。

于是走向暮年残景
没有任何彩虹。

但是,主人公并未屈从于令人快慰的诱惑,他非常清楚,在尘世的生活中这样的田园生活无法实现:

但是只有忘记
焦虑和重大病痛,
这种天真无邪的想法
才能真正慰藉大众的心灵。

在主人公的思索中,第二个因素是这样的:主人公清醒而真实地理解存在规律的严峻性,就是在永恒面前他也没有妄自菲薄。此外,必要时他也坦诚地指出自己对其所做的贡献。在诗歌《感谢这样的早晨》(1966)中,思维和感觉转化为难以置信的形象:

感谢这样的早晨,
感谢这林中早晨的宁静,
这并非梦境,而是宁静,
好一片无声的、寒冷的美景。
……   ……
为了这静静的、轻松的幸福——
我不知道向什么或向谁诚致谢意——
不过,也许,某种程度上
今天我要感谢我自己。

因而,早晨这一自然现象,不仅在本体论过程的作用下,而且由于人的精神作用,充满了价值意义。这个人今天以自己的创作——美好的事业、深刻的思想、天才的诗句——美化了世界。对存在—非存在的客观态度的修正证明主人公的精神状态发生了深刻的戏剧性变化,传达出一种专注的意志力,这一意志力使他具有存在主义的坚忍不拔和稳健平和。

60年代后半期,特瓦尔多夫斯基诗歌中的悲剧色彩渐浓。抒情诗主人公甚至在欣欣向荣的大自然图景中看到了枯萎的征兆:"甚至,在尚未沾上灰尘的叶片上,/露珠那十分清新的闪光,/都与四季常新的绿叶/那死亡的颜色一样"(《这个世界上一切生命都很短暂》),甚至从"七月——夏季的顶峰"联想到"白天的时光在缩短""而在椴树的世界中,/你数数拍子吧,歌已唱完……"特瓦尔多夫斯基的诗中越来越多地出现总结、告别、准备离开的主题。这些主题常常还稍稍带有讽刺意味:"妥妥帖帖地做好事情,/不慌不忙地收拾东西",这是诗人《秋天》(1967)组诗中一首诗的结尾,而在后来的一些诗(《要聪明地生活,需要什么?》,1969)中,诗人创造了由悲伤的隐喻及医学术语构成的双关语:"每个小时都在准备飞离"及"它反正会出其不意地/遇见你,这致命的时间"。勇敢的人就这样掩饰自己的悲伤。

就在特瓦尔多夫斯基抒情诗告别的伤感主题增强的同时,道德独立的主题也越发强大有力。

特瓦尔多夫斯基首次在"合法的"苏联文学中以其前所未有的勇气,以诗人本身的、个人的"我"对抗50年代中期的官方观点。正是在那时,他创作了《致我的批评者》(1956):

您老是想教会我一切,
提出一些愚蠢的建议。
不让我听,不让我看,而只让我唱,
只让我知道:什么不行,什么可以……
但我不能不有所考虑,
而后,许多年飞逝,
您还会为我上课:
诗人,你见到了什么,你在哪里?

总之,这首诗很有个性,它是诗人针对试图出版长诗《焦尔金游地府》时遭到批评和指责而作出的回答。但事实上,它是对历史时刻的回应。那时已开始扼杀"解冻"的萌芽。但是晚些时候,两年后,特瓦尔多夫斯基发展了创作个性独立的主题,这并非在具体的政治形势下,而是在更广泛的语境中:

一切的实质都在独一无二的遗训中:
在"解冻"以前我一定要说的那件事情,
只有我知道,我比这世上任何人——

现代俄国文学（1953—1968）

活着的、死去的，都更了然于胸。

我永远不会把它转托给任何朋友，
更不会对任何人说出那句话，
即便是对列夫·托尔斯泰——
也不会说，就让他成为自己的上帝吧。

可我只是个凡人。我要对自己负责。
在我活着时我只为一件事操劳：
我知道我比世上任何人都清楚，
我多么想说，我能说多少就说多少。

（1958）

然而，正是在特瓦尔多夫斯基生命最后几年所写的诗中，渗透着富有哲理的"幸福的忧伤"的存在主义主题，且在不断延伸，在此基础上自我尊严的"领域"也在拓宽。现今，特瓦尔多夫斯基的主人公不仅没有感觉到以往对克里姆林宫最新指示的虔敬，更感受不到对所谓的"社会观念"魔力的畏惧。恰好相反，他心中对任何的，甚至是最权威的刻板公式都极力反抗，他明确捍卫作为个人的权利，捍卫不向常规妥协的权利。

我要亲自去调查，去弄清
我所有的过失。
我会一字不差地记住它们——
无需预先准备稿子。

我自己就是最出色的，
可笑的自我保护对我无益。
只是不必凌驾于心灵之上，
不必在耳朵上方屏住呼吸。

（1967）

不要要求善良的灵魂
必须都遭受痛苦屈辱。

活着，就要有活着的样子，有自己不眠的大忙季节，
既然干起来了，就不要打退堂鼓。

要想成为你自己，无论如何不要退缩，
也无论如何不要离开自己的小路。
就这样战胜了自己的命运，
以便任何命运都能在其中找到自己，
于是痛苦放过了某人的灵魂。

（1968）

在当时的政治背景下，"解冻"已开始"逆转"，这些诗被认为是勇敢地对抗政治高压的一种行为。尊严的概念在特瓦尔多夫斯基晚期的抒情诗主人公个人价值体系中占据主要位置。但是，尊严的概念在特瓦尔多夫斯基晚期的抒情诗中远远超出对热点事件论战性的回应的范围，因为它并未纠结于政治和意识形态。特瓦尔多夫斯基主人公的尊严建构在对存在的自我意识的深刻理解之上——他用自己并不短暂的生活经验亲眼见证时间与一代代人之间的联系，他的所思所想已经跳出了最后的界限，他在所思所想中看到了远方。他在思想上早已经历了虚无的悲剧——祖父与母亲的死，与那些在卫国战争中倒下的人们的精神联系起来（《我知道，别人没从战场上回来，/这没有我半点过错……》）。他已经了解并亲身体会了那些最可怕的事情，确切地说是从精神上领悟了。那么在这一切之后，他还会怕谁，还会怕什么呢？某些令人恐惧的东西，在悲剧式的存在——虚无面前又算得了什么？与地球上的人类及一切物种延续的规律（母亲的歌、祖父种的树、离去朋友的声音）相比，所有那些"意识形态的强行灌输"及新闻审查机关的禁令又算得了什么？

特瓦尔多夫斯基于1965—1969年间在《新世界》专栏上刊登的诗，凭借着以哲学层面的自尊为支撑的大无畏精神让当时的读者大为震惊。同时，非常自然、表述严密完整、整体上显得朴素的诗学风格强化了美学效果。实际上，这依旧是特瓦尔多夫斯基在自己文学创作之初就提炼出的那种朴实无华的诗学。但是在《近年抒情诗抄》中，这种朴实无华的效果并非借助合唱抒情诗的传统达到的，更多依靠冥思苦索、深思熟虑，并且使用"接地气的"、鲜活的民间词汇、新俗语、简单的成语性短语来实现。

特瓦尔多夫斯基诗歌的朴实无华不只是创造了与读者相互信任的氛围，虽

然这也是十分重要的。朴实无华，却有着极其丰富内容的诗学原则。当我们从抒情诗主人公的口中听到："你私下里到底想些什么？/你认为：幸福是玩笑？"；或者是近乎四句头的"木柴似乎已经变干。/炉火也不再闪亮。/诗似乎就是诗。/真理从来默默无言"；或者这种忏悔："最终，我明白了，清醒的意识，/是我最为需要的至宝，/我老老实实地拉着我的大车"；等等。此时，让人觉得这是一个自己的亲人、亲密的友人在说话，是我们的朋友和兄弟在说话，他讲述的是我们的模糊感受，讲述的是我们痛苦地想到的那些东西。他现身说法，用自己的言语表现出我们的意识。特瓦尔多夫斯基出色的格言有这样一种无私的普遍意义，它是抒情诗主人公自己寻获的，但是却馈赠给了我们大家及每一个独立的个体。例如："对的——并非神仙才能烧瓦罐。/能工巧匠们也能烧成！""比自己年轻不成问题，比自己成熟却很难"，以及诗中的其他格言。在读者眼中，诗人把我们共同的、"杂乱无章"的词汇，普通的、尽人皆知的、习以为常的、老生常谈的语言一字不差地变成精雕细琢的格言，成为智慧的结晶。这些格言其实是人民千百年经验的产物，而抒情诗主人公只是把它们说出来，并未觊觎著作权。他把自己的智慧变成了我们共同的财富，植入我们的心田。

"朴实无华的诗学"赋予《近年抒情诗抄》中的主人公形象最大的概括意义。这是一个生活在20世纪后半叶的苏联人，记忆、经验、事件把他同国家历史上发生的一切连在一起。他刨根问底，审视当代，审视世上发生的、隐隐约约使心灵不安的一切。特瓦尔多夫斯基的抒情诗主人公一点也不例外。他与自己的人民血肉相连，是自己时代之子。他患过1920—1960年间蔓延整个苏联社会的各种精神疾病：他没有躲过几乎任何一场社会主义现实主义的流行病，并用痛苦、鲜血治愈了自己，而且，像许多人一样，他也给它们寻找过即使称不上是辩白那也是一种解释的理由。但是，他并未用天真无邪的幼稚行为，驯服地遵循官方的学说，也未用幻想、动摇、前后不一来开脱自己的罪责。读特瓦尔多夫斯基五六十年代创作的诗时，能清楚地看出，"普通苏联人"很难意识到朴实的缺陷，他们不久前还引以为豪，把这种朴实看作历史财富。要变得"浮夸"得付出怎样的精神劳动，而且无论多么富有戏剧性，这种浮夸的生活更符合人自古以来的本性！

特瓦尔多夫斯基作品中"普通苏联人"的观念的变化，相当清楚地打上了诗人本人的烙印。这一过程正如我们所见，是与诗人摆脱社会主义现实主义美学范式同时进行的。但是特瓦尔多夫斯基直到生命的尽头依然相信公民意识原则，相信艺术家的社会使命的思想。他无法想象自己的创作不允许发表会怎样——他不会"为了永恒"而创作，不会为了没有希望发表只能"藏进桌子里"而创作①。当长诗《因为记忆》未被允许发表，而他也随后失去了讲台及心爱的孩子——《新世界》杂志后，他离世了。

---

① A. 康德拉多维奇援引特瓦尔多夫斯基的陈述："为后代写作是反常的。作家写作是为了与人们交谈，他写的东西不能成为遗言。作家在桌子上创作就像演员在没有观众的情境下表演。"（A. 康德拉多维奇：《新世界日记：1967—1970》，莫斯科，1991 年，第 47 页）当然，如此观点不具有普适性。特瓦尔多夫斯基的许多同时代人都在"为了藏进桌子里而创作"。时代证明，这样的创作策略不无益处。但是谈到特瓦尔多夫斯基，谈到其艺术的社会功能的观点，我们发现，这样的观点一直存在于俄罗斯文学的传统中。列夫·托尔斯泰的日常笔记中就有相当多的论述："我绝不能没有目的和益处而进行创作。"（《1852 年的日记》，载于《列夫·托尔斯泰全集》，第 46 卷，第 150 页）

第三章　在社会主义现实主义之外

第一节　亚历山大·索尔仁尼琴

1962年11月《新世界》杂志发表了亚历山大·索尔仁尼琴（生于1918年）的小说《伊万·杰尼索维奇的一天》，随即亚历山大·索尔仁尼琴的名字开始为苏联读者所熟知。

索尔仁尼琴步入文坛时已是一个思想意识完全成熟的独立个体。饱经磨难的索尔仁尼琴秉持鲜明独特的社会立场，创作技法纯熟精湛。索尔仁尼琴战前毕业于罗斯托夫大学物理数学系。1940年考入莫斯科哲学—文学—历史学院函授部学习文学。然而，索尔仁尼琴的"大学"生涯还包括卫国战争前线以及八年的监狱、劳改营生活的经历。在"古拉格"[①]，索尔仁尼琴开始了自己的写作之路。他没有把自己的诗句和散文写在纸上记录下来，而是把它们保存在最安全可靠的地方——他把它们背了下来，印刻在自己的头脑中。从劳改营里释放出来之后，无论是被流放哈萨克斯坦，还是后来在梁赞做中学物理教师，索尔仁尼琴都小心翼翼地把自己的手稿严密地藏匿起来，并随时准备销毁。因为他所写的一切充满了对当时政治体系和国家意识形态的否定和直面现实、毫不妥协的态度。作家后来在其回忆录中讲道：

被捕后在监狱和劳改营生活的两年多时间里，我在不可悉数的题材面

[①] "古拉格"是俄语中"劳改营管理总局"简称的音译。——译者

第三章 在社会主义现实主义之外

前椎心泣血，我像呼吸一样自然地接受，像认同所有毋庸置疑的东西一样相信自己的眼睛所看到的一切：不仅没有人会刊发我的作品，就连一行字也需要我付出头颅的代价。无疑，我的命运注定如此：写作只是为了使这一切不被忘记，为了有朝一日子孙后代能够知晓这一切。我甚至从不奢望，也不敢想象在有生之年能够出版著作。……我以一种永世的沉默屈从于命运的摆布，正如永远不可能让双腿摆脱地球引力一样。我创作了一部又一部作品，有的写于劳改营，有的写于流放途中，有的是在恢复名誉后完成的。开始写诗，后来写剧本，最后又写散文作品。我只有一个希望：珍藏这些作品不被发现，与此同时也保全我自己。[1]

虽然作家的文学创作陷入地下状态，但是他始终未曾远离现实生活。正如索尔仁尼琴自己在回忆中所言，即使住在癌症病房里，他仍在阅读并同病友们探讨波梅兰采夫（Померанцев）论文学真诚性的文章。在索尔仁尼琴的作品中既有公开论战，与当代文学语境非论战性的相互关系也清晰可见。索尔仁尼琴与文学界的这种联系凸显出其在俄罗斯历史文学进程中的地位。

"普通人"形象的流变：短篇小说《马特辽娜的家》与《伊万·杰尼索维奇的一天》

1962—1965年，索尔仁尼琴的几部短篇小说和一部中篇小说得以在国内发表。其中有两部作品随即被公认为文学经典——短篇小说《伊万·杰尼索维奇的一天》和《马特辽娜的家》。确切地说，虽然前者在1962年问世，后者发表于1963年，但是两部小说均完成于1959年。两部小说的写作时间和创作成就在俄罗斯文学的历史文学进程中可以得到阐释。50年代后半期是"宏大叙事短篇小说"（монументальный рассказ）这种独特的文学体裁的形成时期（在分析肖洛霍夫的《一个人的遭遇》时我们已对该体裁的特征进行了说明），60年代这一体裁赢得了众多读者，成为一个被广泛认同的文化符号。

虽然无论在精神生活方面，还是在观念认识、社会立场和创作行为上，索尔仁尼琴与肖洛霍夫不可并置而论，但是索尔仁尼琴的短篇小说与肖洛霍夫的《一个人的遭遇》却存在许多共同之处。最重要的一点是，在两位作家笔下作为审美客体的"普通人"均被塑造成人类精神圣地守护者的形象。

---

[1] 索尔仁尼琴：《牛犊顶橡树：文学生活随笔》，载于《新世界》，1991年第6期，第7~8页。

现代俄国文学（1953—1968）

如果将《一个人的遭遇》与《马特辽娜的家》进行对比，即可发现上述两种人物类型极为接近。的确，索尔仁尼琴的作品带有强烈的论战性激情：其笔下的马特辽娜·瓦西里耶夫娜生活在"俄罗斯腹地"，偏僻的乡村，沉湎于平凡琐碎的日常生活，不但没有受到同村人的敬重，相反女邻居们对她的评价却是"她不太整洁，人又邋遢"。与此同时，与《一个人的遭遇》一样，《马特辽娜的家》几乎开篇便采用了高扬的、赞颂的笔调。这种行文特征源于小说的崇高文体记忆：如果说《一个人的遭遇》具有史诗性叙事风格，那么《马特辽娜的家》则呈现出女圣徒传的轮廓。如果在《一个人的遭遇》中强敌来犯这一史诗性事件成为情节发展的推动力，那么《马特辽娜的家》的情节则展现了丝毫未受到任何外部动荡影响的简单平实的乡村生活。然而，内部却仿佛带着一种不安的躁动，时时透出一股不可名状的恐怖气息。这里的一切都似乎被笼罩在一种不祥的预感之中，这里处处蕴含着神秘的征兆，人们浸淫在种种古老的咒语中。虽然这里日常生活的点点滴滴都渗透着一种不祥的气氛（如在教堂领圣水时马特辽娜的小锅不翼而飞，或跛脚猫从家里跑丢），但这种特殊的氛围恰好使该作品与圣徒传文体的内在特质完全契合。

厄运的根源在于马特辽娜所处世界的内部。这个世界沾染着贪婪、残忍和麻木不仁的习气。索尔仁尼琴把《圣经》中这些人性之恶的泛滥同当时俄罗斯农村的生活方式和人的心理特征紧密地联系在一起：独断专行的农庄主席把大面积的古木齐根砍掉，强迫农庄庄员们上工，去挣毫无意义的"记在脏乎乎的记分簿上的劳动工分"，与此相应，还有普遍存在的人性冷漠、麻木不仁、道德滑坡以及经济崩溃。

马特辽娜在又一次"被赶到"集体农庄干活后羞愧地说道：

> 她们干活干得不像样子：都拿着铁锹站在那儿耗时间，等着工厂十二点快拉汽笛。妇女们到了一起，还要清点谁出勤了，谁没有出勤。但真正为自己干活的时候，常常没有任何响动，哟，不知不觉就到正午了，哟，不知不觉天又黑了。[①]（原文中索尔仁尼琴有意将字母排列得很稀疏，以示强调。——作者）

[①] 译文引自索尔仁尼琴：《伊万·杰尼索维奇的一天》，姜明河等译，群众出版社，2000年，第155页。这一小节中出自该书的译文均在正文括号内标注页码。——译者

然而，这就是客观的、无法改变的事实。现实世界就是如此。

但是，马特辽娜并不属于这个世界。她受到周围人的嘲讽和谴责（"……她是个邋里邋遢的女人，不置办家什，不勤俭持家，甚至连一头小猪都不养，不知为什么她不爱养；她总是傻乎乎的，白帮别人干活……"）。马特辽娜没有遵循这个世界的生存法则，相反，她虔诚地过着恪守教规的生活。

在普通的集体农庄里，在看似平凡的日常生活中，马特辽娜·瓦西里耶夫娜含辛茹苦，忍辱负重，默默地独自创造了圣徒般的壮举：为了生炉子，她几乎每天都跑去偷偷地挖泥炭；为了开具退休证明，她花了两个月的时间从一个机关跑到另一个机关。有时她还遵从农庄主席妻子的命令去运粪肥，满足女邻居的无礼要求，去帮助她们挖土豆，或是与其他农妇一起拉犁，去帮别人家耕种菜园……这是当时对人的精神世界的一种永恒的考验。马特辽娜的虔诚表现在面对生活中种种折磨人的、有辱人格尊严的考验，她始终保持宽厚隐忍、温存善良、有求必应、乐人之乐的高贵品格……这一切充分展现出马特辽娜·瓦西里耶夫娜的圣洁之处：拒斥周围世界的野蛮与罪恶，固守普通人灵魂的纯净与内心的安宁。

《马特辽娜的家》是一部准圣徒传记，马特辽娜是一个未受封的圣徒（诚然，倘若神圣的葬礼仪式已变为"一种把戏"，成为马特辽娜的亲属之间明争暗夺的手段，那么这样的生活根本不可能有任何神圣性可言）。然而，无论如何《马特辽娜的家》都是一部真正的圣徒传！这是一部严格恪守教规的伟大殉教者马特辽娜·瓦西里耶夫娜·格里戈里耶夫娜的圣徒传。在俄罗斯大地上这种遵守教规的人至今并没有绝迹，这正是作者对俄罗斯民族精神复活所寄予的全部希望所在。肖洛霍夫的作品也同样如此：肖洛霍夫寄希望于经历了第二次世界大战严峻考验的安德烈·索科洛夫，期望他能够"经受住"一切艰难困苦。

然而，关于"普通人"的问题并非如此简单。实际上，在人的"基本道德准则"这一看似显而易见的问题背后却暗流涌动。

索尔仁尼琴立刻认识到了这一点。几乎与《马特辽娜的家》一样同时完成于1959年的短篇小说《伊万·杰尼索维奇的一天》是作家对"普通苏联人"① 这一现象的进一步思考。实质上，在《伊万·杰尼索维奇的一天》和《马特辽娜的家》之间存在一种独特的对话关系。

这两部短篇小说所描写的完全是同一个对象、同一种人物类型，即残酷冷漠、精神空虚的社会秩序下的牺牲品——"普通人"。然而，两部小说对"普通人"所持的态度却不相同。根据小说出版前两位作者自拟的题目（而非编辑修改后的标题）便可以得出上述结论：前一部短篇小说曾取名为《世界上不能没有遵守教规者》，而后一篇作品则是《854号（一个囚犯的一天）》。索尔仁尼琴在回忆这部小说的构思过程时曾写过这样一句话："……只要描写一个平平常常的普通人从早到晚一天的生活便足够了。"

恪守教规者与普普通通的囚犯，两者处于截然不同的审美"高度"上。的确，在马特辽娜身上被视作"高尚"的行为和品质（面对气势汹汹的农庄主席的妻子，马特辽娜满怀歉意地微笑；面对亲属们的厚颜无耻和咄咄逼人，马特辽娜随和忍让），在伊万·杰尼索维奇这里则显得有些怪异，被称为"捞点好处"：

> 用旧衣服里子给人缝个手套；把烘干的毡靴送到富裕队员的床铺跟前，免得他赤着脚围着一堆毡靴来回转；要不就沿着一间间储藏室跑过去，看给什么人效劳，打扫打扫或者提提东西；要不就到食堂去把桌子上的饭盆儿收拾起来，一摞一摞地送到洗碗机里去，这样也能得到点吃的东西。（第1~2页）

当然，任何人都不会对伊万·杰尼索维奇的这种生存方式横加指责，因为他是在为自己的生命、为了能够活下去而不懈地抗争。然而，无论如何都不应将其与马特辽娜·瓦西里耶夫娜并置在同一圣坛上（虽然这种尝试至今从未停止过）。

在索尔仁尼琴笔下马特辽娜被刻画成一个女圣徒的形象（"不过她的罪孽

---

① 关于这部短篇小说已有大量研究成果和批评文章。其中弗·拉克申（В. Лакшин）的《伊万·杰尼索维奇、其友与敌》（《新世界》，1964年第1期）是发表最早和对这部作品分析最为深刻的文章之一。然而，围绕该小说所展开的争论却从未停止过，直到30年后仍在继续，如弗里德兰德（Г. М. Фридлендер）的文章《论索尔仁尼琴及其美学》（《俄罗斯文学》，1993年第1期）。实际上，争论的焦点问题始终只有一个：关于索尔仁尼琴对民众意识的体现者，即普通人性格的理解以及关于这一形象的美学意义。

比不上她那只跛脚的猫。那只猫咬死过老鼠……")。然而,伊万·杰尼索维奇则似乎与遵守教规者"相去甚远",他只是一个平平凡凡的普通人,他集高尚与低俗、睿智与愚钝于一身。他既帮助弱者,也能够去抢夺怯弱的囚犯手中的盘子。马特辽娜被描写成英雄史诗中那种性格单一、一成不变的人物;与之相反,伊万·杰尼索维奇这一形象更加贴近现实生活,在他身上表现出矛盾多变、反复无常的性格特征。

马特辽娜并非来自现实世界,她与这个世界以及世界的准则完全格格不入。然而,伊万·杰尼索维奇则是"古拉格"中的"自己人",可以说,他已经习惯了"古拉格"的生活,他谙熟"古拉格"的法则,为了活下去他练就了一套独特的生存本领:怎样在床铺上把自己的身体裹得严严实实才能延长保暖时间,怎样在炉旁烘干靴子,怎样才能在买烟时不被愚弄。长达"八年的牢狱"生活已经使他完全适应了劳改营里的一切("就连他自己也不知道,他是否需要自由")。虽然伊万·杰尼索维奇始终守护着自己高贵的人格尊严(如"舒霍夫不是那种常到医务所来泡病号的人"),尽管他尚未堕落到把别人吃过的饭碗舔得一干二净的"最卑微的囚犯"的境地,但总体而言,他的道德观念依然发生了巨大的变化,他熟谙"古拉格"中那些不成文的法则。在这里许多永恒的真理和人类社会的普遍规范都被彻底颠覆:"……囚犯不能有自己的时间,他们的时间长官知道";"这样做是完全正确的,即使疼痛难忍、反复呻吟,也必须服从命令。倘若胆敢反抗,只有死路一条";"这是规矩:一个干活,一个看";"干活,就像一根棍子,它有两端:为普通人干活,讲究质量;为上司干活,则求表面上漂亮";等等。

这种是非颠倒、黑白不分的法则正是"古拉格"这一"反物质世界"赖以存在的基础。在这个"反物质世界"里,只要按照常人的思维方式和习惯做出一丝举动,立刻就会变成某种罪恶和偏畸之举。

任何一个索尔仁尼琴短篇小说的研究者都不会绕过伊万·杰尼索维奇砌墙这一场景:

> 于是他们都拿起了斧头。舒霍夫再也看不见远方那覆盖着白雪的耀眼的湖泊,也看不见苦役犯们怎样从烤火间里出来,向工区各处蹒跚走去,他们有的去挖上午尚未挖完的坑,有的去加固钢架,有的去架厂房的人字梁。舒霍夫看到的只是自己要砌的墙同,从左边比腰还高的台阶形的墙体开始,直到右面拐角处与基尔加索夫的墙体衔接。他指点谢尼卡该砍哪儿的冰,自己也起劲地干,时而用斧背,时而用斧刃砍起冰来,冰碴四处飞

溅，也溅到脸上，这活儿他干得真是得心应手，但什么也不想。他的两眼和全部思绪都透过冰屑贯注到正在砌的墙上，集中到热电站正面这两矿渣砖厚的墙上。这个地方的墙原先是舒霍夫不认识的一个瓦工砌的，那人不是不会砌，就是马虎，不过现在舒霍夫已经习惯于这面墙了，就像习惯于自己砌的墙一样。（第74页）

伊万·杰尼索维奇如同一个上满发条的机器，其他人也和他一样绷紧了神经："……意思是说，咱们就加油干是不是？决不会落后！"；"活儿干得如此紧张，简直连擦鼻子的工夫也没有……"

这是一股何等强大的力量在支撑着伊万·杰尼索维奇和他的同伴们如此拼命地劳动？是尚未被沉重的苦役完全扼杀的创造力？回答当然是肯定的。舒霍夫心满意足地欣赏着自己的劳动成果，他颇有些沾沾自喜，他的心情不言自明："嘿！我的眼睛就是水平仪！一瞄就准！我的手还不老。"一瞬间伊万·杰尼索维奇突然感到，似乎作为一名瓦工师傅，此刻他与队长的地位是完全平等的（"他的头脑里并没有这样的想法：'我已经与他平等了'，这只不过是一种感觉罢了"）。但是，这种能工巧匠的高超技艺、对"古拉格"的一草一木呵护备至的态度以及勤俭节约的主人翁意识——无论是水泥灰浆残渣，还是一截废旧刀锯，伊万·杰尼索维奇都倍加爱惜，他的所有举动归根到底都是在为"古拉格"制度服务，为了使"古拉格"壁垒森严的高墙变成坚不可摧的铜墙铁壁，为"古拉格"创造更大的物质财富，即为了使"古拉格"对成百上千万与伊万·杰尼索维奇同样的人实行专制统治和残酷压迫提供更加有力的保障。因此，实质上舒霍夫的劳动热情带有一股悲凉、凄楚与苦涩的意味，既具有强烈的悲剧色彩，同时又充满戏谑的意味。

但是，伊万·杰尼索维奇本人并未意识到周围世界的荒谬，并没有清楚地认识到自己处于一种可怕的生存境遇之中。饱受命运摧残的杰尼索维奇将一切不幸视作一种客观存在的、无法改变的必然现象。同马特辽娜·瓦西里耶夫娜一样，他默默地、顺从地背负着命运的十字架。然而，如果在短篇小说《马特辽娜的家》中女主人公的忍耐顺从是借助圣徒传体裁呈现出来的，具有道德的绝对精神意义，那么在《伊万·杰尼索维奇的一天》里伊万·杰尼索维奇这一形象并没有被罩上崇高的、耀眼的道德光环，默默地忍受一切已成为他的生存状态。同《马特辽娜的家》相比，这部小说中构建人物形象的体系更为复杂。

《马特辽娜的家》的艺术世界呈线性叙事的特征，小说以女主人公的生活历程为线索展开，情节链具有"同质性"的特点。这部作品中具有重大历史意义的事件只是烘托主人公生平经历的一个背景。然而，讲述伊万·杰尼索维奇劳改营生活的短篇小说《伊万·杰尼索维奇的一天》则构建了一种立体的叙事结构——"通过描述一个普通囚犯平凡的一天展现整个苏联劳改营的内幕"。这种叙事方式并不具有"同质性"特征。在这种叙事方式作用下伊万·杰尼索维奇的性格呈现出复杂多变，有时甚至带有矛盾性的特点。小说中其他人物的性格与命运各异，他们与舒霍夫迥然不同，但并不与其相互对立（这与以多角度刻画人物的"辅助原则"为主构建人物形象体系的长篇小说相同）。伊万·杰尼索维奇悉心观察的对象不仅有他所在的 104 小队里的囚犯，还包括一些似乎偶然进入他视野的人物。"在劳改营和监狱里蹲过的年头已无法统计"的"Ю－81号"高个子老头是其中一个，"劳改营里的囚犯都是驼背，而他那直挺挺的腰身却显得很突出"；而另一个"被判了 20 年徒刑的骨瘦如柴的老头""Х－123 号"义正词严地批驳爱森斯坦（Эйзенштейн）的著名影片《伊凡雷帝》，而且就此问题与采扎尔争论不休（"尤其是那极为可憎的政治思想——为暴君的专制统治辩护"）。

舒霍夫无法理解这场"颇有学问的谈话"的内容，"被判了 20 年徒刑的骨瘦如柴的老头"的激愤令他莫名其妙。此外，他不明白，为什么"高个子老头"总是被追加刑期。但是，舒霍夫完全是按照自己最简单的标准来对他们进行评价的，首先就是根据他们吃饭的表现，这是在劳改营里考验人性是否泯灭的第一关。小说对于被判了 20 年徒刑的"Х－123 号"似乎只是轻描淡写，一带而过："他不辨味道地在吃粥，这粥对他已经没什么益处了。"而对于"高个子老头""Ю－81 号"在食堂里的一举一动则进行了细致入微的观察和描写：

老头的目光没有去盯食堂里所发生的一切，而是掠过舒霍夫的头顶直愣愣地望着远处。他用一只缺了口的木勺从容不迫地喝着稀汤，可他不像所有其他囚犯那样把头俯向饭盆儿，而是把汤勺高高地举到嘴边。他满嘴上下没有一颗牙了，用干瘪的牙床咀嚼着面包。他满脸倦容，但不像一个虚弱的残废，倒像是一块被砍成的坚硬的黑石头。从他那又黑又大、满是裂口的双手可以看出，多年来的监狱生活并没有使他变得迟钝。他的内心告诉他永不妥协：他不像大家那样把自己的 300 克面包随便放在肮脏的桌子上，而是放在一块洗干净的破布上。（第 120 页）

现代俄国文学（1953—1968）

上述一切都被老练的、经验丰富的舒霍夫尽收眼底。他深谙每一个微妙的手势和面部表情所传达的意义。与所有囚犯一样"普通的"、微微驼背的舒霍夫觉得，这些老头与周围其他人迥然不同。他们的忍耐顺从绝不是因为以前形成了这种习惯。虽然在"古拉格"他们饱受精神与肉体的摧残和迫害，但是他们始终将人格尊严高置于"古拉格"制度之上。他们绝不屈服于"古拉格"的压迫，坚决不接受"古拉格"世界的法则。

有时伊万·杰尼索维奇在与同队队友，与他认为同自己完全平等的那些囚犯的接触中，他甚至发现自己的精神世界极度匮乏。舒霍夫与浸礼派教徒阿廖什卡之间的对话耐人寻味，引人深思。阿廖什卡的规劝和开导听起来不免有些幼稚可笑："应该祈祷精神上的东西，让上帝把我们心灵上的可怕积怨消除……你要为你待在监狱里而感到高兴！在这里你会有充分的时间思考灵魂！"对此，舒霍夫的冷嘲热讽和激烈反驳似乎不无道理："总之，不管你祈祷多少次，刑期不会减。你还是得从头蹲到底。"在索尔仁尼琴笔下这段对话带有一种非同寻常的感情色彩，在没有宗教信仰的睿智的伊万·杰尼索维奇身上读者可以清楚地感受到某种缺失。

显然，伊万·杰尼索维奇的道德水平远低于那些在劳改营里"蹲"了几十年的年长的囚犯们，其精神视野也比某些狱友更加狭隘。在小说的价值体系中，伊万·杰尼索维奇的反驳具有极其重要的意义，这反映出小说主人公——善良、勤劳、惯于忍耐的伊万·杰尼索维奇·舒霍夫——与作者亚历山大·索尔仁尼琴的观点存在着巨大的差异。

此外，在亚历山大·索尔仁尼琴的两部"宏大叙事短篇小说"之间还存在一个本质的区别。在《马特辽娜的家》中，女主人公的形象通过一个饱经风霜、一心渴望"钻进和幽居在最偏僻的俄罗斯"的叙述者的视角呈现在读者面前。他以一名旁观者的身份对马特辽娜·瓦西里耶夫娜的生活作出评价，将她与周围的人进行比较，他是马特辽娜高尚的道德品格和恪守教规的生活最可靠、最有力的见证者。而在《伊万·杰尼索维奇的一天》中没有叙述者－观察者，一切都由主人公的思想意识来控制：小说中所描述的世界完全来自他的所见所闻、所思所感。但与此同时，主人公视野中的这幅世界图景似乎慢慢地从其意识中一层层"剥离出来"，成为读者"独立"审视和评价的对象。由此，读者的观点与伊万·杰尼索维奇的感受之间形成了强烈的反差。习惯忍受"古拉格"制度、认同"古拉格"生存法则的伊万·杰尼索维奇如此评价自己过去一天的生活：

第三章　在社会主义现实主义之外

　　心满意足的舒霍夫渐渐进入梦乡。这一天他碰上了许多顺心的事：没有被关禁闭，他们小队没有被赶到"社会主义小城"去干活，午饭时多得了一份粥，队长把百分比结算得很好，砌墙时很愉快，带回来的那截锯条搜身时也没被搜出来，晚上从采扎尔那里挣到点东西，还去买了烟叶。而且也没有病倒，熬了过来。

　　一天过去了，没遇上什么扫兴的事，简直可以说是幸福的了。（第140页）

　　然而，穿过监舍、食堂、禁闭室，"亲身经历"了侮辱人格尊严的点名和搜查，遭受过从中尉沃尔科夫斯基到厨房里那些居心不良、游手好闲之徒等大大小小、形形色色施虐狂的横行霸道、为所欲为，读者在同伊万·杰尼索维奇共同度过了一天之后不能不产生如临深渊的感觉。面对黑白颠倒的恐怖世界，读者无不感到惊心动魄，毛骨悚然。难道这"简直可以说是幸福的一天"吗?！显然，这个问题匪夷所思，答案自然不言而喻。主人公的自我感觉与读者的领悟和理解之间的巨大反差引人深思。

　　作者认为有必要进一步强化给人的心灵带来的这种巨大的震慑力，于是，小说最后作者介入叙述："在他的刑期内，从头到尾这样的日子要有365天。因为闰年的缘故，所以额外还得加上3天……"

　　小说结尾处刻意写得平淡无奇，似乎只是在客观地陈述事实。然而，这些语句读来却令人感到无比沉痛：其中对"古拉格"的黑暗、荒谬和惨无人道，对善良、真诚、勤劳、习惯于忍受地狱煎熬的"普通苏联人"伊万·杰尼索维奇·舒霍夫突出的矛盾性格的描写已达到震撼人心的艺术效果。

＊＊＊

　　索尔仁尼琴的这两部短篇小说在"解冻"时期的整个文学界掀起了一场关于在残酷无情的世界里"普通人"的命运、"人的基本道德规范与行为准则"、人与邪恶进行对抗的方式等问题的大规模论战。在这场激烈的论战中两部作品之间的内在联系与对话极具典型性。此外，这场论战具有一种"非官方"色彩，尽管任何人在任何地方从未如此明确地表述过。这是一场隔空思想论战。在这场论战中很多作家推出了举足轻重的作品，发出了强有力的声音：瓦尔拉姆·沙拉莫夫（Варлам Шаламов）的《科雷马故事》、费奥多尔·阿布拉莫夫（Фёдор Абрамов）的杰作《周年庆》、塑造了一系列"怪人"形象的瓦西里·舒克申（Василий Шукшин）的短篇小说、弗拉基米尔·田德里亚科夫（Владимир Тендряков）的《帕拉尼娅》和《两匹枣红马》。维克多·阿斯塔菲耶夫（Виктор Астафьев）的创作则经历了从宁静清新的"田园诗"《是否在晴天》到悲剧与戏谑色彩并存的短篇小说《度过一生》这一戏剧性的演变过程。

然而，无论如何，在俄罗斯文学发展史中索尔仁尼琴的短篇小说《马特辽娜的家》和《伊万·杰尼索维奇的一天》始终占有极其独特的位置：它们处于俄罗斯文学回归古老文学传统这一崭新道路的最前沿，即从全人类价值的角度研究世界体制和秩序，深入探索这种世界体制和秩序中"普通人"、同时代人，以及自愿或被迫参与到这一时代、这个地球和这个国家里一切曾经发生和正在发生的事件中人的精神感受的地位和作用。

长篇小说《第一圈》：
与社会主义现实主义原则的论战

小说《伊万·杰尼索维奇的一天》一经发表便引起了史无前例的巨大轰动：报纸和杂志均无一例外地刊登了与这部作品相关的评论和读者来信。尽管人们对这部作品褒贬不一，但一个不容争辩的事实是，这部作品的问世标志着一个伟大的文学天才的诞生。此外，许多文学研究专家认为，《伊万·杰尼索维奇的一天》预示着俄罗斯文学进入一个新的发展阶段。如马克思主义文艺学鼻祖乔治·卢卡奇[①]（Дьердь Лукач）发表了《社会主义现实主义在今天》一文，讨论索尔仁尼琴的创作。1963 年（惨痛的"匈牙利事件"[②] 刚过去仅 7 年的时间），卢卡奇依然坚信，"今天社会主义世界正处于复兴的前夜"，"在文学领域社会主义现实主义处于同样的状态"，同时他明确指出，"批判性地重新审视斯大林时期是当今社会主义现实主义的一个中心问题"。《伊万·杰尼索维奇的一天》正是社会主义现实主义发展进程中一个新的里程碑：

这部作品是今后利用文学艺术手段对斯大林时期进行总结和思考的一个简洁的、强有力的开山之作（虽然在作品中索尔仁尼琴本人并没有明

[①] 乔治·卢卡奇（1885—1971），匈牙利马克思主义哲学家和文艺批评家，传统西方马克思主义创始人，在 20 世纪马克思主义的演进中占据十分重要的地位。——译者

[②] 指 1956 年 10 月 23 日—11 月 4 日匈牙利民众对匈牙利人民共和国政府表达不满导致苏联入侵的暴力事件。以学生运动开始，以苏联军队入驻匈牙利并配合匈牙利国家安全局进行镇压结束。——译者

确指出这一点）……是真实地描述现实世界的开山之作。这个世界里的人们或信仰坚定，或已丧失信仰，他们直接或间接、主动或被动地接受了培养他们适应并积极地参与现实生活的学校教育。①

同样在1963年，罗曼·古利（Роман Гуль）②发表了截然相反的意见：

……梁赞的中学教师亚历山大·索尔仁尼琴的作品《伊万·杰尼索维奇的一天》似乎在全盘否定整个社会主义现实主义，也就是抹杀苏联文化。这部中篇小说与苏联文化无任何共同之处。③

古利的《索尔仁尼琴与社会主义现实主义》一文刊登在侨民刊物《新杂志》④上。彼时，在苏联的合法出版物上发表类似的观点和看法完全是一件不可能的事情。小说对苏联体制下"古拉格"可怕"内幕"的揭秘令大多数读者感到触目惊心，他们将《伊万·杰尼索维奇的一天》视为对整个社会主义现实主义神话体系的一个沉重打击。

值得注意的是，《伊万·杰尼索维奇的一天》与《马特辽娜的家》同时问世，它是索尔仁尼琴从哈萨克劳改营释放后立即着手从事的"主业"之外的一个插曲：当时他正致力创作一部关于"沙拉什卡"⑤的长篇小说。在完成这两部短篇小说前索尔仁尼琴已经是一个具有独特的美学观念和艺术原则的作家。

30年代末作为罗斯托夫大学物理数学系学生，亚历山大·索尔仁尼琴同时成了一名莫斯科哲学—文学—历史学院文学系的函授生。诚然，索尔仁尼琴的文学和艺术观念是在当时特定的时代氛围下形成的。

彼时"认识论中心主义"在苏联美学中占据统治地位，艺术创作首先被

---

① 《文学问题》，1991年第4期，第77、78、73、84页。
② 罗曼·古利（1896—1986），俄罗斯侨民作家、政论家、批评家、社会活动家，纽约侨民刊物《新杂志》的编辑。——译者
③ 罗曼·古利：《异曲同工：苏联文学和侨民文学》，纽约，1973年，第83页。
④ 在美国出版的俄罗斯侨民文学季刊，1942年创刊。1958年《新杂志》首次刊登鲍里斯·帕斯捷尔纳克的长篇小说《日瓦戈医生》俄文版部分章节。1966年该杂志首次发表瓦尔拉姆·沙拉莫夫的小说《科雷马故事》俄文版。2013年《新杂志》在32个国家发行。1966—1986年罗曼·古利任《新杂志》主编期间，该杂志刊登了许多俄罗斯白银时代和俄罗斯侨民作家的作品。——译者
⑤ 苏联特种监狱的戏称。在这种所谓不用参与一般劳动的"天堂岛"里关押着学有专长的科技工作者，他们遵照政府的计划从事秘密研究工作。——译者

视为一种对生活的认知方式。在这种原则指导下，一部作品在多大程度上符合所谓历史事实成为衡量该作品美学价值的主要标准。索尔仁尼琴完全接受了这种关于艺术本质和艺术使命的观点，并毕生忠实于此。1976 年索尔仁尼琴在接受斯特鲁韦①（Н. А. Струве）的电视采访时说道："毫无办法，我的确没有看到还有比为现实服务，也就是比描写被粗暴地践踏、被侮辱与被损害的现实世界更重要的任务。"②

30 年代苏联美学中另一个突出的主导思想是"现实主义中心主义"。"现实主义中心主义"认为，只有现实主义艺术是真实地描写现实生活的最恰当的形式，只有现实主义方法（"以生活本身的形式反映生活的本来面目"）是表现真实生活的最有效方法。索尔仁尼琴始终坚定不移地捍卫"现实主义中心主义"，对其他任何一种艺术形式均保持高度警惕，甚至公开表达了对现代主义和先锋派的敌对立场，将后者视为"危险的反文化现象"。③

然而，索尔仁尼琴的文学品位完全是具有选择性的，由此也引来无数争议。如，他不理解安娜·阿赫玛托娃的长诗《安魂曲》的内涵，没有认识到其中蕴含的丰富概括意义。尽管索尔仁尼琴关于扎米亚京、格罗斯曼、契诃夫、沙拉莫夫、马雷什金创作的文学批评文章（这些论文被收入索尔仁尼琴"文学系列专辑"）④ 不乏独到的见解，充分凸显出他敏锐的洞察力，但是整体而言，索尔仁尼琴的这些论文写得未免有些简单浅显。

30 年代当索尔仁尼琴的文学观念日渐形成时，社会主义现实主义正积聚力量，蓄势待发，社会主义现实主义的经典体裁也正在逐步走向成熟。其中占据中心位置的当属长篇小说这一形式："生产题材长篇小说""意识形态长篇小说"和"教育题材长篇小说"。50 年代后半期长篇小说《第一圈》创作之时，社会主义现实主义仍然是受到官方支持的、占统治地位的文学流派。当时

---

① 尼基塔·阿列克谢耶维奇·斯特鲁韦（1931—），俄罗斯文化问题研究家、出版家、政论家、翻译家。——译者

② 《亚历山大·索尔仁尼琴：斯特鲁韦文学专题电视访谈，巴黎，1976 年 3 月》，载于《文学报》，1991 年 3 月 27 日第 10 版。

③ 索尔仁尼琴：《美国国家艺术俱乐部文学奖获奖答辞》，载于《新世界》，1993 年第 4 期，第 5 页。

④ 具体见《论扎米亚京》，载于《新世界》，1997 年第 10 期；《史诗的创作手法》，载于《新世界》，1998 年第 1 期；《当代四诗人》，载于《新世界》，1998 年第 4 期；《伊万·什缅廖夫（Иван Шмелёв）与〈死者的太阳〉》，载于《新世界》，1998 年第 7 期；《徜徉在契诃夫的艺术世界里》，载于《新世界》，1998 年第 10 期；《与瓦尔拉姆·沙拉莫夫同行》，载于《新世界》，1999 年第 4 期；《约瑟夫·布罗茨基（Иосиф Бродский）诗选》，载于《新世界》，1999 年第 12 期；《亚历山大·马雷什金》，载于《新世界》，2000 年第 1 期。

第三章 在社会主义现实主义之外

围绕杜金采夫的《不是单靠面包》、尼古拉耶娃的《征途中的战斗》、格拉宁的《探索者》展开的论争在苏联的文学生活中占有极其重要的位置。实质上，上述所有作品都是按照社会主义现实主义原则打造的"生产题材小说"。

然而，如果说即使那些在"解冻"时期进行了最为大胆的创作探索的作家们也并未摆脱社会主义现实主义神话的束缚，他们只是在某种程度上去竭力完善这种创作方法，使社会主义现实主义价值体系"人性化"，具有"人道主义"的特点，那么索尔仁尼琴从步入文坛伊始就没有对社会主义现实主义抱有任何幻想。索尔仁尼琴认为社会主义现实主义原则是一种远离被他称为"最重要的真理"（指关于禁锢整个国家和个人生活的制度的真相）的创作方法。"这个弃绝真理的誓约即被称为社 会 主 义 现 实 主 义"[1]，"趋炎附势、奴颜婢膝的、僵死的社会主义现实主义"[2]，索尔仁尼琴日后对在苏联文学中占主导地位的社会主义现实主义创作方法之本质进行了尖刻的讥笑和辛辣的讽刺。

按作品的完成时间，在索尔仁尼琴的第一部长篇小说**《第一圈》**（"完成于1955—1958年，1964年进行重大修改，1968年恢复原稿"[3]）中处处可见他与社会主义现实主义这种"最先进的创作方法"之间针锋相对的激烈论战。小说中有这样一个片段：囚犯中一位名叫霍洛布罗夫的工程师在工作之余翻阅监狱图书馆的书。第一本是政论书，一部"德高望重的作家的文集"。读到1941年6月阿·托尔斯泰对战争场景描写严重失真的文章，"霍洛布罗夫低声地骂了一句，啪的一声把书合上，放到一边去"。另一本是"被奉为畅销书的"[4] 长篇小说《远离莫斯科的地方》[5]。但这个"战斗队员"的故事读起来却令霍洛布罗夫作呕：这个历尽艰辛、饱经风霜的囚犯立刻意识到，小说"讲的是劳改营囚犯所做的那种工作，却根本不提劳改营的名字，书中的囚犯不吃定量的监狱口粮，没有被扔进惩罚性牢房中，他们都是共青团员，穿的是高级衣服、鞋子，受过良好训练，充满了热情"。最后，还有一本著名的加拉霍夫（该作家的原型显然是康斯坦丁·西蒙诺夫）《选集》。但是，对于这本书霍洛布罗夫同样说了一句骂人话，因为"虽然加拉霍夫能够如此优美地描

---

[1] 索尔仁尼琴：《牛犊顶橡树：文学生活随笔》，载于《新世界》，1991年第6期，第10页。
[2] 《新世界》，1991年第4期，第5页。
[3] 索尔仁尼琴：《第一圈》，莫斯科，1991年，第5页。
[4] 索尔仁尼琴：《第一圈》（上），景黎明译，中国文联出版社，2010年，第203页。这一小节中以下出自该书的引文均在正文括号内标注页码。——译者
[5] 瓦西里·尼古拉耶维奇·阿扎耶夫（1915—1968）的小说，讲述卫国战争初期建设远东输油管道的故事。——译者

现代俄国文学（1953—1968）

写爱情，然而他也患了精神麻痹症，堕落到跟随着那群自我膨胀的作家，只是在为无知的小孩或对生活一无所知、对任何垃圾都感到有趣的白痴写书"。"这些社会思想的主宰者"（正如索尔仁尼琴戏言）的作品的主要缺陷是完全脱离现实："识字不多的集体农庄庄员比他们更加了解生活"。《第一圈》的主人公们经常探讨关于苏联经典文学和当代文学作品的问题。总之，社会主义现实主义僵硬、刻板的统一模式作为一种负面背景，在小说中不断出现。

所有对《第一圈》发表过评论的研究者均强调，这是一部艺术技巧十分精湛的长篇小说。一方面，它接近传统的俄罗斯经典长篇小说：人物众多、情节错综复杂、场景变化多端（从监狱的探视房到斯大林的卧室）、用大量篇幅叙述历史事件（革命前的俄罗斯、国内战争、30年代的苏联、卫国战争）、小说人物不慌不忙地相互交谈和讨论、创作者对上述一切的详尽评述。另一方面，与50年代发表的许多结构松散的长篇小说不同，索尔仁尼琴的作品结构严谨、简洁紧凑，所有人物形成一个完整统一的体系，故事紧紧围绕一条主线展开，情节跌宕起伏，惊险曲折，悬念丛生，人物之间的所有对话自始至终"切中要害"，紧扣主题。"极度压缩时空"（尼瓦[①]），小说故事情节的发展被安排在3个昼夜之内（据作者本人统计，从"周六晚至周二白天"[②]）。关于《第一圈》这部作品，杰出的长篇小说家海因里希·伯尔（Генрих Бёлль）[③]写道："这部小说的作者不仅是一位著名作家，而且还是一名数学家，总之，他熟知自然科学公式和定律。这些'公式'中的'符号'正是小说文本，其中人的精神生活与作品整个事件的发展和谐自然地融为一体，故事情节连贯，脉络清晰，宛如一条优美的抛物线，在这里'抛物线'一词用的是该词真正的物理、数学意义。"[④]

那么，是什么因素决定了长篇小说《第一圈》具有如此宏大复杂的结构和严整有序的布局？索尔仁尼琴在小说《第一圈》的创作中所遵循的主要美学原则就是从内容到形式上彻底摈弃社会主义现实主义那种墨守成规、刻板僵硬和千篇一律的方法。可以说，《第一圈》完全是一部反社会主义现实主义的作品。

[①] 乔治·尼瓦（1935—），著名斯拉夫学家，日内瓦大学教授，诺贝尔文学奖评委。——译者
[②] 《亚历山大·索尔仁尼琴：斯特鲁韦文学专题电视访谈，巴黎，1976年3月》，载于《文学报》，1991年3月27日第10版。
[③] 海因里希·伯尔（1917—1985），德国作家、翻译家，1972年诺贝尔文学奖获得者。——译者
[④] 伯尔：《被囚禁的世界：论亚历山大·索尔仁尼琴的长篇小说〈第一圈〉》，载于《外国文学》，1989年第8期，第230页。

第三章 在社会主义现实主义之外

我们应该从索尔仁尼琴同官方大力推崇的、最具"标志性"特点的社会主义现实主义体裁"生产题材小说"的激烈论战谈起。实质上，在与"生产题材小说"论战的同时，索尔仁尼琴完全接受并充分利用了这一体裁结构。在不破坏这种体裁结构的前提下，他彻底颠覆了这一体裁的美学理论体系。

虽然索尔仁尼琴的作品"生产题材小说"同样描写了某种工业生产活动，但这完全是一种特殊产品制造业，这是一个制造"恶"的行当：这里致力发明各种秘密侦查、镇压工具和监视仪器。因此，"如何安排生产计划或改进生产技术"这种在"生产题材小说"中常规性的问题，同样也没有令《第一圈》的主人公们感到紧张不安。他们所关注的则是另一个非同寻常的问题：是否参与这种生产活动？通常，在"生产题材小说"中总是存在一个企图妨碍工作、阻挠生产的"破坏分子"，一个作恶多端、罪大恶极的反面人物。索尔仁尼琴在长篇小说中同样塑造了一个"十恶不赦的""最典型的坏分子"，叛国者因诺肯季·沃洛金的形象。他暗中将有关掌握美国原子弹秘密的苏联间谍的重要情报泄露给了美国人。但实质上，在索尔仁尼琴的"生产题材小说"中这个所谓的"破坏分子"完全是一个正面形象，是一个甘愿自我牺牲的圣徒式人物：为了保证原子弹不落入政府手中，因诺肯季视死如归、毅然决然地准备献出生命。

在"生产题材小说"中工厂就是社会的缩影。在这里所有劳动者都在从事某项生产活动：建设水泥厂、铺设石油管道、建造轮船、装配拖拉机。长篇小说《第一圈》同样对社会生产状况进行了完整的、全面的描写，即描写了官方称为"国家安全部第一特种监狱"，而非官方叫作"沙拉什卡"的一座封闭的科研所。在描写"沙拉什卡"这个特殊世界的同时，索尔仁尼琴对"生产题材小说"刻板统一的情节模式进行了大胆的、全方位的讽刺性模拟：各种委员会和专门小组接踵而来，讨论各种科研方案，开展思想政治教育活动，下达生产任务，承担社会的责任和义务，确定监督检查工作的时间。但与此同时，这又是一座恐怖的监狱，一个剥夺了人的最基本生存条件、无情地压制个性尊严的世界。如果说在《科雷马故事》中沙拉莫夫创作了科雷马劳改营的"民族志"，那么索尔仁尼琴同样以一名民族志学家的写作方法和技巧准确地记录了这所"精神"监狱的日常生活及其赖以存在的各种管理条例和规章制度。

事实上，那里的人们的确活着：他们时常彼此沟通与交流，相互磨合，相互容忍，不断寻找小小的快乐。为了适应这个反物质世界，他们从被单上剪下一小块白布，做成了一种独特的假领衬衫，营造出"人人渴望得到的那种幸福的幻象"。然而，将监狱生活变成一种习惯是一件最可怕的事情：

> 对监狱生活的描述，人们动辄就夸张它的恐怖。其实，没有恐怖的监狱，就显得更加恐怖。如果恐怖隐藏在日复一日、年复一年、周而复始、一成不变的生活中，难道这还不够吗？恐怖在于，你终于忘记了生命的价值和自我的尊严，愿意去宽恕那些贪鄙下流的看守；你竟然热衷于在监狱食堂多抓到一大片面包，期待着在澡堂调换一件好一点的内衣。而这，便是监狱的常规生活，日复一日，年复一年。（第238页）

可以说，这是主要人物之一涅尔仁和作者共同思考的一个问题。然而，更为可怕的是，那些监狱外的"自由人"也已经习惯了和监狱共存。小说中有一段对卡卢加大街住宅楼建筑工地的描写，这种场景在四五十年代极为普遍，随处可见：

> 在繁华的大街旁，建筑工地被牢固的木栅栏围起来。匆匆的路人未曾注意到固定在栅栏顶端的那一排排复杂的带刺铁丝网，以及高耸于栅栏之上的可怕的看守塔；飞驰而过的汽车顾不上看一眼，住在大街对面的居民对它们已经熟视无睹，以至于也没有注意到这些特征。（第278页）

在索尔仁尼琴的"生产题材小说"中，监狱是当时社会的缩影。

但是，《第一圈》中所描写的监狱有时被称为"沙拉什卡的金笼子"，因为这是一所特殊的监狱。这里关押着许多学者，他们的聪明才智被强制用于为制度服务。因此，小说中现实世界的形象，除了"生产"活动，逐渐获得了许多新的含义。小说《第一圈》的题目本身具有多重语义内涵。其第一层喻义是指"监狱"。尽管这里关押的科学家们享受着比普通犯人更好的待遇，但无论如何这里都是一所真正意义上的监狱，是"古拉格"这座人间地狱的第一圈，也是最好、最上等的一层。由此，监狱的形象引出与但丁的《神曲》相关的一系列联想。在《神曲》中地狱的第一圈是最高的一层，是收容古希腊哲学家、"智者先贤"之灵魂的地方。他们唯一的罪过就是信奉多神教（大概，在索尔仁尼琴这部小说中"多神教"一词作为拒绝接受"唯一正确学说"的一个非官方说法，具有非同寻常的语义内涵）。此外，在这部作品中"沙拉什卡"有时被称为"学院"①：倘若这里聚集了众多学者与智者，倘若他们在一起交流思想、讨论问题，那么就意味着这里与著名的亚里士多德学院具有某种相似之处。最后，小说第一部分结尾与《圣经》的内容极其接近："沙拉什卡"宛若诺亚方舟（"这幢昔日的贵族礼拜堂，墙壁四砖半厚的两层楼房，就像一艘方舟"），而整个外部世界、整个宇宙犹如"黑色的汪洋"。当然，这种与《圣经》的内容之间相似的特点赋予了"沙拉什卡"的形象高度的假定性。虽然索尔仁尼琴断言，"'马尔菲诺的沙拉什卡'本身以及其中的所有人物几乎都是以真人真事作为原型塑造的"，但是，对于索尔仁尼琴这段话我们应持审慎的态度②。实际上，"特种监狱—沙拉什卡—吕克昂—诺亚方舟"的形象建立在对苏联的监狱极度自然主义的描写与某种假定性现实"融合"的基础之上。在这里作者将主人公置于艺术技巧创设的模拟情境中。

应该说，小说《第一圈》中所采用的上述艺术手法毫无特别之处。《第一圈》不是一篇回忆录，而是一部长篇小说。在这部作品中艺术假定性原则发挥着重要的作用，在此要特别强调一点，这里指的是现实主义的艺术假定性原则，即在现实中也许并不存在，但有可能发生或必然发生的事件。对于读者而言，这种假定性早已成为一个人所共知的、普通的文化符号。但是与崇尚"贴近现实生活"的经典现实主义长篇小说不同，在《第一圈》中写实自然主义的准确性与赋予形象以概括象征意义的假定性相结合，成为一个固定不变的诗学原则。如，当涅尔仁得知他必须立刻在同意参加解码器的研制和从"天堂岛马尔菲诺"回到普通劳改营之间做出抉择时，小说对其心理状态的描写如下：

……他感到自己被夹在老虎钳子里。这不是文学隐喻中的老虎钳，而是你常看见的木匠长凳上的那种大老虎钳子！钳子和夹子张得大大的，可以夹住一个人的脖子！……涅尔仁觉得钳子正在夹紧，掐住他的喉咙！（第517页）

---

① 指古希腊亚里士多德在雅典创办的古希腊哲学学校。——译者
② 显然，小说中的一些人物的原型参加到与索尔仁尼琴的激烈论战中并不是没有原因的。他们断言，根据他们的生平故事塑造的形象与他们的真实经历，特别是与他们的思想气质之间并不完全相符。德米特里·帕宁（Дмитрий Панин）就索洛格金的形象提出了异议［帕宁：《卢比扬卡——埃基巴斯图兹》（集中营札记），莫斯科，1991年，第290~296页］，列夫·科佩列夫（Лев Копелев）则对鲁宾的形象发表了不同看法（科佩列夫：《马尔菲诺的沙拉什卡》，载于《文学问题》，1990年第7期）。这些人物原型所提出的反对意见对于读者深入了解作品创作的经过和背景具有十分重要的意义。它们再次证明，摆在我们面前的这本书不是一部回忆录，而是一部虚构的小说作品（fiction）。

刑具老虎钳是一个具有假定性的艺术形象，同时又带有一种赤裸裸的、不加粉饰的真实感。或者，如下面的细节描写：

> 他们都把眼光越过涅尔仁，从被雾蒙住的窗户望出去。看不见雪，只有路灯和防御带的探照灯，把疾飞的雪花投射在监狱窗户上的黑色影像。……在我们看来，甚至雪花都不得不是黑色的。康德拉绍夫感伤地说。（第391页）

在"黑色的雪花"这一形象中蕴含着浓重的悲剧色彩。最后，小说主要事件发生的时间，即作者所选择的3天（1950年新年前夕）具有强烈的象征意义，与《圣经》的内容紧密相关。正如 А. 涅姆泽尔（А. Немзер）所言，这是"令当权者惶惶不安，却使那些灵魂鲜活的人感到愉悦的神秘之光照耀下的特别的日子。大多数情况下这光是隐秘的。这是圣诞之光"[①]。

这种自然主义的真实性与假定象征性概括的"融合"使《第一圈》中"生产题材小说"的核心要素向其他体裁，即社会主义现实主义的另一个"标志性"体裁，意识形态长篇小说转化。通常，意识形态长篇小说描写各种相互对立的社会力量（阶级）之间的冲突与矛盾，同时，各种社会力量（阶级）在相互对抗和较量中充分展现出它们所捍卫的意识形态的力量和缺陷。

索尔仁尼琴在作品里描写了意识形态小说中两个最传统的、相互对峙的力量：其中一个社会阵营是压迫者，另一个是被压迫者。在《第一圈》中这两种阵营的对立已经达到了极致：压迫者掌握着绝对权力，而被压迫者则处于绝对无权的地位。压迫者包括监狱看守、刑讯专家、侦查员，而被压迫者则是置身于带刺的铁丝网中的囚犯们。

一般而言，运用怪诞的手法塑造扭曲变形的形象并非现实主义艺术风格的典型特征。但是，在索尔仁尼琴的小说中，这种写法与在当时早已司空见惯、习以为常、荒谬绝伦的种种乱象恰到好处而又自然而然地融合在一起。只要列举一下被关押在带刺的铁丝网内囚犯们的罪名便足以令人毛骨悚然。优秀的工程师霍洛布罗夫只因在选票上写了一句骂人话便被投进监狱。波塔波夫获刑十

[①] 涅姆泽尔：《圣诞节与复活：论亚历山大·索尔仁尼琴的长篇小说〈第一圈〉》，载于《文学评论》，1990年第6期，第31页。《圣经》的内容时常出现在《第一圈》的相关章节中。在小说结尾从"沙拉什卡"被押解到普通劳改营的囚犯们都在为自己前途未卜而感到忧心忡忡，"每个人都渴望得到一点安慰和希望"，由此引出叙述者的联想："因为连耶稣在客西马尼花园里，虽然确切知道自己痛苦的选择，仍然祷告和希望！"

年，剥夺政治权利五年，原因是他"擅自毁掉五年计划的第一个伟大硕果第聂伯河水电站，并将其廉价出售给德国人"。还有一个"古拉格"体系特有的、闻所未闻的离奇事件："在北冰洋中有一座以极地飞行员马霍特金的名字命名的岛屿'马霍特金'岛。但马霍特金本人却被以莫须有的罪名——从事反苏宣传活动投进沙拉什卡（监狱）。""沙拉什卡"中几乎每个囚犯的罪名都是如此荒诞离奇，令人不可思议。

此外，在这部小说中索尔仁尼琴揭示了专制制度下治理国家的机制和手段也同样具有可怕的非理性特征。

按照索尔仁尼琴的观点，这正是社会体制的一个悖论，是在专制统治下社会各阶层道德极端分化的体现。实质上，当权者们在精神上绝非自由人，因为他们内心背负着沉重的恐惧，无法自拔。相反，实质上，马尔菲诺的"沙拉什卡"中的囚犯们，那些被专制政权剥夺了所有权利的囚犯们才是真正自由的人。对于马尔菲诺的囚犯们，那些哲学家、学者、科学家、发明家而言，自由的思想是一个真正的人最重要的生存条件。为了实现精神的自由，他们既不需要对任何人行使权力，也不必掌控任何统治工具。因为他们不必强迫任何人去做任何事情，对于他们来说，任何物质财富都毫无价值。他们既不竭力攫取财富，也不追求财富，不害怕失去财富。因此，他们是真正自由的人。

在与人们普遍认同的价值观念和"常理"进行公开论战的过程中，索尔仁尼琴将马尔菲诺的"沙拉什卡"描绘成茫茫汪洋中一座禁锢精神自由的孤岛。"沙拉什卡"的囚犯们是人类文化的承载者。因此，他们出口成章，经常引用道家伦理思想和《吠陀经》[①]中的经典名句。他们对但丁的作品和波爱修斯的《哲学的慰藉》[②]耳熟能详，信手拈来，对科尼[③]的回忆录和恰佩克（Чапек）的长篇小说《大战鲵鱼》兴致盎然，对马雅可夫斯基进行冷嘲热讽。他们被刽子手们投入同一座监狱，他们汇聚于此，将这里变为一个思想和智慧的圣地。它如同一个达到临界质量的铀元素，瞬间便会产生最强大的能量，思想的巨大能量。虽然他们身处带刺的铁丝网内、在监狱看守的枪口之下，狱警

[①] 婆罗门教和现代印度教最重要、最根本的经典。"吠陀"又译为"韦达"，是"知识""启示"的意思。——译者

[②] 波爱修斯（480—524），欧洲中世纪初罕见的百科全书式的思想家，在逻辑学、哲学、神学、数学、文学、音乐等方面都做出了卓越的贡献，有"最后一位罗马哲学家""经院哲学第一人""奥古斯丁之后最伟大的拉丁教父"之称。他被人诬陷入狱，公元524年被秘密处死。在狱中他写成了名著《哲学的慰藉》。——译者

[③] 阿纳托利·费奥多罗维奇·科尼（1844—1927），俄罗斯律师、法官、国务活动家和社会活动家、文学家。——译者

现代俄国文学（1953—1968）

和告密者一刻不停地监视着他们的活动，但是他们充满幻想，内心世界丰富多彩，精神生活无比充实。因此，"国家安全部第一特种监狱"与被禁锢的"黑色的汪洋"中自由的诺亚方舟的形象联系在一起。同时，在这个带有铁栅栏窗户的诺亚方舟里充满了一种特别的气氛——自由和思想解放。

> 在这个于黑暗中沉着前进的方舟里，他们被推到了生命的制高点，很清醒地观察到历史的曲折及其错误的流动；同时，又好像被完全沉没在海底，也能仔细地看见海洋深处的每一个卵石。……男人们的友谊和哲学精神，得以在这幢形状像船的拱形天花板上方盘旋。（第361页）

然而，"沙拉什卡"的囚犯们思想活动的核心内容与探寻所有"沙拉什卡"、整个"古拉格"体系产生的原因，探寻造成专制制度的原因直接联系在一起。

在两大社会阵营——压迫者与被压迫者之间的尖锐斗争中，后者的精神世界远高于那些刽子手们，甚至无法想象两者之间何以能够进行思想上的平等对话。然而，《第一圈》中对意识形态的论争从未停止过，但它并不是在"古拉格"囚犯及其压迫者之间进行的，而是在囚犯内部展开。在小说的精神空间中各种智力"游戏"、公开辩论、"学术讨论会"和对话占有十分重要的位置，其中包括模拟审判伊戈尔①的精彩表演，切尔诺夫和鲁宾关于摩西率领犹太人历经四十年磨难穿越阿拉伯沙漠之原因的讨论，鲁宾和索洛格金由关于辩证唯物主义原理的争论转向对社会体制的激烈辩论，博贝宁和格拉西莫维奇就科学家们将发明成果交到当权者手中是否合乎伦理道德规范这一问题展开的"学术讨论会"，涅尔仁和格拉西莫维奇就理想社会的建构问题进行的公开辩论，阿韦尼尔舅舅和因诺肯季·沃洛金之间内容丰富的、紧张严肃的谈话：1917年布尔什维克夺取政权的真相，为什么工人阶级应被视为最先进的阶级，"苏德战争"的胜利给苏联社会带来了哪些重大影响。这是一场真正的智慧盛宴，各种奇异的思想之花在这里精彩绽放。他们言辞犀利，观点大胆而前卫。

在小说的精神层面上，各种史学观点及对20世纪俄罗斯历史命运问题的论争占据中心位置。这些观点的代表者分别是作品的三个中心人物：涅尔任、索洛格金和鲁宾。他们之间的论争构成了将所有情节线索和矛盾冲突凝聚在一

---

① 俄罗斯古代英雄史诗《伊格尔远征记》中12世纪的古罗斯王公。该书成书于1185—1187年，著者不详，以伊戈尔的一次失败远征为史实依据。——译者

起的小说的精神内核。小说的每个中心人物都是一个特殊的独立个体，他们心智成熟，信仰坚定，在长期的精神探索中不断反省。他们每一个人都是思想上的骑士，忠实于自己的思想，靠自己的思想活着，对于他们而言，世界上没有什么东西比自己的思想更宝贵，他们永远不会放弃自己的观点和主张。他们认同以理服人，他们只能被说服，不能被压服，任何威逼利诱都不会使他们屈从。他们每一个人都是睿智的天才，是机敏善辩、时刻准备捍卫自己信仰的思想家。

格列布·涅尔任是现存制度的坚定反对者。他经历了"五年单调的囚徒生活"，他知道自己入狱的原因是他的"思维方式"问题。涅尔任是一个天才的史学家，"他十二岁起就打开能把他连头遮盖起来的大张的《消息报》，并且详细阅读了一些工程师因'破坏罪'受到审判的速记报告"，从中学时代起便开始对历史谎言保持高度的敏锐性。从他独立人格形成的最初阶段开始，他便决心为实现自己人生的唯一目标献出一切："……一定要了解真相，弄懂这一切的意义！一定要揭露真相，警醒世人！"因此，甚至在这里，在"沙拉什卡"，他也始终默默地坚持将自己对祖国历史的思考——记录下来。

德米特里·索洛格金同样对现存制度持反对态度。索洛格金所信奉的一整套思想可谓"开明的民族保守主义"。即使在监狱这样的环境里索洛格金仍保持高傲的贵族气质：他严于修身、克己自律，他恪守人格的尊严，守护人格的高贵，借此度过了十二年失去自由的非常考验。在此基础上形成了他自己的一整套价值标准（"困难愈大，价值愈高""目的不是迅速完成，而是达到完美"），这使他甚至得以在高墙之内发挥自我实现的创造力，因为在这里他同样善于"解决复杂的技术难题"。但是索洛格金的贵族气质带有一种讽刺色彩：他对勤杂工斯皮里东以及所有"没受过什么教育的人"表现出一种极其傲慢的态度；他常常摆出一副优雅的姿态，他的语言矫揉造作，甚至夸大其词；他坚决捍卫民族语言的纯洁性，有时甚至达到可笑的程度；他努力"净化"俄语，坚决抵制俄语中的外来语，代之以某种自造的、最明确的语言。

可以说，列夫·鲁宾是一个充满传奇色彩的"柯察金式"的理想苏联人形象："与柯察金[①]一样，在'坚决服从命令''立即行动'这种专制话语氛围的训导下，在革命熔炉中锻炼成长为共青团员列夫卡·鲁宾。"作为一名知

[①] 指保尔·柯察金，是苏联作家尼古拉·奥斯特洛夫斯基（1904—1936）在小说《钢铁是怎样炼成的》中根据自己的生活创造的完美的青年革命战士形象。——译者

识渊博的日耳曼语文学家,在战争年代他是一名红军少校,在实施对敌心理战、分化瓦解、策反敌军的部队里服役。他同许多苏维埃政权的忠实拥护者一样被投入劳改营。鲁宾认为,他被关入劳改营完全是由于某种原因而导致的失误,因为即使一个运行良好的工作系统也时常会出现问题。他的逻辑是:"但我知道,腐烂只是一种表面现象,根系却是完好无损的,茎部也毫无病害,就是说,应该去挽救,而不是彻底砍掉!"即使在劳改营里他仍义无反顾地忠实于苏联政权。他慷慨陈词,义愤填膺,捍卫苏联政权,对一切批判苏联政权的言论予以坚决的回击,尤其是鲁宾与索洛格金之间"无果而终的激烈辩论"。索洛格金将鲁宾视为"近乎宗教般狂热信仰共产主义的人"。然而,作者在对鲁宾形象的塑造上并未陷入单一化和简单化的模式,而是对其进行了多重阐释:"总体而言,他是一个悲剧性的人物,"小说的叙述者对他如此评价道。但是,小说中多处流露出对鲁宾这一形象的嘲笑、挖苦和讽刺,同时又夹杂着几分同情,如:鲁宾忍受着失眠的困扰和头痛的折磨,始终在思考自己的计划:为了在人民中开展思想道德教育工作,应该建造一座"市民教堂"。他把这一乌托邦式的荒谬想法详细地记录了下来,盼望着有朝一日能够将自己的"智慧"献给亲爱的祖国。

根据意识形态长篇小说的创作规则,任何一种史学观点的正确性都需要经由主人公、各种不同思想的"载体"在遭遇道德抉择时所处的具体情境来进行检验,抉择的结果成为对小说中的人物所尊奉的思想道德"价值标准"的一个终极评价。实质上,"马尔菲诺的沙拉什卡"中的每一个囚犯均面临不同的抉择:或者同意参加研制监视和跟踪可疑分子的侦查仪器,或者拒绝与狱吏们合作。所有选择结果之间形成了强烈的反差:倘若拒绝,那么就会注定死在科雷马劳改营这座人间地狱里;倘若同意,而且一切顺利的话,则有可能"一步登天"(获得嘉奖、荣誉、地位、豪宅)。然而,除了令人眼花缭乱的种种物质诱惑,对于一个富有创造力的独立个体而言,在同意与当局合作的背后还有其他许多更重要、更诱人的因素,这就是对科学探索的热情,这同样是一种巨大的诱惑。此外,还有社会责任感——你所做的事情对社会是有益的,以及群体意识的反射作用,应该同大家、同全体人民步调一致。

三个朋友面对上述问题分别做出了怎样的抉择?涅尔仁毫不犹豫地断然拒绝:"我绝不会让他们不劳而获,坐享其成。"鲁宾则愉快地表示完全赞同:"他欣喜若狂,踌躇满志。现在他这个被侮辱与被损害的人就要成为一名有用之才了!能为整个人类的历史贡献自己的力量,他感到无上光荣!他又重新归队了!他又成了一名革命的斗士!"索洛格金犹豫许久,但是最终探索与创造的巨大诱惑和在科学发现中自我实现的愿望战胜了一切：在提出了一系列确保其科学创造自由的前提条件之后，他同意将自己发明的编码器交到当权者手中。

显然，三位主人公中每一个人在抉择时都彻底摒弃了唯利是图的私心杂念。每个人的言行都与自己的思想信念完全保持一致。他们勇于直面自我，确切地说，在自己的真理观和生命价值观面前，他们每一个人都真实坦荡，无愧于心。但是他们每个人头脑中的主观真理同那一时代的客观真相紧密地联系在一起，同专制制度，同使道德根基遭受践踏的上上下下、形形色色的暴君联系在一起。如果一个囚犯在精神上是真正自由的，那么面对上述客观现实，向压迫者做出任何妥协和让步对他而言都是一种莫大的耻辱；因为妥协和让步意味着彻底摧毁人的道德尊严，不顾人的主观意愿，强行使人沦为专制统治的奴隶。

在三位主人公外，其他所有人也都在进行自己的选择，或者他们已经做出了抉择。其中包括令拥有无上权力的阿巴库莫夫感到张皇失措的老工程师博贝宁；拒绝研制秘密相机的小格拉西莫维奇："把人们送入监狱，这不是我的专业。我不是'猎人者'①"；涅尔仁的妻子娜佳：为了自己的前途，她必须做出决定，是否应该与丈夫断绝关系；履历清白的西莫奇卡受刑侦部门指派负责监视囚犯涅尔仁，事实上她并没有去监视，而是把整个身心献给了冷漠的涅尔任。甚至还有天性快乐、勇于冒险的鲁西卡·多罗宁：出于正义感，为了揭露"沙拉什卡"中所有告密者的卑劣行径，他与同告密者密切联系的克格勃"内线"展开了一场殊死的较量。

然而，唯有在表现主人公因诺肯季·沃洛金的命运时，小说极其详尽地描写了他做出抉择以及为此付出沉重代价的全部过程，细致入微地展现了他的精神演化之路。

沃洛金独立人格的形成始于苏联时代，他接受了完整的少先队和共青团教育。作为国内战争英雄、契卡人员之子，显然，他完全符合官方认可的标准，于是，他成了一名外交官：沃洛金现在是"外交部二级参赞"，前途无量。那么，为什么当得知有人要传递有关美国原子弹的秘密情报时，他决定采取措施，立即阻止这一事件的发生？沃洛金本是一个生性追求享乐的伊壁鸠鲁主义

---

① 在新约中"猎人者"一词具有积极的正面意义。但是，该词在扎米亚京的同名短篇小说中却极具讽刺色彩（小说讲述了一个将告密变为有利可图的职业的告密者的故事）。在这里"猎人者"也表示同样的意义。

现代俄国文学（1953—1968）

者，从一开始他便非常清楚自己的决定必将带来致命的后果："他自己正在乘着鱼雷驶向战舰"。

通过描述人生道路上的几次偶然"发现"给沃洛金带来的影响，以及他由此产生的思想变化，作者阐释了沃洛金做出这种英勇无畏的抉择的原因。

沃洛金的第一次"发现"是在小说所述事件发生前六年。已经成年的沃洛金在整理母亲留下的书柜时偶然读到了母亲的书信和日记。通过对母亲的身世背景和父母人生经历的深入了解，沃洛金开始站在另一个完全不同的角度，从一个慷慨解囊、济世扶贫的富人的视角去重新审视俄罗斯的历史："因诺肯季·沃洛金突然意识到，实质上，在此之前他的灵魂连同他心中俄罗斯一切美好的过去都已被掳走了。"于是，从这一刻起他开始以批判性的眼光重新审视自己从前对于时代和国家的理解和看法。

沃洛金的第二次"发现"得益于与在特维尔的舅舅阿韦尼尔的交谈。后者不仅是一位睿智的哲学家，而且是一个敏锐的政治分析家，他从不接受强行灌输给自己的任何党派的主张和纲领。在舅舅破陋的木屋里沃洛金阅读了糊在窗上的多年前的旧报纸（这是舅舅想出的"一种不触犯法律又能保存历史趣闻的好办法"），映入眼帘的这些文字使沃洛金对那些随意改变自己立场的厚颜无耻的行径深信不疑。他充分认识到当局推行的各项政策的虚伪性，无论是在对内政策方面，还是在对外关系领域。

沃洛金的第三次"发现"源于赴俄罗斯边远地区"圣诞村"的一次旅行。在旅途中他看到了大自然的辽阔壮美与被毁的教堂、邋遢肮脏的村民、恶臭难闻的牲口圈、"遍体鳞伤、千疮百孔的大地"[①] 之间形成的鲜明对比和强烈反差。

实质上，这三次非同寻常的经历使沃洛金对20世纪的俄罗斯有了全新的认识，从革命前的1910年到他所处的50年代。这三段经历成为沃洛金揭开20世纪俄罗斯历史真相和真正认识俄罗斯悲剧命运的必由之路。现在沃洛金明白了一个道理："不应将祖国和政府混为一谈"。因此，为了祖国人民的幸福，倘若"让超级武器落入失去理智的政权手中，这就是一种犯罪"。

随后索尔仁尼琴详细地刻画了沃洛金的一系列心理活动：首先是做出抉择，给美国大使馆打电话；然后痛苦地、焦灼不安地等待着被捕的那一刻，因为他明白，他的行动迟早会被发现；最后，作者细致入微地描述了从沃洛

---

① 这段话写于20世纪50年代，彼时长篇小说《玛丽亚》和《收割》、影片《库班哥萨克》描绘了另一幅安逸恬静的苏联乡村景象，在这些作品中教堂被毁，教堂变为仓库的现象随处可见。

金被捕到在卢比扬卡监狱办理入狱手续的全过程，在读者面前展现出一幅恐怖画面：沃洛金被带着穿过卢比扬卡的走廊和弯道，紧接着便是新囚犯入狱的一整套"流程"——填写各种表格，被无休止地反复询问同一个问题，搜身检查，没收鞋带和腰带，接受践踏人格尊严的体检，被强制剃光头，"洗澡"，领取不合身的统一狱服等等。上述一整套监狱管理"流程"的目的是从入狱开始便摧毁囚犯的意志，使其沦为丧失个性与人格尊严的、逆来顺受的"号码"。

然而，对于沃洛金而言，遭受卢比扬卡牢狱之灾是对其精神和意志的最后考验。在这里彻底摧毁了从前始终令他坚信不疑的、"最睿智的"伊壁鸠鲁的理论学说。在他的心目中只有赫尔岑曾经发出的疑问永远悍然不动，无懈可击："爱国主义的真正含义在哪里？为什么对祖国的热爱必须扩及拥护她的政府？"沃洛金正是带着这些问题和疑惑第一次昂首走向审讯室，表现出宁死不屈的气节："因诺肯季双手交叉放在背后，就像一只喝水的小鸟，头抬得高高的，大步走出了他的'包克斯'①。"只有精神自由的人才能够如此英勇无畏，视死如归。

因诺肯季·沃洛金的命运遭际正是索尔仁尼琴试图揭示的一系列道德悖论之一：沃洛金在走向绝路，走向肉体死亡的同时，摆脱了虚伪的谎言和欺骗，以及自欺欺人的枷锁，获得了内心的精神自由。

然而，何谓"内心的自由"？索尔仁尼琴赋予这一概念一种特殊的含义。《第一圈》创作完成之后，索尔仁尼琴在与《怎么办？》一文的作者 Г. 科佩洛夫（Г. Копылов）进行论战时曾写道："何谓'内心的自由'？按照文章作者的观点，拒绝从事一切违背主观意愿的事情就是当下知识分子内心的自由和他们所具有的优点。不，内心的自由是指不受外界束缚的行动能力（而外部世界的自由则建立在完全没有束缚的基础之上）。"②

涅尔仁、格拉西莫维奇、博贝宁拒绝为制度服务，他们所采取的行动正是内心自由的真正体现。因为他们的行动不仅不受外界的束缚，相反，他们不畏强暴，勇于抗争，在强大的国家机器面前大义凛然，威武不屈。因诺肯季·沃洛金所采取的行动也是内心自由的行动，甚至肉体能够感受到这种行动的巨大力量，他的行动旨在与制度的基础进行斗争。

---

① 原文为英语"box"一词，意为"隔离室"。——译者
② 索尔仁尼琴：《读者的疑惑》，载于《秘闻》，1998 年第 6 期，第 21 页。

现代俄国文学（1953—1968）

是什么促使一个人去争取内心自由？是哪些坚定的思想和顽强的精神激励他去奋起抗恶？是什么样的信念支撑他做出了正确的抉择？

根据索尔仁尼琴的观点，支撑一个人战胜外界巨大压力的有三个强大的精神支柱。第一是人民，确切地说是人民的智慧。但是，索尔仁尼琴并没有全盘接受这种充满人道主义激情、深切同情底层民众的民主化的俄罗斯文学传统价值标准，而是有条件地吸收了其中的部分内容。至少，知识分子涅尔仁根据自己在前线和监狱与"普通劳动者"（他正是按照这一标准对"人民"这一概念下了定义）接触过程中所得到的经验坚信："在他面前'人民'与旧时朴实无华的贫苦农民相比毫无任何优势可言"："他们与他一样，忍受不了饥渴。……他们比他更容易受到眼线的欺骗。……他们所缺乏的，是信念，是那种自己愿意为之献身的坚定信念！"但是涅尔仁需要理想化的、"神圣的人民"作为精神支柱，而且他始终保持着对人民的敬仰。在这里索尔仁尼琴用优美的语句赞颂"人民"，赋予"人民"这一概念以崇高的精神内涵：

人们成为人民的一员不是凭出身，不是凭从事的劳动，也不是凭他们的教育。

而是凭品格！品格是每个人通过年复一年的不停锻炼，才为自己锤打出来的东西。

只有努力锤炼出这样的品格，才能成为一个人，通过这一点，进而成为自己人民中的一粒沙子。

拥有这种品格的人通常在生活、地位和财富方面赶不上他人。这就是人民大多并未位居社会顶层的原因。（第468页）

在上述对于"人民"这一概念的阐释中，"人民"作为拥有至高精神道德力量的社会基本组成部分，并不等同于与其同义的"普通劳动者""社会的民主阶层"的传统概念。但是，索尔仁尼琴忠实地遵循俄罗斯文学经典的创作范式，将"普通劳动者"、勤杂工斯皮里东塑造成人民智慧的人格化载体。虽然斯皮里东的悲剧命运富有个性色彩（在国内战争中他参加过"绿林军"[①]"白军"和"红军"，作为"精耕细作的农户"备受尊重。他做过"集体化委员"，被押送到监狱后在运河工地上干过活，卫国战争期间在游击队里英勇作战，与家人一道被德国人四处驱赶，在德国境内辗转漂

[①] 1919—1920年俄国国内战争时期抗击白匪的农民武装。——译者

泊），但斯皮里东却完全是一个具有典型性的人物，他是俄罗斯文学中一系列具有原型意义的、人民智慧的体现者形象之一（《战争与和平》中的普拉东·卡拉塔耶夫、《黑暗的势力》中的阿基姆、《少年》中的马卡尔·伊万诺维奇等）[1]。虽然叙述者预先交代："尽管斯皮里东对人类精神和社会取得的最高成就无知到令人吃惊的程度，但他的作为和决定总是显得非同凡响。"知识分子涅尔仁常常去找勤杂工斯皮里东，正如涅尔仁自己戏言，他完全不是为了有求于后者，而只是为了在这里获得精神上的指导和"质朴的真理"。涅尔仁将斯皮里东蕴含深刻哲理的话语视为至高真理。正是斯皮里东解答了一直困扰涅尔仁，令其百思不得其解的难题："如果一个人不能确认自己总是对的，他是否可以去指责别人呢？在每一场战争中我们都觉得自己是对的，而对方则认为他们是对的。难道这可以想象吗？世界上的人应该分清楚谁对谁错吗？谁能说清楚呢？"这正是整部小说中最重要的一个问题。对这一问题的回答决定了一个人是否有权采取获得内心自由、反抗和颠覆某种既存秩序的行动。

然而，对这种最令人痛苦的问题，勤杂工斯皮里东毫不犹豫地回答道：

"这个，我可以告诉你！"斯皮里东快活起来，就像有人问他今天早晨哪个看守当班似的，他愉快地回答："捕狼犬是对的，吃人的人是错的。"

"你说的是什么？"斯皮里东如此简洁有力的见解使涅尔仁大为惊叹。

"我说的是，"斯皮里东把头转向涅尔仁，他斩钉截铁地重复："捕狼犬——是对的，吃人的人——是错的。"（第481页）

这段格言被赋予了最高智慧的意义。因为它解开了小说中的主人公们，那些富有远见卓识的知识分子的所有疑虑和困惑。这段话言简意赅，清晰明了，它将人的因素作为衡量善与恶的基础。然而，这段蕴含深刻哲理的话语未必源于劳动人民长期以来积累的生活实践经验。虽然作者借斯皮里东之口道出的格言完全可以在达利（В. И. Даль）的《大俄罗斯民间口语详解词典》中找

---

[1] "正如鲁宾-科佩列夫对我说过的一样，事实上，根本不存在任何斯皮里东-俄罗斯的良心、斯皮里东-俄罗斯的命运。现实中似乎的确有个名叫里季翁的勤杂工，不过他与自古以来罗斯大地上几乎所有勤杂工毫无二致，他是一个告密者。但这却并不符合亚历山大·索尔仁尼琴的创作意图，"Г. 斯皮尔斯基（Г. Спирский）在《在断头台上：精神反抗的文学》一书中写道（特纳夫莱，1979年，第243页）。

现代俄国文学（1953—1968）

到，且被收入达利的《俄罗斯民间谚语集》，但无论在词汇构成，还是在句法结构方面，它都与民间谚语的文体风格①不相符合。因为在形式上这是一首韵律和谐、短小精悍的四行诗：

> 捕狼犬——
> 是对的，
> 吃人的人——
> 是错的。

我们无论如何都不能认同，这段文学性极强的精美语句出自勉强识文断字的斯皮里东。就是说，没有任何依据可以断定勤杂工斯皮里东正是最高智慧的体现者。我们同样没有理由接受涅尔仁的观点：唯有人民的、"普通劳动者"的智慧永远能够解释一切，并对一切做出最公正的评价。可以说，所谓"人民的、'普通劳动者'的智慧"只是在俄罗斯民主文化中形成的一个神话，不过是俄罗斯知识分子的一种自欺自慰而已②。

但是，小说中还有另一个精神支柱——上帝。索尔仁尼琴循序渐进地一步步将"上帝"的主题引入作品。小说最开始的情节讲的是德国战俘朗读新教圣诞祈祷文，随后涅尔仁的脑海中突然闪现出对大学时代一位行为古怪的教授的回忆，后者曾写过《用数学方法证明上帝存在的自然科学研究》一文："他

---

① 众所周知，达利编纂的《大俄罗斯民间口语详解词典》不仅收录了民间词语，而且还包括书写和阅读时使用的语言，甚至外语词汇（"书面语"和"外语"，正如达利所言）。索尔仁尼琴借勤杂工斯皮里东之口道出的格言里的词语（"猎狼犬""吃人的人"）开始进入日常通用口语的时间不早于18世纪90年代（《18世纪俄语词典》，第4卷，列宁格勒，1988年，第38页；第12卷，圣彼得堡，2001年，第20页）。此外，"某人是对的（错的）"这种类型的句法结构在距今并不久远的19世纪才开始成为文学语言的一个典型用法。显然，继达利的《俄罗斯民间谚语集》之后，许多权威成语词典的编纂者们始终避免将上文提及的格言收入相关词典，这绝非偶然现象。无论在米赫利松（М. И. Михельсон）的巨著《俄罗斯思想与语言：本族语与外来语、俄语成语词典、借喻语与委婉语词典》（1902—1904），还是在俄罗斯科学院出版的《18—20世纪俄罗斯文学语言成语词典》（1991年）中均没有收录上述格言。

② 对这一神话的信仰导致作者难圆其说，自相矛盾。在小说结尾，涅尔仁在被押走之前把自己最珍视的《叶赛宁诗集》送给了斯皮里东。这件礼物的象征意义不言自明：虽然索尔仁尼琴反复强调，他只忠实于人物心理的真实，但是在这里人物的"心理真实"还是出现了问题：如果半文盲斯皮里东连女儿的来信都无法读懂，他如何读懂这本书？但是小说中的一个片段恰好与结尾形成了鲜明的对比：不允许矮个子设计师肖穆什金带走"他和妻子的家庭圣物"，一小本莱蒙托夫诗集。他从"教父"手中抢过书，将其撕成碎片，"浑身抽搐，又哭又叫：'好吧，给你！吃去吧！吞去吧！'"。尽管索尔仁尼琴似乎在试图有意提升农民斯皮里东·叶戈罗夫的精神境界，但结果却适得其反，这里无形中凸显了知识分子肖穆什金灵魂的高贵和精神的富有。

竟然相信上帝的存在,并提出了数学上的论据。"

惧怕上帝的雅科诺夫走上了背信弃义的道路。相反,灵魂高尚、内心自由的涅尔仁并没有排斥宗教信仰:在与妻子娜佳会面时,后者问他是否已开始信仰上帝,他的回答是:"为什么不信上帝呢?"

然而,对上帝的信仰最终未能使悉心研读《圣经》的德米特里·索洛格金不向罪恶低头。

在索尔仁尼琴的这部小说中第三个,也是最强大的、绝对的精神支柱是禁欲思想。为什么地位低下、失去一切权利的囚犯博贝宁被长官视为"一只无足轻重的昆虫",却在拥有至高无上权力的国家安全部长阿巴库莫夫面前始终保持自己个性的独立与尊严?对此,博贝宁本人的解释如下:

"我什么也没有,明白吗?一无所有!你不可能伤害我的妻子和孩子,因为他们已经被炸弹炸死了。我的父母也不在人世。在这个世界上除了这条毛巾,我一无所有。这套工作服,这件衬衣——连一颗扣子都没有的衬衣——"他露出胸部,证明他所说的,"都是政府发给的。很早以前就夺去了我的自由,你不可能把它还给我,因为连你自己也还缺少这种自由。……总之,你可以告诉你上面那位不言而喻的老上级:只有还未把人们的一切剥夺干净的时候,你才能支配他们。一旦你剥夺了一个人的一切,他就不会在你的权力范围之内了——他又自由了。"(第98页)

按照索尔仁尼琴的观点,博贝宁所说的最后一句话充分揭示了在任何条件下禁欲主义都是一种对抗残酷压制的最正确方式。

然而,博贝宁丧失了所有的一切,不仅是由于他被"剥夺了"一切,而且还因命运加在他身上的不幸使他失去了一切:妻子、孩子和父母。小说中拒绝与专制政权合作的其他主人公们主动放弃了他们心爱的人和家庭,放弃了获得自由的机会——对于人的存在最宝贵、最有价值的一切。而且,他们的每一个决定都是经过深思熟虑之后做出的抉择。因为此外他们没有找到其他任何能够使他们保持人格自尊的方式:"看来……只有一种保全自身的办法:抑制自己内心所有的爱、所有的感情,抛弃一切愿望,"格拉西莫维奇说道。尽管对妻子的爱是能够将自己与铁丝网外的世界连在一起的唯一纽带,然而在同妻子会面时涅尔仁却告诫妻子:"不要过多地指望刑期结束后我会被释放!"面对妻子的恳求:"就给他们发明点什么吧,你必须救救我!"个子矮小的格拉西莫维奇没有给出任何回答。

现代俄国文学（1953—1968）

作者完全赞同主人公们的抉择，小说的结尾震撼人心，充分说明了这一点：

> 等待他们的是西伯利亚的原始森林和冻土地带，是寒极奥伊米亚康，是杰兹卡兹甘的铜矿。等待他们的是丁字镐和手推车，填不饱肚子的夹生面包口粮，医院，死亡。等待他们的只有更坏的遭遇。
>
> 但是，他们却心安理得。他们具有彻底丧失了一切的人们才具有的大无畏精神。获得这种大无畏精神很难，但它却能很牢固。（第 686 页）

由此可见，为了获得内心的自由，为了保持内心的和谐，必须采取极端禁欲主义的态度，割断一切尘念。按照索尔仁尼琴的观点，这是一个人保全自己灵魂的唯一方式，此外，别无选择。[①] 这是一种英勇献身的豪迈壮举，一种近乎苦行修道、弃绝一切私欲的圣举。这种禁欲苦行本身蕴含着深刻的悲剧色彩，因为为了获得内心的自由，一个人需要付出惨痛的代价，他将失去他生来注定所应拥有的精彩人生：爱情，家庭，孩子，认识世界、感受世界的丰富多彩和享受万物和谐之美的快乐……

在随波逐流、墨守成规和随遇而安之风盛行的时代背景下，索尔仁尼琴在作品中将甘愿自我牺牲、充满悲剧色彩的禁欲苦行作为一个在精神上"保持人格自尊"的绝对原则进行了极力赞美和褒扬。在这里它显得无比崇高和圣洁，它与在同时代人的文化意识中占主导地位的社会主义现实主义美学，与一味地粉饰现实、歌功颂德和虚假的乐观主义形成了强烈的反差，然而，在这种禁欲苦行的选择中也存在一定的缺陷。诚然，当一个人失去一切的时候，他已无须再为任何人和任何事情承担任何责任。如果一个人只对自己的良心负责，他始终在竭力保持个人思想道德上的纯洁性，那么他便不会向任何人做出任何妥协。在小说中索尔仁尼琴似乎并未论及任何一个主人公在与其命运息息相关的妻子、孩子和年迈的父母面前所应肩负的责任这一问题（索尔仁尼琴只是

[①] 值得注意的是，在继长篇小说《第一圈》之后创作的《古拉格群岛》中索尔仁尼琴强调，这种禁欲苦行是对抗国家惩罚系统的唯一方法："要让侦查员和整个囚牢陷阱更强大，需要什么呢？应该在走进监狱时把留在身后的温暖生活置之度外。在牢门口就应当对自己说：生命已经完结，稍稍早了一点，但有什么办法呢！我永远也不会重获自由，我已注定灭亡，现在或者略迟一些，但迟些将更难受，还是早一些好。我再也没有财产。对我而言，亲人们已经死亡。我对于他们来说也已经死去。从今天起我的肉体对我已经无用，非我所有。只有我的精神和我的良心依然是我所珍惜和尊重的。在这样的囚犯面前，侦查机关将会发抖！只有割断一切尘念的人才会取得胜利！"（索尔仁尼琴：《古拉格群岛》，莫斯科，1991 年，第 98~99 页）

给予格拉西莫维奇的妻子一个大声哭诉的权利:"这一切什么时候才结束?瞧瞧我吧,都三十七岁了。三年后,我就成了一个老太婆了!")。然而,如果考虑妻子、孩子和父母的因素,结果将会如何?显然,在这种情况下人的禁欲苦行带有更大的悲剧色彩。因为他清楚地知道,这一选择不仅将使他付出沉重的代价,而且还将伤害自己最亲近的人。无论如何,禁欲苦行所带来的精神自由都是一种崇高的道德准则。但是,索尔仁尼琴将这一道德准则无条件地加在小说中所有人物的身上:不仅有宁可放弃一切个人利益的思想上的骑士——丈夫们,也有甘愿接受男主人公禁欲苦行之抉择的妻子们(在小说中她们被称为"维京人①之妻","皮肤白皙②、钻石心肠的伊索尔德③")。实质上,索尔仁尼琴本人也正是如此:他对人苛刻至极,从不在任何事情上向任何人妥协,绝不容忍任何违反道德准则的行为④。

但是,小说中除了这三个显而易见的精神支柱,还有另一个精神支柱。这就是语言,确切地说是对语言的希望。涅尔仁在与格拉西莫维奇辩论以何种方式消灭现行制度时表达了对语言的希望。作为一个清醒的怀疑主义者,在辩论中他表现出若有所思或是犹豫不决的样子。他奋力驳斥对方的观点,同时也道出了自己的希望:

"也许……一个新世纪……人类能够互通信息的世纪……"

"你不是不要无线电吗!"

"现在那是要被干扰的……我说的是,也许在新的世纪将发明出这样一种方法:语言能摧毁水泥?"

"这太违背材料力学。"

"也违背辩证唯物主义!可是就一定不行吗?……你记得'太初有言'这句话吧。这不意味着,言语比水泥更古老吗?这不意味着,言语不是无足轻重吗?而军事政变……是不可能的……"

---

① 维京人泛指北欧海盗,他们从公元8世纪到11世纪一直侵扰欧洲沿海,其足迹遍及从欧洲大陆至北极的广阔区域,因此欧洲这一时期被称为"维京时期"。——译者

② 北欧人的皮肤白皙通透。——译者

③ 特里斯坦与伊索尔德是欧洲知名度仅次于罗密欧与朱丽叶的爱情传说。德国著名作曲家、古典音乐大师瓦格纳(1813—1883)据此创作了三幕歌剧《特里斯坦与伊索尔德》(1865),该剧也是瓦格纳本人和马蒂尔德的恋情写照。剧中男女主人公借助一种魔汤坠入了爱欲之河。——译者

④ 《论作为索尔仁尼琴基本道德观念的禁欲主义》,参见西年科(В. С. Синенко):《索尔仁尼琴的道德意识与文化的对话》,载于《20世纪的俄罗斯文学:著名人物、问题、文化的对话》,托木斯克,1999年。

"但是你自己对这一切有什么具体的想法?"

"不知道。我再说一遍:不知道。这是一种秘密。正如蘑菇,按照某种秘密的安排,不是在第一场也不是在第二场雨之后,而一定要在某一场雨之后才突然到处长出来。……高尚的人们也会这样成长起来,他们的言语将能摧毁水泥。"(第624页)

但是,尽管涅尔仁疑问重重,但是他已经开始着手准备作为行动指南的语言。为什么他要撰写《论俄国革命》一书?因为他试图借此表达自己对真理的理解。为什么他义无反顾走上了一条不归之路?那样决绝,那般从容:他拒绝去做密码专家,也就是说,他放弃了提前获释,拥有高级住宅、巨额财富以及享受幸福生活的权利,因而他注定将被押送到科雷马劳改营里。此外,为什么涅尔仁似乎对于自己注定将要穿越层层地狱到达地狱的最底端而感到兴奋不已?"不知怎么的,我现在倒有心做个试验。俗话说:大海淹不死,水坑能没人。我想跳进海里试试,"涅尔仁如此说着玩笑话。但在这看似玩笑的背后却隐含着涅尔仁严肃而郑重的决定:应该亲眼看到一切,彻底了解一切真相,将一切真相化为语言,用语言消灭虚伪和欺骗。

当然,在小说的情节发展中也存在大量假定性的创作手法。根据瓦尔拉姆·沙拉莫夫的权威说法,在科雷马的采金作业面劳作的人几周之内就会致残,显然,无论如何涅尔仁都难以逃脱这种悲惨的命运。但是,这些"清醒的现实主义"论断与自我牺牲的崇高精神是格格不入的。况且,在整个苏联时期,正是小说《第一圈》的核心精神价值体系里隐含的这种对语言近乎非理性的信仰和对语言的希望,成为人与庞大的国家机器相对抗的主要力量。亚历山大·索尔仁尼琴本人就是一个最有力的证明。

在诺贝尔奖演讲词(1972)中索尔仁尼琴重申道:"我们不要忘记,暴力并不是孤立存在的,而且它也不可能孤立地存在:暴力必然与谎言交织在一起。两者之间存在着最亲密、最自然、最深刻的联系:暴力在谎言中找到了唯一的庇护所,谎言则在暴力中获得了唯一的支持。凡是曾经将暴力当作自己行为方式来欢呼的人,必然无情地把谎言选定为自己的处事原则。"[1] 如果事实果真如此,那么必须揭穿暴力赖以维系的基础——谎言,撕掉以冠冕堂皇的"正义"之名掩盖暴力的面具,直击真相,而唯一能够做到这一切的只有语言。

---

[1] 索尔仁尼琴:《政论作品:文章与演讲》(3卷本),第1卷,雅罗斯拉夫,1995年,第24页。

但是，作为一部真正的艺术作品，长篇小说《第一圈》中所描述的故事并未到此戛然而止。海因里希·伯尔曾写道："索尔仁尼琴的书给了我一个意想不到的、全新的启示：书中不仅有对于具体历史事件或现象，对斯大林主义的客观思考，而且也有关于整个人类苦难史的新认识。既然如此，那么在这里斯大林主义不过'仅仅'是一个'引子'，虽然这个'引子'恐怖至极，但它'仅仅'只是一个'引子'而已。"① 实质上，通过历史资料和苏联古拉格囚犯的命运遭际，索尔仁尼琴在努力探寻任何一部文学作品都力图解答的永恒问题：人应该如何获得精神自由？精神自由的核心是什么？人与世界上的一切罪恶——社会或民族压迫、极端宗教思想、巨大的自然灾害等对抗的支柱是什么？

但是，对于上述无法解答的永恒问题索尔仁尼琴坚定地给出了自己的回答。

* * *

通过对长篇小说《第一圈》的上述分析，应该指出，作者运用的艺术表现手法充满了矛盾性。无疑，经典现实主义的创作原则在小说对现实生活的艺术再现中发挥着根本性的作用：典型性格和典型环境之间的相互作用既是作家详细分析和研究的主要对象，也是小说中所有矛盾冲突的"助推器"，是构成小说中出现的世界形象的基础，也是用于阐释作品中所述事件发生的前因后果之关键所在。索尔仁尼琴正是将这种经典现实主义的创作原则与社会主义现实主义美学相互对立起来。正如上文中所说，小说《第一圈》正是一部与社会主义现实主义美学、与社会主义现实主义最具标志性的体裁之———"生产题材小说"诗学进行公开论战的作品。但是，这种"本质上的"针锋相对也正是索尔仁尼琴与其所批驳的那些"公理"之间在一定程度上相互联系、相互依存的表现。任何"反模式"也是一种"模式"，不过是带上了"反面"的标志而已。这一点直接关系到索尔仁尼琴对待社会主义现实主义的态度。实际上，索尔仁尼琴的创作思维中固有的那种有意识地将写作政治化和强烈的说教性特点与被社会主义现实主义奉为圭臬的艺术的党性和教育功能毫无二致。因此，在索尔仁尼琴的作品中，其个人的意愿和思想（"预想的"，事先拟定的）与其所构建的艺术世界内部生成的文本叙事动力之间时常存在一种隐形的矛盾。

---

① 伯尔：《被囚禁的世界：论亚历山大·索尔仁尼琴的长篇小说〈第一圈〉》，载于《外国文学》，1989年第8期，第230页。

现代俄国文学（1953—1968）

这种矛盾最直接地体现在小说《第一圈》的艺术特色和不足之处这两个方面。作品中人物思想意识方面严格的二元对立，自然主义手法与象征主义手法的使用、对日常生活场景的描写与对生活的思考并存，严格服从主题需要的艺术结构与情节的自然发展相结合，此外，还有作者不容置疑的、无可争辩的断然评价和判断，以全知全能、至高无上的（不容置疑的！）"上帝"身份出现的小说叙述者的观念和认识，小说《第一圈》在诗学方面的上述所有矛盾性特征正是源于所谓"反社会主义现实主义"的美学原则。索尔仁尼琴彻底颠覆了社会主义现实主义的刻板模式，在创作中他不仅一如既往地忠实于自己的道德原则，而且始终遵循自己的美学标准。

索尔仁尼琴揭露了凌驾于个人利益之上的（阶级的、政治的）庸俗社会主义理论的错误，将其与自己的道德学说——高贵的斯多葛主义完全对立起来，而后者那种阿瓦库姆[①]式的权威性同样具有超越个人利益的特点。因此，在《第一圈》中对庸俗社会主义意识形态的否定，并未导致索尔仁尼琴同社会主义现实主义创作方法这种艺术对现实的美学关系固定不变的（即标准的）原则体系彻底割裂。伯尔充分认识到了这一点，他指出："这部小说源于伟大的现实主义传统，社会主义现实主义创作原则贯穿始终，作品充分运用了这一方法，并对其进行了改造和更新。"[②] 确切地说：长篇小说《第一圈》并未彻底"脱离"社会主义现实主义原则。那么，该作品是否对社会主义现实主义方法进行了一定的"更新"？毋庸置疑，小说清晰地凸显了这种"更新"的特点：小说借助社会主义现实主义美学原则与浪漫主义传统，首先是与崇高的精神美学和宗教美学传统之间的相互融合，完成了对社会主义现实主义方法进行"更新"的过程。在小说中，画家孔德拉舍夫-伊万诺夫满腔热忱地捍卫上述传统，坚决摈弃真实地反映现实生活的绘画方法，极力主张必须深入洞悉"精神的现实"，同时，在创作中他始终忠实于最传统的浪漫主义艺术原型，如在他向涅尔仁展示的一幅为自己"平生最伟大的画作准备的素描"上描绘了帕西法尔[③]第一次看到圣杯城堡那一刻的情景。

[①] 阿瓦库姆（1620—1682），著名神学家、司祭长。作品《行传》（1672—1675）讲述他同推行教会改革的尼康大主教之间的冲突，及其受迫害、被流放西伯利亚的经过。阿瓦库姆最后被绑在火刑柱上烧死，但至死没有背弃自己的信仰。——译者

[②] 伯尔：《被囚禁的世界：论亚历山大·索尔仁尼琴的长篇小说〈第一圈〉》，载于《外国文学》，1989年第8期，第231页。

[③] 德国作曲家理查德·瓦格纳的最后一部歌剧，也是男主角的名字。《帕西法尔》的故事情节与中世纪的圣杯传说密不可分。——译者

孔德拉舍夫－伊万诺夫公开声明，他的创作观念与社会主义现实主义的谎言和虚伪是截然对立的，涅尔仁也明确地表达了对孔德拉舍夫－伊万诺夫创作观念的赞同。虽然涅尔仁的话"是的，您是一位百分之百纯粹的社会主义现实主义者！"完全是一句戏言，但事实上涅尔仁所言是不无道理的：严格按照既定的标准和原则进行创作是浪漫主义和社会主义现实主义艺术手法的一个共同特质。尽管这一点与真实地表现、客观地分析和理解"现实生活"的经典现实主义的基本原则并不十分一致，但与矢志不渝的崇高精神，与小说《第一圈》中极力褒扬的高贵圣洁、充满悲剧色彩的斯多葛主义伦理道德观念完全吻合。经典现实主义、"反社会主义现实主义"美学原则与浪漫主义传统的这种交错与融合，决定了亚历山大·索尔仁尼琴这部作品的艺术特质。

遵循经典传统：中篇小说《癌病房》

在索尔仁尼琴随后的作品中那些公认的、模式化的艺术规范与作家内心世界的自然发展之间始终处于相互对立和相互冲突的状态中，但与此同时，索尔仁尼琴却在创作方面取得了一个又一个新的成就。鉴于某种原因，在对作家的历史"使命感"的要求变得相对宽松的特定时期，索尔仁尼琴的创作获得了最大的成功。索尔仁尼琴本人曾不无惊讶地指出："后来，当我从地下室里走出之后，为了适应外部世界，我改进了自己的作品，去除了我的同胞们起初无论如何都无法接受的内容。我惊讶地发现，把尖刻辛辣的话语改得委婉含蓄些不仅使我的作品赢得了成功，甚至作品的影响力也更大了。"[①] 我们完全可以确认，索尔仁尼琴的这番坦言指的正是写于 60 年代中期的中篇小说**《癌病房》**。

在这部小说中索尔仁尼琴充分利用最发达的现实主义体裁之一——社会心理小说体裁擅长揭示人物内心世界的特点。小说中汇聚在同一癌病房里的主人公们是整个社会的缩影，其中每一个人都是牺牲品或刽子手，或者是一个精神世界被深深地打上国家制度体系烙印的人。他们所有人都染上了绝症。作者将其笔下的主人公置于生命的"临界状态"，以独特的方式探究了精神疾病产生的原因，分析了精神疾病的特点，揭示出精神疾病是否存在治愈的可能，以及治愈精神疾病应付出的代价。

---

① 《新世界》，1991 年第 6 期，第 12 页。

与传统心理小说的单线式结构不同,《癌病房》围绕着一条主线(奥列格·科斯托格洛托夫的命运遭际),展开了一系列平行发展、"充满个性色彩的"故事情节。后者与讲述奥列格·科斯托格洛托夫命运的中心情节之间始终处于各种不同的相互关系之中(对比、相似、补充)。在对《癌病房》这部小说进行解读时,阿尔特舒勒(М. Альтшуллер)① 按照如下准则分析了每一个人物的性格特点:"能够摒弃个人私欲,对周围的人充满怜悯和爱心。"② 这里我们将部分采用阿尔特舒勒的人物分析方法。但是,确切地说,评价小说中人物精神境界高低的主要标准是其对待死亡的态度。

《癌病房》中精神境界处于最底层的人物是制度中的小官吏,"调查表"部主任巴维尔·尼古拉耶维奇·鲁萨诺夫:一想到死亡,便有一种本能的恐惧穿透他的全身(他"脸色突变,嘴唇惨白","'死亡'一词令他感到浑身发冷"),他始终在千方百计地试图摆脱心中对死亡的恐惧。他向病友们提议道:"我们不要谈死亡!我们甚至不要提及死亡!"与鲁萨诺夫相比,恰雷的精神境界更高。他是一个天性快乐的人。他的处世原则是"要想不死,就不要不快乐。话说得少,烦恼就少"。满腔热情的青年学者瓦季姆·扎齐尔科则要追求更高的精神境界。他幻想全体人民和整个人类"激情迸发,奋起拼搏,建功立业",他总是像保尔·柯察金那样去思考:"怎样才能不因虚度年华而悔恨?"但是,与此同时他认为,必须应该让像他这样被社会需要的天才活下来才不失公理。此外,处于另一个精神层面的是饱经世故、从"古拉格"的建筑工地中攫取了大量金钱的叶夫列姆·波杜耶夫。只有身处癌病房之时,他才开始认真思考关于死亡的问题。然而,在这里医生东佐娃的精神境界显得尤其与众不同。当觉察到自己身体出现了明显的癌症症状后,她勇敢地正视现实,继续努力履行自己对他人应尽的义务(首先是对她负责医治的患者应尽的义务)。同时,她并不打算去深入探究自己的病情,她对此感到十分恐惧,因此,她把这项工作交给其他同事去完成。最后,达到精神生活至高境界的是小说的中心人物奥列格·科斯托格洛托夫,他的观点是:"如果在这里不能谈论死亡,那么在哪里可以探讨这一问题呢?……对这个问题不需要时常讨论,但是哪怕偶尔聊聊也好。这是非常有益的。"

一个人对待死亡,即面对自己"最后的"审判的态度,决定了他是否

---

① 马克·格里戈里耶维奇·阿尔特舒勒(1929—),苏联和美国文艺学家、普希金研究学者。——译者

② 阿尔特舒勒:《面对死亡:〈癌病房〉》,载于阿尔特舒勒、E. 德雷扎科娃(E. Дрыжакова):《背离之路:1953—1968 年的俄罗斯文学》,特纳夫莱,1986 年,第 201 页。

具有反省和忏悔的能力。疯狂地热衷于"填报各种调查表"的工作、曾向有关部门"递交材料"告发朋友的鲁萨诺夫残害了许多无辜的生命。但是他从不反省思过,始终认定自己没有犯下任何罪行。因此,虽然巴维尔·尼古拉耶维奇①已经出院,并对自己的未来充满了希望,但医生们心里清楚地知道,他注定摆脱不了死亡的命运。然而,托尔斯泰的箴言"人靠什么活着?"深深地触动了叶夫列姆·波杜耶夫的良知,使他的内心世界发生了急剧的变化。面对受尽他折磨和虐待的囚犯,他开始懊悔和自责。此时,他回想起一名囚犯的话:"你也会死的,长官!"但是,知识分子舒卢宾没有受到任何人的影响,便自觉自愿地开始了灵魂自我审判的过程:"25年来……我一直都在卑躬屈膝、缄口不言。"作品中的这些人物通过忏悔而净化灵魂,通过忏悔使自己的精神意志战胜和超越肉体的死亡。最后,舒卢宾突然产生了一个令自己内心感到轻松的想法,这绝非偶然:"有时我清楚地感觉到:我并不是完完全全的我。我的身上拥有某种不可战胜的、至高无上的东西!这是世界灵魂的一部分。"

对于奥列格·科斯托格洛托夫来说,勇敢地面对死亡是他对现实世界所持态度的基础。"从前在生活中我总是担惊受怕,提心吊胆,所以现在对一切都已经无所畏惧了,"科斯托格洛托夫说道。科斯托格洛托夫这种对现实和周围世界的态度首先体现在他对政治体系的看法上。科斯托格洛托夫发现在普遍认同的思想观念和公理中存在许多问题与错误(在同鲁萨诺夫的辩论中他力图证明,按照"出身"来确定一个公民社会地位的做法"不是马克思主义,而是种族主义")。进行严厉的自我审判,面对不治之症,不是胆怯地逃避,而是清醒地知道自己的生存期限,同时决不放弃生的希望,这是摆脱病魔的唯一办法。对于格外注重医学书本知识的科斯托格洛托夫来说,这种自我治愈的独特"生理"现象所蕴含的隐喻意义是显而易见的:"……虽然十分罕见,但还是常常会出现自我治愈的情况。你们知道书上是怎么写的吗?不是治疗,而是治愈!"为了进一步加强这句话的隐喻性,叶夫列姆·波杜耶夫补充道:"为此,大概应该……保持一颗纯净的心。"

可以说,《癌病房》的第二个("隐喻的",确切地说是"讽喻的")意蕴构成了这部作品的一个典型的诗学特征。小说用浓墨重彩描绘的宏大历史背景和具体现实(社会的、日常生活的、心理的)环境清晰地凸显了某种讽喻的意义。在上文中我们已经指出,癌病房里各种人物的言行举止和形形色色的表

---

① 巴维尔·尼古拉耶维奇是鲁萨诺夫的名字和父名。——译者

现从一个侧面折射出当时的社会状况（从猎人者到囚犯），而且"癌病房"的形象本身包含了一种不言自明的隐喻，即国家已罹患"癌病"，癌细胞已"扩散"至其所有"部位"。与小说中主人公摆脱精神伤痛的苦难历程相对应的是，病房里的人们在报纸上读到了（关于最高法院的人员变动、马林科夫[①]的辞职、贝利亚[②]的被捕等）治愈整个国家创伤的过程。此外，描述小说主人公勇敢地正视病情，最终得到彻底治愈的情节也带有某种"讽喻"色彩，如经历过劳改营生活的女卫生员叶连娜·阿纳托利耶夫娜同科斯托格洛托夫之间的谈话。前者就如何与儿子相处的问题请求科斯托格洛托夫提供一些建议："这是个非常聪明的孩子，对一切充满好奇，无所不问，该怎么教育他呢？告诉他一切真相？但就是成年人也会感到触目惊心，被这一切压得喘不过气来！"对此，科斯托格洛托夫坚定地回答："应该告诉他一切真相！"小说结尾对科斯托格洛托夫独自一人在动物园散步的描写蕴含着独特的隐喻意义。在动物园里科斯托格洛托夫眼前所看到的一切不禁令他联想起劳改营、那里形形色色的人和人类世界各种错综复杂的人际关系。

这种带有隐喻性的双重结构是实现作品说教意义的一个重要方法。列夫·托尔斯泰的寓言式小说，首先是《人靠什么活着？》在构筑《癌病房》的结构过程中所起的作用充分证明了《癌病房》的说教性特点。在《癌病房》里，短篇小说《人靠什么活着？》中的警世箴言（"任何人都不是靠关心自我，而完全是靠爱活着"）起到了道德价值准则的作用，它帮助那些苦苦思索生死终极问题的迷途者在道德探索中确定正确的方向。

但是，在《癌病房》中还凸显了另一个截然相反的特征。事实上，小说中索尔仁尼琴"说教式独白"的特点似乎体现得并不十分明显，在这里索尔仁尼琴改变了以往一贯的强硬风格。究其原因，首先是由于死亡的阴影时刻笼罩在小说的故事情节、主人公的思想意识和日常生活之中，而当死亡无处不在时，生命现象本身便获得了另一种价值阐释。因此，即使索尔仁尼琴将托尔斯泰的短篇小说《人靠什么活着？》的价值准则置于《癌病房》道德体系的中心位置，索尔仁尼琴也丝毫没有将这种价值准则绝对化。除了鲁萨诺夫在吃鸡腿

[①] 格奥尔基·马克西米连诺维奇·马林科夫（1902—1988），苏联领导人，斯大林逝世后曾于1953年3月到1955年2月担任苏联部长会议主席（相当于总理）。迫于赫鲁晓夫的压力，1955年2月辞去苏联部长会议主席职务。——译者

[②] 拉夫连季·巴夫洛维奇·贝利亚（1899—1953），格鲁吉亚人，苏联政治家，秘密警察首脑。第二次世界大战之后到斯大林逝世之前，他是苏联实际上的二号人物，但之后在争夺权力的斗争中失败，被撤职并处决。——译者

时道出的箴言("记住。人是靠思想和社会利益活着"),虽然对于《人靠什么活着?》这一问题小说中不同人物的回答多种多样,五花八门,但并没有引起索尔仁尼琴本人"美学上的反感",因为在这些话语中跳动着鲜活的生命气息,寄寓了人们的生存价值观:"靠吃饱穿暖活着";"靠工资活着,还能靠什么活着!";"靠创造性的劳动活着";"为了爱活着,当然……越早爱越好!还拖什么?现在可是原子时代了"。此外,小说主要人物奥列格·科斯托格洛托夫的生活态度与托尔斯泰警世箴言的启示并不完全吻合。他无条件地接受"任何人不是靠关心自我,而完全是靠爱活着"这一人生格言,这是托尔斯泰短篇小说中的第三条箴言。然而,在索尔仁尼琴的《癌病房》里并未提及托尔斯泰小说中的第二条箴言:"人们不应该知道,他们的肉体需要什么",科斯托格洛托夫的生活态度和言行举止与第二条箴言决然不相符合:与之相反,奥列格一直渴望全面了解自己的病情和身体状况,弄清病症的特点,积极与疾病作斗争。正因如此,他最终战胜了病魔。

但是,历经不懈的精神探索达到灵魂的净化和思想的升华这一过程不可避免地需要付出沉重的代价。奥列格·科斯托格洛托夫的人生经历中所蕴含的隐喻意义正在于此:他曾一度失去了对生活的信念,但他战胜了内心的痛苦和压抑,病情逐渐好转,最终痊愈出院,可是,他却因此失去了性能力。于是,奥列格断然放弃了与女医生薇拉·汉加尔特一起创造幸福生活的希望,他痛苦地断定:"我已经被逐出了人间。"显然,他将要独自面对生活的坎坷与艰辛,他已经对自己的未来陷入深深的忧虑:难道从医院里出来是去度过"生命的一个零头"?整体而言(无论是不幸的命运遭际,还是敢于怀疑一切、批判一切的精神气质和改变社会的行动力),奥列格·科斯托格洛托夫的性格具有长篇小说主人公所固有的那种未完成性特征。

正是长篇小说的开放性赋予索尔仁尼琴的中篇小说以强大的生命动感。这种生命动感与索尔仁尼琴和托尔斯泰向主人公们宣扬的警世箴言构成了一种对话关系,同时通过主人公遭受厄运的打击、鲜花盛开的自然美景、即将离世的少男少女的纵情狂吻来检验这些箴言。Е. 什克洛夫斯基(Е. Шкловский)指出:"在《癌病房》中作家并不是一位严肃的道德说教者。似乎一切美好的、新鲜的事物都会令他感到欢欣鼓舞。他驱散了时刻笼罩在人的生命存在之上的阴霾,温暖人的生命,思索生命存在的意义,使人与人之间相互接近。但是,在纷繁复杂、忙碌喧嚣的日常生活中人们已不再将上述一切视为上帝赐予人类的幸福。"① 因此，所有撰文评论《癌病房》的批评家们都不无惊讶地指出，这部关于死亡的小说充满了不可战胜的生命质感。正如作者本人所言，这部作品的思想主旨即"生命战胜死亡，未来战胜过去。就我的个性特点而言，我不可能采取另一种写作方式"②。

历史认知与艺术认识相结合的探索：《古拉格群岛》与《红轮》

中篇小说《癌病房》几乎是索尔仁尼琴最拘泥于传统手法创作而成的作品。从某种意义上说，该书也是处于被作家视为主要作品的那些小说之间的一部"过渡性作品"。60年代和70年代索尔仁尼琴的主要作品包括三卷本的《古拉格群岛》（完成于1968年）和十卷本的史诗巨著《红轮》（发表于1971—1987年）。这些作品具有强烈的政论性特点，与政治斗争紧密相关，因此关于这些作品的艺术特色起初并没有引起研究者的注意。与此同时，《古拉格群岛》和《红轮》两部作品可被视为一次规模宏大的创作实验：在此作家着手尝试创作审美功能和认知功能同时得以实现的艺术作品（确切地说，不是教育功能，而是具体的历史认知功能）。此外，同经验丰富、大胆创新的文学实验者一样，索尔仁尼琴在自己的文学实验中运用了两种截然相反的方法：在《古拉格群岛》中他尝试将具体事实变为一种形象，而在《红轮》中他则竭力使虚构的形象符合事实，使其具有无懈可击的说服力。

实质上，这是一种对文学创作新形式的探索，它与作为艺术家和政论家、分析家和道德说教者的索尔仁尼琴的天赋和创造力完全契合。与此同时，这是与1960—1970年这个时代交替时期俄罗斯文学发展进程"同步"的一个新现象。此时"非虚构文学"相对于虚构文学（小说作品）的优势再次成为人们讨论的焦点。通常情况下，这是即将发生新的艺术危机的一个先兆。此时苏联文坛出现了一批新颖独特的纪实作品。这些作品的创作中所涉及的一些理论问

---

① 什克洛夫斯基：《人靠什么活着：论中篇小说〈癌病房〉》，载于《文学评论》，1990年第7期，第12~13页。叶夫根尼·亚历山德罗维奇·什克洛夫斯基（1954—），俄罗斯散文家、文学批评家。——译者

② 索尔仁尼琴：《牛犊顶橡树：文学生活随笔》，载于《新世界》，1991年第7期，第145页。

题引起了文艺学和文学批评界的极大兴趣。①

一个最为突出的现象是，此时研究者们最关注的首先是纪实作品的内在艺术力量问题，以及文献资料与纪实性能否用于审美目的的问题。②

索尔仁尼琴凭借《古拉格群岛》一书在艺术与历史相结合的道路上迈出了决定性的一步。索尔仁尼琴给予这部作品一个特殊的体裁名称："艺术创作的实验"，这绝非偶然。尽管该书"行文仓促，不尽完美"（作者将此解释为当时他深受压制和迫害）③，但正是这部作品给苏联国内外读者留下了最为强烈的印象。学识渊博、德高望重的当代著名语文学家之一、索尔仁尼琴奖获得者 B. H. 托波罗夫（B. H. Топоров）认为该书是一部远高于索尔仁尼琴所有其他作品的杰作："《古拉格群岛》是一部世纪巨著，一部真正震撼人心的作品。"④ 美国著名政治家凯南将《古拉格群岛》称为"在当今时代刚刚出现的所有揭露和批判政治制度的作品中最优秀、最有力的一篇战斗檄文"⑤。那么，这部作品的独特价值究竟何在？

《古拉格群岛》这部作品撼动人心的最主要原因在于，该书系索尔仁尼琴根据曾被监禁于"古拉格"的 227 名囚犯所提供的证词、与各种不同人物的谈话记录、亲自调查考证的事实材料以及亲身经历撰写而成。事实上，在"解冻"时期关于斯大林"个人崇拜时期"的某些事实真相已被世人所知，并已广为流传。然而，索尔仁尼琴却做了一件令 70 年代读者振聋发聩的事情。他首次对制度所犯下的罪行进行了系统的评述。

---

① 《文学问题》杂志在 1971 年第 6 期上发起了一个题为"纪实文学创作者的权利与义务"的讨论，在伊万诺沃（1971）和别尔哥罗德（1972）召开了纪实文学创作问题学术研讨会。这一时期 Л. Я. 金兹堡（Л. Я. Гинзбург）根据书信体小说和回忆体小说写成的《论心理小说》（1971）一书问世。Я. 亚夫丘诺夫斯基（Я. Явчуновский）的著作《纪实文学体裁》（1974）在萨拉托夫出版。在苏联科学院出版的文集中收录了探讨这一问题的相关论文，如帕利耶夫斯基（П. В. Палиевский）：《文献资料在构建作品整体结构中的作用》，载于《社会主义现实主义文学中的艺术形式问题》（2 卷本），第 2 卷，莫斯科，1971 年；库兹涅佐夫（М. М. Кузнецов）：《回忆体小说》，载于《当代苏联小说的体裁与文体风格探索》，莫斯科，1971 年；季库申娜（Н. И. Дикушина）：《非虚构小说：论当代纪实文学》，载于《当代苏联小说的体裁与文体风格探索》。

② 参见列伊德尔曼（Н. Л. Лейдерман）：《论纪实作品的内在艺术力量》，载于《论纪实文学：第 1 集》，伊万诺沃，1972 年。该文通过对那些按作者和文献加工者的创作意图并未写成虚构作品的回忆录进行分析，揭示了纪实文本在文献资料和结构方面的特点。这些特点有助于在一定的文化氛围中将纪实作品视为一种文学现象。

③ 见《古拉格群岛》的两篇后记。《古拉格群岛》，莫斯科，1991 年，第 371~372 页。

④ 托波罗夫：《切勿将知识分子与专家混为一谈》，载于《消息报》，1998 年 5 月 20 日第 5 版。

⑤ 凯南：《在地球和地狱之间》，载于《亚历山大·索尔仁尼琴：批评文章与文献资料》，第 2 版，纽约，1975 年，第 505 页。

现代俄国文学（1953—1968）

　　诚然，前文所述均属于历史范畴。但是《古拉格群岛》里呈现的事实真相和文献资料在读者心中唤起了强烈的情感共鸣，进而引发一种连锁反应，产生了独特的审美效果，即读者的情感态度（愤怒、憎恶和喜悦等）[1]。然而，需要注意的是，可以说，索尔仁尼琴在小说中所列举的诸多事实均为一些既有的形象，在这些形象面前最善于幻想的小说家的技法也难免相形见绌，因为这些事实本身具有震撼人心的巨大力量和高度的艺术概括性。此外，这些事实被索尔仁尼琴用一种艺术家独有的、极富表现力的语言表述了出来，同时毫不掩饰地流露出作家的真情实感。索尔仁尼琴既是一名作家，也是一位研究者，他将真实的、鲜活的材料和炽烈的情感融为一体，由此产生了特定的艺术效果。《古拉格群岛》一书中还大量运用了隐喻的修辞手法："我们监狱下水系统阴暗恶臭的管道"（指惩戒体系）、"机械车间"（指诉讼程序体系）、"群岛"（指遍布各地的劳改营、监狱和苦役营）等。这些基本的、主要的隐喻结构广泛存在于文本中，同时它们衍生出许许多多细小的"枝杈"：管道里除了"干流"外，还有各种"细流、沟槽泄水和小水滴"，恐怖的秘密警察机关与"像人体里的绦虫一样寄生在国家内部的庞大生物"联系在一起。独特的艺术感受力使索尔仁尼琴不能不对自沙俄时代起宪兵队和警察制服那种"天空的颜色"做出反应（"这——只是一场假面舞会吗！或者这表示任何黑暗的东西偶尔也要去领受苍天的圣餐？"），而"卢宾卡烟囱里的烟灰"在索尔仁尼琴笔下则成为一种带有悲剧色彩的文化毁灭的象征。此外，索尔仁尼琴也丝毫没有放过从嘲讽"古拉格"管理者（审查官特鲁特涅夫、少校什库尔金、侦察员斯科罗赫瓦托夫[2]……）"含有明显寓意的姓名"中获取一丝满足感的机会。研究者们指出，显然，《古拉格群岛》这个纪实文本与许多经典文学作品的创作体系[3]相互呼应。可见，上述文本特征赋予索尔仁尼琴这部作品独特而鲜明的审美风格。

---

　　[1]　维果茨基（Л. С. Выготский）在其著作《艺术心理学》中描述了这种审美反应机制（第9章：艺术净化灵魂）。
　　[2]　"特鲁特涅夫"在俄文中的原义是"不劳而食者"，"什库尔金"的原义是"衣冠禽兽"，"斯科罗赫瓦托夫"的原义是"抓得快"。——译者
　　[3]　А. М. 兰钦（А. М. Ранчин）：《作为艺术文本的〈古拉格群岛〉》，载于《（俄罗斯）科学院学报》，1999年第5、6期。在《古拉格群岛》中兰钦找到了与下列作品完全相同的创作体系：契诃夫的《萨哈林旅行记》《奥德赛》《死魂灵》、但丁的《地狱》以及其他神话和宗教文本（首先是《圣经》旧约《创世纪》）。

第三章　在社会主义现实主义之外

在对苏联惩戒体系的调查和研究中索尔仁尼琴将"对人的考量"① 置于首要位置。作者关注的重点主要在以下方面："古拉格"使人的内心世界发生了怎样的变化？人是否能够与这种阴森恐怖、极端残酷的、畸形的庞大体系进行对抗？在《古拉格群岛》的七个部分中只有篇幅不长的第四部分《灵魂与铁丝网》专门对上述问题进行了探讨。在《灵魂与铁丝网》中作者同样展现了在作品所有其他部分里描述的、被卷入"古拉格"下水管道里的成百上千人的悲剧命运。索尔仁尼琴揭露了"古拉格"如何无情地、有目的地一步步腐蚀人的灵魂，"古拉格"体系如何侵蚀成百上千人的肌体、毒害他们的精神（作者把这种大面积流行的"传染病"称为"大片的灵魂疥癣"），以及这种腐蚀和毒害具体体现在哪些方面（恐惧不安、编造谎言、阴险狡诈、残酷无情、告密揭发，然而，最主要的体现在奴役心理上）。

但是，对于"古拉格"来说人心堕落、道德败坏已是司空见惯、不足为奇的现象。因为确切地说，这正是"古拉格"赖以存在的法则。然而，索尔仁尼琴却一直在坚定不移地寻找着那些在监狱里、在"劳改营"和流放中自始至终保持人格的尊严和"鲜活的灵魂"的人，力图展现他们的命运。对索尔仁尼琴来说最为重要的是，必须认真地审视他们灵魂升华的过程。因此，在作品的前几部分中索尔仁尼琴对文献资料进行了充分整理、编辑和加工，随后由这些材料构筑而成的故事情节逐渐发展、深化，一步步地推向高潮：第一部《监狱工业》最后以"被单独监禁的囚犯的心灵中开始发出如圣者头上的光轮般闪烁的光辉"收尾。第二部《永恒的运动》结尾描写了 1945 年被判决的几名年轻囚犯朗诵诗歌的情景，这一段描写与第一部结尾具有同样的效果。在第三部《劳动消灭营》中作者悉心收集了许多关于囚犯逃离劳改营的故事，第五部《苦役刑》结尾则讲述了持续 40 天的肯吉尔营暴动的情况。这两部讲述的每一个故事都绝非偶然。

索尔仁尼琴的作品所蕴含的强烈的道德说教意味突出地表现在他一贯坚持给出两种完全相悖的道德立场上：每当他讲述一则有关道德堕落的故事时，他总会相应地再列举出一个人的灵魂升华的故事，反之亦然。下文便是作家"非此即彼的二元对立"思维模式中一个典型的例子：在第四部《灵魂与铁丝

---

① 20 世纪俄罗斯自传体小说的研究者哈里斯（Дж. Харрис）指出："在《古拉格群岛》中道德真理与艺术真理，以及呈现这些真理的方式介于'鲜活的文献资料'与对这些资料的'美学阐释'之间，在人的内心深处生活的真实与作者道德选择的动态界限上。"（哈里斯：《〈古拉格群岛〉和"纪实文学"》，载于《20 世纪俄罗斯文学：美国学者的研究》，莫斯科，1993 年，第 495 页）

现代俄国文学（1953—1968）

网》的最后一章里，索尔仁尼琴简要地叙述了神父巴维尔·弗罗连斯基[①]和正直、高傲的"古拉格之子"科莫夫这些杰出人物的生平事迹。同时，索尔仁尼琴认为："也许把某个穷凶极恶的内务部分子，如加拉宁和扎维尼亚金之流的人物传记放在这里也是非常得体的。"通过灵魂高尚与道德堕落的两种人物形象相对比形成的强烈反差，索尔仁尼琴努力阐释了一个人为何能够同"古拉格"的腐蚀与毒害进行顽强的抗争，什么是人的灵魂升华的前提和基础的问题。此外，根据许多人物的命运遭际他得出结论："无论什么样的劳改营都不能腐蚀那些拥有坚强内核的人。"尽管这种坚强的"内核"可能多种多样，各不相同，但是，它们在本质上永远是合乎道德标准的：无论是才华横溢的著名医生沃伊诺-亚谢涅茨基（路加大主教）笃信不疑的宗教信仰，还是阅历丰富的苦役犯阿纳托利·伊里奇·法斯坚科坚决捍卫的斯多葛哲学思想，抑或"坚定的逃跑者"格奥尔吉·巴甫洛维奇·捷诺所表现出的追求自由的本能。

然而，与此同时，索尔仁尼琴还时常描写人的心理"突变"现象。这些发生心理"突变"的人无论如何也不能置于"或者—或者"二元对立中任何一方的立场上。面对这种无法解释的人的心灵运动，面对人的心灵的奥秘，索尔仁尼琴本人也陷入茫然无措。为什么"冷漠的、好像既没长嘴巴又没长眼睛的女押解员"在炸弹爆炸的一瞬间"扑向自己的囚犯，在恐惧中抱住了她"？一个曾亲历"古拉格"噩梦的英勇的、诚实的人在获释后为何要去为秘密警察机关效力？为什么他在历尽一切痛苦和磨难之后却道出了这样的话："不管怎样，在灵魂深处我是一名布尔什维克。当我死的时候，请把我当做一名共产党员。"对此，小说作者只能无可奈何地摊开双手："他可能是在开玩笑，但也可能是当真的。"

诚然，在上述心理"突变"现象的背后隐藏着许多人的性格奥秘，对这一问题的研究完全属于艺术的范畴，而引用大量确凿的事实只是进一步加强了在小说作品中可能被视为虚构的情节和虚假事件的说服力。但是这些事实绝非杜撰，而是确确实实发生过的事件！索尔仁尼琴以其自身为主要研究对象，探索"古拉格"世界里那些人的心理活动发生（或者可能发生）、发展的过程：作者主体同时也是人物客体，"叙述"变为"自白"，"故事叙述者"成为"抒情主人公"。这种方法是将文献资料变为文学作品的一个最有效的途径。

索尔仁尼琴提醒读者，"这本书并不是一部关于我个人生活的回忆录"，

[①] 巴维尔·弗罗连斯基（1882—1937），俄罗斯宗教哲学家、学者、工程师。——译者

第三章 在社会主义现实主义之外

但是他负责任地表示,"我在为无言的俄罗斯祖国而创作"。因此,如果索尔仁尼琴讲述的是自己在"古拉格"劳改营的亲身经历,那么他不过是为了通过描写其个人的命运遭际,以旁观者的视角深入地分析无法洞见的成百上千万名"古拉格"囚犯中一个普通人的内心世界。作为小说的主人公,索尔仁尼琴的自白并未以"自我"为中心,他没有将创作重点放在自己身上,而是常常将自己放在他人的位置上,甚至把自己置于那些他所蔑视的人的位置上去思考:"如果我走的是另一条生活道路,我会不会也成为这样的刽子手?"索尔仁尼琴在无情地剖析了教育体系、生活方式和主流社会风尚对其灵魂与身心的腐蚀和毒害,回顾了自己的经历之后,对上述问题做出了如下回答:

> 我自以为具有无私的自我牺牲精神。然而我却是一个训练有素的刽子手。要是我在叶若夫①时期进了内务部人民委员会的学校——也许,在贝利亚时期不是正好也进入了内务部人民委员会吗?……

随后,作者对于自己在卢比扬卡监狱时所持的政治观点进行了自我嘲讽。当时只要他听到:"伊里奇,今天该你倒马桶吧?"他便会立刻被激怒,大发雷霆,只是因为他认为:"一般来说,除了地球上唯一的一个人,无论把什么人称为伊里奇,都是大不敬的行为!"此外,在擅长以欧洲人的思维方式去思考问题的爱沙尼亚人苏济眼里,他像是一个"马克思主义者与民主主义者的奇怪混合物"。作者对此表示赞同:"是啊,当时在我身上这两种'主义'融为一体,这的确显得有些怪异。"

实质上,作者对自己过去的不耻行为和政治观点的回忆具有一种忏悔的性质。他的精神升华的过程也正是由此开始的。索尔仁尼琴指出,"古拉格"囚犯的精神升华主要经历了以下阶段:从在狱中有幸结识到的智者身上汲取经验和智慧,清醒地认识到自己的不幸与苏联暴政下成百上千万牺牲品的悲剧命运相比微不足道,不值一提。此外,还有对牢狱生活满怀一种近乎为了宗教信仰而甘愿承受苦难的感激之情:

> 祝福你,监狱!……我——在那里蹲过足够长的时间,我在那里培育

---

① 尼古拉·伊万诺维奇·叶若夫(1895—1940),苏联政治人物,秘密警察首脑,后在政治运动中失势被处决。——译者

了自己的灵魂，我要毫不犹豫地说：祝福你，监狱！感谢你曾进入我的生活！

然而，索尔仁尼琴并未借这段充满激情的话语结束这一章的内容。"古拉格"的经历迫使他对奋起抗恶、精神"不断"升华的过程产生了动摇。随即他在括号中补充道："然而从坟墓中传来了对我的回答：你说得不错，因为你是从那里活着出来的！"这句反驳极具代表性，它突出地体现了小说作者对现实世界的理解和认识。作者尤为关注人的性格中所具有的根深蒂固的矛盾性特征（"但是，区分善恶的界限却横穿在每个人的心上。谁能消灭掉自己的一小块心呢？"），强调不能将所有的生活现象混为一谈。然而，对于索尔仁尼琴来说，所有这一切只是对违反道德的行为和犯罪行为的解释，但绝不是在为这些行为辩护。而且，在《古拉格群岛》中索尔仁尼琴并没有放弃那种阿瓦库姆式的克己奉公、至死不渝、义无反顾的坚定态度。但是，在作品中对"古拉格"世界里的人逐一进行道德审判的正是这部小说最具权威性的主体——亲历过"古拉格"噩梦、在痛苦的忏悔之后精神世界慢慢地逐步升华的人物之一，作者本人。此外，在《古拉格群岛》中那些不可避免地对艺术的整体性造成破坏的道德说教看上去似乎显得十分自然：作者的个人经历、命运遭际和历经苦难磨砺的坚韧信念充分证明了这些道德说教的正确性。

此外，作为一名道德说教者，索尔仁尼琴充分利用了作者作为小说的人物之一所具有的特殊权利。在《古拉格群岛》中作者连续不断地发表长篇议论，对于一些最基本的问题进行了深入的思考（人性善与恶的界限、"知识分子的特质"这一概念）。他与"假想出来的对手"展开辩论，辛辣地嘲讽所谓"先进的学说"。但是，索尔仁尼琴首先对"古拉格"制度下的时代特征与社会现实进行了基本的概括和总结（"我们逆来顺受地习惯……我们丧失了自由的尺度"）。同时，他也做出了相应的评价。他时而尖刻地嘲讽，时而愤怒地揭露人性中的胆怯、背叛和冷酷无情（"当代的人们！同胞们！你们认出了自己的嘴脸吗？"）。他高度赞颂那些坚定不屈、灵魂超越于"古拉格"之上的人们：经受了400次审讯之苦，始终拒绝认罪的院士瓦维洛夫·尼古拉·伊万诺维奇；高傲而坚强的工程师尤里·文格尔斯基（"假如我们所有的人都这么高傲而坚强，世界上哪个暴君还能够保住他的宝座呢？"）；不屈不挠地与各种不公正现象进行顽强斗争的安娜·斯克里普尼科娃（"如果所有的人都有安娜·斯克里普尼科娃四分之一的拒不妥协的精神，俄罗斯的历史恐怕就会是另一个样子了"）……

第三章　在社会主义现实主义之外

然而，关于《古拉格群岛》的艺术特质的问题始终是一个颇具争议的话题。文学作品的主要属性是其具有一种独特的整体性，能够将文本变成对审美客体即客观现实世界的模拟。但是，在索尔仁尼琴的作品中"古拉格"作为"对客观现实世界的模拟"，其整体形象是从诸多相对独立的主题中产生的，这些主题依从于对惩戒体系进行研究的逻辑，但与作品的情节发展和主人公个人命运[①]的内在逻辑是完全相悖的。这种结构使作为人物之一的作者的形象、命运故事和精神生活的变化过程发挥着极其重要的作用，他将自己的人生经历与对国家惩戒体系的研究有机地"结合"在一起。然而，我们不能就此断言，书中作者个人命运故事的发展是循序渐进的，而且情节详略得当。在那些作者作为一个具有独特人生经历的、鲜活的人物被代之以时事新闻编辑、评述者和政论家的地方，作品审美特色的统一性遭到了破坏。

这正是纪实文学作品《古拉格群岛》的结构隐含的一个问题。

在《古拉格群岛》之后创作的作品中，索尔仁尼琴继续行走在历史与文学的中间地带，在历史与文学之间进行着自己的创作实验。根据早在1936年便开始构思，写于1969至1982、1983年间的作家创作生涯中最大的一部史诗性巨著——十卷本的《红轮》——即可清晰地确定其创作实验的方向。几乎所有曾撰文评论该作品的研究者都一致赞同埃里克森的观点："在这部作品中索尔仁尼琴试图完成某项史无前例的、非同寻常的重大任务。他试图既忠实于散文的特点，又努力遵循历史学的特性。"[②] 然而，正是索尔仁尼琴的《红轮》这部作品引发了一场最为激烈的论战，批评家们之间存在各种各样的意见分歧。这场论战缘起于这部史诗性作品体现的作家历史观的问题：作家对被其视为历史悲剧的1917年二月革命之原因的阐释、对俄罗斯民族特性和俄罗斯国家制度基础的看法。一些批评家就此开始将索尔仁尼琴称作"居高临下、自以为是的反动沙文主义"作家（Д. 兰别尔）。另一些人则强调，"大概20世纪的任何一本书都不会像《红轮》的四个"结"[③] 一样有理有据，大胆超越

[①] 正如 А. 科季亚克（А. Кодьяк）所言："索尔仁尼琴所采用的收集材料的方法充分地反映在本书的结构上。首先，这部作品叙事宏大，内容庞杂。一些章节具有鲜明的自传体小说的特点，而另一些章节则由引文和少量通俗易懂的文献资料组成，或者对目击者的证明材料进行了补充和整理，还有一些章节如实地转述了许多具体事件参与者向索尔仁尼琴口述的回忆录。"（科季亚克：《亚历山大·索尔仁尼琴》，波士顿，1978年，第136页。

[②] 埃里克森：《亚历山大·索尔仁尼琴：道德观》，大急流市，1980年，第118页。

[③] 索尔仁尼琴把"1914年8月""1916年10月""1917年3月"和"1917年4月"视作俄国革命史上"特定的时间段"，即"结"。——译者

一切教条主义偏见,打破陈规和神话,勇敢地向传统规范发出公开的挑战"(Д. 施图尔曼)①。原则上,如何评价索尔仁尼琴这部史诗作品的艺术性首先取决于是否认同作家的历史观这个问题。对于不赞同索尔仁尼琴的历史观的人来说,《红轮》这部小说"说教性过强、枯燥乏味、笔法夸张、烦冗晦涩"(兰别尔);但对于支持者而言,"这简直是一幅地地道道的写生画"(施图尔曼)。在这里我们对于索尔仁尼琴这部鸿篇巨制不可能做到全面细致的分析,况且,文艺学界刚刚开始尝试着寻找解读这部作品的方法②。下面我们将重点研究《红轮》中与作家继续进行新的美学和诗学探索相关的一些问题。

毋庸置疑,与《古拉格群岛》相比,在《红轮》中索尔仁尼琴朝着"危险"的方向又向前迈进了一步。虽然,与《古拉格群岛》不同,索尔仁尼琴这部史诗作品中的主人公都是一些虚构的人物,甚至还存在小说作品中那种虚构的故事情节(如沃罗滕采夫与妻子、萨尼亚·拉热尼岑与克谢尼娅的关系),但是《古拉格群岛》中"冲突的构成"原则,即"对人的考量"在《红轮》中并不起决定性的作用。索尔仁尼琴这部史诗作品的主要写作对象是历史本身,作品的写作目的是揭示历史事件的真相(1917年的俄罗斯历史剧变)。作者不是把人看成具有自身价值的独立个体,而首先是将其视为构成历史的重要因素之一。对于这一问题,《红轮》与《战争与和平》这两部史诗巨著的作者持有截然不同的看法。在阐述《战争与和平》的创作原则时列夫·托尔斯泰写道:"对于史学家,就人物为某一目的所起的促进作用而言,是有英雄的;对于艺术家,就人物符合于生活的一切方面来说,不可能也不应该有英雄,应该有的是人。史学家有时必须稍稍扭曲真实,把一个历史人物的全部行动归结为一种思想,这种思想是他强加给这个人物的;艺术家刚好相反,认为思想的单一性不适合自己的任务,他努力了解并描写的不是著名的活动家,而只是人。"③

---

① 施图尔曼:《"红轮"是否停转:一个政论家对索尔仁尼琴史诗作品最终结点的思考》,载于《新世界》,1993年第2期,第149页。

② 下列著述对《红轮》的艺术特色进行了最为全面的、详尽的分析:斯皮瓦科夫斯基(П. Е. Спиваковский)的《索尔仁尼琴现象:新视点》(莫斯科,1998年,第42~67页),乌尔曼诺夫(А. В. Урманов)的《亚历山大·索尔仁尼琴的小说诗学》(莫斯科,2000年)。对索尔仁尼琴这部史诗作品的各种评论被收录到专辑《关于"红轮"》中,其中包括列伊德尔曼(Н. Л. Лейдерман)、谢德琳娜(Н. М. Щедрина)和乌尔曼诺夫的文章。该专辑被列入文集《20—21世纪的俄罗斯文学:思潮与流派》(叶卡捷琳堡,2002年第6期,第155~197页)。

③ 托尔斯泰:《就〈战争与和平〉一书说几句话》,载于《托尔斯泰文集》(20卷本),第7卷,1963年,第385页。译文引自《托尔斯泰文集》,第14卷,陈燊、丰陈宝等译,人民文学出版社,1992年,第13页。——译者

第三章　在社会主义现实主义之外

然而，索尔仁尼琴并不赞同托尔斯泰的上述观点。他认为，托尔斯泰所言的"历史学家的首要任务"也应包括将文献资料转化成艺术作品。于是，为了将历史事实变为文学文本，《红轮》的作者显示出巨大的艺术创造力。

这一点首先表现在作品体裁形式的选择上。所有研究者都不同程度地论及《红轮》体裁结构的综合性特点这一问题，他们的观点不无道理。但是，毫无疑问，这部作品能够将多种多样的体裁融为一体的原因是，其主要体裁形式为编年史，这可以说是一个规模最为宏大的、最独特的俄罗斯文学体裁①。索尔仁尼琴为作品选取的主要结构原则——编年史这一体裁形式，在传统上具有一定的特性，这种特性本身决定了编年史是介于历史文献与艺术作品之间的一种体裁样式。美国斯拉夫学者恩德留·瓦赫特尔（Эндрю Вахтель）将《红轮》视为从卡拉姆津的《俄罗斯国家史》（对应西方术语，该研究者将"编年史"称为"年鉴"）开始的俄罗斯编年体史书编纂传统的复兴，对此他写道："索尔仁尼琴站在一个年鉴作者的传统立场上，完全摆脱了小说作品和历史文献的形式限制和审美期待（虽然与此同时他遵循着将这两种体裁融为一体的俄罗斯文学传统）。……对于他来说，与任何一本年鉴相同，这部巨著的创作不是为了获得审美享受，确切地说，是为了达到一定的（潜在的或明显的）政治目的。……我认为，索尔仁尼琴在复兴年鉴编纂传统的同时，试图努力摆脱对文学文本的审美平衡和对历史事实的客观性要求。"②

任何一部编年史的核心特征都是"按年代顺序记述"历史。同样，索尔仁尼琴在其史诗作品《红轮》中严格地"按年代顺序"对所有事件进行了排列，即"按确定的时间展开叙事"。但是索尔仁尼琴从发生过大量历史事件的4年（1914年8月至1917年5月初）中只选取了4个"结"写入编年史："1914年8月"，从8月10日至21日；"1916年10月"，从10月14日至11月4日；"1917年3月"，从2月23日至3月18日；"1917年4月"，从4月12日至5月5日（所有日期均按旧历计）。作者将选取这些"结"的原因归结为一些客观因素："我主要从历史事件背后隐藏的深刻根源出发来确定这些'结'，不是选取事件本身发生的时间，而是依据导致事件发生的原因，选取

---

① 关于编年史作为一种"融合体裁""多元共生体裁"，它将多种其他体裁有机地融为一体，把叙述过去的事情和记录日常事件、真实的故事和荒诞的虚构结合在一起这一观点，参见利哈乔夫（Д. С. Лихачёв）：《俄罗斯编年史及其历史文化意义》，莫斯科、列宁格勒，1947年；利哈乔夫：《10—17世纪俄罗斯文学的发展》，列宁格勒，1973年，第50~52页。

② 瓦赫特尔（A. B. Wachtel）：《迷恋历史：直面过去的俄罗斯作家》，斯坦福，1994年，第215、218页。

那些历史转折的关键时刻或历史发展的'十字路口'。"① 但是，篇幅宏大、卷帙浩繁势必营造出一种特别的紧张气氛，这种气氛不能不传达给读者。在作品的第三和第四"结"中紧张气氛最为浓厚，因为在这两部分中描绘了俄罗斯风云诡谲、波澜壮阔的历史，直接记述了革命爆发后那段混乱恐慌、动荡不安的日子。

此外，《红轮》中的重大历史事件年表是以"不连续"的"结"的形式给出的，索尔仁尼琴旨在借此寻求一种能够最全面地展示所有历史图景，完整地呈现历史转折时期多样化场景的特殊方法。索尔仁尼琴在接受尼基塔·斯特鲁韦的采访时提到了他在《红轮》中所采用的八种叙事形式。事实上，该作品的叙事形式还要更多一些：

（1）历史事件和真实历史人物的活动相结合构成的编年史；

（2）历史人物的肖像特写（从列宁的心理画像，采用传统手法对斯托雷平②的生平及其活动进行的描写，到关于刺杀斯托雷平的凶手博格罗夫的简要信息）；

（3）作者的分析评述（作者对历史事件的记述及评述、"8月14日战事简报"、对临时政府活动的分析）；

（4）各种文献资料（官方人士的电报、"最高统帅部通告"、"拉斯普京③致沙皇的信"、"沙皇与皇后的往来书信"、传单、通告、"给报喜节教堂教士们的证明"、呈送给军事委员会的报告、《工人士兵代表执行委员会紧急公告》等）；

（5）报刊摘录（《报刊一瞥》，有时指明报刊的政治定位："据'工人士兵农民代表苏维埃消息报'""据社会主义报刊""据自由报刊""据西方媒体"）；

（6）社会生活画面（从全面展现工厂的生产场景和农村的日常生活面貌，到一些简洁的街道场景：《彼得格勒街头即景》《关于民权的几个故事》等）；

（7）作者列到"电影画面"这一标题下的内容，包括一些事件的片段，但这些事件情节跌宕起伏，节奏感极强，层层推进，高潮迭起，有时甚至如同

---

① 《亚历山大·索尔仁尼琴：斯特鲁韦文学专题电视访谈，巴黎，1976年3月》，载于《文学报》，1991年3月27日第9版。

② 彼得·阿尔卡季耶维奇·斯托雷平（1862—1911），俄国政治家。1906年任首相兼内务大臣，1907年发动"六三政变"，解散第二届国家杜马，从而开始了"斯托雷平反动时期"，扼杀了俄国第一次资产阶级民主革命（1905—1907），1911年被社会革命党人暗杀。——译者

③ 格里戈里·叶菲莫维奇·拉斯普京（1869—1916），俄国尼古拉二世时的神秘主义者，沙皇及皇后的亲信。——译者

第三章　在社会主义现实主义之外

诗歌文体一样，语句分行排列；

（8）叙述者的抒情与沉思（别具一格的散文诗）。这部分内容常常不受叙述者思想发展内在逻辑的支配，而完全服从于展现富有表现力的形象的需要。其中，《红色十字架》这部分最具代表性："仁慈而万能的十字架"绕着轴心极速飞转，"绽放出耀眼的光芒，光的轮廓渐渐融为一体！形成红轮"（《1917年3月》，第453章）[①]；

（9）民间格言（谚语、俗语、短歌[②]）、诗句。这些内容作为章节提要具有不可替代的独特作用（往往带有讽刺意味）；

（10）《选自费奥多尔·科维涅夫笔记》。在这部分中日常生活场景、景色描写、"愚昧无知的农民的"言论、关于民俗风情和民族文化心理特征的格言警句并存；

（11）虚构的主人公，中尉沃罗滕采夫、萨沙·列纳尔托维奇"个人"的命运故事与历史事件之间的关系；

（12）"个人生活"经历坎坷的女性（阿林娜、克谢尼娅、利科尼娅）的一系列内心独白。

上述体裁形式（文学的和言语的）构成了索尔仁尼琴"按确定的时间展开叙事"的、卷帙庞大、"多元共生"的编年史体裁。那么，上述每一种体裁形式在整个叙事体系中所占比重如何？

在这部史诗作品所描写的事件发展和演变的过程中，众多虚构的主人公"个人"的命运故事以及女主人公们的生活经历均占有无足轻重的位置。相对于正在发生的历史事件而言，女主人公们对"个人生活"的渴望不免显得有些匪夷所思，不合时宜："'但你还是衡量一下，请你好好衡量一下'，他若有所失地说，'我们的家庭生活和我们所有人被迫卷入其中的那些事件孰重孰轻。而且我们每个公民都要对国家履行应尽的义务……'，"沃罗滕采夫如此劝说着阿林娜。与在表现其他虚构的主人公时所运用的方法一样，索尔仁尼琴有意将沃罗滕采夫参与作品情节发展的程度尽可能压缩至最小："给出的主人公家庭线索、个人生活线索暂时不多，1976年作家在刚刚完成作品的两个'结'后讲道，但是这些内容始终都不会处于首要位置，因为作品的主要创作

[①] 值得一提的是，在前一"结"（"1916年10月"）中红色十字架的形象并未引发带有悲剧意味的联想，相反，它成为特写作者费奥多尔·科维涅夫（Фёдор Ковынев）写入日记的一个粗俗的笑料："十字交叉：乔治十字勋章获得者——中尉与女护士"，但是戏谑十字架也是人的道德堕落的一个标志。

[②] 指"四句头"，是俄罗斯文化艺术中特有的一种民间文学体裁，是从19世纪下半叶流传至今的俄罗斯民间口头音乐创作，歌词诙谐幽默，俏皮明快。——译者

目的是展现俄罗斯历史事件的发展过程,虽然个人命运对于人物自身而言极其重要,但是它并不总是能够对历史发展进程产生影响。"①

实质上,上述列举的 12 种叙事形式中只有第一种可以被视为一个能够体现文学文本中事件发生、发展过程的自然的、有效的形式,即便如此,这里也有一定的限制条件〔因为在史诗作品中许多真实历史人物的精神生活对于叙述者来说是一个未知的领域(terra incognita)〕。然而,其他叙事形式(其余 11 种)只是一些将历史事实系统化所采取的修辞方法。借助这些创作手段,《红轮》的作者力图通过结构上的(总体布局的)特别安排来弥补作品艺术世界中情节的自然发展本身所存在的严重不足,换言之,即采用独特的文本结构来补足作品艺术世界自然发展方面的显著缺陷。关于这种写作策略的危险性问题,索尔仁尼琴本人在分析尤里·特尼亚诺夫(Юрий Тынянов)②的长篇小说《瓦济尔-穆赫塔尔之死》时曾写道:"在这部作品中作者受制于事先拟定的结构模式和无时无刻不在压抑和克制的情感。……这里缺乏激情和情感的力量。因此,各种历史现象的对比并未引发任何强烈的情感反应",于是作品中便"呈现出一种过于理性的结构模式"。③

上述写作策略的"危险性"主要在于,在对作品进行总体布局时所采取的方法极易受到创作者写作意图的影响,这些方法能够成为任何一种抽象的、虚构的观念的组成部分,而以人的精神与现实世界之间的冲突和共存为基础的艺术世界的自然发展则能够与作者的臆想和虚构完全对立起来,并对它们进行修正(我们可以回想一下:普希金坦言,达吉雅娜跟他,跟作者"开了多么大的一个玩笑:她竟然出嫁了")。

因此,在这个充满血腥与杀戮的地方,在持续不断的战争与革命带来一系列破坏性后果的地狱般的世界里,要求拥有自己"个人生活"的阿林娜和满心欢喜地期待着与自己崇拜的偶像会面的、看似可笑的利科尼娅绝非一些无足轻重的人物。也许,一个普通"女人的幸福"是比任何一个帝国的生死存亡更重要的衡量历史合理性的标准?对于这一问题,长篇小说《日瓦戈医生》

---

① 《亚历山大·索尔仁尼琴:斯特鲁韦文学专题电视访谈,巴黎,1976 年 3 月》,载于《文学报》,1991 年 3 月 27 日,第 9 版。

② 尤里·尼古拉耶维奇·特尼亚诺夫(1894—1943),俄国著名诗人、历史小说家、理论家。其长篇小说《瓦济尔-穆赫塔尔之死》(1928 年,中译本书名改译为《公使之死》)献给伟大的俄罗斯作家和外交家亚历山大·谢尔盖耶维奇·格里鲍耶陀夫(1794—1829)。——译者

③ 索尔仁尼琴:《论尤里·特尼亚诺夫的〈瓦济尔-穆赫塔尔〉》,载于《新世界》,1997 年第 4 期,第 195、197 页。

的作者给出了与史诗作品《红轮》的作者截然不同的回答。

也许，在一定条件下《红轮》的作者在写作策略方面所采取的冒险做法将会充分证明它的正确性：或者在对历史认知的需求再次急剧上升、文献资料重新获得审美价值之时；或者相反地，当历史事实中蕴含的丰富信息对于读者而言已全然失去意义，但其中那些"永恒"的意义居于首位之时，也就是说，当具体历史知识成为遥远的神话，而对历史事件的记述变为展现人、人民、人类的命运故事时。大概《红轮》的真正价值必须经由漫长的历史时期来检验，唯有经历漫长的历史时期才能确定该作品在世界文化中所占的地位：或许它只是众多对1914—1917年俄罗斯历史剧变的主观评价之一，或许它是人类历史上一部伟大的史诗性作品。

然而，亚历山大·索尔仁尼琴在自己的新作（回忆录、"两部分小说"[①]）中继续在历史与艺术的"交汇点"进行创作实验，他对将真实的文献资料与虚构的故事结合起来的各种方式所进行的探索具有极其重要的意义。尤其是索尔仁尼琴的上述实验突出地体现了作家的创作个性。索尔仁尼琴具有一种能够将过去的历史事件转变为情节跌宕起伏的故事，将真实的人物变为具有概括性象征意义的主人公，将人物的相互关系变为他们所代表的各种政治意识形态之间矛盾冲突的惊人才能[②]（同时读者在作品中始终能够看到艺术之外的现实世界，作品总是给人无比强烈的真实感）。此外，这些创作实验的成败得失极大地丰富了文学创作的方法和技巧。

* * *

1998年12月，在亚历山大·索尔仁尼琴八十寿辰之际，报刊上发表了对

[①] 索尔仁尼琴共创作了九部"两部分小说"，分别是《毛头小伙》（1993）、《甜杏果酱》（1994）、《娜斯坚卡》（1993，1995）、《艾戈》（1994）、《在边缘》（1994—1995）、《无所谓》（1995）、《转折处》（1996）和《热里亚布格新村》（1999）。这些作品在结构上的共同点是每部小说都由看似独立的两部分构成，每个部分皆可独立成篇，同时又在或对立或统一的关系基础上构成整体。——译者

[②] 索尔仁尼琴的回忆录《牛犊顶橡树：文学生活随笔》（1974）就是一个典型的例子。书中作者讲述了自己与书刊审查和政治迫害进行激烈斗争的几起事件。此外，书中还提及许多著名作家（特瓦尔多夫斯基、西蒙诺夫、费定等）、苏联作协领导人和《新世界》编辑部工作人员。这些人物作为真实的文献资料出现在书中引起了一些人的不满，另一些人则表示质疑。然而，文学批评界对这一问题完全持另一种态度。鲍·帕拉莫诺夫（Б. Парамонов）称这部作品是"索尔仁尼琴最成功的一部长篇小说"（帕拉莫诺夫：《曼德尔施塔姆论索尔仁尼琴》，载于《独立报》，1992年2月12日第8版），而维克多·恰尔马耶夫（В. Чалмаев）则更明确地指出："这是一部回忆录掩饰下的长篇小说。"（恰尔马耶夫：《亚历山大·索尔仁尼琴：生活与创作》，莫斯科，1994年，第177页）

索尔仁尼琴的大量评论，如《独木成林》（А. 阿尔汉格尔斯基，А. Архангельский）、《战胜歌利亚的大卫①》（А. 比托夫，А. Битов）。以下是相关的一些评论。"索尔仁尼琴是一位世界历史上罕见的作家，是一名斗士……索尔仁尼琴的所有创作不仅在今天，而且永远是不屈不挠、勇往直前地战胜混沌、鼓舞人心、催人奋进的榜样。"（Ф. 伊斯坎德尔，Ф. Искандер）"索尔仁尼琴已经成为我们这个令人窒息的时代的一股新鲜的'氧气'。"（阿斯塔菲耶夫，В. Астафьев）"没有索尔仁尼琴，政治变革的进程可能会大大变缓。"（伊万诺夫，Вяч. Вс. Иванов）

1917年后在俄罗斯境内从事文学创作的哪一位作家能够赢得如此之高的评价？如果索尔仁尼琴没有那种阿瓦库姆式克己奉公、至死不渝、义无反顾的坚定态度，便不可能拥有这种保持自尊和人格独立的强大力量。然而，阿瓦库姆式的态度常常使索尔仁尼琴不能容忍异己的思想，索尔仁尼琴进而将这种阿瓦库姆式的态度演变为一种独白式的说教。"他很少与读者进行对话，"法兹尔·伊斯坎德尔指出。索尔仁尼琴坚忍不拔、傲视天地、不屈不挠的精神不仅体现在他始终坚定不移地忠实于历史神话故事与古代民间传说，而且体现在其一成不变的艺术趣味和文笔风格上。事实就是如此。

索尔仁尼琴的创作立场一向带有鲜明的政治色彩，与社会主义现实主义原则截然对立，因此（同时由于作家的个性气质使然）充满了强烈的说教性。索尔仁尼琴创作立场的这些特点构成了其艺术创作体系的基本特质，给他带来了最高的艺术成就，也使其得以在艺术、政论和历史学的交汇点不断进行创作实验，一方面在美学与诗学领域继续探索新的方法，另一方面也时常遭遇创作的失败与挫折。

我们不应以一种仰视的态度对索尔仁尼琴产生无限崇拜的心理，他并不是一座高大宏伟的纪念碑。他喜爱参与激烈的论战，无论是涉及政治方面，还是关于创作问题。在论战中他一向义愤填膺、慷慨激昂，不失时机地奋起反击。人们刻意将索尔仁尼琴奉为"俄罗斯的先知"，同时他本人也开始尝试扮演这一角色（在《我们怎样建设俄罗斯？："力所能及的思考"》② 中)③。然而，事

---

① 歌利亚是传说中的巨人，《圣经》记载，歌利亚是腓力士将军，带兵进攻以色列军队，他拥有无穷的力量，所有人看到他都要退避三舍，不敢应战。最后，牧童大卫用投石弹弓打中歌利亚的脑袋，并割下他的首级。大卫日后统一以色列，成为著名的大卫王。——译者

② "力所能及的思考"是索尔仁尼琴写于1990年的小册子《我们怎样建设俄罗斯？》的副标题。——译者

③ 谢尔久琴科（В. Л. Сердюченко）:《论当代文化的神话成分：索尔仁尼琴作为"俄罗斯的先知"》，载于《萨瓦里亚斯拉夫研究》，1995年第1、2期。

实证明，这一角色并不适合索尔仁尼琴，它与索尔仁尼琴的内在心理气质、文笔风格和行事作风完全不相符合。

但是，只有那些认为《古拉格群岛》是"一部内容荒诞至极的书"的人，才能将索尔仁尼琴的创作贬斥为一种把自己的意志"强加于人"[①] 的行为。当索尔仁尼琴以一个流亡者的身份回到他阔别 15 年的故土时，虽然他与祖国读者之间的沟通并不顺畅，但也绝非一种无言的对话。一些以虔敬的态度悉心拜读索尔仁尼琴作品的批评家们强调，在索尔仁尼琴的新作（回忆录《一粒落入两扇磨盘间的种子》，政论作品《崩塌中的俄罗斯》《擦亮眼睛》）中，"他的态度已经发生了急剧的变化"："索尔仁尼琴不久前的盛气凌人和无往不胜的力量到哪里去了？在我们面前是一位被眼前发生的崩塌和解体深深地震撼的人，他痛苦地思索着，努力探究发生这些变化的根本原因以及其中所蕴含的潜在意义，"安德烈·佐林（Андрей Зорин）写道。这里的问题完全不在于作家已经失去了创造力和内在的精神力量，只是与《古拉格群岛》或《红轮》不同，无论我们如何看待 90 年代的俄罗斯，目前他所抨击的对象——当今的俄罗斯并不存在绝对的恶。相应地，其揭露者和批判者的角色也在发生变化。作为一名从前与"古拉格"孤军奋战的作家，现在突然开始以惧怕改革，以那些不能理解、接受和认同民众盼望已久的改革的大多数人的口吻讲起话来。赫尔岑曾说过的那句关于作家使命的名言"我们不是医生，是疾病"[②]，用在今天的索尔仁尼琴身上真是再恰当不过了。

总之，亚历山大·索尔仁尼琴始终在自己的艺术创作道路上进行着不懈的探索。

[①] 这里指 O. 达维多夫（О. Давыдов）的恶意诽谤文章《索尔仁尼琴的恶魔》（《独立报》，1998 年 5 月 18 日）。

[②] 佐林：《是医生还是疾病?》，载于《紧急备用品》，1998 年第 3 期。

现代俄国文学（1953—1968）

第二节 瓦尔拉姆·沙拉莫夫

"诗人沙拉莫夫"早在50年代末期开始就已为广大读者所熟知。然而"作为小说家的沙拉莫夫"只是自80年代末期才逐渐被人们所认识。此时沙拉莫夫（1907—1982）在1954—1973年的20年间创作的作品在短短几个月内如同决堤的洪水铺天盖地而来。其中包括关于20年代的回忆录、自传体中篇小说《第四个沃洛格达》《犯罪世界纪实》和剧本《安娜·伊万诺夫娜》。然而，在沙拉莫夫发表的作品中关于科雷马的短篇小说（至1989年底已出版百余部）占据重要的位置。但是，沙拉莫夫的散文却似乎总是被淹没在当时所发表的大量有关斯大林时代的回忆录、札记和文献资料中。唯有《**科雷马故事**》极为特殊，是一部真正的文学艺术作品。

在沙拉莫夫笔下科雷马就是一切事物颠扑不破的、绝对的、终极标准和一切标准。甚至即使当他不写科雷马时，他依然还是以自己在科雷马的经历为基础进行创作。几乎所有的一切，社会规范、哲学学说、艺术传统，沙拉莫夫均以科雷马的视角去考量和审视。科雷马这个"负面经验"的"过滤器"（沙拉莫夫本人所言）太过严苛、残酷和刻毒。被科雷马的岁月和风雨洗礼过的沙拉莫夫奋起反抗一切禁锢社会意识的偏见、陈规和思想体系。对于沙拉莫夫而言，没有绝对的权威和颠扑不破的公理。沙拉莫夫的很多书信和序言如同激动人心的战斗宣言，常常写得义正词严、斩钉截铁、慷慨激昂。

沙拉莫夫坚决否定那种田园诗般美好的关于社会进步的观念："法西斯主义，而且不仅是法西斯主义（显然是含糊其词——作者）表明，对文明、文化和宗教的种种预测和预言都是毫无根据的，是完全站不住脚的，"他在自传体中篇小说中写道。沙拉莫夫对于"生活的教诲、教人行善、以自我牺牲抗恶"和自古以来一直被视为伟大的俄罗斯文学经典的最高任务究竟有哪些实际作用表示深深的质疑。他甚至严厉痛斥托尔斯泰和俄罗斯文学，他强调："所有恐怖主义者都无不受到托尔斯泰的学说、他的素食主义和道德说教的深刻影响。19世纪下半叶的俄罗斯文学……为20世纪你我眼前发生的流血事件打下了坚实的基础。"① 只有陀思妥耶夫斯基是一个例外。首先是因为陀思妥

---

① 沙拉莫夫：《1968年3月24日致施赖德尔的信》，载于《文学问题》，1989年第5期，第232、233页。

第三章　在社会主义现实主义之外

耶夫斯基充分认识到了希加列夫主义①的危险性，但是在《科雷马故事》里沙拉莫夫与任何一位俄罗斯经典作家之间展开的论战都没有与陀思妥耶夫斯基的论战更多、更频繁。而从沙拉莫夫致帕斯捷尔纳克的信里曾写过的一句话则完全可以读出他对于同时代文学的态度："可以认为，为那些在苏联政权下产生的'英雄'歌功颂德的时代将一去不复返了。"② 信中注明的日期为1954年1月22日。此时"解冻"尚未开始，任何人均无从得知一切将向何处去。但是，对于沙拉莫夫而言，有一点是毫无疑问的，那就是必须彻底消灭"文学作品中的一切谎言"。

在沙拉莫夫看来，纪实文学与虚构的"小说作品"是截然对立的。对此他持有一种非常极端的观点："作家应尊重真实的文献资料，要书写自己的生活经历和切身体验……未来的散文一定是阅历丰富的人的作品，"在自己的一篇"宣言"中沙拉莫夫强调③。但是在另一篇"宣言"中他进一步明确地指出："不是文献资料简单复制而成的散文，而是作家亲身经历的真实写照。"④ 这段简洁的表述意思是：对于沙拉莫夫而言，文学作品的纪实性首先是指作品应具有源于作者亲身经历的真实性，同时摒弃了小说作品的虚构模式及相应的写作方法，但作品本身并非文献资料："科雷马短篇小说与纪实作品毫无关联，"作家如此提醒我们。

的确，在《科雷马故事》中沙拉莫夫对事实材料进行了相当自由的、灵活的处理，同时他并未忽视采用想象与虚构的手法。沙拉莫夫对于个别事件、现实生活中真实人物的行为和命运的"随意阐释"甚至令一些回忆录作者感到汗颜⑤。然而，这再次证明，《科雷马故事》是遵循另外一种艺术法则创作而成的，即最真实的事实的价值并不在于是否千真万确，确凿无疑，而取决于其审美意义的大小。浓缩了真理的想象与虚构甚至要比某一个事实真相更为宝贵。

但是，在沙拉莫夫的创作实践中，文学与生活经验之间的关系问题远非如此简单。实质上，在《科雷马故事》里沙拉莫夫将科雷马和文化置于相互对立的位置：他用科雷马来检验文化，同时又借助文化去审视科雷马。

---

① 希加列夫为陀思妥耶夫斯基的长篇小说《群魔》（1872）中的人物。"希加列夫主义"一词指作品中哲学家希加列夫的学说，旨在通过全面控制人们的思想对世界进行社会主义改造。——译者
② 《青春》，1988年第10期，第62页。
③ 沙拉莫夫：《"新散文"宣言》，载于《文学问题》，1989年第5期，第233页。
④ 沙拉莫夫：《论散文》，载于《左岸：短篇小说集》，莫斯科，1989年，第554页。
⑤ 见刊登于集刊《在遥远的北方》（1989年第1期）上列斯尼亚克（Б. Н. Лесняк）写的关于沙拉莫夫的回忆文章。

现代俄国文学（1953—1968）

科雷马的"反物质世界"及其成员

  沙拉莫夫笔下的科雷马是许许多多处处皆是监狱和劳改营的岛屿。正是沙拉莫夫首次提出了"劳改营岛屿"这种比喻的说法。在写于1954年的短篇小说《弄蛇的法师》里，"早年曾是电影剧作家"的囚犯普拉东诺夫用尖刻辛辣的语言嘲讽了那些发明出"我们这种令人难以置信的岛屿"的"聪明睿智"的头脑（后来，索尔仁尼琴受到沙拉莫夫上述"提示"的启发，采用了"古拉格群岛"这一形象概念，其"文艺性调查"[①]遂以此定名）。

  在《科雷马故事》中不存在其他任何可能存在于"我们的岛屿"之外的东西。人们被投入劳改营之前那种自由的生活被称作"早年"，它已经结束、消失、不复存在。然而，这样的生活是否的确曾经有过？

  "我们的岛屿"上的囚犯们对"早年"的自由生活心驰神往，他们渴望飞向"蓝色的大海、高高的山岗后"（《弄蛇的法师》）那神话般的自由王国。科雷马劳改营吞噬了每个人曾经拥有的一切生活，它将一切置于监狱制度的野蛮、残暴和黑暗之中。它的规模无限扩大，它无处不在，遍及国家的每一个角落（在短篇小说《少校普加乔夫的最后一战》中沙拉莫夫直接提出了"科雷马王国"的概念："……在科雷马这个人人满怀希望的国度，也就是说，在各种传言、推断和臆测盛行的王国里……"）。

  遍布各地的劳改营取代了整个国家，成为一个庞大的"古拉格"群岛王国，这就是《科雷马故事》犹如拼图一般所呈现出的一幅巨大的、怪诞的世界形象。这个世界有它自己的法则，这里的一切都看似合理，井然有序，运转自如。对于囚犯们而言，科雷马世界看起来正是如此："小监狱，这是转押站。大监狱，这是矿业管理局的劳改营，望不到边的板棚、监舍，三重带刺铁丝网的围墙，好似冬日的棕鸟笼一般的哨楼。"（《金色的泰加林》）紧接着下文是："小监狱的建筑比较理想……"可见，这完全是出于反乌托邦目的而建造的一座完整的城市。而且，这里的建筑甚至符合最高的美学标准。总之，似乎这里看上去一切正常，一切都"同普通人生活的世界一样"。

  这就是"科雷马王国"的空间图景。这里也拥有自己的时间法则。的确，科雷马世界的运转所遵循的时间已全然超出了光阴流转的自然规律范围，这是一种奇异的、非正常的时间法则。"在极北地区短短几个月的时间

[①]《古拉格群岛》一书的副标题为"1918—1956文艺性调查初探"。——译者

第三章 在社会主义现实主义之外

却被视同光阴流转已过数载,在那里人们所获得的生活经验竟是如此不可思议";"从起床到熄灯他所度过的每一分钟、每一小时、每一天,都是真真切切、实实在在的,像所有人一样,他不再往后推想,而且也无力再去冥思苦想。"

任何囚犯的生活都完全受制于这种特定的时空条件。这里已经形成了自己独特的生活方式、生存秩序、价值尺度和社会等级制度。沙拉莫夫像一名民族志学家那样,对这里的生活方式和生存秩序进行了追本溯源的分析研究和细致入微的描写。

科雷马劳改营的社会结构是沙拉莫夫的"民族志"研究中一个永恒不变的主题。在劳改营里存在"两个极":其中一端是"盗窃犯",他们是"人民之友";另一端则是政治犯,他们是"人民公敌"。在这里强盗法则和国家法令混为一谈。"妓女""痞子""卑微的奴仆"①,这些形形色色的奴才走狗所效劳的费杰契卡、索涅奇卡们随心所欲地施展淫威和卑鄙无耻的伎俩。而监狱头目们那种金字塔型权力结构对囚犯们的压迫更加残酷:小队长、记工员、狱警、押送员……这就是"我们的岛屿"上司空见惯、习以为常的生活方式和生存秩序。虽然这一切匪夷所思,但这就是现实,这就是科雷马世界赖以存在的法则。

但似是而非的纪实性只是科雷马形象的"表层"。沙拉莫夫借助"民族志"研究方法直击科雷马的本质,并在各种事件和事实真相的审美意义中探寻科雷马的本质。因此,在《科雷马故事》中细节描写所占比重之大绝非偶然。沙拉莫夫特别注重细节的处理,认为细节是集中地体现整体的审美本质的一个部分。这是沙拉莫夫有意识地为自己确定的一个创作原则②。

此外,沙拉莫夫笔下几乎每一处细节,甚至是最具"民族志"方法特点的细节描写均建立在夸张、怪诞和令人匪夷所思的比喻的基础上:

    阴冷潮湿、没有暖气的板棚里所有的缝隙都结上了厚厚的冰层,在

---

① 此处为意译,原文直译为"搔脚后跟的人",是古罗斯的一种职业名称。传说,1741年宫廷政变即位后的伊丽莎白·彼得罗芙娜女王认为酣睡有损健康。因此,在黎明前她从不入睡,在女王的卧室里常有五六名妇女与她轻声交谈,为她搔脚后跟。——译者

② 在沙拉莫夫的《论散文》中我们可以读到这样一段话:"短篇小说中应加入或植入一些细节,一些非同寻常的、"非典型"的、运用全新的手法描写的细节……这永远是一些象征性的、标志性的细节描写,其中能够将整部小说转到另一种结构上,它们隐含着为作者的意志服务的'潜台词'。这种细节描写是文学创作方法的一个重要的组成部分。"(《新世界》,1988年第6期,第107页)

板棚的一角好似竖着一块巨大的淌油的蜡烛。(《鞑靼毛拉①和新鲜空气》)

躺在铺上的人的身体好像一个木结,似树干上结疤的地方,仿佛一块有疤的木板。(《伤寒检疫站》)

我们顺着拖拉机的辙印走着,就像在循着某种史前动物的足迹前行。(《口粮》)

押送员的喊声像皮鞭抽到身上一般,我们猛地一惊。(《这是怎样开始的》)

有时作家选取古代传说中一些崇高而神圣的象征形象,将其植入丑陋不堪的"科雷马世界",在此,这些形象带有一种特别的悲剧色彩:"我们每一个人已经习惯于旧衣服上的汗酸味——好在眼泪是没有气味的。"(《口粮》)然而,有时沙拉莫夫也会采用相反的方式:他借助联想的手法把一些监狱生活中看似不经意的、偶然的细节转化为一系列崇高的精神象征。如在短篇小说《头牌契卡》中对主人公癫痫发作情景的一段描写:"但是,阿列克谢耶夫猛地冲过去,一下子跳到窗台上,双手紧紧抓住牢房的栅栏,他用力地摇晃着,不停地大声怒吼和叫骂。阿列克谢耶夫又黑又脏的身体靠在窗栏上,好似一个巨大的黑色十字架。"此外,沙拉莫夫在小说中运用的这些传统的、具有象征意义的文学形象(眼泪、阳光、蜡烛、十字架等)好似一股历经悠久历史文化长期积淀而成的巨大能量,它使"古拉格"世界的图景变得生动鲜活、栩栩如生,同时也使其笼罩在无尽的悲剧气氛中。

但是,《科雷马故事》中对那些看似平凡琐屑的日常生活细节的描写给人带来了更加强烈的审美震撼。主人公们虔诚地、如醉如痴地享用食物的神态和动作如此触目惊心,让人不寒而栗:

他不是在吃鲱鱼,而是在一点一点舔着,舔着,鱼尾慢慢地在他手指间不见了。(《面包》)

我拿起饭盒吃了起来,按矿上的习惯把盒底舔得干干净净。(《律师密谋案》)

他只是在发放食物时才醒来,然后他仔仔细细地把手舔得一干二净,

---

① 毛拉,阿拉伯语音译,原义为"保护者""主人""主子"。随着伊斯兰教的发展,今为具有较高宗教学识的宗教人员的通称。——译者

第三章　在社会主义现实主义之外

重新入睡了……（《伤寒检疫站》）

上述细节描写连同对啃指甲，"一点点地咬噬脏兮兮的、厚厚的、微微变软的皮肤"，坏血病溃疡愈合，脚趾冻伤流脓等情景的描写，一向被归为粗陋的自然主义范畴的表现手法，在《科雷马故事》中具有特殊的文学意义和艺术价值。这里存在一种非同寻常的、奇特的反向一致关系：细节描写得越具体、越逼真，科雷马世界就显得愈加背离常理、愈加荒诞不经。实质上，这绝非自然主义文学的基本特征，而完全属于其他某种创作原则，即艺术真实性与"荒诞剧"所固有的那种不合逻辑、背离常理、情节离奇和人物怪诞的特点相结合的原则。

的确，在沙拉莫夫的短篇小说中，科雷马世界如同现实生活中上演的一出真正"荒诞剧"。小说中"这个世界"的统治者已经为所欲为、丧心病狂到令人发指的程度。如，根据某个官员的荒谬决定，为了查清完全是子虚乌有的所谓"密谋"，在寒风刺骨的冬日里囚犯们竟被赶到数百公里之外冰封千里的冻土带上（《律师密谋案》）。然而，早晚点名时高举燃烧的火把、在庄严的进行曲伴奏下宣读"无端"被判处死刑者的名单（《这是怎样开始的》），这又是什么？难道这不是一场最荒谬的噩梦吗？

"所有这一切如此令人发指，如此不可思议，简直难以置信。"沙拉莫夫的这句话是对"荒谬的科雷马世界"最精辟的概括。

然而，沙拉莫夫将平平常常的普通人放在荒谬的科雷马世界的中心位置上，他们是安德列耶夫、格列博夫、克里斯特、鲁奇金、瓦西里·彼得罗维奇、杜加耶夫和"我"。虽然，在这些人物身上沙拉莫夫并未给我们留下任何依据能够证明小说具有一定的自传色彩，但是毫无疑问，这种自传体特征是显而易见的。但从审美角度看，在这里自传性并非具有十分重要的意义。相反，甚至"我"就是与所有像"我"一样的囚犯、"人民公敌"毫无二致的人物之一。他们所有人不过只是以各种不同身份出现的同一类人而已。他们默默无闻，没有进入党内精英阶层，不是高级军事首领，没有参加过任何党派，既不属于革命前沙俄时代的"官僚阶层"，也绝非时下无产阶级的"当权者"。他们都是普通的知识分子：医生、律师、工程师、学者、电影剧作家、大学生。沙拉莫夫正是选择了这些既非英雄，也非十恶不赦的坏人，而只是普普通通的公民，作为自己的主要研究对象。

于是，普普通通、"平平常常的"人陷入荒谬绝伦的、惨无人道的境地。

沙拉莫夫不是在意识形态层面，甚至不是在日常意识层面，而是在人的下意识层面，在"古拉格"制度的压迫下人所处的临界状态——人作为一个具有思维能力与痛苦感知能力的独立个体与无力自控、依赖原始条件反射生存的无个性的生物之间摇摆不定的状态——中研究劳改营"体系"下科雷马囚犯的生存方式。

沙拉莫夫使我们坚信：在以践踏和摧残囚犯的尊严和意志为目的的科雷马反物质世界里，人作为独立存在的个体遭到了彻底的毁灭。在《科雷马故事》的一些篇目中描述了几乎完全丧失理性和意识、沦为低级动物的人的种种卑劣行径。短篇小说《夜》讲述的正是这样一个故事。曾做过医生的格列博夫及其助手巴格列佐夫的所作所为完全是一种离经叛道、亵渎神灵、违背公德的行为：他们掘开坟墓，扒掉死去的狱友身上的衣服，只是为了用一件死者的内衣给自己换得一块面包。可见，在道德沦丧、人性泯灭的科雷马世界里唯一尚存的只有人身上的动物本能。

然而，在科雷马反物质世界里不仅人的精神世界极度匮乏，丧失理智，人在绝境求生的本能也已消失殆尽：当一个人面对自己的死亡时，他甚至变得麻木不仁，无动于衷。在短篇小说《生命的价值》中即描述了人在濒死前的这种心理状态。23岁的年轻大学生杜加耶夫在劳改营里受尽了摧残和折磨，他已经无力再去承受痛苦的煎熬。然而，在走向刑场的那一刻他的心里却只是微微地掠过一丝遗憾："白遭了最后这一天的罪，今天的活儿白干了。"

与此同时，对于沙拉莫夫而言，一切人道主义的行为都是最宝贵的。有时他甚至因从科雷马黑暗的混沌世界里"淘到"一点点微不足道的证据，用以表明"古拉格"体系并没有彻底泯灭人性中被称作怜悯之心的最基本的道德感而激动不已。

女医生利季娅·伊万诺夫娜低声制止了助理医师对安德列耶夫的呵斥，她的举动令安德列耶夫"终生"难忘，"因为她及时的善意相助"（《伤寒检疫站》）；两个不会干活的知识分子谎称"木匠"，只是希望能够在暖和的木工坊里待上一天，老工匠替他们隐瞒了实情，并把亲手做的斧柄送给了他们（《木匠们》）；面包师们总是尽力先让那些被派到面包厂干活的、羸弱不堪的劳改犯们填饱肚子（《面包》）；不幸的命运让囚犯们受尽非人的折磨，他们变得对一切冷酷无情，为了活下来他们甚至相互斗争，相互疏远，但是他们却背地里烧掉了老木匠的独生女儿宣布与其断绝父女关系的所有信件和声明（《使徒保罗》）。这些看似微不足道的举动实质上正是人道主义的高度体现。在短篇小说《笔迹》中侦查员的行为：他毅然将被列入下一批死囚处决名单中的克里斯特的案卷付之一炬，按照当时的社会观念看，他的做法无异于一场危险的游戏，然而，事实上这是一个出于同情和怜悯而不惜舍生取义的伟大壮举。

《科雷马故事》的主题

在沙拉莫夫的短篇小说中并非上述这些令他极为珍视的部分负载着其创作的基本主题思想。在《科雷马故事》艺术世界的核心体系中具有象征意义的伴生对偶形象占据着举足轻重的位置。其中，最为重要的两个对偶形象——卑微的奴仆和北方的大树看似相互独立，毫无关联，但实际上它们是沙拉莫夫艺术世界中两个独特的、寓意深刻的象征性"主题"形象。

在《科雷马故事》的道德规范体系中没有比沦为卑微的奴仆更低贱、更无耻的事情。当安德列耶夫看到，"博学多识的马克思主义理论家、歌德研究专家"、曾支持过布特尔卡监狱①斗争的、"天性快活的" 远洋船长施奈德在科雷马劳改营里却迫不及待地对一个名叫谢涅奇卡的盗贼卑躬屈膝、俯首帖耳、大献殷勤时，安德列耶夫简直"不想活了"。卑微的奴仆这一形象成为沙拉莫夫的科雷马系列作品中最恐怖的主题形象之一。但是，无论卑微的奴仆这类人物多么令人憎恶，作者并未以蔑视的态度对其进行严厉的痛斥和谴责。因为他深知，"对一个饥饿的人，应该多多原谅，给予最大的宽容"（《弄蛇的法师》）。也许，这正是因为一个被饥饿折磨得羸弱不堪的人并不总是能够保持对自我意识的控制。沙拉莫夫不是把另一种行为、另一类人，而是将苍劲挺拔、傲然屹立的北方大树放在卑微的奴仆对偶形象的位置上。

偃松是沙拉莫夫最崇敬的树木。在《科雷马故事》的一篇短文中作家着意塑造了偃松这一形象。这是一篇如水般清透纯净的散文诗，每一段落都犹如一组诗行构成的诗节，内在节奏清晰，细节精巧，充满强烈的隐喻色彩：

在北疆，在原始森林和冻土带的交接处，在矮生的白桦林间和挂满异常硕大的、浅黄多汁浆果的低矮的花椒果丛中，在成活六百年之久的、成材已达三百年的落叶松林中，有一种特别的树——偃松，它是雪松的远亲。偃松是常青的针叶灌木，树干如手臂般粗，高两三米。它用根抓住山

---

① 莫斯科最大的监狱，也是俄罗斯最古老、最有名的监狱之一。该监狱现已列入俄罗斯国家保护历史建筑和古迹名单。——译者

坡上的石缝生长。它像北方所有的树木一样英勇、执拗。它的触觉也非同一般。①

这是这首散文诗开篇的一段文字。随后作者描述了偃松生长变化的特点：它把身子贴到地面上，舒展开树梢，预报严冬即将来临。春天来临，它"率先在北国站立起来"，"它听到了我们无法听到的春的呼唤"。瓦尔拉姆·沙拉莫夫在诗的最后写道："依我看，偃松永远是俄罗斯最富有诗意的树，比闻名遐迩的垂柳、法国梧桐和柏树更强……"但是随即，似乎沙拉莫夫羞于使用那些优美华丽的辞藻，他补写上了一句看似平淡无奇、毫无诗意的话语："偃松劈柴烧火也更旺。"然而，这一具有浓厚生活气息的句子不仅没有削弱偃松形象的艺术感染力，反而大大增强了这一形象的表达效果。因为那些经历过科雷马劳改营的人深深地懂得温暖的炉火之于一个人的意义和价值……

在短篇小说《口粮》《松树的复活》《边角活》《少校普加乔夫的最后一战》中都出现了北方的大树——偃松、落叶松、落叶松枝的形象，而且在每部作品中这一形象都充满了独特的象征意义，有时还带有明显的说教意味。

卑微的奴仆和北方的大树，这是两个在道德层面截然相反、完全对立、具有特殊象征意义的形象。但是，在贯穿《科雷马故事》的主题形象中，另一组表示人的两种截然相反的极端心理、令人感到更加匪夷所思的对立形象同样十分重要，这就是仇恨的形象和语言的形象，它们也是《科雷马故事》中一系列最重要的"主题"形象之一。

沙拉莫夫指出，仇恨是残存在被科雷马的磨盘碾碎的人心底的最后一丝情感。"在那依然附着在我们骨骼上的，对我们来说已无足轻重的肌肉里……唯一尚存的只有仇恨，这是人类最持久的一种情感"（《口粮》）；"……仇恨是人类尚存的最后一丝情感，一种刻骨铭心的感觉"（《箴言》）；"他只靠冷酷的仇恨活着"（《列车》）。《科雷马故事》中的人物常常活在仇恨之中，更确切地说，作者笔下的人物正是处于仇恨的心理状态之中。仇恨，不是憎恨。憎恨毕竟只是一种反抗的形式，而仇恨则是冷酷无情地面对整个世界、盲目仇视生活，仇视阳光、天空和草地。这种与存在，与现实世界的分离无异于个体的毁灭、精神的死亡。

---

① 译文引自刘季星、吴嘉祐译：《科雷马故事》（选译），载于《世界文学》，2001年第1期，第31页。有修改。

与沙拉莫夫笔下主人公的心理状态相对立的是对语言的敬畏，对作为精神文化之载体、精神劳动之工具的语言的崇尚。

短篇小说《箴言》是沙拉莫夫最出色的作品之一。这篇小说展现了科雷马囚犯从精神的虚空到人性复归的整个过程中所发生的一系列心理变化。这种变化的初始阶段便是产生仇恨的心理。然后，随着体力的恢复，他们逐渐"变得无所畏惧，冷漠无情"："之后，便出现了恐惧的心理，这是一种不太强烈的恐惧感，害怕丢掉烧水工这份活，害怕丢掉宝贵的活命的机会，害怕失去高高的寒冷的天空和早衰的肌肉的酸痛。"此时，沉寂已久的强烈妒忌心开始萌生，这是对自身的现实境况进行自我评价的能力重新回归的标志："我开始羡慕起那些死去的同志们，那些死于1938年的人们。"（因为他们不必再遭受任何痛苦和屈辱。）爱没有复归，但是怜悯之心死而复生："对于动物的怜悯比对人的怜悯之心复活得更快。"

最后，最高意义上的复归是语言的复归。对此，文中描述得极其生动：

> 我的语言，粗鲁的矿工的语言是贫乏的，正如残存于骨骼周围的那点情感一样可怜。……我是幸福的，因为我不必去寻找另一些词语。我不知道，另一些词语是否存在。我无法回答这一问题。
>
> 当在我的大脑里——我清晰地记得——在右顶骨下突然出现了一个不仅我的同志们，连我自己也不懂的、完全不适宜泰加林的词语时，我感到十分害怕和震惊。我站在铺上，面对广阔无垠的苍穹，大声喊出了这个词语。
>
> ——箴言！箴言！——我哈哈大笑起来。——箴言！——我面对北方的天空、朝着黎明的天际大声呼喊着，但我却并不懂得在头脑中突然闪现出的这一词语的真正含义。但是，倘若它已经重新复归，让我失而复得——真是太好了！太好了！无尽的欢愉充溢着我的整个身心——箴言！

在沙拉莫夫笔下语言复现的过程本身如同奔向光明和自由的灵魂冲破阴森恐怖、壁垒森严的监狱获得解放一般，是一个苦难的历程。然而，挣脱了一切束缚的、复活的灵魂，是与科雷马，与苦役和饥饿，与看守和告密者永远相互对立、互不相容的。

于是，在经历了所有心理发展阶段、重新把握好所有情感的尺度——从仇恨的心理到对语言的敬畏——之后，人的精神开始复活，重新恢复自己与世界

现代俄国文学（1953—1968）

之间的联系，重新回到自己在世界中的位置，即智人[①]和思想者的位置。

保持独立思考的能力是沙拉莫夫作品中的主人公最为关注的问题之一。沙拉莫夫笔下的主人公最为担忧的是："如果骨骼能够冻坏，大脑也可能会冻坏和麻木，心灵，也能冻坏。"（《木匠们》）然而，对于主人公而言，即使最寻常的语言交流也是极其宝贵的，因为语言交流的过程，实际上就是思维形成的过程。就此他说道："令他感到高兴的是，他的大脑还是灵活的。"（《口粮》）

由此可见，在压制之下被关进暗无天日的科雷马劳改营的主人公们对一切带有人的精神活动痕迹、与文化和艺术相关的东西都视如珍宝：无论是艰难时世里罕见的珍品——马塞尔·普鲁斯特的长篇小说《追忆似水年华》，还是约翰·兹拉托乌斯特在冰天雪地里、在科雷马的松林中所做的圣洁的祈祷仪式（《休息日》），或是几近被遗忘的诗人的一句诗行（《笔迹》），以及在科雷马流放地收到的鲍里斯·帕斯捷尔纳克的来信（《取信》），在其中帕斯捷尔纳克对沙拉莫夫关于诗歌韵律问题的看法给予的高度评价与沙拉莫夫在布特尔卡监狱的难友、老政治苦役犯安德雷耶夫对沙拉莫夫的赞扬被置于同一位置上："嘿，瓦尔拉姆·吉洪诺维奇，临别之际该和您说些什么呢？我只想说一点：您完全能够在监狱里有尊严地活着。"（《最佳赞许》）这就是《科雷马故事》的作者和主人公们所珍视的价值。

也许有人会提出反对意见：这不过是瓦尔拉姆·沙拉莫夫本人，一个靠文化而生、将全副身心投入创造文化的人的个人偏好而已。但是，这种观点完全是错误的。实际情况恰恰相反：在沙拉莫夫从自己的父亲，一个博学多识的沃洛格达神父那里接受，后来从大学时代起有意识地、牢固地树立起来的人生观体系中，精神价值（思想、文化、创造）占据着首要的位置，而这个人生观体系恰是在科雷马被沙拉莫夫视为能够避免人格泯灭和个性崩溃的主要也是唯一的一道防护屏障。它所庇护的不仅只有沙拉莫夫一个职业文学家，而是任何一个被迫沦为"古拉格"体系奴役的普通人，不仅只在科雷马"群岛"里，而是在任何地方，在任何一个惨绝人寰的环境中。

任何一个用文化的屏障捍卫自己灵魂的思想者都能够理解和领悟其周围发生的一切。善于领悟的人——这是在《科雷马故事》的艺术世界里对一个独立个体的最高评价。对于沙拉莫夫笔下的主人公而言，没有比在共同探寻真理

[①] "智人"是生物学分类中人属中的一个"种"，为地球上现今全体人类的一个共有名称。智人的学名"Homo sapiens"来自拉丁语，其中"Homo"的意思是"人"，"sapiens"的意思是"智慧"。——译者

的过程中享受思想的碰撞和智慧的交流所带来的愉悦和快乐更崇高的事情。小说中主人公身上表现出的那种看似背离常理的、异常的心理反应也正源于此。如，他愉快地回忆着"在监狱里难友间气氛'紧张的'彻夜长谈"（《伤寒检疫站》）。然而，在《科雷马故事》中最不可思议、最匪夷所思的事情是一个囚犯［而且是主人公，即叙述者、作者的"另一个自我"（alter ego）］的圣诞梦想，他并不渴望早日离开科雷马后尽快回家与亲人团聚，而是期盼着走出科雷马，回到监狱的审讯室里。他的理由是：

现在我不想回家。家里人永远不会理解我，他们也不可能理解我。他们觉得重要的事情，在我看来无足轻重。对我来说至关重要的东西，即那些我已经所剩无几的东西，他们既不能理解，也无法感知到。他们的生活被紧紧包围在成百上千个恐惧之中，我的到来一定会给他们增添新的恐惧感。我所经历过的事情不应该让他们知道。然而，监狱则完全是另外一回事。监狱意味着自由。这是我所知道的唯一一个人们敢于谈论自己所有想法的地方，一个让身心放松和休息的地方，因为在那里他们不需要劳动。在那里生存的每时每刻都是极为宝贵的。（《悼词》）

痛苦地认识到究竟是"为了什么"自己被投入劳改营，在这里、在狱中、在铁窗内深入探究国家发生的那些重大事件背后所隐藏的秘密，这就是《科雷马故事》的主人公们，勤于思考和善于思考的思想者们的精神顿悟与收获。他们对于那些令人震惊的、可怕的时代真理的认识和理解远远超越了他们所处的那一时代。这正是他们在道德上战胜极权制度的充分体现，因为归根到底，极权制度骗不过所有的人，任何歪曲事实、混淆视听的宣传都不会让人迷惑，一切罪恶的根源都逃不过寻根究底、洞察一切的清醒头脑。

当《科雷马故事》的主人公终于领悟了之后，即使在走投无路的情况下他仍然能够做出正确的抉择。短篇小说《口粮》中的人物之一、老木匠伊万·伊万诺维奇宁可自杀也不愿苟活下去，而另一个人，大学生萨韦利耶夫宁愿砍断自己的手指，也不肯放下在森林里"自由自在"地伐木的活儿重新回到铁丝网内，返回地狱般的劳改营里。少校普加乔夫以罕见的勇气发动难友成功地逃离了劳改营，但是他清楚地认识到，他们不可能突破武装到牙齿的层层包围圈。但是"如果根本不可能冲出去，那么就是死，也要死得自由"。于是，少校普加乔夫和他的难友们义无反顾地踏上了这条不归之路（《少校普加乔夫的最后一战》）。

这就是善于领悟的人所采取的行动。无论老木匠伊万·伊万诺维奇、大学生萨韦利耶夫，还是少校普加乔夫及其 11 名同志，都没有向将他们投入科雷马的劳改营体系低头，他们没有竭力去寻找为自己洗清罪责的理由和解救自己的办法。他们已经不抱任何幻想。他们清楚地认识到，苏联的政治制度和劳改营体系具有极端反人类的本质。虽然，在这种劳改营体系下他们被无故定罪、判刑，但是他们的思想意识已经上升到对这种制度进行严厉审判的高度。他们用自杀的方式，或无异于集体自杀的无望的逃离对劳改营体系做出了严厉的判决。在当时的时代背景下这是人作为一种脆弱的生物对国家所犯下的滔天罪行进行自觉的反抗和抵制的两种方式之一。

那么，另一种方式是什么？就是顽强地活下去，誓同劳改营体系进行坚决的斗争。绝不容许自己被为消灭人而设的专门机器倾轧、碾碎，无论在精神上，还是在肉体上。这是一场你死我活的较量。对于这一点，沙拉莫夫笔下主人公们的理解也正是如此，即"为生命而战"。虽然有时会遭遇失败（如《伤寒检疫站》），但是一定要坚决斗争到底。

沙拉莫夫短篇小说的结构原则

沙拉莫夫在其文学理论札记中对于文学中的道德说教、作家试图成为道德审判者的问题发表了言辞犀利的评论。"沙拉莫夫强调，在广岛之后，在奥斯维辛[①]和科雷马谢尔潘季劳改营的囚犯们惨绝人寰的自相残杀之后，在战争与革命之后，散文中一切说教就都已被彻底否定。艺术已经丧失了说教的权利。任何人都不能教导他人。任何人都没有权利教导他人。"[②]

但是，作为贯穿《科雷马故事》的基本思想，"领悟"这一重要的主题与作者的文学理论观点之间是相互矛盾的。这一点尤为清晰地反映在叙述者的作用中。在作品中叙述者表现得积极活跃，高高在上，威严无比。通常，叙述者是与作品的中心人物不同的另一个人物，后者为叙述的客体，而叙述者则是叙述的主体，是指引读者游历科雷马地狱的向导。叙述者比他的主人公们知道得更多。最重要的是，他懂得的更多，领悟得更加透彻。他与《科雷马故事》中为数不多的那些理解和领悟时代真理、精神视野远高于时

[①] 指奥斯维辛集中营，位于波兰，是纳粹德国在第二次世界大战期间修建的最大的一座集中营。——译者

[②] 《文学问题》，1989 年第 5 期，第 241 页。

代的主人公们极为相近。

在《科雷马故事》中叙述者是语言的捍卫者，是表达思想的工具。就精神气质而言，他是一个思想者，也可以说，他是一个善于高谈阔论的人。他喜爱，而且擅长归纳和总结，时常出口成章，充分显示出驾驭语言的非凡才能。因此，在他的言语中常常出现"经验式"和箴言式说教的"微体裁"。于是，在同名短篇小说主人公那已僵硬的大脑中，"箴言"一词的突然复现并不显得十分意外和偶然。

在沙拉莫夫的短篇小说中"经验"是在痛苦的实践中积累而成的知识的结晶。其中包括科雷马特有的"生理学"理论——在屈指可数的短短几周内井下劳动如何"使身体健康的人们变成为残疾人"（《悼词》）。此外，还包括社会心理学方面的"经验"：关于盗贼们的品性（《伤寒检疫站》），关于两种不同"风格"的审讯方式（《头牌契卡》），关于为什么在品行端正的人与奸诈之徒进行抗争时前者总是软弱无力的（《口粮》），关于其他许多形成科雷马道德氛围的因素。这种独特的道德氛围将"遍布岛屿的科雷马王国"变成了一个"黑白颠覆的世界"。

最后，在沙拉莫夫笔下，"我们的岛屿"里的囚犯们从痛苦中萃取出来的经验时常被浓缩成千锤百炼的智慧箴言，这些箴言简练而准确地道出了科雷马世界特有的哲理。一些箴言充分证实了人们在过去、在奥斯维辛和"古拉格"之前害怕去想和不敢说出的问题。如，关于权力的告诫如下："权力就意味着堕落。蛰伏在人内心的脱缰的野兽总是要去追求那种最原始的欲望的满足——通过采用殴打和杀人的手段……"（《格里什卡·洛贡的温度计》）《格里什卡·洛贡的温度计》这部短篇小说无异于一首散文诗，其中四个诗节包含大量格言警句，它们作为一种"插入体裁"被用在这篇讲述人与人之间相互欺辱、相互践踏的悲伤故事中。

在《科雷马故事》中沙拉莫夫的另外一些箴言与社会公认的道德观念和世代相传的道德准则迥然不同，这些箴言富于论辩色彩，句句振聋发聩，动人心魄。下面便是其中的一段话：

都说患难见真情。其实，友谊既不产生于贫困之中，也绝非来源于苦难。文学作品中讲述的那些产生友谊所必需的、"艰苦的"生活条件都不够艰苦。如果贫困和苦难能够使人们走到一起，使人与人之间产生友谊，这就意味着，贫困没有达到极点，苦难还不够深重。倘若可以与朋友共苦，则说明痛苦远不够剧烈。真正的贫困能够使人清醒地认识自己精神和

肉体的力量，考验人的能力、肉体的承受力和道德水平。(《口粮》)

一些人会认为，这是沙拉莫夫对那种特立独行、卓尔不群者的歌颂和赞美。另一些人则会对这种不自甘堕落、不依赖他人的勇气和"独立的人格尊严"给予充分肯定。然而，无论如何沙拉莫夫的这些箴言具有不容忽视的价值，因为其中包含着从科雷马地狱里汲取的经验和智慧。这些箴言并不带有"个人主观"色彩，它们是从科雷马世界中得出的沉痛教训和残酷的、具有普遍性的真理。

在科雷马系列作品的创作过程中瓦尔拉姆·沙拉莫夫逐渐构建了一种独特的短篇小说形式——叙述情节与箴言和"经验"的统一、诗与散文的结合。

在《科雷马故事》中"诗"是以箴言的形式呈现出来的一种清晰的思想形象，它揭示了作品中矛盾冲突的本质。在沙拉莫夫的散文里，现实世界呈现出鲜明的立体感，而不是一维的直线结构。此外，如果在沙拉莫夫笔下"诗"的思想内容被限制在一定的范围内，那么散文总是大于箴言中所蕴含的思想。因为生活本身往往比关于生活的思想更丰富、更复杂。沙拉莫夫短篇小说的这种体裁"特质"具有十分丰富的内涵：作者竭力给出自己的哲学思想，同时并不将自己的意愿强加于人，既对其他真理持宽容态度（"作家应该记住，世上存在一千条真理"，这是沙拉莫夫的"宣言"《论散文》中的一句话），对他人的懦弱表示同情，同时又对自我的要求极度严苛（"不——我说。——我不会出卖灵魂"，这是短篇小说《假肢》的最后一句话）。

沙拉莫夫有意使散文与诗歌、纪实与虚构、演说与叙述、"作者的"独白与故事情节相互碰撞、相互冲突，进而呈现思想与现实、作者的主观看法与生活的客观进程之间的相互影响和相互校正。与此同时，在这种碰撞与冲突的作用下产生了一种独特的体裁"融合"现象，这种体裁的"融合"为审视科雷马世界提供了全新的视角和方法。

短篇小说《**悼词**》是沙拉莫夫在体裁诗学方面极具代表性的一部作品。在结构上这部短篇小说由带有显著标志的、两种完全不同的文学体裁结合而成。第一种体裁就是临葬悼词。这是教堂演讲中一种传统的高级体裁形式。第二种体裁则是经过最大程度艺术加工过的圣诞故事：充满了恣意的幻想，具有冲突的假定性和程式化的特点，带有感伤的基调。然而，这两种体裁在科雷马世界的浸淫下发生了质的变化。两种历史悠久、世代相传的传统体裁被刻上了鲜明的"古拉格"痕迹。

第三章 在社会主义现实主义之外

"所有人都死去了……",这是小说开头的第一句话。紧接着,小说的叙述者讲述了一个关于12名劳改营难友的悲惨故事。在短篇小说《少校普加乔夫的最后一战》中数字"12"即被赋予了特殊的象征意义。但短篇小说《少校普加乔夫的最后一战》的主人公是12个英勇的越狱者,他们与强大的专制机器之间展开了一场无望的殊死搏斗。然而,在《悼词》中既没有英雄,也没有圣徒,小说的主人公只是一些普普通通的人,他们是"古拉格"体系下无辜的牺牲品。但是,在沙拉莫夫笔下他们每一个人都得到了应有的尊重和纪念——献给12人中每个人的悼词均独立成篇,即便只是两三段,或者总共只有几行。在每一个简短的悼词中叙述者对逝者致以深深的敬意,表达最挚的感激之情,同时每篇祭文都含有一段出乎意料的叙述"突转"(逝者生活中的一段往事,与人交谈的对话或只是一句箴言),这些"突转"无情地揭露了"古拉格"体系中人们悲惨而可怕的遭遇。每篇祭文中都充满了一种死亡时刻来临的沉重、压抑的气氛:"古拉格"这部残暴的杀人机器正在无情地吞噬人的生命,一步步把人拖到死亡的磨盘上。

然而,与小说的前文部分相比,小说的结尾洋溢着另一种完全不同的感情基调:"在这一年的圣诞夜里我们围坐在火炉前。由于过节的原因,炉火比平日里更红。"在"古拉格"极端恶劣的条件下这无疑是一幅幸福、安宁、温馨、充满浓厚节日气氛的画面。在圣诞夜里人们通常要许下心中最期待实现的、最美好的愿望:

"兄弟们,我们要是能回家该有多好啊!奇迹有时候是会发生的……"——在矿坑里拉矿石的车夫、曾做过哲学教授的格列博夫说。一个月前他忘记了自己妻子的名字,因为这个,他在我们监舍里出了名。"但是请大家必须保证说真话。"

这一段内容完全改编自圣诞童话的开头部分。在这里第一个提议圣诞许愿的人具有传统童话中类似人物的显著特征:他虽然不是魔法师,但"曾做过哲学教授",这就意味着在某种程度上他"通晓魔法",掌握着无比神奇的力量。尽管现在哲学教授成了一名拉矿石的马车夫,而且"一个月前他忘记了自己妻子的名字",似乎已经老态尽显,但是,他的言语依然保持着传统童话体裁的特点,只是在科雷马的极端环境里这种体裁发生了一些变化,变得有些低级和通俗:这里既有传统童话中对奇迹的渴望和幻想,有接受许愿这一环节,同时也必然会出现传统童话中的常用语"保佑我吧!"。小说一一列出了五位主人公的最大心愿，其中一个比一个出乎意料，一个比一个匪夷所思。一位主人公最大的心愿并不是早日离开科雷马后尽快回家与亲人团聚，而是期盼着走出科雷马，回到监狱的审讯室里。另一名主人公"从前是乌拉尔托拉斯经理"，他一心想着"回家吃上一顿饱饭：'煮上一大桶粟米粥！再来一大桶面疙瘩汤！'"。第三个人"以前是个农民"，他盼着"与妻子寸步不离。她到哪，我就到哪。她去哪，我也去哪"。"我要做的第一件事就是去一趟区党委"，第四个人如此幻想着。显然，此时此刻在场的所有人都在静静地等待倾听他将要在"区党委"这个高高在上的、戒备森严的机关里实现怎样一个梦寐以求的理想。然而，他的理想居然是："我记得，那里满地都是烟头，简直多极了……"

最后，轮到供热工瓦洛佳·多布罗沃利采夫来许下自己的圣诞心愿。难道这个已经在温暖的地方①找到了安身之处的幸运儿还需要什么更特别的愿望吗？作品中在他的独白之前有这样一段描述："没等听到问题，他便抬起了头。敞开的炉门里闪耀的红光直射着他的双眸——目光如炬，炯炯有神。"这种延缓情节直线发展的手法足以令所有读者对紧接着下文中这段经过深思熟虑后的、大胆离奇的想法做好充足的心理准备：

"但是我，"他的声音平和而又镇定，"我想变成一具残缺的尸体，无头无手无脚的尸体，明白吗？那样的话，我就能够有勇气去唾弃那些对我们施暴的坏蛋们……"

小说至此结束。临葬悼词和圣诞童话两种体裁紧密结合，成为一个统一的整体。但是，这两种体裁的融合使作品的整个叙述转向了一个新的层面：沉痛的悼词变成了义正词严的控诉，而圣诞童话则变为一种特殊形式的判决书——对"古拉格"赖以建立和长期存在的政治制度进行严厉的审判，对"古拉格"体系致以最大的蔑视。

在《悼词》中政论文和小说作品两种体裁相互影响，相互作用，构成了一个特殊的艺术整体，整部小说透出一种绝对的、毋庸置疑的说服力，深深地感染着读者，给读者带来强烈的心灵震撼。然而，在短篇小说《十字架》中类似的艺术效果是通过一个关于"诱惑"的圣徒故事与劳改营里赤裸裸的、"活生生的事实"之间的矛盾冲突来实现的。在短篇小说《这是怎样开始的》

---

① 原文意为"肥缺""美差"。——译者

《鞑靼毛拉和新鲜空气》中,这种艺术效果的获得则得益于以下两方面之间的相互联系和相互作用:以"经验"和"箴言"形式呈现出来的叙述者的逻辑思想,一系列富于艺术表现力的、经过艺术加工的具体故事情节。

《悼词》《箴言》《十字架》这些作品处于短篇小说家沙拉莫夫创作探索的中心线上。这些作品"最突出地体现"了沙拉莫夫创作的体裁特点,而《科雷马故事》中的所有其他作品则是沿着这条中心线依次向两侧延展:一些作品更趋向于传统短篇小说,而另一些作品则接近于演说体裁,但是这些作品的体裁始终没有偏离中心线两侧最极端的位置。不同作品与不同体裁"相结合"的这种特点赋予《科雷马故事》以非同寻常的、巨大的艺术容量和强烈的艺术魅力。

《科雷马故事》中,在叙述者的权威话语、他的箴言和"经验"、圣徒传和临葬悼词的体裁形式背后蕴含着源自启蒙时期欧洲文化、深深地植根于古罗斯训诲文学的强大艺术传统。这种强大的艺术传统犹如萦绕在沙拉莫夫笔下科雷马世界周围的光环,它透过科雷马极端恶劣的"现实环境"清晰地显现出来。沙拉莫夫使崇高的古典文化与粗鄙的现实世界之间相互冲突、相互作用。科雷马肮脏、丑陋、残酷的现实世界迫使作家不得不对崇高体裁和文体风格进行改造和讽刺性降格,因为崇高体裁的艺术结构完全是"远离现实世界"的,在残酷的现实世界面前不堪一击。但是,这里的讽刺带有浓厚的悲剧意味,他的幽默则具有黑色幽默的特点。因为沙拉莫夫始终没有丢弃对古典文学形式,如体裁、风格、创作手法和语言的尊重,相反,沙拉莫夫竭力强调并有意突出古典文学的重要价值。与对庄严、神圣的古典文化的尊重,对理性和思想的崇尚相比照,科雷马是一个背离常理的、非法存在的世界,它亵渎和破坏人类文明世代相传的宝贵的精神财富与物质财富,粗暴地践踏人民历经千百年锤炼之后传承下来的生存法则。

* * *

对于沙拉莫夫而言,寻找"新文学"的形式便意味着运用一种特殊的艺术手法破坏和"消解作品的文学性"。他强调:"当有人问我,我写的是什么时,我总是回答,我写的不是回忆录。在《科雷马故事》中不存在任何回忆的内容。我写的也不是短篇小说,确切地说,我努力创作的不是短篇小说,而完全可以说是那种非文学作品。"

的确,沙拉莫夫实现了自己的创作目标——《科雷马故事》的确被视为一部"非文学"作品。但是,我们完全可以肯定,《科雷马故事》带给人的那种强烈的、可怕的真实感，以及自然朴实的质感正是文学大师对作品进行精湛的艺术"加工"的结果。事实上，沙拉莫夫并没有将未经任何艺术加工的"赤裸裸的现实生活"与虚构的"小说作品"截然对立起来，而是将后者与另一种描写现实的传统手法放在相互对立的位置上。那种把现实生活写得精致而美好、给人带来真正的快慰和心灵愉悦的文学形式在科雷马世界面前显得如此不堪一击，与科雷马世界完全格格不入。科雷马世界无情地蔑视和粗暴地践踏一切"文学艺术神话"，排斥一切捍卫人的理性尊严、信仰人的精神力量的崇高艺术形式。在崇高的艺术形式面前科雷马世界同样不堪一击。从这种理性和精神的文化视角看，科雷马作为一个世界秩序，令人发指的反人道本质、赖以存在和运行的理论基础之荒谬已经暴露无遗。

对于沙拉莫夫而言，"人与国家机器的斗争"是一个最迫切的、最具现实意义的问题。但是，在《科雷马故事》中"人与国家机器的斗争"是在更宏大的范围内，在"人与整个世界的斗争"这个大背景下展现出来的。虽然，在生命的最后岁月里沙拉莫夫始终不认同长篇小说《日瓦戈医生》，但是，在对生命意义的理解这一问题上他却从未与帕斯捷尔纳克有过分歧：无论在历史上哪一个时代，生命都是一次背负十字架的旅行。但是，人类历史上从未经历过比科雷马囚犯的厄运更悲惨、更可怕的灾难。正因如此，从科雷马囚犯的不幸经历中所汲取的经验具有更强的说服力，《科雷马故事》的许许多多短篇小说中所揭示的人类生存法则和世界观体系也愈加无懈可击。

第三节 经典现实主义传统

1

60年代苏联文学中的自然主义创作倾向得到了广泛的发展。自然主义手法越来越普遍地运用到描写人的日常生活世界中。许多杰出的作家在其创作道路的不同阶段对苏联文学中自然主义倾向的发展都做出了重要的贡献，其中包括阿斯塔菲耶夫、比托夫、卡扎科夫、罗辛、阿布拉莫夫。一些作家，尤其是肖明和格列科娃始终固守自然主义文学传统，凭借自然主义独特的审美视角和创作风格，他们的作品取得了高度的艺术成就。

就体裁和创作风格而言，"解冻"时期散文中的自然主义倾向更接近"生理学随笔"和"风土志"（"日常生活和风俗习惯"）体裁。在"人物性格与环境"的冲突与对立中环境是影响人的性格形成与发展的一个重要因素，文学作品中各种矛盾冲突的产生取决于环境对不同社会群体的影响。正是由于60年代俄罗斯文学中自然主义倾向的发展，这一时期的文学中出现了一系列新型主人公形象，如卡扎科夫的短篇小说《涅斯托尔和基尔》、格列科娃的《女宾理发师》、罗辛的《我的人生导师格里沙·帕宁》、波梅兰采夫的《维奇卡》、阿布拉莫夫的《周年庆》等作品中的中心人物，他们的身上反映了他们那一时代特有的、各种鲜为人知的社会现象。这些作品的主人公个个性格鲜明，但与此同时，又看起来有些异样，似乎显得有些与众不同。也就是说，一方面，他们是读者早已熟知的文学形象，似乎在俄罗斯文学传统中他们早已被打上了某种固定的"标签"，而另一方面，仿佛他们对于读者又是完全陌生的。在这些人物身上体现某种前所未有的新型矛盾与冲突，或表现为人物内心的痛苦纠结、心灵上遭受的折磨，或通过对人们早已熟知的文学形象的简单复制（"先进生产者""粗壮的庄稼汉""普通苏联人""青年工人""来自社会底层的人"）与这些形象固有的本质特征之间的强烈反差展现出来。

阿布拉莫夫在《周年庆》中塑造了一个心灵手巧、乐天知命的传统农家妇女形象。她的身上洋溢着顽强的生命激情，她的心中充满了无尽的快乐！她是如此美丽动人！然而，在传统观念的束缚下她饱受生活的煎熬和精神的摧残——酗酒的丈夫、无尽的家务琐事、物质上的极度贫穷……

现代俄国文学（1953—1968）

在短篇小说《**我的人生导师格里沙·帕宁**》中年轻的作家**罗辛**描写了一个同样在社会主义现实主义作品中早已司空见惯的、平淡无奇的正面主人公形象——一名先进生产者，合理化建议的提倡者，一个符合时代标准的所有高尚品德的化身。主人公在自己的学徒，没考入大学的中学生眼里也正是那种官方广泛宣传、大力推广、号召人人学习的榜样。但事实上，主人公格里沙·帕宁本人并不认为自己是一个生活的成功者，他感觉生活单调、乏味、苦闷和压抑，他认为自己的幸福标准过于卑微、低俗和浅薄，毫无价值可言（如甚至在日常生活中添置两把新椅子就已经足以能够让他感到幸福和满足），他深深地感到自己正陷入一种愚昧、平庸、无聊的生活状态。于是，他毅然决定把学徒从自己的身边赶走，让他远离自己。

格列科娃在短篇小说《**女宾理发师**》中也刻画了一个特殊的"时代产物"——一个不假思索地接受了普遍流行的价值观念（应该成为一个什么样的人、怎样才能事业有成、人应该追求什么）的年轻人形象。他总是用官方制定的各种规范和标准去审视周围的世界。如当玛丽亚·弗拉基米罗夫娜对青年晚会组织者设计的游戏感到啼笑皆非，进而怒不可遏、疾言厉色之时，维塔利对此发表了自己的看法："当然，您不要生我的气，玛丽亚·弗拉基米罗夫娜。但是您的讲话未免太过于随意了，您没有准备好措辞，所以您的这些话我不太满意。您，作为领导，应对此事进行深入分析之后再发表意见。"但是，维塔利拥有一项惊人的天赋，他是一名天才理发师。维塔利性格的矛盾性尤为突出地反映在他那满口报纸社论般刻板生硬、千篇一律的官方话语（"您是如何努力使您的儿子们不走下坡路的？您和他们进行过谈话吗？"）与一个敏感脆弱、极易受伤、孩童般幼稚的小伙子本能的情绪反应（当要求他加快工作速度，也就是当他在工作中不得不马马虎虎、敷衍了事时，他不禁流下了眼泪）之间形成的强烈反差上。在格列科娃的笔下维塔利是环境的"产物"，他的身上存在的问题和缺点不免令读者莞尔一笑，而他的内心所经受的痛苦却让女主人公对他生出一种母爱般的深切爱怜。那么，如何解决维塔利内心的矛盾与冲突？在小说结尾维塔利以官方宣传的"当代英雄"、时代楷模为榜样，去工厂做了一名钳工学徒。对于维塔利最终做出的抉择正确与否这一问题，玛丽亚·弗拉基米罗夫娜感到有些模棱两可："我自己也不知道。也许，这是个很好的选择。"那么，维塔利的选择究竟"好"在哪里？毕竟，维塔利彻底放弃了自我，他丢弃了自己的天赋与才能。这就意味着，最普通、最平常的、"平均计件的"工作，"理发店的工作环境"，妨碍了一个人充分发挥自己的天赋和才能。

第三章 在社会主义现实主义之外

囿于当时普遍公认的既定艺术范式的束缚，60年代的"自然主义者"几乎将创作重点完全集中在社会环境上，而且，他们首先对典型性格，或者确切地说，对具有典型社会心理特征的人物表现出浓厚的兴趣。在60年代的自然主义散文中人的生存环境问题占据着举足轻重的位置。如果说在"解冻"初期的作品中人的生存环境通常充斥着大量的社会政治元素——"劳动集体"的生活、政治变革、国家采取的各项新的政策和措施，那么此时在自然主义散文中人的生存环境就转换为人的日常生活环境，即平凡而"普通的苏联人"习以为常、日复一日的生活。通过来自另一个现实世界但与被观察和描述的对象极其相近的他者的视角，平凡的"日常生活"世界似乎被从内到外全部展现出来。与抒情式自白及其审美的自我中心主义不同，自然主义散文以一种旁观者的视角对各种人物、事件、现象进行具体的分析，但与此同时在自然主义散文中也清晰地凸显了传统自白式小说体的影响。在这里作者的观点充满了同情，使人感到亲切、温暖，似母爱般温暖（不是母爱却胜似母爱的温暖），如儿子般亲切（不是亲子，却如同亲子一般的女婿，没有血缘关系，只是法律意义上的儿子）。在这种独特视角的观照下现实世界显得更具真实感，可信度更高。小说因此也具有一定的纪实性特征。

60年代的自然主义散文将现实世界描述得如此"真实可信"，其原因与作品中展现的人物所处的环境同官方宣传的"苏联人的日常生活"方式相去甚远密切相关。整体而言，自然主义散文所展现的环境处于人的正常的生存方式之外。似乎，自然主义作品中所描述的主人公的生活经历是一件令人难以置信的、不可思议的事情。自然主义散文所展现的苏联社会生活损害人的价值和尊严，使人几乎堕落到动物的层次。

维塔利·肖明的中篇小说《一栋房里的七个人》（1965）在当时引发了一场激烈的论战，这场论战恰恰缘起于日常生活的形象在该作品中占据了中心位置。肖明所描绘的同时代"普通人"的日常生活画面蕴含着非同寻常的、极其复杂的审美意义。这是一个令人压抑的世界，这是一个折磨人的、令人痛苦的生活，这是一种使人变得冷酷无情的生存状态。然而，无论怎样，这都是生活，它有它自己的欢乐、自己的光辉，它有它自己的骄傲、自己的美、自己的尊严。那些终日沉湎于日常生活的人总是激起我们许许多多复杂的情感——他们既令我们同情和尊敬，又让我们不禁对其进行谴责，甚至有时他们卑微的生存状态使我们的心里生出一种负罪感。小说的中心人物穆利娅是一位母亲，一个家庭主妇。为了养家糊口，照料年迈的母亲和女儿、女婿，她每天从早晨五点一刻忙碌到深夜，如此日复一日，年复一年。她自己盖房子，修理家什，四处奔波，想尽一切办法去改善全家人的生活条件。但是她"总是喜欢折磨自己，也折磨他人"，"甚至有时会把人打得头破血流"。在她的道德意识中强烈的正义感与相互包庇、相互容忍的原则同样重要。因此，在她看来，任何条件下都应竭力袒护"自己人"，甚至即使后者杀了人也不例外。在"四处可见一片片小房子的城郊"这个狭小的世界里形成的特有的道德观念被穆利娅视为一种行为准则和规范，甚至身为新闻记者的女婿（小说的主人公）也无法说服她："我的出发点是，这一切原本就不应存在，可她的理由却是这一切过去有之，而且现在依旧还继续存在。"对于穆利娅，我们无从批评和指责：一方面，她似乎是一名真正的英雄劳动妇女，也就是说，应将其视为一个理想的化身；而另一方面，她又是一个并不完美的独立个体（按照"共产主义建设者的道德准则"衡量）。但是，无论如何似乎我们都不忍对穆利娅横加谴责，因为她太像我们自己的母亲，或者说后者与她有太多的相似之处……

如果用一个理论术语来表述，那么，按照波斯佩洛夫（Г. Н. Поспелов）的观点，上述作品应被归为"动物行为学"[①]的范畴，即风土志体裁，而在俄罗斯文学传统中被称作"生理学小说"。虽然这些作品不是随笔，但是它们仍然带有"随笔"的痕迹：描写永恒的存在，循环往复、无始无终的生活，以及某种永恒存在的现在时（present indefinite）。肖明在其作品中采用"生理学小说"的传统手法，描述了女主人公穆利娅"琐碎的一天"，这绝非偶然。事实上，60年代的"生理学小说"中缺乏情节的变化，没有故事的动态发展过程，也没有对矛盾冲突的化解。因此，叙事结尾往往按照大量社会主义现实主义的刻板模式写成，具有鲜明的"标志性"特征。上文已经讨论过关于格列科娃的短篇小说《女宾理发师》的结尾的问题。而肖明的中篇小说中在舒适的城市环境里长大的主人公却最终回到了四处可见一栋栋小房子的城郊，回到穆利娅那座简陋的屋子里："……我仔细端详着小院和房子，回想起它过去的样子，于是，越来越感到它就是我的家。我喜欢这种感觉——在这里，在这座小房子里，在这条街上，我感觉我是'自己人'。"总之，一切都按照传统小说模式创作而成。最终，主人公回到了人民中间。无论什么样的人民，都应该接受人民的法则，在人民的法则中去探寻至高的真理。

60年代俄罗斯文学中出现了一系列反映社会心理的"生理学小说"，其中包括中篇小说巴兰斯卡娅（Н. Баранская）的《平凡的一周》、格列科娃的《寡妇的轮船》，还有戈尔拉诺娃（Н. Горланова）的系列短篇小说

[①] 动物行为学是研究动物对环境和其他生物的互动等问题的学科。——译者

《设备不全的房子》。与反映日常生活的"生理学小说"有一定联系的作品还有肖明的中篇小说《"OST"胸章》[①]（实质上，德国集中营里的生活与筒子楼、板棚等"普通苏联人"居住的地点和生活环境别无二致，只是前者更接近地狱而已）。

60年代的自然主义散文将"解冻"时期的批判基调从重大社会事件和现象的层面转入人的日常生活领域。自然主义散文展现了现代社会人类生存状态的荒谬性。当然，这种"苏联生活方式"的荒谬性是一个社会历史现象，但这完全是一种独特的"苏联式荒谬"，是一个存在主义现象。在60年代的自然主义散文中呈现出两个新的趋势：一个是后来被称为"肮脏现实主义"的极端自然主义倾向，另一个则是后来发展成为后现代主义叙事策略的荒诞的"陌生化"手法。

2

50—60年代现实主义文学的主导倾向是注重反映与人们普遍关注的事件紧密相关的社会问题。特里丰诺夫曾回忆道，他的一位好友，一名文学家，也是一位经验丰富的编辑，"50年代末在谈到任何一部小说，无论是长篇、短篇或中篇小说时总是会问：'这部作品反对的是什么？'而且这绝非特例：近年《新世界》杂志上刊登的所有优秀作品都无一例外地明确回答了这一问题，"特里丰诺夫补充道。[②] 这种实用主义的做法并不难解释，这是一个沸腾的时代，渴望变革与希望倒退的人之间进行着针锋相对的斗争。但是，在这种"过分注重"社会问题的创作倾向中蕴藏着一个危险，即文学的功能开始转到解决政论问题上，文学家不再通过"长期"观察生活来对生活进行概括和总结，文学创作失去了一整套描写现实的原则和艺术方法。

但是，突破了社会主义现实主义范式束缚的"解冻"时期的散文并不仅仅局限于探讨重要的社会问题。50年代一股极其微弱的艺术"潜流"悄然"涌动"起来。在起源与类型上它与30年代后半叶苏联文学中注重反映苏联人的个人生活以及他们在生活中所遇到的各种问题的创作倾向紧密相关。有人

[①] 该作品讲述了一个少年在德国集中营里的痛苦经历，揭露了人们对邪恶和卑鄙势力的屈服。——译者
[②] 特里丰诺夫：《邻居的札记》，载于《各民族友谊》，1989年第10期，第26页。

现代俄国文学（1953—1968）

建议把这股新的文学趋势称为"苏联新感伤主义"文学①。最早注意到这一文学创作倾向的批评家之一 А. 戈利德斯坦（А. Гольдштейн）令人信服地说明了这一趋势源自与"新的日常生活世界"紧密相关的社会主义理想，并在此基础上获得了极大的发展，它"突出地反映了公共生活、集体生活、大家庭群居关系下以及普通无产阶级民主阶层所特有的伦理道德标准"②。当然，任何一个术语都不能涵盖某一文学现象的全部特征。在30年代末悄然出现的"新感伤主义"蕴含着强烈的浪漫主义激情和将艺术对象理想化的成分。但是，尽管如此，与社会主义现实主义所倡导的基本价值不同，人的个性价值仍然是"新感伤主义"表现的主要对象。其中，真挚善良的情感几乎首次在苏联时期获得普遍承认。

在经历了战争、品尝了战争的胜利带来的短暂喜悦之后，苏联文学中的"新感伤主义"趋势并未受到意识形态的影响，从50年代初开始"新感伤主义"重新获得了发展。可以说，这一趋势的复归得益于帕乌斯多夫斯基的全力"庇护"③。起初，在创作上接近感伤主义传统的作家们开始重新回到田园式风格的创作轨道上。这种"田园式"体裁使创作者能够深入人的隐秘的内心世界，同时并不打破社会主义现实主义那种一贯的乐观主义风格。谢尔盖·安东诺夫（Сергей Антонов）的中篇小说《波杜布基的短歌》是一部独特的"现代版"乡村田园诗，在小说中以创作和表演各种短歌而远近闻名的当代集体农庄的生活完全浸润在音乐的氛围之中。短篇小说《科马罗夫》是尤里·纳吉宾（Юрий Нагибин）创作的一部真正的儿童田园式作品——小说用亲切动人的语言讲述了一个摆脱老师的严密看管从幼儿园里跑出来的天真儿童的性格和行为特点。在谢尔盖·尼基京（Сергей Никитин）的短篇小说

---

① 戈利德斯坦：《社会主义的微弱魅力》，载于《告别那喀索斯：试析祭文的创作方法》，莫斯科，1997年，第153~174页。研究者将 А. 盖达尔（А. Гайдар）的中短篇小说、Р. 弗拉尔曼（Р. Фраерман）的《野狗金戈》、В. 卡韦林（В. Каверин）的《船长与大尉》、А. 阿菲诺格诺夫（А. Афиногенов）的《玛申卡》、А. 阿夫杰延科（А. Авдеенко）的《我爱》归入一系列带有新感伤主义色彩的作品。这些作品或多或少地呈现出田园诗的体裁模式。应该注意到，实质上关于这一趋势（首先以儿童文学作品为例）М. 丘达科娃（М. Чудакова）在《穿过星空走向荆棘（文学创作方法的更迭）》（《新世界》，1990年第4期）一文中早已有过论述，只是并未将其定义为一种美学思想体系。

② 戈利德斯坦：《社会主义的微弱魅力》，第154页。

③ 在40年代帕乌斯多夫斯基依然是"新感伤主义"传统的忠实捍卫者，其短篇小说《雪》（1944）和《电报》（1946）即充分证明了这一点。但是，显然这些作品并不符合苏联文学的主流基调。甚至在25年之后，这些短篇小说似乎因回避卫国战争这一具有划时代意义的重大历史事件而遭到了猛烈的抨击（М. 洛巴诺夫，М. Лобанов）。

《如何点燃干柴》里主人公从自己战争年代的所有经历中选取了记忆中"最幸福的一天":这一天,他在林间小路上邂逅了一位姑娘,并深深地爱上了她。主人公将这一天视为自己"最幸福的一天",这一选择本身便意味着它与普遍认同的、既定的幸福标准(在战争年代特殊的环境里,只有早日赢得战争的胜利才是举国上下一致认同的唯一的幸福标准)之间有一种潜在的论战。但是,在植根于感伤主义传统的田园诗体裁中这种美好的、幸福的邂逅同样具有非同寻常的重要意义。

从 50 年代开始,"新感伤主义"流派的创作逐渐取得了长足的进展。在纳吉宾(《回声》《最后的狩猎》)、尼基京(《干草的气味》)、德鲁采(《最后一个秋月》)的短篇小说新作里,在刚刚崭露头角的格奥尔吉·谢苗诺夫(Георгий Семёнов,中短篇小说集《四十四夜》)、安德烈·比托夫(《无所事事的人》《佩涅洛佩》)、维克多·阿斯塔菲耶夫(《妻子的手》《血友病》)、尤里·库拉诺夫(Юрий Куранов,以抒情短文著称)的作品中浪漫主义色彩已荡然无存,感伤主义的多愁善感同样也很少出现,与此同时,细腻地勾勒主人公精神生活的发展轨迹被提到了作品中最首要的位置:没有"紧张刺激的矛盾冲突",没有情节的起伏跌宕,只有日常生活中所发生的各种事件。这些事件充分展现出人物丰富的精神世界,他们内心的痛苦与灵魂的挣扎,包括努力战胜日常生活中的困难与挫折,经受无法逃脱的命运的打击。这种"新感伤主义"散文越来越积极地利用了现实主义的强大传统,即基于人物性格与环境相互作用的原则构建艺术世界,注重真实地再现客观生活,艺术形象栩栩如生、亲切自然,容易引起读者共鸣。

尤里·卡扎科夫(Юрий Казаков)的创作即起步于"新感伤主义"。

尤里·卡扎科夫

索尔仁尼琴在回忆录中曾对尤里·卡扎科夫(1927—1983)有如下评价:"倘若尤里·卡扎科夫没有回避最重要的真理,他将是一位多么有才能、造诣多么高超的作家啊!"[①] 但是,显然,充满强烈政论激情的艺术家索尔仁尼琴和与其创作气质相差甚远的作家卡扎科夫对于"最重要的真理"这一概念的理解迥然不同。

《亚当与夏娃》是卡扎科夫在艺术上最成熟的短篇小说之一。在这部作品

---

① 索尔仁尼琴:《牛犊顶橡树:文学生活随笔》,载于《新世界》,1991 年第 6 期,第 11 页。

中天才画家阿格耶夫愤怒地说道:"批评家们极力要求作家反映当下现实,可是批评家们对于所谓'现实'的理解却太过鄙俗了。"① 正如小说的主人公所说的那样,卡扎科夫完全不接受这种对当下现实的"鄙俗"的理解,或者如果说得温和些,他并不认同那种简单的、庸俗的,把一切都归为迫切需要关注的问题的做法。当然,与任何一位严肃的作家相同,卡扎科夫本人始终在探寻自己的最重要的真理。在最后一次接受采访时他强调:"一个好的作家首先是一位善于思考重大问题的作家。"② 然而,被卡扎科夫视为"重大问题"的正是俄罗斯经典文学所提出的一系列引人深思的问题,卡扎科夫本人曾不止一次地表示过对俄罗斯经典文学的顶礼膜拜③。早在1967年他就曾写道:"与世界上任何一种文学不同,俄罗斯文学总是以对道德问题、对生与死的意义的探讨和提出至高的哲学问题而闻名于世。俄罗斯文学并没有解决这些问题,这些问题由史学来解决,但是俄罗斯文学总是略超前于历史学。"④ 对于"艺术创作的核心应该是什么"这一问题,卡扎科夫有着清晰的、独特的个人见解。

"我认为,文学的任务就是描写人的心灵运动,而且是主要的,不是琐碎的、无关紧要的心灵运动,"在最后一次接受采访时他说道。"因此,迄今为止俄罗斯文学的巨擘依然是列夫·托尔斯泰。贵族、地主和农奴制,虽然这一切都已成为历史,但你总是会怀着100年前那种愉悦和满足去欣赏他的作品。因为他所描写的人的心灵的运动并没有过时。"⑤

创作生涯的开始:从"阿尔巴特街的男孩"到"自然人"

心灵的运动是尤里·卡扎科夫艺术探索的一个最重要的领域。他专心致志、锲而不舍地去努力探求作品中主人公们内心世界的"秘密中的秘密",循序渐进地从一个心理活动层面转入另一个层面,进而在每一个心理活动层面上揭示出人与世界之间新的悲剧性关系。

卡扎科夫的早期短篇小说坚守传统的创作方法,感情基调整体上过于含蓄

---

① 卡扎科夫:《让我们一起去洛普申加:短篇小说、随笔、文学札记》,夏金(В. В. Сякин)编,莫斯科,1983年,第198页。下文中引用的卡扎科夫作品均出自该书。
② 卡扎科夫:《为什么需要文学?我为什么而写作?(卡扎科夫与贝克和萨伦斯基谈话录)》,载于《文学问题》,1979年第2期,第174页。
③ 其中首推布宁。然而,在卡扎科夫关系最近的前辈中与他的创作风格最为接近的恰是经典文化的捍卫者——帕乌斯托夫斯基和普里什文,卡扎科夫曾献给他们每人各一部短篇小说。
④ 卡扎科夫:《不满意吗?》,载于《文学报》,1967年12月27日。
⑤ 《文学问题》,1979年第2期,第177页。

而矜持。其中短篇小说《蔚蓝的和湖绿的》（1956）最具代表性。

卡扎科夫曾说过，他以一个同自己当年一样的"阿尔巴特街男孩的视角"创作了这部小说。卡扎科夫运用格调高雅的、模式化的艺术手法讲述了一名莫斯科的十年级学生——一个陷入初恋的男孩——充满浪漫色彩的感情故事。然而，令人惊叹的是，这种充满浪漫色彩的、高贵的、优雅的情感完全是通过对主人公阿廖莎和莉莉彼此接近的每一瞬间进行精描细画而表现出来的。短篇小说《蔚蓝的和湖绿的》中那些对主人公内心生活细枝末节的精心描述何以能激起同时代读者的强烈兴趣？原因在于，在这些描写中蕴含着一种鲜活的、自然的和深深地隐藏在人的心底的东西：相互吸引、青春萌动、强烈的爱情、内心的痛苦。所有这些隐秘的情感正在极力冲破一切对年轻人思维和行为的束缚和羁绊。

渴望理解和认识自然的情感与心理状态的本质和真谛促使年轻的卡扎科夫创作了以"自然之子"形象为中心的作品。1956 年他完成了两部短篇小说：《泰迪》和《猎犬阿尔克图尔》。

短篇小说《泰迪》的副标题是"一只熊的故事"。泰迪是一只棕褐色的大熊。它是马戏团里的一个"老演员"。它早已习惯了笼子里的生活和各种舞台表演活动。在作品中整个世界是通过熊的视角、熊的"意识"呈现的。在一次转运时泰迪跑出了笼舍，重新获得了自由，由此开始了它逐渐回归大自然、回归自然生存环境的艰辛之旅。这就是整个小说的故事情节。

起初，泰迪跑进了人类活动的森林。但是，在这里它却遭遇了不幸，由于它始终对人类怀有强烈的依恋感，它热切地渴望走近人类世界，然而，它却被人当场射杀。后来，它来到了一片原始森林里，这里"充满生机勃勃的景象……丝毫没有受到人类活动的影响"。于是，泰迪越来越远离人类世界，越来越深入大自然的怀抱，与大自然融为一体，接受了大自然的生存法则。实质上，这是一部心理描写极其细腻的心理小说。这篇作品将动物心理"拟人化"的传统写作方法作为一种"近距离"仔细观察生命体与孕育生命的大自然之间重建关系之过程的手段。

第二部短篇小说《猎犬阿尔克图尔》的中心角色是一条盲犬。它机敏、警觉，对周围世界具有极强的感知力，当把它带到森林里时，它立刻显示出天生的捕猎本能。它飞速狂奔，追逐猎物：

> ……森林是它无声的敌人。森林攻击它，抽打着它的脸和眼睛，扑到它脚下，阻止它前进。不，它从未赶上过敌人，它的牙齿从没有刺入敌人

的身体！只有一股原始的、诱人的、令人兴奋、沁人心脾而又刺鼻的气味迎面扑来，在成千上万个脚印中只有一串脚印始终指引着它一刻不停地向前、再向前奔跑。一路狂奔之后，它如梦初醒，它是怎样找到回家之路的？它需要多么强烈的方位感、多么强大的本能力量，才能在筋疲力尽、气喘吁吁、声音嘶哑的状态下，穿过茂密的森林、沙沙作响的草地和弥漫着潮湿气息的沟壑，不远万里，历尽千难万险，最终回到自己的家园！

盲犬阿尔克图尔自由自在地恣意挥洒着生命的激情与活力，那种潜藏于身体每一个细胞中与生俱来的天性在大自然中得到了尽情的绽放。它的生命已经完全融入人的生命，融入医生，它的主人，主人公的生命。因此，当阿尔克图尔跑丢后，人们的生活也失去了往日的欢乐。

尤里·卡扎科夫的动物短篇小说创作标志着作家重新回到了清新自然的艺术风格中。与此同时，作品的语言同样散发着清新自然的气息。在短篇小说《蔚蓝的和湖绿的》中卡扎科夫运用苏联文化中爱情描写的新模式、"新话语"，塑造了阿尔巴特街的男孩这一形象。与此不同，在小说《猎犬阿尔克图尔》中优美自然的文风获得了极大的发展。这部作品语言生动形象，富有表现力。

然而，卡扎科夫并未刻意使用各种富有表现力和艺术美感的方法、手段和修辞技巧。可以说，卡扎科夫作品的形象性完全是一种不加修饰、未经雕琢的自然流露，其实质在于语言准确，细节描写生动传神、细致入微。但是，在叙事语篇中具体的描写对象和细节本身必须带有一定的感情色彩。正因如此，卡扎科夫尤为喜爱从事短篇小说体裁创作："短篇小说篇幅短小，迫使作家必须遵循一定的创作原则，学会用印象主义的方法来审视一切：注重瞬间的感觉，准确地捕捉事物瞬间的变化。无论创作何种主题，无论描述幸福还是不幸：只要轻轻一笔，瞬间即定格为永恒，一个词便概括了人的整个一生。此外，短篇小说的语言必须千变万化。"① 总体而言，那种描写对象受观察者印象的影响而变得"主观化"，甚至依观察者情绪的变化而"变化"的印象主义观察方式是卡扎科夫所有散文作品的典型特征，不论是他的短篇小说还是随笔（他本人把自己的某些作品称为"半随笔－半短篇小说"），不论他在作品中以第一人称还是以无人称形式展开叙述。

---

① 《唯一的母语：斯达汉诺娃与雅科维奇对卡扎科夫的专访》，载于《文学报》，1979年11月21日。

第三章 在社会主义现实主义之外

下面是短篇小说《橡树林里的秋天》中主人公观察到的景象:

我们转向右方,/向峡谷走去,//沿着峡谷往上/是//不知在何时/何人//铺就的/一条短短的小路//——路窄窄的,/路旁长满了榛树、/松树/和花楸树。/黑暗中我们开始向上攀登,//手里举着灯,//在我们头顶上/一条窄窄的/星河//悠悠流过,//河面上/似乎缓缓飘动着/黝黑的松枝。//点点繁星,//时明时暗,//像是在"眨眼睛"。//

在这一段描写中,文本的韵律结构(我们已经进行了特别标注)仿佛背景音乐一般,为比喻手法的运用营造出一种优美抒情的氛围,夜幕下的山间小路,树木环绕,夜空好似一条闪烁的星河,河面上荡漾着星星和树枝。

然而,下面一段仿佛是脱离了作者主观意志的"客观化"人物对周围世界的一些偶然印象。"所有农舍都已熄了灯,整个村庄在沉睡。……斑驳的光倾泻在草地上,草儿被染成了棕红色",这是短篇小说《丑女》中被所有人遗忘的、孤独的女教师索尼娅对世界的感知和观察。"又热又冷。甚至闭上眼睛便是满目阳光,碧水和水流冲刷的冰块映出的景象立刻跃入眼帘",这就是长篇随笔《别卢哈山[①]》的开篇部分。

用词准确、贴切,生动形象,富有情感,显然,卡扎科夫作品的这些语言深受布宁的影响。"当布宁别具一格的艺术世界——人与自然的和谐统一进入我的视野时,我感到无比惊叹,"卡扎科夫写道。"这当然是不无原因的!布宁的艺术思想和我在文学院学习的大学时代无数痛苦的不眠之夜里深刻思索的那些问题不谋而合。布宁对我的影响即源于此。"[②]

年轻时代的卡扎科夫与布宁之间在哪些方面"不谋而合"?有一点可以肯定的是,二人对人的心灵与大自然之间那种神秘而又显而易见的关系之认识和感受是完全一致的。而这种认识和感受正是布宁的作品中印象主义表现手法的基础,尤里·卡扎科夫的散文也同样"凸显"这一诗学特征。

但是,卡扎科夫的创作不仅对布宁那种浓郁的印象主义诗学风格进行了吸收和借鉴,而且在此基础上又向前迈进了一大步。走近大自然使卡扎科夫的创作视野转向"自然人"的形象,即摆脱了公认的行为规范和模式束缚的人的形象,然而,在60年代的时代背景下这就意味着"自然人"丝毫未受到当时

[①] 位于俄罗斯和哈萨克边境,是阿尔泰山脉俄罗斯部分最高的山峰。——译者
[②] 《文学问题》,1979年,第2期,第176页。

的社会思潮和精神气质的熏染与影响。在短篇名作《波莫里亚①女人》（1957）中卡扎科夫首次将创作重点转向了"自然人"的形象。

实质上，这是一部史诗性短篇小说，它属于"解冻"初期流行甚广的那种"宏大叙事短篇小说"。但是，与肖洛霍夫、卡扎克维奇（Казакевич）②、索尔仁尼琴的"宏大叙事短篇小说"不同，卡扎科夫完全是在社会重大历史事件之外，在国家重大历史转折点之外（1917年革命、农业集体化、卫国战争……）描述女主人公，90岁的老太太马尔法的生活历程。马尔法的整个一生并没有被置于宏大的历史坐标中去考量，而被作为一个普通人的生命轨迹、在人的存在之维中展现出来③。

马尔法的存在之维和生活坐标具体体现在波莫里亚人永无止境地同冰冷的大海搏斗的日常生活规范及其世代相传的生活方式之中。马尔法的形象似乎是波莫里亚女性形象的高度浓缩与集中展现。小说描述了女主人公平凡而"琐屑的一天"，详细地记录了每一天从清晨直到深夜她是如何度过的：

> 一天之内她做了多少件事啊！挤奶，把母牛赶到外面，打开牛奶分离机加工牛奶，喂鸡，到鸡棚里掏鸡蛋，然后在房前的台阶上用生锈的柴刀剁草喂猪；去菜园里挖土豆，太阳出来的时候把土豆晾干，然后把土豆倒入地窖；生火煮饭，烧茶炊，提着篮子到海边捡拾紫色海藻来卖给琼脂厂。

马尔法整日为诸如此类的生活琐事奔波劳累。实质上，马尔法生活中的每一天都是一个以坚忍不拔、顽强不屈的精神战胜生活中一切艰难困苦的人完成的伟大壮举。

尤里·卡扎科夫笔下的波莫里亚女性形象被罩上了一层英雄主义的光环。她们似乎注定要永远默默地守候出海的丈夫和儿子平安归来，然而她们却并不总是能够如愿以偿。显然，小说结尾处的景物描写撼人心魄，气势恢宏，这绝非偶然：

---

① 波莫里亚人是一个非常独特的族群，是自12世纪开始迁徙到白海、巴伦支海沿岸的俄罗斯人。——译者

② 埃马努伊尔·亨里霍维奇·卡扎克维奇（1913—1962），俄罗斯犹太作家、诗人、翻译家，其散文作品大多用俄语写成，诗歌则用意第绪语创作。——译者

③ 如果从历史的横向发展看，短篇小说《波莫里亚女人》与五六十年代那些"宏大叙事短篇小说"紧密相关，那么从历史纵向角度看，它与20世纪皮利尼亚克（《他们生活的那一年》）和扎米亚京（《烈性人》）的史诗性短篇小说极为接近。

第三章　在社会主义现实主义之外

　　海面波涛汹涌。傍晚时分马尔法经常来到岸边，她一动不动地伫立在离歪歪斜斜的篱笆不远的地方。在淡黄色霞光的映衬下马尔法的身影清晰可见。她静静地凝视着灰暗浑浊的海水和奔腾不息、波涛汹涌地冲向白色沙滩的一排排巨浪——多么熟悉的画面啊！……风越来越凉，天越来越暗，晚霞已被染成酒红色，空气变得清新透明，霞光映红了岸上的木屋，东方天际隐隐地闪烁着点点星光，夜幕很快就要降临了。马尔法将一双苍老的、发紫的手搭到篱笆上，久久地伫立着，遥望着大海，直到最后一抹晚霞随着夕阳的余晖渐渐消失在地平线上。

　　这无异于一幅经典的印象派画作。在这里色彩——中间色和彩色的描绘要比物象的轮廓、作品的情节和内容更为重要。

　　在以刻画当代女性人物性格为主的苏联文学作品中，该小说可被视为回归古代传统文化这一主题的开先河之作。小说中女主人公马尔法圣徒般的面容摄人心魄："她看上去多么苍老啊！有时望着她，我不免感到有些奇怪和可怕——她的整个面孔显得那样黑、那般古老。"至此，苏联文学中"固守古老的传统和生活方式"首次被视为女主人公最重要的品质。马尔法也因此备受同村人的敬重："多好的老太太啊！像一名圣徒。一句话，她是一个真正的波莫里亚女人！"[①]

　　在短篇小说《曼卡》（1958）中卡扎科夫塑造了另一种类型的"自然人"形象。通过讲述一位淳朴善良的北方姑娘、一个女邮递员的故事，卡扎科夫描写了"自然人"的思想感情、心理状态与纷扰喧嚣、变幻莫测的外部世界之间不可分割的微妙关系。大自然的生活与人的精神生活两者之间究竟何为源、何为流，何是因、何是果，不得而知：它们是两个彼此相通、互相关联、互相影响、合二为一的有机整体。也许，两者之间的这种联系正是"自然人"保持道德纯洁的根本基础和重要前提。

　　但是，敏锐的艺术洞察力并未使卡扎科夫一味沉湎于讲述关于"自然人"的令人心驰神往、奇妙动人的神话故事中。卡扎科夫将"自然人"作为一种"普通人"（在革命前的民主文化和苏联文化中"普通人"一直是理想的化身）进行仔细考量，在"自然人"对外部世界原始的、"本能的"反应中，卡扎科夫发现了某种不完美，至少他看到了"自然人"身上的矛盾之处。

　　[①] 这篇小说问世于1957年，比费奥多尔·阿布拉莫夫（Фёдор Абрамов）发表的同样描写这种遵循神圣生活方式的北方老妇人形象的名作《木马》要早很长时间。

现代俄国文学（1953—1968）

在短篇小说《无稽之谈》（1959）中"自然人"的形象获得了进一步发展。小说的主人公叶戈尔是一名浮标看守员："看守浮标这项轻松无忧的、适合老年人做的工作使他慢慢变得意志消沉、慵懒倦怠……叶戈尔还很年轻，却已经变成了一个酒鬼。"他漠视一切，在他眼里，一切都是"无稽之谈"。但是，他极具艺术天赋，他的歌唱得非常出色。对于拥有音乐教育背景的卡扎科夫本人而言，音乐的概念同美与和谐的概念紧密地连在一起。因此，在他的很多短篇小说中音乐的形象在营造浓烈的情感氛围方面发挥着巨大的作用[1]。按照卡扎科夫的说法，在短篇小说《无稽之谈》中他"试图从一个专业音乐家的角度去描述主人公的歌声"[2]。下面就是小说中描写的主人公叶戈尔唱歌时的情景：

> 他的歌声一起，谈话声瞬间戛然而止，大家惊愕地望着他。他唱的既不是民谣，也不是当代歌曲。虽然他熟知这些歌曲，而且时常哼唱，他拖长声音，用那种独具俄罗斯韵味的古老唱法吟唱着。他的嗓音似乎懒懒的，又仿佛带着一丝沙哑，就像童年时代他常听到的老者唱的歌一样。这是一支古老而悠远的歌谣，句句扣人心弦。"噢……噢……噢""啊……啊……啊，"悠悠长长，他一遍又一遍、无休无止地重复着。他轻轻地低吟，微微卖弄着歌喉。他那极富穿透力的独特嗓音洋溢着纯正的、地地道道的古罗斯壮士歌的气韵，仿佛瞬间周围的一切都静止了，一切都被人们抛在脑后，无论是叶戈尔的粗鲁愚笨、酗酒吹牛，还是旅途的遥远和疲惫。似乎过去和未来交织在一起，只有那悠扬而又深邃的、非同寻常的歌声在天地间回响，令人陶醉，引人遐思。人们不禁俯下身子，双手托腮，闭目屏息，凝神谛听，任由甜蜜的泪水悄然滑落。

这就是叶戈尔超凡的艺术天赋中所蕴含的摄人心魄的震撼力量。然而，对于自然人而言，天赋异禀却绝非幸事。超凡的艺术天赋开始使他变得心神不定、忐忑不安，失去了心灵的宁静和内心的平衡。作者敏锐地"捕捉到"了主人公这种独特的心理状态：

---

[1] 比如在短篇小说《亚当与夏娃》中卡扎科夫如此描述飞机在飞行中发出的声音："……像有人在不停地拨动着低音琴弦，同时渐渐地放松弦轴。"
[2] 《文学问题》，1979年第2期，第186页。

有时，他莫名其妙地浑身一动。他的脑子里总是突然冒出各种离奇古怪的念头：此时此刻岸边景色依然，岸上矗立着一排排石板瓦屋顶的板棚，夜晚灯标闪烁。板棚里的水兵，双层吊床，无线电接收机的沙沙声，谈话声，写信，吸烟……景色依旧，但已物是人非，他已经不在他们中间了，似乎他已经死了，甚至他好像从没有过自己的青春，从未有过这样的生活，从没有服过役，如今他却变成了这副样子……一切都是幻觉，一切都是梦境！……此时此刻他不必在任何人面前装模作样。他的脸色变得凝重，若有所思。他的内心痛苦万分，他的心中产生了一种不可遏止的强烈愿望，他渴望离开这里，去另一个地方，去过另一种生活。

叶戈尔不能也无法解释心中的忧愁和苦闷缘何而来。但实质上，他总是对自身的生存状态感到心烦意乱，焦躁不安。他已经深深地陷入人的存在之奥秘这一问题无法自拔。他的精神进入了一个思想无法控制的领域，而且作者也无力帮助他摆脱这种状态。作者有意使用一些普通的、常用的语句来"缓解"叶戈尔那种至高的"存在的痛苦"："他总是感到心神不安，不寒而栗，仿佛远方在向他召唤——远方的城市、城市的喧嚣、理想之光在向他召唤。他渴望工作，向往真正的劳动，期盼着繁重艰苦的劳动所带来的那种幸福感！"然而，在主人公的悲剧命运面前，作者的任何努力都是徒劳的。

"躁动不安的灵魂"和生命的魔力

60年代，"灵魂躁动不安的"主人公的形象开始进入尤里·卡扎科夫的艺术世界。然而，主人公的躁动不安是一种特殊的情绪状态，它既不属于社会范畴，也不能归入道德范围。这是一种心神不宁、不可名状的无比痛苦的心理状态。

当短篇小说《亚当与夏娃》（1962）的主人公、画家阿格耶夫试图表达自己内心的愁苦和不安时，他常常会陷入普遍认同的那些社会规范的羁绊无法自拔。如："他们不为个体着想，他们只关注成百上千万的无产者，他们一切都打着为了成百上千万人的旗号。在他们看来，我们这些关注个体生活的人不过是一群无所事事、游手好闲、好逸恶劳之徒……"虽然，在"推土机画展"[①]

[①] 1974年9月15日在莫斯科城郊的荒地上由先锋派艺术家举办的一次非官方画展，被当局用推土机和高压水枪驱散，因此得名。——译者

现代俄国文学（1953—1968）

那个时代这些话语中明显地流露出持不同政见或反抗的情绪，但是这些话语足以发人深省，耐人寻味。阿格耶夫的内心世界和思想情感深邃、复杂，他时常陷入痛苦："他感到孤独、无助、痛苦万分，他只想躲开人群。他什么都不想知道，也不想了解任何人的情况。……他感觉自己身心俱疲。他被自己所累，被自己的思想所累，他的累源自酗酒和那些侵蚀灵魂的重重疑虑，他感到自己已完全陷入病态。"然而，卡扎科夫的艺术世界中那些"永恒的标志"悄然影响着阿格耶夫痛苦思索的过程："古老的大教堂"，从钟楼上望去，"高远的天穹……天穹深处闪烁着光芒"，钟楼下面"一望无际的水面碧波荡漾，水天一色。水面上的一座座岛屿宛若天上的朵朵白云"。这些形象给人带来一种极其复杂的感受：在这里大自然的每一个细节都显得黯然失色，让人仿佛置身于茫茫宇宙之中：孤独、恐惧、忧郁，无所适从。在这空旷无垠、辽阔寂静的天地之间，凝视着矗立在大地之上的古老教堂，阿格耶夫努力"在黑暗中思考着在他来到这个世界之前的数个世纪里大地、水与人每一种生命存在的真正意义和价值"。然而，在黑暗中他并没有找到答案，这些混沌的问题始终盘踞在他的心里，令他疑惑不解，由此也给他带来了致命的后果：深爱他的姑娘维卡成为他这种痛苦心境的牺牲品——阿格耶夫主动请求维卡来到北方的城市看望自己，但他却对维卡不理不睬，冷若冰霜，最终导致维卡愤然离开……

阿格耶夫始终心事重重，阴霾不散，从未有过拨云见日、茅塞顿开之感。

但是，小说中也有对主人公心灵净化、灵魂升华的描写。这一切都是通过大自然的形象呈现出来的。确切地说，大自然的明灯照亮了阿格耶夫的心灵，使他的内心变得豁然开朗。卡扎科夫以北方的夜空中闪烁的星光作为阿格耶夫与维卡离别时刻的背景画面：

> 突然，遥远的天际仿佛传来一声叹息，星星颤抖了一下，然后便开始不停地跳动着。天空变暗了，随之又颤动了一下，似乎升了起来。深蓝的天幕上星光点点，时隐时现。阿格耶夫面向北方的天际，他立刻看到了光的源头。从教堂后面，从教堂静穆的黑影后，北方的天际射出微弱的金蓝色光芒，它化作一道道光束，微微颤动，缩小，放大……

这幅壮丽的自然景象好似一个物质化的比喻，霎时照亮了主人公的内心世界，使他瞬间意识到他与维卡之间的关系注定是一场悲剧：

> 大地在转动。忽然间，阿格耶夫的双脚和心灵感受到了大地的脉动，

它正在与湖泊、城市，与人们和人们的希望一道飞翔。光芒笼罩着大地，大地在转动，在飞旋，飞向深不可测、浩瀚无垠的宇宙。在这片大地上，在寂静的夜光笼罩的小岛上，她离他而去。夏娃离开了亚当，这不是在未来的某一时间，而是此时此刻正在发生的事情。这如同面对死亡：当死亡离我们很遥远时，我们蔑视它。但是，当死亡近在咫尺的那一刻，你甚至无法想象它的存在。

如果用那一时代的标尺来审度卡扎科夫笔下的主人公，那么可以看到，主人公从未遭受过任何艰难困苦。同所有人一样，他的生活不好也不坏。但是，他却感到自己过的并不是所谓"正常的生活"，即他的生活并不是一个成年人、一个成熟的人所需要的。他无法解释自己为何整日心绪不宁、郁郁寡欢。

卡扎科夫在着眼于描写这种类型的人物形象及其人生变故和痛苦的心路历程的同时，不得不正视许多创作中遇到的新问题：如何捕捉主人公内心那种无法言表的混乱不安的情绪，如何用语言传达人物思想感情跌宕起伏的痛苦历程，甚至不是思想感情，而是彷徨、迷茫、摇摆不定的心理状态？卡扎科夫成功地构建了自己独特的诗学体系，或许，可以将其称为人的内心状态与自然界的状态之间的心理平行诗学。

卡扎科夫的诗学体系有何新意？众所周知，心理平行法产生于民间口头创作和民间诗歌。自屠格涅夫时代起，心理平行法便开始逐渐被运用到散文创作中。心理平行法的特点在于，与寓言性写作手法不同，它不是将人的情感直接移植到自然景色上，而是将人与自然的形象并置起来，并根据它们之间的某种模糊相似性对其进行对比。在这里借助各种艺术手段塑造的生动优美的自然形象取代了无法合乎逻辑地描述、用语言无从表达的人的心理状态。

卡扎科夫的心理平行法由一种创作手法发展为一个独特的诗学体系，成为卡扎科夫的一个完整的、统一的创作原则——心理平行法构建了一个广阔的形象联想的范围，渲染气氛，烘托情感。在卡扎科夫的一些短篇小说中（以陷入迷思、不断内省的主人公形象为中心的作品），心理平行法被运用到整个故事情节和从观察代替主人公心理变化的自然景物中所得到的一系列印象上。难以捕捉到的，确切地说，无法言表的人物的心理状态借助大自然的语言被准确地"传达出来"。以心理平行法为基础，卡扎科夫创作了艺术技巧最为精湛的几部短篇小说：《橡树林里的秋天》（1961）、《在岛上》（1962）和《两个人在十二月》（1962）。

让我们以短篇小说《两个人在十二月》为例对卡扎科夫的创作进行一番

探讨。这部作品讲的内容是什么？年轻的知识分子"他"和"她"是一对恋人，但是他们之间始终保持一种似乎无需为彼此负责的微妙关系。冬日里他们相约在火车站，准备开开心心地到郊外去度假。下了火车，他们穿上滑雪板，开始在雪地上滑起来。随即，一场无与伦比的视觉盛宴呈现在读者面前。一路上他和她有哪些所见所闻？这一切在他们的心中激起了怎样的反应？他们对此有哪些所思所想？

首先映入他们眼帘的是："瞧，白杨树干，她说着，不由停住了脚步。猫眼石一般的颜色。他也停了下来，抬头看着。的确，黄绿交错的白杨树叶与猫眼的颜色完全相同"。紧接着，炊烟在农舍的屋顶袅袅升起，阵阵馨香迎面扑来："一缕缕淡蓝色的、绵绵的炊烟这般温存，这般亲切，如一层薄薄的雾纱缓缓地飘散在附近的山岗上。天地间似乎能够'听到'阵阵炊烟悠悠飘过的芳香，它催赶着回家的脚步。"忽然，一匹黑马疾驰而过，朝村庄的方向奔去，"马的毛色散发出光泽，熠熠生辉，流水般精壮的肌肉缓缓流动"。黑马的形象瞬间将一种不和谐的情感氛围带入田园诗般优美的画面。但是，当这幅田园诗般的画面尚未遭到破坏时，大自然任何一处微小的变化都被小说的主人公尽收眼底，他们尽情地感受着大自然跃动的活力和生命的灵气：一只"面色忧郁的寒鸦"匆匆掠过，一只"欢叫的喜鹊"、几只灰雀"在白雪掩盖的树枝草蔓中伸出的大翅蓟上焦急地跳来跳去"，还有狐狸、兔子和松鼠的脚印。"在寒冷的、荒无人烟的森林和田野里，大自然神秘的'夜生活'留下的痕迹令他们思绪万千……"

至此，似乎男女主人公的情绪始终处于亢奋状态，这里的一切都足以让他们欣喜若狂。他们微笑着，不停地说着"你看"或"你听"。但是，随着主人公在观察自然景物时对温暖舒适的家园的渴望变得越来越强烈，主人公的心理状态，首先是女主人公的心理状态发生了新的变化：

> 的确，她有些闷闷不乐，郁郁寡欢。她一直落在后面，但是他却完全不明白她的心思，反而以为她这是累了。于是，他停了下来，等着她。可是，当她赶上来后，却用一种略带责备的、有些不寻常的表情望着他。他小心翼翼地问她——他知道，他的这些问话会令他的女友感到非常不快：
>
> "你不累吗？要不我们休息一下吧。"
>
> "瞧你说的！"她急忙说："我只是……陷入了沉思。"
>
> "明白了！"说罢，他开始继续赶路，但逐渐放慢了脚步。

随后，小说浓郁的感情色彩逐渐变淡："太阳很低，只有高高的山岗上依然闪耀着光芒……"从山顶放眼望去："在一望无际的广阔森林和田野中两个孤独的身影正在缓缓移动。"至此，整部作品开始陷入一种躁动不安的气氛。当他和她终于走到了农舍前，只有两个人面对面待在一起时，一路上他们心中淤积的所有不愉快顷刻间全部释放出来。那种彼此之间心灵的契合和温馨快乐的感觉瞬间变为无精打采、疲惫不堪与彼此之间的心理隔膜："你这是怎么了？他感到十分惊讶……似乎某种东西夺走了他们的幸福感，但这究竟是什么？他不得而知，因此，他感到非常懊恼。"

原来，"夺走了"他们幸福感的是：

> 为什么今天她的心情突然变得如此沉重，她如此郁郁寡欢？连她自己也不知道。她只是觉得，初恋的美好已经过去，此刻，一种新的感觉悄然袭上心头，过去的生活开始令她感到乏味。她已经厌倦了在他的父母、叔叔和阿姨们面前，在他的朋友和自己的女友们面前她什么也不是，没有一个正式的名分。她想成为妻子和母亲，可他却看不到这一点，他始终感到十分幸福。

借助心理平行法（从一个观察对象到另一个观察对象，由一种情感状态向另一种情感状态的转换），女主人公心底忽然掠过的这种感觉悄然流露出来。此时，他也开始感到，"青春已经过去，那个似乎一切都是如此简单，不需对所有的人和事负责的人生阶段已经过去了……时光一去不复返"。

实质上，小说揭示了男女主人公精神生活的悲剧性，这完全是由两者精神状态的不同而带来的悲剧，它意味着两颗心灵注定无法融合在一起，因此他们也必然不能携手同行人生之路。

心理平行法是能够捕捉人的心灵最"细微"运动的一种最灵活有效的手段。卡扎科夫力图深入细致地审视、研究和洞悉人的内心世界，全方位、多层次、多角度地对其进行剖析和考量。他是一位圣洁无比的艺术家。对他而言，人最宝贵的品格，即人性的标志和特征就是严谨认真、一丝不苟、知情达理、细腻敏感。

善于营造各种矛盾冲突是卡扎科夫创作的一个典型特征。在短篇小说《在岛上》中，"早已对巍峨壮丽的崇山峻岭、碧海蓝天和北方大自然的美丽景色漠然视之"的检查员扎巴温来到一座岛上的琼脂厂检查工作。在气象站他结识了这里的负责人，"一位25岁左右的姑娘，她有一个非常罕见的名字，叫奥古斯塔"。扎巴温枯燥乏味的职业与奥古斯塔惬意而浪漫的工作之间形成了鲜明的对比。然而，一件令扎巴温出乎意料的事情发生了，命运赐予的神奇礼物悄然降临到他的身上：在地球的某一点、在一个永恒的瞬间邂逅的两个人突然惊讶地意识到，他们心心相印，相互吸引。她是一位年轻的姑娘，孤身一人，但他已经35岁，已有家室。他们心里十分清楚，这份突如其来的幸福不会长久，不能永远持续下去。因为他们都是品行端正的人，他们不能背叛家庭，放弃家庭责任和义务，做出违反道德规范的行为。"他们又一直坐到夜里两点，两人喝着茶，话语不多，只是互相深情地凝望着对方，目光久久不能离开。"这是发生在两个品行端正、道德纯洁的人身上的一个普通的、不幸的故事。他们心底蕴含着无尽的痛苦和无法摆脱的悲伤。

但是，卡扎科夫认为，如果不幸是无法避免的，那么，至少应该努力"减轻"不幸的程度。如何才能做到这一点？小说的结尾如此写道：扎巴温结束了工作任务，他坐上船准备离开小岛。此时此刻，只剩下他一人独自面对痛苦：

> 船体微微摇晃着。船舷外海水哗哗地响着。……
>
> 他躺在船上，双唇紧闭，神情悲痛，他的心里一直在想着奥古斯塔和小岛，她的脸庞和双眸总是浮现在他的眼前，她的声音始终萦绕在他的耳畔，他已经分不清自己究竟是在梦里，还是在现实中……
>
> 船舷外海水哗哗地响着，犹如活泼欢快的小溪，潺潺流淌，湍流不息。

这是卡扎科夫短篇小说极为典型的结尾（类似的结尾在《丑女》《亚当和夏娃》《地精》中也可以看到）。在作品的结尾处卡扎科夫甚至似乎总是毫无根据地展现出一个生机勃勃、宏伟壮丽的大自然的形象，传达天地万籁。在这里大自然的形象如同古希腊悲剧中从天而降的"解围之神"（deus ex machina[①]）。然而，卡扎科夫小说的这种结尾并不显得生硬突兀，毫无矫揉造作之感。因为，的确，在卡扎科夫笔下大自然时时刻刻伴随着人类。它无处不在，只要睁开眼睛，就可以看到。然而，虽然生活在大自然的包围之中，但是人并不总是能够与大自然保持亲密的接触，自然并不总是处于人的意识范围之

[①] 拉丁文，意为"从机械里出来的天神"。它描述的是一些古希腊戏剧家（尤其是欧里庇得斯）在一出戏的结尾，借用舞台上的机械设施把神降到舞台上，通过神的审判和意旨解决剧中人物的两难境地的一种舞台表现手法。这一术语如今被用来指代那些牵强附会和不切实际的表现手段。——译者

内。只有当人的内心激动不安,当人远离自己熟悉的生活时,他才能睁开眼睛去注视近在咫尺的世界。这个世界蕴含着生生不息、欣欣向荣、美好且永恒的生命意义。卡扎科夫笔下的主人公无论遇到什么事情,无论内心经历何等痛苦和悲伤,只要感受到生命的魔力和存在的奇迹,他的心境就会慢慢地沉淀下来,变得平和、安宁,"心如止水",虽然,这并不是一个十分贴切的词语。卡扎科夫使用了一个简练而准确的表达方式:"生命的伟大魔力"。这是卡扎科夫的散文创作中最重要的主题之一:唯有从生命的伟大魔力中得到精神的灌顶与质变,人的心灵才能够归于平静(不是获得心灵的慰藉,而是抚平内心的创伤)。

"大自然的奥妙"

从60年代开始,尤里·卡扎科夫创作中"自然"主题变得更加丰富和多样化。对生命的神奇魔力的信仰指引着卡扎科夫在艺术创作的道路上不断前行。为了用完美的艺术形式表达这一主题,卡扎科夫逐渐将所谓"大自然的奥妙"引入其短篇小说的艺术世界。但是,如果在帕斯捷尔纳克的《日瓦戈医生》中大自然的奥妙首先体现在肯定"生命的奇迹",在于生命按其自身固有的规律活动,不受任何控制人的存在的抽象理论制约,那么,卡扎科夫笔下的大自然则首先是人在最孤独无依的时刻所感受到的一股温馨而亲切的力量,一股抚平并治愈心灵创伤的强大力量。

但是,卡扎科夫的主人公在走进神秘大自然的同时也遭遇到伟大宇宙的阴暗面。在五彩缤纷、绚丽多姿的自然世界里,在黑暗的最深处隐藏着某种世界上最凶残、最恐怖的神秘生物,人的智慧无法认知它,但皮肤、脊背、紧张的神经却能够感觉到它的存在。这种令人毛骨悚然、心惊胆寒的生物也进入了卡扎科夫的艺术世界。

上述内容首先以一种幽默滑稽的方式出现在短篇小说《地精》(1960)中。作品讲述了发生在主人公茹科夫身上的一些奇异的故事。茹科夫是一个文化程度不高却自命不凡的农村俱乐部主任。小说开篇便给予主人公一个十分明确的评价:"茹科夫是个非常年轻的小伙子,在俱乐部里工作还不到一年,他积极主动、满腔热情。"值夜人马特维老人提醒茹科夫:这里有一种神秘的"地精":鬼不像鬼,"全身发黑,泛着青光",通常夜间出没,茹科夫当即驳斥道:"都是因为我的无神论宣传教育工作做得不好,你才会这样的!"

然而,一天夜里,当茹科夫从附近的集体农庄返回村子时,马特维老人那句提醒让他立即生出一股莫名的恐惧感，这种可怕的感觉刹那间充斥了他的全身。他似乎感到，路边一个个高高耸立的"输电塔"仿佛是"被从另一个世界抛到我们这里的、举起双臂默默前行的一列庞然大物"。在空旷的田野上"一个个神秘的黑点"也让他立刻警觉起来：它们"可能是灌木丛，也可能不是"。于是，他内心的恐惧愈演愈烈，黑暗中传来的沙沙声和任何响动、夜鸟飞过的声音、空板棚的影子……一切都令茹科夫感到毛骨悚然。此刻他甚至将路旁一棵棵低矮的云杉视为值夜人所讲的那些令人胆寒的地精。现在他已经顾不上那些连篇累牍的无神论宣传："应该去接受洗礼！茹科夫心里默念着，他感到一只冰冷的手正在试着从背后抓住他。上帝啊，快救救我吧……"

小说对一名坚决同迷信思想做斗争的年轻人在黑夜里惊恐万状的情景描写含有极强的讽刺意味。然而，小说的结尾却完全出乎意料，未免令人感到匪夷所思。茹科夫走进了自己的房间：

> 他仿佛进入了梦境。半梦半醒之间似乎他的心理状态突然发生了彻底改变，他好像从上面、从山上看到了夜色下的田野、寂静的湖泊、一个个高高耸立的黑漆漆的输电塔和孤零零的篝火，他"听到"了深夜时分充溢在这广袤空间里的生命的气息。
>
> 他又一次开始对自己走过的人生之路感到伤心和难过，但此刻他尽情享受着夜晚、星空、大自然的气息和夜游鸟的叫声带给他的欣喜和快乐。

可见，朴实忠厚的俱乐部主任茹科夫已经开始感受到大自然不为人知的神秘生命力，茹科夫走进自然的过程虽然不长，但在某种程度上使他的内心世界变得更加丰富。

神秘的自然力，大自然中隐藏的那些充满神奇魔力的、恐怖的致命杀手越来越频繁地出现在卡扎科夫六七十年代的散文中。如在短篇小说《橡树林里的秋天》中对主人公内心感受的描写："独自举灯走夜路让人有种毛骨悚然的感觉。"或者："天色突然暗了下来，只有河面上仿佛用针线串在一起的浮标在飘飘闪闪。万籁俱寂，只能听到自己的心跳声……"在卡扎科夫的短篇小说中时常出现生动鲜明、神秘莫测、寓意"不详"的声音形象：

> 在雅尔塔，"南欧紫荆"已经盛开，没有树枝，也没有叶子，只有日落时分黑魆魆的弯曲的树干，仿佛在滴血一般。（《恼人的北方》）
>
> 就在这一刻湖面上不知从什么地方传来"呜……哦哦哦哦哦哦……

噗噗噗噗噗"的响声，声音似乎不大，但强劲有力，富有弹性。这声音并没有逐渐减弱，相反，它仿佛变得愈来愈强，带着呻吟与叹息在湖面起伏回荡，循环往复。(《宿营》)

大自然中蕴藏着一股催人警醒、震慑人心的恐怖力量。

当扎巴温去过墓地后，他对这个岛产生了一种奇妙的感觉。……不知是雾，还是猿猴的哀鸣，抑或是笨拙的山羊都令他感到不自在，他渴望与人交流，渴望听到音乐的声音。(《在岛上》)

在短篇小说《涅斯托尔和基尔》中，故事的叙述者感到，在极北地区的大自然中隐藏着某种令人躁动不安的、充满神奇魔力的可怕生物："我再也不想看到这个令人心惊胆寒的、阴森恐怖的怪物。"

短篇小说《悠长的哀鸣》（从1966年到1972年卡扎科夫在这部作品的创作上花费了很长时间）的题目便给人一种惶恐不安的感觉。对大自然神秘的黑暗力量的感受自始至终贯穿于整部作品的叙事体系中。小说讲述了这样一个故事：在北方的密林深处有一个码头，到达那里需要沿着"由抛到沼泽地上的圆木和木板"铺成的路走上很久，大约有20公里。黄昏月下，万籁俱寂，作者与同志们一道踩着木板路在沼泽地里艰难跋涉的情景不禁令作者联想到《神曲》① 中的经典诗句："我又一次想到，我们似乎正在竭力摆脱着什么，正如诗人所言，我走过我们人生的一半旅程，却又步入一片幽暗的森林，这是因为我迷失了正确的路径。"在小说中"码头"一词被赋予了某种"不详的寓意"："这就是码头，一切存在之终点，另一世界的开端，因此这个码头被称作'悠长的哀鸣'。"

小说的主人公们坦言，他们已经完全沉醉在大自然的神奇魔力和无穷的奥妙之中。农舍的主人如此讲述自己在夏日里的心理状态：

太阳总是不落山，不分白天黑夜地照着，让人睡意全无，一种深深的倦意也随之袭来。我想说的是，不知为什么，你总是感觉你周围有个东西一直在缠着你。——是感觉吗？——对，它好像总是牵着你，总之，让你

---

① 意大利诗人但丁（1265—1321）的长诗，欧洲古典名著，写于1307年至1321年。《神曲》的意大利文原义是《神圣的喜剧》，因为作品从悲哀的地狱开始，到光明的天堂结束。——译者

坐立不安，魂不守舍。

作者发现自己的情绪状态与季节之间存在一种奇妙的关系：

  春天的时候总有一种莫名的忧伤涌上我的心头，我似乎一直在渴望着什么，我感到寂寞难耐，我思考着自己转瞬即逝的生活。我常常酣然入睡，醒来后又总是萎靡不振，无精打采。

总之，小说的整个时空都被罩上了一层神秘主义色彩。作品中主要事件（狩猎）发生的时间被模糊和淡化，既包括故事的叙述者过去的人生经历，也有北方古老的神话传说。而在叙事空间方面，寓意不详的大自然形象与带有宗教色彩的形象并存："躺在金碧辉煌的棺木里"的"真正的苦修士"，面对古修道院遗址的沉思，"修道院里带小窗的浅灰色原木修道室和神奇而美妙的修道院中教堂的幻影"，高高的伏尔加河岸上一座座教堂的钟楼……

此时，在这种由大自然的形象与神圣的形象共同营造的神秘主义氛围中出现了一个来自"彼岸世界"的人物：

  此时在我肩后，在北方密林深处幽暗的光影里出现了一个人，他对着我的后脑勺吹着寒气，悄声说道："天与地处于永恒的静止之中。任何地方都没有一丝生命的迹象。人的大脑已经停止运转，他已经欣赏不到任何美景。繁星无数，却不能给这死气沉沉的气氛点燃一丝希望的火花……"

但是，作品中这个出现"在我肩后的人"绝非无关紧要的人物，他是从主人公身上分离出来的第二个"我"，是人的意识的另一面，他久久地凝视着深渊，不住地倾听着永恒的沉寂。第二个"我"的声音准确地道出了主人公存在的痛苦：

  在这无限的虚空中我听到的只有自己心跳的声音；我的血管剧烈地跳动，让我感到筋疲力尽。永恒的沉寂不再是一个表示否定意义的概念，它被赋予许多肯定的含义。我能够听见它、看到它、感觉到它。它是浮现在我面前的一个可怕的幻影，它预示着一切存在的终结，让我的内心充满了死亡的感觉。我再也无法忍受这一切了……

卡扎科夫的主人公沉湎于与大自然之间神秘的、非理性的关系之中,致使他的心理承受力达到了极限。在强大的、美丽的大自然中,除了"生命的伟大魔力",主人公还感觉到了一个对自我存在的主要威胁——死亡的临近。这是任何人都必将遭遇到的一股重要的力量。所有笼罩在人心头的恐惧归根结底都来自对死亡的恐惧。那么,我们该怎么办?我们的出路何在?应该如何理解和认识这个真正的存在主义悲剧?

父与子——存在主义悲剧

卡扎科夫把自己毕生的精力都倾注在探寻上述问题的答案上。70 年代,鲜有作品问世的卡扎科夫发表了两部短篇小说佳作《小蜡烛》和《睡梦中你痛哭流涕》。这两部作品是作家酝酿已久、苦心构思的结晶。早在 1963 年 2 月卡扎科夫就在日记中写道:"应该写一部关于一个一岁半儿童的小说,写我和他的故事,写他身上的我。我一直在探寻孩子的内心世界,思索他的心里都在想些什么。30 年前我就是这个样子,和他完全一样。"М. 霍尔莫戈罗夫(М. Холмогоров)在文章里引用了这段话,随即他不无惊讶地指出:"不知为什么卡扎科夫在那一页写道:'爵士乐在歌唱死亡,一直在歌唱死亡——这是多么令人忧郁和痛苦啊!但是,除了死亡,还有生命的存在。可是它却始终在歌唱死亡。'"[①] 那么,究竟为什么卡扎科夫要写下这些话?

短篇小说《小蜡烛》在结构上是一位父亲对儿子的自白。父亲向儿子讲起儿子幼年时的故事。但是,小说的故事情节开始是从父亲的内心感受逐渐展开的:"……那天晚上我突然感到心情压抑,烦躁不安,不知如何是好。真想上吊自尽!"随后,当他带上儿子出去散步时,世界在他的眼中只剩下了一片灰色:"……我们走进 11 月傍晚那灰黑色的夜幕里","灌木丛……触到我们的脸和手,不由使我意识到,对我们来说它那鲜花盛开、总是湿漉漉地挂满了露珠的美好时节已经一去不复返"。紧接着,父亲用亲切而坦诚的语气道出了自己的心境:"唉,我是多么不喜欢这黑暗、这早来的黄昏、迟到的黎明和白日里灰色的天空啊!我们都会像草一样枯萎,我们都会死去的……"他倾诉着自己心中的痛苦:"我从未有过自己的故园,孩子!"实质上,对于秋季白日渐短、黑夜变长的慨叹和对失去故里的愁怨正是一个深入思索死亡的问题、

[①] 霍尔莫戈罗夫:《这是死亡的主题!》(重读尤里·卡扎科夫),载于《文学问题》,1992 年第 3 期,第 19 页。

现代俄国文学（1953—1968）

感受到厄运即将来临、意识到自己在死亡面前孤独无助的人内心状态的反映。

在满腹愁绪的父亲身边有一个天真无邪、无忧无虑、纯净得几近透明的孩子。他不停地摆弄着自己的小汽车。父子间第一次身体接触（"你叹了口气，顺从地把自己温暖的小手递到我手里"）带来一种爱的温情和生命的活力。随后，孩子说出了一个自己"发明"的儿语："日达利—日达利！……"不知他说的是"远了"①，还是"可惜"②，他的语气中隐隐地透出一丝悲伤，同时也蕴含着一种希望。

然而，当夜幕之中儿子从父亲身边跑开时，虽然只有几步远，父亲却顿时吓得"要命"，他担心儿子会在树林里走丢。随即，儿子跑了回来，父子间有一段不愉快的对话。这一切都被作者细致入微地记录了下来，读起来令人感到有些不安，给人一种历历在目之感。显然，父亲一直在仔细品读着儿子的每一个眼神，努力透视孩子的内心世界，为此父亲陷入痛苦的反思，他因儿子的痛苦而痛苦："我专注地看了你一眼，恰好同你那特别的、充满期待的眼神对视在一起，我看到了你的烦恼和你的某种憧憬与渴望。我听到了你的责备声和问话，我的心剧烈地跳动起来。'好啦，亲爱的，好啦！'我说道：'到我这儿来……'"

小说情节的高潮是父子俩一起坐在地上玩小汽车的情景。而这一段描写的高潮部分则是孩子幸福的笑声。这笑声是多么奇妙啊！这是一种只有父亲才能听到的笑声，一种只有用父亲特有的听觉才能捕捉到的孩子的声音中最细微的神韵："你咯咯不停地笑了起来，这是一种只有像你这样小的孩子才会发出的笑声，这笑声是那样婉转动听，无论呼气，还是吸气时你的喉咙都在颤动……"在这里作者有意使用了一些表示温情、激动、虔敬之最高程度的词语，即表示古语"无上感动"之义的词语。的确，在父亲的所有情感反应中隐含着一种他将儿子奉若神明的态度。

小说的最后部分清晰地展现出父子之间关系的神圣性特征。父子之间有一个固定的仪式：每天晚上睡前父亲都要给儿子讲故事。对此小说中的具体描写如下：儿子房间的灯熄灭了，他在自己的小床上耐心地等待着，父亲举着小蜡烛向他的房间走去。紧接着：

终于，我郑重地、慢慢地敲了三下门："咚！咚！咚！"随即我便听

---

① 此处为意译，原文音译为"达利"。——译者
② 此处为意译，原文音译为"扎利"。——译者

到一阵急促的、窸窸窣窣的声音,你像弹簧一样从床上跳起来,打开了门(你的床就在房门旁边),然后拉长声调说:

"小——蜡——烛!"

烛光照在你身上,你全身散发着金色的光芒,你的双眸熠熠闪光,仿佛春天的天空那般湛蓝。你的两耳通红,蓬松的白色绒毛散乱地盖在头上,刹那间我突然觉得,你全身晶莹剔透,前身和后背都被烛光映得光芒四射。

"你自己就是一支小蜡烛!"我心里不由得想……

假若天使是由光编织而成的,他们没有肉身,头上顶着光环,那么在这一段中小男孩的外貌形象无疑就是一幅栩栩如生的天使画像。而且,在注视儿子的那一瞬间父亲的脑海中产生的联想。"小蜡烛"一词本身既意味着温暖质朴的人间真情,也暗含了某种虔诚的宗教情感。的确,在这里父亲将儿子视作神奇的圣物、生命之光和救赎的希望。

如果说任何一种宗教的存在都是为了寻求灵魂的救赎,寻求能够帮助人们战胜死亡和遗忘的神圣之物,那么,毋庸置疑,卡扎科夫的这篇作品也是一部宗教小说,它讲述了一名父亲如何将自己的孩子奉若神明的故事。主人公在北方的森林中迷路的那个漆黑之夜里,孩子、蜡烛和烛光(按照心理平行法这段回忆在主人公的脑海里浮现出来),所有这些形象由一条主线贯穿始终,即渴望走出存在的困境,摆脱秋日的悲愁和对逝去的岁月、儿子日渐长大、父亲日渐老去的怅惘,渴望驱散弥漫在心灵上空的哀伤和灾难即将降临的可怕气氛。在此,卡扎科夫揭示了一个富有哲理意义的惊天悖论:虽然普遍观念认为,在"父与子"这对关系中父亲起着主导作用,因为父亲能够随时保护孩子幼小的心灵,使其在每一步成长中不受伤害,避免遭遇不幸与灾难。但是,与此相反,卡扎科夫却坚定地认为,实质上,孩子幼小而脆弱的心灵正是父亲最坚强的生命支柱,它给后者带来幸福感,使其摆脱内心的孤独与恐惧,将其从死亡的边缘拯救回来。

因此,主人公将孩子、蜡烛和烛光三个形象合为一个整体,小说结尾这样写道:"回忆起很久以前的这件事,我一直在想着你,我突然感觉自己变得快乐起来,万千愁绪已消失得无影无踪,我重新燃起了生命的希望。"值得注意的是,小说开头一句写道:"我突然感到心情压抑,烦躁不安……真想上吊自尽!"但是作品的结尾则换成了:"我重新燃起了生命的希望。"显然,这既是对小说开头一句的回应,也是对死亡的彻底否定。

现代俄国文学（1953—1968）

短篇小说《小蜡烛》发表于1973年。四年后卡扎科夫完成了另一部短篇小说《睡梦中你痛哭流涕》。毋庸置疑，这两部作品无论在思想意义还是在结构方面都有十分紧密的联系。与《小蜡烛》相同，第二部小说同样包括两个部分。而且，小说第一部分的字里行间同样充满了存在主义的痛苦的感受，只是在这里它们并非与主人公自身的命运紧密相关，而是与其对朋友自杀身亡的回忆联系在一起。为什么朋友结束了自己的生命？要知道他曾经拥有一切：幸福的家庭，子孙满堂，一份自己热爱的事业。对于朋友的真实死因，故事的叙述者无从得知，只有从记忆中朋友曾说过的话语中推测：那种骇然笼罩在人心头的、驱之不散的恐怖阴霾，面对死亡时那种强烈的绝望感、孤独感正是导致他自杀的原因。后者曾坦言自己时常心情抑郁，沉湎于痛苦的思索中，随着年龄的增长，他甚至感觉天空不再高远，天空的颜色似乎也变得暗淡了。

小说第二部分是关于儿子的故事。这篇作品中儿童的形象与小说《小蜡烛》中的儿童形象如出一辙。只是在这部小说中孩子身上所具有的天使特征表现得更为突出。对于儿子刚出生时父亲第一次所看到的儿子的神态，小说如此描述：

> 你的全身洁白如玉，闪闪发光，一双娇嫩的小手和脚丫微微地动着，一双蓝灰色的大眼睛高傲地望着我们。你就是上天赐予我的奇迹，唯一美中不足的是，一片膏药贴在了你的肚脐上。

在这一段中最后一处微小的细节描写赋予儿子的形象一种尘世的、鲜活的、神圣的特征。

然而，如果卡扎科夫的第一部短篇小说旨在展现父与子之间的关系，那么在短篇小说《睡梦中你痛哭流涕》中叙述者最为关注的首先是孩子的内心世界和精神生活。确切地说，父亲感受到了孩子内心世界的紧张。他发现，孩子已经有了某种隐秘的心理活动。因此，父亲时刻渴望走进孩子的内心世界，了解他的所知所想："你是否知道比我所掌握的所有知识和经验都重要得多的东西？"作为成年人的父亲始终在努力探寻下列问题的答案：为什么"在数千年前人们就已经发现，孩子是一个远超于成人的神奇生物？是什么使得孩子高于我们？是他们的天真无邪，还是随着年龄的增长日渐离我们远去的某种至高无上的真理"？实质上，这正是在寻找短篇小说《小蜡烛》中所描述的"孩子的神圣、和谐与纯洁"的解释。

在第二部短篇小说中父亲坚信，孩子知道很多他这个成年人所不知道的东西。确切地说，孩子不是"知道"，而是"感知到""领悟到"（"你的脸上充满了洞悉一切、预知至高真理的神情"）。孩子凭借与生俱来的天性去感知自然、世界和一切存在。在与周围世界交流时孩子使用的语言是一种在他的前语言期，在不具备逻辑思维能力的阶段的特殊用语："你一边用小木棍在雪地上画着道道，一边自言自语，与自己、天空、森林、鸟儿，与我们脚下和雪橇压在雪地上的嘎吱嘎吱声对话。此刻，周围的一切都在聆听着你的声音，它们都能够听懂你的话语，只有我们不懂你的语言，因为你还没有学会说话。你发出各种抑扬顿挫的声音，从哦哦啊啊，到咿咿呀呀，喃喃自语，对我们来说，你的所有哇哇哇、啦啦啦、吁吁吁和呜呜呜都只表达一个意思，即你非常开心。"此外，孩子本身是大自然的一个不可分割的有机组成部分，孩子的一切心理活动始终与周围的世界保持和谐一致。因此，他完全不知何为不协调、痛苦、犹豫、怀疑，他不懂得对生命的敬畏和对死亡的恐惧。

然而，正是在第二部短篇小说中卡扎科夫捕捉到了孩子与周围世界之间水乳交融的和谐关系遭到破坏的悲剧性瞬间。一次，父亲撞见了在睡梦中突然大哭的孩子：

你流了那么多眼泪，泪水很快浸湿了枕头。你痛苦地、绝望地抽噎着，这声音与你在摔倒、耍脾气时的哭声完全不同。通常，你只是号啕大哭而已，可是现在你却似乎在深切地哀悼某种永远逝去的东西。你悲痛欲绝，泣不成声，你哭得声音都变了！……你梦见了什么？难道我们每个人在幼年时都会因惧怕即将到来的苦难而如此痛不欲生？

究竟为什么孩子会如此痛哭流涕？因为他与自然之间中断了联系，他开始脱离了大自然这个统一的整体？由大自然的一分子、生物人变为具有清晰的"自我"意识的"我"，清醒地认识到"我"的"唯一性"和"独特性"，当然，这是个体作为一种精神现象，在其形成过程中必须也是不可避免地要经历的一个特定阶段。但是，获得"自我"这一过程总是需要通过脱离土壤、使"自我"从大自然这个整体中分离出来才能实现。每一个孩子在成长为一个成熟个体的过程中或早或晚都会通过自我意识脱离自己的自然本原、离开父母的怀抱。这是一个至关重要的心理成长历程，伴随而来的是危机、挫折和磨难，这不仅给孩子造成严重的打击，也给父亲带来巨大的痛苦：

我感到，至今我们的心灵始终融为一体，但是，现在你的心灵正在离

> 我日渐远去,你已经不是我,不是我的延续,我的内心永远不会赶上你,超越你,你将会永远离我而去。在你严肃而深邃、不像孩子那样的眼神里我看到了你那与我渐行渐远的心灵,它怜惜地望着我,正在与我诀别!
>
> 我急忙努力追赶你,哪怕只能向你靠近一步也好。但是,我知道,我总是落在你的后面,我有自己的生活轨迹,你也从此走上了自己的人生之路。
>
> 我的内心充满了绝望,痛苦万分!……

至此,小说被蒙上了一层浓重的悲剧色彩。在这里父子与母子亲情这种人世间最重要、最亲密的情感变得生疏和异常。于是,从这一刻起自然的力量和法则开始被个体视为一种危险的、可怕的、致命的东西。这就是人为了争得成为独立个体的权利而付出的代价。这时人不再认为自己是大自然的一部分,不再用睿智的眼光审视"存在",他开始苦苦追寻那些永恒问题的答案,开始在永无止境的、漫长的人生道路上探索恢复与世界和谐统一的途径,但此时已完全是一种有意识的、自觉的、经过深思熟虑和内心痛苦挣扎后的和谐统一。人的这种探索是永无止境的,因为永远找不到圆满的答案。

* * *

尤里·卡扎科夫是一名在"解冻"时期便开始坚定不移地努力恢复和巩固当代文学与经典现实主义传统之间联系的艺术家。卡扎科夫的散文继承了十月革命后被强行割裂的俄罗斯现实主义传统,即在他的作品中现实主义传统继续在人的社会存在和个体存在之间架设桥梁。卡扎科夫沿着这条创作道路循序渐进,稳步前行,他进一步完善了现实主义的主要表现手法——心理分析,并使其达到丝丝入扣、细致入微的程度。至此,卡扎科夫大胆地迈进了一个经典现实主义谨慎涉足的精神领域。卡扎科夫的性格带有鲜明的时代烙印。他的人生之路始终伴随着最寻常、最平凡的生活琐事与尘世的烦扰,但是,有时他却不由自主地与永恒、存在及伟大的、万能的自然法则进行最隐秘的交流。正是在普通人思考"大问题"这种看似矛盾的现象中尤里·卡扎科夫揭示了人的意识最深刻的悲剧。在卡扎科夫的散文中呈现了一个与"永恒"的世界亲密对话的人所有的内心感受和情感体验,从面对自然界伟大奇迹的欣喜若狂和心灵深处的强烈震撼,到在亘古不移的、残酷的自然法则面前表现出的极度恐惧和绝望……

第三章　在社会主义现实主义之外

第四节　阿布拉姆·捷尔茨和尼古拉·阿尔扎克的"幻想现实主义"

60年代，在阿布拉姆·捷尔茨和尼古拉·阿尔扎克的"地下"散文中，那种源于果戈理、借助现代主义怪诞风格间接体现出来的另一种现实主义传统复归。

1966年叶廖明（《两面派》）和克德林娜（《斯梅尔加科夫①的继承者们》）②的抨击文章让苏联读者首次认识了阿布拉姆·捷尔茨③这个出自黑帮歌曲的名字——著名文艺学家和批评家西尼亚夫斯基（А. Д. Синявский，1925—1997）的笔名，以及尼古拉·阿尔扎克的名字（同样出自民间广为流传的黑道故事主人公的名字）——诗人、翻译家 Ю. М. 达尼埃尔（Ю. М. Даниэль，1925—1988）的笔名。据上述文章披露，两位作家自1959年开始在境外发表"反苏"作品，这正是他们1965年9月被捕的原因，他们应该受到审判。1966年2月对西尼亚夫斯基和达尼埃尔的审判已经远远不仅是苏联国内政治气候骤然变冷的一个鲜明的标志。相反，尽管这一令世人瞩目的审判最终以悲剧结束（西尼亚夫斯基被判处7年徒刑，达尼埃尔被判处5年徒刑），但它却充分凸显了苏联社会意识形态的全面"解冻"已经带来了不可逆转的影响。

"西尼亚夫斯基案件是苏联时期第一桩公开审理的政治案件。被告人自始至终，从预审到最后陈述都刚毅不屈，拒不承认自己的罪行，为了自己的人格尊严坦然面对和接受任何判决，"一向言辞犀利的瓦尔拉姆·沙拉莫夫在《致好友的一封信》中如此写道。④的确，在法庭上进行最后陈述时西尼亚夫斯基

---

① 19世纪俄国著名作家陀思妥耶夫斯基的最后一部长篇小说《卡拉马佐夫兄弟》（1878—1880）中的人物之一，地主卡拉马佐夫的私生子、仆人和厨师。——译者

② 这些文章及其他许多有关西尼亚夫斯基—达尼埃尔案件的诉讼材料由亚历山大·金兹堡（Александр Гинзбург）首次收录在《西尼亚夫斯基—达尼埃尔案件白皮书》（法兰克福，1967年）中。后来，其中部分材料被收入《隐喻的代价，或西尼亚夫斯基和达尼埃尔的罪与罚》（莫斯科，1989）一书。见《独立报》1998年2月6日专刊《永志不忘：安德烈·西尼亚夫斯基》。

③ 2005年安德烈·西尼亚夫斯基的妻子玛利亚·罗扎诺娃在接受"自由之声"广播电台采访时，就安德烈·西尼亚夫斯基为何选取了如此非同寻常的笔名在国外秘密刊发自己的作品这一问题答道："捷尔茨这个名字源于我们对黑帮歌曲的喜爱。它出自20年代在敖德萨广为流传的一首歌曲《家喻户晓的盗贼阿布拉什卡·捷尔茨》。"——译者

④ 《隐喻的代价》，第516页。

用尖刻辛辣的语言讥讽和嘲笑为了蓄意诬陷他而歪曲事实、颠倒黑白、混淆是非的卑鄙伎俩。他慷慨陈词:"没有任何一位伟大的讽刺作家在创作中没有采用过比喻、夸张等手法(而在此却被诬告为'恶意诽谤'——作者)。然而,迄今为止,还从未因此、因文学创作方法问题而对任何一位作家追究过刑事责任。在文学史上从未发生过这种把在境外发表作品和批评文章的作家送上法庭的事件……我从内心深处一直认为,文学作品的价值是不能用任何法律法规来进行评判的。"① 达尼埃尔再次强调了西尼亚夫斯基的观点:"'诽谤罪'是对被告上法庭的作家的创作及其法庭陈述进行惩罚的最好借口。……他们常常这样对我们说:你们自己评价一下自己的作品吧!你们自己应该承认自己的作品是有严重问题的,里面充斥着恣意诽谤、恶意攻击的内容!但是,我们绝不会承认!我们所写的不过是我们对当下正在发生的一切的认识和看法。"②

如果说10年前对帕斯捷尔纳克的迫害尚未激起知识界对苏联政权的强烈抗议,那么在"解冻"之后的1966年,许多知名和尚不知名的文学家与文艺学家(帕乌斯托夫斯基、莱温、格尔丘克、罗德尼扬斯卡娅、科佩列夫、伊万诺夫、雅各布逊等)纷纷发表讲话,坚决支持被控犯有"诽谤罪"的两位"反苏"作家。他们不顾由此可能(不可避免地)带来的一切后果,联名向最高法院、《消息报》、《文学报》、苏联作家协会、法律咨询处以及柯西金③和勃列日涅夫发出公开信,强烈抗议对两位作家的迫害(与此形成鲜明对照的是,许多关于西尼亚夫斯基和达尼埃尔案件的官方材料都是以"匿名"方式刊出的,并没有作者署名)。西尼亚夫斯基作品的合著者、艺术学家 И. 戈洛姆什托克(И. Голомшток)在法庭上断然拒绝说出将西尼亚夫斯基和达尼埃尔的手稿转交给他的人,因此他被判处半年徒刑。西尼亚夫斯基的大学老师杜瓦金教授则因拒绝诬陷自己的学生而被莫大开除。当对西尼亚夫斯基和达尼埃尔做出判决后,62名苏联作协成员联名写信,建议将两位作家保释出狱。当1965年诺贝尔文学奖获得者肖洛霍夫在苏共二十三大上不仅强烈谴责西尼亚夫斯基、达尼埃尔及其支持者们,而且对未"遵照革命律法"处决两位作家表示不满时,丘科夫斯卡娅随即发表了《致〈静静的顿河〉作者米哈伊尔·肖洛霍夫的公开信》予以回应,这封公开信以"地下出版物"的形式广

---

① 同上,第479页。
② 同上,第481页。
③ 阿列克谢·尼古拉耶维奇·柯西金(Алексей Николаевич Косыгин,1904—1980),1964年10月15日至1980年10月23日任苏联部长会议主席。——译者

为流传，成为俄罗斯政论作品中的杰作之一①。

此外，西尼亚夫斯基—达尼埃尔一案激起了自1927年以来第一次（沙拉莫夫语）自发的示威抗议活动。1965年12月5日宪法日当天，200人聚集在莫斯科普希金广场，高呼"尊重苏联宪法！"的口号，举行反政府的政治游行。在西尼亚夫斯基—达尼埃尔一案之后，"地下出版物"作为表达与共产主义思想体系和制度相对立的思想和情绪的一种形式，意义愈加凸显：尽管危险重重（依据苏联刑法第七十条规定，"传播显而易见的谎言"将受到刑事处罚，西尼亚夫斯基和达尼埃尔即因此遭到指控），但正是借助"地下出版物"，西尼亚夫斯基和达尼埃尔发表的讲话、他们的作品以及知识界对他们表示坚决声援的公开信得以及时公布于世，在"苏联国内外"引起强烈反响。

对西尼亚夫斯基—达尼埃尔案件的反应（以及随后对击溃"布拉格之春"、指控持不同政见者和迫害索尔仁尼琴的反应）首先暴露出苏联知识界存在着严重的分裂，那些"御用"的（正如人们当时常说的那样）知识分子支持当局的做法，他们借此显身扬名，换取高官厚禄，而以"60年代"作家为主要代表的另一部分知识分子与其说不接受共产主义思想体系，不如说是从根本上反对苏联政府不断地实施严酷的惩罚和政治镇压政策。其次，西尼亚夫斯基和达尼埃尔两位作家是最激进的年轻自由派知识分子的突出代表，他们是拒绝官方意识形态的持不同政见者。他们矢志不渝地坚持和捍卫与苏联当局的宣传和倡导截然相反的理想和信念，而在艺术创作领域里他们则公开地、义无反顾地走上了一条与社会主义现实主义美学背道而驰的道路（显然，西尼亚夫斯基首次在"境外出版物"上发表的文章即为《何谓社会主义现实主义？》一文，这绝非偶然）。关于具有新的思想意识的激进自由派知识分子的问题西尼亚夫斯基在《突如其来的想法》一文中写道："我们把自己从危险中拯救出来，正是因为我们不能坐以待毙。"②

---

① 丘科夫斯卡娅在信中写道，肖洛霍夫不是支持被告人，而是支持苏联政权，赞同法庭对文学进行审判，他背叛了俄罗斯作家的职责，因此等待他的必将是文学的惩罚："然而文学本身会替自己向您报仇的，就像她总是向一切抛弃了她所赋予的艰难职责的人那样。她将判决您一种针对艺术家的极刑——创作上颗粒无收。任何荣誉、金钱，国内的和国际的奖金都不可能不让这一判决落到您的头上。"（《隐喻的代价》，第506页）。肖洛霍夫后来的创作情况被丘可夫斯卡娅不幸言中。继肖洛霍夫在苏共二十三大上发表了攻击两位作家的令人失望的著名讲话之后，在其生命的最后20年未发表过任何散文作品，即使在其逝世后也没有在其留下的文稿中找到任何作品。

② 阿布拉姆·捷尔茨（安德烈·西尼亚夫斯基）：《选集》（2卷本），莫斯科，1992年，第320页。下文中引用的西尼亚夫斯基的小说作品均出自该选集。

现代俄国文学（1953—1968）

阿布拉姆·捷尔茨：异端美学

一个值得注意的问题是，虽然西尼亚夫斯基被作为政治犯投入劳改营，但是他不止一次地强调，他与苏联当局的分歧完全属于"风格的"[①] 范畴。后来，在侨居国外时期（自1973年始），西尼亚夫斯基毅然与反苏运动领袖索尔仁尼琴和 B. 马克西莫夫（В. Максимов）决裂。此二人与苏联当局的分歧主要集中在思想层面，但实质上，"在风格方面"奉行权威主义，坚信存在唯一的绝对真理（当然是掌握在他们手中的真理），他们与所批判的制度极其相近。因此，二人与西尼亚夫斯基是两种完全对立的人[②]。

那么，阿布拉姆·捷尔茨创作的"触犯了刑法"的散文具有哪些"风格"特点？虽然听起来有些不可思议，但对西尼亚夫斯基提起诉讼的原告人"明白无误地"指出了阿布拉姆·捷尔茨作品的"风格"特点。如，克德林娜在其抨击文章《斯梅尔加科夫的继承者们》中怒斥阿布拉姆·捷尔茨的罪责是热衷于使用大量引文和经典文段，对经典文本进行戏仿和借代。就此，这位未来的"社会控诉人"随后写道："这是一些从各种不同的作品上'连皮带肉'地移植而来，改头换面，由许多'碎片''拼贴'而成的散布反苏言论的文字，它们充分凸显出'创作者'阿布拉姆·捷尔茨是一个厚颜无耻地寄生于文学遗产之上的人。"[③] 克德林娜指出，《房客》与 С. 克雷奇科夫[④]（С. Клычков）的神话小说和卡夫卡的魔幻手法、中篇小说《审判进行时》与索洛古勃的作品（虽然一般认为，这里卡夫卡的影响最为明显）、《柳比莫夫市》与扎米亚京的《县城轶事》[⑤] 具有相似之处。至于如何阐释这些作品之间的联系，现在已经毫无意义（"他在作品中加入了一些最新的西方现代主义的成分，掺进了一点列米佐夫的创作元素……"）。最重要的是：首先，西尼亚夫

[①] 西尼亚夫斯基：《风格的分歧》，载于《电影艺术》，1989年第7期，第34~38页。

[②] 关于这些分歧见 Б. 施拉金（Б. Шрагин）、П. 利特维诺夫（П. Литвинов）、Н. 鲁宾施泰因（Н. Рубинштейн）的文章，总标题为《羞愧和耻辱，阿布拉姆同志!》。见《独立报》，1998年2月6日第7（15）版。

[③] 《隐喻的代价》，第41页。

[④] 谢尔盖·安东诺维奇·克雷奇科夫（1889—1937），俄罗斯诗人、小说家、翻译家。——译者

[⑤] 叶夫根尼·伊万诺维奇·扎米亚京（1884—1937），俄国白银时代小说家、剧作家和讽刺作家，他的巨作《我们》（创作于1924年，1989年在苏联首次出版）是第一部反乌托邦小说，同赫胥黎的《美丽新世界》和奥威尔的《1984》并称反乌托邦文学三部曲。中篇小说《县城轶事》（1913）为其早期作品。——译者

斯基一步步地复活了现代主义怪诞风格的传统（卡夫卡、索洛古勃、列米佐夫、扎米亚京），他的散文具有极其强烈的表现主义艺术倾向，美学风格粗野狂放，揭露存在与人的意识之间不可克服的矛盾；其次，西尼亚夫斯基的作品引文众多，这是后现代主义互文性创作手法的显著标志。据此，А. 格尼斯（А. Генис）将捷尔茨的创作方法称为"陈旧的后现代主义"[①]。

当然，大量使用引文并不足以说明任何问题。但是，阿布拉姆·捷尔茨的散文中所提出的哲学问题的确将现代主义的中心问题，即个体意识自由的问题，与70年代特别是80年代后现代主义关注的首要问题，"另类""他者"意识的问题联系在一起。阿布拉姆·捷尔茨正是从这一角度出发去审视苏联的现实生活，而在这一视角下意识形态理论的真伪则起着次要的作用。

此外，对西尼亚夫斯基和达尼埃尔的指控主要集中在阿布拉姆·捷尔茨的散文中"自我"和"他者"这一问题上。为西尼亚夫斯基辩护的人对此案的主要观点是，西尼亚夫斯基的作品中那些令人厌恶的角色——写作狂、妖魔鬼怪、骗子和外星人的语言和思想已经全部被强加到了作家本人身上（伊万诺夫[②]甚至不得不向苏联的法官们详细解释文艺学中"叙事小说"这一概念的含义）。西尼亚夫斯基本人在法庭上进行最后陈述时也发表了上述观点。但西尼亚夫斯基同时指出，外星人普赫恩茨所说的话带有他的个人"自传性质"："真难以设想，如果我是一个另类的话，那么我就会立刻遭到辱骂……"普赫恩茨的这段话促使读者深入地思考作者与他的那些古怪的主人公们之间是否存在巨大的差异这一问题。

的确，在阿布拉姆·捷尔茨的每一篇"触犯了刑法"的散文中"不可靠叙述者"[有时是几个叙述者，如在《柳比莫夫市》（1962—1963）中]居于叙事结构的中心位置。叙述者的"不可靠性"表现为读者自始至终不知作品中的人物是否真实可信；通常叙述者的权威地位先是被颠覆，然后再重新得到恢复。往往直到小说篇幅过半，我们仍然无从知晓，究竟是谁在叙述（《普赫恩茨》，1957；《房客》，1959；《你和我》，1959）。唯一的例外是以无人称叙述方式写成的《审判进行时》（1956），但即使在这部作品中也仍然会出现令

[①] 格尼斯：《安德烈·西尼亚夫斯基：陈旧的后现代主义美学》，载于《新文学评论》，第7期，第277~284页。同时见爱泼斯坦（М. Эпштейн）：《在存在主义与后现代主义之间：安德烈·西尼亚夫斯基》，载于《后现代主义在俄罗斯：文学与理论》，莫斯科，2000年，第205~239页。

[②] 维亚切斯拉夫·弗谢沃洛多维奇·伊万诺夫（1929— ），俄罗斯语言学家、符号学家、人类学家。——译者

读者意想不到的情况：在小说最后"无人称叙述者"与他讲述的故事中的人物一道被投进劳改营，而"无人称叙述者"落入劳改营的原因是，他所讲述的故事的草稿正是用《审判进行时》的主人公谢廖沙在描绘共产主义乌托邦世界时所构想的专业采掘机从排水管道中打捞出来的。

严格地说，"叙事小说"这一术语用在阿布拉姆·捷尔茨的散文上并不适合，因为在"叙事小说"中作者与人物之间的差异是固定不变的。相反，在捷尔茨的散文中正是作者与人物之间关系的不断改变构成了作品的基本情节和情节的主要问题。在短篇小说《写作狂》（1960）中籍籍无名的作家巴维尔·伊万诺维奇·斯特拉乌斯金初看似乎是一个滑稽可笑、庸庸碌碌的无能之辈，一个嫉妒成性、自命不凡的偏执狂。但是，随着情节的发展斯特拉乌斯金对写作的痴迷逐渐变为一种创造力的真正体现，按照小说中另一个写作狂加尔金的说法，这种创造力旨在消除个体自我："人们常说'应该描写自我'，'应该表现个体自我'。可我认为，任何一位作家所做的唯一一件事就是：消——除——自——我！为此我们勤奋创作，硕果累累，我们希望：消除自我、战胜自我，反映当前社会关注的焦点问题。"对创造力的这种理解改变了"自我"与"他者"之间的关系：斯特拉乌斯金认为最大众化的、公式化的、最平淡无奇的语言是他"自己"创造出来的。当他发现从费定[①]到弗朗索瓦·莫里亚克[②]的作品中也出现了同样的语言之后，他感到十分耻辱。这种巧合可以被视为对加尔金思想的肯定：任何一名作家都是平庸无能的写作狂，而只有真正的写作狂才是无意义的、无人称创作的真正体现。但是，"真正的写作狂"可以用后现代主义理论术语"作者已死"[③]来阐释，"作者已死"使作者变为一个无人称语篇的抄写者，而后者将现代主义写作者这个完整的个体转换为许许多多相互矛盾和相互排斥的纯文本形式。值得注意的是，小说中巴维尔·伊万诺维奇的儿子巴夫利克模仿父亲的作品写成的小矮人童话与安德烈·西尼亚夫斯基6岁时创作的第一部作品毫无二致。短篇小说《写作狂》的结尾如下：

我拿起一张干净的纸，在纸上用大写字母写下了题目：写作狂。

[①] 康斯坦丁·亚历山大罗维奇·费定（Константин Александрович Федин, 1892—1977），苏联作家。——译者

[②] 弗朗索瓦·莫里亚克（1885—1970），法国作家，1952年诺贝尔文学奖获得者。主要作品有诗集《握手》，长篇小说《爱的荒漠》（1925）、《黛累丝·台斯盖鲁》（1927）、《蝮蛇结》（1932）、《绝路》（1939）等。——译者

[③] 尼波姆亚士奇（C. T. Nepomnyashchy）：《阿布拉姆·捷尔茨与犯罪诗学》，纽黑文、伦敦，1995年（叶卡捷琳堡，2003年俄译本）。

> 然后我想了一下，又加上了括号：（我生活的故事）

这段话准确无误地重复了我们刚刚读过的小说的题目和副标题，同时也为读者设置了一道难解的问题：小说的作者究竟是谁？是阿布拉姆·捷尔茨，还是作品中的人物，写作狂斯特拉乌斯金？代词"我"指代的是谁？刚刚读过的这篇小说是一个写作狂的平庸之作，还是一部伟大天才的杰作？阿布拉姆·捷尔茨与写作狂斯特拉乌斯金这两个"作者"之间是否具有严格的界限？天才与平庸者之间是否存在明显的区别？

事实上，捷尔茨的所有其他作品都凸显出这种虚假性特点，表现出某种鲜明的立场和与之截然相反的观点。在中篇小说《审判进行时》中谢廖沙被捕的原因是他抱有对乌托邦理想社会的幻想，以及他具有与普遍公认的观点相对立的某种属于"自我"的东西。然而，如果仔细考量，便会发现，实质上，他的乌托邦理想与极权主义梦魇如出一辙：在他的乌托邦理想中并没有任何属于"自我"的东西，一切都是"他者"固有的特点。在《普赫恩茨》中，起初叙述者看上去是一个世界上最恶毒的驼背人，随后我们发现，他不过是一个"他者"，一个具有非人类肢体特征的外星人（"一只眼睛早在1934年就被自己的右鞋磨伤而失明"）。他在遇险之后假扮"自己人"在人类中间已经生活了30年。然而，事实上，他更像植物，完全不像人；而且，从外星人的角度出发，他对"烹饪暴虐狂"（"形状怪异、被浇上了早产蛋的肠子，这才是真正的香肠煎蛋"）或"女性裸体"（"穷凶极恶、饥不择食的男人待在她的双腿之间"）的理解和认知是完全正确的，尽管这些类似的描写是如此匪夷所思，令人瞠目。但是随后，当普赫恩茨在脑海中幻想回归真实的"自我"，记起"自己"的时候，对他而言，如此陌生的、异域的一切原来早已成为与他的"自我"不可分割的一部分：

> 有时我似乎觉得，在我的故乡还有我的孩子们。这些厚墩墩的仙人掌……现在他们应该长大了。瓦夏每天去上学。为什么他去上学？他现在已经是一个稳重的成年人了。他成了一名工程师。而玛莎已经出嫁了。
> 上帝啊！上帝！我似乎正在变成人类的一员！

《薄冰》（1961）的主人公突然获得了一种能够预见人们的过去和未来的神奇力量，包括人们（以及他自己）前世的生活。他坚信，每一个"我"都是由许许多多"其他的""我"组成的："不久前我还清楚地知道，他们中间谁是小偷，谁是重婚者，谁隐藏了自己的真实身份（逃亡国外的白军军官的女儿），可现在一切都混为一谈，一切都处于发展变化之中。人的前世何处终结，今生又从何时开始，这个问题常常令我百思不得其解。……有时各种思绪、回忆一齐涌上我的心头，我的思维开始变得混乱起来，分不清我是谁、我在哪里。我开始觉得，'我'是不存在的，只有在'我'的生前身后，即在我的前世与来生发生在'他人'生活中的许许多多、零零散散的片段。""自我"与"他者"之间界限的缺失使人失去了脚下的根基，"如履薄冰"，思维混沌，甚至任何知识都不能使其避免悲剧的发生，他失去了精神支柱，他的周围没有任何清晰而明确的东西。

西尼亚夫斯基还使作品之外的作者-主人公阿布拉姆·捷尔茨取代作家本人的位置，以此使"自我"和"他者"之间的关系变得更加复杂：

> 现在我看他就是个强盗、赌徒、狗崽子。他双手插在裤袋里，蓄着两撇小胡子，戴着一顶压到眉毛的鸭舌帽，步履轻松，走路时身体左右摇摆，干巴巴的嘴里时常吐出一些不堪入耳的下流话。他身材干瘦，在多年来的唇枪舌剑中他一向喋喋不休，言辞犀利。他态度强硬，不容置辩，时刻准备反击。稍有一点事情他就会动手杀人，去偷盗和抢劫，他会去死，但绝不出卖他人。[①]

К. 涅波姆尼亚夏娅（К. Непомнящая）把这种情况视为西尼亚夫斯基的审美实践中一个时常遇到的现象。她指出："在阿布拉姆·捷尔茨的作品中常常打破作家与批评家、读者与作家、'自我'与'他者'极端对立的状态。在这里准确地指称各种现象的语言的指称功能以及与此相关的上述所有对立的概念，包括人格的统一均遭到了质疑。作家转化为文本，因此他不再具有任何权威性，作品变成了真正的语言游戏。"[②] 西尼亚夫斯基所揭示的语言危机同时也是在二元对立论和"或者—或者"逻辑关系的基础上引发的意识危机，西尼亚夫斯基在法庭上的最后陈述中阐明了自己完全不接受上述逻辑的态度，这显然是不无原因的："……谁不赞同我们，谁就是反对我们。在某些特定的历史时期，革命、战争、国内战争时期，这种逻辑也许是正确的，但是将它用

[①] 当然，对于西尼亚夫斯基而言最重要的是，他的人物首先是违法者、小偷，其次是犹太人，即"他者"。

[②] 尼波姆亚士奇·凯瑟琳：《阿布拉姆·捷尔茨与犯罪诗学》，第37页。

于和平年代,用于文学领域则是危险和有害的。"① 西尼亚夫斯基的文本结构本身决定了他运用多元视角去审视现实,虽然其中每一个视角不尽相同,但都是完全正确的。这种文本结构充分证明,并不存在为所有人而设的绝对真理,因此,原则上不可能将世界划分为"我"与"敌"、"自我"与"他者"。

中篇小说《柳比莫夫市》(1962—1963)是五六十年代阿布拉姆·捷尔茨艺术哲学实验的一个独特的总结性作品。起初它被视为对苏联共产主义建设的恶意戏仿和诋毁。曾做过机械师的廖尼亚·季霍米罗夫试图在一个被上帝遗忘的、偏僻的区中心范围内采用集体催眠的方法,用不流血的方式快速地实现布尔什维克们向往的宏伟目标。他的满腔热忱感染了柳比莫夫市的居民们,他迫使人们将矿泉水当成伏特加酒,喝得酩酊大醉,把腐烂的黄瓜当成克拉科夫②香肠,将牙膏当做鲤鱼,把河水"变成""苏联的香槟酒",并废除了货币。但这一切只持续了不长时间。集体催眠所带来的这场不流血的乌托邦革命与流血的苏联的乌托邦一样都没有逃出凄惨的结局:"一名男子愁眉苦脸,故作镇静,在众目睽睽之下公然向未填满混凝土的基坑里便溺。"③ 廖尼亚·季霍米罗夫及他所发动的这场似乎必胜的乌托邦式革命失败的原因何在?要想解答这一问题,必须更加深入地研究《柳比莫夫市》的诗学特征。

涅波姆尼亚夏娅特别注意到了这篇小说文本的言语结构问题,她指出,廖尼亚首先全面操控着柳比莫夫人的语言和言语,进而达到了彻底控制他们意识的目的:"廖尼亚控制着他人的身体,把自己的话语塞到他们嘴里。"通过这种方式"他试图否定柳比莫夫人身上那些不受统一控制的'他性',他甚至试图否定他的自我存在,极力去除自己身上与统一的意识形态不符的个性特征"④。廖尼亚迫使周围的世界屈从于统一意志的尝试失败的原因首先在于,廖尼亚本人已经丧失了完整的、独立的意识,对谢拉菲玛的妒忌使廖尼亚陷入了难以忍受的痛苦之中,他完全失去了自制力,他已经不能控制自己的思想和情感,因此导致整个城市陷入混乱,随后廖尼亚失去了自己的魔法:"他只是无法控制自己的意识,他的每一个最微小的想法,每一次看不见的脑细胞的运

---

① 《隐喻的代价》,第 479 页。
② 波兰城市名。——译者
③ 关于这句话诺维科夫(Вл. Новиков)指出:"今天我们完全可以确定捷尔茨的反乌托邦与普拉东诺夫的'基坑'之间的内在联系。"[诺维科夫:《西尼亚夫斯基和捷尔茨》,载于阿布拉姆·捷尔茨(安德烈·西尼亚夫斯基):《选集》(2 卷本),第 1 卷,莫斯科,1992 年,第 7 页]
④ 尼波姆尼亚士奇·凯瑟琳:《阿布拉姆·捷尔茨与犯罪诗学》,第 131、134 页。

动,他的任何一种愚蠢的、不切实际的想法总是被周围的人无条件地接受,并立即执行。"此外,西尼亚夫斯基运用各种语言手段和修辞手法表明,事实上,所谓"思想统一"的乌托邦原本就是复杂而多元的:在西尼亚夫斯基笔下的乌托邦世界里融汇了马克思主义原理、《联共(布)党史简明教程》的摘录、魔幻童话故事的情节(特别是廖尼亚与市委书记季先科交战的场景和廖尼亚赢得美丽而高傲的公主谢拉菲玛爱情故事的情节)和对福音书故事的隐喻描写("五饼二鱼"喂饱五千人,变水为酒)。以西尼亚夫斯基惯用的"不可靠叙述者"图书管理员萨韦利·库兹米奇·普罗费兰索夫的语气所展开的叙述被教会了廖尼亚魔法,帮助廖尼亚记录下自己故事的"合著者",神秘的地主萨姆松·萨姆松诺维奇·普罗费兰索夫不断插入的各种评述和解读彻底打断。

廖尼亚试图克服生命存在形式和人的意识的多样性、复杂性和非理性,显然,他的一切努力都会走入绝境。这就是为什么甚至"最纯粹"、最绝对的乌托邦也不可避免地将会遭受失败,因为它与生命存在本身是截然对立的:可见,廖尼亚的催眠术不能用于天气、死亡、醉酒和母爱,这是不无原因的,因为后者是一些复杂多样、截然不同的自然力。

但是,整体而言,《柳比莫夫市》可以被视为一部对现代主义意识进行分析的后乌托邦批评之作。廖尼亚出于最浪漫的个人情感——爱情而发动了一场不流血的革命。他对柳比莫夫人思想的全面掌控与现代主义诗人之于读者那种至高无上的、不容置疑的绝对权威如出一辙。其中一个最突出的表现是,同现代主义诗人一样,廖尼亚一直在试图改变世界,改变人的认知,他把自己的主观意愿强加给周围的人,由此将自己的主观意愿变为一股改造世界的强大力量。由廖尼亚与神话中的魔法师、廖尼亚与耶稣基督之间的相似性而引发的联想突出地反映了现代主义对于艺术家作用的理解(《穿裤子的云》《大师与玛格丽特》《日瓦戈医生》)。廖尼亚所进行的试验是其精神自由和意志自由的极致体现。但是,他的这种自由却使其他所有人失去了自由的权利和自我价值。因为甚至当廖尼亚刚刚将谢拉菲玛变为一个受自己的意志支配的玩偶时,他便立刻对曾经心爱的谢拉菲玛兴致全无。只有谢拉菲玛讲述的那些浪漫故事(即关于她从前那些自由快乐生活的故事)和谢拉菲玛的犹太人(即"他者")身份能够让廖尼亚重新燃起对自己心中这个昔日女神的兴趣。于是,在专制和独裁统治(甚至最温和的、不流血的独裁统治)下自由变得毫无意义,这里只容许一个声音,那就是"我"(甚至最具天才、最富有创造力的"我"),根据西尼亚夫斯基的观点,只有通过与"他者"之间的对话,只有超

第三章　在社会主义现实主义之外

越"自我",走向"他者",自由才能够真正得以实现。

也许,最完整地体现了西尼亚夫斯基匪夷所思的,确切地说,后现代主义的自由理想的作品是《与普希金散步》(1966—1968)。该书完成于杜布罗夫拉格劳改营①。当时西尼亚夫斯基把这本书的内容写在一张张小纸片上,利用寄家书的机会,把这些纸片作为信件寄给他的妻子,借助这种方式一点点将作品传了出去。在这部作品中,阿布拉姆·捷尔茨对普希金的评价观点新颖、奇特、极端、前卫。该书问世后立即引起了强烈的反响,招致侨民刊物和后苏联报刊对西尼亚夫斯基的一系列猛烈、尖锐,但未必正确的抨击②。20世纪出现了诸多关于普希金及其创作的个性化阐释(从格尔申宗③到茨维塔耶娃和阿赫玛托娃),"我的普希金"这种表述早已不足为奇。那么,阿布拉姆·捷尔茨的评论何以激起如此轩然大波?这是因为,西尼亚夫斯基认为,普希金甚至不是西尼亚夫斯基本人,而正是作家阿布拉姆·捷尔茨的真实写照,他是在统一的意识形态解体、"自我"与"他者"相互转换、高雅与低俗混为一谈的时代,在思想混沌、"如履薄冰"和缺少为所有人而设的绝对真理的时代作家自己的"犯罪"面具。由此,书中出现了诸如"跟普希金老兄很熟悉"④的讽刺和戏谑的笔调(出自《与普希金散步》的卷首语),以及许多对诗人不敬的用语和说法,如,激起众怒的句子:普希金"迈着色情的小腿跑上诗坛"(请与上面的引文进行比较:阿布拉姆·捷尔茨"走路时身体左右摇摆")。因此,全书的中心思想是:普希金的天才在于他始终能够超越"自我",成为"他者":

---

① 位于摩尔多瓦共和国。——译者

② 1989年《十月》杂志发表了《与普希金散步》一书中一个不长的片段,立即激起了沙法列维奇(И. Р. Шафаревич)、安东诺夫(М. Ф. Антонов)和克雷科夫(В. М. Клыков)的强烈反应。他们在捷尔茨的书中找到了"反俄"的证据,这一事件随即成为召开俄罗斯联邦作家协会理事会第六次特别全会的主要原因。此次会议以刊登"反俄"作品为名要求解除《十月》杂志领导的职务。参见安东诺夫、克雷科夫、沙法列维奇:《致俄罗斯联邦作家协会理事会秘书处的信》,载于《文学的俄罗斯》,1989年8月4日第4版;巴特金(Л. Баткин):《西尼亚夫斯基、普希金与我们》,载于《十月》,1991年第1期,第164~193页;索尔仁尼琴:《你的三脚架在晃动》,载于《新世界》,1991年第5期,第133~152页(1984年首次刊发)。亦可参见:《论阿布拉姆·捷尔茨的书〈与普希金散步〉》,载于《文学问题》,1990年第10期,第77~153页。

③ 米哈伊尔·奥西波维奇·格尔申宗(Михаил Осипович Гершензон,1869—1925),俄罗斯文艺学家、哲学家、政论家和翻译家。——译者

④ 此句出自果戈理的讽刺喜剧《钦差大臣》。自称是"彼得堡官员"的赫列斯塔科夫看上了市长的漂亮女儿,于是滔滔不绝吹嘘自己的地位、人缘和才华,如"跟普希金老兄很熟悉""皇上不久要升我为元帅"等。——译者

无论走在街上，还是在诗歌中，普希金都喜欢乔装改扮，穿上他人的衣服。此时你看到的普希金是塞尔维亚人或摩尔多瓦人……但下一次你看到的普希金则变成了土耳其人、犹太人，他说话的样子也像犹太人。关于诗人在基什尼奥夫的不体面行为，这些少女的回忆可能被视为文艺学研究的对象。"善于模仿其他语言，交际性强"，这就是普希金对"俄语"的定义，善于随意深入任何思想和言语的普希金本人也正是如此。

捷尔茨从逻辑上把这一思想发挥到极致，他进一步揭示了普希金对现实世界的感知如何变成为毫无原则、不加区别地接受一切。但是，普希金能够将在别人身上可能是缺点的东西变为自己的优点。因为按照捷尔茨的观点，普希金的天才不在于其他任何地方，而就在于他的"虚空"：

> "虚空"恰是普希金的充盈。没有虚空普希金可能是不完满的，他可能就不会存在，正如没有空气就没有火、没有呼气就没有吸气一样。虚无首先保证了诗人的敏感性，而后者受制于任何奇思妙想的吸引。……普希金极度虚空，他甚至认为一切事物都是原本存在的，同时他并不把自己伪装成一个无拘无束的幻想家，他的心里满满地装着一切，对任何事物的反应都非常平静……既热心又冷漠。
>
> 普希金爱所有人，又没有爱过任何人，而且"没有爱过任何人"使他可以随意地左右点头①——点头、忠诚的誓言、令人陶醉的会面……

普希金的艺术盲目使得他往他沿途遇到的地缝里钻，并不鄙夷对自己提出和解决各种问题，尽管这些问题与他无关，但又有点儿让作家停步不前，这个作家是相当自由的，允许自己写他所深思的问题，同时不成为一个抱着一种思想不放，死守教条的人。

将空虚视为自由、创造和智慧的源泉并不是一种匪夷所思的、离经叛道的悖论：这是阿布拉姆·捷尔茨对能够作为人的自由的支柱和方向的传统文化的神圣价值进行合乎逻辑的分析之后所得出的结论。这些神圣的价值包括家园（《房客》）、创作（《写作狂》）、爱（《薄冰》），对自我唯一性的体认（《普赫恩茨》），为"光明的未来"和社会改良服务（《柳比莫夫市》）。空虚，这是在诋毁和贬低上述所有的绝对精神价值、在清醒地意识到它们具有相对性和

---

① 此处暗喻苏联时期只能"向左走"。——译者

不可靠性之后剩下的东西。有趣的是，大约就在此时，约瑟夫·布罗茨基也探讨了艺术哲学领域中的"空虚"这一概念。但是，布罗茨基视"空虚"为存在的一种本体论性质，它要求人必须坚忍克己，百折不挠。然而，在西尼亚夫斯基看来，"空虚"正是人的自由达到极致的体现，它使人能够充分认识纷繁复杂、变幻莫测的世界。在西尼亚夫斯基的早期小说中出现的"作家应做的唯一一件事就是：消——除——自——我"这一思想就此终止。

尤里·达尼埃尔："堂·吉诃德可能会做什么？"

如果不算译作（尤里·达尼埃尔专职从事翻译工作）在内，尤里·达尼埃尔留下的文字极少：三部中篇小说、三部短篇小说、一些回忆录、写于劳改营的诗歌、在法庭上的最后陈述、几封带有政论性质的公开信、一篇关于齐奥尔科夫斯基[①]的乌托邦的讽刺文章，所有这些均被收录在1991年出版的一个不大的单行本中[②]。

醉心于不合逻辑的混沌叙事和荒谬至极的情节设置（中篇小说《莫斯科在广播》中的"公开屠杀日"就是一个最鲜明的例子），擅长运用怪诞离奇的手法表现隐蔽的社会心理矛盾，这些特点使达尼埃尔和西尼亚夫斯基的创作风格十分接近。与阿布拉姆·捷尔茨相同，达尼埃尔用怪诞离奇的手法传达了"如履薄冰"的社会心理气氛："周围的一切，过去的一切和现在的一切，一切都是幻象，一切皆化为泡影，一切都摇摇欲坠、不堪一击。"（《赎罪》）但是，如果说西尼亚夫斯基赋予"薄冰"一词以宽泛的哲学含义，那么相反，达尼埃尔则更加强调该词的具体社会意义——"一切都摇摇欲坠、不堪一击"，正是因为极权主义制度有步骤、有计划地消灭了人类存在的道德基础，抹杀了善与恶、罪与功之间的绝对界限。达尼埃尔坚信，极权主义无孔不入，其危害之深超乎人的想象，它不仅存在于在庄重威严的讲坛上振臂高呼的那些口号里，还渗透在人的精神、心理，甚至生理现象中。达尼埃尔所关注的首要问题是在统一的意识形态解体的条件下个体的自由和保持自我的问题。因此，如果说在西尼亚夫斯基笔下艺术结构的中心要素是在"自我"与"他者"之

[①] 康斯坦丁·爱德华多维奇·齐奥尔科夫斯基（1857—1935），俄国和苏联科学家，现代航天学和火箭理论的奠基人。——译者

[②] 达尼埃尔：《莫斯科在广播》，莫斯科，1991年。但是，达尼埃尔之子亚历山大·尤里耶维奇·达尼埃尔却将达尼埃尔写于劳改营的诗歌与书信整理之后结集成一本近900页的大部头书籍——《〈我一直在坚持写作……〉：狱中书信、诗集》（莫斯科，2000年）。

间"游移的"叙述者的思想和意识,那么达尼埃尔则直接继承了那种以率真祖露见长的散文写作传统,他将不等同于自传作者,但与之极为接近的主人公的思想和意识置于叙述的中心("如果你问我:'主人公身上是否有很多你的影子?''不知道',我会这样回答:'不知道。'大概,有很多")(《赎罪》)。但是,与"青春散文"的主人公们有所不同,达尼埃尔笔下的主人公对于苏联体制和苏联的领袖们不抱有任何幻想。中篇小说《莫斯科在广播》完成于1961年"解冻"时期,正值自由主义思潮的发展达到顶峰之际。

其实,对于达尼埃尔而言至关重要的是最后一句话:"这一切都已经是过去的事情了!"

中篇小说《莫斯科在广播》之所以运用怪诞离奇的手法构建情节冲突,在文本中可以找到明确的解释。小说中所描述的"解冻"时期的莫斯科以及"60年代"主人公的朋友们对宣布"公开屠杀日"的反应令人触目惊心,充分证明了社会整体道德水平的堕落。一些人同他们刑满出狱的邻居一样,认为"公开屠杀日"是民主扩大化的迹象("人们的觉悟的确提高了!因此:国家完全可以进行大规模的实验,可以将自己的某些职能交到人民手中!")。另一些人,如沃洛季卡·马尔古利斯,则将这一切视为反犹主义者们的阴谋诡计("你明白吗,托利亚,我认为,他们这是在策划针对犹太人的行动……"),还有一些人盘算着该如何从中捞到更多的实惠,如,卡尔采夫的情人卓娅郑重地向他提出了杀死她的丈夫,对妻子忠贞不渝的、无辜的帕夫利克的想法。或者,为迎接"公开屠杀日"这个新节日的到来,自由派艺术家丘普罗夫急忙开始着手创作展现"自己最高超画技"的宣传画。然而,大多数人苟且偷安,以求自保。他们置身事外,既不参与其中,也不会因此遭受苦难:这正是"解冻"时期的自由主义和极权主义的历史惯性两种因素"合力"作用的结果。

然而,对于达尼埃尔及其笔下的主人公而言,这些都不是他们想要的选择。小说的主人公毫不犹豫地断然拒绝了卓娅提出的杀死自己丈夫的要求。于是,他决定"逃灾避难,足不出户,'筑垒自卫'"。然而,他的这些决定有一个共同之处:它们的基础都是不自由,即盲目地放弃个人责任。此时,卡尔采夫想起了堂·吉诃德的故事,他突然意识到积极行动,奋起反击,在"如履薄冰"的社会道德氛围下大声呐喊"反对杀戮"是唯一可行的办法。于是,在"公开屠杀日"他走上街头,试图阻止人们之间的自相残杀。显然,在列宁墓前表情严肃的卫兵身旁卡尔采夫与"国家杀手"之间激烈搏斗的场面(这是"执行祖国的命令",后者辩称)具有一定的象征意义:首先,"小人物"在极权的代表面前没有低头俯首,而是为自己的生命和尊严勇敢地抗争;其次,即使在战胜了对手之后,他依然始终蔑视极权,他不对任何人实施暴力行为,始终坚守人性的底线与个性的自由。

实质上,在中篇小说《莫斯科在广播》中达尼埃尔首次阐述了持不同政见者的道德准则,其基础就是个体的责任、个体的反抗和拒绝暴力。实质上,脱离实际、耽于幻想的堂·吉诃德所奉行的原则是:

是的,每个人都应该为自己负责。但只是为自己负责,不是为他们想要你成为的人而负责。我为自己负责,而不是为我可能要成为的那种自私自利的人、告密者、黑帮分子和胆小鬼负责。我不能容许他们扼杀我自由的灵魂,不能为保全自己的性命而变成一个胆小鬼。

等一等,那么,我该怎么做呢?后天我就走上街头高呼:"公民们,不要自相残杀!请爱护你们的亲人!"可是,这样做有什么用吗?我能够帮助谁吗?还是能够拯救谁?我不知道,我一无所知……也许,我能够拯救我自己。如果还为时不晚的话。

小说中堂·吉诃德形象的出现绝非偶然("那么,8月10日堂·吉诃德可能会做什么?"卡尔采夫自问道)。在这里丧失理性、"荒诞不经"的堂·吉诃德的行为是一种最合理的对抗新型奴役和暴力的方式[①]。

在中篇小说《赎罪》(1963)中达尼埃尔展现了60年代知识分子的新自由主义思潮如何轻而易举地快速变为一种反对个体的极权主义行为。劳改释放犯费利克斯·切尔诺夫始终坚信,他的被捕是小说的抒情主人公,天才艺术家维克多·沃尔斯基的诬告所致。尽管后者心胸坦荡、品行端正,"从未诬陷过任何人"。但是,费利克斯散布的谣言所导致的后果却极严重。最重要的一点是,与费利克斯的遭遇一样,在"未经审讯和审判"的情况下,维克多的朋友,那些自由主义者们毫不犹豫地将对"被告"维克多的指控信以为真,他们甚至不容后者做出任何申辩。维克多的朋友们和他心爱的人与他断绝往来完全是由于"社会舆论"的压力所致,但是,实质上他们之所以采取上述决定,

---

① 最具代表性的是,鲍里斯·哈扎诺夫(Борис Хазанов)写于70年代的中篇小说《国王的辉煌时刻》充分肯定了看似毫无意义的、个人反抗暴力的"荒谬行为",在该作品中同样出现了与堂·吉诃德的故事相关的情节。

与1937年时的情形别无二致："我不能相信你。因为大家永远都会对你存在这种看法，大家一辈子都会这样看你。你永远都洗不清这个罪名。维佳，我知道，这样离开你是不道德的事，但我实在已经无能为力，"维克多的未婚妻伊拉说道。不言而喻，这里所说的不是背负"人民公敌"的罪名，而是"诬告者"的恶名。但是，难道两者有什么本质上的区别吗？"她能够救我"，维克多始终对此深信不疑。哪怕只有一个亲人相信你是无辜的，那么你宁可背负着这个恶名也要继续活下去。但是，如果甚至心爱的人都能够背信弃义，这就意味着，无论打着什么旗号，同过去一样，所有人都无一例外地沾染上了极权主义的毒素，沦为暴力的恐怖帮凶。这就是为什么维克多在万念俱灰、走投无路之时发疯似的大喊道：

他们在继续迫——害我们！监狱和劳改营都没有关闭！这是谎言！这是报纸上的谎言！我们蹲在监狱里，或者在我们心里有一座监狱，两者之间没有任何区别！我们所有人都是囚犯！政府不能让我们自由！我们需要手术！切吧，切掉我们心中的监狱！……国家——是由我们每个人组成的。

按照《赎罪》的逻辑，为了某种抽象思想的胜利，即为了"历史的公正"而对任何一个具体的人，对任何一个无辜者的蔑视都是极权主义统治下的恐怖行为。

这是小说的第一个情节线。小说第二个情节线在维克多·沃尔斯基的意识中紧紧围绕探寻罪与自由这一问题的答案而展开。维克多无辜受过，他首先要竭尽全力为自己辩护，但是任何人都不想听他的申辩，因为他已经被定为一个有罪之人。对于维克多而言，还有另一个选择：心安理得地活着，因为自己是无罪的。小说中对维克多遇到内务人民委员会国家安全部国家安全委员会（克格勃）的"刽子手"，退役少校这一场景的安排绝非偶然。后者与维克多一样坚信自己是无罪的，因此，对于维克多而言，这一选择也无异于死路一条，确切地说，这条路最后的结果是善恶混杂，无辜的牺牲者和凶残的刽子手混为一谈。

小说中维克多所选择的生路是一条认罪之路，即为自己亲身经历的一切，为自己向历史之恶妥协，"为自己的无为、为自己的不抗恶"负责：

我是有罪之人。我没坐过牢。我本应该去坐牢。但不是像费利克斯那样。不是白白去坐牢。我应该去做些什么事情,然后因此被投入监狱、劳改营、矿井、被枪毙。……听见没有?海明威、毕加索和普罗科菲耶夫①的崇拜者们!我不会为你们给我臆想出的罪名,而要为我实际犯下的罪过、为我和你的罪过而去接受惩罚!为你的罪过!你的!

实质上,小说主人公充当了替整个社会赎罪的牺牲品的角色。这个社会只是表面上摆脱了极权主义统治,事实上,维持这个社会得以继续存在的原因就是丧失原则、不负责任的风气普遍盛行。在这个社会里维克多是唯一获得了精神自由的人,但是,维克多获得自由的代价实在是太大了,他的思想和意识已经不能承受:他变成了一个疯子。

小说结尾维克多被关进了疯人院。但是,他把自己找到的房门钥匙藏了起来。虽然1963年"精神病人强制医疗"制度尚未在苏联普遍推行,但此时达尼埃尔已自然而然地预见到,在极权主义弱化的(或"停滞的")社会里必定将有一处恐怖的地狱,用于专门关押那些追求自由的人。《赎罪》的主人公所获得的自由莫过于一场真正的悲剧。他不打算回归排斥他的"自由主义"社会,他期待着走向那个严寒的暴风雪之夜——走向死亡。与达尼埃尔两年前完成的中篇小说《莫斯科在广播》相比,在这部作品中个体自由和人格尊严的价值得到了极大的提升,这并不是由于作家丧失了对人道主义的信仰,而是由于他对净化社会精神环境逐渐失去了希望。

* * *

如果说西尼亚夫斯基的小说以精湛的艺术技巧证明了真理具有多样性,不可能对纷繁复杂的生命活动进行整齐划一的处理,那么达尼埃尔则对为了赢得成为"他者"的权利、为了赢得成为"自我"的权利而付出的惨痛代价,对为了获得内心的自由必将遭遇悲剧性命运的问题进行了深入的思考。两位作家命运多舛,一生坎坷,他们以自己的切身经历说理,更有分量,更具说服力。

西尼亚夫斯基将异端思想视为一个首要的哲学原则,达尼埃尔则认为,持不同政见是一个人唯一的道德选择。两位作家的艺术观念已经冲破了"解冻"时期相当有限的自由主义的范围,迈向了一个崭新的阶段——七八十年代。

---

① 谢尔盖·谢尔盖耶维奇·普罗科菲耶夫(1891—1953),苏联著名作曲家、钢琴家。——译者

现代俄国文学（1953—1968）

第五节　新先锋派

在"解冻"年代，美学的崛起表现为我们通常所说的"地下文学"的繁荣。М. 阿伊津别尔格（М. Айзенберг）区分出这样一些"独立团体"，它们共存于20世纪50年代：比如，利阿诺佐沃小组（Лианозовская группа），成员有Е. 克罗皮夫尼茨基（Е. Кропивницкий）、Вс. 涅克拉索夫（Вс. Некросов）、Я. 萨图诺弗斯基（Я. Сатуновский）、Г. 萨普基尔（Г. Сапгир）、И. 霍林（И. Холин）；切尔特科夫小组（кружок Черткова），成员包括Л. 切尔特科夫（Л. Чертков）、С. 克拉索维茨基（С. Красовицкий）、А. 谢尔盖耶夫（А. Сергеев）、В. 赫罗莫夫（В. Хромов）；列宁格勒的"语言学派"（Филологическая школа），成员有Л. 维诺格拉多夫（Л. Виноградов）、М. 叶列明（М. Еремин）、А. 康德拉托夫（А. Кондратов）、С. 库尔莱（С. Куллэ）、Л. 洛谢夫（Л. Лосев）、В. 乌弗梁德（В. Уфлянд）。① 随后，在20世纪60年代到70年代，另一些小组或沙龙涌现出来，比如青年新古典主义者小组（Группа молодых "неоклассиков"），其成员包括С. 斯特拉塔诺夫斯基（С. Стратановский）、В. 克里武林（В. Кривулин）、О. 谢达科娃（О. Седакова）、Е. 阿列伊尼科夫（Е. Алейников）；莫斯科概念小组（Московский концептуальный круг），其成员有И. 卡巴科夫（И. Кабаков）、Д. 普里戈夫（Д. Пригов）、Л. 鲁宾什京（Л. Рубинштейн）、М. 阿伊津别尔格；由Л. 古巴诺夫（Л. Губанов）、В. 阿列伊尼科夫（В. Алейников）等人组建的斯莫格小组（СМОГ②）等等。在一些地方城市里，亦有这样一些小组应运而生，比如，乌克图斯基学派（Уктусская школа），这是一个诗人小组，成员有Р. 尼科诺娃（Р. Никонова）、谢尔盖·西盖（Сергей Сигей）、Евг. 阿尔别涅夫（Евг. Арбенев）。此外，20世纪50年代到60年代也有一些未参加任何文学组织，但亦颇为活跃，极具先锋派气质的诗人，В. 卡扎科夫（В. Казаков）、Г. 阿依基（Г. Айги）、В. 索斯诺尔（В. Соснор）即在此列。

---

① М. 阿伊津别尔格：《对地下文学的界定》，载于《旗》，1999年第1期。
② СМОГ系 Смелость（勇敢）、Мысль（思想）、Образ（形象）、Глубина（深度）四个单词首字母的连缀。——译者

第三章　在社会主义现实主义之外

富有特色的是，20世纪五六十年代大量的自发出版物，如民间诗歌组织的作品，缺乏公开的政治色彩，或者说，它们把政治文本与别开生面的实验纲领结合了起来。然而，政治宣传和美学实验受到强权近乎狂暴的压制。[①] 事实上，因为对社会主义现实主义学说的拒斥，艺术实验的诸多尝试极具独立于作者意愿的政治意义：它们打破了艺术的意识形态独白，也在被灌输的艺术教条中埋下了怀疑的种子。正是在这一氛围中，美学的现代主义和先锋派应运而生。而有时，先锋派作家也与这类艺术幸免于难的捍卫者保持来往，他们包括А. 阿赫玛托娃、Н. 曼德施塔姆、Н. 哈尔德日耶夫（Н. Харджиев）、А. 克鲁切内赫（А. Крученых）、Н. 格拉兹科夫（Н. Глазков）、Я. 德鲁斯金（Я. Друскин）、Н. 阿谢耶夫（Н. Асеев）、Е. 克罗皮弗尼茨基（Е. Колпивницкий）。

20世纪五六十年代新先锋派的边缘处境并非单纯体现在它与官方意识形态的关系上，更在于它引发了文明的全线"解冻"。一些具有先锋派影响力的作家被允许发表作品：首先要提到安德烈·沃兹涅谢恩斯基（Андрей Вознесенский），只有他得到了半官方的国家许可，在意识形态观念的框架内进行形式实验；也可以算上维克多·索斯诺尔（Виктор Соснор），此外还有只能在地方发表作品的丘瓦什诗人格恩纳季·阿依基（Геннадий Айги）。这一时期，其他的先锋派分子与其说是以其广大读者，而不如说是以其"权威性刊物"而颇负盛名。在"解冻"期间，边缘化的处境使先锋派只是尖锐地聚焦于美学价值、社会自由和思想自由。正如В. И. 丘帕（В. И. Тюпа）所言："对于先锋派来说，边缘化反倒使得内在自由出场，先锋派作家们在全新的意识之下通过文本中的符号性材料以及组织文本的手段进行内在自由的外部确证。作为对审美主体具体观念的表达，先锋派的书信亦呈现为自由话语。"[②] 先锋派的这一总体特征在20世纪五六十年代的先锋派诗人身上体现得尤为明显。他们创作的整体逻辑在于以要求允许在艺术创作上真正的、无限制的自由与颇具限制的"解冻"式自由相对抗。在В. И. 丘帕看来，就言说形

---

① 只需想想"推土机展览"就够了。确切言之，一些总体上都不属于社会主义现实主义的艺术家组建了一个独立展览，这个展览被克格勃用推土机驱散。"乔装的歹徒背着手，而挥动脚肘企图破坏。拉宾挂在了挖土机的推土铲上，走狗们开动推土机，三次朝他碾压过去，他挂在那儿动弹不了。有人伤到了腹部，失去知觉，被带入囚室；画作被毁，或被抛到车轮底下，或被焚烧。"参见伊万诺夫：《当彼得堡还是列宁格勒：关于列宁格勒的地下出版物》，载于《新文学评论》，1995年第13期，第193页。

② В. И. 丘帕：《后象征主义：20世纪俄罗斯诗歌的理论论文集》，萨马拉，1998年，第23页。以下引自该书的文献只著录作者及页码。

式而言，先锋派的自由话语与传统话语颇具差异："这表现为他们的反文本策略，他们确证作者意识的自主价值而悬置与读者的互动，他们付诸语言的暴力（破坏句法结构、改变拼写规则、以'价值自足'的名义扭曲词形）"，他们实现了"相对于语言——艺术公分母的自由"。最后，"克服了公共性语言的先锋派书信透射出一种关于建构生活的相当乌托邦的信念：它意味着主体从物质和精神双重维度抵御公共世界客观性的入侵"。那么，20世纪五六十年代的新先锋派如何变更了传统观念呢？

在 Г. 阿依基、В. 索斯诺尔、Вс. 涅克拉索夫、Г. 萨普基尔（Г. Сапгир）、Я. 萨图诺弗斯基（Я. Сатуновский）、В. 乌弗利亚恩德（В. Уфлянд）等诗人那里，摆脱传统的"自由"是一个极为相对的概念：一方面弃绝了社会主义现实主义传统；另一方面，诗人们在创作中示威性地复兴了1910—1930年间的先锋派，尤其是立体未来派和现实艺术协会（ОБЭРИУ）的传统，这些传统曾一度被强行切断。

"付诸语言的暴力"（特别是在"利阿诺佐沃"诗人群那里）获得了全新的色彩：在对语言的冲锋中，先锋派的攻击对象与其说是"作为艺术公分母的语言"，不如说是半官方的、意识形态化的语言；此外，未开化的语言、语音含混的语言、"大众语言"、"街头哑语"亦属先锋派攻击之列。就破坏这类语言而言，20世纪五六十年代的新先锋派正如他们的先辈，确然是尝试克服"既存公共世界的客观性"。但是，就"公共世界"这一概念而言，在20世纪五六十年代和20世纪前十年或是20年代它的具体内容颇为相异。如果说在古典的先锋派那里，克服"公共世界"与新语言、新社会、新个性的革命乌托邦思想不可分割，那么，20世纪五六十年代的新先锋派则与后乌托邦现实，与妄图使生活从属于宏伟的共产主义乌托邦这一尝试之后留下的社会的、人类学的、存在论的"废墟"有着千丝万缕的联系。因此，在新先锋派那里，针对现实的自由的向度实质上与未来派所选择的方向相左，而与"现实艺术协会"的路径较为相近。新先锋派尝试从乌托邦的压制中突围；先锋派的奠基性思想在于"对生活的新感觉"：当事物被"清除了文学外壳"，也意味着它们跳出了意识形态乌托邦，跳出了社会主义现实主义的伪现实。新先锋派反乌托邦的路径首先表现为"琐碎和粗俗的美学"（阿·汉先-寥维）。这一美学理念与半官方艺术的"光滑"相对立。

在此语境中，创作主体这一颇具挑衅意味的观念的代价甚至是一种反文学姿态，比如，在 Г. 萨普基尔的《停顿》（Пауза）一诗中，它表现为须臾的沉默，再如 В. 卡扎科夫那首由四行被涂掉的诗句构成的《优美的被删除之诗》（"Прекрасное зачеркнутое стихотворение"）亦可为例证。这种反文学姿态被理解为对官方艺术的持续性反对立场使然。在官方艺术当中，诗人无权表达自我，无权视创作为游戏，无权即兴创作，无权使作品"晦涩难懂"……他们仅有的"权利"是充当政党观念的传声筒，平庸却也容易得到认可。

К. 库兹明斯基（К. Кузьминский）选编的《蓝湖畔的俄国新诗选》（«Антология новейшей русской поэзии у Голубой лагуны»）基本聚焦于20世纪50年代到80年代先锋派（只是宽泛意义上的先锋派）诗人的作品，该选集出版于美国，卷帙浩繁，共13卷。毫无疑问，这一文学场域的遗产只是刚刚才被学界纳入研究视域，而对这一文学"矿层"最为连贯的研究当属Вл. 库拉科夫（Вл. Кулаков）的著作①。我们可以说，20世纪50年代到60年代新先锋派的特质首先在于它有两个不同的分支，这两个分支在取向上相互补充：其一植根于立体未来派，尤其深受赫列勃尼科夫（Хлебников）和克鲁切内赫的影响，格恩纳季·阿依基、弗拉季米尔·卡扎科夫、维克多·索斯诺尔的作品最显明地体现了这一路线；另一分支则沿袭了"现实艺术协会"在新的历史文化语境中的文学实验。"新现实艺术协会"（Неообэриутство）的诗人包括"利阿诺佐沃学派"（Лианозовская школа，如 Вс. 涅克拉索夫、И. 霍林、Г. 萨普基尔、Я. 萨图诺夫斯基）以及 В. 乌弗梁德、О. 格里高里耶夫。此外，在这些年里，И. 勃罗茨基（И. Бродский）、Арс. 特尔科夫斯基（Арс. Тарковский）、Д. 萨莫伊洛夫（Д. Самойлов）、А. 库什涅尔（А. Кушнер）、О. 丘霍恩采夫（О. Чухонцев）、В. 克里武林（В. Крувилин）等诗人形成的新阿克梅派倾向也在积蓄力量，这一倾向拒斥19世纪60年代俄罗斯的"进步社会活动家"意识形态化的诗歌，亦对新先锋派的实验倾向保持反对姿态。新阿克梅派迎来其繁荣期已是20世纪70年代了。

5.1 新未来派（В. 卡扎科夫、В. 索斯诺尔、Г. 阿依基）

20世纪50年代到60年代的新未来派因原则性地彻底拒斥乌托邦主义而摆脱了自身历史上的文学标准。"解冻"的新未来派并不试图通过设计艺术方案或者创造"未来语言"而影响具体的社会现实。然而，在他们"词语价值自足"的创作观念当中却显露了新的现实性：赫列勃尼科夫意欲复返某种原始语言之中的诗学观，以维克多·索斯诺尔为代表的作家回到艺术的潜意识之

---

① 参见弗·库拉科夫：《作为事实的诗篇》，莫斯科，1998年。

现代俄国文学（1953—1968）

中的创作欲求，诗歌文本与异教仪式之间的克鲁切内赫式接近，以及卡扎科夫和阿依基对惯常逻辑和日常语言的拒斥，打破了既定的、压迫性的、几成习惯的事物秩序，创造了新的、更具现实性的现实。新未来派的反常之处在于，蕴含着对世界进行革命式的变革（新的语言形式创造新内容）这一语义的未来派所革新的形式规则——克鲁切内赫在宣言《这样的语言》中写道——基本上，已经转而跳出"变革现实"这一思路。20世纪50年代到60年代的未来派创造了逃避社会话题、社会因素，逃避"当代现实"，甚至逃避这整个时代的最为激进的文学形式。这里我们强调的是先锋派特定美学品质的逐渐磨损，如 Б. 勃列赫特（Б. Брехт）所言："不能使读者自主面对现实的作品，就不是艺术作品。"[1] 在弗拉季米尔·卡扎科夫的诗作中，逃避现实这一逻辑显露出最为清晰的轮廓。而这一反理性主义的策略在历史理论和纯粹形而上学层面的结果在维克多·索斯诺尔和格恩纳季·阿依基的作品中得到最显明的呈现。

德国文学批评家贝尔特兰·穆勒（Бертран Мюллер）曾如此概括弗拉季米尔·卡扎科夫（1938—1978）作品的特点："在卡扎科夫的作品中，并非是秩序和逸乐，而是混乱和危险主宰一切。诗人以惯用的反逻辑手法营造出非现实之感，直指在逻辑规则基础上人的意识的相对性……与之相应，在读者想象中呈现的世界，是完全从作者意识中直接流溢出来、规避了意识规则的私人世界。"[2]

确然，在卡扎科夫的诗作中，现实通常附着的元素是物理性疼痛，在他的世界中一切都在疼痛。"冬日雪堆面容疲倦，/而雪（它是雄是雌？）/牙齿脱落，含混嘶鸣/"（《春日来临》）；"灯光闪烁，椅背/触动后脑，敲击/仿佛死亡医生的手指/"（《入夜的黄昏》）；"喷溅着脚趾的雨/用骨头踩踏，咯吱作响/"（《玛利亚……》）；"星群——这密布的伤疤，抱住天空/它痉挛的双脚吱吱作响……/"（《1号堤岸》）；"灯，尖叫着/在床上开始搏斗/灯闪烁着刀光，痛苦地闪耀/"（《孩子》）。毫不奇怪，在卡扎科夫的诗中，古典隐喻"生活即监狱"被反复具象化：

> 灯火——缀着黑暗
> 肥胖而凶恶的狗群

---

[1] Б. 勃列赫特：《谈文学》，莫斯科，1977年，第246页。
[2] 穆勒（Б. Мюллер）：《弗拉基米尔·卡扎科夫的神秘世界》，载于弗拉基米尔·卡扎科夫：《不常有的勇士 诗 1961—1976 诗歌 戏剧 随笔〈祖德斯尼克〉》，慕尼黑，1978年。另见沙伊坦诺夫（И. Шайтанов）：《奇异的幻象纷至沓来》，载于《文学评论》，1992年第2期。

在夜晚的监狱
竖起峭削的耳朵

栅栏威胁着天空
星辰的轨迹渐弱
剩余的子弹毁灭于
肥胖的狗群——
那多余的肉

(《监狱》)

背后,枪刺的寒冷愈加剧烈
矮小的树丛,宛如风的颅骨
而灰色的、沿着铁丝网绵延的雾霭背后
天空正谋划一场可怕的逃脱
生者已被呈送,死者仍在奔走:
人人人人人人人人人人

(《兵站》)

  当面对世界的苦难和存在之狱,合乎逻辑的出口即是逃离。但逃向何方?在《时髦展览会》(1966)一诗中,逃离、苦痛、监狱这些因素被糅合在了一起:"口被唤醒,脸的奔逃/口唇之笑——颤动的追捕/而手指抓住逃离者/以黑暗国度的向导,剥下他新鲜的皮肤/乞丐伸开颤抖的手指/大衣盖住裸露的创伤/盖住裸露的痛……快乐时尚的展览会上监狱有艳美的栅栏/"。口——"脸的奔逃",因为它是话语的源头。在卡扎科夫那里,正是这个词语能够给予逃离世界监狱、摆脱痛苦的自由。这一诗学言语具有一种魔法般的力量:通过重新命名世界,用自身的想象驯服现实,诗人抑制了世界的侵略性。诗人对于世界具有这般权力的原因在于,现实并非由诸事物,而是由词语、名称、名字构成:

乌云的名字——在群山的名字之上
而雷声的轰鸣亦如乌云的名字
而冰川银白色的责难——
群山的名字滑下陡崖
群山的鬓发再次蒙霜

现代俄国文学（1953—1968）

> 只是夜晚悄声低语着"寒冷"一词，
> 在印度星辰密布的天空
> 星座的"饥饿"蹒跚爬行
> 额，双唇！在马鞭的命令下
> 野兽向前冲去
> 狞笑的动物园
> 疲倦地倒地

因此，通过改变词语的组合规则、破坏惯常逻辑，对于可供选择的现实，诗人开启了一个广阔空间。如此，卡扎科夫有自己的"乘法表"，在这一"乘法表"当中，"5×2＝百万"，而"3－1＝8"！他有一部《巴巴多斯—俄语词典》，该词典包含11个词（如"解毒剂""剃度修士""苏沃洛夫""蔚蓝色""梅毒""费希特学说"等等）、2个数字，以此将荒谬之物转换成语言。在《分离》一诗的结尾，诗句以喜剧性的反逻辑态势出现："问题：多少？/回答：哪儿也不/赤足的就像94783/上帝——风！"这类"宣言性"的戏谑色彩显露无遗。这一因素的严肃发展使卡扎科夫带着他诗化的梦幻世界走向超现实主义，这里，潜意识可被视为精神自由的临界性表达："你们将在梦境中找到我/骤然闪出强光的、凶恶的梦"（《奔逃者们》）。

卡扎科夫发展出来的"逃离"的另一种样态，与纯文学世界中的主人公的缺席密切相关，确切言之，这是对在伊格尔·谢维里亚宁（Игорь Северянин）的精神中被重建的文学性的规避。西班牙女王、唐·彼得罗饭店（Дон Педро）和俊美的少年贵族（《叙事诗》）汇聚于这类纯文学世界，抒情主人公与敌人决一雌雄，他手持旧式手枪，腰佩长剑，足蹬长靴，驰向舞会，他与捷尔皮戈丽叶娃伯爵小姐相见，而他的情人是玛德隆。但卡扎科夫总是破坏这种修辞幻想的迷人力量。比如，在《交易》（1969）一诗中，修辞风格轻易转换成了丑角表演。

> 我轻吹口哨走近
> 点点一叠纸币
> 低唱
> …… ……
>
> 问：为什么是火腿？

问领口低开的伯爵小姐
四围站着一列仆人、厨师、马车夫
我斥道：快点儿！
踢着小狗布扎
公爵小姐扯下衣裳
而厨子们并不窘迫
88 卢布，她说
我打量可敬的厨子
沉思中马刺叮当作响
在我和健壮的女人之间
某种火焰一闪而过

这一文本，与其说会让现代读者想起谢维里亚宁或是哈尔姆斯，不如说让他们忆起维涅季克特·叶罗费耶夫（Венедикт Ерофеев）写于 1969 年的《从莫斯科到佩图什基》。卡扎科夫的《交易》，正如叶罗费耶夫的诗作，在由车夫、领口低开的公爵小姐、小狗布扎、马刺唤起的文学期待与具体叙述中的"底层"口吻，尤其是"不体面"的内容之间产生了修辞冲突。模仿风格变为戏仿，它确信被圣化的文学"语言"与具体生活经验，尤其是抒情主人公（诗人）的心理情态不相容。在文学样式和生长在监狱世界、幻想逃离的现代主人公的私人意识之间悬而未决的冲突成为卡扎科夫的诗歌（《高加索军团》《修道院》）以及荒诞派戏剧（《大门》《窗子》《反射》《祝酒词》《雕像》《意外的兵士》）这些作品的核心。

显而易见的是，艺术家对世界的权力颇为局限，因为他提供的诸多逃离方式，或是虚幻的，或是与他个人意识中的精神现实不相容的。在卡扎科夫那里，艺术自由的全能性这一最初的先锋派信念实质上变成了一个发现：无法消除生活的苦痛，无法逃离监狱世界。

Я. 戈尔京（Я. Гордин）在一篇关于维克多·索斯诺尔（生于 1936 年）的论文中指出了诗人与未来派（赫列勃尼科夫和早期的阿谢耶夫）经验的联系，但他同时声明："更确切地说，索斯诺尔首先是一位浪漫派诗人，他转换视角，持续设计稳固的悲剧英雄模式。"[①] 与之相反，Вл. 诺维科夫大力捍卫

---

① Я. 戈尔京：《影子学派，或云隐形人的回归》，载于《В. 索斯诺尔：返回大海》，列宁格勒，1989 年，第 6 页。

现代俄国文学（1953—1968）

索斯诺尔的先锋派特点："诗人的写作一向最为大胆，在今天，他是语言实验方面最彻底的极端分子。与他笔下奇妙的词根和带有自由冲动的句法相比，同时代诗人的探索，甚至当代年轻诗人最为大胆的诉求都显得温和得多。"①

细心的读者会发现，索斯诺尔不仅与浪漫主义者以及未来派具有强力对话，也同象征主义者（特别是勃洛克）、新浪漫主义者（奥斯卡尔·乌艾利德 Оскар Уайльд）以及卡夫卡、茨维塔耶娃、帕斯捷尔纳克、阿克梅派（津克维克、库兹明、戈罗杰茨基）具有对话关系。而且，索斯诺尔的创作与奥维德、贺拉斯、莎士比亚、普希金、密茨凯维奇、爱伦·坡、莱蒙托夫等作家的古典文本一直存在同样充满活力的呼应关系。这里给人的感觉是，索斯诺尔越来越尝试戴上一些相近的抒情面具，以便一方面检查古典和非古典模式的和谐程度，另一方面从当下令人悲哀的俘虏处境中走出来。正如戈尔京所言，索斯诺尔的所有作品从构思层面来讲都是先锋派的，但从具体呈现而言，具有某种"紧张情绪"——当他表现出"并非在游戏，而是进行一些痛苦的尝试时：扭曲时间、破坏为我们组建了'舒适'现实的既定结构，最后打开这个循环，以便从内部感受它"②。

20世纪60年代初，索斯诺尔凭借"伊格尔远征记""顿河边区"等总体上为古俄罗斯美学主题而创作的自由抒情诗蜚声扬名，这些抒情诗受到传统捍卫者的敌视，也为Д. С. 利哈乔夫（Д. С. Лихочев）、Н. 阿谢耶夫等权威所热烈拥护。这一系列中的部分诗歌（《词语》《博扬最后的歌曲》《鹰群》）以其大胆、强烈的节奏，处理传说时透出的欢快的自由，以及轻快（现代的"解冻"的世界观带着这种"轻快"进入了传说语境）而令人惊奇。在这些诗篇中，显而易见的是，得以恢复的、热烈的异教精神在生活世界随处公开显现，与以枯燥而虚伪的戒条遮蔽现实的、单调的半官方"宗教"背道而驰。

> 他们为天堂而战
> 那里的神酒——一匙一匙
> 如果生活——板棚
> 布道——
> 谎言！

---

① Вл. 诺维科夫：《怪诞》，莫斯科，1997年，第217页。
② Я. 戈尔京：《影子学派，或云隐形人的回归》，载于《В. 索斯诺尔：返回大海》，列宁格勒，1989年，第9页。

第三章　在社会主义现实主义之外

> 发怒？别胡闹！
> 你是拉犁铧的马
> 如果人人都放荡
> 布道——
> 谎言！
> 对于修士们——所有字母，
> 是饴糖和小鸟
> 而对于异教徒——语言是
> 上十字架？
> 上断头台？
>
> （《异教徒们》）

但早在《博扬最后的组歌》这一组诗中，相对浪漫主义的、再现过去的"嵌入式"风格亦透出痛苦："是啊，伟大者/他，如嵌入我头脑的神殿/幻想或是书籍的贮藏室/"。穿透时间链条的裂缝正如意识自由的实现，但获取的果实更多地表现为惊惧和痛苦，而非慰藉和欢乐："但取代了美妙的少女、天堂的玫瑰/婚房中的六翼野兽/"。"六翼野兽"，大概是指六翼天使，一种诗性使命的象征。在索斯诺尔的作品中，这一使命一直与造物主、与诗人对抗。他甚至有一首名为《我的缪斯——米达斯之女》的诗。在此诗中，诗人像米达斯国王一样，能够点石成金。致命的问题在于，正是这对他来说弥足珍贵的能力，使他一直饱受痛苦。

> 曾置于桌布上的面包
> 变成了金面包瓤
> 我吻着她的脸——
> 这就是您的面具！
> 生活点燃群星——啊，不！——
> 金属的冰冷！
> 您感叹道：像神一样富足！
> 像乞丐一样饥饿。

这里悲剧的原因并不在于与社会环境的对抗，也不在于历史环境，而涉及创作的本体论层面，即索斯诺尔的创作观符合"历史主义先锋派"的哲学逻辑。罗兰·巴特写道:"读者的诞生宣告了作者的死亡。"① 对于先锋派艺术的这种怪诞思想,索斯诺尔早在 20 世纪 60 年代便已有所意识。B. И. 丘帕对这种情况做出如下解释:在先锋派的美学当中,伴随着对自由的崇拜和自由之"我"的哲学,他者的"自我"已经没有任何位置,"自由或是依附,这孤绝意识的非此即彼的选择,完全消除了任何真正对话的可能性"②。对于诗人来说,在文本当中从外部实现的自我想象、自我领会、自我认识的自由都付之阙如:把局部自我交付给他人永不可能得到任何回报。这就是为什么在索斯诺尔那里可以出现这种仿佛是修辞矛盾的诗歌定语,如"首字母大写的奥斯维辛"(Освенцим буквиц)。比《我的缪斯……》更尖锐的是,在先锋派意识中自始就产生的这一悲剧性矛盾在索斯诺尔的《皮格马利翁续篇》一诗中得到了解决:诗中衰老匠人的伽拉忒亚不能不被他人、弟子及人群所夺走:

> 我的弟子,现在是你的题材了,
> 更确切些,身体。在她的长衣下
> 我熟悉身体的每个毛细血管,
> 因为我——创造者,而你——不过是你。
> 你只属于你的人群。现在——你的路标
> 一锤一锤,整个我的劳作、战栗,
> 一锤一锤,我整整一生的结果!
> 他目盲但灵巧!

文学创作必须实现自由,但获得的自由不仅不保证与世界的和谐关系,反而拓宽了诗人与他人世界之间的鸿沟。所以,在索斯诺尔那里,诗人的形象总被牺牲的光环所笼罩(这很容易让我们想起马雅可夫斯基的《第 13 个圣徒》):"在你们的黑夜里/在你们在荒地里/在所有的罪人当中/我负罪最深";"某个天使(所有人为了取笑!)/他在路灯下烧焦/我睡着,像所有人一样。像所有人一样,我沉入梦境/我——看到了——自己的——死亡/"。索斯诺尔的抒情主人公与世界不能共存的原因并不在于世界不公正,恰恰相反,是因为:

> 这世界由公正主宰。

---

① 罗兰·巴特:《符号学、诗学著作选》,莫斯科,1989 年,第 291 页。
② B. И. 丘帕,第 33 页。

它统治
在监狱里,
在兵营里
在医院里。
公正只是存在于
这三个维度。
因为那里人人相同,
个体归于零度。

(《隐秘的故事》)

同样地,正如在早年的马雅可夫斯基以及成熟的茨维塔耶娃那里,诗人的自由与被其他"零度"个体所充斥的世界不能相容。这种不相容也为他们在憎恨"群体"、鄙夷世俗中透出的"恶魔般"声调提供了一个注解。

这一生当中,与死同行!
囚室!惩戒的禁地!——
这样的生活我情愿死去
我摔毁自己的基法拉琴!

(《俄耳甫斯》)

当生活——这天堂之树上的第七滴水,
当生活——这但丁之狱的第七圈,
纵是毫无力量,但猪群贪婪吞咽橡果——
呼唤恶,勿忘闪电的世界!

在此语境中,逃离自身时代这一尝试获得了特别的意义——寻找交谈者,寻找你:

我独自离开,没有路
那儿——雾,永生不再闪光
修道院式的夜晚,无神的谵语
没什么让我觉得新鲜——除了你。

现代俄国文学（1953—1968）

在莱蒙托夫的杰作中，"没有你"这一关于虚无的主题在迂喻法中强烈地体现出来，这并非偶然。索斯诺尔找寻的并非任意一个他者，而只是"你"。只有"你"的现身，才可能出现有价值的对话和相互交换。而且，"你"并不要求诗人自我弃绝，即作为自我实现的代价。对于先锋派诗人来说，对等的交谈者可能只有另外一些与他们气质相近的诗人。在实现这一设想的过程中，索斯诺尔重写诸如《我爱过您……》《我独自走上大路》《已是第二天，你本当轻松了些》《不，曾击鼓……》以及其他很多古典文本，他创造了一系列独特的"翻新"诗歌。在这些诗中没有后现代的讽刺，因为当不同文明的语言在同一文本之内相遇，只能产生断裂、虚无。索斯诺尔追寻的正是这样一种对话：他将自己的心理经验和哲学经验渗入古典文本，同时又保存"老"文本的调性、节奏和含义。如若这一"综合"得以顺利完成，那么，两个不同意识之间的对话将超越时代限制而呈现出来。如此，像《从主题上讲》《我爱过您……》这样的诗从外部破坏了普希金式的和谐，而代之以由怪诞形象和破碎化句法呈现的狂暴混乱：

> 我爱过您。这爱——或许仍存在。
> 但它不存在。
> 只有耳边渐趋轰响的马蹄声
> 这狼的食物
> ……
> 没有诅咒，而温柔亦无济于事，
> 我锻造过血！
> 我——爱过您。这爱或许仍存在……
> 却不是爱您。

此处，与他者对"我"的强权进行抗争的这种狂暴能量最为鲜明地表达了爱情对于自我中心意识的胜利。索斯诺尔以本己的方式彻底地重构了普希金笔下爱情或成或败的悖谬。可以说，索斯诺尔套用马雅可夫斯基死后出版的诗歌《我走入黑夜》的看上去像是对"引文"的注解：这里呈现出来的是表面联系，而真正的对话并未产生。

索斯诺尔对先锋派自由的继承体现在他对于具有压制性的传统的态度上，也体现于他对于具有强迫性的现代的态度上。在此期间，他的《方法》直接产生于一种深度绝望，对语言影响现实的可能性、对诗人能否通过语言创作出

第三章　在社会主义现实主义之外

自由的、和谐的、乌托邦式"本己现代性"的绝望：

> 本己的现代性。别做梦了。
> 它——只是一个——现代性。
> 醒来、微笑、飞走，
> 飞走，总是这样。

索斯诺尔的《飞走》，正如对对话的寻求，突显了先锋派自我中心主义的局限性，从逻辑上导向"作者之死"。他的诗篇中悲剧性的调性伴随着先锋派神话赋予诗人的英勇精神，也伴随着这一神话注定难逃的毁灭，这神话的碎裂就像被酒神狂女迈那得斯撕碎的俄耳甫斯，被自我的内在矛盾性所撕碎。

格恩纳季·阿依基（生于1934年）糅合未来派、象征主义、超现实主义的传统，构建了自身的诗学世界。① 在他的艺术语言和艺术哲学中呈现出来的激进色彩使他与未来派以及超现实主义相近。自20世纪60年代，阿依基开始持续地深入改造自由诗，蓄意地使之碎片化、简洁化、并赋之以散文式的句法重心，而远离了传统的、具有抑扬格音节的诗律。根据 Вл. 诺维科夫（Вл. Новиков）的解释：阿依基通过"摆脱模仿、摆脱他人语言"② 获得了自由，他把自己的诗歌从传统诗歌法则的烦冗缀余中解放了出来。阿依基坚决地更新了诗歌语言，他效仿俄罗斯未来派和西方超现实主义者建立了全新的概念，或是通过词素（比如在他那里，"бла"这个音组意味着光明、祝福、幸福），或是通过把旧词改造为新词（"神的—篝火""神的—声音""生活—如—事物""火光—灵魂"或"梦中—的—道路"，它们都作为一个单独的词出现）；此外，阿依基还广泛地运用图示符号等等。正如波兰批评家埃德瓦尔德·巴利采让（Эдвард Бальцежан）所指出的："诗人首先攻击的是描绘世界已'僵死'

---

① "阿依基是第一位有意识地、持续地发展了前超现实主义和超现实主义时期法国诗学传统的俄罗斯诗人……但在这一时期他成功地（于此我看到了他最大的功绩）、完全有机地归纳了这一与俄罗斯诗歌取向相异的现代诗歌类型，这时的俄罗斯诗歌受到未来派和象征主义的双重影响，由此与赫列勃尼科夫、帕斯捷尔纳克这些名字关联在一起。"早在1964年，捷克批评家迈塔·阿尔娜乌季娃（Маита Арнаутива）就曾在《火焰》杂志上做出如是评论。（参见《格恩纳季·阿依基：特殊的冬天》，巴黎，1982年，第569、570页）至于阿依基的诗学语言对未来派和象征主义传统的归纳，А. 列昂季耶夫（А. Леонтьев）在《在通向天使般交融的途中》一文中给出了分析（同上书，第578～590页）。

② Вл. 诺维科夫：《怪诞》，莫斯科，1997年，第213页。

的符号，让它们在语言游戏中产生某种二度影响。"①

如此，先锋派从传统、艺术语言、艺术世界的压力中解放出来，从原则上创作全新之物的自我设定得以恢复。阿依基仿佛又一次（第多少次了！）从零、从虚空之处开始。正如 Вл. 诺维科夫（阿依基作品在俄罗斯最坚定的宣传者）所言："阿依基全新诗篇的解救性……一直在模仿和戏仿的'计算器'上表现出来：0,00000……"②

凭借离奇的形象，阿依基与其说创造了诗歌语言，不如说创造了"沉默的艺术"。美国学者 Дж. 亚涅恰克（Дж. Янечек）写道："毫无疑问，诗人成功地创造了这种新奇的沉默性诗篇……他是如何做到的？是作品的选题（范围）在起作用：在梦境和现实之间的状态、冬季、雪、黑夜、自然界的寂静、朴素、纯洁，这类恒常的形象和主题。在雪的棉被之下，大地几乎睡去，几近沉默，一切事物雪白、纯洁而安静。这些诗篇简短、节制，去除一切冗余；诗节和诗行并不长，常常由一个或几个单词构成。它们被雪白纸张上的广阔空地所包围。诗人最钟爱的动词剥离了动词的'行动'，把它们化为名词本身所不具备的同位语。"③

但是，在阿依基那里，"虚空之处"这一思想从根本上来说与未来派的艺术虚无主义不同。阿依基并非把虚空的状态（寂静、雪白）视为未来乌托邦的构建场所，而是作为诗性启示和存在的神秘本质——正如阿依基本人的定义——"世界—纯净"从直觉上进行非理性突破所要探求的最终结果。诗歌创作服从于神秘任务，着力理解神灵，这是秉持艺术具有"通神"功能这一理论的象征主义者的特点（Вяч. 伊万诺夫）。由此，阿依基致力将诗歌变为某种与"上帝符码"（А. 列昂季耶维语）这一观念的不可分割之物，词语的目的在于表达语言难以表达之物，根据阿依基（以及象征主义）的逻辑，这就是指神秘的、宗教的、上帝的知识："唔，盲的，接受吧：／睁开吧，如果显现出来：／唔，寂静——耶稣！……"（《以及：仿佛白色纸张》，1967）④

阿依基并非直接从象征主义者那里，而是从更晚些的，也就是 20 世纪二

---

① Э. 巴利采让：《波兰的阿依基》，载于《格恩纳季·阿依基：特殊的冬天》，巴黎，1982 年，第 575 页。

② Вл. 诺维科夫：《怪诞》，莫斯科，1997 年，第 214 页。

③ 亚涅切克·杰拉德（Янечек Джеральд）：《根纳季·艾基》，载于《文学评论》，1998 年第 5、6 期，第 41 页。

④ 拉依涅尔·格留别利（Райнер Грюбель）指出了阿依基诗风与赞美诗风格以及宗教神秘主义在整体上的联系。参见格留别利（Р. Грюбель）：《叶落的沉默——一首新的诗篇：谈谈文学价值论和艾基的诗歌》，载于《文学评论》，1998 年第 5、6 期，第 42~46 页。

三十年代先锋派的再处理中继承了这一诗歌传统。可以说，与他最为相近的是对自身美学实验进行宗教解释的马列维奇（Малевич）。[①] 文学语言与抽象美学、抽象画的相似性确定了阿依基艺术以及形而上学的探索维度。阿依基在马列维奇诞辰一百周年创作《节日中的形象》一诗显然不无目的，在这首诗中这种近似性得以强调：

> 具有"白"的意识
> 远处的人
> 身披白雪
> 仿佛携着隐形符号

这就给马列维奇那幅著名的离奇之作《白底上的白色方块》提供了纯粹的形而上学解释。对于阿依基来说，白底上的白色方块意味着人与上帝之间、灵魂与世界之间可能实现的理想性的和谐："而白色——一切皆是/它有统一的精神，引诱着我们/在任何地方/在一切当中——陌生的白色/"，"荣耀的白色——上帝的出场"。

正如弗拉季米尔·卡扎科夫（Владимир Казаков）所言，这一艺术哲学观念与对现实的理解有关，这是一种悲剧性的绝望，现实意味着永无休止的痛，意味着流血的伤口：

> 像空气那样敞开自身
> 如果触碰——
> 则伤口的结局无可预料
> 无论处于何种高度
> 无论在何处

（《朝向返回的恐惧》，1964）

"国家！"——

[①] 伊利马·拉古扎（Ильма Ракуза）甚至将阿依基的艺术方法定义为"抒情的至上主义"，他强调，马列维奇也"谈论上帝如谈论'零度幸福'，谈论主动性如谈论动态的沉默，谈论艺术如谈论'无对象的、白色的至上主义'"。这里说的是大胆尝试去表达无论在思想上和语言上，还是从质量上不可化约的全新经验，仿佛了无一物的纯粹的无对象的经验。参见拉库扎（И. Ракуза）：《根纳季·艾基的抒情至上主义》，载于《文学评论》，1998年第5、6期，第56页。

就像——穿过锁骨！穿过脸——
甚至不以意义和声响的形式——它更像是以
绝望思想的空间！——……
以来自族群内核的
血和疯狂

(《地点：啤酒售货亭》,1968)

穿透现象，朝向本质，朝向白色和寂静——根据事物的本质，这是克服"痛"的过程，也是沉入悬置了一切短暂易逝的永恒的过程："这是你否定的、绽放的沉默……位置：白色的缺席：纯净：就像没有疾病的人！"《从玫瑰的末端》(1966)这首诗颇为典型，在诗中，生者的死亡仿佛呈现为永恒的、绝对的庆典："你们退后/再向后/已不见踪影/……/为了它的庆典/早就/谋划着瓦解/——包括你们的白色/"。阿依基是完全合逻辑的：对他而言，弃绝短暂和病弱之物意味着弃绝"我"，即为融入绝对的上帝之白而付出的理智的"代价"：

我保存这伤口像保存一个核心
我通过它的闪光而言说
存在的闪光
你滑行远去，正如星辰

为使它独自存在
应该熄灭我的结局。

在阿依基的世界里，离虚空最近的是"梦"。在《梦与诗》① 这篇纲领性的短论中，诗人将梦与黑暗、"阴雨连绵的国度"等生活中的神秘形象相比照，这不无原因。在这篇文章的整体叙述进程中，诗人历数梦的"诗学套语"："梦—避难所""梦—逃离—现实""梦—对自身的—爱""梦—诗篇""梦—与自身的—对话""梦—对生活的—信任""梦—低语""梦—喧响""梦—光""梦—照亮""啊，梦——濯洗！"，以及"梦——我们恐惧的培植

---

① 拉库扎（И. Ракуза）：《根纳季·艾基的抒情至上主义》，载于《文学评论》，1998年第5、6期，第10~13页。

者，它强化恐惧，削弱我们的抵抗力"。甚至还有"梦的黑色的、寂静的篝火"——生命的材料在火中焚尽。阿依基的诗作中这种形象的二元性在很大程度上与虚空的"神话题材"可供领会的二元性有关。

这一"神正论"主题贯穿于阿依基的全部诗作："上帝""真理""永恒"在白色和静寂中，或者说在虚空中出场。诗人自身也意识到：在现代社会图景中，绝对价值已经消失，而把绝对价值的缺席神话化显然是一种悲剧性尝试。

> 上帝的居所显明：
> 我们知晓
> 它曾位于何处
> 只是当他遗弃了……
> 我们的忧愁哦！——
> 它总像是
> 神圣的被遗弃感！——
> 你们是它纯净的容器。

现代派和先锋派以这样或那样的、主观的、社会的、审美的价值赋予"神话创作"以宗教神秘的绝对意义，这在阿依基的诗歌中被终结。阿依基的诗歌是奥斯维辛和克雷马之后的诗歌〔他在关于拉乌尔·瓦伦贝格（Рауль Валленберг）的《最后的远行》一诗中转向这些主题，显然不无原因〕，当一切人性价值被连根拔起，就只留下流着血的伤口、永不休止的痛，虚空是"神话创作"的唯一对象，同时，它表现了对流血现实的激进逃离（《纯净》《没有疾病的人》）以及接触绝对的唯一的可能形式，尽管这一形式是否定的（《神圣的遗弃》）。

5.2 从现实艺术协会到概念派
（О. 格里高里耶夫、"利阿诺佐沃"诗人群）

20 世纪 20 年代末到 30 年代初现实艺术协会成员，如 Д. 哈尔姆斯（Д. Хармс）、А. 维坚斯基（А. Введенский）、Н. 巴赫捷列夫（Н. Бахтерев），包括 Н. 扎鲍洛茨基（Н. Заболоцкий）、К. 瓦基诺夫（К. Вагинов）等人奠定的文学传统对 20 世纪 60 年代到 80 年代的文学界具有极为强劲的影响。首先，正是在这些年，20 世纪 30 年代末到 40 年代初身体几被摧垮的现实艺

现代俄国文学（1953—1968）

术协会成员的遗产开始为读者所了解：他们在生前曾出版过的儿童作品得到再版，随后，他们以手稿形式保存的"严肃"文本也被从档案中发掘出来，得以面世。其次，因为现实艺术协会成员是较晚的先锋派，他们与 20 世纪前两个十年先锋派的乌托邦思想颇具分歧（尽管现实艺术协会中的大部分成员把赫列勃尼科夫视为导师），而更主要的是，我们把现实艺术协会视为先锋派，不仅在于他们预见了极权主义文艺的来临，更在于他们迫使自身与极权主义文艺这样的或那样的（否定、辩论、讽刺）对应，20 世纪五六十年代的先锋派面对的形势尤为典型。最后，现实艺术协会的成员与卡夫卡同时走向了荒诞美学，恰恰是体现了荒诞哲学的卡夫卡、荒诞派剧作家（以贝科特和尤奥内斯库为代表）以及存在主义作家（阿尔贝·加缪、让·保罗·萨特）成为为数不多的能撕裂"铁幕"，在 20 世纪 60 年代苏联广为人知的现代主义者。现实艺术协会的尝试使他们在复兴俄国先锋派传统的同时，也能进入欧洲和世界的"荒诞派"所开启的现代语境。最后，荒诞派与极权主义世界的疏远——一方面是拒斥"庸俗"，另一方面远离"精神的洞穴"，为几代"精神移民"提供了寄身之所，这些人对共产主义意识形态不存一丝好感，但亦不相信有改变它的可能，而把它视为事物永恒的、稳固的秩序。

在 Ж. Ф. 扎克卡尔（Ж. Ф. Жаккар）看来，现实艺术协会的美学与欧洲荒诞派美学的相类之处是这两个文学潮流的核心艺术发现于这个世界无可补救的混乱，这种混乱充斥一切——人与人的私人关系、社会制度、语言、存在。"从某种程度上说，荒诞是人与世界之间存在的裂痕的痛苦确证，是走向了极端的、独特的讽刺手法。荒诞派把世界的无序状态提升到了表达这种无序状态的手段上。"[1] 根据扎克卡尔的界定，现实艺术协会式的荒诞派具有如下特点。

一是碎片化：社会的、心理的、存在的诸种关系以及作为整体的结构性世界呈现为瓦解或者沙化的态势。诸种关系及结构性世界被理解为人类世界的常规，而理应将其消除，以达到作为存在本质的混乱。因此，"荒诞派使世界的每个部分都相互隔绝，否定任一部分与其它现实碎片的联系"[2]。

二是语言中心主义：在这一世界图景中，语言是生存的荒谬形式。一方

---

[1] 杰卡德·让-菲利普（Jaccard Jean-Philippe）：《俄罗斯和欧洲荒诞文学背景下的丹尼尔·哈尔姆斯》，载于尼尔·康威尔（Neil Cornwell）编《丹尼尔·哈尔姆斯与荒诞诗学：散文和材料》，纽约，1991 年，第 66 页。详见杰卡德（Ж Ф. Жаккар）：《丹尼尔·哈尔姆斯和俄罗斯先锋主义的终结》，圣彼得堡，1995 年，第 185～250 页。

[2] 同上，第 53 页。

面，语言无力表达混乱的现实；另一方面，正如扎克卡尔所言："荒诞派如果没有荒谬的、无逻辑的手段来表达虚无，那么，我们应该来谈论这一点，因为如果沉默，那意味着死亡？"①

三是"去文学化"：关于人和世界之间一切关系分崩离析这一论题的持续发展不可能不导致对一切文学规范，对文学文本的粘聚性，对具有学院式处境的文学整体的怀疑。现实艺术协会曾多次阐释自身美学——作为纯粹的先锋派要义——的这一层面：撕裂现实，去除任何艺术性的外衣，把文学文本变为"现实之物"（哈尔姆斯）。但是现代学者如 Г. 格列姆（Г. Грэм）、Э. 阿涅莫涅（Э. Анемоне）、А. 梅德维杰夫（А. Медведев）从现实艺术协会的"形而上学化的文学"当中窥见了后现代主义的先决条件和雏形。Г. 格列姆关于现实艺术协会的专著甚至以这样一章作为结尾："现实艺术协会——在现代主义与后现代主义之间？"②

这些批评的说法在何种程度上适用于 20 世纪五六十年代的先锋派？

1

奥列格·格里高里耶夫（Олег Григорьев，1943—1992）与现实艺术协会的古典美学最具亲缘性。他首先是作为"恐怖故事"体裁的奠基人而为广大读者所熟知，这种体裁在 20 世纪七八十年代的民间文学中颇为流行：

> 我问电工彼得罗夫——
> 为什么你将电线缠在脖子上
> 彼得罗夫沉默不语
> 他悬挂着，只有靴子在晃动

奥列格·格里高里耶夫一生中出版了三本儿童诗集：《怪人们》（1971）、《成长的维他命》（1981）、《会说话的乌鸦》（1989）。诗人逝世以后，《笼中鸟》（М. Д. 亚斯诺夫编，圣彼得堡伊万·利姆巴赫出版社，1997 年）一书最为完整地收录了他的诗歌。当然，格里高里耶夫的"成人"诗篇带有苏联

---

① 同上，第 66 页。详见杰卡德（Ж. Ф. Жаккар）：《丹尼尔·哈尔姆斯和俄罗斯先锋主义的终结》，圣彼得堡，1995 年，第 58 页。

② 格雷厄姆·罗伯特（Graham Robert）：《最后的苏联先锋主义：奥贝利乌——事实、虚构、元小说》，剑桥，1997 年，第 171~178 页。

社会"底层"图景的瓦解，这些诗难以在苏联时代的出版物上发表。但正如哈尔姆斯所言，转向儿童文学是本性使然，因为对格里高里耶夫而言，恰恰是儿童意识充当了荒诞派恒常的心理依据，这不单关乎其儿童诗作，也表现在其"成人"读物中。儿童的理解方式割断了现象和一切社会人文经验（道德标准、艺术传统等等）的联系，而将其置于被放大的局部语境来观照，这就带来了荒诞派的典型审美效果：一是碎片化，二是去文学化。

这便是格里高里耶夫颇有代表性的童诗：

> 柯利亚吃了我的果酱
> 心情一下就变糟
> 我痛打他一顿
> 心情一下就变好

下一段出自他最负盛名的"成人"作品：

> 美貌的少女
> 在灌木丛中裸身躺卧
> 别人会强暴她
> 而我只踢她的裸体

在这种情形下出现了荒诞派的反常逻辑，它视暴力为幸福（"心情一下就变好"），而最低限度的暴力也被视为道德功勋（"别人会强暴她"）。

正如哈尔姆斯所言，"儿童视角"的效果使格里高里耶夫得以抛开苏联日常社会生活中，甚至可说是更广阔意义上的人类社会生活普遍现实中的道德"失重"。对格里高里耶夫而言，被极度夸大的残酷性成为"混沌的世界"在题材上的"等价物"。格里高里耶夫诗歌中的空间和时间超乎寻常的狭小、稠密。公共厨房、"赫鲁晓夫楼"或板棚，它们无限扩充，吞没了整个世界："这世上一切都在缩小/一切都变紧密/在我的居室中/窗子因拥挤而咔嚓作响/"。或者是完全发生在哈尔姆斯的内心世界："凳子已来不及/从一扇窗边开动，飞抵另一扇/躺在床上的西佐夫/用脚打开门/凳子飞越房间/在过道上击中邻人，他正端着一锅菜汤/他倒地、抽搐/在一摊蔬菜汤里/"。最后出现了超现实主义噩梦式的感觉，人和物基本上已分辨不清：

第三章　在社会主义现实主义之外

> 房子里挤满了人的尖叫和锅的叮当声
> 锅的叮当声里，挤满了房子和人的尖叫
> 人的声音里，挤满了房子和锅的尖叫
> 锅的房子，挤满了人的声音

在这种本体论意义上的狭窄中，每个动作都不可避免地摧毁"临近"之物：每个手势都会打到某人的脸、每个脚步都变成了踢踹。这里，暴力是日常化的、习惯性的寻常之物："排队买灌肠/从表面上看，一切都安静/可以听见机枪的连击/关乎咒骂、威胁和抱怨"。不仅如此，在格里高里耶夫的世界里，暴力还是人与世界、"我"与"他者"之间关系在本质上唯一的可能形式。

> 那爱过我的事物
> 最残酷地伤害了我
> 那我爱过的事物
> 已被我彻底摧毁
> ……
> 痛打老婆——
> 毫无理由地，只是打！

或者在儿童诗歌中：

> 普罗霍罗夫·萨宗
> 喂麻雀
> 他扔给它们面包
> 打死了十只

从本质上说，暴力变成了交往的形式，也就是说，变成了语言。这显得病态、荒诞，但绝对可能理解。格里高里耶夫揭示了暴力在人所共知的苏联日常生活中的这层含义。比如，他写下了如此"让人费解"的诗歌：Мне Фикла зуделба./ —Ты, хрюпла, молча бды,/ А то от бубленья/ Гниденыш завьяльный! 〈...〉/ Глюстой издленняю,/ По жралу скарябя… / И та що ущупься,/ И та что притухни. 这正是"生存的悖谬语言"（扎克卡尔），以

(自我)毁灭的方式生存。在现实艺术协会成员那里或多或少地处于哲学隐喻层面上的事物,被格里高里耶夫涂上了容易辨识的色调。可以说,现实艺术协会成员最先有些"粗野"地把语言视为暴力的形式,格里高里耶夫意识到,暴力是唯一普遍有效的、人人易懂(甚至孩童也不例外)的语言。

格里高里耶夫作品的主人公通常都成为暴力的牺牲品:"在这世上,我就像儿童靶场的木偶","我能做的只是尖叫……",他意识到,生活中他仿佛身处地狱("他者"已对这地狱习以为常)。这种对苦难的感知使他超出人群之上。格里高里耶夫作品的主人公总是被与神圣受难者相联系的光环所围绕:"我无法单独撑起我的十字架,/朋友们帮助我,踢踹我/在水上、在天上行走,/这般或那般,我独自能做到/"。但这位主人公总不把自身与公共简易房里的"我们"分割开来,"我们"通过毫不间断的暴力相互交往、生活。

> 我们砸门,撬门
> 终于把门弄开
> 我们绑住奥丽娅,把她捆起来——
> 终于强暴了她

但这并非不合逻辑。作为混沌之隐喻的暴力"雄辩术"被格里高里耶夫引向了逻辑的极限,抹去了"我"与"他者"的界线。事实上,如此一来,先锋派意识中的"价值中心"遭到了破坏,这种意识把从"他者"中分离出来的"我"的自由神话化了。暴力总是跨过个体自主的边界,侵犯这种自主性。因此,"我"总是表现为牺牲品或迫害者,成为混沌的"我们"当中不可分离的因素;在"我们"当中,每一个微粒都习惯性地竭力仇视所有"他者"。我和"他者"的难以分辨成为格里高里耶夫的诗歌主题:"我站着,不相信自己的眼睛/我从我身旁走过/";"我们喝同样的东西,/不知何故他死了,却不是我";"迫害者打我的肩膀/我打迫害者的肩膀……/迫害者伏在我肩上哭泣,/我——伏在迫害者的肩上"。

而在《莫比乌斯带》中的大量诗篇中,"我"和"他者"的不可分割性被理解为一种特殊情况——侵蚀在本体论意义上稳定而清晰的对立边界:高的变成矮的,母亲变成妻子,逝者变成生者,人变成物品。从本质上说,这已经是后现代主义的世界观。在维涅季克特·叶罗费耶夫的《从莫斯科到佩图什基》一诗中,我们可以看到现实艺术协会荒诞派大力渲染混乱的"黑暗现实"而产生的近似结果。在格里高里耶夫这里,这一哲学发现成为他原始主义最重要的依据，这种原始主义是一种精心选择、反复琢磨的风格。"我"和"他者"、生者和死者、人和物全都不可分割，基于此，"正常"诗歌被视为个性在原则上不可能实现的自我表达。无论是儿童的、还是"蒙昧"天真的四行诗都不追求任何严肃之物，在20世纪60年代抒情热忱显而易见的文学场中，它被视为"非诗""非文学"，这完全符合先锋派"反文学"的自我设定。

2

"利阿诺佐沃"诗人群。"利阿诺佐沃是莫斯科郊外的一个小镇，艺术家奥斯卡尔·拉宾（Оскар Рабин）住在这里，而他的岳父，诗人兼艺术家叶甫盖尼·克罗皮弗尼茨基（Евгений Кропивницкий）住在不远处的多尔戈普鲁德的车站（Станция Долгопридная）。"20 世纪五六十年代，利阿诺佐沃成为艺术、诗歌的先锋派以及地下文学团体独特的、非官方的中心。[①] 在利阿诺佐沃聚集着诗人和艺术家，还有由 Евг. 克罗比夫尼茨基（Евг. Кропивницкий，小组中的精神领袖，Г. 萨普基尔称其为"我们的导师"）及其儿子列夫·克罗比夫尼茨基（Лев Кропивницкий），以及格恩里赫·萨普基尔、弗谢沃洛德·涅克拉索夫（Всеволод Некрасов）、伊戈尔·霍林（Игорь Холин）、Ян. 萨图诺夫斯基（Ян. Сатуновский）等人创建的"积极分子"小组。虽然这些诗人各自气质颇为相异，但他们都将荒诞派的怪诞手法和某种自然主义融入语言和一些主题（简易房中的生活样态、"卑贱的"日常生活）。在 Вл. 库拉科夫（Вл. Кулаков）看来，"利阿诺佐沃"诗人群并不尝试"直接复兴苏联成立之前的真正的艺术"，而是采取一种反向策略："不回避周遭世界的荒诞，而是直面它，展开正面交锋……他们开始诉说令人绝望的死寂、隶属于共同体的罪恶的语言，艺术获得了新生，全新的、生机勃勃的语言破壳而出。其实，甚至对于更前卫的艺术，特别是概念主义和先锋派造型艺术和音乐艺术流派来说，艺术语言的问题都是一个主要问题。"[②]

"利阿诺佐沃"诗篇中的自然主义色彩以伊戈尔·霍林（1920—1998）的创作最为典型，他创造了独特的"板棚歌谣"（Вл. 库拉科夫语）[③]。霍林诗

[①] 关于利亚诺佐沃小组请参见《新文学评论》1993 年第 5 期的部分资料，特别是库拉科夫的文章《利亚诺佐夫》（首次发表于《文学问题》1991 年第 3 期）。另见萨基尔（Г. Сатир）：《利亚诺佐夫和周围人》，载于《阿里翁》，1997 年第 3 期。

[②] 《新文学评论》，1993 年第 5 期，第 207 页。

[③] 伊格尔·霍林诗作收录于《伊戈尔·霍林选集：诗歌与史诗》，莫斯科，1999 年。

> **现代俄国文学（1953—1968）**

歌的称名结构极富特色，它呈现出既定生存样式的稳定性：

鱼　鱼子酱　酒
售货员伊娜站在橱窗后
夜晚则是另一番场景
房间
桌子
沙发
醉酒的丈夫
呜噜呜噜：
Мы-бля-я！—
像猪一样哼哼
打鼾
伊娜睡不着
早上又是货柜
鱼　鱼子酱　酒

亚当——
制工具的钳工
夏娃——排版的旋工
工作地——
"彼诺什拉克"工厂
居住地——
集体宿舍
板棚
比地狱更糟糕！……

船形军帽
帐篷
铁路支线
探气机
挖泥机
木材干燥室

第三章 在社会主义现实主义之外

> 混凝土搅拌机
> 碎石机
> 自动喂水机……

苏联日常生活中常见物品的特点被"大众"词汇强化,"侵入"所有这些诗中的词汇由两类组合所阐明。第一类是神话的:亚当和夏娃,地狱,循环的结构。在霍林的一些诗中,这类组合被启示录的主题所强化:"冶金工厂的……/地狱之门/创造/汽车——庞然大物/撞锤/空前未有的尺寸/它/一击就能/毁灭/火星/木星/金星/这就是/百万人/思想的/果实/"。另一类组合是机械的:这里人被"机器化"了,甚至仿佛变成了机器人。不仅如此,事物还被诸多人类仪式所包围:"埋葬钩子/铁锹 独木船/钩子 独木船/"。霍林在其"科幻"诗篇中以怪诞手法强化了这一主题,这些"科幻"诗戏仿了20世纪60年代特有的、航天事业带来的欣悦。准备航天飞行的驾驶员,因为试验变成突变体:"脸-海绵/取代了耳朵的是/电话听筒/"。令人惊叹的火星人"具有超凡的美/他们有着搪瓷的胸部,与人类的区别仅在于/'1. 头/像个瓶子/2. 性器官/位于后脑勺'"。

从本质上说,霍林从生活在板棚中的"普通苏联人"的日常生活中揭示出"超人"这一先锋派梦想的实现——这类人仿佛机器,致力改造宇宙。先锋派从社会主义现实主义那里继承了这种乌托邦思想:人-机器可以"以真实构建童话",具有"钢铁的手臂-翅膀",而代替心脏的是"炽热的马达"。霍林的"板棚"是以乌托邦思想"改造世界"而产生的怪诞、可怖的现实结果。确然,"新人"——突变体诞生了,他深深地印在简陋的工业传送带上。

同时,对于20世纪60年代信仰"普通人"的精神价值的文学,霍林的这些诗篇进行了辛辣的回应。霍林的板棚中充满了机器的轰鸣和忙乱,"生活流逝,恍如梦境",这里不可能有个体经验、个体意识和个体价值,因为人最终变为无个性的社会联动机上的一个"螺丝钉"。

自然而然,这里产生的问题是,在这样的世界图景中,在秉持先锋派自由思想的诗人身上会发生什么?霍林以一种怪异的方式回答了这个问题,他在诗中对"霍林"的描写,就像在描写一个无个性的板棚居民代表。

> 你们不认识霍林
> 我也不建议你们认识
> 这狗杂种

> 这……
> 他的头——
> 一口空锅
> 他的诗——
> 催吐剂

在机器化的板棚居民中间,"霍林"是个畸形:"霍林/腰上有角/对此,你们/想确信什么……"他的畸形是异类的标志,是不属于这个可憎世界的标志:从本质上说,这是彻头彻尾的先锋派样态。但是,当需要表达自身、表现自己那张私人的"第一性的脸"时,我们可以看到,在板棚的世界里,诗人的个性被简化为自己的姓氏:

> 我展览自己的姓氏以供观赏
> 并准备念出
> 多次
> 霍林 霍林 霍林 霍林
> 霍林
> 霍林
> 霍林
> 霍林
> 霍林……
> 永生不朽的霍林
> 转瞬即逝的霍林
> 霍林
> 世界上第一个诗人

自然,对于先锋派(比如马雅可夫斯基、谢维里亚宁),类似的宣言并不新鲜。但与他的先辈们不同,霍林认为,先锋派在追求崇高和独特时透出的虚无、个体自由的虚假、自我中心主义的滑稽可笑占据了首位。

弗谢沃洛德·涅克拉索夫(生于1934年)是"利阿诺佐沃"诗人群中先锋派和"现实艺术协会"的成员。涅克拉索夫的诗歌尤其集中在对板棚中的"小人物"进行先锋派的自我表达的尝试。他的"诗人"与无个性的大众不可

第三章 在社会主义现实主义之外

分割，而且，涅克拉索夫并不在作者意识和抒情主人公的意识之间划清界限，他不使用怪诞手法或是讽刺手法，他绝对严肃，甚至有自己独特的抒情："无论做什么/都无趣/我不是第一个，也不是最后一个/不是任意一个，而是其中之一/"。严格地说，就涅克拉索夫的诗歌而言，"抒情主人公"这一术语是不恰切的。涅克拉索夫的艺术开创性在于，他绝对合逻辑地在自己的诗中创造了一个总体上缺乏个人意识的诗人形象，而非把概念派的基础置入后现代诗歌（Д. 普里戈夫、Л. 鲁宾什捷英）。

无个性的、大众化的作者意识与先锋派特有的诗学手法的结合，一方面创造了存在主义的、最大程度上从社会"泛音"中提纯的"板棚居民"内心世界的画像，确切地说，是描绘了他们内在性的消失；另一方面，这种诗学毫不掩饰地解构了先锋派的新美学，把这种先锋美学引向同义反复，反映"官僚主义化的意识"。可以说，在涅克拉索夫这里，先锋派典型的"荒谬之物"由致密的苏联缩略词构成：

语言之诗①

别谢梅　韦尔克谢梅

格佩乌　恩卡韦杰

埃姆格乌　韦卡帕别

埃谢斯佩　卡佩埃塞斯

……

阿　别　韦　格　德　耶约

热泽伊卡列梅涅

而赫列勃尼科夫的《笑中的诅咒》以其古怪的构词法营造出刻意"蠢笨"

---

① 该诗主要由构成押韵形式的缩写词构成，故采用音译。其中，"别谢梅"（БСМ）意为民警协助队（Бригада Содействия Милиции），"韦尔克谢梅"（велксеме，即ВЛКСМ）意为苏联列宁共产主义青年团（Всесоюзный Ленинский Коммунистический Союз Молодежи），"格佩乌"（гепеу，即ГПУ）意为国家政治局（Главное Политическое Управление），"恩卡韦杰"（энкаведе，即НКВД）意为内务人民委员部（Народный Комиссариат Внутренних Дел），埃姆格乌（эмгеу，即МГУ）意为国立莫斯科大学，"韦卡帕别"［векапабе，即ВКП（б）］意为全苏联共产党（布尔什维克），"埃谢斯佩"（эсэспэ，即ССП）意为苏联作家协会（Союз Советских Писателей），"卡佩埃塞斯"（капеэсэс，即КПСС）意为苏联共产党（Коммунистическая партия Советского Союза），"阿别韦格德耶约"（а бе ве ге д её）、"热泽伊卡列梅涅"（жезеикалемене）分别对应俄文字母表中的"А、Б、В、Г、Д、Е"、"Ж、З、И、К、Л、М、Н"。原诗如下："бесеме велкесеме/гепеу энкаведе/эмгеу векапабе/эсэспе капеэсэс/＜…＞/а бе ве ге д её/жезеикалемене"。

的、同语反复的形象：

劣等的诗

哈　哈哈　哈哈　哈哈
啊呵　啊哈呵　啊哈呵　啊哈呵
啊　啊呵　啊哈呵　啊哈哈呵
哈　哈哈　哈哈　哈哈

沉默是这类诗歌的永恒主题，因为无言可诉，无意可表："我沉默/沉默吧/我沉默/沉默吧/嗅觉的沉默/嗅觉的沉默/我们流动/我们流动/我曾思索/对于什么/我们保持沉默/而我们的沉默/就是对于什么而沉默/"。或者："我沉默/我沉默/工厂鸣响/嘘——/电线/杨树/只发出啦啦声/啦——/"。而另一种形式，即把日常言语中的词语和词组"磨"成碎屑，使之完全失去意义：

因为真理正是真理
一切真理都是真理

一切真理
是的，真理
是的真理是的真理

交互真理
关于真理
他们反复宣传
是的，真理
拥护真理
他们用来偿付工资

这里，诗人的自由表现在他切断了表意上同语反复、原则上不会终结的言语之流："冬季—夏季/冬季—夏季/在冬季结束，这毫无道理/我想在哪结束/就在哪结束/我想要/夏季/"。

有趣的是，涅克拉索夫本人和批评家对这首诗的解读完全相左。涅克拉索夫从自己的诗中洞见了从语言走向言语这一进程。他认为自己诗学的特点在于

第三章　在社会主义现实主义之外

"语境主义",即通过诗的边界和某种框架隔出了言语片断的艺术:"言语比任何艺术性的专业诗学语言都更为精细和发达……它在具体运用中存活、不断完善自身……艺术将是这样一个文本:言语的'区域',作者(像我们一样)一直生存在言语中,他必须做得尽可能好……基于此,一定要通过框架划定艺术的'区域',一定要把所有的言语、把整个生活构建好。"①

在这一解释当中,从语言转向言语被理解为哲学自由的形式。总体上说,这是先锋派的解释。与语言相对抗的言语拥有活生生的、流动的肌体,它不从属于艺术的、历史的以及社会的诸种规范。如此,现实艺术协会的"碎片化"和"去文学化"得以被重新理解。而且,在这一进程中,"去文学化"首先被引向了关于诗人、和谐的构造者、真理的持有者、先知和火炬的古典神话。在涅克拉索夫这里,诗人原则上集以上身份于一身,因此他得以完全委身于言语的洪流。他与"他者"的区别仅在于他的高超技艺,他比"他者"更有意识地操纵言语的洪流。

米哈伊尔·埃普什塔(Михаил Эпштейн)为涅克拉索夫的诗提供了另一种后现代的解释(作者本人对此坚决反对)。他将涅克拉索夫与普里戈夫、鲁宾什捷英一同列入概念派。他证明说,在这些诗中"词语垃圾的一再重复"是为了摆脱概念和学说的压制,是为了从渗入到语言和言语中、规定了理解和思想、极度限制了人类意识的话语强权中解放出来。在埃什普坚看来,就概念派的方法而论,涅克拉索夫堪称拓荒者,这是因为涅克拉索夫的诗"从不简单使用已成套语的陈词滥调,而是有意识地、技艺高妙地为世界观、情境、性格、情节要素以及对生活的判断创造新的语言表达方式。文学在整体上被转换为自动、快速说出的无意义的现成句子,就像接连不断的成语……一切叙述都尽可能快地使读者清楚明白,随后厌倦,弃之一旁。现代先锋派这种'否定的美学'替换了它更早些的取向——'肯定美学'"②。

诗人和批评家,谁是正确的?尽管让人惊奇,但不得不说,这两种阐释路径并不矛盾。涅克拉索夫解释,他所秉持的美学逻辑——他以此构建了自己的诗学,而完全自然而然的是,这种诗学逻辑植根于过去——源于先锋派的经验、前辈的教导。埃普什坚把涅克拉索夫的诗置于出现相当晚的20世纪七八十年代的概念派(先锋派造型艺术和音乐艺术流派)的语境之中。我们可以

---

① 涅克拉索夫(Вс. Некрасов):《概念主义过去如何(现在如何)》,载于《文学报刊》,1991年第31期(9月1日),第8页。

② 爱泼斯坦(М. Эпштейн):《信仰与形象:20世纪俄罗斯文化中的宗教无意识》,特纳夫莱,1994年,第62页。

看到，整个"利阿诺佐沃"诗人群，甚至 20 世纪五六十年代的整个先锋派都具有这种双重品格。这一时期尝试复兴过去的先锋派，与其说更新了，不如说终结了 20 世纪初至 30 年代先锋派的美学实验，他们总是把狂暴的矛头调转过来，指向先锋派传统本身。戏仿并解构了自身特有前提的先锋派直接走向了后现代主义。

但这一进程并非自动完成的。可以这样说，格恩纳季·阿依基、维克多·索斯诺尔，尤其是安德烈·沃兹涅谢恩斯基，他们的先锋派之路堪称典范，因为他们以自己的方式把先锋派美学变成了无穷无尽美学实验（各有法度）的奇异的纪念碑。更奇异的例子是埃杜尔德·利莫诺夫（Эдурд Лимонов），他最初是个具有前概念派风格的诗人，这种风格近似"利阿诺佐沃"诗人群以"陈腐意识"的荒诞语言而进行的严肃游戏①。他在自己的作品中结合了自传体和对于先锋派来说传统的否定策略。如此，他最著名的小说《这是我——埃基奇卡》会使读者回忆起马雅可夫斯基的早期诗作，首先是《穿裤子的云》：被拒绝的爱情成为抒情主人公以存在主义式姿态向整个世界造反，向一切、向所有人提出抗议的原因。憎恨、爱情、绝望在自我中心主义的爆发中将面前的一切撕得粉碎，它使读者因如此陌生而又如此切近的痛苦而战栗。不言而喻，利莫诺夫不得不使用比马雅可夫斯基的更强力的乖谬形式，但这样语境就发生了转换。在后现代的新法西斯主义思想家那里，我们可以看到向往自由的先锋派进一步演化为对俄罗斯先锋派悲剧历史的忧郁戏仿。

---

① 参见爱德华·利莫诺夫（Лимонов Эдуард）：《俄罗斯》，安阿伯（Ann Arbor）：阿尔迪斯出版社（Ardis），1979 年。

推荐书目

Вайль П., Генис А. 60-е. Мир советского человека / Послесл. Л. Аннинского. — М., 1996.

История русской литературы XX века (20—90-е годы): Основные имена / Отв. ред. С. И. Кормилов. — М., 1998.

История русской советской поэзии 1941—1980 / Отв. ред. В. В. Будник. — Л., 1984.

Кулаков В. Поэзия как факт: Статьи о стихах. — М., 1999.

Макаров А. Н. Собр. соч.: В 2 т. — М., 1993.

Македонов А. Свершения и кануны: О поэтике русской советской лирики 1930—1970-х годов. — Л., 1985.

«Оттепель»: Страницы русской литературы: В 3 т. / Сост., автор вступ. ст. и «Хроники важнейших событий» С. И. Чупринин. — М., 1989—1990.

Русская литература XX века: В 2 т. — Т. 2 (1940—1990-е) / Под ред. Л. П. Кременцова. — М., 2002.

Русские писатели 20 века: Биографический словарь / Гл. ред. и сост. П. А. Николаев. — М., 2000.

Солженицын А. Бодался теленок с дубом: Очерки литературной жизни (любое издание).